RADELOOS

Claire Seeber

Radeloos

DE FONTEIN

2 9. 02. 2008

Oorspronkelijke titel: *Lullaby*
Oorspronkelijke uitgever: Avon, a division of HarperCollins Publishers, London
Copyright © 2007 Claire Seeber
Copyright © 2007 voor deze uitgave:
Uitgeverij De Fontein, Postbus 1, 3740 AA Baarn
Uit het Engels vertaald door: Martin Jansen in de Wal
Omslagontwerp: Hesseling Design, Ede
Zetwerk: Text & Image, Almere
ISBN 978 90 261 1063 4
NUR 332

www.uitgeverijdefontein.nl

Proloog

Ik weet niet meer wiens idee het was geweest om die dag naar Tate Gallery te gaan. Wat ik nog wel weet, was dat we het al eeuwen van plan waren en er maanden over hadden gepraat, en hoe blij ik was dat Mickey eindelijk eens een dag vrij had genomen. Ik herinner me dat we vonden dat we iets moesten doen wat interessanter was dan achter Louis' wandelwagentje een rondje door het park maken, zoals we altijd deden. Ik was zo blij toen we eindelijk met z'n drieën in de trein naar de stad zaten.

Dus wiens fout is het geweest dat mijn hele wereld instortte?

I

Het was een zomerse dag, zo warm dat je liever niet aangeraakt wilde worden, een benauwde middag in augustus die je deed verlangen naar een flinke, koele regenbui. In stilte vervloekte ik Maxine, onze au pair, toen ik het zand uit mijn tas probeerde te krijgen, de korreltjes die zich in de plooien van het katoen en de gevlekte slabbetjes hadden verschanst en er maar niet uit wilden. Ze was de afgelopen week naar de kust geweest en had het halve strand mee naar huis gebracht, zodat alles korrelig aanvoelde, ook Louis' met liefde bereide hapjes, die hij trouwens had geweigerd op te eten. Ik voelde dat ik begon te blozen toen ik me van het fijne gruis probeerde te ontdoen, maar het zat al in mijn ogen en mond. Ik trok een vies gezicht, spuugde een paar korreltjes uit en voelde mijn goede humeur verdwijnen.

Ik haalde een keer diep adem en daarna nog een keer. Het was stom om mezelf van streek te laten maken, zei ik tegen mezelf, ik was gewoon moe. Louis had er geen idee van en het kon hem ook niets schelen, want hij was ingedut boven zijn mangohapje, dus deed ik resoluut de tas dicht. Een vrouw, die er moe uitzag en die een afschuwelijk groen geknoopverfd T-shirt aanhad, haalde haar krijsende dochtertje weg bij de ansichtkaartenstandaard en trok haar langs onze tafel terwijl talloze Picasso-kaarten naar de vloer dwarrelden. Het kind verzette zich hevig, hing als een dood gewicht aan de arm van haar moeder en liet haar voeten over de vloer slepen. Haar rode, van boosheid vertrokken gezicht vloekte met haar gele Miffy-vestje. Oudere kunstliefhebbers keken verstoord op, niet bang om hun onvrede te tonen, want ze hadden geen zin in huiselijke drama's op hun speciale dagje uit. Alsjeblieft niet. Daarvoor hadden ze niet de vroege trein naar de stad genomen, met *The Times* opgevouwen onder de arm, om uiteindelijk hier te lunchen met gerookte zalm op toast en een glas gekoelde Chardonnay. Ik probeerde de moeder in de getergde ogen te kijken om meelevend naar haar te glimlachen, blijk te geven van de solidariteit tussen moeders onder elkaar, een groep waartoe ik sinds enige tijd ook behoorde. Wat me nog steeds verbaasde, elke keer als ik het besefte. Maar ze was al doorgelopen. Ik keek even naar Louis, die – hoe was het mogelijk? – werkelijk sliep, en zonder het te willen voelde ik een merkwaardige trots, omdat ik een kind had dat wél stil en goedgemanierd was.

Voor een grote poster met een naakte Adam en Eva en de tekst RELIGIEUZE GENOEGENS vloog een jong stel elkaar in de armen. Vrienden of minnaars, vroeg ik me vluchtig af, totdat de jongen, die kroeshaar en een knap gezicht had, zijn vingers achter de tailleband van de satijnen rok van het gezette meisje stak. Ze slaakte een zucht van genot en drukte zich tegen hem aan, kronkelend als de slang die zich om de stam van de appelboom kromt.

Ik dacht aan de afgelopen avond en de vroege ochtend van vandaag terug en glimlachte weer in mezelf, voelde me merkwaardig opgelaten toen ik dacht aan Mickeys hand, die voor het eerst sinds maanden over mijn lichaam was gegaan. Ik keek om me heen en zocht naar mijn man. Misschien was dit het keerpunt en zou alles weer worden zoals het was geweest. Ik haalde diep adem en streek mijn haar achter mijn oor. Misschien, dacht ik – en dit was waarop ik echt had gehoopt – zou ik niet langer het idee hebben dat ik toneelspeelde. Ik keek naar mijn kind en voelde mijn hart samentrekken. Als het om hem ging, groeide mijn zelfvertrouwen nog elke dag.

Ik keek naar de nogal slechte schets die ik van Louis had gemaakt toen hij zijn oogjes dichtkneep tegen het felle licht, en daarna ging mijn blik naar Mickeys bordje. En toen, omdat hij nog steeds niet was teruggekomen van waar hij nu weer naartoe was – het toilet, had hij gezegd, geloof ik – schoof ik mijn schetsboek opzij en keek naar het stukje gebak dat er nog op lag. Met een mengsel van schaamte en stiekem genot probeerde ik van de bovenkant de chocola met het bolletje slagroom eraf te scheppen, toen ik opeens een hand op mijn schouder voelde.

Mijn god, wat maakte ze me aan het schrikken! Haar hand voelde kil aan, een vreemde kilte die dwars door de dunne katoen van mijn T-shirt drong. Ik schrok zo van deze plotselinge aanraking door een onbekende, dat ik mijn koffiekopje omstootte en koffie op mijn witte rok morste. Maar zelf gaf ze geen krimp, ze scheen amper te merken dat ze me zo aan het schrikken had gemaakt.

'Uw kind,' zei ze, en ze wees naar mijn slapende zoontje in de wandelwagen. Ik glimlachte beleefd maar in werkelijkheid dacht ik aan mijn rok, aan het feit dat ik de rest van de dag met een rok vol koffievlekken moest rondlopen.

'Wat is hij mooi. Het is toch een jongetje?' Ze haalde haar hand van mijn schouder en boog zich naar Louis toe. Normaliter zou ik me gevleid voelen en apetrots met haar hebben meegedaan, maar om de een of andere reden kon ik dat nu niet. Ze was te dicht bij me, te dicht bij ons, en er was iets in de starende blik in haar kille blauwe ogen wat me de kriebels gaf. Ik probeerde onopvallend mijn stoel achteruit te schuiven, met als enige gevolg dat ze zich nu tussen mij en mijn kind in drong. Ik wilde niet onbeleefd zijn, maar ze begon me op de zenuwen te werken. Niet dat ze er verdacht of eigenaardig uitzag. Zo slank als een den, wat me meteen was opgevallen, want dat soort dingen zie je wanneer je zelf nog de nodige zwangerschapskilo's met je mee torst. Vrij jong, gekleed in een zomerjurk die er duur uitzag, fit als een renpaard. Blond en best aantrekkelijk, voor zover ik dat kon beoordelen. Maar toch... ik kon er niet de vinger op leggen, maar ze had iets wat me niet aanstond.

Mijn reacties waren zo traag; de inspanningen van de afgelopen dag begonnen hun tol te eisen.

'Ja,' zei ik. 'Ja... een jongetje. Louis.'

'Hallo, Louis. Wat een scheetje ben jij.' Ze had een vaag accent dat ik niet kon thuisbrengen, en het woord 'scheetje' leek me op de een of andere manier fout gekozen. Het werd zomaar gezegd, schijnbaar onbewust, door iemand die duidelijk geen Engelse was. Ze liet haar vingertoppen over Louis' bolle wang gaan, en zijn wimpers trilden. Ik voelde mezelf verstrakken, merkte dat ik mijn handen tot vuisten balde. Louis maakte zuigende geluidjes in zijn slaap, met dat lieve, mooie mondje van hem. O kijk, had ik bijna uitgeroepen, hij trekt zijn schildpaddengezichtje! Mijn hart maakte een sprongetje.

'Neem me niet kwalijk,' zei ik, en ik deed mijn best om niet onbeleefd te klinken, 'maar ken ik u?'

'Dat denk ik niet,' antwoordde ze. 'Maar merkwaardig, vindt u niet? Nu u het zegt, komt uw gezicht me op de een of andere manier bekend voor.' Ze glimlachte naar me en richtte haar aandacht weer op Louis.

'Alstublieft,' zei ik snel, 'maak hem niet wakker.' In mijn hoofd schreeuwde het: blijf met je vingers van mijn kind af! Maar wat ik zei was: 'Het kost uren om hem in slaap te krijgen.' Later zou ik het mezelf kwalijk nemen, het stom van mezelf vinden dat ik me schaamde omdat ik beschermende gevoelens koesterde, om mijn Britse gereserveerdheid. Maar op dat moment kon ik haar alleen maar aangapen.

'Maar dat zeggen mensen altijd, toch? Een nogal ergerlijke eigenschap, vind ik.'

'Wat?'

'U weet wel... "U lijkt sprekend op die en die... mijn zus, een oude vriendin..."' Ze glimlachte breed, hield haar hoofd schuin en mimede: mensen.

'O, dat. Ik zou het echt niet weten.' Ik voelde mijn gezicht gloeien en stond op. 'We moeten nu echt gaan.' Ik pakte de slabbetjes en doekjes van tafel, stopte ze in de tas en draaide me weg van deze zelfverzekerde onbekende die me kippenvel bezorgde. Ik wilde dat Mickey opschoot.

Ze liep een stap weg en draaide zich toen weer om. 'Sorry, maar...' Met een scheef lachje wees ze naar mijn T-shirt.

Ik keek omlaag en zag dat de natte plek was opgekropen tot boven de rand van mijn beha, vanaf het moment dat ik Louis had gevoed. 'O,' zei ik schaapachtig. Een warme gloed steeg van mijn borst op naar mijn hals en gezicht. Haastig trok ik mijn T-shirt omlaag en stopte het achter de band van mijn rok.

Ze zwaaide een grote tas over haar magere schouder. 'Geniet van de expositie,' zei ze, en toen liep ze weg.

'Bedankt,' riep ik haar na, maar ik meende er niets van. Ik voelde me ronduit vernederd. 'Stom mens,' mompelde ik. Op dat moment werd Louis wakker en begon hij te huilen.

'Ik ben het helemaal met je eens, schat,' stelde ik hem gerust. Ik kuste hem, klopte hem zachtjes op de rug en reed het wagentje heen en weer om hem te kalmeren. Eindelijk, net toen ik me begon af te vragen waar hij in godsnaam bleef, kwam Mickey de hoek om lopen. Hij streek zijn haar uit zijn donkere ogen. En daar was het weer: de bekende golf van lust en verlangen. Ik voelde me als een gek geworden mot, een domme mot die zich te pletter vliegt op een lamp en dat blijft doen. Wanneer had ik mezelf aan hem verloren?

Mickey mompelde een excuus, nam Louis van me over, hield hem moeiteloos in de lucht en drukte hem tegen zich aan. Hij was iemand tegengekomen die hij van zijn werk kende, zei hij, en was de tijd vergeten. Even voelde ik de tinteling van een soort tienertrots toen ik twee Italiaans sprekende vrouwen naar mijn knappe man zag opkijken en hun wenkbrauwen zag optrekken. Ik glimlachte naar Mickey en boog me naar hem toe voor een kus. Maar hij scheen het niet te merken en neuriede zacht een deuntje – dat ik van de voorstelling van de afgelopen avond meende te herkennen – in Louis' oor, dus deed ik alsof ik mijn aandacht op mijn rok richtte.

'Moet je zien,' mopperde ik, 'wat een puinhoop.' Ik veegde met een van de babydoekjes over de vlekken, zonder resultaat.

'Ik heb je gezegd dat je geen wit moest aantrekken, gekke meid,' zei hij, maar hij klonk nog steeds afwezig.

'Het was mijn schuld niet. Een of ander gek mens maakte me aan het schrikken.'

Maar hij luisterde niet, merkte ik.

'Het is trouwens de enige behoorlijke rok die me nog past.' Ik deed mijn best om niet te zeurderig te klinken. Mickey had het kind op zijn knie genomen en liet hem voorzichtig op en neer wippen. Godzijdank had hij tenminste belangstelling voor Louis vandaag. Hij keek naar de vlek op mijn rok, die ik er nog steeds uit probeerde te poetsen.

'Je maakt het alleen maar erger.' Hij knikte naar de zalen. 'Kunnen we nu eindelijk naar binnen?'

'Ben je boos omdat ik je gebakje heb opgegeten?' zei ik voor de grap terwijl ik de tas inpakte.

'Wat kan mij dat gebakje schelen?'

'Echt niet?'

'Nee, echt niet.'

Maakte hij een verveelde indruk? Zeg het niet, dacht ik. Denk aan vanochtend. Maar op de een of andere manier kwam het toch mijn mond uit.

'Je vindt me dik, hè? Ik begin ze kwijt te raken, die zwangerschapskilo's, voor het geval je het wilt weten.' Ik veegde de gebakskruimels onder de menukaart. 'Ik begin af te vallen.' Ik keek hem recht aan. 'Zeg eens eerlijk, vind je me dik?'

'In godsnaam, Jessica! Op dat soort rare vragen ga ik echt geen antwoord geven.'

Ik keek hem aan en glimlachte hoopvol. Hij trapte erin en glimlachte terug. 'Goed dan. Je bent mooi.' En toen verpestte hij het alsnog. 'Die paar extra kilo's maken me echt niet uit.'

Hoe snel had het vanuit het niets tot een ruzie kunnen escaleren? Even aarzelde ik. Toen bracht ik mijn hand omhoog en streelde zacht zijn wang. Mickey nam mijn hand in de zijne en draaide hem om. Hij keek me aan, kon zo absoluut onweerstaanbaar zijn. Toen bracht hij langzaam, heel langzaam mijn hand naar zijn mond en drukte een kus in de handpalm. Ik voelde mijn hartslag versnellen. Voorzichtig draaide hij mijn trouwring rond totdat de diamantjes weer aan de voorkant zaten.

'We hadden er een diamant bij moeten laten zetten, voor het kind. Zo'n... hoe noemen ze dat ook alweer?'

'Je hebt me al zo veel gegeven. Je hoeft niet nog meer sieraden voor me te kopen.'

'Nou, misschien vind ik dat wel leuk om te doen. Is dat zo gek?'

Ik hoorde de scherpte in zijn stem en gaf toe. 'Nee, helemaal niet. Je bent altijd heel vrijgevig. Maar waar het echt om gaat,' – ik glimlachte naar hem – 'het allerbelangrijkste, is dat je hier nu bent. Het is zo lang geleden dat we iets samen hebben gedaan, met z'n drietjes. Iets bijzonders, bedoel ik.'

Hij zette Louis terug in het wagentje. 'Veel te lang.'

'En ik wilde deze expositie al zo lang zien, jij niet?' Waarom was zijn goedkeuring altijd zo allesbepalend? Meer dan die van een ander ooit was geweest.

'Ik moet zeggen dat Hoppers stijl me een beetje tegenvalt.'

'O.' Zwijgend incasseerde ik zijn opmerking. Hij gespte Louis vast in het wagentje en ik keek toe terwijl zijn lange, slanke vingers hun werk deden. 'Echt?'

'Wat?'

'Dat Hopper je niet bevalt. Of zit je me te plagen?'

'Nee. Ik vind er niet veel aan.'

Soms verlangde ik terug naar de tijd dat ik vrij en alleen was. Naar de vrijheid die ik had voordat hij me in zijn greep kreeg.

'Te alledaags. Meer jouw stijl, lijkt me.'

Naar de dagen van voordat de oude Jessica haar identiteit had ingeleverd. Ik gooide de gebruikte doekjes in de afvalbak. Maar hij zag de blik in mijn ogen en ontdooide, boog zich naar me toe en kuste me op mijn voorhoofd.

'Ik bedoel het niet vervelend. Ik ben gewoon moe, Jessica. Ik werk te hard om al die diamanten voor je te kunnen kopen.'

Ik wilde al die dure cadeaus helemaal niet, ik voelde me er zelfs opgelaten door. Ik wilde alleen hem, dat was genoeg. Maar het was waar: hij zag er moe uit, bleek, met donkere wallen onder zijn ogen en jukbeenderen die nog verder leken uit te steken dan gewoonlijk.

'Sorry,' zei hij, 'let maar niet op mij. Ik heb gewoon behoefte aan wat meer slaap.'

Je bent de enige niet, dacht ik narrig toen hij me boven op mijn hoofd kuste en wegliep voordat ik kon reageren. Hij zei iets wat ik niet kon verstaan, maar in ieder geval duwde hij Louis' wagentje voor zich uit, wat me een licht gevoel van opluchting gaf. Hij leek de laatste tijd niet zo gek meer met zijn zoon, wat me had verbaasd. Misschien begon de nieuwe situatie zich langzaam maar zeker om te keren: dat naarmate mijn liefde voor Louis steeds groter werd, Mickeys interesse voor hem afnam? Misschien voelde hij dat we hem minder nodig hadden? Dat was waar ik me de laatste tijd zorgen om maakte. Ook daardoor besefte ik dat we een uitje als dit veel te lang hadden uitgesteld.

'Wat, Mickey?' riep ik hem na. 'Wat zei je?' Maar op dat moment drong een kleine man met een baard zich tussen ons in en liep ik tegen hem op. Ik pakte hem bij zijn arm om te voorkomen dat hij viel en verontschuldigde me, maar toen was Mickey al doorgelopen, met het wandelwagentje voor zich uit. Als een haan in een kippenren, zo liep hij daar, kaarsrecht en trots, het museum in.

Ik maakte me los van Baardmans en ging hen achterna. Ze waren al uit het zicht verdwenen. Ik keek naar de schilderijen maar zag ze niet echt. Het was alsof ze onscherp waren, alsof ik me onder water bevond. Ik had een nerveus kriebelend gevoel in mijn buik, alsof ik te veel koffie had gedronken. Toen dacht ik terug aan die vrouw. Ze had iets gehad wat me niet lekker zat, hoewel ik niet kon zeggen wat dat was.

Ik was die ochtend van iets wakker geschrokken en even had ik niet geweten waar ik was. Ik kwam bij uit een heel diepe slaap, wat uniek is voor jonge ouders. Ik had de avond daarvoor te veel gedronken en aangezien ik dat niet meer gewend was, voelde ik me verre van fris. Vermoedelijk was het een uur of vijf, want ik hoorde de vliegtuigen overvliegen. Ik luisterde of ik Louis hoorde, maar bij hoge uitzondering was hij stil, dus bleef ik nog even liggen. Ik dacht terug aan de afgelopen avond, toen Mickey en ik champagne hadden gedronken in de Royal Opera House, zoals we tijdens ons eerste echte afspraakje van een jaar daarvoor ook hadden gedaan. Ik had de nieuwe jurk aan die ik van Mickey voor mijn verjaardag had gekregen. Hij had een warme roze tint en een diep decolleté, heel chic. Tijdens de tweede akte had Mickey me verbaasd door zich in de loge naar me toe te buigen, ondanks de aanwezigheid van zijn klanten, in wier gezelschap we waren, en in mijn oor te fluisteren dat ik er beeldschoon uitzag. Vervolgens had hij mijn haar opgetild en me zacht in de hals gekust, en ik had op mijn onderlip moeten bijten om mijn allesoverheersende verlangen naar hem te onderdrukken. Maar het allerbeste was niet die kus geweest, en ook niet de operazangers en -zangeressen in hun kleurige kostuums tijdens dit onverwachte uitje. Het tragische liefdesverhaal dat me ontroerde op deze zeldzame avond zonder praten over kinderen, waar ik zo naar had verlangd, was het evenmin. En het was zelfs niet Mickeys compliment, waar ik lang op had moeten wachten. Nee, het allerbeste was de airconditioning in de Royal Opera House geweest. O, wat was het heerlijk om een paar uur lang de koelte langs mijn bezwete armen en benen te voelen strijken.

Mickey draaide zich om, mompelde iets onverstaanbaars en sliep weer door. Ik dacht niet langer na over *Madame Butterfly*. Mickey had gezegd dat hij de voorkeur gaf aan Wagner, maar zijn klanten betaalden de champagne en dat was het belangrijkste. Bovendien vond ik de opera prachtig en moest ik bijna huilen toen de arme heldin stierf terwijl ze haar zoon probeerde te redden, hoewel ik dat voor Mickey verborgen wist te houden. In plaats van nadenken over leuke dingen begon ik me zorgen te maken om allerlei andere dingen, zoals je vaak geneigd bent in het holst van de nacht, wanneer je er 'geen ene fluit aan kunt doen', zoals mijn oma gezegd zou hebben. Ik maakte me zorgen over de vraag waarom ik wakker was, nu ik eindelijk eens de kans kreeg om uit te slapen, maar dat maakte me nog rustelozer, en nog wakkerder dan ik al was. Daarna begon ik me zorgen te maken over ons uitje naar Tate Gallery van de komende dag, en over Mickey die zich misschien aan me zou ergeren omdat ik niet werd bekoord door een of ander schilderij dat hij wél geweldig vond. Ik moest onthouden dat ik hem geen domme vragen zou stellen. Om de een of andere reden moest ik weer denken aan de plotselinge span-ning tijdens het etentje met Greg, toen Mickey woest op me was ge-worden omdat ik hem per ongeluk een Brit had genoemd. Mijn god, wat waren die Noord-Ieren toch lichtgeraakt wanneer het om hun afkomst ging. Ik had geprobeerd het te sussen met een grapje, maar dat had het alleen maar erger gemaakt, ondanks mijn hoopvolle blik naar Greg, voor steun die ik niet zou krijgen, hoewel de gastvrouw me later, tijdens de coq-au-vin bij kaarslicht, begrijpend had aange-keken. Ik had mezelf wel kunnen schoppen onder die eettafel, want Mickey had het me niet vergeven, en zelfs toen we naar huis reden had hij geen woord tegen me gezegd, omdat ik hem blijkbaar voor gek had gezet.

Uiteindelijk lukte het me om de pijnlijke scène uit mijn hoofd te zetten en lag ik op mijn rug naar de dalende vliegtuigen te luisteren. Ik stelde me al die passagiers voor, hoog in de lucht, boven Londen als speelgoedstadje, en hoe bedroefd ze zouden zijn omdat ze weer bijna thuis waren. Het deel van de reis waar ik zelf ook altijd tegen op had gezien, het thuiskomen. Totdat Mickey kwam. En Louis...

Ik zakte net weg in die schemerwereld tussen slapen en waken toen Mickey zich omdraaide en zijn hand op mijn borst legde. Een ge-voelige borst, gezwollen van de moedermelk en met een landkaart van blauwe aderen. Ik verstrakte. Alles was nu zo anders. Ik hield mijn adem in toen ik zijn andere hand op mijn heup voelde en hij die langzaam begon te strelen. Hoewel ik hem in gedachten smeek-te om door te gaan, wilde ik tegelijkertijd dat hij ophield. Ik leefde in de voortdurende angst dat hij zou ontdekken hoezeer ik in de af-gelopen zes maanden was veranderd. Mickey deed langzaam zijn ogen open, nog troebel van de slaap, en keek in de mijne. Hij bracht zijn hand naar mijn wang en liet zijn duim zacht over mijn lippen gaan.

'Alles oké met je, mooie meid?' fluisterde hij.

Ik knikte verlegen en voelde me verrast door het verlangen dat ik had onderdrukt sinds Louis was geboren.

'God, je bent zo lief, Jessica,' kreunde hij terwijl hij een lok haar achter mijn oor streek. Toen sloot zijn hand zich om het haar in mijn nek, trok hij me naar zich toe en kuste me zacht. Ik wilde proteste-ren dat ik mijn tanden nog niet had gepoetst, maar voordat ik iets kon zeggen trok hij me tegen zich aan en kuste me opnieuw, inten-ser nu, zoals hij in lange tijd niet had gedaan, en gaf ik me aan hem over. De warmte van de vroege ochtend daalde als gesmolten chocolade op me neer en ik vergat mijn angst, mijn gêne en mijn veranderde lichaam. Wat bleef was het intense verlangen dat ik altijd voor hem had gevoeld. Ik ging in hem op en stond mezelf toe dat ik ervan genoot.

Toen hij naderhand weer in slaap viel en het eerste ochtendlicht door de dikke gordijnen drong, een moment waar ik altijd zo'n hekel aan had, dacht ik: ach wat, ik kan net zo goed opstaan en thee gaan zetten, dan heb ik nog een uur voor mezelf voordat mijn kind wakker wordt. En op dat moment, natuurlijk, werd mijn kind wakker.

Het was raar, maar ondanks mijn ontmoeting met die vreemde vrouw, mijn geruïneerde rok en de spanning die dat teweeg had gebracht, merkte ik dat ik erg van de expositie genoot.

Ik liep een hoek om, kwam terecht in een andere zaal en stond even later tegenover een vrij klein schilderij van een vrouw die zich uit het raam boog en keek naar een kind dat verderop in het weiland speelde. Opeens voelde ik me... ik weet het niet precies... sereen. Ja, dat was het goede woord: sereen. Alle spanning van daarvoor gleed van me af, ik stond daar alleen maar en keek naar het schilderij. Alsof ik was vergeten waar ik was, niet meer dacht aan mijn zwangerschapskilo's en hoe moe ik me de laatste tijd had gevoeld, en al het gekibbel dat er tussen Mickey en mij was geweest. In plaats daarvan voelde ik me echt gelukkig, alsof ik was waar ik hoorde te zijn, met mijn kind van wie ik eindelijk zielsveel begon te houden, en een man die ik nog steeds beter moest leren kennen. Een man die echt van me hield, ook al had ik hem 'een Brit' genoemd, en met wie ik vanochtend had gevreeën, net als vroeger. Een vroeger dat nog helemaal niet zo lang geleden was. Ik dacht: ik wil nu bij mijn gezinnetje zijn, en voordat ik wegliep, bedankte ik de vrouw op het schilderij. Ik weet dat het nogal stompzinnig klinkt, maar zo was het. Ik dacht: ja, dat is het, dit is waarvoor we hiernaartoe zijn gekomen, om naar kunst te kijken, omdat kunst een ander licht op ons eigen leven werpt. Een leven dat soms zo'n sleur is.

Ik ging op zoek naar Mickey en Louis, zodat ik hun over mijn nieuwe inzicht kon vertellen. Alleen zag ik ze nergens. Ze waren zeker al doorgelopen, dus liep ik naar de volgende zaal, maar ook daar waren ze niet. Ik liep weer terug, in de veronderstelling dat Mickey misschien was teruggegaan om naar een bepaald schilderij te kijken. Hij kon soms heel traag zijn, Mickey. Ik had meegemaakt dat hij een kwartier naar een schilderij had staan kijken terwijl ik me stond te vervelen en door wilde naar het volgende.

Alleen was hij daar ook niet. Hij was nergens te bekennen, in het hele museum niet. Mijn hart begon sneller te kloppen, hoewel ik vermoedde dat hij waarschijnlijk naar buiten was gegaan. Misschien had Louis gehuild en had ik dat niet gehoord. Of ze waren naar het winkeltje gegaan om kunstkaarten te kopen. Ik haastte me ernaartoe om te kijken, maar ook daar zag ik hem niet. In de coffeeshop misschien? Inmiddels voelde ik het koude zweet prikken op mijn bovenlip. Misschien was hij Louis aan het verschonen, of waren ze naar de grote winkel op de begane grond. Of ze waren teruggegaan naar de expositie, via een andere zaal, en had ik ze niet gezien. Ik legde de situatie uit aan de zuur kijkende vrouwelijke suppoost bij de ingang van de expositie, dat ik mijn man en mijn kind was kwijtgeraakt en of ik nog even naar binnen mocht om ze te zoeken. Daar moest ze enige tijd over nadenken, want ik had mijn kaartje niet meer, alsof ik stond te liegen om gratis binnen te komen, en ik dacht: die gaat moeilijk doen, op haar strepen staan. Maar blijkbaar overtuigde mijn manier van doen haar ervan dat ik de waarheid sprak, want ten slotte liet ze me binnen. Ik keek in de zalen, maar zag ze niet. O, mijn god, dacht ik, maar ik bleef hoopvol en zocht door.

Toen, opeens, trok er een golf van opluchting door me heen, want ik dacht: natuurlijk, stom mens, bel hem op zijn mobiele telefoon. Waarom heb je daar niet meteen aan gedacht? Maar met een misselijkmakende dreun besefte ik dat mijn eigen telefoon in mijn tas zat, die aan de stuurbeugel van het wandelwagentje hing, dat ik niets bij me had. Geen telefoon, geen geld, niets.

De daaropvolgende veertig minuten liep ik als een bezetene het hele gebouw door. Ik liep trappen op en af, wrong me langs vrolijk babbelende toeristen alsof ik gek was geworden en stapte liften in en uit. Als een of andere stompzinnige achtervolgingsscène uit een Franse filmkomedie. Naar de bovenste verdieping, waar alleen leden mochten komen, om te zien of Mickey zich misschien naar binnen had gekletst voor een kijkje op de Theems en die lelijke brug. Dat zou typisch iets voor Mickey zijn. Hij in een ligstoel op het dakterras, genietend van de zon, hoog boven de grauwe rivier met de half gevulde rondvaartboten, terwijl Louis naast hem in zijn wandelwagentje speekselbellen zat te blazen. Zich allebei zaten uit te sloven voor de meisjes.

Maar het enige wat ik zag was een groep saaie academici die over kunst discussieerden, met zware brillen op dooraderde neuzen, studenten met sandalen, die een cappuccino dronken, en welgestelde dames die niets beters te doen hadden dan met elkaar te lunchen. Geen Mickey. Geen Louis. En al die tijd dat ik aan het zoeken was, had ik lopen repeteren wat ik zou zeggen, hoe ik Mickey de les zou lezen, hoe ik Louis in mijn armen zou sluiten en hoe we er later om zouden lachen. Maar naarmate mijn paniek toenam, begon ik boos te worden en dacht ik niet meer aan lachen, maar had ik het willen uitschreeuwen van frustratie.

Opeens, toen ik voor de vijfde keer de centrale lift uit kwam, zag ik mijn wandelwagentje staan. O god, de golf van opluchting die door me heen trok was overweldigend. Even dacht ik dat ik door mijn knieën zou zakken.

'Louis!' riep ik met schorre stem. Dank U, Heer. Mijn hart juichte, totdat ik een onbekende man zag die mijn kind hoog in de lucht tilde, hem met zijn haar onder zijn kin kriebelde en hem boven zijn hoofd in het rond draaide. Het kind lachte en kraaide van plezier, waarna de man zich mijn kant op draaide en ik zag dat het Louis niet was. Het was mijn wandelwagentje niet, zag ik nu ook. Ik voelde me misselijk worden, erger dan ik het ooit had meegemaakt, kotsmisselijk, zoals ze dat noemen, in heel mijn lichaam, vanaf mijn kruin tot aan mijn pijnlijke voetzolen.

Alsjeblieft, Mickey, gek die je bent, wees er deze keer alsjeblieft wel, bad ik in stilte terwijl ik weer naar beneden ging. De mensen begonnen me bevreemd aan te kijken. Ik had mijn kiezen zo hard op elkaar geklemd dat mijn kaken er pijn van deden. Ik was steeds bozer geworden en ik was inmiddels woedend op Mickey omdat hij zo onnadenkend was geweest, er zomaar vandoor was gegaan en geen seconde aan mij had gedacht. Zo woedend dat ik bijna huilde van frustratie. Echt weer iets voor hem, dacht ik furieus. En ik was ook woedend op alle andere mensen die ik tegenkwam, omdat zij zich vermaakten, omdat zij niet bezorgd en doodsbang waren zoals ik, omdat zij niet degenen waren die hun gezin kwijt waren. Omdat zij hier niet moederziel alleen rondliepen.

Ze waren buiten gaan wandelen. Natuurlijk. Ik rende naar buiten, rende letterlijk, zo hard als ik kon, dwars door de mensenmassa. Langs de heerlijke geuren van het notenkraampje, langs de man met zijn bak vol rare vogelfluitjes, door opnames van fotograferende Duitsers, die verstoord opkeken, en van Japanners, die gedwee hun ogen neersloegen in plaats van te klagen. Er cirkelden meeuwen door de lucht, klagend krijsend op zoek naar eten, en ik sloeg een klein meisje bijna haar ijsje uit de hand omdat ik tijdens het rennen om me heen zocht naar Louis.

'Sorry, schat, het spijt me.' Ik wilde bukken en haar even in mijn armen nemen, alleen voor het gevoel, maar haar ouders keken me aan alsof ik een of andere gestoorde was, dus draaide ik me om en ging weer naar binnen.

Ik was buiten adem. Mijn borstkas deed pijn en mijn inhaler... Ik zocht in de zakken van mijn rok. Die zat natuurlijk in de tas die ik niet bij me had. Ik mocht niet in paniek raken. In de hal ging ik op een soort leren poef zitten, legde mijn hoofd in mijn handen en probeerde mijn gedachten te ordenen. Praktisch te zijn. Ik voelde in de zakken van mijn rok... een *six pence*, mijn treinkaartje en een babysok. Eén vormloze babysok. Misschien kon ik collect call bellen... kon dat naar een mobiele telefoon? Of ik kon mijn zus bellen en haar vragen om Mickey te bellen. Ik stond op, liep naar een bewaker en vroeg waar de telefoons waren.

'Beneden,' zei hij kortaf, terwijl hij een vaag handgebaar maakte.

'Is er een balie voor vermiste personen?' vroeg ik. 'Een plek waar die op elkaar kunnen wachten, of waar ik iets kan laten omroepen? Ik ben namelijk mijn man kwijt. Hij heeft mijn kind, ziet u? Ons kind.' Praatte ik wartaal? Hij scheen me in ieder geval niet te begrijpen. Maar hij maakte vooral een verveelde indruk.

'Walkietalkie,' zei hij ten slotte, en hij gebaarde weer in de verte.

Ik probeerde me te beheersen. Dit was bespottelijk. Er moesten hier vaker mensen zoekraken; het was hier zo groot en alles leek op elkaar. Ik dacht aan Louis, dat hij inmiddels wel honger moest hebben, en voelde de tranen branden in mijn ogen. Ik besloot zelf naar de telefoons op zoek te gaan voordat ik hier, midden in Tate Gallery, in tranen zou uitbarsten, toen ik een man in uniform, met een vriendelijk gezicht en een walkietalkie in zijn hand, mijn kant op zag komen.

'Alles in orde met u, mevrouw?' vroeg hij, en ik moest alle vezels van mijn lichaam tot de orde roepen om niet in snikken uit te barsten. Hij was een en al vriendelijkheid. Er groeiden plukjes wit haar uit zijn oren, net als mijn grootvader had gehad, en zijn neus was een beetje rood alsof hij af en toe wel een whisky lustte, maar ik mocht zijn eigen mobiele telefoon gebruiken om Mickey te bellen. Ik voelde me zo opgelucht dat mijn tranen waren verdwenen voordat ze tevoorschijn hadden kunnen komen.

Alleen bleef Mickeys telefoon maar overgaan en gebeurde er verder niets. Ik keek naar buiten, naar de grote koepel van St. Paul's, en begon weer te bidden. Heel hard te bidden. Misschien had ik een verkeerd nummer ingetoetst, omdat mijn hand zo trilde. De tweede keer ging het toestel een paar keer over en kreeg ik Mickeys voicemail, zijn levenloze stem die begeleid door ethergeruis tot me kwam. Stotterend sprak ik een boodschap in, die boos begon en smekend eindigde. 'Alsjeblieft,' zei ik, 'bel me terug op dit nummer, zo gauw mogelijk.' En toen ik daarna nog een derde keer belde, gebeurde er helemaal niets. Mickeys toestel zweeg in alle talen.

2

Het geratel van de treinwielen liep bijna synchroon met mijn gejaagde ademhaling. Automatisch zocht ik weer naar mijn inhaler, maar die vond ik natuurlijk niet. Alleen weer die sok, een babysokje, en pluisjes.

In de wagon, die naar urine stonk, probeerde ik me te ontspannen, maar daar kreeg ik de kans niet voor, want ik werd in de hoek gedrukt door de grootste man ter wereld, die naast me zat. Zwetend uit al zijn poriën hing hij tegen me aan en zijn zware, in polyester gehulde dijbeen raakte het mijne, maar het kon me allemaal niet schelen. Ik kruiste mijn armen voor mijn pijnlijke boezem, over mijn borsten die inmiddels zo hard als valhelmen waren, en dwong de trein vooruit met alles wat ik in me had, ervan overtuigd dat Mickey thuis zou zijn, er zou zijn wanneer ik thuiskwam, en dat Louis in veiligheid was. Beschuldigende beelden van zijn betraande, hongerige gezichtje dwong ik resoluut uit mijn gedachten en verving ik door dat van zijn glimlachende hoofdje met bolle, blozende wangen.

Tijdens de hele rit speelde ik het stompzinnige spelletje dat ik vroeger als kind had gespeeld. Ik sloot weddenschappen met mezelf af, deed mezelf beloften die ik niet kon waarmaken. Als de kale man tegenover me bij het volgende station uitstapte, zou Louis thuis zijn. Als die vrouw daar de bladzijde van haar boek omsloeg voordat de oude dame naast haar indutte, zou Mickey zich uitputten in verontschuldigingen, me omhelzen, kussen en om vergeving smeken, en zou ik hem heel sereen, jazeker, sereen en kalm, met een kus van mezelf belonen.

Toen de trein het station van Blackheath binnenreed, gedroeg ik me als de kinderen van mijn vroegere school, de wildebrassen die alles durfden, zoals Robbie en ik waren geweest: ik stapte uit voordat de trein goed en wel stilstond, moest een stukje meerennen en ging bijna onderuit. Maar voordat ik voorover op het perron viel, vond ik mijn evenwicht terug, draaide me om en rende het station uit.

Ik had in Tate Gallery zitten wachten totdat ik het niet langer had kunnen opbrengen. De aardige man, die meneer Norland heette, had me naar laten huis bellen, maar toen ik dat deed kreeg ik het antwoordapparaat aan de lijn. Ik sprak een korte, nogal warrige boodschap in en drukte Mickey op het hart dat hij thuis moest blijven totdat ik er was. Toen ik dat had gedaan stelde meneer Norland voor dat ik een kopje thee ging drinken. En toen ik tegen hem zei dat ik geen geld bij me had, drukte hij me een paar muntjes in de bezwete hand en bracht me naar het restaurant.

Daar zat ik weer enige tijd alleen, doodstil te wachten aan een tafeltje, terwijl het leven om me heen gewoon doorging. Mijn thee werd koud en liet bruine randen achter op het witte porselein terwijl ik aan alle kanten voorbij werd gelopen door toeristen met blije gezichten. Er kwamen mensen aan mijn tafeltje zitten, die na een tijdje weer weggingen. Een jong stel maakte ruzie over de film waar ze die avond naartoe zouden gaan en de man wond zich zo op dat hij een rood hoofd kreeg, dus keek ik de andere kant op en probeerde me af te sluiten.

Een struise Duitse dame in een beige windjack kwam naast me zitten met een stuk worteltjestaart en toen ze weer wegging, vergat ze de kaarten die ze had gekocht. Ik riep haar na, maar ze was al uit het zicht verdwenen, dus veegde ik een klodder slagroom van het zakje en keek welke kaarten ze had gekocht. Die van de vrouw die zich uit het raam boog om naar haar kind te kijken, het schilderij dat ik zo mooi had gevonden, zat er ook tussen en dat maakte me bijna weer aan het huilen. Maar ik huilde niet. Ik weigerde te huilen. Ik bleef tussen de mensen naar Louis en Mickey zoeken en kon mezelf wel voor mijn hoofd slaan omdat ik ze uit het oog was verloren.

Er ging een uur voorbij, het langste uur van mijn leven. Meneer Norland kwam me vertellen dat zijn dienst afgelopen was, maar dat hij zijn collega's over mijn situatie had ingelicht. En toen vroeg hij, opnieuw heel vriendelijk, of het misschien niet beter was als ik naar huis ging.

'Mag ik nog één keer uw telefoon gebruiken?' vroeg ik, en ik belde nog eens naar Mickeys mobiele telefoon en naar huis, maar opnieuw zonder resultaat. Mickeys lijn was nog steeds dood en thuis kreeg ik weer het antwoordapparaat, met mijn eigen zogenaamd opgewekte stem en Louis' gemurmel op de achtergrond, de boodschap zoals ik die een tijdje terug had opgenomen.

'Ze zijn vast op weg naar huis, denkt u ook niet?' zei ik, waarop meneer Norland knikte, ik hem met trillende stem bedankte en mijn kin vooruit stak, een stuk moediger dan ik me in werkelijkheid voelde. En toen de zon naar de horizon begon te zakken, was ik op weg naar huis gegaan.

Het was spitsuur en ik worstelde me door de golf mensen die de trein had uitgespuugd, rende het station uit en schoot als een kogel uit een pistool door de straten. Natalie van zwangerschapscursus stond voor de pub, met haar chique kinderwagen veilig achter zich, en zwaaide vrolijk naar me. Maar ik kon niet stoppen om met haar te praten; ik zou geen woord kunnen uitbrengen. Buiten adem liep ik de heuvel op, schuin omhoog tegen een muur van benauwde warmte, totdat ik boven was. In normale omstandigheden zou ik me opgelucht voelen en even blijven staan om van de omgeving te genieten, maar daar had ik geen tijd voor, want ik had dringend behoefte aan mijn inhaler. Maar in ieder geval had ik nu ons huis in zicht, en toen ik achter het raam aan de voorkant licht zag branden, bad ik opnieuw tot God en beloofde ik Hem dat ik alles zou doen, het maakte niet uit wat, dat ik nooit meer zou vloeken of liegen of ruziemaken met Mickey, als hij gewoon met Louis naar huis was gegaan en alles weer normaal zou zijn.

Ik belde aan. Ik hoorde stemmen, goddank, stemmen! Maar er werd niet opengedaan. Ik belde nog een keer, zette mijn vinger op de vergulde deurbel waar Mickey zo'n hekel aan had en waarover hij al maanden zei dat hij hem door een andere zou vervangen, en bleef net zo lang bellen totdat de stemmen ophielden met praten. Er viel een stilte, die me nog meer beangstigde. Toen hoorde ik voetstappen op de parketvloer en ging de voordeur open... maar het was Mickey helemaal niet. Het was Jean, de schoonmaakster. Ik wrong me langs haar heen, naar binnen in het huis dat nooit echt als het mijne had gevoeld, naar de woonkamer en de keuken, maar – o mijn god – er was verder niemand.

Even dacht ik dat ik gek zou worden. Ik wierp mijn hoofd achterover en schreeuwde: 'Louis? Mickey?' Mijn stem galmde na in de stilte die volgde.

'Is Mickey er niet? Ik hoorde toch stemmen?' Half voorovergebogen leunde ik op de keukentafel en hapte naar adem. Ik voelde het onaangename gekriebel van zweetdruppels die over mijn rug liepen, het was benauwd in de keuken en ik wist het antwoord al voordat het was uitgesproken.

'Nee, schat, ik heb hem niet gezien. Sorry.'

Ik staarde haar aan. 'Maar... die stemmen dan?'

'Ik had de radio aanstaan. Ik heb hem uitgezet toen je belde.' Haar stem klonk verontschuldigend en bedeesd, als van een kind. Jean, mijn 'parel', had wit haar en een heel bleek gezicht, waardoor het leek alsof ze haar hele leven onder de grond had gewoond. Maar ik wist dat ze een parel was, want dat hadden mijn buren me verteld toen ik hier kwam wonen. Toch had ik nooit het gevoel gehad dat ze echt mijn schoonmaakster was. Jean was iemand die bij het huis hoorde.

'Hoe laat was je hier?'

'Eh... dat weet ik niet precies meer, schat.' Jean lette nooit op de tijd, wat lastig kon zijn voor iemand die per uur werd betaald.

'Probeer het je te herinneren, alsjeblieft.'

Ze deed een stapje achteruit door de paniek in mijn stem. 'Ik was vandaag vrij laat klaar bij mevrouw Hamilton, want er zou een pakje bezorgd worden, snap je?' Ze praatte snel en zacht, alsof ze bang was dat ik haar zou uitschelden, en diverse uitdrukkingen wisselden elkaar af op haar bleke gezicht. 'Ik was hier om een uur of drie, denk ik. Is alles...' – ze keek me aan met haar goudvissenogen – '...is alles in orde met je, schat?'

'Heb je de telefoon opgenomen? Zijn er berichten?'

'Nee, niet dat ik weet. O, wacht eens...' – ze maakte een nerveuze indruk, dacht even na – '...ik heb jouw stem op het antwoordapparaat gehoord, schat, toen ik binnenkwam. Maar verder heeft er niemand gebeld, voor zover ik weet. Niet toen ik er was in ieder geval.'

Mijn hele borstkas deed zeer. Ik zocht in de la naar mijn extra inhaler en sloot mijn vingers er dankbaar omheen, als een drenkeling om een reddingsboei, toen ik hem vond. Ik ademde de spray in en drukte zorgvuldig het dopje er weer op. Het kostte me heel wat moeite om met vaste stem te praten toen ik de situatie aan Jean uitlegde.

'Ik maak me nogal zorgen, want ik ben meneer Finnegan en ons kind kwijtgeraakt in het museum waar we vandaag waren, en zie je, ik weet niet... nou, het is dus zo dat...' – mijn god, wat deed het zeer om het toe te geven – '...dat ik niet weet waar ze nu zijn, dat is alles.'

Dat is alles.

'Hemeltje. Maar ach, dan zullen ze zo wel thuiskomen, denk je ook niet?' Met een hoopvolle blik keek ze me aan.

Ik negeerde mijn eigen twijfel en zei snel: 'Ja. Ja, natuurlijk komen ze straks thuis.' Jean stond me nog steeds aan te kijken. 'Ik ga nu een paar mensen bellen, kijken of ik kan ontdekken waar ze uithangen.'

'Goed, dan zal ik maar doorgaan met mijn werk, hè, schat?'

Haar hakken tikten op het parket toen ze wegliep. Ik zocht tussen de rommel op de keukentafel naar mijn adressenboekje. Toen voelde ik dat er iemand in de deuropening stond en keek met een ruk op.

'Je zou zijn kantoor kunnen bellen, schat. Misschien dat hij daar is, dat hij daar nog iets moest doen?'

'Ja, goed idee, Jean. Dat ga ik meteen doen.'

Strak als een pianosnaar zat ik aan de keukentafel en draaide het nummer van de directe lijn van Pauline, Mickeys secretaresse. Als iemand zou weten waar hij was, was zij het. Ik was zo doodmoe dat ik me vooroverboog, mijn hoofd op de tafel legde en even mijn ogen sloot terwijl ik het toestel hoorde overgaan.

'Pauline Gosforth is tot de dertigste niet op kantoor. Als u Mickey Finnegan wilt spreken, belt u dan Jenny Brown op nummer vier-zes-vijf-zeven.'

Verdomme! Ik draaide het opgegeven nummer en, goddank, Jenny nam op. Ze bood aan om in Mickeys agenda te kijken.

'Weet u, ik heb het idee dat hij vanmiddag een afspraak had. Daarom was ik een beetje verbaasd toen hij zei dat hij vandaag niet kwam.' Ze klonk enthousiast. Gaf het feit dat ze de vrouw van de baas hielp haar het gevoel belangrijk te zijn? 'Ik zal even kijken, een momentje.'

Ik wachtte en staarde naar de map met negatieven die Mickey op tafel had gegooid toen hij gisteravond thuiskwam. IDYLLISCHE PLEK-JES, ROMANTISCHE OORDEN stond erop, in grote cursieve letters. Ik liet de pen op en neer gaan tussen mijn tanden, onder, boven, onder, boven...

Jenny klonk nog steeds enthousiast toen ze weer aan de lijn kwam. 'Ja, dat dacht ik al. Vanmiddag om vier uur, een borrel in hotel Aldwych met Martin Goldsmith van Genesis. Een nieuwe klant, een grote. Mickey moet het vergeten zijn toen hij zijn vrije dag nam.'

Even was ik sprakeloos van opluchting.

'Hallo, mevrouw Finnegan? Bent u er nog?'

'Sorry... ja.' Langzaam kwamen mijn hersenen weer op gang. 'Dank je wel, Jenny. Wat dom van me. Ik wist dat het zoiets moest zijn. Hij is... hij is nogal slordig als het om het opladen van zijn telefoon gaat. De batterij zal wel weer leeg zijn.' Ik haalde diep adem. 'Ik ben gewoon in paniek geraakt toen ik hem niet kon bereiken.'

'Graag gedaan. Hij raakt altijd een beetje de weg kwijt als Pauline er niet is, weet u wel.' Ze giechelde verlegen, alsof ze met die opmerking een grens had overschreden.

Maar ik was het met haar eens. Mickey kon geen moment zonder Pauline, het hoofd van zijn team van capabele vrouwen.

Ik wilde net Inlichtingen bellen voor het nummer van het hotel toen ik buiten een auto hoorde. Ik rende naar de woonkamer, dwars door Jeans brandschone gang, en keek uit het raam. Mickey! Het was Mickey, het móést hem zijn.

Maar hij was het niet. Het was een bestelling voor de buren. Wijn. Talloze dozen wijn werden naast de vlinderstruik opgestapeld terwijl ze grapjes maakten met de chauffeur en ik bad om de terugkeer van mijn kind.

De telefoon ging en mijn maag kneep samen. Eindelijk. Ik schoot de gang weer door. Dat moest hem zijn, klaar met zijn bespreking, licht aangeschoten en apetrots omdat hij een grote, nieuwe klant had binnengehaald. Ik kon Louis' kraaiende lach praktisch op de achtergrond horen...

Maar het was Jenny. Ze klonk bedachtzaam.

'Eh... mevrouw Finnegan, ik heb Mickeys voicemail afgeluisterd. Er stond een bericht op van meneer Goldsmith, die zich afvroeg waar Mickey bleef. Ik heb hem net gesproken en hij... nou, het schijnt dat hij meer dan een uur heeft zitten wachten. Mickey is niet komen opdagen.'

Het belangrijkste was dat ik niet in paniek raakte.

'O. O... juist. Dank je, Jenny. Zou je...' – ik moest mezelf dwingen het te zeggen – '...zou je me willen bellen als je iets hoort, alsjeblieft?'

Net zo belangrijk was het dat ik bleef ademhalen, hield ik mezelf voor.

'Natuurlijk, maar ik ben hier niet lang meer. Zal ik het hotel nog even bellen, om te checken of hij er misschien later nog is geweest?'

'Ja, graag,' zei ik dankbaar. 'Dat zou fijn zijn. Bedankt, Jenny.'

Ik hing op, ijsbeerde door de keuken en beet op mijn onderlip. Ik controleerde het antwoordapparaat. Niets, alleen mijn eigen bood-schap, en eentje van de loodgieter op wie ik al weken zat te wachten. Maar Jenny belde niet terug.

Ik stond midden in de woonkamer, in het huis dat ondanks de warm-te kil en vreemd aanvoelde, en vroeg me af wat ik in godsnaam moest doen. Ik moest in beweging blijven, anders zou ik gek worden. Ik dacht weer terug aan wat me ontgaan kon zijn, beleefde keer op keer in gedachten het moment waarop Mickey met Louis was weggelo-pen. Wat had hij gezegd wat ik niet had verstaan? Beelden van Louis' gezichtje buitelden door mijn hoofd: huilend om mij, zijn moeder, met zijn mooie wimpers door tranen vervormd tot donkere hanen-kammen, zijn pruilende onderlip en zijn klaaglijke meeuwenkreetjes. Hij begreep natuurlijk niet waarom ik er niet was, waarom zijn moe-der hem in de steek had gelaten. Zou Mickey hem in zijn armen ne-men om hem te troosten? Natuurlijk zou hij dat doen. Of niet? Was Mickey nog wel bij hem? En toen moest ik stoppen, want die ge-dachte was zo afschuwelijk dat ik mijn nagels diep in mijn handpal-men had geperst. O god, het was allemaal mijn schuld; ik had Louis nooit uit het oog mogen verliezen.

Dus deed ik het, deed ik wat ik vanaf het eerste begin al had wil-len doen. Ik belde de politie, en toen ik was doorverbonden zei ik, stotterend van angst, dat ik iemand als vermist wilde melden. Twee personen. Mijn man en mijn kind.

Maar de politie dacht natuurlijk dat ik me aanstelde, hoewel ze te beleefd waren om me dat letterlijk te zeggen. Een politieman met een rokersstem praatte kalm op me in. Hij was heel geduldig, maar ik kon me niet concentreren op wat hij zei. In plaats daarvan zag ik zijn gele tanden voor me en wilde ik dat hij opschoot. Toen hij zei dat het te vroeg was om ze als vermist op te geven, vroeg ik geërgerd: 'Hoe lang moeten ze dan verdwenen zijn om dat te kunnen doen?' Hij zei iets over vierentwintig uur, maar als het om een baby ging, konden ze misschien eerder in actie komen, maar dit was wel erg vroeg, vond ik dat zelf ook niet? Hij probeerde me gerust te stellen, aan het lachen te maken, maar waarom zou ik lachen? Dus kuchte hij, schraapte zijn keel en vroeg: 'Vrienden, familie? Hebt u daar al geïnformeerd?'

Ik dacht aan mijn schoonvader die in een verzorgingshuis ten westen van Belfast aan het dementeren was. En aan Mickeys enige zus Maeve, die aan de kust van Californië woonde en in verwachting was van haar vijfde kind.

Behoedzaam nam Geeltand het woord weer. 'Mag ik u vragen, mevrouw, of u en uw man vandaag misschien een meningsverschil hebben gehad?'

Ik vroeg me af of hij een paar woorden over een stuk chocoladecake en mijn overgewicht daartoe rekende, dus antwoordde ik: 'Ja, zoiets... of eigenlijk niet, niet echt. Nou, niks serieus in ieder geval. Gewoon een stompzinnig ruzietje.'

Er viel een stilte waarin ik me nogal opgelaten voelde, en toen zei de politieman dat hij mijn gegevens zou noteren, voor de zekerheid, hoewel hij ervan overtuigd was dat alles goed zou komen. En toen we afscheid namen, wist ik dat de politieman vond dat ik me aanstelde. Maar dat was niet zo, echt niet. Want diep binnen in me voelde ik dat er iets mis was, heel erg mis, en wat ik echt had willen doen was schreeuwen, maar dat deed ik niet, want dat hoort niet. Dus deed ik het natuurlijk niet.

Zonder iets te zien slofte ik naar de badkamer. Ik plensde een paar handen koud water in mijn gezicht, leunde tegen de muur en deed mijn ogen dicht. Ik moest een plan maken, dat was waar ik behoefte aan had.

Ik ging naar boven, naar Louis' kamer. Door de schaduw van de oude es achter het huis was het koel in de kamer, heel koel zelfs, en doodstil. Opeens wilde ik op de grond gaan liggen, languit op mijn rug onder het minizonnestelsel aan het plafond, maar ik gaf er niet aan toe. In plaats daarvan liep ik over het dikke witte kleed met de blauwe girafjes naar Louis' bedje. En hoewel ik kon zien dat hij er niet in lag, wist dat hij daar niet kon zijn, bleef ik er toch enige tijd naar kijken. Ik klemde mijn handen om de spijlen, pakte ten slotte zijn muis en legde die bovenaan, waar zijn hoofdje altijd lag, waar het een kuiltje in de zachte matras had gemaakt. Zo snel als ik kon liep ik de kamer uit.

Bij Mickeys werkkamer bleef ik even voor de deur staan, ik voelde me als een vijf jaar oud kind dat op de toestemming van haar papa wacht. Ik haalde diep adem en duwde de deur open.

Er dansten stofjes in de schuine streepjes avondlicht die door de jaloezieën naar binnen vielen, en er hing een merkwaardige geur in de kamer. De geur van mijn man, waarschijnlijk, een vertrouwde, sensuele geur. Als een soort amateurspion bladerde ik de agenda op zijn bureau door, sloeg de bladzijden sneller en sneller om, maar mijn hoop verdween algauw. Op de bladzijde van vandaag stond helemaal niets. Ik pakte zijn Rolodex, die als een metalen reuzenspin op de plank stond, naast zijn whiskyfles. De fles herinnerde me eraan wat een droge mond ik eigenlijk had, dus wierp ik een snelle blik achterom, draaide de dop los en nam een slok. De whisky brandde in mijn keel en de tranen schoten in mijn ogen, maar desondanks nam ik nog een slok. Toen ik daar een beetje kracht uit had geput, begon ik een voor een Mickeys vrienden te bellen. Ik belde iedereen van wie ik de naam herkende en daarna nog een paar van wie ik nog nooit had gehoord. De mensen die ik aan de lijn kreeg waren heel beleefd, beleefd en quasibezorgd. En natuurlijk kon niemand enig licht werpen op de vraag waar Mickey nu was, of zoals Greg met zware, bulderende lach zei, dat je het aan die ouwe rukker wel kon overlaten om zonder een spoor van de aardbodem te verdwijnen! Hij zou wel op kroegentocht zijn! Ik nam nog een slok whisky en zag ervan af om Greg te vertellen hoe ik over hem dacht. De Mickey die ik kende deed niet aan kroegentochten.

Ten slotte belde ik mijn zus. Ik nam het draadloze toestel mee de gang op en trok de deur goed achter me dicht.

'Echt, Jess, ik weet zeker dat ze nu ieder moment kunnen binnenkomen.'

Hoorde ik iets van irritatie in haar stem? 'Leigh, ik heb Louis sinds twee uur vanmiddag niet meer gevoed en het is nu bijna zeven uur. Mijn borsten staan op springen, Mickeys telefoonlijn is dood, ik heb geen idee waar hij is en de politie denkt dat ik niet goed bij mijn hoofd ben. Dus ja, ik weet zeker dat hij ieder moment kan binnenkomen, maar als ik niks doe voordat het zover is, word ik echt hartstikke gek.'

Een gedempte stem op de achtergrond, Gary, ongetwijfeld. Zo te horen had Leigh haar hand even op de hoorn gelegd. Toen zei ze: 'Het is te vroeg om nu al in paniek te raken, Jess.'

'Ik doe mijn uiterste best om dat te voorkomen, geloof me. Ik wil gewoon mijn kind terug, dat is alles. Ik begrijp niet waar ze gebleven zijn.'

'Hoor eens,' zei ze met een net hoorbare zucht, 'zal ik naar je toe komen om samen met jou te wachten? Dat kan, als je dat wilt.'

Ik wou dat het klonk alsof ze het meende. 'Dat laat ik aan jou over,' antwoordde ik. 'Maar een beetje gezelschap zou leuk zijn.'

'Waarschijnlijk is hij... ik weet het niet... de pub in met een van zijn maten.'

'Wat, met Louis erbij? Waarom zou hij dat doen?'

'Ach, kom op, Jessica, je weet hoe Mickey is. Ik bedoel, meestal ben jij degene die zegt dat hij...' Haar woorden bleven zwaar en zonder einde in de lucht hangen.

'Dat hij wat?' Ik wilde iets horen wat me hoop gaf.

'Je weet wel, dat hij zijn eigen gang gaat, bedoel ik.'

'Ja, maar niet op deze manier. Zelfs voor iemand als hij is dit een nogal merkwaardige actie, vind je ook niet?'

'Ik praat liever niet voor mijn beurt.' Haar stem klonk koel. Ze deed al weken koel tegen me.

'Alsjeblieft, Leigh, ik heb hier nu geen tijd voor. Zeg gewoon wat je te zeggen hebt.'

'Ja, nou, gewoonlijk zou ik dat ook doen, Jessica. Maar sinds die ene keer, toen ik tegen je had gezegd dat ik vond dat je een beetje overdreef, meen ik me te herinneren dat je toen tegen me zei...'

Ik schoot bijna in de lach. 'Je deed alsof ik klonk als een wasmiddelenreclame, dat was alles. Maar hoor eens, dat doet er nu niet toe, toch?' Ik was zo redelijk als ik maar kon opbrengen. 'Als de meisjes je niet nodig hebben, zou je het dan erg vinden... om hiernaartoe te komen, voor een uurtje of zo?'

Ze zei dat ze het zou proberen.

In mijn eentje in de toenemende schemer van de keuken dacht ik na over wat mijn zus had gezegd. Misschien had ze wel gelijk. Misschien reageerde ik soms te dramatisch. God, ik hoopte het van harte. Ik bedoel, ik zou inmiddels gewend moeten zijn aan Mickeys eigengereide gedrag. Hij liet zich niet graag de wet voorschrijven, kwam thuis en ging weg wanneer híj het wilde en was een beetje een eenling. Ik keek naar de muur tegenover me, naar de grote foto van Louis toen hij vier maanden was, de foto die Mickey had genomen toen ik uitgeteld op de bank in de kinderkamer lag, nog niet helemaal gewend aan de nieuwe situatie, en naar mijn slapende kind met zijn pluizige haar lag te staren. Ik keek naar de foto en herinnerde me dat ik toen gelukkiger dan ooit was geweest. Ik herinnerde me dat ik me na al die spannende maanden eindelijk weer kalm en vredig had gevoeld.

Jean stak haar witte hoofd naar binnen om te zeggen dat ze wegging, en ik ging op zoek naar geld toen het me ineens te binnen schoot. Natuurlijk! Waarom had ik daar in godsnaam niet eerder aan gedacht? Ik vervloekte mezelf omdat ik zo traag van geest was geweest, tastte naar de draadloze telefoon die ik op de keukentafel had gelegd, haalde mijn vinger open aan de scherpe rand van een van Mickeys schetsen, maar sloeg geen acht op de druppel bloed toen ik het nummer van mijn eigen mobiele telefoon intoetste. Ik zag het toestel voor me, oplichtend in de bergzak van het wandelwagentje, waar ik hem in had gestopt, mijn telefoon, met het fotootje van de één dag oude Louis op de display.

Het toestel ging over, ging nog een keer over, en ik bad: neem op, Mickey, alsjeblieft, neem op, en het bleef maar overgaan en verder gebeurde er niets, en toen opeens, net toen ik het wilde opgeven, werd er opgenomen. Iemand nam mijn telefoon op. Degene die opnam zei niets, maar ik hoorde iemand ademhalen en op de een of andere manier klonk het niet als Mickey, hoewel ik dat natuurlijk niet met zekerheid kon zeggen. Maar iemand had mijn telefoon in zijn hand, dus voordat ik begon te gillen, zei ik snel: 'Hallo? Met wie spreek ik? Kun je me horen? Mickey...?' Maar voordat ik verder nog iets kon zeggen, werd er opgehangen. Ze wilden niet met me praten. Ze hadden mijn telefoon gewoon uitgezet.

3

Leigh kwam toen ik opnieuw de politie had gebeld en net de telefoon neerlegde. Ik zag haar moeizaam manoeuvreren met haar veel te grote auto en dacht aan Mickeys sarcastische opmerkingen over mijn zus en haar zware, gedrongen echtgenoot. Waar heeft ze die tractor voor nodig, zei hij altijd, voor haar boodschappen? Een winkeljunk, noemde Mickey haar, een koopjesjager.

Met keurig afgemeten pasjes kwam ze het tuinpad op lopen en toen ik haar binnenliet, moest ik mijn best doen om op normale toon tegen haar te praten. Ik vertelde haar dat de politie straks zou komen, dat ze me eindelijk serieus leken te nemen, maar toen Leigh haar arm om mijn schouders legde, begon ik opeens te huilen en merkte ik dat ik niet meer kon ophouden. De tranen waren zo heet dat ze me leken te verschroeien, want inwendig was ik tot op het bot verkild. En precies op dat afschuwelijke, emotionele moment kwam Maxine thuis. Lichtvoetig en opgemaakt als een kerstboom kwam ze de kamer in, en ik dacht onwillekeurig dat ik haar toch eens een paar tips moest geven, haar moest leren dat ze het er niet te dik bovenop moest leggen.

Meteen daarna werd ik teruggeschoten naar de gruwelijke realiteit, want ik zag hoe het meisje schrok van mijn tranen. Ze wendde haar blik af alsof ze zich opgelaten voelde, wat ik in de drie maanden dat ze hier was nog niet eerder had meegemaakt. Maxine was het soort meisje dat elke dag poedelnaakt van haar slaapkamer naar de badkamer liep en zich geen barst aantrok van wie haar in volle glorie zag. Voor die onbevangenheid had ze echter al gauw haar tol moeten betalen, want toen had ze nog niet kennisgemaakt met Mickeys slechte ochtendhumeur. Toen ik op een ochtend hoorde dat Mickey haar op de gang de les las, had ik in bed een zucht van opluchting geslaakt. Hij had haar een paar regels bijgebracht over het gebruik van haar minuscule handdoekjes, hoewel ze – hoorde ik later – alleen haar schouders had opgehaald.

Leigh nam Maxine mee naar de andere kamer terwijl ik weer enigszins tot mezelf probeerde te komen. Daar was een heel pak papieren zakdoekjes voor nodig, tot mijn ogen jeukten en vuurrood waren, maar uiteindelijk wist ik de huilbui te stoppen. Na een tijdje stonden ze samen in de deuropening, Maxine een kop groter dan Leigh. Het ganglicht wierp een lange schaduw naar binnen.

'Ik weet zeker meneer Finnegan, hij zal gauw thuiskomen, nee?' zei ze. 'Ik kwam alleen mijn tas halen, maar – *si tu veux* – hebt u liever dat ik blijf?' Haar grappige, te zwaar opgemaakte gezicht trilde van inspanning toen ze het zei. En in gedachten zag ik haar met Louis, zachtjes tegen hem pratend in het Frans en hem wiegend in haar armen, op een natuurlijke, vanzelfsprekende manier, terwijl ík dat in het begin nog zo beangstigend had gevonden, gebukt als ik ging onder de zware last van mijn nieuwe verantwoordelijkheid. Ik huiverde als ik terugdacht aan hoe jaloers ik op haar was geweest toen ze oude Franse kinderliedjes als *Frère Jacques* voor hem zong en hij stralend naar haar opkeek, de pijnlijke herinnering aan het holle gevoel in mijn maag omdat ik mezelf zo'n mislukkeling vond. Nu nam mijn stompzinnige jaloezie wraak op me, voelde ik me er schuldig om en balde ik mijn handen tot vuisten van schaamte. Als Louis nu thuiskwam, mocht Maxine Franse liedjes voor hem zingen zo vaak ze maar wilde, en zou ik nooit meer jaloers zijn.

Op dat moment stopte er een andere auto voor het huis, werd er één keer geclaxonneerd en haastte ik me naar het raam om te zeggen dat ze stil moesten zijn, vanwege het kind, maar toen besefte ik dat het kind er helemaal niet was en perste opnieuw mijn nagels in mijn handpalmen. Toen bedacht ik dat het misschien Mickey was en deed ik het raam open om te kijken. Maar het was Mickey niet; het was Maxines vriendje. Hij claxonneerde nog een keer, de arrogante kwast met zijn zwarte wenkbrauwen en die rare headset van zijn mobiele telefoon op zijn hoofd. Hij had een zware gouden armband om zijn pols en trommelde ongeduldig op het portier van zijn glanzende rode auto. Ik wist zeker dat hij me zag, maar hij weigerde me aan te kijken, keek in zijn achteruitkijkspiegel en haalde zijn hand door zijn haar.

'O, nee, Maxine, dat hoeft niet.' Ik haalde mijn neus op en baalde ervan dat ze me had zien huilen. 'Nieuw vriendje?' vroeg ik, veel opgewekter dan ik me voelde. 'Mooie auto. Wat is er met die aardige Leo gebeurd?'

Maxine bloosde onder haar geblondeerde haar en mompelde iets over Leo die ook nog steeds in beeld was. Toen ze wegliep, liet ze een wolk parfum achter die ik als de mijne herkende. Met tegenzin bedacht ik dat ik soms – of vaak, als ik eerlijk was – jaloers was geweest op Mickey, op mijn vrienden en zelfs op Maxine, vanwege het dynamische, zorgeloze leven dat ze leidden, terwijl mijn vrijheid was beëindigd door het moederschap. Ik was door Louis aan huis gebonden. Maar iemand anders had Louis nu, en wie het ook was, ik zou ze vermoorden voor wat ze hadden gedaan.

Leigh ging een glas water voor me halen maar had zich onderweg blijkbaar bedacht, want ze kwam terug met een glas brandy. Normaliter drink ik dat nooit, maar vandaag goot ik het in één keer achterover.

'Misschien moet je daar even iets aan doen, Jess,' zei ze stijfjes, en ze wees naar mijn T-shirt.

Ik keek en zag dat mijn arme, overvolle borsten er twee grote vochtplekken in hadden gemaakt. Tezamen met mijn rok vol koffievlekken zag ik er niet uit. Niet dat het me iets kon schelen.

'Ga je even opfrissen en omkleden,' zei ze. 'Daar knap je van op. Ik let hier wel op.'

Ik schudde mijn hoofd en mompelde: 'Dat kan ik niet doen. De politie –'

Maar Leigh dirigeerde me naar boven en zette me onder de douche, waar ik tegen de tegelmuur leunde en opnieuw begon te snikken toen ik de blauwwitte melk uit mijn gezwollen borsten zag druppen. Ik keek naar de andere muur, naar de schets die ik pas een paar dagen geleden van Louis had gemaakt, een schets waar ik – bij uitzondering – best trots op was. Ik voelde mezelf instorten, voelde me als een van Louis' teddyberen waar alle vulling uit werd getrokken totdat er een zielig slap hoopje achterbleef, en het enige wat ik wilde was janken alsof ík het was die uiteen werd gescheurd.

Ik huilde totdat ik echt niet meer wist wat ik met mezelf aan moest. Het enige wat ik wilde was mijn kind in mijn armen houden, en dan zou ik nooit meer iets anders wensen, hem nooit meer loslaten of uit het oog verliezen, nooit meer klagen als hij me 's nachts wakker maakte... als hij nu thuiskwam. Ik verzette me tegen het gevoel dat het allemaal mijn schuld was, mijn terechtwijzing voor die eerste paar slechte dagen.

Op het moment dat ik voelde dat ik geen tranen meer overhad, kwam Leigh de badkamer binnen. Het kon me niet schelen, hoewel we nooit de gewoonte hadden gehad om naakt in elkaars bijzijn rond te lopen, want ik dacht dat de politie eindelijk was gearriveerd. Ik zag haar gezicht en werd opeens heel bang, maar voordat ik iets kon zeggen, zei ze met monotone stem: 'Trek iets aan en kom mee naar beneden. Snel.'

De klank van haar stem trof me als een gloeiende pook in mijn buik en voordat ze kon doorgaan, stapte ik de douche uit en greep snel haar arm vast. Blijkbaar kneep ik te hard, want ze kromp ineen van de pijn.

'Wat is er, Leigh? Vertel op, wat is er?'

'Ze hebben Mickey gevonden,' zei ze, nog steeds met die merkwaardige stem.

Even voelde ik iets wat op opluchting leek, maar toen vroeg ik: 'Mickey? En Louis dan? Waar is mijn kind?'

Leigh wendde haar blik af, kon het niet opbrengen me aan te kijken. Ze gaf me alleen mijn badjas aan, keerde me haar rug toe en ging bij de deur staan. Of het door de brandy op mijn lege maag en Mickeys whisky kwam, of doordat ik me te snel had bewogen, of de rauwe impact van de schrik, maar ik viel flauw, blijkbaar, sloeg als een omgehakte boom tegen de grond. Even wist ik niets meer, wat, zo zou later blijken, een zegen was.

4

Louis huilde, hoorde ik. Hij huilde zachtjes, maar dat was geen reden om in bed te blijven liggen. Ik moest opstaan en naar hem gaan kijken. Maar er was iets wat me tegen het matras drukte. Ik zette meer kracht en probeerde me op te richten.

Wakker. Het was donker buiten en mijn hoofd bonsde. Louis was hier niet; ik had me vergist. Wat ik had gehoord was niet Louis' gehuil, maar het zachte koeren van duiven in de dakgoot. Een brandende pijn nam opnieuw bezit van mijn lichaam en perste de lucht uit mijn longen.

Langzaam maar zeker verscheen Leigh in beeld. Ze stond bij het raam, het open raam, en de gordijnen deinden zachtjes heen en weer in de koele avondbries. Naast mijn bed zat een vrouw die ik nooit eerder had gezien. Blijkbaar hadden ze zitten wachten totdat ik bij kennis kwam. Maar ik keek de andere kant op, luisterde naar het zachte tikken van een zomerbuitje dat de geuren van stof en kamperfoelie de kamer binnenbracht. Ik wilde nog even genieten van die paar laatste seconden waarin ik het nog niet wist.

In mijn hele leven was ik maar één keer eerder flauwgevallen. Maar één keer. Het was gebeurd vlak nadat ik Louis had gekregen en we het ziekenhuis verlieten; Mickey, ik en het kind van wie ze volhielden dat het van mij was, en dat ik ervoor moest zorgen. Ik hield hem in mijn armen als een tere porseleinen vaas, doodsbang dat ik hem zou laten vallen. Mijn god, wat zag Mickey er trots uit toen hij ons naar buiten begeleidde, terwijl ik, nou ja, nog altijd stomverbaasd was. In een soort shocktoestand door de dramatische wending die mijn leven in het kraambed had genomen, toen mijn kind vier weken te vroeg maar godzijdank gezond ter wereld was gekomen. Eindelijk was ik ingewijd in het grote, beangstigende geheim van het baren, dat alle vrouwen die een kind hebben gekregen kennen en voor zichzelf houden, het clubje van moeders waar ik nog buiten viel terwijl ik dikker en dikker werd en zo hoopte dat een van hen me onder haar hoede zou nemen en me ervan zou overtuigen dat ik het ook kon. Aan Leigh had ik niets; zij had gekozen voor de keizersnede, lang voordat beroemdheden die ingreep populair hadden gemaakt. En mijn moeder, nou ja, mijn moeder was mijn moeder. Aan haar had ik helemaal niets.

Toen we bij de auto kwamen begon ik te wankelen, begaven mijn benen het alsof ze van rubber waren, omdat ik zo lang niet had gelopen. Met een of ander zesde zintuig voelde Mickey aan dat ik ging vallen en ving hij ons op, sloeg hij snel zijn armen om zijn zoon en mij heen voordat we onderuit konden gaan. Zonder iets te zeggen waren we zo blijven staan, als een nieuw driemanschap, en had Mickey ons overeind gehouden. Ik was heel verbaasd geweest over Mickeys onverwachte zorgzaamheid, moet ik zeggen, want dat was helemaal niets voor hem. Toen had hij de baby van me overgenomen en waren we weer naar binnen gegaan. Deze keer droeg hij Louis, stevig en veilig tegen zijn borst geklemd. En ik was blij dat hij dat deed.

Een shock, zeiden de vroedvrouwen. Niets om me zorgen over te maken. Een beetje bloedverlies, een ingrijpende bevalling, het kind dat te vroeg was gekomen en ons allemaal flink aan het schrikken had gemaakt. Ik had ze onbegrijpend aangestaard. Als Louis iets was overkomen, zou ik het niet overleefd hebben.

Tot dan toe, voordat het gebeurde, had ik altijd gedacht dat flauwvallen iets frivools was, dat gepaard ging met een zekere glamour, maar zelfs mijn beste vriendin Shirl zou erkennen dat het mij geheel aan die eigenschappen ontbrak. Ik was misschien wat klein van stuk, maar ik was een taaie. Flauwvallen was meer iets voor lange, magere meisjes met een lichte huid, zoals de mensen die vroeger aan tbc leden. Zij waren degenen die flauwvielen, niet ik. Hoe graag ik ook lang en slank zou willen zijn, was ik meer van het type dat een kopje thee ging zetten en doorging met waar ik mee bezig was. Zo was ik altijd geweest, en bovendien had ik het niet voor het kiezen gehad. Nu Louis echter weg was, kon ik misschien taai zijn, maar was alle thee van heel China niet voldoende om de pijn weg te nemen.

Met een ruk kwam ik overeind en hoewel ik bang was voor het antwoord dat ik zou krijgen, vroeg ik: 'Waar is Louis? Vertel me alsjeblieft waar hij is.'

De politieagente was zowel bezorgd als praktisch, precies zoals ze dat geleerd moest hebben. Ze boog zich naar me toe en pakte mijn hand vast, maar ik trok die weer los. Ik begon al aardig genoeg te krijgen van het medeleven van onbekenden.

'In godsnaam, vertel het me,' drong ik aan, en ik voelde me misselijk worden.

Ik had altijd gedacht dat het heel moeilijk en tegelijkertijd gemakkelijk was om de brenger van slecht nieuws te zijn... politiemensen, artsen, dat soort beroepen. Moeilijk vanwege de meedogenloze zekerheid dat je verdriet veroorzaakte, dat je een eind maakte aan een leven dat daarvoor gelukkig was geweest. Gemakkelijk omdat je het slechte nieuws kwam brengen en het, goddank, niet hoefde te ontvangen. Was het mogelijk om een zekere hardheid te ontwikkelen door verdriet te veroorzaken en dankbaar te zijn dat jij de ontvanger niet was, totdat je 's nachts gewoon goed kon slapen?

Deze agente, met haar wilde haardos, zag er niet uit alsof ze al gewend was aan het brengen van slecht nieuws. Ik staarde naar het blauwe adertje naast haar ene oog en toen ze begon te praten, bleef ik naar haar glanzende gezichtshuid kijken, alsof die aanblik op de een of andere manier mijn pijn kon tegenhouden.

'Dat weten we niet, mevrouw Finnegan. We weten niet waar Louis op dit moment is.' Ze probeerde mijn hand weer te pakken. 'Uw man is een uur geleden St. Thomas' Hospital binnengebracht. Ik vrees dat hij ernstig mishandeld is. Hij is buiten bewustzijn. De ernst van zijn verwondingen wordt op dit moment vastgesteld, maar het goede nieuws is dat zijn toestand stabiel is.'

Haar vriendelijk bedoelde hand voelde klam aan op mijn huid. Leigh kwam zwijgend naar mijn bed en gaf me iets te drinken.

'Maar toen hij werd gevonden, was hij alleen.' Ze zuchtte. 'Ik weet dat het moeilijk is, mevrouw Finnegan, maar u moet proberen kalm te blijven. Tot onze spijt moeten we nu zeggen dat uw zoontje wordt vermist. Officieel vermist, op dit moment in ieder geval.'

Vermist. Mijn kind werd vermist. Louis, met zijn bolle lijfje en dikke polsjes vol vetplooien. Zijn donkere pluishaar en zijn kraaiende lach wanneer je hem kietelde, en zijn onderkin wanneer hij zittend in zijn stoeltje in slaap was gevallen. Louis werd vermist. Mickey was ernstig gewond. De agente begon over zoekacties waarbij misschien een helikopter zou worden ingeschakeld. Ik zat rechtop, als versteend, en zag haar mond open en dicht gaan; alleen het glas draaide rond in mijn handen. Verlamd door angst.

Opeens slaakte Leigh een kreet. 'Jezus, Jess, wat doe je nou?'

Verdoofd keek ik omlaag. Mijn hand bloedde; ik had het glas kapotgeknepen. Vanochtend had ik op deze zelfde plek gelegen, eerst in Mickeys armen, daarna met Louis in mijn armen, lui wensend dat ik nog een halfuurtje kon slapen. Nu was hij weg. Nergens een kind te zien, alleen het bloed dat van mijn hand droop.

Alles verliep traag. Leigh plakte een paar pleisters in mijn handpalm en ik kleedde me aan, heel voorzichtig, alsof ik migraine had en in duizend stukken uiteen kon spatten als ik me te snel bewoog. Daarna liep ik met de agente, die Deb heette, de trap af en naar buiten, naar de politiewagen die voor de deur stond. Ik voelde dat de buren achter de ramen stonden te kijken, en even gingen mijn gedachten terug naar mijn kindertijd. Dit was gewoon niet de soort straat waar mensen met politiewagens werden opgehaald, als je begrijpt wat ik bedoel. Ik ging achter in de politiewagen zitten. Debs collega draaide zich om en zei een paar geruststellende woorden tegen me, maar ik negeerde hem, want niets kon me nu nog geruststellen, nooit meer, totdat ik mijn Louis terug had.

Leigh klopte op het zijraampje en ik kon zien dat ze haar best moest doen om zelf niet in tranen uit te barsten.

'Alsjeblieft, Jessie, probeer je niet te veel zorgen te maken, kindje,' zei ze, maar we wisten allebei dat die opmerking geen enkele zin had. Ze pakte mijn hand, die zeer deed en ijskoud was, en hield hem even vast. Toen haalde ze haar neus op, streek resoluut haar haar naar achteren, riep zichzelf tot de orde en zei dat ze het huis zou afsluiten, ons in haar eigen auto achterna zou komen en me in het ziekenhuis zou zien. Ik gaf haar niet eens antwoord, geloof ik. Daarna staarde ik voor me uit terwijl we door de donkere straten reden, dezelfde weg die ik vanmiddag, toen ik nog hoop had, in omgekeerde richting had afgelegd. Terug door de grauwe straten van Londen, naar een bestemming waar ik niet naartoe wilde.

5

Wanneer je een enkele haar uit je hoofd trekt, kun je die eerst voelen meegeven, totdat er een pijnscheutje door je hoofd echoot en de haar loslaat. Zo voelde ik me toen ik met Deb door de gedempt verlichte gangen van het ziekenhuis liep, als die ene haar, alsof iemand me strak trok en ik ieder moment kon knappen. Tijdens het lopen probeerde ik weg te duiken voor de beelden die door de ziekenhuisgeuren op me af kwamen, waaronder herinneringen aan mijn vader, zodat ik, tegen de tijd dat we bij de intensive care aankwamen en Deb op de zoemer drukte, van de ene voet op de andere stond te dansen als een bokser die aan zijn grote gevecht ging beginnen.

Het was voor mij absoluut onmogelijk om me Mickey in gekwetste toestand voor te stellen. Dat paste gewoon niet bij hem. Toen we voor de dichte deur stonden, glimlachte Deb bemoedigend naar me, maar durfde ik niet naar binnen te gaan. Het was geen rationele angst, zoals je misschien zou verwachten; het had niets te maken met de ernst van Mickeys verwondingen of de pijn die hij leed. Het was meer de angst om hem daar gewond, uitgeschakeld en machteloos te zien liggen. Ik had Mickey nog nooit machteloos meegemaakt. Hij bewoog zich door het leven alsof actie en beslissingen hem van zijn kracht voorzagen. Dat had ik tenminste leren accepteren in de korte tijd dat we samen waren. Het was wat me in hem had aangetrokken, wat me had geïntrigeerd vanaf het moment dat we elkaar voor het eerst hadden ontmoet.

Een zwarte verpleegster deed de deur open en Deb vertelde wie we waren. Ze zag er moe uit, de verpleegster, maar er straalde medeleven uit haar ogen toen ze ons binnenliet. In het gedempte licht achter de deur was alles doodstil. Alles was doods.

'Hij is helaas nog niet bij kennis, maar zijn ademhaling en hartslag zijn goed,' zei de verpleegster zacht. 'Kom maar mee,' zei ze toen, en ze legde haar hand op mijn arm. Ze was de eerste persoon die me vandaag aanraakte zónder me aan het schrikken te maken.

Voor de deur van de kamer stond een politieagent die met een ernstig gezicht naar me knikte. Zijn aanwezigheid maakte me nog bezorgder dan ik al was. De zolen van de schoenen van de verpleegster piepten zacht op de gladde vloer.

We gingen naar binnen en toen zag ik mijn man, mijn elegante echtgenoot, die eruitzag alsof hij lag te slapen, behalve dat hij aan allerlei slangetjes en buisjes lag.

'Dat is alleen uit voorzorg,' zei de verpleegster, toen ze me zag kijken naar het apparaat dat hem van zuurstof voorzag.

Aan het voeteneind bleef ik staan en ik keek alleen maar. Zijn donkere haar was achterovergekamd en zijn gezicht was heel bleek. Zijn ene oog was opgezwollen en zat helemaal dicht. In zijn wang aan de andere kant zat een snee die met veel zorg was gehecht. De snee had de vorm van een grote, liggende komma en vreemd genoeg dacht ik: Nike zou dit prachtig vinden. Zijn bovenlichaam was ontbloot, zoals dat van Jezus, en zijn armen waren gespreid zo ver het smalle bed het toeliet. Zijn borstkas zat onder de schrammen en blauwe plekken. De aanblik, zonder de medische apparatuur, deed me denken aan een oud schilderij dat hij waarschijnlijk foeilelijk en ik prachtig zou vinden, en ik voelde een hysterische lach opkomen, die ik moest onderdrukken.

'Misschien kan hij u horen, mevrouw Finnegan,' zei de verpleegster, en met zachte hand stuurde ze me dichter naar het bed toe. Ik staarde haar wezenloos aan. Deb mompelde dat ik misschien even alleen met hem wilde zijn, waarop de verpleegster knikte en zei dat ze de behandelend arts ging oppiepen. Samen liepen ze zachtjes over het glanzende linoleum de kamer uit. Ik spande me in om te horen wat ze tegen elkaar fluisterden en wenste dat ik hier niet was. Ik wilde ook de gang op lopen, met hen meefluisteren.

Alleen in de kamer voelde ik me slecht op mijn gemak, alsof ik werd geobserveerd. Lag Mickey naar me te kijken? Uiteindelijk dwong ik mezelf dichter bij het bed te gaan staan en legde ik mijn hand voorzichtig op Mickeys in pyjamabroek gehulde been, heel licht, alsof het been zou breken wanneer er te veel druk op werd uitgeoefend.

'Je zou uit je vel springen als je zag wat ze met je hebben gedaan,' zei ik, en ik begon te lachen, een lach die al snel overging in een hijgend gepiep. Ik boog me over hem heen, bracht mijn mond vlak bij zijn oor en vroeg: 'Mickey, waar is Louis? Je moet wakker worden, want Louis is zoek. Wat heb je met hem gedaan, Mickey?' Ik hoorde hoe scherp en schril mijn stem klonk en had opeens de neiging hem beet te pakken en door elkaar te schudden, maar voordat ik dat kon doen stond Deb naast me, pakte ze mijn armen vast en verstomde mijn waanzinnige lach. De tranen rolden over mijn wangen en ik kreeg een loopneus, maar ik huilde niet echt. Ik had schoon genoeg van al dat gehuil en zou wel eens laten zien hoe taai ik was. Dat was ik toch? Ik maakte me los van Deb.

'Het gaat wel weer,' zei ik. 'Bedankt. Echt, ik red het wel.' Maar ik zag haar naar de verpleegster kijken alsof ze dacht: daar geloof ik niets van.

De verpleegster, zuster Kwame heette ze, gaf me een bekertje thee zo zoet dat het roerhoutje er bijna rechtop in bleef staan, en toen ze mijn piepende ademhaling hoorde, ging ze een inhaler voor me halen.

'Het komt wel weer goed met hem,' zei ze met haar Afrikaanse accent. 'U moet vertrouwen blijven houden.'

Ik voelde me inderdaad wat rustiger, gerustgesteld door de kalme waardigheid van haar bewegingen.

'Ik wou dat ik dat kon,' zei ik. 'Maar alles is goed mis.'

Voordat ze iets terug kon zeggen, kwam Mickeys arts de kamer binnen. Klein van stuk, en door zijn baard en rode wangen deed hij me denken aan een stripfiguur van vroeger. De scans toonden geen hersenbeschadigingen, zei hij, en het was een kwestie van tijd voordat Mickey weer bij kennis zou komen. Het enige gevaar school in eventuele inwendige bloedingen, maar ze hadden niets kunnen vinden, dus dat leek hem onwaarschijnlijk.

'Het is zelfs mogelijk dat hij nu gewoon slaapt,' zei hij, en zijn kraaloogjes keken me aan om te zien of ik hem geloofde. 'Maar ik vrees dat hij een flink pak slaag heeft gehad.' Hij trok een kaart van de muur, keek ernaar, streelde zijn baard en vervolgde: 'Een paar gebroken ribben, maar we hebben met tevredenheid kunnen vaststellen dat zijn overige verwondingen vooral uitwendig zijn.'

Ik huiverde bij het idee van Mickey die op de grond lag en Louis die zag hoe zijn vader in elkaar werd geslagen. Ik proefde de smaak van gal in mijn mond.

'Ik geloof... sorry, maar ik moet even gaan zitten.'

De arts praatte gewoon door terwijl zuster Kwame me in een stoel zette. 'Hopelijk is hij morgen bij kennis. Ik weet zeker dat de politie heel wat vragen voor de arme stakker heeft.'

De verpleegster nam de kaart van hem over en mompelde iets, terwijl de arts met zijn appelwangen me aankeek alsof ik een nog niet ontdekte diersoort was. 'En u, hoe gaat het met u? U hebt natuurlijk een shock.'

Zonder op antwoord te wachten schreef hij een recept voor me uit. 'Zuster Kwame mag de medicijnkast plunderen,' zei hij met een knipoog. 'Als u vragen hebt, kunt u die aan haar stellen.' Daarna schoof hij zijn pen achter zijn opvallend kleine oor en liep de kamer uit.

Kort daarna arriveerden Leigh en Gary, gevolgd door Debs adjudant, die me naar huis zou brengen. Zuster Kwame gaf me een print van het medisch verslag en een potje kalmeringspillen.

'Bedankt, maar die wil ik liever niet,' zei ik. Zelfs pijnstillers slikte ik zelden. Ik had gezien wat te veel pillen met mijn moeder hadden gedaan.

'Misschien kunt u ze toch maar beter meenemen, voor de zekerheid. Dan neemt u ze alleen in als het echt nodig is, goed?'

Uiteindelijk stak Leigh het potje voor me in haar zak. Er werd even gepraat over of ik niet beter kon blijven voor het geval Mickey bij kennis kwam, maar daar wilde ik niet van weten. Ik moest naar huis. Stel dat iemand Louis kwam terugbrengen? De politieman – die adjudant Silver heette, werd me verteld – zei dat hij me naar huis zou brengen om daar met me te praten, waarop Leigh de zaak nodeloos ingewikkeld maakte door erop aan te dringen dat ik nu niet alleen moest zijn.

'Kom bij ons logeren. Dat lijkt me het beste, vind je niet, Gaz?' Ze had het al besloten en keek haar man aan om het door hem te laten bevestigen, zoals ze dat altijd deden.

Maar ik schudde mijn hoofd. 'Nee.'

'Nee?' Ze was verbaasd. 'Waarom niet?'

'Daarom niet, Leigh.' Ik was moe, veel te moe om nu met haar te bekvechten.

'Maar... dan kunnen we voor je zorgen. Je hebt je familie nu nodig.'

Familie. Mijn eigen kleine familie bestond ineens niet meer. Eindelijk, na al die jaren, was het me gelukt mijn eigen gezin te creëren en rust te vinden... en nu was het er niet meer. Binnen één dag in rook opgegaan. Ik draaide me van haar weg. 'Ik wil naar huis, en als jullie het niet erg vinden, zou ik nu graag willen gaan.'

Adjudant Silver had net een blikje Cola Light uit de automaat gehaald en dronk het snel leeg. 'Dat lijkt me een goed idee,' zei hij vriendelijk, waarop Leigh hem boos aankeek.

Uiteindelijk werd besloten dat Gary terugging naar de kinderen en dat Leigh mij gezelschap zou houden. Ik ging snel nog even Mickeys kamer binnen. Toen ik naar hem keek, zag ik opnieuw het beeld van Jezus aan het kruis voor me. Wat maakte dat mij dan, zoals ik daar hulpeloos aan zijn voeten stond?

'Word alsjeblieft wakker, Mickey.' Geen reactie. 'Ik ben zo bang en ik weet niet wat ik moet doen,' zei ik zachtjes, en toen bukte ik me, pakte zijn hand, met die lange vingers die zo beangstigend stil in mijn hand lagen, en de ontvelde knokkels, en drukte er snel een kus op.

'Ik hou van je,' fluisterde ik. In een crisissituatie durfde ik te zeggen wat ik in het echte leven nooit deed, de woorden die ik altijd hoopte te horen wanneer de dag aanbrak, totdat hij ze een keer midden in de nacht, vlak voordat ik Louis had gekregen, in mijn haar had gefluisterd, zo zacht dat ik had gedacht dat ik het droomde. Maar voor mij was het genoeg geweest... voor een tijdje.

Toen ik de gang weer op kwam, stonden Leigh en Gary met elkaar te ruziën en schrokken ze als twee tieners die iets stouts hadden gedaan. Ze werden niet graag van elkaar gescheiden, die twee.

'Fijn dan je bent gekomen, Gaz,' wist ik te zeggen, en hij knikte naar me met die bolle kop van hem.

'Doe geen domme dingen, Jess,' mompelde hij, waarna hij me onwennig omhelsde en me op de wang kuste, waarbij onze jukbeenderen tegen elkaar botsten. Wat vonden we het toch moeilijk om onze genegenheid te tonen.

Silver schraapte zijn keel. 'En, zullen we gaan?' vroeg hij vriendelijk. Hij zag eruit zoals hij heette. Peper-en-zoutkleurig haar en een pak dat er voor een politieman verdacht duur uitzag. Kauwgom in zijn brede mond met rechte lippen. Halfgeloken ogen.

'Deze kant op, mevrouw Finnegan, mevrouw...?' Hij keek Leigh vragend aan.

'Mevrouw Hopkins,' zei ze, waarbij ze haar haar naar achteren zwiepte.

Zwijgend, een bedrukt trio, stonden we op de lift te wachten toen ik opeens aan iets moest denken. Zonder acht te slaan op de protesterende stemmen achter me haastte ik me door de gang terug naar de intensive care. Deze keer deed zuster Kwame meteen de deur open. Ze glimlachte licht verbaasd naar me.

'Bent u iets vergeten?'

'Nee,' zei ik, nu al happend naar adem. 'Het is alleen... ik vroeg me af of,' stamelde ik, 'of mijn man misschien iets bij zich had toen hij hier werd binnengebracht.'

Ze bleef me met haar zachte blik recht aankijken.

'Ik bedoel... een tas of zoiets. Of iets anders.' Ik zweeg en vroeg me af waar ik eigenlijk op hoopte.

'Nee, dat geloof ik niet,' zei ze. 'Alleen de kleren die hij aanhad, voor zover ik weet. Maar weet u, met dat soort zaken houdt de politie zich bezig.'

'O.' Ik voelde mijn hoop weer verdwijnen. 'O, juist. Bedankt.' Ik stond te tollen op mijn benen, voelde hoe de uitputting me steeds meer in haar greep kreeg. 'Ik wilde alleen... u weet wel. Ik vroeg het me alleen af. Tot gauw.'

Ik draaide me om en wilde teruglopen naar de lift, waar adjudant Silver al druk stond te gebaren.

'Wacht,' riep zuster Kwame me na. 'Er was wel iets. Ik had het al eerder aan de politie willen geven. Ik zal het pakken.' Ze ging naar binnen.

'Alles in orde?' vroeg Silver, en ik bespeurde een noordelijk accent. Ik knikte stijfjes, probeerde naar hem te glimlachen maar mijn gezicht weigerde mee te werken. Zuster Kwame kwam de gang weer op. Ze gaf me een doorzichtige plastic zak met daarin een bruine envelop met luchtkussentjes, zoals Mickey die gebruikte voor zijn diskettes en negatieven. Met trillende vingers maakte ik de envelop open en hield hem ondersteboven. Er viel een paspoort in mijn hand.

6

Zonder na te denken wilde ik het openslaan, maar adjudant Silver pakte het snel bij de randen vast en nam het van me over. 'Geeft u dat maar liever aan mij, mevrouw Finnegan,' zei hij vriendelijk. 'We hebben het nodig voor vingerafdrukken en dat soort zaken.'

'Alstublieft,' zei ik. 'Ik wil alleen weten van wie het is. Ik begrijp niet waarom...'

Hij had met me te doen en sloeg heel voorzichtig de eerste bladzijde op. Een jongere Mickey staarde ons met norse blik aan.

'Een opgewekt type, uw echtgenoot, hè?' zei Silver, maar het was geen vraag. Ik liep van hem weg, verder de gang in, weg van mijn bewusteloze echtgenoot. Weg van mijn enige link met Louis.

Toen ik Mickey voor het eerst had ontmoet, had het weken geduurd voordat ik hem zag glimlachen. Eigenlijk was er helemaal geen sprake geweest van een ontmoeting, want zijn assistente Pauline had me aangenomen als aspirant-ontwerpster kort nadat ik aan mijn deeltijdopleiding aan St. Martin's College of Art was begonnen. Ik wist dat dit mijn grote kans was, want ik was een stuk ouder dan mijn jaargenoten, maar ik was tot alles bereid om te laten zien wat ik in mijn mars had. Ik zat achter mijn computer en wanneer Mickey op kantoor was, zag ik hem wel eens langslopen, hoewel hij nooit de moeite nam me zelfs maar gedag te zeggen. De paar keer dat hij er was, zag ik hem achter de glazen scheidingswand in zijn kantoor zitten, met zijn handgemaakte schoenen op zijn bureau, terwijl zijn slaafjes in en uit liepen, hij afwezig zijn donkere haar van zijn voorhoofd streek en zonder iets te zeggen hun werk bekeek. Ik zag ook hoe hij zijn enthousiasme op zijn personeel overbracht, hoewel zijn ergernis vaker te zien was. Maar wat ik vooral zag, was dat de meisjes, die er altijd op hun paasbest uitzagen op de dagen dat hij op kantoor werd verwacht, hem vleien en met hem flirtten. Hij ging er zelden op in, maar als hij het deed en hen met een korte glimlach beloonde, zag je zijn hele gezicht oplichten en was ik net zo onder de indruk als de anderen, hoewel ik me ertegen verzette. De enige persoon met wie hij op ontspannen voet omging was zijn energieke assistente Pauline. Met haar kon hij lachen als met geen ander, en toen ik hem een keer zijn arm om haar schouders zag slaan, voelde ik me vreemd genoeg een beetje jaloers.

Op een middag werd ik naar Mickeys kantoor geroepen om hem een paar ontwerpen, waar ik op dat moment mee bezig was, te laten zien. Ik weet dat het belachelijk klinkt, maar mijn handen trilden toen ik de map van mijn bureau pakte. Ik had er zo verdomde hard aan gewerkt dat ik niet zou kunnen verdragen als ze werden afgekeurd. Ik was doodsbang voor Mickey, bang dat hij dwars door me heen zou kijken, me een prutser zou vinden en me de laan uit zou sturen.

Toen ik op de glazen deur klopte, zat Mickey te telefoneren en gebaarde hij dat ik binnen moest komen. Ik bleef bij de deur staan wachten tot hij klaar was en keek ondertussen om me heen. Nergens foto's, nergens persoonlijke bezittingen, alleen een mooie orchidee in een vaasje en een – zo te zien – echt werk van Tracey Emin aan de muur. Mickey hing op zonder gedag te zeggen. Wat onbeschoft, dacht ik, maar in het geniep was ik onder de indruk. Zo deden ze dat in *Dallas* toen ik klein was.

'Ik hou wel van haar werk.' Ik wees naar de tekening.

'O ja?' Mickey nam de map door die ik op zijn bureau had gelegd en keek niet op.

'Maar ze is wel een beetje een rare, hè?'

'Vind je?'

'Dat geeft haar werk waarschijnlijk zijn... je weet wel... extra lading, denk ik.'

'Ja, is dat zo?' Deze keer keek hij wel op. Hij keek me aan en grijnsde. Mijn god, van dichtbij zag hij er nog beter uit dan ik had gedacht.

Ik bleef praten. 'Haar ideeën bevallen me wel. Hoewel ze altijd een beetje... beschadigd overkomt.' Ik meende een blik op te vangen, een bijna weemoedige uitdrukking die op zijn gezicht verscheen en toen weer verdwenen was.

'Dat hoeft niet per se een slechte zaak te zijn, toch? Beschadigd zijn?'

We keken elkaar recht aan. Het was vreemd, maar heel even, een fractie van een seconde, was het alsof ik in een spiegel keek. Ik voelde een plotselinge opluchting omdat ik iets in die donkere ogen had herkend. En er was ook nog iets anders, iets wat ik op dat moment niet goed kon plaatsen. Een minuut lang zakte het pantser en maakte hij een ontspannen indruk. Ik maakte mijn blik los en keek weer naar de tekening.

'Hoe dan ook, ik wou dat ik zo kon tekenen.'

'Wie zegt dat je dat niet kunt?'

'Was het maar waar.'

'Vind je haar niet een beetje... overgewaardeerd?'

'Als je dat vindt, waarom heb je haar werk dan aan de muur hangen?'

'Als investering, vooral.'

Maar ik wist dat hij loog, dat hij een rookgordijn opwierp. 'Dat zou nogal deprimerend zijn, vind je niet? Je zou kunst moeten kopen omdat je het mooi vindt, vind ik.' Ik begon enthousiast te raken. 'Of omdat het je de kans geeft aan het dagelijkse leven te ontsnappen, of omdat het je raakt, je weet wel, een gevoel in je oproept... passie. Emoties.'

'Is dat zo?' Hij keek me recht aan en ik had het gevoel dat er geen antwoord van me werd verwacht. 'Nou, misschien vind ik er dan wel niks aan.'

'Vind je dat echt?'

'Nee. Maar je zou het leuker vinden als dat wel zo was, hè?'

Ik glimlachte onzeker.

Hij richtte zijn aandacht weer op mijn werk en zei: 'Weet je, dit ziet er helemaal niet slecht uit, eh...?'

Er viel een stilte. Ik besefte dat hij niet wist hoe ik heette. 'Jessica,' zei ik. 'Maar de meeste mensen noemen me Jess.'

'Jessica. Dit ziet er zelfs heel goed uit. Je hebt de briefing goed begrepen.'

Ik probeerde niet te blozen, maar inwendig voelde ik me in de zevende hemel. 'Dank je.'

Zijn telefoon begon te rinkelen. Hij nam op en draaide zijn leren bureaustoel om totdat hij met zijn rug naar me toe zat. Ik wachtte een minuut, totdat ik besefte dat ons gesprek blijkbaar afgelopen was. Ik stopte mijn ontwerpen terug in de map en liep zijn kantoor uit.

De rest van de week was ik boos, want hij negeerde me compleet. Hoewel, toen ik op een middag opkeek van mijn monitor, van een ingewikkelde klus waar ik mijn hoofd goed bij moest houden, met het puntje van mijn tong uit mijn mond en terwijl ik een lok van mijn krullende haar rond een pen draaide, merkte ik dat hij door de glazen wand van zijn kantoor naar me zat te kijken. Heel langzaam kwam er een glimlach om zijn mond en toen wendde hij zijn hoofd af.

De meeste avonden ging ik uit en dronk ik te veel met mijn nieuwe vrienden van St. Martins. Ik voelde me als in de droom waarvan ik altijd had gedacht dat die nooit zou uitkomen, liep 's nachts wankelend naar huis en viel alleen en zielsgelukkig in slaap.

Op een avond bleef ik tot laat op kantoor om door te werken aan een klus waar ik al lange tijd mee bezig was. De zomer naderde, het was ongebruikelijk warm en de airconditioning had het begeven. Ik had zitten werken totdat ik bijna onwel werd van de hitte en had toen, omdat ik toch alleen was, mijn jersey jurk uitgetrokken, waaronder ik alleen mijn oude petticoat aanhad. Door het open raam kwamen de avondgeluiden van Soho naar binnen: huilende sirenes, pratende, roepende, lachende en ruziënde stemmen, het ruisen van autobanden, rennende voetstappen en het gerinkel van de belletjes van de riksja's. Ik werd zo in beslag genomen door mijn werk dat ik me doodschrok toen de deur opeens openging en Mickey binnenkwam, met een fles champagne en drie glazen in zijn handen en twee belangrijke Japanse klanten in zijn kielzog, om in zijn kantoor een deal te bezegelen.

'Sorry,' stamelde ik terwijl ik opsprong van mijn stoel en snel het werkstuk van St. Martin's, waar ik ook nog aan had willen werken, onder mijn bureau schopte.

'Jessica.' Hij staarde naar mijn petticoat, keek om naar zijn klanten, keek mij weer aan en zei heel kalm: 'Dat kunnen we geen gepaste kantoorkleding noemen, hè?'

Gegeneerd graaide ik mijn jurk van de stoelleuning terwijl de Japanse vrouw, volmaakt elegant in nachtblauw gekleed, naar me boog en haar kleine, nogal hooghartige mannelijke collega me compleet negeerde. Ik boog terug, me pijnlijk bewust van mijn onopgemaakte, van transpiratie glimmende gezicht en mijn piekende haar, en rende naar het toilet om me aan te kleden. Toen ik terugkwam had Mickey de deur van zijn kantoor dichtgedaan en voelde ik de spanning in de lucht hangen, maar algauw had ik me weer verdiept in mijn werk en toen ik later opkeek, zag ik hem het glas van de Japanse vrouw bijschenken. Kort daarna zette ik mijn computer uit en ging naar huis.

Ik had de volgende ochtend een uitbrander verwacht, maar in plaats daarvan stond er een envelop tegen mijn computer. Het was een uitnodiging voor een vernissage in een galerie in Cork Street, van het werk van Tracey Emin, voor die avond, met een geel Post-it-velletje erop.

IK ZIE JE DAAR OM 7 UUR. KLEED JE VOOR EEN DINER. OF TREK JE PETTICOAT AAN. ZIE MAAR. M.

In de lunchpauze ging ik een kop koffie drinken en liep met mijn handen in mijn zakken door de drukke straten in de omgeving van het kantoor. Ik had niets met relaties. Daar was ik helemaal niet aan toe. En rommelen met de baas, een grotere fout kon je niet maken, toch? Of misschien wilde hij alleen maar over kunst praten? Ik liep door Broadwick Street, at een kom aardbeien die nog niet helemaal rijp waren en liep met opzet de etalage met sexy lingerie van Agent Provocateur voorbij. Ik weigerde te denken aan Mickeys glimlach van kortgeleden. Wat kon iemand als hij nu in mij zien? We kwamen van verschillende planeten.

Met tegenzin ging ik terug naar kantoor, maar na een tijdje zei ik tegen Pauline dat ik hoofdpijn had en beter naar huis kon gaan. Verbeeldde ik het me, of zag ik een begrijpende blik in haar ogen? Thuis ging ik op de bank liggen, keek naar *Richard and Judy* op tv en besloot dat ik die avond niet zou gaan. Ik schonk een glaasje wodka voor mezelf in. Enige tijd later nam ik er nog een, met ijs deze keer. En toen, met nog tien minuten tijd, kleedde ik me alsnog om voor het uitje, ineens bang dat ik er niet op tijd zou zijn, bang dat ik niet thuishoorde in de glamourwereld waarin Mickey zich overduidelijk met gemak bewoog. Bang dat ik me een situatie verbeeldde die niet bestond.

Toen ik uiteindelijk bij de galerie aankwam, in een zwarte taxi die naar wodka stonk, stond Mickey bij de ingang ontspannen tegen de muur geleund. Het was een stuk frisser dan gisteren en ik rilde in het kille avondbriesje.

'Hallo,' zei ik verlegen. 'Sorry dat ik een beetje laat ben.'

'Hallo,' zei hij kalm, kuste me op mijn wang en nam me mee naar binnen. 'Leuk, dat ruitje. En die jas ook. Anna Karenina-stijl. Hoewel ik je petticoat toch leuker vond, denk ik. Die had wel wat, met jou erin.'

'O ja?' Ik voelde een vreemd gekriebel in mijn buik. Ik vertelde Mickey maar niet dat ik die petticoat jaren geleden van mijn moeder had gepikt. Een serveerster hield ons een dienblad met glazen wijn voor en we pakten er allebei een.

'Je ziet eruit als zestien.'

'O. Hou je van meisjes van zestien?' Ik keek naar hem op vanonder het haar op mijn voorhoofd.

Hij glimlachte, niet echt een wrede glimlach, maar wel een van iemand die gewend is zijn zin te krijgen. Het was ook geen echt vriendelijke glimlach. 'Dat bedoel ik niet.'

'Wat bedoel je dan wel?'

'Weet je, Jessica...'

Het beviel me zoals hij mijn naam uitsprak, met een soort slepende traagheid. Ik betrapte me erop dat ik mijn adem inhield. 'Wat?' vroeg ik.

'Jij hebt iets waar ik de vinger niet op kan leggen.'

Ik keek naar de lange, slanke vingers waarmee hij zijn glas vasthield en voelde de wodka in mijn aderen tintelen. 'Hoe weet je dat?'

'Wat?'

'Hoe weet je dat je er de vinger niet op kunt leggen?' Ik hoopte dat hij mijn tanden niet hoorde klapperen, zo veel adrenaline joeg er door mijn lichaam.

Hij begon te lachen. 'Je herinnert me aan mezelf, ik denk dat dat het is.'

'Op wat voor manier? Dat ik hard en humeurig ben?' Ik keek naar mijn nagels maar voelde me verre van zelfverzekerd. Ik wist dat ik nu te ver was gegaan. Kom maandag je spullen maar halen. Maar hij lachte weer, meer niet.

'Dat is maar schijn. Hoe iemand zich gedraagt, kan misleidend zijn. Jouw manier van doen is ook misleidend, tenminste, dat denk ik. Je wekt de indruk dat je zou willen dat er iemand voor je zorgde, maar... nou ja...'

'Wat?' vroeg ik, en ik nam een flinke slok koele witte wijn om mijn zenuwen te kalmeren.

'Volgens mij ben je een overlever.'

Ik keek hem recht aan. 'Ja, nou, meestal klopt dat wel en overleef ik heel aardig.'

'En je bent zo anders...'

'Mickey Finnegan, ouwe schuinsmarcheerder.' Een dikke man met een rood gezicht gaf Mickey een klap op zijn schouder. 'En wie is deze verrukkelijke jongedame?'

Ik verslikte me bijna in mijn wijn, maar Mickey gaf geen krimp. Noch nam hij de moeite me aan de man voor te stellen.

'Charles. Al weer terug uit New York?'

Ik luisterde even mee terwijl Mickey met de kunsthandelaar in gesprek was, en keek zoekend om me heen naar de serveerster, voor een nieuw glas wijn. Een van Emins werken aan de muur, een tekening van een naakt jong meisje, bracht me uit mijn evenwicht. Ondanks haar naaktheid had ze iets heel onschuldigs over zich, vond ik. Iets droevigs ook. Ik keek nog eens goed en zag dat het werk *If I could just go back and start again* heette. Uiteindelijk liep de dikke man weg, hoogstwaarschijnlijk op zoek naar nog wat versnaperingen, en keerde Mickey zich weer naar mij. Met een flirtende blik keek ik naar hem op.

'Waar waren we gebleven? Je zei dat ik anders was...?'

Zijn gezicht betrok. 'Laat maar zitten.'

Mijn eigen domheid trof me als een stomp in mijn maag. Ik had de situatie verkeerd ingeschat. Snel veranderde ik van onderwerp. 'Vind je dat werk niet... deprimerend?' vroeg ik, en ik wees naar de tekening van het naakte meisje.

Hij draaide zich om. 'Waarom?'

'Dat weet ik niet precies. Om de een of andere reden doet het me aan mijn kindertijd denken.' Mijn god, ik had écht te veel gedronken. Maar op dat moment zag ik die uitdrukking op zijn gezicht weer, dezelfde die ik eerder die week op kantoor had gezien. De uitdrukking die ik had herkend, en die ik nu wist te benoemen. Droefenis die werd blootgegeven.

'Dus jouw kindertijd was niet zo leuk, Jessica?'

Ik haalde mijn schouders op. 'Het ging wel, soms.'

Hij bracht zijn hand omhoog en raakte zacht mijn oorlel aan. Ik hapte naar adem. Hoe kon zo'n korte aanraking zo veel gevoelens in me teweegbrengen? We liepen een rondje door de galerie en bekeken het werk van Emin, maar ik kon me niet meer concentreren. Mickeys aanwezigheid vlak naast me voelde als levenskracht, letterlijk, een energie die op me afstraalde, hoewel hij nu meer in zichzelf gekeerd leek dan daarvoor. Ik zag iets van mezelf in hem, een zekere kwetsbaarheid die hij het merendeel van de tijd wist te verhullen, maar niet altijd.

Daarna haalden we het niet eens tot het restaurant waar hij een tafel had gereserveerd. Zodra we in de taxi waren gestapt trok Mickey me naar zich toe en verzette ik me niet. Ik verlangde zo erg naar hem dat ik niet meer normaal kon nadenken. Het overkwam me zelden dat ik mezelf niet meer onder controle had, maar met deze man... deze man was zo anders dan alle anderen die ik had ontmoet. Langzaam, heel langzaam, begon hij de knoopjes los te maken van mijn lange jas, die ik tot boven toe gesloten had gehouden. Ik rilde weer, maar deze keer was het van verlangen.

'Ik heb me de hele avond al afgevraagd wat je hieronder aanhad,' mompelde hij.

Onder mijn jas had ik die petticoat aan, en verder helemaal niks. Hij ging met zijn vingertoppen over mijn naakte sleutelbeen en ik beet in mijn onderlip.

'Mijn god,' kreunde Mickey zachtjes. 'Jij hebt zeker iets, kleine Jessica. Iets waar ik heel erg naar verlang.'

Mickey gaf de taxichauffeur opdracht ons naar het beste hotel van de stad te brengen, op achteloze toon bijna – het maakte niet uit welk hotel, als hij maar opschoot – en richtte zijn aandacht weer op mij. Hij legde zijn wijsvinger op mijn mond en volgde de omtrek van mijn hunkerende lippen, totdat ik zijn vingertop tussen mijn tanden nam en er zachtjes op begon te zuigen. Mickeys andere hand gleed onder mijn jas, over de zijden stof van mijn petticoat, en hij begon de gladde huid van mijn trillende benen te strelen. En net toen ik het gevoel kreeg dat ik ieder moment kon exploderen van puur genot, trok hij me, gedreven door mijn zogenaamde pogingen tot verzet, weer tegen zich aan en kuste me hard op de mond. Zijn tanden drongen in mijn lippen en ik kuste hem terug met een overgave waarvan ik blij was dat ik die voelde. Ik vergat zijn bedrukte humeur van zo-even en gaf me over aan het genot, was als de spreekwoordelijke was in zijn handen, die warm en stevig over de vliesdunne zijde van mijn petticoat gleden en de vormen van mijn lichaam eronder volgden. Zelfs de taxichauffeur kon me op dat moment niet meer schelen. Ik zou het daar op de achterbank hebben gedaan, als Mickey het had gewild. Ik had me nog nooit zo gevoeld, compleet in de macht van mijn eigen lustgevoelens, zo verlangend en weerloos. Nog nooit in mijn hele leven.

Ik zei niets toen we naar Silvers auto liepen, en toen we er waren, liet ik Leigh voor instappen, hoewel ik wist dat de politieman met me wilde praten. Ik zou me, met alle mogelijkheden die door mijn hoofd tolden, toch niet op zijn vragen kunnen concentreren. Mickey was voor zijn werk vaak op reis, maar ik kon me niet herinneren of hij een dezer dagen ergens naartoe moest. Maar waarom had hij zijn paspoort dan bij zich? Mijn geest was een reusachtig zwart gat waarin de vragen en informatie om elkaar heen draaiden.

De grote auto vond moeiteloos zijn weg door de verlaten straten. Iedereen die bij zijn volle verstand was, was de benauwde avond ontvlucht en lag nu veilig in bed. We reden langs de betonnen kolossen bij Westminster Bridge, passeerden Waterloo en sloegen weer af in zuidelijke richting. Bij een kruispunt liepen ineens twee meisjes de weg op en moest Silver op zijn rem gaan staan. We werden alle drie naar voren geworpen terwijl de tieners, beiden met ontbloot middenrif en navelpiercing, bleek oplichtend in het licht van de straatlantaarns, brutaal lachend en zichtbaar dronken de weg overstaken.

De politieman trok een boos gezicht en mompelde: 'Stomme grieten.'

Ik legde mijn wang tegen het koele glas van het zijraampje. Mijn gezwollen boezem klopte pijnlijk.

Adjudant Silver schraapte zijn keel en zei: 'Mevrouw Finnegan, ik weet dat u moe bent, maar u begrijpt dat ik u enkele vragen zal moeten stellen. Als u straks thuis bent, zou ik graag uw verklaring opnemen.' Hij keek me aan via zijn achteruitkijkspiegel en bleef mijn blik vasthouden. In het schemerlicht waren zijn ogen bijna zwart. 'Totdat uw man weer bij kennis komt, bent u onze enige schakel met uw kind.'

Ik bleef hem in de ogen kijken. Ik wist dat hij gelijk had en wilde net knikken, toen ik links van me opeens de hoge schoorstenen van Tate Gallery zag. 'Stop!' riep ik, en hij ging weer op de rem staan.

'Jezus christus,' vloekte Leigh, die weer naar voren werd geworpen. 'Het lijkt verdomme wel alsof we in de botsautootjes zitten.'

'Ik moet eruit,' zei ik terwijl ik de portierhendel beetpakte.

'Ben je misselijk?' vroeg ze.

Ongeduldig schudde ik mijn hoofd. 'Nee, ik moet daar gaan kijken.'

'Waar?'

'Bij Tate Gallery. Ik had daar nooit mogen weggaan.'

'Doe niet zo gek, Jess,' zei Leigh terwijl ze zich omdraaide op haar stoel. 'Ze zijn nu gesloten.'

'Niet ín Tate Gallery. Buiten, bij de rivier, waar ze Mickey hebben gevonden. Daar hebben ze hem toch gevonden?' Ik besefte dat ik dat niet wist. 'Ik moet zeker weten dat Louis daar niet is. Ik bedoel, stel dat hij daar nog steeds is!'

'Jess, wacht! Ik ga met je mee.'

Maar ik had het portier al geopend, stapte uit de auto en rende de weg op. Leigh riep me iets na, maar haar stem ging verloren toen er een motorfiets langs me heen schoot, zo dicht dat ik de wind op mijn gezicht voelde en de berijder kon horen vloeken. Maar ik was vastbesloten en rende door, terug naar de plek waar ik vandaag was geweest, waar ik mijn kind voor het laatst had gezien. Natuurlijk, dít was wat ik moest doen! Ik had hier nooit mogen weggaan. Ik was boos op mezelf. Ik had hier moeten blijven, dan zou ik hem hebben gevonden. Zonder acht te slaan op de roepende stemmen achter me rende ik door, langs de afgesloten koffietent, langs de hoge, keurig gesnoeide heggen, totdat ik bij de rivier kwam.

Pas daar bleef ik staan. Ik ademde de koele nachtlucht diep in. Aan de overkant van de rivier zag de stad er indrukwekkend uit, warm verlicht als een reusachtige fata morgana. En ergens in die stad was Louis. Ergens daar...

Er werd een arm om mijn schouders gelegd en ik merkte dat ik rilde over mijn hele lichaam. Een kalme, zachte stem met een noordelijk accent zei bij mijn oor: 'Mevrouw Finnegan, ik kan u verzekeren dat onze mensen hier al hebben gezocht. Er wordt overal in de stad gezocht, in alle hoeken en gaten. Er is hier geen spoor van Louis gevonden. En weet u, uw man is op enige afstand hiervandaan gevonden.'

Hij draaide me om, maar ik kon hem niet aankijken.

'We kunnen maar beter naar huis gaan, vindt u ook niet?' drong hij op vriendelijke toon aan. 'Straks wordt u nog ziek en dat kunnen we nu niet hebben. Kom, dan breng ik u naar huis.'

Ik zakte half in elkaar. Ik kon niet meer staan. Ik kon er niet meer tegen. Nog nooit had ik me zo hulpeloos gevoeld. Alles deed me pijn en elke cel van mijn lichaam schreeuwde om mijn enige kind. Dus dit was moederliefde. Het deed zo verdomde veel pijn.

'Alsjeblieft,' smeekte ik, en ik hoorde mijn stem breken. 'Laat me heel even rondkijken, alsjeblieft. Vijf minuten maar.'

Adjudant Silver keek me aan en moest mijn wanhoop hebben aangevoeld, want hij gaf toe. Hij hield me bij mijn arm vast toen we een eindje langs de rivieroever liepen en om ons heen keken. Ik voelde dat hij zijn best deed om me niet te overhaasten. En ik zag dat alles er normaal uitzag, nergens een kind te zien. Louis was hier niet.

Toch kon ik het niet opbrengen om hier weg te gaan. Ik maakte mijn arm los uit zijn greep, liet me op het pad zakken, legde mijn hoofd op het asfalt en voelde dat het nog warm was van de zon van de afgelopen dag. Ik huilde niet, maar er liepen wel tranen over mijn wangen. Ik legde mijn handen plat op de grond alsof ik de aarde kon beetpakken en optillen, en vroeg me af wat ik verkeerd had gedaan, waar ik het aan had verdiend dat ik mijn kind kwijt was.

Na een tijdje stond ik toe dat de politieman me overeind trok en voorzichtig mijn kleren afklopte, alsof ik een klein kind was. Daarna pakte hij mijn hand en leidde me terug naar de auto, waar Leigh een sigaret rookte terwijl ze op ons wachtte. Toen ze mijn gezicht zag, gooide ze de sigaret op de grond, trapte hem uit en gaf me een tissue met een paar lipstickstrepen erop. Daarna omhelsde ze me onhandig en liet ik dat, net zo onhandig, toe. Deze keer stapte ik voor in de auto, nam de pil aan die Leigh me gaf, uit het potje van zuster Kwame, en beantwoordde al Silvers vragen terwijl hij me naar huis reed.

7

Iemand riep mijn naam, steeds weer opnieuw. Ik zwom naar de oppervlakte. Op het moment dat ik erdoorheen brak, door de sponzige laag van de verdoving, wist ik het weer. Panisch probeerde ik weer omlaag te duiken, terug de vergetelheid in, maar die was er niet meer.

Ik trok het laken over mijn gezicht totdat Leigh het uiteindelijk wegtrok. Ze torende boven me uit, met een dampende mok in de ene hand en het potje kalmeringspillen in de andere. Ik schoot overeind om te vragen of er nieuws was, maar er was geen nieuws, zei ze, nog niet. Louis was nog steeds zoek en Mickey was nog niet bij kennis. Maar het kon nu toch niet lang meer duren? Leigh was behoedzaam opgewekt – té opgewekt naar mijn zin – en haar make-up was smetteloos. Ze zei dat adjudant Silver er weer was, beneden, om nog een paar dingen door te nemen. En toen er aan de deur werd gebeld, kneep mijn maag zich samen. Leigh ging naar beneden om open te doen.

'Het is Deb,' riep ze naar boven, en ik liet mijn hoofd weer in het kussen vallen.

Ik was verbaasd. Het hele bed was nat en ik wist niet waarom. Maar toen besefte ik dat mijn borsten hadden gelekt en het halve bed doorweekt was met moedermelk. Ik pakte de mok, nam een slok hete koffie, brandde mijn mond en klemde mijn knieën tegen elkaar om het beven tegen te gaan. Onmiddellijk daarna schoot ik overeind, rende naar de badkamer waar ik altijd zo gek op was geweest – onze chique badkamer met zijn grote ligbad en krachtige douche die mijn huid altijd deed gloeien nadat ik eronder was geweest – en gaf over. Ik bleef kokhalzen totdat er niets meer in mijn maag zat en hing even later uitgeteld over de toiletpot. Ik bedacht dat ik mezelf van kant zou maken als mijn kind niet meer in leven was. Na een tijd kwam ik moeizaam overeind, waste mijn gezicht en poetste mijn tanden.

Ik probeerde na te denken, maar mijn hoofd was wazig, als een tv waarvan een zender niet goed ingesteld staat. Toen liep ik naar de telefoon en draaide het nummer van mijn moeder in Spanje. Er zat veel geruis op de lijn, alsof ik naar een andere planeet belde, en ten slotte nam George op, hijgend. Hem kon ik het niet vertellen. Ik wilde mijn moeder aan de lijn, maar ze was uit, natuurlijk, zat zeker weer ergens te bridgen en gin te drinken, of ze was aan het winkelen, op zoek naar nog meer sjaals dan ze al had. George was een vriendelijke, opgewekte man en hij zorgde er bijna voor dat ik weer begon te huilen, maar ik deed het niet. Mijn tranen waren voorlopig even opgedroogd. Ik vroeg George of ze me kon terugbellen, zo snel mogelijk, en ging naar beneden om met adjudant Silver te praten.

Leigh draaide om hem heen op een manier die me onmiddellijk irriteerde. Ik schonk nog een mok koffie in uit de pot op het aanrecht. Mijn ogen voelden warm en prikten alsof er zand in zat. Silver glimlachte naar mij en vouwde zijn gebruikte servet netjes op. Het was een wat scheve glimlach die niet in overeenstemming leek met zijn beheerste, afgemeten bewegingen.

'De au pair?' vroeg Silver beleefd, en hij legde het servet op tafel. Ik wachtte ongeduldig totdat hij een plakje kauwgom had uitgepakt en het in zijn mond had gestoken. Ik vroeg me af waar de sympathie was gebleven die ik de afgelopen avond voor hem had gevoeld.

'Maxine Dufrais, is ze thuis? Ik zou haar graag willen spreken.'

Ik keek naar zijn bord, dat brandschoon was, en keek op naar Leigh, die begon te blozen. 'Jij ook een gebakken eitje, Jess?' vroeg ze. Ik schudde mijn hoofd. Alleen al de gedachte aan eten maakte me misselijk.

'Is Maxine al op?' vroeg ik, en toen viel mijn blik op Louis' slabbetjes, die in een keurig stapeltje op het aanrecht lagen. Leigh zag het en ging er snel voor staan.

'Ik heb haar nog niet gehoord.'

Ik liep naar de gang om Maxine te roepen. Alles beter dan die vriendelijke maar doordringende blik van adjudant Silver. Ik had een vreemd, wazig gevoel in mijn hoofd en het verbaasde me dat mijn zus met die vreemde man in de keuken aan het flirten was. Maar toen mijn gedachten weer naar Louis gingen, besefte ik hoezeer ik de hulp van die vreemde man nodig had en schoof ik mijn ergernis opzij.

Maxine liet zich niet horen. Ik liep de trap naar de eerste verdieping op en riep nog eens. Weer bleef het stil. Balancerend op één blote voet boog ik me het trappenhuis in en strekte me. Zo kon ik net de deur van haar kamer op de zolderverdieping zien. De deur stond op een kier.

'Maxine,' riep ik weer. Geen reactie. Mopperend liep ik de trap naar de zolderverdieping op.

Ze was er niet. Het rook bedompt in de kamer en het bed was onopgemaakt. God mocht weten wanneer het voor het laatst was verschoond. Het was nu al snikheet en de wekker op het nachtkastje wees pas acht uur aan. Wanneer Maxine niet op hoefde om me te helpen, kon ze heel lang uitslapen. Ze had zeker ergens anders overnacht. Ik trok het gordijntje opzij en deed het dakraam open om een beetje frisse lucht binnen te laten. In de dakgoot stond een schoteltje met een paar sigarettenpeuken, vermoedelijk van een van haar vriendjes. Mickey zou woedend zijn, want het schoteltje was van zijn mooie Thomas Goode-servies. Ik haalde mijn neus op, pakte het vuile schoteltje en zag er een mapje van een busabonnement onder liggen. Het plastic was vochtig van de ochtenddauw, dus ik veegde het droog aan mijn badjas en liet het op het bureautje bij het raam vallen. Maar toen ik me omdraaide om weer naar beneden te gaan, zag ik iets vanuit mijn ooghoek. Het mapje was opengevallen en in de ene helft zat een opgevouwen strookje foto's. Pasfoto's van mijn kind.

Met twee treden tegelijk rende ik de trap af, met het strookje foto's als een trofee in mijn hand. In de keuken liet ik het voor de politieman op tafel vallen en begon meteen een klaagzang over het meisje dat ik in mijn huis had gelaten, dat ik had betaald om op mijn kind te passen.

Silver bekeek de foto's in alle rust. Ik stond naast hem en beet op mijn duimnagel. Hij wees naar de twee foto's waar ze samen op stonden: Maxine lachend, met haar platte neus van opzij, met mijn kind in haar handen, en Louis in zijn groen met wit gestreepte truitje, met grote ogen van verbazing in de lens kijkend.

'Ze is zijn au pair,' zei Silver. 'Hoogstwaarschijnlijk is ze dol op hem. Ik bedoel, het is een leuk kind. Waarom zouden ze géén pasfoto's maken?'

'Waarom heeft ze die dan verstopt? Ze heeft ik weet niet hoeveel foto's van Louis. Haar ex heeft haar verdorie zo'n digitale camera cadeau gedaan. Waarom zou ze al die moeite doen om met Louis in zo'n cabine te gaan zitten?'

Silver haalde zijn schouders op. 'Wie zegt dat ze die foto's bewust heeft verstopt? Hebt u misschien een andere reden om Maxine te verdenken? Daar hebt u gisteravond niks over gezegd.'

'Nee, niet echt. Maar, ik bedoel, waar is ze dan nu?'

'Is ze wel eerder 's nachts weggebleven?'

Ik dacht er even over na en knikte. 'Ja, dat gebeurt wel vaker.' Heel vaak zelfs, moest ik toegeven.

'Maar zeg nu eens eerlijk, is het zo vreemd dat ze die foto's heeft laten maken? Jongeren doen dat wel vaker, om de tijd te verdrijven. Ik bedoel, babysitten kan behoorlijk saai zijn.'

Hij klonk zo afschuwelijk afstandelijk. En ik, aan de andere kant, voelde me zo afschuwelijk wanhopig.

'O, en dat weet u?' snauwde ik.

'Ja, inderdaad, dat weet ik.'

'Ik geloof niet dat u de situatie al te serieus neemt, of wel soms?' Ik liep naar het aanrecht om hem niet te hoeven aankijken, schonk een glas water in en nam een paar grote slokken.

'Geloof me, dat doe ik wel. Hoor eens, het is echt niet mijn bedoeling u te beledigen, mevrouw Finnegan. Maakt u zich op een andere manier zorgen over het meisje? Als dat zo is, zou ik dat graag willen weten.'

Nee, dat deed ik niet. Ik kon helemaal niets bedenken.

'Of maakt u zich misschien zorgen dat...' Hij maakte zijn vraag niet af.

'Dat wat?'

Silver stond op, pakte zijn pakje kauwgom en draaide het rond tussen twee vingers. 'Dat uw man en de au pair misschien –'

'Nee!' riep ik snel. 'Absoluut niet. Dat is nog nooit bij me opgekomen.'

'Nou, laten we dan gewoon wachten tot ze thuiskomt en we met haar kunnen praten, voordat we ons gaan overgeven aan vooronderstellingen. Heeft ze een mobiele –'

'Sorry, hoor,' onderbrak ik hem. Silver was niet echt groot, maar hij torende toch hoog boven me uit, en even zag ik mezelf als het kleine keffertje dat de strijd aanbindt met een grote, gespierde labrador. Dat beeld gaf me nog meer moed. 'Misschien is het u niet opgevallen, maar mijn kind wordt nog steeds vermist. Ik probeer alleen maar te helpen.'

Hij haalde diep adem. 'Dat begrijp ik. En geloof me, alles wat u kunt bedenken kan belangrijk zijn.' Hij wreef over zijn kin en vervolgde: 'Agent Whitely van bureau Lambeth vertelde me dat u ruzie met uw man had gehad, is dat zo?'

Ik was verbijsterd. 'Dat is niet waar!'

'Nou, hij scheen te denken dat u beiden een woordenwisseling over iets hadden gehad.'

'Dat heb ik niet gezegd. Het was gewoon zo'n, u weet wel, een meningsverschil... over...' Over chocoladecake. Over hormonen en onzekerheid.

'Waarover?'

'Over niks, eigenlijk. Op deze manier komen we niet verder, adjudant Silver. Het was niet belangrijk.'

'Hoe kunt u daar zo zeker van zijn?'

'Omdat ik dat ben. Als u het echt wilt weten, het ging over een hap die ik van Mickeys taart had genomen. Het was geen ruzie zoals ú denkt.'

'Wat voor ruzie is dat? U moet eerlijk tegen me zijn.'

Ik had nu zijn volledige aandacht. 'Alstublieft, u maakt me in de war.'

'Vertelt u me echt alles wat u weet?'

Ik staarde hem aan. 'Hoe kunt u daaraan twijfelen? Denkt u nu echt dat ik iets probeer achter te houden?'

'Nee, ik neem aan van niet, mevrouw Finnegan.'

Ik stormde de keuken uit. Leigh stond bij de spiegel in de gang haar lipstick bij te werken.

'Wat is er aan de hand?' Ze keek me recht aan, maar ik wendde mijn blik af. 'Je moet echt proberen kalm te blijven, Jess. Je drijft jezelf nog tot waanzin.'

'Probeer jíj maar eens kalm te blijven.' Het kostte me heel veel moeite, maar ik bleef kalm en zacht praten. 'Blijf jij maar eens kalm als Polly en Samantha zouden worden vermist. Kom me dan maar vertellen hoe je je voelt, oké, Leigh?'

'Hoor eens, Jess, is het...' Ze aarzelde.

'Wat?'

'Dat met de politie, is dat vanwege... nou, je weet wel?'

Zeg het niet, dacht ik.

Ze zei het wel. 'Vanwege papa? Wat er toen is gebeurd?'

Mijn hand lag op de trapleuning en ik kneep er zo hard in dat mijn knokkels wit werden. Ik had het zo diep weggestopt. 'Dit gaat over Louis en over niets anders, Leigh. Alleen over Louis.'

'Weet je het zeker? Want je moet echt proberen om kalm tegen die man te blijven.' Ze knikte naar de keuken. 'Je moet zorgen dat hij aan jouw kant blijft staan. Hij doet gewoon zijn werk.'

'Is dat zo? Waarom kijkt hij me dan zo raar aan? Alsof ik een leugenaar ben?'

'Dat denkt hij heus niet.'

'Dat denkt hij wel. Hij doet zijn best maar; het kan me niet schelen. Ik ga me aankleden en Louis zoeken. Blijven jullie maar lekker hier zitten en neem nog een gebakken eitje. Waarom niet? Doe alsof je thuis bent.'

Ik wilde de trap op lopen, maar op dat moment stak adjudant Silver zijn hoofd om de hoek van de keukendeur. Mijn boezem klopte en ik wist zeker dat ik hem zag grijnzen toen hij de vochtplekken in mijn kamerjas zag. Er knapte iets in me, want ik moest opeens aan vroeger denken, aan brigadier Jones, en happend naar adem van woede stormde ik de keuken weer in. De doos met eieren stond nog op het aanrecht. Ik pakte er een uit en kneep het bijna fijn. De schaal was koel en glad, en even had ik de neiging om het ei langzaam over mijn gloeiende wang te rollen. Maar dat deed ik niet. In plaats daarvan smeet ik het kapot tegen de muur. Met een prachtige klap spatte het uiteen en de inhoud droop langs de tegels omlaag. Ik smeet nog een ei kapot, en toen nog een. Toen ik mijn arm opnieuw achteruit bewoog voor de volgende worp, greep een hand mijn pols vast.

'Laat me los!' riep ik hijgend, en ik probeerde mijn hand los te trekken.

'Mevrouw Finnegan... Jessica, alsjeblieft! Je bent hysterisch.'

'Ik ben... als je me niet loslaat, ga ik... geef ik je aan wegens mishandeling.' Ik trok mijn hand los. 'Ongelofelijk, dat je denkt dat ik lieg.'

'Dat heb ik niet gezegd. Luister, ik weet dat je je ellendig voelt. Maar met dit gedrag maak je de situatie niet beter. We moeten samenwerken, waar of niet?' Hij draaide me om en keek me aan. 'Het was niet mijn bedoeling je te beledigen, echt niet.'

'Waarom vertel je mij niet iets wat de situatie beter maakt?' beet ik hem toe, en ik wrong me los. 'Nee, wacht eens.' Ik kreeg bijna geen adem meer. 'Ik zal jóú iets vertellen wat de situatie beter maakt.' Ik ging vlak voor hem staan, zo dichtbij dat ik de gele vlekjes in zijn bruine ogen kon zien. 'Zorg ervoor dat ik mijn kind terugkrijg. Dat is het enige wat zal helpen. Breng Louis bij me terug, alsjeblieft. Voordat ik gek word.'

'Dat zullen we ook doen. We doen ons best.' Silver bleef me even aankijken, draaide zich toen om en liep de keuken uit. Ik liet me in de oude rieten stoel in de hoek vallen. Leigh liep zichtbaar van streek de keuken in. De telefoon ging en mijn hart sloeg een slag over. Leigh beende de keuken weer uit en haar rol werd overgenomen door Deb, die ongetwijfeld naar me toe was gestuurd door haar bezorgde baas.

'Gaat het?' vroeg Deb.

Deze keer stond ik toe dat ze mijn hand vastpakte. Ik had geen vechtlust meer, voelde me alleen nog hulpeloos en gebroken.

Deb boog zich naar me toe en fluisterde: 'Hoor eens, ik weet dat hij af en toe nogal bot kan zijn.'

'Nogal bot? Dat lijkt me een understatement.'

Meelevend klopte ze me op de knie. 'Maar hij is een prima kerel, echt waar.'

'Hij denkt dat ik lieg.'

'Hij werkt grondig, dat is alles. Geen steen mag onomgekeerd blijven, dat soort dingen. Heb maar een beetje vertrouwen in hem, oké?'

Ik wendde mijn blik af, maar na enige tijd knikte ik.

Ze glimlachte bemoedigend en zei: 'Nou, Jessica, als je aangekleed bent, en als je het aankunt, wil adjudant Silver je een tv-oproep laten doen. Om het geheugen van het publiek in werking te zetten.'

Silver stond zwijgend in de deuropening.

'Wie was er aan de telefoon?' vroeg ik, maar ik had het idee dat ik het tegen de muur naast hem had.

'De man van je zus, geloof ik.'

'O.'

'Iemand moet jouw man hebben gezien, mevrouw Finnegan, toen hij Tate Gallery uit kwam. We wachten op dit moment op de tapes van de beveiligingscamera's op straat, maar een tv-oproep lijkt me een goed idee. Daar wordt veel op gereageerd door het publiek, zeker wanneer er kinderen bij betrokken zijn.'

'Wat je wil,' zei ik mat.

'We moeten getuigen zien te vinden van de overmeestering van meneer Finnegan.'

'Overmeestering door wie?'

'Door... door degenen die Louis hebben meegenomen.'

Ik voelde de druk op mijn borst toenemen, zocht naar mijn inhaler en zag de verwijtende blik die Deb naar Silver wierp.

Toen ik me weer enigszins had hersteld, vroeg ik of we langs de plek konden rijden waar Mickey was gevonden. 'Ik wil het zelf zien,' zei ik.

'Maar je doet de tv-oproep?'

'Natuurlijk. Ik doe alles wat nodig is, het maakt niet uit wat.' Ik keek hem strak aan en hij keek terug.

'Goed zo, meisje.'

Ik had bijna tegen hem geschreeuwd dat ik geen meisje was, maar in plaats daarvan zei ik: 'Ik ga me aankleden.'

'Geweldig,' zei adjudant Silver. 'In de tussentijd kan Deb iets te eten voor je klaarmaken – je moet toch iets in je maag hebben – en daarna gaan we.'

Ik liep de trap op maar bleef toen staan. Leigh stond nog steeds bij de telefoon.

Voor één keer kon ik op Silver neerkijken. 'O,' zei ik op kille toon, 'dan eet jij zeker weer een hapje mee?' Daarna liep ik naar boven en sloeg de slaapkamerdeur achter me dicht.

8

Toen Louis pas was geboren en ik zonder hem ergens naartoe moest, raakte ik vaak in paniek. Niet omdat ik niet alleen wilde zijn, want eerlijk gezegd wilde ik dat juist wel. Zo vaak kwam het trouwens niet voor dat ik hem alleen liet, maar áls het gebeurde, kreeg ik soms buikkramp wanneer ik aan hem dacht. Dan zocht ik panisch om me heen en vroeg me af waar ik hem in hemelsnaam had gelaten. Wanneer ik bij een toonbank stond om een kop koffie te halen, of ergens een tijdschrift kocht, stokte mijn adem soms in mijn keel. Ik was zo snel gewend geraakt aan de aanwezigheid van dat kleine wezentje dat alleen zijn, hoezeer ik er af en toe ook naar verlangde, me als onwerkelijk voorkwam. En wanneer ik dan besefte dat hij veilig en in goede handen was, was het gevoel van opluchting overweldigend.

Op dat gevoel van opluchting wachtte ik nu weer. Elke keer wanneer de telefoon ging of adjudant Silvers mobiele telefoon begon te piepen, balde ik mijn handen tot vuisten, werd mijn maag samengeknepen, sloeg mijn hart een slag over en wachtte ik tot Silver zou opspringen en zou roepen: 'Hij is gevonden!' Maar diep in mijn hart, heel diep, op de plek waar ik niet durfde te komen, wachtte ik ook op de woorden die me voor altijd zouden vloeren. Dan probeerde ik me wanhopig los te maken van de herinneringen aan mijn verlangen naar de vrijheid die ik sinds Louis' geboorte zo had gemist.

Adjudant Silver en Deb namen me mee naar de plek waar ze Mickey de afgelopen avond hadden gevonden, een steegje in de buurt van Tower Bridge, vuil en grauw in het grijze ochtendlicht. Ik zocht koortsachtig naar bloedvlekken of andere aanwijzingen, maar vond die niet. Alleen een opgedroogde hoop hondenpoep in de hoek en een oude, verfrommelde krant met een *Page Three*-model wier 'waren' nutteloos fladderden in de zwoele ochtendwind.

Daarna reden we terug naar Lewisham, naar het foeilelijke nieuwe politiebureau, waar Leigh op ons wachtte. In de perszaal werden we opgewacht door verveeld ogende mannen in T-shirt en met videocamera's, en jonge vrouwen met dure kapsels en strakke gezichten, die microfoons en notitieboekjes in hun handen hadden en die voortdurend op hun horloge keken. Ze deden me denken aan de eekhoorns die bij ons door de tuin schoten, op zoek naar het laatste verborgen nootje, en hoewel adjudant Silver bij me was, voelde ik me heel alleen toen ik het podium op stapte. Voordat we gingen zitten, knipoogde hij bemoedigend naar me, en voor het eerst was ik blij dat hij er was.

'Ze doen gewoon hun werk, meisje,' mompelde hij, mijn gedachten radend. 'Achteraf zul je ze dankbaar zijn.' Daarna trok hij de smetteloos witte manchetten van zijn overhemd recht en viel me op hoe zongebruind zijn handen waren.

Leigh kwam bij ons zitten, keurig verzorgd als altijd, ondanks het feit dat het nu al bloedheet was en ik eruitzag alsof ik achterwaarts door een heg was getrokken. Ik kon me niet onttrekken aan het idee dat Leigh stiekem een beetje genoot van wat er allemaal gaande was. Als kind had ze altijd beroemd willen worden; ze had zelfs enige tijd op de toneelschool gezeten, totdat mijn vader ons in de steek had gelaten en daar geen geld meer voor was geweest. Maar ik had altijd trouw geapplaudisseerd voor alles wat Leigh in haar roze haarborstel had gezongen, hoe talentloos ze in werkelijkheid ook was. Platvoeten en geen muzikaal gehoor, fluisterde mijn oma altijd tegen me, waarna ze me vijf pond gaf omdat ze medelijden met me had omdat ik van mijn moeder nooit de aandacht kreeg die Leigh en mijn jongere broer wel kregen.

Nu was alle aandacht echter op mij gericht, daar kon zelfs Leigh niets aan doen, maar het was aandacht die ik eigenlijk niet wilde, want het enige wat ik wilde was mijn Louis terug. Ik zou mijn best moeten doen om niet te zacht te praten wanneer ik zei wat we hadden gerepeteerd. Silver had de inleiding gedaan, over de eerste vierentwintig uur die cruciaal voor het onderzoek waren. Ik durfde niet te denken aan wat er daarna zou gebeuren. Ik riep mezelf tot de orde en ademde een paar keer diep in en uit om het trillen uit mijn stem te krijgen. Ik keek recht in de camera's, werd verblind door de flitsers en zag enige tijd bewegende vlekken voor mijn ogen. Het was de bedoeling dat ik iets van papier oplas wat door Silvers team was voorbereid, maar toen het zover was zei ik alleen: 'Ik smeek u, wie u ook bent die mijn kind heeft, geef hem alstublieft terug. Dat is het

enige wat ik wil, mijn kind terug. Doe hem alstublieft geen kwaad.'
Hoe was het mogelijk, vroeg ik me af, dat iemand me het gevoel kon geven dat mijn hoofd ieder moment kon exploderen, dat het vol watten zat, dat iedereen in het zaaltje opeens heel ver weg was, hoewel ze me van een paar meter afstand stonden aan te staren, en dat ik niet meer was dan een onbetekenend stipje in een zee van verdriet.

Toen we waren opgestaan, sloeg adjudant Silver zijn arm om mijn schouders. Ik rook zijn frisse mannelijke geur van heel dichtbij en we liepen samen het podium af. Hij bracht me naar een kamertje, waar iemand me een kop zoete thee gaf. Ik zocht in mijn zak naar het potje pillen van zuster Kwame en slaakte een zucht van opluchting toen ik er een had ingenomen.

Ik at een sandwich die, hoe vaak ik ook kauwde, als zaagsel in mijn mond bleef zitten, toen Deb de kamer binnenkwam. Ze had een blik in haar ogen die me niet beviel en toen ik haar Silver zag wenken, kon ik niet meer slikken. Silvers blik ging even naar mij voordat hij opstond en naar haar toe liep. In de deuropening stond een man met een grappig buikje, dun achterovergekamd haar en een bezorgde uitdrukking op zijn gezicht. Hij fluisterde iets tegen Silver. Deb maakte zich van het tweetal los en kwam met een gemaakte glimlach naar me toe.

'Goed om te zien dat je eindelijk iets eet, Jessica,' zei ze, hoewel ik mijn sandwich had neergelegd, was opgehouden met kauwen en wezenloos naar de mannen bij de deur staarde. Deb wist naar wie ik keek, maar desondanks bleef ze doorpraten. 'Zal ik nog een kop thee voor je halen?'

Ik schudde mijn hoofd; ik kon geen thee meer zien. Ik keek haar recht aan en vroeg: 'Wat is er aan de hand?'

Ze begon bijna te blozen, maar haar training weerhield haar daarvan en ze bleef heel kalm. Zwijgend kwam ze naast me zitten. Leigh zat nog steeds in haar mobiele telefoon te praten toen adjudant Silver onze kant op kwam, en voor het eerst sinds ik hem had ontmoet zag ik iets van spanning op zijn gezicht. Leigh zat in haar telefoon te lachen, haar schorre, warme lach die inhield dat ze hoogstwaarschijnlijk Gary aan de lijn had. Ik had haar wel een draai om haar oren willen geven, maar in plaats daarvan stond ik op en liep Silver tegemoet.

'Wat is er aan de hand?' vroeg ik terwijl ik hem onwillekeurig bij zijn arm greep. Ik kon de woorden amper uit mijn mond krijgen, want eigenlijk wilde ik het antwoord niet weten.

'Je moet proberen kalm te blijven, Jess,' zei Silver. Hij had me nog niet eerder Jess genoemd. 'Je moet niet in paniek raken, maar er is nieuws, hoewel het nog maar de vraag is of het goed nieuws is. Wil je niet liever gaan zitten?'

Ik verroerde me niet. 'Vertel het me nou maar. Ik ben geen kind meer.' Maar mijn hand transpireerde op de fijne stof van zijn jasje.

'Het schijnt zo te zijn dat iemand... er is een wandelwagentje gevonden... en een tas,' voegde hij er met tegenzin aan toe. 'Kun je die van jou nog eens omschrijven?'

'Louis' wandelwagentje? Alweer omschrijven?'

'Ja, alsjeblieft, Jessica. Als je het niet erg vindt.'

'Het is blauw,' bazelde ik. 'Blauw, voor een jongetje. Het merk is...' Maar ik wist het niet meer. Ik probeerde me de naam te herinneren. 'Zoals van die racewagens.'

De andere politieman kwam bij ons staan. 'De tas die u bent kwijtgeraakt, was die groen?'

'Nee!' Opluchting golfde door me heen. 'Niet groen. Louis' tas is rood. Dan is het mijn wagentje niet, goddank. Mijn tas met zijn verschoningen is felrood. Met een... grote ritssluiting dwars over de voorkant.'

De andere man mompelde iets in Silvers oor.

'Had u een handtas bij u, mevrouw Finnegan, toen u uw kind bent kwijtgeraakt? Een andere tas, in het opbergvak van het wagentje?'

'Ik ben mijn kind niet kwijtgeraakt,' corrigeerde ik hem. 'Iemand heeft het meegenomen. Ontvoerd.' Mijn hoofd tolde en ik stond onvast op mijn benen. 'Ja, ik had een handtas bij me,' fluisterde ik. 'Een groene tas.'

'Van leer? Met een stel zijvakken en een' – hij keek in zijn notitieboekje – 'een platina sluiting?'

Ik knikte met tegenzin. Een verjaardagscadeautje van Mickey. De duurste tas die ik ooit had gehad, zo duur dat ik hem bijna niet durfde te gebruiken. 'Hebben jullie die gevonden?'

De politieman met het buikje schraapte zijn keel. 'Daar ziet het naar uit, mevrouw Finnegan. Maar geen rode tas. Alleen een groene handtas. En een Maclaren-wandelwagentje.'

Maclaren: dat was het.

'Waar?' vroeg ik zacht. Eindelijk begon mijn wereld in te storten, begon alles om me heen definitief en onomkeerbaar af te brokkelen.

De politieman verplaatste zijn lichaamsgewicht van het ene been op het andere en zijn buikje bolde op onder zijn streepjeshemd. 'Aan de oever van de Theems, bij Tower Bridge Pier.'

'En... en Louis?' vroeg ik schor, en mijn knieën knikten. Adjudant Silver pakte mijn arm vast en hield me overeind. Leigh was opgehouden met lachen en kwam aansnellen om mijn andere arm vast te pakken.

'Geen spoor van Louis, Jess,' zei Silver. 'Helemaal niks. Wat in zekere zin een goed teken is.'

Ik aarzelde even. Het was alsof ik aan een touw boven een afgrond hing. Zoals ik er op dat moment tegenaan keek, kon ik twee dingen doen. Ik kon me laten vallen en voor eeuwig ten onder gaan, misschien de meest voor de hand liggende keus, maar daar hielp ik mijn kind niet mee. Of ik kon doen wat ik uiteindelijk deed. Ik riep mezelf tot de orde, maakte me los van de handen die me ondersteunden en met alle kracht die ik kon opbrengen besloot ik dat als zij Louis niet konden vinden, ik dat zelf wel zou doen.

'Dus je hebt niks beters te melden dan de vondst van die verdraaide tas?' zei ik vastbesloten. 'En daarmee is de zaak afgedaan?' Ik liep langs hen heen de kamer uit, de foeilelijke beige hal in en door de poortjes en de draaideur de straat op.

Ik liep zo snel dat ik algauw niet meer wist waar ik was. Ik had geen idee waar ik naartoe ging maar desondanks bleef ik doorlopen. Ik wilde gewoon alleen zijn, weg van al dat medeleven en al die starende, overbezorgde blikken die al mijn bewegingen volgden. Ik moest orde scheppen in mijn hoofd, want ik kon me moeilijk concentreren zo. Dus liep ik door en bleef me afvragen of ik dichter in de buurt van mijn Louis kwam. Ik keek door elk raam naar binnen, gluurde in elke auto, staarde naar moeders met kinderen totdat ze zich onbehaaglijk begonnen te voelen, keek van kind naar kind en beeldde me in dat het van mij was.

Op een zeker moment riep een bouwvakker met een gelooid gezicht me na: 'Hé, kan het niet wat vrolijker? Straks blijf je alleen over, schat.'

Ik bleef staan, draaide me om en liep naar hem toe totdat ik vlak voor hem stond, zo dichtbij dat ik de zweetdruppeltjes als dauw in zijn borsthaar zag glinsteren. Ik keek hem recht in zijn verbaasde gezicht en zei: 'Nou, weet je, dat is al gebeurd.'

Daarna liep ik weer door, bleef doorlopen totdat ik niet meer kon. En toen ik echt niet meer op mijn benen kon staan, hield ik een taxi aan en liet me naar huis rijden.

9

Thuis kwam ik in een soort gekkenhuis terecht. Ze waren er allemaal – Leigh, Silver, Deb – maar ze hoorden me niet binnenkomen want ze keken naar het nieuws van zes uur, op Mickeys reusachtige plasmatelevisie, waarop een perfect verzorgde nieuwslezer die er tegelijkertijd serieus en ongeïnteresseerd uitzag melding maakte van het feit dat er 'inmiddels meer dan vierentwintig uur waren verstreken'. Opeens verscheen Louis' gezichtje, zonder glimlach, op het scherm. Waarom hadden ze niet gekozen voor een foto waarop hij lachte? Ik had die foto niet uitgekozen, en ik vroeg me af wie dat dan wel had gedaan. En toen kwam ík in beeld, als een of andere verlopen huismoeder, met een bleek, vlekkerig dik gezicht en een verbijsterde blik in mijn ogen, als het spreekwoordelijke angstige konijn in het licht van de koplampen van een auto. Silver, naast me, zag er irritant verzorgd en beheerst uit. Ik had mijn haar moeten borstelen, dacht ik onlogisch.

'Het is maar goed dat ma me niet kan zien,' zei ik gekscherend, waarop ze zich allemaal met een ruk omdraaiden en me opgelaten aankeken. Ik voelde me opeens niet goed, alsof mijn hoofd zich ieder moment kon losmaken van de rest van mijn lichaam. Deb ging weer thee voor me maken. Ik hield niet eens van thee, maar ik dronk het plichtsgetrouw op, at er een paar biscuitjes bij en keek met toenemende radeloosheid naar de polaroidfoto's van het wandelwagentje en mijn arme chique tas, waarvan ik niet meer kon ontkennen dat ze van mij waren. Ik voelde de hysterie weer opborrelen, dus maakte ik nog een grapje. 'Mickey krijgt een beroerte. Die tas heeft een vermogen gekost.'

Silver en Deb keken elkaar even aan en ik vroeg: 'Wat is er?' En meteen daarna vroeg ik me af hoe lang ik het nog kon volhouden om steeds in het ongewisse te worden gelaten.

'Mickey is bij kennis geweest,' zei Deb.

Haar woordkeus beviel me niet en voordat ze meer kon zeggen onderbrak ik haar. 'Hoe bedoel je, "geweest"?'

'Nou, dat het maar even was,' antwoordde ze.

Ik staarde haar aan totdat ze zichzelf corrigeerde.

'Hij is weer onder zeil, bedoel ik. Weer buiten bewustzijn. Sorry, ik wilde je niet aan het schrikken maken. Dom van me. Het spijt me. Hij maakt het blijkbaar goed, maar is alleen nog niet bij kennis. Toch is het een goed teken.'

'Is dat zo?' vroeg ik lusteloos. Niets leek nog langer goed te zijn.

'Ma heeft gebeld,' zei Leigh terwijl ze nerveus aan haar haar frunnikte. 'Ik heb haar het ergste verteld.'

Een stompzinnige uitdrukking vond ik dat. Ik zag mijn moeder voor me, met haar Spaanse telefoon en haar zonverbrande apenkopje, met haar grote gouden oorringen, terwijl ze een sigaret opstak en het nieuws tot zich liet doordringen. 'Hoeveel erger kan het nog worden?' zei ik, en meteen daarna: 'Laat maar zitten. Komt ze hiernaartoe?' Ik keek hoopvol naar Leigh, maar ze had zich al omgedraaid.

'Ze zei dat ze het zou proberen.'

Wat 'nee' betekende, wist ik, en ik liet mijn schouders nog meer hangen dan ze al deden. Toen viel het me op dat Leigh witte wijn dronk. Mickeys wijn, ongetwijfeld.

'Ik wil ook wel een glas wijn,' zei ik.

'O,' zei Leigh op afgemeten toon. 'Is dat nou wel zo'n goed idee, denk je?'

Ik keek haar aan met de dodelijke blik die ik in mijn tienertijd had geperfectioneerd. Ik paste die blik niet vaak toe, zeker niet bij mijn grote zus, maar hij werkte nu wel. Haar naaldhakken tikten op het parket toen ze zich naar de keuken haastte.

Silver begon over het officieel identificeren van het wandelwagentje en de tas, die leeg was toen hij was gevonden, en dat we daarna naar het ziekenhuis konden gaan. Ik zei dat het een goed teken was dat de babytas ontbrak, want dat zou waarschijnlijk inhouden dat de tas nog bij Louis was en dat iemand die gebruikte om hem te verschonen. Op dat moment ging de telefoon, het scherpe geluid sneed door de kamer als een mes door de zachte boter. Iedereen schrok op. Ik wachtte even, maar besefte toen dat we hier in mijn huis waren, dat het mijn telefoon was en ik werd geacht op te nemen. Terwijl Silver aandachtig mijn kant op keek nam ik de hoorn van het toestel, bracht hem naar mijn oor en zei 'hallo' alsof ik een spraakgebrek had. Een bekende stem, die ik al veel te lang niet had gehoord, zei: 'Ik heb je net op tv gezien, lieve Jessie,' en van schrik liet ik bijna de hoorn uit mijn hand vallen.

Leigh kwam de kamer in met een glas wijn in haar hand en mimede: 'Wie is dat?'

Ik keek haar aan, niet met de dodelijke blik van zo-even maar nogal hulpeloos, en zei: 'Het is Robbie.'

Leigh keek me met een onbegrijpende blik aan, alsof ze water zag branden, en ze liet het glas wijn vallen. Het gleed uit haar door de zonnebank gebruinde hand en spatte op de vloer uiteen. De scherven glinsterden in de avondzon.

Vanuit het slaapkamerraam zag ik een jong gezin dat in het park aan het picknicken was. Hun spaniël rende vrolijk blaffend in het rond, in cirkels die steeds kleiner werden, en toen de moeder lachte om iets wat een van haar kinderen zei, wierp ze als een ouderwetse filmster haar hoofd achterover. Maar toen haar man zich naar haar toe boog en haar kuste, wendde ik snel mijn blik af.

De avondlucht was zwaar van de warmte, hoewel de zon bijna onder was. Ik had gedoucht, trok een rode zomerjurk aan die ik al eeuwen had, schoof twee opgevouwen tissues in mijn beha om het lekken van mijn borsten te camoufleren en bracht mijn ongewassen donkere haar enigszins in fatsoen. Buiten, in de auto, wachtte adjudant Silver op me; we gingen Mickey opzoeken in het ziekenhuis. Het potje pillen van zuster Kwame lonkte naar me vanaf het nachtkastje. Mijn hand ging ernaartoe en bleef erboven zweven. In plaats daarvan pakte ik Louis' foto van het nachtkastje, ging op de rand van het bed zitten en staarde naar zijn gezichtje alsof ik hem met pure wilskracht terug naar huis kon halen.

Ik stapte in Silvers auto en we gingen op weg. Er was vrijwel geen verkeer, maar in het park bij The Hare and Billet, rondom het meer waarop een eenzame eend zwom, wemelde het van de mensen, die lachten en dronken en verliefd deden. Wie waren die mensen, die zich kostelijk vermaakten terwijl mijn wereld was ingestort?

Silver boog zich opzij, zette de politieradio uit en de autostereo aan. Ik had hem nog niet eerder zonder jasje en met opgerolde hemdsmouwen gezien en de aanblik verbaasde me. Op de een of andere manier zag hij er onaf uit. Billie Holiday zong melancholiek over een voorbije liefde en ik keek de politieman vragend aan.

'Ik zou je niet hebben ingeschat als een bluesman.' Ik draaide het zijraampje helemaal open en de wind blies mijn haar in de war.

'O nee? Als wat dan wel?'

Ik streek mijn haar uit mijn gezicht en nam hem eens goed op. 'Je lijkt me een beetje te oud voor *indie-pop*.'

Hij lachte snuivend. 'Dat ik in de buurt van Manchester ben geboren betekent nog niet dat ik van Oasis hou.'

'Dat noem ik geen *indie-pop*, vriend,' zei ik. 'Oasis is al vrij ouderwets. Maar jij geeft dus de voorkeur aan de goeie ouwe Billie Holiday, blijkbaar.' Ik knikte naar de politieradio. 'Krijg je er geen problemen mee als dat ding niet aan staat? Als iemand Louis nu vindt?'

Silver haalde zijn schouders op. 'Als ze me nodig hebben bellen ze me wel. Ik wil even met je praten. Ongestoord.'

'O.' Ondanks de warmte rilde ik. 'Dat klinkt onheilspellend.'

Hij haalde opnieuw zijn schouders op. 'Dat is het niet. Het is alleen lastig om je onder vier ogen te spreken te krijgen.'

'En waarom zou je dat willen?'

'Omdat je een wat gesloten indruk op me maakt, dat is alles.'

'Gesloten?'

'Ja.'

'Probeer je weer iets te insinueren, adjudant Silver?'

'Dat weet ik niet,' antwoordde hij opgewekt. 'Doe ik dat?'

Mijn god! Hij wist echt hoe hij me op de kast moest krijgen. Omdat ik niet goed wist wat ik moest antwoorden, liet ik de stilte voortduren. Hij reed met één hand aan het stuur, de andere lag stil op zijn bovenbeen. Als een drenkeling zoog ik de lucht op die door het open raampje naar binnen kwam. We hadden Blackheath achter ons gelaten, de veilige, vriendelijke oase waar mijn man ons naartoe had gebracht, en reden richting Deptford en New Cross. De jungle, had Mickey deze wijken met een droge lach genoemd, meer zoals Belfast en de buurt waarin ik was opgegroeid.

Een vrouw in een donkerblauw busje kwam naast ons rijden, met achterin haar oudere kinderen, die zich om een baby bekommerden. Zat Louis in zo'n soort auto? Ik keek opzij, spande me in en probeerde te zien of we hem misschien voorbijreden. Mijn gedachten dwaalden weer af naar Louis toen Silver weer begon te spreken.

'Verbeter me als ik het fout heb, maar ik heb de indruk dat de dingen tussen jou en meneer Finnegan...' – hij wachtte even – '...niet helemaal lekker liepen.'

'O ja, is dat zo?' Hij had me weer op het verkeerde been gezet. 'Ik wist niet dat huwelijkstherapie ook onder de dienstverlening van de politie viel.'

'Dat is ook niet zo. Ik stel alleen iets vast.'

'Ja, nou, dat doe je dan verkeerd.' Ik sloeg mijn armen over elkaar en klemde ze tegen mijn pijnlijke borsten.

'Hoor eens, ik doe alleen mijn werk, mevrouw Finn... Jessica. Vind je het goed als ik je Jessica noem?' Hij wachtte niet op antwoord. 'Ik moet alles weten wat met de verdwijning van Louis te maken kan hebben.' Hij vloekte binnensmonds toen een busje ons sneed. 'Dat begrijp je toch wel?'

Er zat iets in het vanzelfsprekende zelfvertrouwen van deze man wat het slechtste in me omhoog bracht. 'Ja, dat begrijp ik.'

'Dus als je zo eerlijk mogelijk tegen me zou kunnen zijn, zou ik daar veel aan hebben. En niemand zal ervan horen, dat beloof ik.'

'Wat een geruststellende gedachte.'

Die opmerking leverde me een brede glimlach op. Zijn tanden waren zo wit dat het leek alsof je tegen de zon in keek.

Ik kon het niet laten en vroeg: 'Heb je die laten doen?'

'Wat?'

'Je tanden.'

De glimlach werd minder breed. 'Van een adjudantensalaris? Weinig kans. Ik heb gewoon goeie genen, meisje.'

Er viel weer een stilte. Hij keek me afwachtend aan en ik glimlachte beleefd.

'Dus we hadden het over je man en jou,' drong hij ten slotte aan. 'Wat is daarmee?'

'Vertel me over jullie relatie, alsjeblieft.'

'Ik moet zeggen, adjudant Silver –'

'Joe.'

'Ik moet zeggen, adjudant Silver, dat ik me afvraag waarop je opmerking, over de dingen die tussen Mickey en mij niet goed zouden gaan, gebaseerd is, aangezien Mickey buiten kennis is geweest sinds je hem voor het eerst hebt ontmoet.'

'Ja, nou, dat is waar,' gaf hij toe. 'Waarom vertel jij me dan niet hoe het tussen jullie was?'

'Was?'

'Sorry... ís.'

We stopten voor een rood licht. Met een stalen gezicht keek ik van hem weg. 'Nou, onze relatie is prima, toevallig. Hartstikke goed. Bedankt voor de belangstelling.'

'Wanneer hebben jullie elkaar ontmoet?'

'Begin vorig jaar.'

'Waar?'

'Ik werkte voor hem. Hij heeft een eigen bedrijf. In vormgeving.'

'Hij doet het blijkbaar goed, te oordelen naar zijn trofeeën.' Met een ruk trok hij op.

'Ja, hij doet het goed.' Trofeeën, dacht ik. Bedoelde hij daar mij mee?

'En jij, ben jij ook vormgever? Een kunstenaar?'

'Nee, niet echt een kunstenaar, hoe graag ik dat ook zou willen. Ik was assistent-vormgever. Mickey zou... Ik was in opleiding. Ik zat nog op de academie. Toen ik in verwachting raakte, vond Mickey het beter dat ik thuis zou blijven om voor ons kind te zorgen.'

Met een steek van schuldgevoel dacht ik terug aan hoe afkerig ik was geweest van het idee om mijn nog maar nauwelijks begonnen carrière op te geven voor het moederschap. En hoe ik, toen de echte depressie inzette, had gesmeekt om weer aan het werk te mogen. Werken had zoveel veiliger geleken dan de volledige zorg voor mijn eigen kind dragen.

Silver veranderde van tactiek. 'Dus het was een stormachtige romance?'

Zonder het te willen begon ik te lachen. 'Jezus, Silver, wat moet dit voorstellen? Billie Holiday en "ze leefden nog lang en gelukkig"? Straks ga je me nog vragen of hij op de knieën is gegaan toen hij me zijn aanzoek deed.'

'En, was dat zo?'

'Nee.' Ik durfde te zweren dat Silver aan het racen was tegen de auto in de baan naast ons.

'Wat was het dan? Seks?'

Ik draaide me naar hem om voor zover mijn autogordel dat toeliet. 'Neem me niet kwalijk, maar wat heeft dit met Louis te maken? Ik wil niet onbeleefd zijn, maar wat gaat dat jou verdomme aan?'

'Niet vloeken, Jess.'

'Jessica.'

'Wat?'

'Ik heet Jessica. Alleen mijn naasten en allerbeste vrienden noemen me Jess.'

'En Mickey?'

'Mickey wat?'

'Noemt hij je Jess?'

'Ja, soms.' Mickey had me nog nooit Jess genoemd. 'En misschien was het wel seks,' ratelde ik door. 'Sterker nog, ik weet het zeker. Absoluut seks. Pure porno. Je weet vast wel wat ik bedoel.'

Om preciezer te zijn was ik zeven maanden zwanger toen we trouwden. De grootse trouwdag waar ik altijd van had gedroomd was in werkelijkheid meer het tegenovergestelde: een kleine, haastige plechtigheid zonder familie erbij. In plaats van mijn droomjurk droeg ik een afschuwelijk positiegeval. Intiem, had Mickey gezegd toen hij me boven op mijn hoofd kuste. Je bent beeldschoon, had hij gezegd terwijl hij zijn hand voorzichtig over mijn buik liet gaan. Het was pas echt leuk geworden toen we die avond in het hotel waren aangekomen, een chique gelegenheid die Blakes heette, in Kensington, heel rustig en stijlvol. Het cadeau dat Mickey voor me had gekocht, de tekening van Emin, die ik zo had bewonderd op onze eerste avond in Cork Street, stond mooi ingepakt in onze suite op me te wachten. Ik was uitgelaten van blijdschap. Dit was het begin van een nieuw leven, had Mickey gezegd, voor ons allebei. Voor ons drieën, had hij eraan toegevoegd toen hij me door het satijn van mijn jurk op mijn dikke buik had gekust. De herinnering deed een rilling over mijn rug lopen.

'En kunnen we nu over iets anders praten, alsjeblieft?'

Silver keek me aan en slaakte een vermoeide zucht. 'Ik doe het niet voor mij, Jessica. Ik probeer je te helpen. Zo gaat het nu eenmaal in politieonderzoeken.' Hij keek in zijn spiegels en gaf rechts richting aan. 'Ik moet zeggen dat ik je onwil om me meer te vertellen niet helemaal begrijp.'

Ik haalde diep adem. 'Het is... nou ja, het is...'

'Wat?'

'Ik vind het gewoon moeilijk.'

'Dat blijkt.'

'Omdat het over mijn privéleven gaat, denk ik.' Ik deed mijn best, echt waar.

'Ja, dat begrijp ik. Maar het gaat hier ook om je zoon.'

'Dat weet ik.' Ik was zo gestrest, er zo aan gewend om rookgordijnen op te werpen, en zo bang voor de politie door wat er vroeger was gebeurd. Hoe kon ik mijn angst aan deze onbekende man uitleggen? Ik tuurde naar de verwaarloosde winkelpanden die we voorbijvlogen. De straatlantaarns gingen aan. Ik was nooit eerder op deze manier met het verleden geconfronteerd. 'Het spijt me,' zei ik zacht. 'Het is gewoon... Ik heb bepaalde ervaringen met de politie.'

'Dat waren geen prettige ervaringen, mag ik aannemen?'

'Nee, geen prettige ervaringen. Heel slechte zelfs.'

'En daar wil je zeker niet meer over zeggen?'

'Nou, nee. Niet op dit moment, als je het niet erg vindt. Ik... weet je... ben ze nog steeds aan het verwerken.' Ik besefte nu pas dat het zo was, hoewel er inmiddels meer dan tien jaar waren verstreken.

'Het is wel zo dat je geslotenheid als enigszins... merkwaardig gezien kan worden, Jessica.'

'Hoe bedoel je, merkwaardig?'

'Alsof je iets te verbergen hebt.'

'Jezus christus! Dat heb ik niet.' Ik had niets te verbergen. Ik dacht terug aan mijn vader. Aan de vrijdagavonden op de hondenrenbaan in Walthamstow, toen hij me altijd een pond gaf om op mijn favoriet te zetten en ik snoep mocht kopen wanneer hij mijn winst had geïncasseerd, wat, nu ik erover nadacht, nooit zo vaak geweest kon zijn als hij het deed voorkomen. En op een zaterdag, toen ma met Leigh naar tapdansen ging, gingen pa, Robbie en ik naar de paarden kijken en kneep ik hard in zijn hand in de hoop dat hij in de lach zou schieten en me 'Bankschroefje' zou noemen. Ik mocht op Mildred rijden, de oude pony van zijn vriend Jack, zonder zadel op het veld achter Jacks huis, terwijl papa en Jack bij het hek stonden te roken en hun zaken bespraken. Totdat ze op een dag niet opletten, ik mijn evenwicht verloor en van Mildred viel. En ik dacht ook aan jaren later, aan het eeuwige wachten op zijn zeldzame brieven, waar ik altijd zo naar uitkeek, en naar de tranen van boosheid die ik in mijn kussen huilde als de anderen sliepen. Ik herinnerde me dat ik mijn moeder keer op keer gesmeekt had om bij hem op bezoek te gaan, totdat ze uiteindelijk had toegegeven. En met een huivering herinnerde ik me dat we elkaar tijdens zo'n bezoek niet eens mochten omhelzen, dat mijn vader zijn best deed om een opgewekte indruk te maken. Hij nam dan mijn kleine hand in de zijne en kneep erin, en hij kamde speciaal voor mij zijn haar. Ik herinnerde mij ook dat hij zo mager was en zo veel hoestte, en ik me altijd zorgen om hem maakte. En met reden, bleek later.

'Jessica?'

Ik worstelde me terug naar het heden. 'Het heeft in ieder geval niks met Louis te maken. Waarom zou ik iets te verbergen hebben?'

'Praten over je privéleven is moeilijk, dat begrijp ik best.'

'Ja. Ik ben het gewoon niet gewend, dat is alles. Bij ons thuis zijn we nooit goed geweest in... je weet wel... het uiten van je gevoelens. Dat voelde... raar.' Ik merkte dat ík me raar voelde. Er was een soort loomheid over me heen gekomen. 'Alsof je naar zo'n stompzinnig praatprogramma kijkt,' zei ik.

'Ja, nou, we zitten nu niet in een praatprogramma, meisje. Ik probeer alleen een idee te krijgen van waar we precies mee te maken hebben. Weet je zeker dat er niets is wat je me zou moeten vertellen, iets wat misschien enig licht op de zaak zou kunnen werpen?'

'Nee, niks. Dat heb ik toch al gezegd?' Ik kon mijn hoofd er niet bij houden en voelde mijn ogen steeds dichtvallen. Ik keek door de voorruit en probeerde me op de weg te concentreren.

'Het kan iemand uit je eigen omgeving zijn, iemand die het om de een of andere reden op jou heeft gemunt. Het gaat vrijwel zeker om een ontvoering. O, en we gaan Maxine na. Ik weet dat die foto's je niet lekker zitten, maar we zien tot nu toe nog geen redenen om...'

Zijn stem was een dof gedreun geworden toen we weer voor een verkeerslicht stopten. Een algehele lusteloosheid had zich door mijn lichaam verspreid, een loomheid die ik nog nooit zo sterk had gevoeld. Bovendien voelde ik me misselijk, aangeslagen en riep mijn hart om Louis. Ik stak mijn hoofd uit het raampje en ademde een paar keer zo diep mogelijk in en uit. Hoeveel pillen had ik geslikt voordat we vertrokken? En ineens zag ik het recht voor me, op de stoep die was bezaaid met sigarettenpeuken, hamburgerwikkels en -doosjes, een billboard van een krant die mijn zaken de wereld in schreeuwde.

ONTVOERDE BABY: NOG IN LEVEN OF VERMOORD?

'Stop alsjeblieft,' zei ik hakkelend. 'Ik voel me niet goed.'

Silver stopte zo abrupt dat ik bijna tegen de voorruit vloog. Hij sprong uit de auto, rukte mijn portier open en trok me de stoep op.

Hij hield mijn haar uit mijn gezicht terwijl ik in de goot braakte, en toen ik klaar was, gaf hij me een zakdoek om mijn mond af te vegen.

'Hij is gestreken,' zei ik, en ik klemde hem in mijn hand alsof mijn leven ervan afhing. 'Je hebt hem gestreken.'

'Iemand heeft hem gestreken. Voel je je al wat beter, meisje?'

'Ik voel me zo raar, zo... wazig,' fluisterde ik terwijl ik half tegen hem aan hing.

'Dat verbaast me verdorie niks. Wat heb je gegeten sinds Louis verdwenen is, afgezien van die paar biscuitjes?'

Ik wist het echt niet meer. Ik schudde mijn hoofd. Eten als mijn kind om me lag te schreeuwen en ik niets voor hem kon doen?

'Dat is het trouwens niet,' mompelde ik met holle stem. 'Volgens mij heb ik...'

'Wat? Wat heb je?' Hij boog zich naar me toe om me te kunnen verstaan, maar door de geur van zijn aftershave begon ik opnieuw te kokhalzen. Ik boog dubbel, braakte opnieuw in de goot en zag daar opeens een muntje van een penny tussen de rommel liggen.

'Te veel pillen geslikt,' kon ik ten slotte uitbrengen. Ik had een vieze smaak in mijn mond en de woorden tuimelden over mijn tong, die als een lap dood vlees in mijn mond lag. Ik hing nu met mijn volle gewicht tegen hem aan. Waarom zou ik nog blijven staan?

'Jezus christus!' Hij greep me vast, droeg me praktisch naar de auto en zette me op de stoel. 'Hoeveel pillen?'

'Geen idee. Ik ben de tel kwijtgeraakt. Ik slik nooit iets.' Ik begon weg te glijden, viel in een donkere put met wanden zo glad dat ik er geen grip op had. Ik liet me vallen, zou straks weer bij Louis zijn, want hij had me nodig. Mijn hoofd werd achteruitgeworpen toen we met piepende banden en luid claxonnerend wegreden.

'Niet in slaap vallen, Jessica. Wakker blijven.' Hij pakte mijn kin vast en draaide mijn gezicht naar zich toe. 'Hoor je me? We zijn bijna bij het ziekenhuis. Niet in slaap vallen, oké?'

Mijn hoofd viel voorover. 'Je hoeft niet zo te schreeuwen,' mompelde ik.

Silver zette de autostereo voluit en ik dwong mezelf mijn ogen weer open te doen. Maar wat ik voor me zag, was de krantenkop van daarnet, in grote letters geprojecteerd op de weg. Nog in leven of vermoord? Dood of levend? Dood en begraven... weg... voor altijd weg...

10

Ik was het niet van plan geweest. Ik had het niet zo bedoeld. Ik had alleen een eind willen maken aan de pijn.

Toen ik Louis had gekregen en de postnatale mist enigszins was opgetrokken, toen de gruwel van de nieuwe intimiteit en de doodsangst dat hem iets vreselijks zou overkomen begonnen af te nemen, had ik me ertoe kunnen zetten om op een normale manier van hem te houden. Ik verzette me tegen de paniek dat hij míjn kind was en dat ik hem zou laten vallen, kreeg het voor elkaar me een beetje te ontspannen en begon me geleidelijk aan te voelen alsof ik zelf een kind van een jaar of zes was. Het gevoel dat je als kind op kerstochtend hebt als je wakker wordt, nog even blijft liggen en je dan ineens herinnert dat er iets geweldigs te gebeuren staat, dat er cadeautjes zijn die uitgepakt mogen worden. Dus dan stond ik op, liep de kinderkamer in, zag Louis' gezichtje oplichten, hoorde zijn kraaiende lach en pakte het dikke knuistje vast waarmee hij naar me zwaaide. En dan hield ik meer van hem dan van wat ook ter wereld, alsof hij alle kerstochtenden van mijn hele leven in zich verenigde.

Ik werd wakker in een ziekenhuisbed en wist even niet waar ik was. Maar ik wist wel dat het geen kerstochtend was. Ik keek om me heen en zag mijn vriendin Shirl naast het bed zitten. Ze pakte mijn hand vast en kneep erin, en ik was zo blij dat ze er was dat er een dikke traan over mijn wang rolde. Shirl trok een paar tissues uit de doos op het nachtkastje, drukte ze in mijn hand, en even bleef ik haar hand vasthouden alsof ik hem nooit meer los wilde laten.

'Nog nieuws?' vroeg ik schor, maar mijn keel zat potdicht en er kwam nauwelijks geluid uit mijn mond. Shirl boog zich naar me toe om me te kunnen verstaan. 'Nieuws?' vroeg ik weer.

Ze schudde haar hoofd. 'Nog geen Louis, vrees ik, nog niet in ieder geval,' zei ze aarzelend, alsof ze het pijnlijk vond om het hardop uit te spreken. Toen klaarde haar gezicht iets op. 'Maar Mickey is bij kennis, geloof ik.'

'Wat voor dag is het?' vroeg ik, en ik pakte haar hand weer vast.

'Woensdag, woensdagochtend,' zei Shirl.

Ik begon te rekenen. Meer dan twee hele dagen sinds Louis was verdwenen. Achtenveertig uur die een heel mensenleven leken.

'Waarom heb je me niet gebeld, meisje? Toen ik je gisteravond in het nieuws zag, kreeg ik verdorie bijna een hartaanval.'

Ik bleef even naar het plafond staren en keek haar toen aan. 'Omdat jij de enige persoon was bij wie Mickey en Louis zeker niet zijn.'

Er kwam een grimmig glimlachje om haar mond. 'Dat is waar.' Het bleef even stil. Maar voordat ik haar iets kon vragen, vervolgde ze: 'Ze hebben Louis nog niet gevonden, maar het schijnt dat de telefoon roodgloeiend staat. Die knappe politieman komt je straks opzoeken. Hij zei dat er al honderden telefoontjes zijn binnengekomen. Iemand moet toch weten waar die lieve Louis is? Charmante man.'

'Ik neem aan dat je niks van mijn moeder hebt gehoord?' vroeg ik terwijl ik probeerde rechtop te gaan zitten. 'Au! God, wat doet mijn maag zeer.'

'Ja, nou, dat verbaast me niet. Die hebben ze leeggepompt.'

'Leeggepompt?'

'Ja, leeggepompt. Zoals ze bij een overdosis doen.'

Ik wendde mijn blik af. Vanuit mijn bed kon ik een stuk van de London Eye zien, het imposante reuzenrad waarvan de rand boven het raamkozijn uitstak. 'Leuk uitzicht. In een hotel zou je er extra voor moeten betalen.'

'Jessica?'

'Wat is er?'

'Dat weet je best.'

'Ik heb geen overdosis genomen, Shirl. Echt niet. Ik heb gewoon... nou ja, een paar pillen te veel genomen.'

'Kom op, meisje. Ik heb jou mijn hele leven nog geen pil zien slikken.'

'Ja, nou, soms moet je wel.'

Een verpleegster kwam de kamer binnen met een vaas bloemen. 'Aha!' zei ze quasiopgewekt. 'Eindelijk wakker, Doornroosje?'

Ja, dacht ik, eindelijk wakker. Helaas wel. 'Mooie bloemen,' mompelde ik beleefd. Daarna keek ik Shirl weer aan.

'Wat is er?' vroeg ze.

'Je vindt hem toch niet echt aantrekkelijk, hè?'

'Wie?'

'Adjudant Silver.'

'Nou, op een bepaalde manier wel. Dat... hoe zeg je dat... achteloos charmante? Je wilde toch niet beweren dat het jou niet is opgevallen?'

'Ik heb wel belangrijker dingen aan mijn hoofd, Shirl.'

'Ja,' zei ze zuchtend, 'dat begrijp ik.'

De nacht dat Louis werd verwekt, bedreven Mickey en ik de liefde met een overgave die me bijna te veel werd, met een dierlijk verlangen dat ik nooit eerder had gevoeld. We hadden al weken naar elkaar lopen loeren, niet goed wetend hoe we na die eerste keer – de Enimexpositie – verder moesten, zodat we allebei als gekooide tijgers door het kantoor slopen. Ik wilde hem en tegelijkertijd was ik bang voor hem. Ik wilde hem maar weigerde eraan toe te geven. Hij bracht een merkwaardige onrust in me teweeg, een onrust waar ik niet goed tegen kon, omdat die me herinnerde aan problemen die ik juist uit de weg ging. Hij schaatste op een oppervlak waar ik niet doorheen kon dringen en waar iets onder zat, iets wat nogal duister was. Hij had ervoor gekozen zijn kwetsbare kanten te verhullen, en dat deed hij heel goed... meestal.

Die tweede avond nam Mickey me mee naar een balletvoorstelling in Covent Garden. Het stuk heette *Coppelia* en het ging over poppen in een speelgoedwinkel, en hoewel Mickey het een luchtig, speels ballet noemde, had ik verwacht dat ik het stompzinnig zou vinden en me dood zou vervelen, maar ik vond het leuk en vermaakte me prima. Ik was altijd gek geweest op Gene Kelly en Fred Astaire, en Leigh en ik hadden heel wat regenachtige middagen door de overvolle woonkamer gedanst terwijl we *Singing in the Rain* zongen en met onze paraplu's de glazen dierenfiguurtjes van ma van de kastplanken sloegen. Maar oude musicals waren iets anders dan ballet, en ik had altijd gedacht dat Margot Fonteyn en haar groep boven mijn niveau waren. Maar toen ik mijn zenuwen – die ik angstig verborgen hield – eenmaal de baas was, genoot ik echt van de speelse pracht van het hele gebeuren: de chic geklede mensen, de champagne in de pauze en het rode pluche van het theater. En vooral van Mickey, zo knap, charmant en attent aan mijn zijde.

Na afloop nam hij me mee naar een restaurant dat zo duur was dat er geen prijzen in het menu stonden vermeld, waar de vrouwen binnenkwamen in fluisterende zijden jurken die mij meer dan een maand huur zouden kosten en de mannen met gezwollen borstkas pronkten met hun weelde, en met hun vingers naar de obers knipten. Mickey voerde me oesters, die ik smerig vond, en kaviaar, de zoutige eitjes die de tong streelden en die ik heerlijk vond, gerechten waarvan ik in het verleden alleen had gedroomd, gevolgd door botermalse biefstuk en verse asperges, en in chocola gedoopte kersen tot besluit, maar gedurende de hele maaltijd zat mijn hart in mijn keel en mijn eetlust verdween al snel. Buiten, in de koele voorjaarsbries, kocht Mickey rozen voor me bij een heerlijk geurend bloemenstalletje op Piccadilly, zo veel dat ik ze amper kon vasthouden. Daarna stak hij zijn hand op voor een taxi en zoog hij het bloed van mijn duim, die ik aan een van de doorns had geprikt. Hij nam me mee naar zijn huis in Blackheath, liet me voor het eerst binnen in zijn wereld en gaf zich een klein stukje bloot.

Voordat Mickey iets te drinken inschonk, ging hij zich omkleden en wilde ik van de gelegenheid gebruik maken, om in de koele avondlucht zijn tuin te bewonderen. Bij de achterdeur zag ik een verbleekte foto van een jongen met een tuinbroek hangen. De jongen keek schaapachtig grijnzend in de lens van de camera. Hij miste een voortand, had een bloempotkapsel en had achter beide oren een paar duivenveren gestoken, alsof hij een indiaan was.

'Wie is dat?' vroeg ik, wijzend naar de foto toen Mickey naar buiten kwam.

'Mijn grote broer Ruari,' zei hij zonder zich om te draaien. Ik voelde hoe zijn vingers zich om de mijne sloten toen hij me een glas had gegeven.

Later zette Mickey muziek op en dansten we langzaam door de keuken. Mijn hoofd lag tegen zijn borst en ik laafde me aan zijn bedwelmende geur.

'Waar is hij nu, je broer?' vroeg ik, maar ik dacht dat ik het antwoord al wist.

'Hij...' Mickey liet me los, deed een stap achteruit, pakte zijn glas en nam een slokje whisky. 'Hij is omgekomen. Kort nadat deze foto was genomen. Hij was pas acht.' Er trilde een spiertje in zijn wang.

'Mijn god, wat vreselijk, Mickey.'

'Ja. Hij is verdronken. Toen hij aan het vissen was. Hij zou per se de grootste kanjer uit het meer halen, de stommeling. Hij had die ochtend van school gespijbeld.'

In één teug goot hij de rest van zijn whisky achterover en liep de veranda op. Ik keek hem na, observeerde hem. Even leek hij vergeten te zijn dat ik er was.

'We waren de dikste vrienden, maar op die dag was ik niet bij hem.' Hij leunde op de balustrade, staarde in het duister en stond min of meer in zichzelf te praten. 'Weet je, er zijn dingen waar je nooit overheen komt, begrijp je wat ik bedoel? Mijn moeder is er nooit overheen gekomen. Uiteindelijk heeft het haar de das omgedaan.'

Ik liep naar buiten, sloeg mijn armen om hem heen en legde mijn hoofd tegen zijn warme rug. Ik kon zijn hart voelen kloppen door de zachte wol van de trui die hij had aangetrokken. Ik wilde meer van deze man. Hoewel ik het nog steeds probeerde te onderdrukken, begon ik, naarmate hij zich meer voor me opende, voor hem te vallen.

De volgende ochtend werd ik doodmoe en geradbraakt wakker, maar toch wilde hij nog meer. Ik kon er niets aan doen, was als was in zijn handen, sliep nog half maar gloeide van verlangen en was tot overgave bereid toen zijn vingers me begonnen te bespelen als een instrument dat uitsluitend voor zijn genoegens was bedoeld. Hij keek me aan met een intense blik die ik nooit eerder had gezien. Ook ik verlangde naar meer en gaf me ten slotte volledig aan hem over. Lag het dus niet voor de hand dat uit de heerlijkste seks die ik van mijn leven had meegemaakt mijn zoon zou worden geboren? Niet gepland en eerst zelfs ongewenst, maar onherroepelijk aanwezig, op dat moment tot leven gebracht?

Het ziekenhuis stond erop dat ik naar een psychiater zou gaan. Volgens hen had ik geprobeerd een eind aan mijn leven te maken en hoe ik het ook ontkende, ze bleven erop aandringen. Eerst deed ik nog alles om eronderuit te komen, maar uiteindelijk beperkte ik me tot de vraag of ik Mickey mocht zien voordat ik met de psychiater ging praten, een verzoek dat ze met tegenzin honoreerden.

Het was stil als altijd op de intensive care toen zuster Kwame me binnenliet om mijn man te bezoeken. Buiten scheen de zon er lustig op los, maar hier, achter de gesloten ramen, was het licht gedempt als in een kerk, om de patiënten te ontzien.

'Hij slaapt nu,' fluisterde zuster Kwame terwijl ze met een blik vol genegenheid naar hem keek, 'maar misschien kun je hem wakker maken. Doe het wel voorzichtig, ja?' Daarna liep ze weg, zacht ritselend in haar gesteven uniform, en bleef ik alleen bij het bed achter.

Mickeys kneuzingen waren van kleur veranderd. De paarse plekken waren kleiner geworden en er zaten gele randen omheen, waardoor ze aan tropische vruchten deden denken. Angstig stak ik mijn hand uit en streelde zijn voorhoofd boven zijn dichtgeslagen oog. Hij bewoog zich even en ik verzette me tegen de merkwaardige aandrang om meer kracht te zetten.

'Mickey,' zei ik zacht. Hij mompelde iets onverstaanbaars en zijn hoofd rolde van de ene kant naar de andere. Hij ademde zonder de hulp van apparaten, maar ik zag dat het hem moeite kostte. Zijn gezicht vertrok van de pijn en ik vroeg me af waar hij in gedachten was, in wat voor wereld hij rondliep. Toen gingen zijn ogen opeens open. Geschrokken deed ik een stap achteruit.

Ik riep mezelf tot de orde, probeerde de sterke vrouw te zijn die ik ooit was geweest.

'Ik ben het, Mickey, Jessica,' zei ik, en ik boog me over hem heen alsof hij een klein kind was. 'Hoe voel je je?'

Een paar seconden lang keek hij me wezenloos aan en zag ik niets van herkenning in die ogen. Een gevoel van paniek steeg op in mijn borstkas en perste de lucht uit mijn longen. Mijn god, dacht ik, nu ben ik mijn man ook nog kwijt. We bleven elkaar enige tijd aankijken, maar toen kwam heel langzaam zijn hand omhoog en raakte hij mijn gezicht aan.

'Jessica,' fluisterde hij, en ik meende een traan in zijn dichte oog te zien opwellen. 'Mijn Jess.' Hij zag de geschrokken uitdrukking op mijn gezicht. 'Wat ben ik blij dat je er bent, schat.'

Ik slikte, streelde nerveus zijn hand en zocht mijn hersenen af naar iets zinnigs wat ik tegen hem kon zeggen. Zijn gezicht vertrok weer, alsof hij zich iets probeerde te herinneren wat er niet meer was. Toen vroeg hij: 'Hoe gaat het met Louis? Hem wil ik ook graag zien. Is hij hier?'

Ik slikte pijnlijk en proefde de smaak van gal in mijn mond. Waar had hij het verdomme over? Ik balde mijn handen tot vuisten, beet op mijn onderlip en draaide me weg van het bed. Ik moest de aandrang onderdrukken om de kamer uit te rennen. Maar in plaats daarvan pakte ik een stoel, zette die naast het bed en ging zitten. Ik haalde een keer diep adem en vertelde het hem. 'Louis wordt vermist, Mickey.' Ik kon hem mijn pijn niet langer besparen, want ik kon dit niet langer alleen aan.

'Vermist?' Hij probeerde rechtop te gaan zitten. 'Hoe bedoel je, vermist?'

De druk op mijn borst nam weer toe en ik staarde hem aan, wist niet wat ik moest zeggen. Ik wist dat ik hem moest troosten en geruststellen, maar had geen idee hoe.

'Ik bedoel dat hij vermist wordt. Hij is weg. Iemand heeft hem meegenomen... ontvoerd. Herinner je je dan niks?'

Mickey schudde langzaam zijn hoofd en de traan die in de hoek van zijn donkere, gezwollen oog had gerust, kwam in beweging. Met verbijsterde fascinatie keek ik toe terwijl hij over zijn wang omlaag liep en toen verdwenen was.

'Louis wordt nu ruim twee dagen vermist. Hij was bij jou toen het gebeurde.'

Hij keek me niet-begrijpend aan.

'Jij had Louis bij je.' Ik was harder gaan praten. 'Ik ben jullie allebei kwijtgeraakt, weet je dat ook niet meer?' Het zweet was me uitgebroken.

Er viel een onaardse stilte.

'Ik herinner me een trein, geloof ik,' zei Mickey bijna hoopvol en met zichtbare moeite, met gefronste wenkbrauwen van inspanning.

'Ja, nou, we waren naar Tate Gallery geweest. Om de expositie van Hopper te bekijken. Daar ben ik jullie kwijtgeraakt. De eerstvolgende keer dat ik jou zag, lag je hier op de intensive care. En Louis...' Ik kon het nauwelijks opbrengen om het weer te zeggen. 'Louis wordt vermist. Ik... Niemand heeft hem sindsdien gezien. Vijfhonderd idioten niet meegerekend, blijkbaar.'

'Vijfhonderd idioten?'

'Ja, vijfhonderd idioten die de politie hebben gebeld na de tv-oproep.' Hij bleef me maar aanstaren. 'Ik kan niet geloven dat je je niks herinnert.'

'De tv-oproep?'

'Ik heb op je vertrouwd, Mickey. Ik dacht dat jíj wist wat er was gebeurd.'

'Jezus, Jessica, ik...'

Een van de apparaten waarop Mickey was aangesloten begon hard te piepen en overstemde wat hij wilde zeggen. Zuster Kwame kwam binnen, liep naar het apparaat en stelde iets bij. Daarna nam ze Mickeys bleke hand in haar donkere hand en legde haar vingers op zijn pols.

'En jij?' fluisterde Mickey, maar het kostte hem moeite me recht aan te kijken. 'Red je je wel?'

'O, ja, geweldig,' zei ik mat, 'maar niet heus.'

'Zijn bloeddruk schiet omhoog,' zei zuster Kwame zacht. 'Ik denk dat hij weer even moet rusten, schat.'

Rusten? Bestond dat nog, rust?

'Mickey, ik... ik kan beter gaan. Je moet weer gaan slapen. Ik kom later wel terug.' Ik stond op. 'Maar alsjeblieft,' drong ik aan, 'terwijl je hier ligt, probeer het je alsjeblieft te herinneren. We moeten hem snel zien te vinden. De politie is hier ook. Ze willen met je praten. Je moet goed nadenken. Herinner je je dan helemaal niks meer?'

Hij schudde traag zijn hoofd en ik voelde opeens woede in me oplaaien, maar besefte tegelijkertijd dat ik onredelijk was. Het was zijn schuld niet, toch? Bij de deur keek ik om. Hij zag er zo deerniswekkend uit, zo verslagen en helemaal niet mijn Mickey zoals hij daar lag, dat al mijn woede verdween en plaatsmaakte voor liefde en medelijden.

'Ik kom vanavond terug, goed?' zei ik. Maar Mickey verroerde zich niet en staarde in de verte. Alleen zijn vingers bewogen, plukten aan het laken. Ik liep terug naar het bed en kuste hem voorzichtig op zijn voorhoofd.

'Rust maar goed uit, schat,' zei ik zo opgewekt mogelijk, en ik vroeg me af of dit mijn toekomst zou zijn. Mickey als mijn grote baby, nu Louis er niet meer was. Toen liep ik snel de kamer uit, voordat ik echt gek werd.

Deb stond op de gang op me te wachten. 'Voel je je nu iets beter?' vroeg ze opgewekt. 'Hoe gaat het met je man? Je was zeker blij dat je eindelijk met hem kon praten.'

'Er klopt iets niet. Dat is mijn man niet,' zei ik terwijl ik zo snel mogelijk terugliep naar het daglicht. Ik hoorde Debs haastige voetstappen achter me en toen pakte ze mijn arm vast.

'Hoe bedoel je, je man niet? Ik begrijp het niet. Ze hebben toch niet –'

'Nee, sorry,' viel ik haar in de rede. 'Het is Mickey wel, maar niet... Ik kan het niet uitleggen... niet de Mickey zoals ik hem ken.'

'Wat bedoel je?'

'Het is alsof hij... Hij doet zo vreemd. Verward. En hij kan zich niks herinneren.'

'O, nu begrijp ik je. Maar kom op, Jessica, geef hem een kans. Ik bedoel, hij heeft een paar flinke dreunen voor zijn hoofd gekregen, of niet soms? En een afschuwelijke beproeving doorstaan...'

'Een afschuwelijke beproeving,' papegaaide ik. 'Ja, dat zal wel.' Ik duwde de deur naar de hal open voordat mijn gedachten nog grimmiger zouden worden.

Shirl zat in de kantine met adjudant Silver. Ze zaten veel te dicht bij elkaar naar mijn zin, en Shirls schitterende afrokapsel, dat boven de groene haarband uitstak, raakte zijn gezicht bijna wanneer ze zich naar hem toe boog. Zat ze hem mijn geheimen te vertellen, de dingen die hij wilde weten? Soms had ik de neiging om zelf dat haar vast te grijpen, zoals Louis vaak deed, maar vandaag bleef ik aan het hoofd van de tafel staan en keek haar alleen maar aan. Mijn maag begon steeds meer pijn te doen.

'Tjonge, kind, je ziet er vreselijk uit,' zei ze. 'Kom gauw zitten. Ik had koffie voor je gehaald, maar die zal inmiddels wel koud zijn.' Desondanks schoof ze me de kop en schotel toe.

'Goed om te zien dat je het hebt overleefd,' zei Silver. 'Hoe voel je je, meisje?'

Ik knikte, nog wat duizelig, om aan te geven dat het wel weer ging, me pijnlijk bewust van het feit dat ik in de goot had staan braken toen ik hem voor het laatst had gezien. Silver stond op en rekte zich uit, en ik liet me op zijn stoel neervallen. Ik bedacht hoe iel en onbetekenend ik er naast Shirl moest uitzien. Bleek en uitgeblust als nooit tevoren.

'En hoe gaat het met je man?' vroeg Silver terwijl hij in de weerspiegeling van het raam zijn das rechttrok.

Ik nam een voorzichtig slokje van de koffie, die ijskoud en bitter was. 'Goed, denk ik,' mompelde ik, 'maar zijn geheugen is flink in de war.' Ik deed een paar scheppen suiker in mijn koffie. 'Hij wist niet eens dat Louis werd vermist.'

'Ach, nou, je moet het wat tijd geven,' zei Silver. 'Hij heeft een flinke dreun gehad, de arme man. Ik ga nu met hem praten, tenminste, als die onverzettelijke zuster het goed vindt.'

Zijn eerste opmerking stak me. 'Maar we hébben geen tijd, of wel soms?' Ik zei het harder dan de bedoeling was geweest.

Silvers glimlach hield stand. 'Sorry... Wat bedoel je?'

'Tijd. Je zei dat ik het tijd moet geven. Maar we hebben geen tijd. Ik in ieder geval niet. Ik bedoel, wat gebeurt er op het ogenblik? Zijn er inmiddels ontwikkelingen?'

Eindelijk vervaagde zijn glimlach. 'Je bedoelt, sinds jij je aan de pillen hebt vergrepen?'

'Dat was een vergissing,' mompelde ik beschaamd.

'Juist, een vergissing.'

'Alsjeblieft, geloof me.' Ik keek hem recht in de ogen. 'Het is écht zo. Het spijt me als ik je... je weet wel, aan het schrikken heb gemaakt.'

Hij bleef me aankijken. 'Dat heb je zeker. Maar zand erover. We hebben een paar bruikbare aanwijzingen, maar ik moet eerst met je man praten. Je hoort van me.' Hij pakte zijn mobiele telefoon en pakje kauwgom van tafel en stak ze in zijn zak. 'Doe me een lol en pas de volgende keer een beetje op, wil je? Je hebt me de stuipen op het lijf gejaagd.'

'Zeg dat wel,' zei Shirl, breed naar hem glimlachend. Silver liep de drukke kantine uit. 'Gelukkig heb je er niks aan overgehouden, hopelijk,' vervolgde Shirl. 'Wat wil je nu gaan doen, Jess?'

Mijn dunne zomerjurk wapperde om mijn benen in de krachtige luchtstroom van de airconditioning, en ik rilde. 'Naar huis, denk ik.'

'Goed idee, laten we hier weggaan,' zei ze. 'Ik heb een hekel aan ziekenhuizen; ik krijg er de kriebels van.'

We stonden op, Shirl liep om de formica tafel heen en stuurde me in de richting van Deb, die ons wenkte.

'Ik weet zeker dat die aardige agente je kan vertellen wat je nu moet gaan doen,' zei Shirl.

'Geweldig,' mompelde ik terwijl we op weg gingen naar de uitgang. 'Ik kan bijna niet wachten.'

Ik zou Silver, bleek later, die dag niet meer zien. Deb bracht Shirl en mij naar huis en ik zat rillend achterin, erg mijn best doend om mijn frustraties voor mezelf te houden. Deb verzekerde me opnieuw dat het aantal telefonische reacties op de tv-oproep als heel positief beschouwd moest worden en dat het onderzoeksteam nu bezig was om de bruikbare reacties van de onzinnige te scheiden.

Zodra we het huis naderden, hoorde ik stemmen die mijn naam riepen, stemmen die luider werden. Ik gooide het portier open, sprong uit de auto en struikelde over mijn eigen voeten. 'Louis!' riep ik terwijl ik overeindkrabbelde en onmiddellijk werd omringd door een meute fotografen, tv-camera's en reporters.

'Jessica, hoe voel je je?'

'Is er nog nieuws?'

'Wat is er met meneer Finnegan gebeurd?'

Deb sloeg haar arm om me heen en Shirl ging aan mijn andere kant lopen.

'Dames en heren, alstublieft,' riep Deb. 'Mevrouw Finnegan heeft behoefte aan rust. Morgenochtend bent u welkom op de persconferentie in Lewisham.'

Deb stuurde me snel door de massa en sloeg de deur achter ons dicht. Het roepen ging nog enige tijd door.

'Gaat het?' vroeg Deb bezorgd.

Ik stond tegen de deur geleund en knikte.

'Het spijt me, Jess. Ze hebben geen enkel respect voor privacy, die lui. We kunnen beter naar de achterkant van het huis gaan.'

'Ze doen gewoon hun werk, neem ik aan,' zei ik. Maar in gedachten was ik terug bij het moment dat ik echt even had geloofd dat mijn kind terug was, het moment van pure vreugde, dat weer even abrupt was beëindigd. Ik sloeg mijn handen voor mijn gezicht.

'Ik ga water opzetten.'

'Het gaat wel, echt.'

Shirl zei dat ze het bad voor me zou laten vollopen en ik ging alvast naar boven om mijn badjas aan te doen. Toen ik de kledingkast in de slaapkamer opendeed, viel er een map met papieren uit, de map die ik altijd netjes wegstopte achter het rek met de schoenen, omdat er papieren in zaten die ik niet wilde kwijtraken: mijn paspoort, mijn trouwakte, mijn zuurverdiende diploma's, tekeningen die ik had gemaakt van Louis, en een paar van een slapende Mickey toen we op Mauritius waren – onze enige vakantie voordat Louis was geboren – die ik niet goed genoeg vond om aan hem te laten zien... een enkele foto van mijn vader, als lachende jongeman te paard, uit de tijd dat hij jockey wilde worden... alles dwarrelde nu naar de vloer.

Een gevoel van angst kroop over mijn rug omhoog, bleef zwaar op mijn schouders rusten en bezorgde me kippenvel. Er kwam nooit iemand in deze kast, afgezien van ikzelf, zelfs de trouwe Jean niet, maar ik was er vrij zeker van dat er iemand aan deze map had gezeten. Ik schrok op toen achter me de slaapkamerdeur dichtsloeg.

'Sorry, schat,' zei Shirl. 'Ik wilde je niet aan het schrikken maken. Ik kom je alleen een glaasje vruchtensap brengen.'

'Er is hier iemand geweest, Shirl.' Ik fronste mijn wenkbrauwen en raapte de foto op.

'Wie is dat?' vroeg Shirl. 'Is dat Roger, je vader? God, wat is hij daar jong en knap. Moet je hem zien op dat paard, heel flitsend.'

'Niet echt,' zei ik afwezig. 'Hij was maar stalknecht. En daarna was hij te groot om jockey te worden.' Ik draaide de foto om en om in mijn hand. 'Shirl, dit is ernstig. Ik weet zeker dat er iemand in deze kast is geweest. Ik stop die map altijd –'

'Luister nou eens, schat.' Ze pakte mijn handen vast en dwong me haar aan te kijken. 'Je zit op dit moment midden in de ergste nachtmerrie van je leven. Het is normaal dat je overspannen bent en dat je verbeelding met je op de loop gaat, maar je zult toch moeten proberen je een beetje te ontspannen. Kom, ik heb een lekker warm bad voor je gemaakt.'

Ik deed de map terug in de kast, liep achter Shirl aan naar de badkamer en luisterde naar haar luchtige verklaringen die bedoeld waren om me op te beuren. Waarschijnlijk had Jean mijn kleren teruggehangen in de kast en per ongeluk iets verschoven? Met tegenzin nam ik aan dat ze gelijk had. Maar ondanks de verzengende hitte van de afgelopen dag en het warme bad bleef ik het maar koud hebben.

Toen we een halfuur daarvoor St. Thomas' Hospital hadden verlaten, had Deb geprobeerd me snel langs de krantenkiosk in de hal te loodsen, maar het was te laat geweest. Van vrijwel alle voorpagina's staarde mijn eigen gezicht me aan, met grote angstogen tijdens de persconferentie, als een lam dat zijn kudde is kwijtgeraakt. En naast mijn foto stonden die van Louis en van Mickey en mij, allemaal breed glimlachend en zorgeloos.

Ondanks Shirls opgewekte gebabbel tuimelden alle foto's van vermiste kinderen die ik ooit in het nieuws had gezien nu door mijn hoofd. Ik liet me onder water zakken, keer op keer, maar hun gezichtjes bleven me achtervolgen. De onschuld van hun lachende monden met melktandjes, de onwetendheid van wat hen te wachten stond, hun tragische lot dat misschien inhield dat ze nooit ouder zouden worden dan op die foto's... voor eeuwig stilstaand in de tijd. En Louis had nog niet eens de kans gehad om zijn melktandjes te krijgen.

Op het moment dat ik voor de zoveelste keer in gevecht moest met de allesoverheersende wanhoop die me tot op het bot verkilde, ging de deurbel, maar deze keer sprong ik niet hoopvol op. Moeizaam stapte ik uit bad, liep in mijn badjas de trap af en hoopte dat het goed nieuws zou zijn. En tegen de tijd dat ik de keuken in kwam, stond hij daar alsof hij nooit weg was geweest, met een biertje in de ene hand en een sjekkie met een lange askegel in de andere. Er was helemaal geen nieuws over Louis. Het was Robbie.

II

Toen mijn broer Robbie en ik klein waren, beschouwde ik hem als mijn kind. Ik beschermde hem tegen de boze buitenwereld zo goed als ik kon, maar dat bleek uiteindelijk niet genoeg. Tegen de tijd dat ik het huis uit ging, om zo ver weg mogelijk te gaan wonen, viel Robbie ten prooi aan een karaktertrek van ons die ik min of meer onder controle had weten te krijgen.

We leken zo veel op elkaar, Robbie en ik, we hadden allebei iets van onze vader geërfd waaraan de fortuinlijke Leigh was ontsnapt. Leigh, met haar blonde haar en blauwe ogen, leek sprekend op onze moeder, terwijl Robbie en ik, duiveltjes met donker haar en sproeten, het evenbeeld van onze vader waren. We waren altijd aan het lachen, stoeien en vechten, hadden samen leren fietsen, terroriseerden de plaatselijke speeltuin, pikten snoep bij het winkeltje op de hoek en hadden niemand nodig behalve elkaar. We treiterden de arme Leigh toen ze voor het eerst verkering kreeg. 'Oe, ah, waar is je beha, vast op Gazza's achterbank,' zongen we wanneer ze naar haar kamer sloop na haar zoveelste avondje knuffelen met Gary in zijn Coronet, en we lagen dubbel van het lachen wanneer Leigh de badkamerdeur achter zich dichtsloeg voor een beetje privacy. Robbie en ik. Waar de een ging, volgde de ander. Als kinderen onafscheidelijk, en net zo onhandelbaar als onze vader.

Toen we tieners waren, begon Robbie met verkeerde vrienden om te gaan, heel verkeerde vrienden. Hij was mijn moeders lieveling en mijn vader was inmiddels voorgoed vertrokken, dus er was geen man in huis om hem een beetje in het gareel te houden. Ma verbood Robbie nooit iets, riep hem nooit op het matje en strafte hem nooit voor zijn streken, die steeds destructiever werden, totdat hij de grip op zijn leven volledig kwijt was geraakt. Ik probeerde hem nog te helpen, deed mijn uiterste best, maar ik was inmiddels twintig en zat op de avondschool om me voor te bereiden op de examens waarvoor ik eerder was gezakt. We verloren elkaar uit het oog en hadden nauwelijks nog contact met elkaar. Elk telefoonnummer dat hij me had gegeven, bleek afgesloten wanneer ik het belde, en zijn vroegere vrienden wisten evenmin waar hij uithing.

Robbie had er altijd van gedroomd om drummer in een rockband te worden, met als eindresultaat dat hij in de bijstand terecht was gekomen. Hij werkte af en toe als portier van een van de nachtclubs in Soho, maar toen ik hem op een dag op zijn laatst bekende adres ging opzoeken, was hij net vertrokken, met al zijn spullen en zonder zelfs maar een postadres achter te laten. Geen nieuw adres. Het leek verdomme wel alsof hij op de vlucht was en niet gevonden wilde worden.

Het brak mijn hart maar het verbaasde me niet. Ik was het zat om altijd zijn bekeuringen te betalen en hem bij ma en iedereen te verontschuldigen. Hij was slecht voor mijn banksaldo en voor mijn gemoedsrust, maar hij bleef mijn kleine broertje en ik hield meer van hem dan ik ooit van iemand had gehouden. Zelfs meer dan van mijn vader. Een paar jaar geleden had hij me een ansichtkaart uit Goa gestuurd en had ik hardop moeten lachen toen ik me hem voorstelde als een of andere overjarige hippie, compleet met baard en kralenkettingen, dansend op het strand. Diep in mijn hart had ik hem benijd omdat hij het nog zo ver had gebracht, tot exotische oorden waar ik alleen maar van had gedroomd, maar waar ik zelf nooit was geweest. Maar het belangrijkste was dat hij in ieder geval nog leefde. Daarna was hij weer spoorloos geweest... tot vandaag.

'Hé, zusje, nog even mooi als altijd,' zei hij schaamteloos. Hij nam nog een trek van zijn sjekkie en morste as op de terracotta vloertegels. Daarna stond hij op om me te omhelzen.

'Je ziet er zelf ook niet slecht uit, moet ik toegeven. Gefeliciteerd.'

Ik liet me in zijn armen vallen, zei niets en genoot ervan. Toen duwde ik hem van me af, hoewel ik hem eigenlijk nog veel langer had willen vasthouden.

'Zusje?' zei ik verontwaardigd. 'Je bent hier niet op Albert Square, Robbie, of in *EastEnders*.' Ik liep naar de koelkast om iets te drinken in te schenken, om tijd te winnen, want mijn hart klopte in mijn keel. Ik was geschrokken, in verwarring en tegelijkertijd heel blij, merkte ik, maar meer nog dan dat was ik boos. Vijf jaar bezorgdheid omdat hij weer eens spoorloos was, bonsde in mijn hoofd.

'Je zei dat je in het buitenland was toen je belde. Dat je het nieuws via de satelliet had gezien.'

Heel zorgvuldig schonk ik een glas vruchtensap in en daarna ging mijn blik weer naar hem. Ik had zo lang aan zijn afwezigheid moeten wennen dat ik nu niet wist hoe ik op hem moest reageren. Hij leek zich ten minste te schamen, zoals hij charmant maar verontschuldigend naar me glimlachte. Dat hij een voortand miste deed het effect enigszins teniet.

'Ja, nou, je weet nooit wie er meeluistert, toch?'

'O, nee? Jezus, Rob, dit is het echte leven, geen Tarantino-film.'

'Taran-wie?'

'Je weet wel, van *Pulp Fiction*?'

'O, die. Het echte leven, hè? God, Jess, jouw echte leven is op dit moment een grotere puinhoop dan het mijne ooit is geweest.'

'Misschien wel, maar ík heb er niet voor gekozen.' Ik nam een slokje vruchtensap, mijn keel deed nog steeds zeer van de slang waarmee ze mijn maag hadden leeggepompt. Er waren zo veel dingen die ik hem wilde vragen, zo veel vragen die door mijn bonzende hoofd tolden, dat ik niet wist waar ik moest beginnen. Dus ging ik frontaal in de aanval. 'Waar heb je de afgelopen vijf jaar verdorie uitgehangen, Rob, rotjoch?'

Hij haalde zijn schouders op, ging weer aan tafel zitten en drukte zijn peuk uit op een schoteltje.

Shirl kwam binnen en slaakte een kreet.

'Mijn god, Robbie, wat zie je eruit, man.' Ze zoog lucht tussen haar tanden door. 'Je ziet eruit alsof je nodig in bad moet.' Ze snoof. 'Zo ruik je ook. Heb je hier gerookt?'

Ik grinnikte. Wat kon ze toch zorgzaam zijn, mijn vriendin Shirl.

'Mooi is dat. En de astma van je zus dan? Denk je dan nooit eens na, man? Je bent net zo erg als die vent van haar. Jullie doen altijd alleen waar je zin in hebt.'

Ik ging er niet op in.

'Ook leuk om jou weer te zien, Shirl.' Hij stak zijn armen op alsof hij zich overgaf. 'Sorry, ik zal het niet meer doen. Ik zweer het.'

'Ja, ja, ik hoor het je zeggen.'

'Ik zeg dat ik het –'

Met een boze blik bracht Shirl hem tot zwijgen. Ik keerde me weer naar mijn broer en probeerde mezelf te sterken. Want waar Robbie verscheen, doken onveranderlijk problemen op.

'Nou, vertel op,' zei ik, 'wat kom je doen?' Ik ging naast hem aan tafel zitten en kon mijn ogen niet van hem af houden. 'Leigh springt uit haar vel als ze je ziet, dat weet je, hè?'

'Hè, Jess, doe toch niet zo naar tegen me.' Hij keek me aan met een puppyblik in zijn ogen en ik kon niet anders dan glimlachen. 'Ik heb je gemist. Leigh ook.'

Ik had hem ook gemist, op sommige momenten heel erg, maar dat hoefde hij nu nog niet te weten. Daar rekende hij te veel op, Robbie. Een paar herinneringen aan vroeger en alles was weer goed. Toen verpestte hij alles. 'Ik maak me zorgen om mijn neefje.'

'Rob, je hebt je neefje nog nooit gezien. Ik betwijfel ten zeerste of je wel wist dat je een neefje had, totdat je ons in het nieuws zag. Nou?'

Hij had het fatsoen om niet te liegen. Hij speelde met zijn oorring, stak zijn vinger erdoorheen en trok hem weer terug. 'Maar ik wist wel dat je getrouwd was.'

'Echt? Hoe wist je dat?'

'Dat heeft ma me verteld, denk ik.'

'Wanneer heb je ma dan gesproken? Daar heeft ze nooit iets over gezegd.'

Ik keek hem aan en hij keek schaapachtig terug.

'Maar één keer. Misschien is ze vergeten het je te vertellen.'

'Vergeten het me te vertellen?' Ik keek hem nog steeds aan, wist niet of ik het hem of haar kwalijk moest nemen. Maar uiteindelijk liet ik het erbij, voorlopig althans. 'Nou, zeg eens eerlijk,' drong ik aan, 'waarom ben je gekomen?'

'Om je te helpen.'

Ik grijnsde. Robbie had, afgezien van zichzelf, nog nooit iemand geholpen. Hij was zo'n jongen die niet zelf de vleugels uit langpootmuggen trok, maar die erbij stond en toekeek terwijl anderen dat deden. Ik slaakte een vermoeide zucht. 'Bedankt voor het aanbod, Rob, maar ik heb op dit moment geen behoefte aan het soort hulp dat jij te bieden hebt. Het enige wat ik wil is mijn kind terugvinden.'

'Ja, nou, ik kan jullie toch helpen met zoeken, of niet soms?'

'Robbie, het halve politiekorps van Londen is naar hem op zoek. Waar wilde jij dan nog gaan zoeken?'

Hij haalde zijn schouders op en haalde zijn door nicotine vergeelde vingers door zijn vettige haar. Ik meende dat ik zijn handen licht zag trillen. Op de rug van zijn linkerhand stond een naam getatoeëerd... *Jinny*, dacht ik dat er stond. Hij stond op, liep naar het aanrecht en leunde ertegenaan.

'Overal waar het nodig is. Jezus, Jessie, ik ben je broer. In tijden als deze moeten we elkaar steunen.'

Shirl begon zachtjes te lachen. 'Dat is een goeie. Zoals je Jess altijd hebt gesteund, bedoel je?'

Robbies mobiele telefoon begon te piepen. Hij keek naar het nummer, trok een boos gezicht en stak het toestel weer in zijn zak.

'Moet je niet opnemen?'

'Nee.'

Het piepen hield op. Meteen daarna begon het weer.

'Een volhouder,' zei ik. 'Ze schijnen je echt te willen spreken.'

Robbie bracht het toestel naar zijn oor en gromde: 'Wat is er?' Daarna liep hij snel door de achterdeur naar buiten, klemde de telefoon met zijn schouder tegen zijn oor en begon nog een sjekkie te rollen. 'Ja, ja, oké,' hoorde ik hem zeggen. 'Ik ben er nu.' Ik vroeg me af wie hij aan de lijn had.

Deb had zich discreet teruggetrokken nadat ze voor Robbie had opengedaan. Nu werd er opnieuw gebeld, hoorde ik gedempte stemmen in de gang en kwam Leigh de keuken in lopen. Toen ze Robbie door de ruit van de achterdeur zag, bleef ze als versteend staan. En ik had gelijk gehad. Ze sprong uit haar vel.

Robbie was vertrokken, nadat Leigh hem de les had gelezen. Hij had een mobiel telefoonnummer achtergelaten waarvan ik het ernstige vermoeden had dat het niet zou werken. Hij had me nog een laatste keer omhelsd, wat me ondanks mijn tegenstrijdige emoties de kans gaf me even te ontspannen. Daarna belde het ziekenhuis weer. Ze hadden ontdekt dat ik was weggegaan zonder bij de psychiater langs te gaan en vroegen of ik de volgende ochtend kon terugkomen voor een 'gesprekje'. Daarna kwam Deb binnen om te zeggen dat de telefoontjes een paar bruikbare aanwijzingen hadden opgeleverd en deed ik mijn best – echt waar – om weer wat optimisme te voelen. Deb zei dat ze wilden dat ik morgen nog een oproep deed, en dat het dan echt niet lang meer kon duren voordat Louis terug zou zijn.

Ik wist dat ik eigenlijk terug moest naar het ziekenhuis om bij Mickey te gaan kijken, maar ik kon het op dat moment echt niet opbrengen. Toen ik de dienstdoende verpleegster had gesproken en ze me had verteld dat Mickey sliep, besloot ik thuis te blijven. Shirl had een fles wijn opengetrokken en een glas voor ons ingeschonken, maar bij mij viel de wijn niet goed; ik werd er beroerd van. Ik zette de computer aan en ging het internet op. Ik was op zoek naar iets wat me zou geruststellen over de vraag hoeveel tijd er kon verstrijken voordat ontvoerde kinderen ongedeerd werden teruggevonden, maar de weinige statistieken die ik vond, waren eerder beangstigend dan geruststellend. Tachtig procent van de kinderen werd binnen drie dagen teruggevonden, en als dat niet zo was... Nou ja, daar wilde ik natuurlijk niet aan denken. Elke keer weer las ik hoe belangrijk de eerste achtenveertig uur voor het politieonderzoek waren, cruciaal in bijna alle gevallen. Weer een klap in mijn gezicht. De angstige spanning in mijn borstkas nam toe totdat ik de computer uit moest zetten.

Ik was doodmoe maar wist dat ik niet zou kunnen slapen, dus keek ik met Shirl mee naar een of andere stompzinnige soap die ze aan had staan. Maar ook daarop kon ik me niet concentreren. De honderdduizend kinderen die jaarlijks in Groot-Brittannië als vermist werden opgegeven, bleven maar door mijn hoofd malen. Waar waren al die arme kinderen gebleven? Opgesloten in kasten, kelders en slaapkamertjes, zwervend over de kades bij Waterloo en Vauxhall, in kerken in Liverpool of over de vlooienmarkt in Birmingham? Beelden van een Australische tiener die zijn hele jeugd in de kelder van een onbekende opgesloten had gezeten en Amerikaanse jongetjes die gevangen werden gehouden door een gezin niet zo ver van hun eigen woonhuis tuimelden door mijn hoofd. Het gruwelijke feit dat sommige ontvoerde kinderen van hun kidnappers waren gaan houden. Snel pakte ik de afstandsbediening en zapte langs de kanalen op zoek naar iets wat me afleiding kon bieden.

Voorzichtig nam Shirl de afstandsbediening van me over. 'Zal ik kijken of ik zo'n leuk reisprogramma voor je kan vinden?'

'Nee, laat maar. Sorry, ik weet dat ik irritant ben.'

Mickey was zo kritisch als het om televisie ging – de programma's waren zo dom en laag-bij-de-gronds, mopperde hij altijd – dat ik zelden nog keek.

Shirl zette de soap weer aan. Verdoofd staarde ik naar het scherm. Een of ander slonzig blondje ging ervandoor met haar stiefvader, ze liet haar kinderen in de steek. Harteloos kreng. Ik stak mijn duim in mijn mond en beet op de nagelriem, toen ik opeens een idee kreeg.

'Ik ga posters van Louis maken. Met "vermist" erop.' Het woord bleef pijnlijk nadreunen in mijn hoofd, als de stalen knikker in een flipperkast. Ik sprong op en schudde mijn hoofd om het eruit te krijgen.

'Zoals die plaatjes van weggelopen katten, die mensen op lantaarnpalen plakken, bedoel je?' Shirl keek me verbaasd aan. 'Dat soort dingen doet de politie toch al, schat, denk je ook niet?'

'Louis is geen weggelopen kat, Shirl.' Ik liep naar de kast met de fotoalbums en trok de deuren open.

'Dat bedoel ik ook niet, gekke meid. Zal ik je komen helpen? Even een pen zoeken.'

Een duur lichtblauw fotoalbum met het woord JONGEN in gouden letters op de kaft viel uit de kast op de grond. Ik had het gekocht na mijn tweede scan, toen Mickey en mij was verteld dat het een jongetje zou worden. Ik had het voetje van mijn baby zien bewegen in de troebele, onaardse spelonk op de monitor en had de eerste prikjes van pure, primitieve moederliefde gevoeld. Daarna had ik afscheid genomen van Mickey, die weer naar kantoor moest, en was als in een roes gaan winkelen. Ik had een kapitaal uitgegeven aan babykleertjes en andere spulletjes, die ik thuis in de kast had opgeborgen. In die tijd wachtte ik met toenemende spanning op de geboorte van mijn zoon. Daarna kreeg ik een klap voor mijn hoofd van mijn postnatale hormonen en raakte ik ernstig in de war.

Ik raapte het album op. Er zat nog geen enkele foto van Louis in, want ik scheen de laatste maanden nooit meer tijd te hebben om dat soort dingen te doen. De babyfoto's lagen in slordige, ongesorteerde stapels op de planken, en opnieuw voelde ik me schuldig. Omdat ik nooit de moeite had genomen om het korte leven van mijn kind in kaart te brengen. Omdat ik als moeder weer tekort was geschoten. Tandenknarsend pakte ik de bovenste foto van de stapel en keek naar zijn ernstige, starende blik, en de volgende, waarop hij in vrolijke opwinding een mondvol frambozenyoghurt naar de camera spuugde, een trucje waar hij zo trots op was.

Op dat moment kwam Maxine thuis. Haar nieuwe vriendje, een donkere jongen, bracht haar tot aan de voordeur, waar ze het lef hadden om elkaar uitgebreid te omhelzen en te zoenen, zonder acht te slaan op wie het zag, waarna ik de jongen ten slotte over het pad naar zijn auto zag teruglopen. Uit het achterraampje hing een buitenlandse vlag van een mij onbekend land. Het bloed in mijn aderen kookte van woede. Ik had Maxine niet meer gezien sinds ik de foto's van Louis in de dakgoot van haar zolderkamer had gevonden.

Ik stormde de hal in op het moment dat zij de voordeur opendeed. Met haar sleutel in de hand staarde ze me aan alsof ik een of ander vreemd beest was. Verbeeldde ik het me of maakte ze een nerveuze indruk?

'Waarom heb je die foto's laten maken, Maxine?' wilde ik weten.

'Foto's?' vroeg ze verbaasd. 'Wat voor foto's?'

'Die pasfoto's van Louis. Die je op je kamer had verstopt. Wat heb je met hem gedaan?' Ik begon te schreeuwen, onsamenhangende onzin en verwijten, naar haar te schreeuwen voor alle keren dat ze me het gevoel had gegeven dat ik tekort was geschoten, voor alle keren dat ze Louis van me had overgenomen, en hij onmiddellijk was opgehouden met huilen en haar gelukzalig lachend had aangekeken, en voor alle keren dat ze met haar mooie lange benen voor mijn man had lopen pronken. Ik schreeuwde voor al het schuldgevoel en alle pijn die ik had gehad, voor alle keren dat ik niet had geweten wat ik met Louis moest doen... en Maxine keek me alleen maar aan alsof ik gek was geworden. Toen ik uiteindelijk al mijn stoom had afgeblazen en zwijgend stond na te hijgen, zei ze heel kalm: 'Ik weet niet waar je het over hebt. Waarom zou ik geen foto's van hem maken? We waren aan het winkelen, ik zag die fotoautomaat en dacht: ik wil een foto van mij en *le bébé*. Gewoon, voor mezelf. Je weet wel, omdat ik dol op hem ben.'

Ik keek Maxine aan, net zoals zij mij had aangekeken toen ze binnenkwam, en ik wist dat ze de waarheid sprak. Ze hield van Louis, dat had ik gezien en het had me jaloers en bang gemaakt, maar dát was de reden dat ik had gewild dat ze bleef, en dat ik me tegen Mickey had verzet toen hij haar kwijt wilde. Ik had haar nodig vanwege haar kennis en haar ervaring met kinderen. Sterker nog, Louis had haar nodig terwijl ik herstelde van mijn depressie, terwijl mijn geest en mijn moed zich aan het herstellen waren.

'Ik heb die foto's gewoon voor mezelf gemaakt. Voor, hoe zeg je dat... in mijn portefeuille?'

Ik dacht aan wat Silver had gezegd toen ik de foto's had gevonden en gaf me ten slotte gewonnen. 'Ja, het is al goed, Maxine.' Ik haalde diep adem. 'Het spijt me.'

Ze haalde haar schouders op. 'Het geeft niet. Ik vind het zo erg voor je, echt. Ik zal doen wat ik kan om je te helpen.'

'Dank je, Maxine.'

Ik ging terug naar de woonkamer en liet me op de bank vallen. De foto van Louis' stralende gezichtje had ik nog steeds in mijn hand en ik voelde me dom en heel leeg vanbinnen toen ik ernaar keek.

'Morgenochtend ga ik naar Blackheath om kopieën te laten maken,' zei ik tegen Shirl. Ze had mijn doos chocolade-eclairs uit de koelkast gehaald en bood me er een aan. Normaliter was ik dol op eclairs, maar het beeld van Mickeys chocoladecake in Tate Gallery achtervolgde me nog steeds en ik moest er nu echt niet aan denken.

Shirl zette zachte muziek op en bood aan mijn nek en schouders te masseren, maar ook daar had ik geen zin in. Ik wist dat ik me nooit meer zou kunnen ontspannen. Met een half oor luisterde ik naar Maxine, die in de keuken bezig was en even later naar boven ging met haar gebruikelijke blikje koude witte bonen – haar arbeidersafkomst zit diep, zei Mickey altijd, wat haar ambities om de sociale ladder te beklimmen ook zijn – en een nummer van *Hello!*, dat ik enige tijd geleden langs Mickey heen het huis in had gesmokkeld.

Midden in de nacht werd ik wakker en kon niet meer slapen. Mijn gedachten gingen naar de pillen, maar die had ik door het toilet gespoeld, wat me het verstandigst had geleken. Toen ik ten slotte weer weg begon te zakken in de droomtoestand die me nog enige troost kon bieden, moest ik ineens aan iets denken wat ik nog niet had gecontroleerd. Mijn ogen vlogen open terwijl de angst de kamer binnenkwam en mijn hart weer op hol sloeg. Ik knipte de lamp op het nachtkastje aan, liet me uit bed rollen en kroop naar de kast waarin ik mijn belangrijke dingen bewaarde. Vloekend om mijn eigen domheid stak ik mijn hand achter het schoenenrek, voelde de map met papieren en vond de oude laarzenzak van mijn vader, waarin ik Louis' belangrijkste dingen bewaarde. Ik trok de zak uit de kast en doorzocht met trillende handen de inhoud. Zijn allereerste foto's, zijn polsbandje uit het ziekenhuis, zijn geboorteakte en tenslotte, goddank, het paspoort dat ik voor hem had aangevraagd en onlangs had mogen afhalen. Ik sloeg het open en keek naar het pasfotootje, dat niet goed te zien was in het schemerlicht. Daarna borg ik de zak weer op in de kast, nog verder naar achteren dan daarvoor, nam het paspoort mee naar bed en legde het onder mijn kussen.

Toen mijn ogen eindelijk begonnen dicht te zakken, moest ik ineens weer aan het paspoort van Mickey denken. Ik had hem nog niet gevraagd waarom hij het bij zich had, maar toen daalde het duister op me neer en sleepte me mee naar de vergetelheid.

Iemand wekte me, schudde me zo ruw door elkaar dat ik dacht dat ik werd aangevallen. Nog diep in slaap sloeg ik om me heen, totdat ik de stem die mijn naam bleef herhalen in verband bracht met de citrusgeur die ik herkende, hoewel die minder opdringerig aanwezig was. Verbaasd richtte ik me op en zag in het halfduister Silver naast mijn bed staan.

'Wat is er?' Mijn god, dacht ik, en rillend van angst trok ik het dekbed om me heen.

'Opstaan,' zei Silver. 'Ik heb nieuws... goed nieuws.'

Ik schoot uit bed maar Silver was de kamer al uit gelopen. Ik trok het gordijn open om het eerste daglicht binnen te laten, trok mijn oude kamerjas aan en struikelde bijna over mijn eigen voeten in mijn haast om beneden te komen. In de keuken zat de politieman met het buikje, rechercheur Kelly, koffie uit een kartonnen beker te drinken en iets uit een vettig papieren zakje te eten. Hij knikte beleefd naar me en at door.

'Wat is er aan de hand?' Mijn stem klonk hoog van de spanning.

'Ga eerst even zitten, meisje.' Silver trok een stoel achteruit, wachtte tot ik zat, haalde zijn pakje kauwgom tevoorschijn en stak een nieuw plakje in zijn mond. Hij had een paar krasjes op zijn wang.

'Wat is er aan de hand? Hebben jullie Louis gevonden? Is hij −'

Silver onderbrak me. 'Nee, sorry, zo goed is het nieuws ook weer niet, maar' − hij keek me opgetogen aan, alsof hij ieder moment kon gaan juichen − 'hij leeft nog! We hebben bewijs dat hij in leven is.'

Als ik niet had gezeten, zou ik in elkaar gezakt zijn. 'Natuurlijk leeft hij nog,' fluisterde ik. 'Waarom zou hij niet meer leven?' Desondanks werd ik overspoeld door een golf van opluchting die alle lucht uit mijn longen perste.

'Maar waar...' Ik merkte dat ik geen adem kreeg. Ik zocht in de zakken van mijn kamerjas naar een inhaler, maar vond die niet. In paniek gebaarde ik naar de la onder het aanrecht. 'Alsjeblieft, mijn inhaler,' piepte ik.

Silver liep naar het aanrecht en zocht in de la totdat hij mijn medicijn had gevonden. Hij zette een dampende kop thee voor me neer, deed er suiker in en zei dat ik het moest opdrinken. Deb kwam de keuken in met een pakje dat ze aan rechercheur Kelly gaf en wierp me een bemoedigende glimlach toe. Kelly stond op en liep naar de woonkamer, met de misselijkmakende geur van gesmolten kaas in zijn kielzog. Silver ging hem achterna en wenkte me.

'Kom, Jess, alsjeblieft.'

Voorzichtig, met de kop thee in mijn trillende handen geklemd, liet ik me op de bank zakken. Het was al drukkend warm in huis, maar desondanks rilde ik. Deb kwam naast me zitten, klopte me geruststellend op mijn knie. Even had ik de aandrang me in haar armen te storten en uit te huilen op haar platte boezem. Rechercheur Kelly hurkte neer bij de videorecorder, die op de vloer stond, en boog zich zo ver voorover dat een deel van zijn bleke billen boven zijn broekriem zichtbaar was. Hij had zweetplekken onder zijn armen, zag ik toen hij de afspeelknop indrukte. En toen, opeens, veel groter dan in werkelijkheid op Mickeys plasmatelevisie, zag ik Louis, verbaasd knipperend met zijn ogen, maar levend, absoluut levend. Hij lag op zijn rug naast de *Daily Mirror* van gisteren, met onze foto's op de voorpagina.

Ik morste thee op mijn been, en op de witte bank waar ik zelden op zat omdat ik dat niet durfde.

'Zie je?' zei ik hysterisch, zonder mijn blik af te wenden van het cherubijnengezichtje van mijn kind op het tv-scherm. 'Wit is zo onpraktisch.' Ik huiverde van vreugde en sloeg mijn arm om Debs schouders. 'Wat is hij een mooi kind, hè? Ik had je toch al gezegd dat hij beeldschoon was?'

'Ja, dat is hij zeker, Jess. Absoluut beeldschoon.'

'Dank je, dank je,' mompelde ik. 'Ja, beeldschoon. Hij ziet er gezond uit, hè?'

Ik staarde naar Louis op het tv-scherm, naar mijn kind, en dankte de god waarin ik tot nu toe nooit had geloofd. Toen bewoog de camera langzaam weg van zijn wapperende handjes – zijn helikopterarmpjes, noemden we ze altijd – van het pluishaar op zijn hoofd en zijn zachte onderkin, naar het briefje dat naast hem op de tegelvloer lag.

JE HEBT ME NU GEZIEN – LAAT ME MET RUST – IK BEN IN VEILIG-

HEID, stond er in hoofdletters. Een spookachtig licht werd enkele keren over de boodschap bewogen.

'Wat moet dat verdomme voorstellen?' snauwde ik. Wanhopig keek ik om me heen, naar Silver, naar Deb, naar Shirl die alleen in een T-shirt en met haar haar in de war de kamer in kwam sloffen. Ik zocht naar verklaringen.

'Wat bedoelen ze met "laat me met rust"? Wie moet ik met rust laten? Louis? Hoe kunnen ze in godsnaam denken dat ik dat zal doen?' De woorden vlogen mijn mond uit en ik zat te hijgen als een oude vrouw. 'Waarom zou ik mijn eigen kind met rust laten? Mijn god, waar is hij? We moeten hem vinden, onmiddellijk!'

'Blijf ademhalen, Jess,' zei Deb, die me mijn inhaler gaf. 'Kalm blijven en ademhalen.'

Silver kwam naar me toe en zei: 'Daar moeten we achter zien te komen, meisje. Wat deze mensen willen.'

'Wat kunnen ze willen?' vroeg Shirl.

'Welke mensen? Wie zijn die mensen, verdomme?'

'Daar zijn we mee bezig, geloof me. Ze hebben nog niks gevraagd. Dit wekt niet de indruk van een gewone kidnapping. Er is geen losgeld geëist, nog niet. Er is nog helemaal niks geëist. Alleen dat ene, dat je ze met rust moet laten. Het kan wijzen in de richting van een dader met een psychische stoornis, meer dan we aanvankelijk dachten, misschien.'

'Een psychisch gestoorde?' fluisterde ik.

'Heel jonge kinderen worden vaker meegenomen door vrouwen die zelf graag een kind willen en die uit wanhoop handelen.'

Deb keek me recht aan. 'Ze zorgen bijna altijd goed voor het kind,' zei ze, en ze gaf een kneepje in mijn arm.

'Bijna altijd?'

'Altijd.' Het adertje bij haar slaap klopte.

'Dit kunnen ze niet menen. Ze ontvoeren mijn kind en denken dat ik ze met rust zal laten? Alsof er niks aan de hand is? Ze zijn verdomme niet goed bij hun hoofd.'

Opeens was de video afgelopen en schrokken we op van het geruis en het sneeuwende beeld.

Ik pakte Silver bij zijn bovenarm. 'Kun je de band terugspoelen, alsjeblieft? Naar dat stukje met Louis...'

De tranen stroomden over mijn wangen, mijn neus liep en snot droop tussen de theevlekken op mijn kamerjas. Shirl wilde me een prop tissues in de hand duwen, maar ik kroop over de vloer naar de tv, waar ik met mijn wijsvinger de omtrek van Louis' gezichtje volgde. Ik zag hem glimlachen. Hij glimlachte naar me! Mijn hart brak. Hij was gelukkig, want hij glimlachte, maar hij was gelukkig zonder mij. Al mijn schuldgevoel balde zich samen in mijn buik; dit was mijn straf.

'Hoe komen jullie aan deze video?' vroeg ik terwijl ik overeind kwam.

Silver kwam bij me staan. 'Die is per motor naar Scotland Yard gebracht.'

'Per motor?' herhaalde Shirl ongelovig.

'Per motorkoerier. Vanochtend heel vroeg. Dit is een kopie. Het origineel is naar het lab gestuurd. We proberen de koeriersdienst te achterhalen. Er is bij de Yard voor ontvangst getekend. We zullen hem vinden, Jessica.' Hij stond zo dicht bij me dat ik zijn lichaamswarmte op mijn rug kon voelen. 'Ik beloof je dat we Louis zullen vinden.'

'Alsjeblieft,' fluisterde ik, 'willen jullie me heel even alleen laten?'

'Maar natuurlijk,' zei Shirl, en ze nam de anderen mee de kamer uit.

Ik pakte de afstandsbediening, zocht de pauzeknop, en toen ik Louis zag glimlachen, zette ik het beeld stil. Ik ging op de grond zitten en keek. Als verdoofd bleef ik naar zijn gezichtje op het scherm staren.

Na een paar minuten kwam Silver de kamer weer in en schrok ik op.

'Gaat het?' vroeg hij zacht, en hij ging achter me op de bank zitten. 'Ik weet dat het een hele schok is. Maar het is goed om hem te zien, toch, meisje? Dit moet een hele opluchting voor je zijn.'

Ik maakte mijn blik los van het tv-scherm, draaide me om naar Silver en zag dat Shirl de kamer ook weer was binnengekomen.

'Er is iets, adjudant Silver, wat ik misschien eerder tegen je had moeten zeggen.'

'O ja?'

'Toen ik gisteren terugkwam van het ziekenhuis, van... je weet wel...'

'Van wat?'

Nerveus schraapte ik mijn keel. 'Van, nou... het ongelukje dat ik had gehad...'

'Ah, juist. Je ongelukje.'

'Nou, ik weet zeker dat er iemand in mijn slaapkamer is geweest en in mijn spullen heeft geneusd.'

Nu had ik zijn aandacht. 'Echt? Wat voor spullen?'

'Nou, bijvoorbeeld de map waarin ik mijn papieren bewaar. Ik heb gekeken of Louis' paspoort er nog was, en dat was zo, maar alle papieren... die zaten door elkaar.'

'Juist.' Silver fronste zijn wenkbrauwen. 'Weet je, dat had je beter meteen tegen me kunnen zeggen.'

'Sorry.'

'Het is mijn schuld,' onderbrak Shirl ons beschaamd. 'Ik heb tegen haar gezegd dat ze het zich verbeeldde.'

'Oké,' zei hij. 'Nou, de volgende keer kom je rechtstreeks naar ons, afgesproken, Jessica? Daarvoor zijn we hier.'

'Natuurlijk, dat zal ik zeker doen. Ik had het meteen moeten zeggen, besef ik nu. Het is mijn schuld, niet die van Shirl.'

'Nou ja, het is jouw verantwoordelijkheid om ons op de hoogte te houden, of dat zou het in ieder geval moeten zijn. Ik zal de jongens van de vingerafdrukken laten komen.'

Ik bloosde. 'Juist.' Ik betrapte me erop dat ik naar de krasjes op zijn wang stond te staren. 'Feestje gehad?' vroeg ik, zonder erbij na te denken.

'Ja, dat klopt,' mompelde hij zacht, zodat alleen ik het kon horen. 'Met een heel wild katje. Ze heeft me gekrabd toen ik haar vanochtend wekte.'

Ik bloosde nog dieper en wendde snel mijn blik af, maar niet snel genoeg om te missen dat Shirl haar wenkbrauwen optrok en er een grijns op Silvers gebruinde gezicht verscheen. En aangezien ik geen passende reactie wist te bedenken, ging ik naar boven om me aan te kleden.

Nu ik wist dat Louis nog leefde, verdwenen de laatste restjes van de boosheid die ik jegens Mickey had gevoeld. Ik belde het ziekenhuis om hem het nieuws te vertellen, maar hij sliep nog en ze wilden hem liever niet wakker maken. Zuster Kwame had dienst, en ze was heel vriendelijk en verheugd toen ik haar het nieuws vertelde, hoewel ze een beetje afwezig klonk. Daarna belde ik Leigh, die net de kinderen naar school had gebracht. Ze had nog steeds de pest in over het feit dat Robbie langs was geweest.

'Ik begrijp niet dat je hem hebt binnengelaten,' zei ze, en ik hoorde haar een sigaret opsteken.

'Dat heb ik niet gedaan. Deb heeft hem binnengelaten.'

'Nou ja' – ze nam een trek van haar sigaret – 'hij heeft verdomd veel geluk gehad dat ze hem niet meteen hebben gearresteerd.'

'Kom op, Leigh,' zei ik, 'je weet niet eens of hij op dit moment in de problemen zit. Geef die jongen een kans.'

'Jessica, Robbie zit altíjd in de problemen. Je laat je altijd zo gemakkelijk door hem inpakken.'

'En jij bent te hard voor hem. Hij zei...' Ik vroeg me af of het wel zin had om het tegen Leigh te zeggen. 'Hij zei dat hij me wilde helpen.'

Leigh lachte snuivend. 'En jij gelooft dat? Jezus, Jess, sommige mensen zijn onverbeterlijk, weet je dat dan niet?'

'Wist je dat hij ma heeft gesproken?'

'Wanneer?'

'Een tijdje geleden, blijkbaar. Voordat ik Louis kreeg. Hij zei dat hij wist dat ik getrouwd was.'

'Nee. Nee, dat wist ik niet. Waarom heeft ze daar niks over gezegd?'

'Geen idee. Ik begrijp er niks van. Aan de andere kant, als het om haar en Robbie gaat, weet je het nooit.'

Ze inhaleerde hoorbaar. 'Nee, dat is waar. Maar het betekent nog niet dat je hem nu kunt vertrouwen.'

'Hoor eens, Leigh, ik weet dat hij je gekwetst heeft, maar ik weet op dit moment niet wie ik wel of niet kan vertrouwen. Of wat ik moet doen. Ik... ik loop op mijn tandvlees.'

Leigh nam weer een trek en ik hoorde haar rook uitblazen. Haar stem klonk vriendelijker. 'Je doet het fantastisch, Jess. Hou nog even vol. Voordat je het weet heb je Louis weer terug.'

De tranen schoten in mijn ogen. 'Ja, nou, ik hoop dat je gelijk hebt. De statistieken zeggen dat als een kind niet binnen achtenveertig uur wordt teruggevonden, dan...' Mijn stem brak. 'Er zijn nu al drie dagen verstreken. Als hij niet terugkomt...'

'Wat?'

'Als hem iets overkomt, Leigh, weet ik niet... weet ik niet of ik nog wel verder wil leven.'

'Jessica!' riep Leigh geschokt. 'Waag het niet om zo te praten!'

'Waarom niet?' Ik keek naar de vloer. 'Het is de waarheid.'

'Kom op, Jess, je bent een knokker. Hou nog even vol.'

'Ik ben het knokken beu, Leigh. Dat doe ik mijn hele leven al. Dit zou het deel moeten zijn waarin alles beter werd, heb ik altijd gedacht.'

'Luister naar me, ze doen hem heus niks. Wat stond er op dat briefje? Dat hij in veiligheid is, goddank.'

'Ja,' zei ik verbitterd, 'maar in veiligheid bij iemand die hem van zijn eigen moeder heeft gestolen. Hoe veilig is dat?'

12

Deb was naar het toilet toen ik het huis uit glipte. Shirl was naar haar werk en ik werd verondersteld naar het ziekenhuis te gaan voor mijn afspraak met de psychiater, maar dat idee stond me heel erg tegen. Ik was niet van plan mijn hele ziel en zaligheid voor een of andere therapeut bloot te leggen, mooi niet. Zo gek was ik ook weer niet, nóg niet. Ik had mijn allergrootste zonnebril en een oude honkbalpet van Mickey opgezet, en gekleed in een soort poncho, hoewel het daar veel te warm voor was, ging ik op weg, onherkenbaar, voor het geval dat Silver me liet volgen.

Robbie zat aan de bar met een halfvolle pint bier en een whiskyglas voor zich. Hij zag er verwilderd uit, leek ouder dan hij in werkelijkheid was, en ik dacht met pijn in het hart aan wat hij had kúnnen zijn. In gedachten vervloekte ik mijn vader, wat hij ons vroeger allemaal had aangedaan, alle littekens die hij had achtergelaten, hoe vaak hij ook tegen ons had gezegd dat we zijn schatjes waren. Ik dacht aan Robbie, die zijn vader min of meer in diens voetsporen was gevolgd, en had erg met hem te doen. Hoe onlogisch het ook klinkt, misschien wilde ik hem nog steeds beschermen, net zoals ik dat in onze knotsgekke jeugd had gedaan.

Alsof het zo afgesproken was keek Robbie op, glimlachte naar me en bestelde iets te drinken voor me. Het ontroerde me dat hij nog wist wat mijn lievelingsdrankje was, maar dat gevoel verdween weer even snel toen er betaald moest worden en hij mij aankeek. Maar ik zette Leighs harde woorden uit mijn hoofd en viste het geld uit de zak van mijn korte broek.

'Jezus, Jess, ben je incognito?'

Ik glimlachte halfslachtig en zette mijn zonnebril af. Het was schemerig in de pub en er waren zo vroeg op de dag nog maar weinig klanten.

'Ik hoor hier niet te zijn zonder oom Agent te laten weten waar ik ben. Maar ik moest er gewoon even uit, snap je?'

'Ik geef je groot gelijk,' zei Robbie, en hij bood me de sigaret aan die hij net had gerold. Ik keek hem boos aan en hij grijnsde schaap-achtig. 'Oeps, sorry, Jess. Ik was het even vergeten. Vind je het erg als ik...' Maar hij had de sigaret al opgestoken en spuugde een draad-je tabak van zijn tong.

'Als je de rook maar niet in mijn gezicht blaast.' Ik ging op de kruk naast de zijne zitten en nam een slokje wodka, die lekker naar bin-nen gleed en een warm spoor langs mijn gepijnigde hart trok. 'Ik heb niet veel tijd,' zei ik, en hij keek op zijn horloge. Dat was goedkoop en het glas zat vol krassen, en ik zei: 'Herinner je je die nep-Rolexen nog, die pa voor ons had gekocht? Bij Vette Wilf in East Street?'

Robbie grinnikte en ik voelde een verwantschap met hem die ik bijna was vergeten. Ik was blij met deze emoties, totdat hij zei: 'Ik heb de mijne verkocht, als echt. Aan een of andere oude tante.'

'Robbie!' riep ik geschokt, maar eigenlijk verbaasde het me niet.

'Wat nou? Ze had toch te veel geld en het zat me op dat moment... je weet wel, niet erg mee.'

'Het zit jou al vanaf je zestiende niet erg mee, als ik jou moet ge-loven.'

Hij dronk zijn pint leeg, schoof hem naar de dikke barman en zei: 'Geef me er nog een, wil je?'

Ik schoof iets dichter naar hem toe. Op de bar, naast zijn pakje shag, lag een blaadje papier met, in Robbies slordige handschrift, een paar telefoonnummers, onder andere van iemand die 'Generaal' scheen te heten, en daarnaast stonden enkele getallen, grote getallen, die waren opgeteld en gedeeld.

'Robbie, hoe gaat het met je? Ik heb...'

'Wat heb je?'

'Ik heb je gemist.'

'Jezus, Jess, we gaan toch niet sentimenteel worden, hè?' Maar hij kriebelde me onder mijn kin, zoals onze vader vroeger vaak had ge-daan.

Ik bloosde. 'Nee, wees maar niet bang. Je kent me, zo taai als ge-looid leer.' Ik nam nog een slokje wodka om me een beetje te ont-spannen. 'Ik begrijp alleen nog steeds niet waarom je je zo lang voor ons hebt verstopt, Rob.'

'Ik heb me niet verstopt. Ik ben gewoon een tijdje weg geweest.'

'Bedoel je...'

'Nee, niet op die manier. Gewoon... weg. Naar het buitenland.'

'Je kunt ma beter bellen. Ze is gek van bezorgdheid.'
'Dat heb ik net gedaan. Nu ik, eh... niet meer weg ben.'
'Ze was zeker wel blij.'
'Dat kun je wel zeggen.'

Ik verzette me tegen de jaloezie die ik had gevoeld vanaf het moment dat mijn moeder uit het ziekenhuis thuis was gekomen met Robbie in haar armen. Eindelijk een jongetje, wat ze altijd had gewild. Ze had mij altijd kwalijk genomen dat ik geen jongetje was, tenminste, dat had ik altijd gedacht.

'Waar in het buitenland?' vroeg ik na een korte stilte.

'Azië vooral. Hier en daar in Zuid-Amerika, maar voor het merendeel Azië. Het laatst was ik in Thailand. Bangkok is echt een ongelofelijke stad.'

Ik dacht aan zon en zee en exotische geuren, aan reizigers met rugzakken, aan de wereld die ik zo graag had willen ontdekken. Ik dacht aan de vijfsterrenluxe op Mauritius, het verst dat ik ooit was geweest, *all inclusive*, waar Mickey op had gestaan toen ik drie maanden in verwachting was. De betutteling waarmee we waren geconfronteerd, want we mochten niet te ver uit de buurt van ons resort gaan. Allemaal heel leuk, maar niet mijn idee van reizen. Ik was van plan geweest om iets van de wereld te zien zodra ik mijn studie aan de kunstacademie had afgemaakt. Ook een voornemen dat door mijn ongeplande zwangerschap in het water was gevallen, weer zoiets waar ik in eerste instantie de pest over had gehad, en nu de zoveelste nagel in de doodskist van mijn allesoverheersende schuldgevoel. Nu zou ik met alle plezier in een kartonnen doos onder Lewisham Bridge gaan wonen en nooit meer ergens naartoe gaan, zolang het maar met Louis was, als hij maar weer bij me was. Ik keek mijn broer aan.

'En je bent nooit op het idee gekomen om ons te laten weten dat alles oké met je was?'

Robbie trok hard aan zijn sjekkie, dat zielig verschrompelde van het vuur.

'Ik heb je een ansichtkaart gestuurd, of niet soms?'

Ik snoof. 'Ja, één ansichtkaart in vijf jaar tijd. Hartelijk bedankt. Heel geruststellend. Heel attent van je. En hoe kan het dat je ma wel hebt gebeld en mij niet?'

'Wat? Wanneer?' Hij zag eruit alsof hij zich betrapt voelde, met zijn opgetrokken schouders. Ik bekeek hem eens goed. Ondanks de warmte had hij nog steeds dat oude leren jack aan. Zweetdruppeltjes parelden op zijn bleke voorhoofd en liepen langs zijn slapen. Hij zag eruit alsof hij ziek was, besefte ik tot mijn schrik.

'Robbie, waarom heb je het zo ver laten komen? We waren altijd zo... zo...' Maar ik kon het niet uit mijn mond krijgen. Hij was geen haar beter dan mijn vader, en ongeveer net zo betrouwbaar. Er viel een geladen stilte. Ik besefte dat we uit elkaar waren gegroeid, dat onze bloedband erg te lijden had gehad, net als die met de andere familieleden. Ik had zo mijn best gedaan om die in stand te houden, maar moest erkennen dat ik daarin had gefaald. Mijn leven had de ene richting gekozen en het zijne was min of meer in de goot geëindigd. In Bangkok of weet ik veel waar.

'Jess...' begon hij, maar hij scheen zich te bedenken, pakte zijn glas en dronk het leeg.

'Wat?' moedigde ik hem aan. Hij wilde me niet aankijken. 'Wat wilde je zeggen?' vroeg ik, ongeduldiger nu.

'Niks, laat maar.' Het leer van zijn jack kraakte toen hij de peuk van zijn sjekkie uitdrukte. Toen vroeg hij: 'Ben je gelukkig?'

'O, ja, ik ben hartstikke gelukkig. Ik heb me nooit beter gevoeld. Wat denk je zelf, idioot?'

'Ik bedoel niet nu. Niet nu ze... nu ze, je weet wel, Luke hebben ontvoerd...'

'Luke?' Gloeiend van woede liet ik me van mijn barkruk glijden. 'Dat meen je toch niet, hè? Je zegt dat je naar me toe bent gekomen om me te helpen en je weet niet eens hoe mijn kind heet. Je hebt zijn naam niet eens onthouden.'

Te laat zag hij zijn fout in en hij pakte mijn arm vast om te voorkomen dat ik wegliep. 'Louis,' corrigeerde hij zichzelf snel, 'ik bedoelde Louis, natuurlijk. Sorry. Ben je gelukkig met Louis, normaliter? En met je man?'

Ik dronk mijn glas leeg, draaide me naar hem toe en nam zijn bezwete gezicht in mijn beide handen. Ik keek hem recht in zijn glazige ogen, maar hij wendde zijn blik af.

'Je zit in de vernieling, hè, Rob? Compleet in de vernieling. Mijn god.' Moedeloos liet ik mijn handen zakken. 'Het dringt nu pas tot me door.' Ik beet op mijn duimnagel en dacht na. 'Luister, Robbie, ik wil je graag helpen, zal voor je doen wat ik kan, maar alleen als je me belooft dat je er zelf ook iets aan doet. Hoor je me, Robbie?'

Maar hij durfde me niet aan te kijken, en in plaats daarvan wenkte hij de barman. Dus draaide ik me om en liep de pub uit. Ik moest wel. Ik liep weg van mijn broer, van het kleine broertje dat ik zo lang had beschermd en dat helemaal niet was teruggekomen om mij te helpen, maar omdat hij iets van me wilde, zelfs in de wanhopige situatie waarin ik me bevond. Buiten werd ik verblind door de zon en ik zette mijn grote zonnebril weer op. Ik vroeg me af wat er nodig zou zijn om hem weer op het rechte pad te krijgen, maar ik wist het echt niet.

Ik was halverwege de heuvel toen ik van gedachten veranderde. Een eindje voor me liep een vrouw met een wandelwagentje dat op het mijne leek, en ik besloot haar te volgen. Toen ze in de buurt van het park kwam, bleef ze staan, ze tilde haar kind uit het wagentje en liet het toen zelf lopen. Hij liet iets vallen, een roze bekertje, dat over de stoep naar de goot rolde. Hij wilde het achternagaan maar zijn moeder vond dat niet goed. Hij zette het op een krijsen en stampte met zijn voetjes op de grond, waarop zijn moeder zijn armpje vastgreep en hem ruw naar zich toe trok, zodat hij met zijn knietjes over de stoeptegels werd getrokken.

'Hé!' riep ik.

Ze stopte, draaide zich om en keek me geërgerd aan.

'Je doet hem pijn,' zei ik.

'O ja? En wat heb jij daarmee te maken?' Ze was niet op haar mondje gevallen, blijkbaar. Haar kleren leken afkomstig uit een dure modezaak en haar hand ging beschermend naar haar tas.

'Alles,' zei ik zacht. 'Daar heb ik alles mee te maken. Je moet een kind geen pijn doen. Wees blij dat je een kind hebt.' Ik raapte de beker op en gaf hem aan het huilende kind. Zijn warme handje sloot zich om de beker, en ik moest de neiging onderdrukken om hem op te tillen en er met hem vandoor te gaan.

In plaats daarvan draaide ik me om en begon terug te rennen naar waar ik vandaan was gekomen. Robbie stond nog bij de bushalte aan de overkant van de straat. Ik stopte abrupt voordat hij me kon zien en verborg me bij de ingang van Lloyds Bank. De bus kwam aanrijden. Ik dacht eerst dat het te lastig zou zijn om hem te volgen, maar hij stond vooraan in de rij en toen hij was ingestapt zag ik hem naar boven lopen. Happend naar adem in de plakkerige warmte rende ik naar de overkant en wist in te stappen voordat de deuren dichtgingen. Ik liep door naar achteren en ging zitten.

Het was druk en rumoerig in de straten waar we doorheen reden, en het stonk naar uitlaatgassen. We reden langs de exclusieve sportschool waarvan Mickey en ik lid waren, en ik verlangde hevig naar het koele zwembad dat ze daar hadden. Het was de enige luxe die ik niet had bestreden toen Mickey me als lid wilde voordragen. Ik hield van zwemmen en was er goed in, veel beter dan mijn man, die, als een kat, er een hekel aan had om nat te worden. Ik bedacht dat als ik Louis nu bij me had gehad, we er waarschijnlijk naar binnen zouden gaan om de verkoeling van het zwembad op te zoeken. Ik zag hem voor me, met zijn bolle buikje en zijn zwembroekje, met zijn armpjes en beentjes om zich heen slaand in het water terwijl ik lachend toekeek en hij kraaide van trots. Mijn maag roerde zich, en ik wist niet zeker of dat slechts door de hobbelende bus kwam.

Op Walworth Road stapte Robbie uit en ik ging hem achterna, verscholen achter twee grote zwarte vrouwen met boodschappenwagentjes vol groenten en fruit, bleke bejaarden met knokige enkels en geruite shoppers, die ondanks de brandende zon dikke jassen droegen. Uiteindelijk, bij Elephant Street and Castle, niet zo ver van waar we waren opgegroeid, sloeg Robbie af. Kende hij mensen in deze buurt? Ik durfde er niet aan te denken. Hij liep een kinderspeelplaats op, bleef staan om een sigaret te rollen, leunde tegen de gele buizen van de draaimolen en belde iemand met zijn mobiele telefoon.

Vervolgens wachtte hij en rookte zijn sjekkie. Na een minuut of vijf kwam er een knappe zwarte jongen met korte dreadlocks naar hem toe fietsen. Hij remde voor Robbie, ze lachten om iets, toen sprong Robbie van de draaimolen af en liep mee met de jongen, die zijn hand op Robbies schouder had gelegd om in evenwicht te blijven. Ik volgde de twee op enige afstand, naar een flatgebouw waarvan de ramen voor een deel waren dichtgetimmerd. Voor de ingang, in een ligstoel die betere tijden had gekend, zat een dikke blanke man de *Sunday Sport* te lezen.

'Is Stevo er?' hoorde ik de zwarte jongen vragen.

De man haalde zijn schouders op en wees met zijn duim achter zich. 'Geef hem vijf minuten. Annette is bij hem... als je begrijpt wat ik bedoel.'

Er werden wat machograppen gemaakt en ik huiverde. Een man

met veel haar en een wit jack kwam met een pitbull aan een riem van ijzeren schakels de hoek om lopen. Mijn hart begon te bonzen. De man koos juist het boompje waar ik naast stond om een rubberen ring over een van de takken te werpen en de hond aan te sporen om op te springen en hem ervan af te trekken.

Een broodmager meisje met een heel kort rokje, waar haar benen als twijgjes onder vandaan staken, kwam bijna wankelend de flat uit. Ze ritste haar trainingsjack dicht en lachte uitdagend toen ze tegen de man in de ligstoel aan viel.

'Alles oké, schatje?' Hij gaf haar een klap op haar magere billen en keek op naar de anderen, naar mijn broer en zijn maat, maar die hadden hun interesse verloren en liepen op de ingang van de flat af. Er kwam nog een jongen aanlopen, met een ongezond bleek gezicht en zijn armen om zich heen geslagen alsof hij het ondanks de hitte ijskoud had.

Ik geloofde niet dat mijn kind zich in deze flat bevond. De geur van wanhoop hing bijna tastbaar in de lucht en ik wist zeker dat ze hier waren om drugs te scoren. Achter me probeerde het korte, dikke hondje nog steeds de rubberen ring te pakken te krijgen, het sprong wild in het rond en werd steeds fanatieker.

Ik stond op het punt om weg te lopen toen een jong zwart meisje met dunne vlechtjes de hoek van de flat om kwam lopen. Haar hoofd bewoog mee in het ritme van de muziek uit haar oordopjes en hoewel ze eruitzag alsof ze amper veertien was, duwde ze een splinternieuw wandelwagentje voor zich uit. Ik verstrakte en mijn hart begon zo hard te bonken dat het me verbaasde dat de anderen het niet hoorden. Ik rekte me uit om het kind te zien. Maar het wagentje was leeg.

Het meisje liep naar de ingang van de flat waar Robbie naar binnen was gegaan. De man in de ligstoel zag haar aankomen, staarde naar haar blote, donkere middenrif onder het gele bikinitopje en de gouden kettingen totdat zijn tong bijna op de grond hing, tussen de sigarettenpeuken en platgetrapte bierblikjes. Ze ging de flat binnen en toen ik haar ergens hoorde aankloppen en de deur achter haar dicht hoorde slaan, begon ik te rennen. Ineens wist ik zeker dat mijn kind daar was. Ik rende harder dan ik ooit had gerend, alsof mijn leven − en dat van Louis − ervan afhing.

'Hé!' riep de man in de ligstoel toen ik langs hem heen schoot, maar ik was al bij de plaatstalen deur, balde mijn handen tot vuisten en begon erop te slaan terwijl ik de naam van mijn broer en mijn kind riep. De snee in mijn hand ging open en begon te bloeden, maar ik bleef op de deur bonzen.

'Robbie,' huilde ik, 'laat me binnen, vuile schoft. Ik weet dat Louis daar is. Laat me verdomme binnen.'

De man van de ligstoel verscheen achter me op het moment dat de grendel opzij werd geschoven. Hij greep de pols van mijn bloedende hand vast toen ik weer wilde slaan, maar de deur ging open en opeens stond mijn broer tegenover me, verlicht door de zon die door een klein raampje achter hem de woning binnenviel. Zijn hoofd werd omkranst door een gouden licht, als een heilige op een glas-in-lood-raam. De engel Gabriël in de Maria-Boodschap, dacht ik hallucine-rend, die me mijn kind zou aanreiken. Ik hield mijn armen op.

'Jezus, Jess.' Robbie deed een stap naar voren en greep mijn pols vast. Toen zag hij het bloed in mijn hand. 'Wat heb je verdomme met haar gedaan?' snauwde hij naar de man die achter me stond.

'Niks, het is niks,' jankte ik terwijl ik me wankelend langs hem heen wrong. 'Is Louis hier? Waar is Louis?'

Robbie sloeg de deur achter me dicht, in het gezicht van de andere man. 'Stil, hou je mond, idioot,' snauwde hij naar me. 'Doe een beetje normaal, wil je?'

Het zwarte meisje liep de gang in.

'Waar is mijn kind?' vroeg ik, happend naar adem. 'Wat heb je met mijn kind gedaan?'

Ze keek me met een vuile blik aan en liet haar tanden zien. 'Vind jij dat goed, dat ze me zomaar beschuldigt?' snauwde ze tegen Rob-bie.

Ik trok mijn hand uit die van mijn broer, wrong me langs het meis-je en liep naar de kamer aan het eind van de gang. Voor het ene raam hing een oude beddensprei om het licht buiten te houden, de ande-re twee ramen waren dicht getimmerd. Meubels stonden er niet, al-leen een stapel dvd-spelers in dozen, tot aan het plafond. Op de vloer lag een oude matras, vuil en vol vlekken. Dreunende muziek van de kamer ernaast kwam dwars door de muur, en in het midden van de kamer stond het wandelwagentje. Toen ik ernaartoe wilde lopen, haastte het meisje zich langs me heen. Ze had iets in haar armen, een kind, een baby die niet bewoog. Mijn hart sprong in mijn keel en ik liep slaapwandelend op haar af. Ze had een pop in haar armen. Het was maar een pop! Voorzichtig zette het meisje de pop in het wagentje en legde er een dekentje overheen.

Ik liep de gang weer op, naar de deur van de kamer ernaast. Ondanks de harde muziek kon ik een paar stemmen onderscheiden. Ik duwde de deur open en keek naar binnen. Een zwarte jongen zat in een oude, versleten fauteuil, en op de bank, die mogelijk nog ouder en helemaal doorgezakt was, zodat hun knieën bijna boven hun hoofd uitstaken, zaten de jongen met het bleke gezicht en een knaap met een geblondeerde hanenkam en talloze tatoeages. De zwarte jongen had een colablikje in zijn hand, ondersteboven, hij stak iets aan, hield er een pijpje bij en inhaleerde diep, alsof zijn leven ervan afhing. Crack, besefte ik met een hol gevoel in mijn maag. De bleke jongen had zijn ogen dicht en zat nerveus aan zijn onderarm te krabben. De knaap met de hanenkam, die op zijn schoot ook iets zat klaar te maken, keek me aan en trok zijn zwarte wenkbrauw op. 'Loop jij zo te schreeuwen?' vroeg hij.

'Ik ben op zoek naar mijn kind,' zei ik zacht.

'Nou, je kind is hier niet,' zei hij doodkalm. 'Dus hou op met dat geschreeuw. We trekken de aandacht met al die herrie van jou, en dat willen we niet, toch, schat?'

Sprakeloos schudde ik mijn hoofd.

'Dus doe ons een lol en sodemieter op, oké?'

Robbie kwam achter me staan. 'Ik denk dat je beter kunt gaan, Jess.'

Maar ik ontsnapte aan zijn greep en liep terug naar de wandelwagen.

'Wat ik alleen wil weten,' vroeg ik aan het meisje, hoewel ik wist dat ze me niet verder kon helpen, 'waarom je die pop in een wandelwagentje rondrijdt. Heb je zelf geen kind?'

Ze stond op het punt om weg te gaan, duwde de dopjes van haar walkman in haar tere oren, die tussen de vlechtjes vandaan staken. Ze staarde me enige tijd aan, pakte de pop, draaide hem om en trok de rits op de rug naar beneden. Tussen de kapok lag een donker rechthoekig pakje dat op een dikke reep chocola leek.

'Iets te blowen voor de jongens thuis, ben je nou tevreden, druktemaker? En je moet je met je eigen zaken bemoeien, bleekscheet. Ben ik duidelijk?' Ze liet me haar tanden weer zien en zette de pop voorzichtig, bijna liefhebbend, terug in het wagentje.

Robbie werkte me de deur uit.

'Ga met me mee,' smeekte ik hem. 'Alsjeblieft, Rob, weg uit deze gribus.' De tranen schoten in mijn ogen en ik pakte zijn hand vast. 'Je hoort hier niet. Je kunt bij mij logeren, als je wilt. Blijf hier alsjeblieft niet. Ik kan best een beetje gezelschap gebruiken.'

Hij keek van me weg. 'Ik moet nog een paar zaakjes afhandelen,' zei hij zacht. Ik zag zijn tengere gestalte gloeien van schaamte, en ik wist dat hij hier niet zou vertrekken, dat hij dat helemaal niet van plan was. Hij boog zich naar me toe en gaf me een kus op mijn wang. 'Ik bel je wel, oké?'

Toen ik terugliep over de speelplaats, bijtend op mijn lip van boosheid en verdriet, was de man met de pitbull er nog steeds. Het arme beest was bijna gek van frustratie, want het had zijn rubber ring nog steeds niet te pakken gekregen. Dat zou hem waarschijnlijk ook niet lukken.

Thuis werd ik opgewacht door Deb, die zich de rol van moederkloek had toegeëigend. Ze vertelde me dat ik veel te lang weg was geweest en dat we allang op het politiebureau hadden moeten zijn. De verwijtende ondertoon van haar stem ontging me niet.

'Ben jij nu opeens mijn chaperone?' vroeg ik terwijl ik me doodmoe in een fauteuil liet vallen. Ik kon het niet opbrengen haar over Robbie te vertellen. Ik wilde niet dat iemand wist hoe diep hij was gezonken.

'Nee, natuurlijk niet, Jessica. Ik ben hier alleen om je te helpen. Het spijt me.' Ze schoof haar stoel achteruit. 'Heb je... behoefte aan meer ruimte?'

Onmiddellijk voelde ik me een vals kreng. 'Ik maak maar een grapje, Deb,' zei ik snel. 'Ik ben gewoon zo moe en zo bang, en het blijft maar zo verdomde warm. Daar word ik chagrijnig van. Ik ben je heel dankbaar, echt waar.'

Ik besefte opeens hoe vanzelfsprekend ik het vond dat ze er was, en hoe weinig ik eigenlijk van haar wist. Maar dat lag ook een beetje aan haarzelf, want ze zei zelden hoe zij over iets dacht. Ik wist niet eens of ze een vriendje had.

Debs mobiele telefoon ging over. Ik keek wezenloos uit het raam naar de man op zijn motormaaier die in steeds kleinere cirkels het gras in het park maaide, toen ik de spanning in Debs stem hoorde. Ze beëindigde het gesprek, liep naar de spiegel en trok haar uniform recht.

'We zijn laat. De baas begint een beetje... ongeduldig te worden.'

Ik meende dat ze nerveus was vanwege Silver. Ze leken hem allemaal te verafgoden, het hele team. Of misschien waren ze gewoon bang voor hem. Daar was ik nog niet achter. Buiten was de persmeute geslonken tot één vervelende fotograaf die de *Mirror* zat te lezen. Ze hadden er blijkbaar al genoeg van. Deb bracht me zo haastig naar de auto dat ik wist dat er iets gebeurd moest zijn.

'Wat is er mis, Deb?'

Met een beschaamde blik keek ze me aan. 'De bewakingscamera's van Tate Gallery. Er zit blijkbaar een fout in het systeem.'

'Een fout?'

'Een storing van tien minuten per uur. Helaas waren het die tien minuten waarin Mickey en Louis het museum hebben verlaten. We hebben dus niks op tape staan.'

'Geweldig.'

De rest van de weg zwegen we. Op het politiebureau werd ik meegenomen naar de perszaal om mijn zoveelste oproep te doen. Het feit dat ik Louis op video had gezien, maakte het zowel iets gemakkelijker als heel veel moeilijker. Ik moest voortdurend denken aan een of andere vrouw die met hem in de weer was en deed alsof hij haar kind was. Ik kon me niet concentreren op de gezichten in de zaal en vroeg me ernstig af of ik in staat zou zijn om mijn wanhoop te verwoorden. Silver hield zijn inleiding en toen hij klaar was, stond een journaliste met een gezicht vol moedervlekken, lang sluik haar en een strakke spijkerbroek op en stelde zich voor.

'Lynn Werthers, *Evening News*. Ik vind het heel erg wat u is overkomen. Het moet heel akelig zijn om te moeten toetreden tot de kring bedroefde ouders die...'

Ik voelde Deb naast me verstrakken. Silver ging rechtop zitten en trok zijn das recht. Mijn hart begon weer te kloppen als een op hol geslagen paard.

'Wat bedoelt u?' stamelde ik.

'Sorry, mevrouw Werthers,' onderbrak Silver me beleefd terwijl hij zijn koele hand op de mijne legde. '"Akelig" lijkt me in deze situatie niet de gepaste term...'

De journaliste staarde hem even als een goudvis aan en begon toen zo te blozen dat haar moedervlekken nog nauwelijks te zien waren.

Ze deed geen poging om zich te verontschuldigen en ging abrupt weer zitten. Inmiddels had ik Silvers hand vastgepakt alsof het een reddingsboei was. Het was zo warm in de perszaal, zo benauwd dat ik de diverse lichaamsgeuren van al deze onbekenden kon ruiken. Ik kon dampend zweet van hen zien opstijgen. De paniek schoot als een kudde op hol geslagen buffels door mijn hoofd. 'Akelig', galmde het in mijn hoofd.

'Alstublieft,' onderbrak ik een andere journalist, voordat hij me een vraag kon stellen. Ik boog me naar de microfoon, die begon te piepen. Mijn stem klonk schor uit de speakers. 'Alstublieft, wie u ook bent, geef me mijn zoon terug. Drie dagen is lang genoeg geweest. Hij heeft zijn moeder nodig. En ik heb hem nodig. Zonder hem kan ik niet... kan ik niet verder leven!' Daarna sprong ik op en rende de perszaal uit, waarbij ik mijn elleboog zo hard tegen de deurpost stootte dat ik het voelde tot in mijn tanden.

Deb probeerde me te kalmeren en me ervan te overtuigen dat er wel degelijk sprake van vooruitgang was. Echt waar, zei ze. We wachtten op Silver en ik luisterde met een half oor terwijl ik mijn pijnlijke arm masseerde. Ze vertelde me dat de telefoons roodgloeiend stonden en dat er een paar veelbelovende aanwijzingen waren. Uiteindelijk zag ik Silver aan het andere eind van de gang, met een blikje frisdrank in zijn hand en in gesprek met een jonge uniformagente met rood haar. Terwijl Deb maar doorpraatte, gebaarde ik hem dat hij een beetje moest opschieten. Wat stond hij daar nou te kletsen? De agente stond met een bewonderende blik naar hem op te kijken op een manier waar ik de kriebels van kreeg, en ze wreef met de neus van haar rechterschoen over haar linkerkuit. Na een paar minuten liep ze eindelijk weg en kwam Silver naar ons toe.

'En nu, Jessica,' zei hij, 'heb ik een vraag voor je en zou ik graag willen dat je die als een brave meid beantwoordt.'

Soms, zoals nu, was hij zo zelfverzekerd en arrogant dat mijn bloed ervan begon te koken.

'Ik zal mijn best doen,' zei ik, want diep in mijn hart, als het om mijn zoon ging, boezemde hij me meer vertrouwen in dan wie ook. Alles wat hij deed was zo vanzelfsprekend, en zijn motieven leken zo... puur. Heel anders dan de meeste andere mannen die ik in mijn leven had ontmoet.

'Goed. Deb heeft je verteld over de storing van de bewakingsca-mera's. Helaas zijn er geen beelden van Mickey of Louis die het mu-seum verlaten, maar wel van toen jullie met z'n drieën binnenkwa-men.' Hij dronk zijn blikje leeg en gooide het in de afvalbak. Een onheilspellend gevoel gloeide op in mijn borstkas. 'Maar er zijn di-verse series beelden van jou van toen je het gebouw in- en uitging.'

'Diverse?' Ik was verbaasd.

'Ja. In je oorspronkelijke verklaring heb je gezegd dat je maar één keer naar buiten bent gegaan.'

'Dat is ook zo.'

'Nou, volgens de beelden doe je dat minimaal twee keer.'

Ik schudde ongelovig mijn hoofd. 'Ik ben maar één keer naar bui-ten gegaan, ik zweer het.'

Hij bleef me recht aankijken. 'Weet je dat heel zeker?'

'Ja, absoluut zeker.'

Deb schuifelde ongemakkelijk met haar voeten en Silver kneep be-dachtzaam in zijn oorlel.

'Goed dan,' vervolgde hij. 'Dan laten we het daarbij, voorlopig.'

Voorlopig. Ik veranderde van onderwerp en vroeg wat ik de hele tijd al wilde vragen. 'Wie zijn die mensen die zeggen dat ze Louis hebben gezien?' Ik probeerde kalm te klinken maar slaagde daar niet in.

Silver keek me aan en herhaalde min of meer wat Deb al had ge-zegd. 'Om operationele redenen kan ik daar geen details over geven, dat begrijp je. Maar er zitten een hoop idioten tussen, dus ik zou niet te vroeg juichen als ik jou was. Dat doe je toch niet, hè, Jessica?'

Wanhopig liet ik me achterover zakken in mijn stoel. 'Eerst ver-tellen jullie me de hele dag hoe positief jullie over die binnengeko-men telefoontjes zijn, en nu zijn het ineens allemaal gekken.'

'Ik besef heel goed hoe frustrerend dat voor jou moet zijn. Maar toch is het een goede ontwikkeling die nu plaatsvindt, Jessica. Ik weet dat het moeilijk te geloven is, maar hou nog even vol, oké? Ze zijn de zaak aan het reconstrueren terwijl wij hier met elkaar praten.'

Ik staarde langs hem heen naar de muur en voelde die vervloekte tranen weer in mijn ogen prikken. Mijn god, niet weer.

'Deb, jij hebt de laatste dagen hard genoeg gewerkt. Ga naar huis en rust eens goed uit.' Ze wilde protesteren maar Silver stak zijn hand op. 'Ik breng Jessica thuis. Dan kunnen we meteen praten.'

Tien minuten later zat ik weer in zijn auto, als de eeuwige passagier. Silver bood me een mooie glimmende appel aan. Toen ik weigerde, zette hij zelf zijn tanden erin. Er spoot een straaltje sap uit, op het dashboard, maar ook op mijn arm, wat een vreemd gevoel van intimiteit in me opriep. Het was buiten zo heet dat de lucht trillend boven het wegdek hing.

'We maken zeker vorderingen,' zei hij na een tijdje, en hij gooide het klokhuis uit het zijraampje. 'En ik begrijp heel goed dat je gek wordt van al dat wachten.'

'Ik wil iets nuttigs doen, maar ik weet niet wat.'

Hij keek me aan en de blik in zijn lichtbruine ogen verzachtte. 'Laten we ergens iets gaan drinken, dan kunnen we erover praten.'

'Ik moet eigenlijk naar Mickey,' zei ik, maar erg gemeend klonk het niet.

'O ja?' zei hij op vlakke toon.

Weer werd ik overspoeld door schuldgevoel. Ik verdronk er inmiddels in. Ik nam aan dat hij inmiddels had begrepen dat ik geen Florence Nightingale was.

'Ik... ik kan niet zo goed tegen ziekenhuizen,' mompelde ik.

'Nou, zo leuk is het er meestal ook niet.'

Er viel een lange stilte. Door het briesje kietelde mijn haar in mijn gezicht. 'Dat... dat komt door mijn vader, snap je?' zei ik ten slotte.

'Aha,' zei Silver. Hij zweeg even en vroeg toen: 'Wat is er met je vader gebeurd?'

'Het is gewoon... Het heeft ervoor gezorgd dat ik... je weet wel, me er niet op mijn gemak voel. Ik ben er zo vaak geweest toen hij... voordat hij overleed.' Ik had hier bijna nog nooit over gepraat, want het was een ervaring die nog steeds te pijnlijk voor me was. 'Mijn moeder durfde niet naar hem toe, snap je? Dus stuurde ze mij in haar plaats.'

'Wat edelmoedig van haar.'

'Ach, ze kon er niks aan doen. Ze kon er gewoon niet mee omgaan dat hij, je weet wel, zo ziek was. En ik vond het niet erg. Ik was blij dat ik hem helemaal voor mezelf had, denk ik. En hij maakte me altijd aan het lachen. Hij deed de zusters na.' De herinnering bracht een glimlach op mijn gezicht.

'Hoe oud was je toen?'

'Tien of elf, denk ik.'

'Nogal jong om in je eentje op ziekenbezoek te gaan.'

Er waren wel ergere dingen geweest die we op die leeftijd hadden moeten doen. Ik haalde mijn schouders op. 'Het viel wel mee. Soms ging ik samen met Robbie. En ik hield van mijn vader. Voordat hij ziek werd, had ik hem een tijdje niet gezien. Hij had longkanker. Te veel gerookt.'

Mijn god, wat had ik van die rare man gehouden. Ik deed snel de zonneklep naar beneden en keek in het spiegeltje alsof ik iets in mijn oog had. De opdringende tranen hadden mijn ogen valer groen gemaakt. Silver keek me even van opzij aan. De man had iets onwrikbaars. Hij gaf me een veilig gevoel, iets waarin Mickey nooit was geslaagd. Hij leek zelf nergens bang voor te zijn. Hij liet daar in ieder geval niets van blijken.

'Nou, een stukje rijden in deze warmte, daar knapt een mens van op. Een beetje frisse lucht scherpt de geest.'

'Was het maar waar,' zei ik moedeloos. Ik wachtte even en dwong mezelf hem de volgende vraag te stellen. 'Hoeveel van deze "gekken" zeggen dat ze mijn zoon hebben gezien?'

Leek hij opeens iets minder zeker van zichzelf? 'Ze zeggen allemaal dat ze hem hebben gezien. Maar de telefoontjes die we serieus nemen, die we op dit moment nagaan... nou...'

'Ja?'

'Dat zijn er drie.'

Ik verslikte me bijna. 'Drie! Dat meen je niet. Is dat alles?'

'Drie is goed, als je...' Hij zweeg halverwege de zin.

'Als je wat?' vroeg ik.

'Niks, laat maar,' zei hij. 'Rechercheur Kelly is nu met die mensen aan het praten. Ze wonen alle drie in dezelfde omgeving, wat we heel positief kunnen noemen. Daar gaat het nu om, een realistische kijk, én een vleugje optimisme.'

'Leren ze je dat op de politieacademie?'

Hij begon te lachen en ik glimlachte mee. 'Ja, precies. Die goeie ouwe politieacademie.' Hij zette de muziek wat zachter.

'Waar zijn die mensen nu?'

'Dat mag ik nog niet zeggen. Maar binnenkort wel, dat beloof ik.'

'Kan ik ze spreken?'

'Niet totdat we iets concreets hebben, nee. Vertrouw me nou maar, oké?'

'Oké,' zei ik.

We waren Kent binnengereden en na enige tijd stopte Silver voor een ouderwetse pub bij een sportveld, waar we op het terras gingen zitten en hij me trakteerde op mijn tweede wodka van die dag, en een schaaltje chips. Hij vroeg of ik niet een echte maaltijd wilde, maar toen ik beleefd weigerde, bestelde hij zelf iets, wat we 'konden delen'. Eten associeerde ik nog steeds met de smaak van karton en mijn wodka ging soepeler naar binnen dan de Ploughman's Lunch die kort daarna op tafel werd gezet, maar onder zijn dwingende blik deed ik mijn best om iets te eten. Zelf beperkte hij zich tot zijn eeuwige kauwgom en een of ander light frisdrankje.

'Heb je niet liever een pint bier?' vroeg ik, moeizaam kauwend. Een grote schapendoes was naar onze tafel toe gekomen en likte met zijn natte, warme tong aan mijn blote voet.

'Niet als ik dienst heb,' zei Silver op enigszins spijtige toon, en ik keek naar hem op. Hij zag het niet. Ik onderdrukte de neiging om bij de hond neer te hurken en mijn gezicht in zijn vacht te duwen.

'Ik kom hier vaak met mijn kinderen,' zei Silver terwijl hij een stukje kaas op de grond liet vallen voor de hond. Op het sportveld was een stel kinderen van een jaar of tien een partijtje slagbal aan het spelen, onder leiding van een iets grotere jongen met een gezicht vol sproeten.

'Kinderen? Meervoud?'

'Ja, ik heb er drie,' zei hij met een bijna schuldige uitdrukking op zijn gezicht. Daarna zweeg hij weer.

Ik wachtte even en vroeg: 'Vertel eens iets meer over je kinderen.'

'Een andere keer, meisje.' Hij hield de hond een stukje brood voor, maar die snuffelde er alleen aan met zijn grote, natte neus en draaide toen zijn kop weg. 'Het enige wat ik wil zeggen, is dat ik weet wat het is om van een kind te houden. Echt, geloof me.'

Ik staarde naar de grond. Een mier was aan het worstelen met een kruimel brood die twee keer zo groot was als hijzelf. Hij kreeg hem nog van zijn plaats ook.

'Je vroeg me naar mijn vader,' zei ik zacht, terwijl ik nog steeds naar de mier keek.

'Ja.' Silver wachtte en drong niet aan.

'Eigenlijk was hij een lieve, vriendelijke man. Het kostte hem alleen moeite om op het rechte pad te blijven. Hij heeft... een tijdje gezeten.'

'Ik vermoedde al zoiets.'

'Uiteindelijk heeft dat mijn moeders hart gebroken.'

'En jouw hart?'

Verbaasd keek ik naar hem op.

'Het klinkt alsof jullie heel close waren.'

Ik slikte. 'Ja, dat waren we ook. Ik denk, nee, ik wéét dat ik zijn lievelingskind was. We hadden een speciale band met elkaar. Waarom dat was, weet ik niet precies. Het was gewoon zo. En mijn moeder kon dat niet uitstaan.'

'Wat erg voor je.'

'De laatste keer zat hij een lange straf uit. Maar toen is hij ziek geworden. Ten slotte hebben ze hem vrijgelaten.' Ik voelde mijn mond droog worden. 'Om... nou ja, te sterven. In het ziekenhuis. En toen hij uiteindelijk overleed, was mijn moeder er niet bij. Ze was op dat moment op mijn school, voor een gesprek met de hoofdmeester. Ik had me een beetje misdragen, weet je wel?' Ik was in de bres gesprongen voor Robbie, die een driftbui had gekregen toen een jongen uit zijn klas zijn vader een bajesklant had genoemd en Robbie hem een pak slaag had gegeven. Ik nam nog een slokje wodka. 'En dat heeft ze me nooit vergeven, denk ik, dat het mijn schuld was dat ze niet bij mijn vader kon zijn toen hij stierf.'

De jongen met de sproeten sloeg de bal heel ver het veld in en er werd gejuicht. Zelfs Silver klapte in zijn handen.

'Knap werk, knul.' Daarna keek hij mij weer aan. 'Ga door.'

Maar dat kon ik niet. Ik herinnerde me dat ik bij mijn moeder in bed was gekropen op de avond nadat mijn vader was overleden. Ze vond dat goed en had zelfs mijn hand vastgehouden terwijl ze tot de vroege ochtend had liggen roken en hoesten. Ik was ineens zo bang geweest dat háár iets zou overkomen, dat ik haar hand stevig had vastgehouden totdat ik ten slotte in slaap was gevallen. De volgende ochtend was ik te laat op school gekomen. Maar toen ik die avond weer naast haar in bed was gekropen, had ze zich omgedraaid, me haar rug toegekeerd en gevraagd of ik alsjeblieft in mijn eigen bed wilde gaan slapen. Ik was teruggesloft naar mijn kamer en had het nooit weer geprobeerd.

De mier was verdwenen.

'Weet je wat ik me blijf afvragen,' zei ik terwijl ik een klef schijfje augurk over het bord heen en weer schoof, 'wat iemand ertoe drijft om een kind te stelen.'

Silver keek me aan.

'Mijn kind,' vervolgde ik boos. 'Ik bedoel, zo iemand moet toch gestoord zijn?'

'Niet per se gestoord. Eerder wanhopig, denk ik.'

Daarna zwegen we en dachten we allebei na over de mogelijkheden, totdat Silver zich excuseerde en naar binnen ging om de rekening te betalen. Ik dacht terug aan de eerste weken na Louis' geboorte en huiverde. Ik dronk mijn glas leeg maar kon de herinneringen niet meer tegenhouden, kon niet voorkomen dat ze zich meedogenloos aan me opdrongen. Ik, schreeuwend tegen mijn huilende kind omdat hij niet wilde drinken en ik doodsbang was dat hij van honger zou omkomen, mijn pijnlijke borsten, hard als tennisballen, de pijn van de melkklierontsteking waar ik aan leed, mijn wanhopige verlangen dat die pijn ophield en mijn angst dat iets mijn zoon zou kunnen schaden... Alle tranen, de eindeloze stroom tranen van angst, het gevoel dat er niemand was bij wie ik steun kon zoeken, die me kon vertellen wat ik moest doen, of me ervan kon overtuigen dat het goed was wat ik deed. Af en toe kwam Leigh langs en gaf ze me een paar adviezen, die ik met beide handen aangreep omdat ik zelf amper iets wist, maar Leigh had het in die tijd wel een beetje gehad met kinderen. Bovendien had ze niets met jongetjes. Veel te lastig. Ze gaf de voorkeur aan haar meisjes en aan haar schoonheidsspecialiste. Mijn moeder kwam een keer overvliegen, ze was diep onder de indruk van Mickeys huis, maar verder was ze voortdurend met andere dingen bezig, voornamelijk aan het winkelen, op zoek naar dingen die ze in Spanje niet kon kopen. Ik drukte mijn handpalmen in mijn ogen.

'Waar denk je aan?' Silver pakte zijn autosleutels van tafel.

Ik schrok op. 'Dat wil je niet weten, geloof me.'

Hij observeerde me aandachtig. 'Voel je je wel goed?'

'Een beetje hoofdpijn, dat is alles.'

Ik liep achter hem aan naar de auto. Mijn boezem klopte hol en mijn schuldgevoel achtervolgde me als een donkere schaduw. De kinderen waren nog aan het spelen en joelen in de vallende schemer. Ik durfde niet om te kijken.

13

Op de ochtend van de vijfde dag gaf ik eindelijk toe. De Duitse psychotherapeute had haar dat prachtig glansde, dat was het eerste wat me opviel. Het was koperkleurig, als een nieuw muntstuk, en de lamp aan het plafond veroorzaakte er lichtjes in. Ik wendde mijn blik af en keek naar de houten Boeddha in de hoek, die misplaatst leek tussen de vergeelde brochures over hiv en stress.

Ze bleek een heel aardige vrouw, de therapeute, heel oprecht, maar ik was niet van plan me te laten inpakken. Ik zei weinig en gaf korte antwoorden wanneer me iets werd gevraagd. Ondertussen staarde ik naar de scheiding in haar haar, die precies in het midden zat en kaarsrecht was. Ze wist uit me te trekken dat ik echt niet suïcidaal was, dat ik niet naar de dood verlangde maar wel wanhopig graag mijn zoon terugwilde. Ze zei dat vier dagen gedwongen scheiding van je kind voldoende was om iedereen op de knieën te krijgen. Ja, ik leed aan het ergst denkbare soort schuldgevoel, het gevoel dat ik mijn zoon in de steek had gelaten, wat natuurlijk niet zo was, voegde ze er haastig aan toe. En dat mijn postnatale depressie heel normaal was geweest, dat er duizenden vrouwen waren die eraan leden en dat het merendeel zich niet liet behandelen. Dat de depressie niet inhield dat ik een slecht mens was, of als moeder ongeschikt, of dat ik dit lot verdiende. Ik knikte zwijgend om aan te geven dat ik het allemaal begreep, waarop zij zei dat het heel normaal was dat ik me in deze omstandigheden afschuwelijk voelde. Vervolgens stelde ze voor, op licht aarzelende toon, dat, als ik behoefte had aan kalmerende medicijnen, zij die kon geven aan iemand die 'op me paste'.

'Wie zou dat moeten zijn?' vroeg ik.

Ze keek me licht verbaasd aan en schoof haar montuurloze bril omhoog op haar ranke neusje. 'Er is toch wel iemand op wie je kunt steunen, Jessica? Dat is nu heel belangrijk!'

Nee, wilde ik eigenlijk zeggen, er is niemand op wie ik kan steunen, niemand die me echt kan helpen, maar ik wilde hier zo gauw mogelijk weg, dus loog ik. Ik zei wat ik dacht dat ze wilde horen.

'Ja, natuurlijk,' zei ik. 'Hulp genoeg. Mijn beste vriendin Shirl, mijn zus Leigh...' En er waren er nog veel meer. Ik had talloze vrienden en kennissen die ik kon bellen. Het was alleen zo dat ik me voelde als een piepklein eilandje midden in een kolkende zee, meedogenloos bestookt door de elementen. Dat ik me ondanks al die mensen heel erg alleen voelde. Ik glimlachte. Dat was waarschijnlijk wat ze wilde horen. Maar ik was niet van plan het toe te geven.

'Waarom glimlach je, Jessica?'

'Wat?'

'Ik zag je even glimlachen.'

Ik schudde mijn hoofd, zei niets en wachtte.

Uiteindelijk vervolgde ze: 'En jullie ouders? De grootouders van je kind?'

Ik haalde mijn schouders op. 'Mickeys moeder en mijn... mijn vader leven niet meer. Mickeys vader is dement, helaas, en mijn moeder zit in Spanje. Ze woont daar tegenwoordig. Ik denk dat ze wel zal komen, dat was ze tenminste van plan. Ik hoop het in ieder geval wel.'

'Dat is mooi, toch?'

'Nou... ja.' Ik dacht erover na. 'Eigenlijk is het wat aan de late kant. Ik had liever gehad dat ze meteen was gekomen. Maar ze voelt zich niet zo goed.' Ik dacht er nog wat dieper over na. 'En waar het om gaat, eerlijk gezegd, is dat ze me ongeveer net zoveel van nut is als...'

'Als wat?'

'Ik weet niet hoe ik het in beschaafd Engels moet zeggen.'

'Dan zeg je het onbeschaafd. Waarom zou je dat niet doen?'

'Nou, omdat ze mijn moeder is?'

'Ik bespeur een hoop pijn in je woorden, Jessica. Kom, vertel het me maar. Ze is je net zoveel van nut als...?'

'Als een klap in mijn gezicht.'

Haar gezicht klaarde bijna op. Ik kon mezelf wel voor mijn hoofd slaan.

'Een merkwaardige vergelijking, vind je niet?'

'Nee, niet echt,' zei ik koppig. Ze had het me gevraagd en ik had antwoord gegeven. Maar ik wist hoe gevaarlijk het was om mijn geheimen bloot te geven, en ik had een hekel aan analyseren. Mijn vriendjes van vroeger hadden me juist gemogen omdat ik me nooit overgaf aan diepzinnige overpeinzingen.

'Ze is gewoon een beetje... apart, als je het zo wilt noemen,' zei ik. 'Mijn moeder.'

De therapeute staarde me vol verwachting aan, totdat ik me verplicht voelde om meer te zeggen. 'Want, weet je,' mompelde ik, 'ze heeft een zwaar leven gehad. Dat heeft haar... beschadigd, neem ik aan. Ik neem haar niks kwalijk. Ze is nooit goed geweest in het tonen van haar liefde, begrijp je?'

'Ah! Ja, ik begrijp het.'

Eindelijk, dacht ik, en ik leunde achterover. Ze had gehoord wat ze wilde horen. De therapeute slaakte een tevreden zucht en glimlachte naar me met haar volmaakte gebit. Ik vroeg me af of ze dezelfde tandarts als Silver had. Zijn naam bleef maar opduiken in mijn hoofd en dat zat me dwars. Ik verzette me tegen de aandrang om haar te vragen hoe het dan zat met die band met mijn moeder, want zelf begreep ik die niet en twijfelde ik zelfs aan het bestaan ervan, want ik had nooit echt het gevoel gehad dat die er was. Wanneer ik mijn moeder nodig had, was ze er niet, en zo was het altijd geweest. Zo simpel was het.

De therapeute wilde over Mickey praten. Ik niet.

'Dat hij in het ziekenhuis ligt, maakt je wanhoop nog erger, nietwaar, Jessica?' vroeg ze, en ik begon bijna te lachen van frustratie. 'Je maakt je zorgen om hem.'

Ja, ik maakte me zorgen om hem, maar op een andere manier dan zij dacht. Wat me zorgen baarde, was dat ik hem bijna niet meer herkende sinds hij in het ziekenhuis lag. Dat ik niets begreep van het feit dat hij kwetsbaar was. Als een slang die zijn huid had afgeschud, zo kwam hij op me over. Zachtaardig en weerloos. Dát baarde me zorgen. En wat nog veel erger was: ik schaamde me diep voor de nieuwe gevoelens die ik voor hem koesterde.

Zo, eindelijk had ik het toegegeven. Abrupt keek ik naar haar op. Had ik het hardop gezegd? Ze zat me nog steeds afwachtend aan te kijken, dus blijkbaar niet. Maar als we over Mickey begonnen, zou ik hier over twee uur nog zitten. Dan moest ik haar uitleggen waarom ik met hem getrouwd was, waarom ik dacht dat hij voor mij had gekozen terwijl alle vrouwen van kantoor hem kwijlend achternaliepen, en of ik het gevoel had dat ik goed genoeg voor hem was. Maar wat me het meest beangstigde, besefte ik, was het sterke vermoeden dat als de emotionele sluizen eenmaal geopend zouden worden, de stroom niet meer te stoppen zou zijn.

'Ben je boos op hem?'

'In eerste instantie wel.'

'Dat is een heel natuurlijke reactie, denk ik. Dat je hem verantwoordelijk houdt voor wat er is gebeurd, ook al was hij dat niet.'

'Maar ik heb erover nagedacht en ben eroverheen.'

Ze bleef me aanstaren.

'Echt, ik meen het.'

Ik aarzelde of ik haar moest vertellen over mijn voorgevoel... het onheilspellende voorgevoel dat ik had gehad toen Louis vier weken te vroeg was geboren. Ik lag in het ziekenhuis, half van de wereld van alle medicijnen die ze me hadden gegeven, in een privékamer omdat Mickey daarop had aangedrongen, ook al wilde ik dat liever niet, want ik had het gezelschap van de andere moeders op de kraamafdeling best leuk gevonden en had daar graag een paar nieuwe vriendinnen gemaakt. Maar ik lag daar met mijn kind – net uit de couveuse – in mijn armen en voelde een geheel onverwachte, alles overtreffende liefde door me heen stromen. Een adembenemende ervaring die me danig in de war bracht. Want ik was bang dat die liefde te veel voor me zou zijn, dat ik die niet zou aankunnen. Het gevoel was alleen te vergelijken met wat ik vroeger voor mijn vader had gevoeld, en voor mijn kleine broertje, en het was duidelijk hoe dat afgelopen was. De een was overleden en de ander was verdwenen, en ik was alleen achtergebleven. En op dat moment, in dat bed met mijn nieuwe liefde in mijn armen, wist ik dat ik dit gevoel, deze pure emotie die sterker was dan alles wat ik ooit had gevoeld, nooit helemaal zou kunnen vertrouwen. Ik wist dat dit wezentje met zijn bolle wangen, zijn zachte huidplooien, zijn oude wijze oogjes die al duizenden dingen gezien leken te hebben, zijn warme lijfje als van een jong hondje, opgerold en nog zo klein, zich vastklemmend aan mijn borst alsof zijn leven ervan afhing... op dat moment wist ik gewoon dat hem iets ergs zou overkomen en dat ik dat niet zou aankunnen, dat ik niet meer zonder hem kon, compleet zou instorten en niet meer zou willen leven. En onmiddellijk na dat besef volgden de angst en de slapeloze nachten, de problemen met de borstvoeding, de hormonen die op drift waren geraakt en alles in de war schopten... het besef dat ik te veel van mijn kind hield om nog normaal te kunnen nadenken. Om een normale moeder te kunnen zijn.

Lange tijd later was dit gevoel van paniek minder geworden en had ik geleerd de liefde te vertrouwen, me eraan over te geven en me er niet meer tegen te verzetten. Maar uiteindelijk had ik toch gelijk gekregen, of niet soms? Het was allemaal te volmaakt geweest, die liefde, om ongehinderd voort te duren.

Uiteindelijk zei ik er niets over. Ze zou denken dat ik gek was, nog gekker dan ik in haar ogen al moest zijn, om zo veel waarde te hechten aan postnatale voorgevoelens. Zodra ik de kans kreeg excuseerde ik me en stond op om te vertrekken. Ik ging ervan uit dat ik genoeg had gezegd en dat zij haar diagnose had gesteld, dus beloofde ik dat ik haar zou bellen als ik weer het gevoel kreeg dat ik aan het ontsporen was. Ze gaf me haar kaartje, hield mijn hand vast en zei dat ik haar altijd kon bellen, terwijl ik me verzette tegen de neiging om me op de grond te laten vallen en toe te geven dat ik geen idee had hoe ik verder moest. Maar in plaats daarvan gaf ik een zacht kneepje in haar hand en liep de kamer uit.

Daarna wilde ik toch graag bij Mickey op bezoek. Zijn kwetsbaarheid gaf me nog steeds de kriebels, maar ik had een paar vragen voor hem en wilde er antwoorden op. Want ik had de afgelopen avond iets bedacht en dat gonsde nog steeds door mijn hoofd.

Ik zat naast het bed en hield Mickeys hand vast. Hij kreeg weer zuurstof toegediend, via zijn neus, en zijn ademhaling was ondiep en snel. Zuster Kwame glimlachte geruststellend, maar ik merkte een spanning bij haar op die ik niet eerder had gevoeld. Ze wachtte op de uitslag van de arts met de kleine oren.

'Weet je al iets meer?' Ik probeerde zo beheerst mogelijk te klinken, maar de wanhoop in mijn blik ontging Mickey blijkbaar niet. Hij schudde zijn hoofd en kromp ineen.

'O, Mickey.' Ik kneep iets harder in zijn hand. 'Heb je nog steeds zo veel pijn?'

Hij grimaste en mompelde: 'Helaas wel.'

'Kan ik iets voor je doen?' Ik tilde voorzichtig zijn hoofd op om zijn kussen op te schudden, maar dat maakte alles alleen maar erger, dus gaf ik het al snel op. Moeizaam probeerde hij in een gemakkelijke houding te gaan liggen en ik wachtte, totdat ik me niet langer kon inhouden.

'Mickey, waarom had je je paspoort bij je?' flapte ik eruit.

Hij keek me aan, verbaasd, niet-begrijpend, en zijn hand gleed uit de mijne. 'Wanneer?'

'Toen ze je vonden, nadat Louis... nadat je was overvallen.'

'God mag het weten. Ik wou dat ik het me kon herinneren.' Hij zweeg en fronste zijn wenkbrauwen. 'Mijn paspoort, zei je? Weet je dat zeker?'

Ik knikte, vertrouwde mijn stem niet genoeg om hardop te praten.

Toen kwam er een opgeluchte uitdrukking op zijn gezicht. 'Maar natuurlijk, ik heb mijn paspoort toch altijd bij me?'

'O ja? Waarvoor dan?'

'Weet ik veel. Voor mijn werk. Misschien moest ik wel een groot bedrag aan contant geld opnemen voor een of andere zakenreis. Zo vreemd is dat niet, Jessica.'

Voor het eerst sinds hij bij kennis was klonk hij weer als de oude Mickey. Ongeduldig. Snel geïrriteerd. Mijn hart maakte een sprongetje van vreugde. Vreemd, maar de kleine afstraffing deed me goed. Het was deze eigenschap van mijn man waar ik van hield en die ik tegelijkertijd vervloekte: zijn zelfverzekerdheid, zijn afkeer van mensen die hem niet onmiddellijk begrepen.

'Als het je zo dwarszit, vraag het dan aan Pauline.'

'Dat zal ik doen. Hoewel ze volgens mij nog niet terug is. Niemand heeft haar nog kunnen bereiken.'

Hij bespeurde mijn onrust en pakte mijn hand weer vast. De minst aanhalige man van de wereld pakte mijn hand vast. Eigenlijk zou ik blij moeten zijn met deze nieuwe Mickey, maar in werkelijkheid had ik het gevoel dat ik op een touwbrug liep, heel goed moest oppassen waar ik mijn voeten neerzette, voortdurend uitgleed en heen en weer zwaaide boven het normale leven.

'De politie heeft er niks over gevraagd.'

'Waarover?'

'Dat paspoort.'

'O, nou' – ik trok mijn schouders naar achteren – 'er zijn wel meer dingen die de politie vergeet.'

Mickey lachte zacht. 'Ik was vergeten dat je een bloedhekel aan de politie hebt.'

'Ik heb geen bloedhekel aan ze,' zei ik, maar ik herinnerde me ons gesprek in de vroege ochtenduren, toen Mickey en ik pas samen waren, we allebei flink hadden gedronken en ik nog niet wist dat ik in verwachting was. Toen had ik hem verteld over mijn ouders, over mijn uiteengespatte tienerdromen en over brigadier Jones. Ik moest weer aan Silver denken. 'Ik vertrouw ze alleen niet helemaal. Je weet waarom.'

Hij kneep in mijn hand. 'Ja, inderdaad. Maar kom op, Jess, werk ze niet te veel tegen. Ze moeten wel aan jouw kant blijven staan.' Hij hoestte en kromp ineen van de pijn. Zijn Ierse accent was duidelijker hoorbaar dan gewoonlijk. 'Aan ónze kant, moet ik natuurlijk zeggen.'

Onze kant. Maar ik had niet het gevoel dat er sprake was van 'ons'. Voorlopig stond ik er alleen voor.

Rechercheur Kelly had de drie tipgevers gesproken, met weinig succes, zo te zien. Hij had nog steeds hetzelfde roze overhemd met de zweetplekken onder de armen van de vorige dag aan en het was duidelijk te zien dat de arme man doodmoe was. Zelfs zijn buikje leek iets gekrompen te zijn, hoewel het effect werd ontkracht door het eigeel op zijn das.

Hij vertelde dat een van de drie tips was afgevallen, aangezien de tipgever een vrouw was die de politie voortdurend belde. De overige twee, beide afkomstig uit East Sussex, vertoonden echter een paar overeenkomsten, hoewel ze nog geen concreet spoor opleverden. Het ene telefoontje was afkomstig van een oudere dame. Ze had het onkruid in de voortuin staan wieden toen ze een zilverkleurige auto had zien stoppen. De auto werd gestuurd door een blonde vrouw die een gejaagde en 'heel bange' indruk maakte, aldus de oude dame. De blonde vrouw had op een wegenkaart gekeken, tenminste, zo zag het eruit, en toen iemand met een mobiele telefoon gebeld, terwijl al die tijd achter in de auto een baby lag te krijsen. Het was de oude dame opgevallen omdat de vrouw zo'n nerveuze, hulpeloze indruk had gemaakt, alsof ze geen idee had wat ze met het huilende kind aan moest, en omdat ze bijna in de telefoon had zitten schreeuwen, hoewel niet te verstaan was wat ze zei. Daarna had de blonde vrouw geprobeerd het kind een flesje te geven, en hoewel de oude dame niet achter in de auto had kunnen kijken, had ze de indruk dat het kind niet wilde drinken, het flesje telkens weigerde.

Ik voelde me niet bijzonder opgetogen toen ik dit nieuws hoorde. 'Alle jonge moeders zijn onzeker en bang,' zei ik somber. 'Ik ook, dat weet ik nog goed.'

Kelly glimlachte bemoedigend. 'Ik weet dat het niet veel is, maar een tweede getuige heeft iets soortgelijks gezien. Dat maakt de kans weer groter.'

De andere getuige was een student van de plaatselijke universiteit. Hij was aangehouden door een vrouw in een zilverkleurige auto met een huilend kind achterin, die hem de weg had gevraagd. Ze had het raampje maar een klein stukje opengedraaid en voor het achterraampje zat een zonnescherm, zodat hij het kind niet goed had kunnen zien. Maar hij had het nogal vreemd gevonden dat de vrouw hem niet wilde aankijken terwijl ze in gesprek waren, hoewel hij op dat moment had gedacht dat ze zich zo nerveus gedroeg vanwege het huilende kind. Ze had hem de weg naar Londen gevraagd en hij kon zich weinig meer van haar herinneren dan dat ze een dikke jas aanhad, wat hij gezien het snikhete weer vreemd vond, dat ze een zonnebril ophad en dat het mogelijk was dat de vrouw een accent had, hoewel hij het niet had kunnen plaatsen. Misschien Amerikaans, had hij gezegd.

'En nu?' vroeg ik hulpeloos, want ik was me pijnlijk bewust dat het alweer achtenveertig uur geleden was dat de video van Louis was opgenomen.

'We proberen de vrouw te vinden. Het plaatselijke nieuws heeft een bericht laten uitgaan waarin vrouwen die aan het signalement voldoen worden verzocht zich te melden. En we proberen de auto te traceren. Ik weet dat het niet veel is, maar het is beter dan niks.'

'Waar is de baas?' vroeg ik.

'Die gaat andere aanwijzingen na,' was het enige wat Kelly zei, en toen liet ik het er maar bij.

Toen rechercheur Kelly was vertrokken, wist ik me geen raad meer met mezelf. Deb was ook weg, had een avondje vrij, en Shirl was op stap met een of andere nieuwe vlam. Ik zette de computer aan en ging het internet op, want ik was van plan een website met de titel 'Op Zoek naar Louis' te maken, maar ik wilde eerst wat research doen. Ik surfte over het net op zoek naar nog meer verhalen over vermiste kinderen, zocht koortsachtig naar de geruststelling dat ze allemaal veilig en wel bij hun moeder waren teruggekeerd, maar kwam tot de ontdekking dat dat lang niet altijd het geval was. Ik vond een paar oude krantenartikelen over vrouwen die psychisch in de war waren of onvruchtbaar, en die kinderen van anderen hadden gestolen. Een deel van die kinderen was teruggevonden, maar sommigen pas jaren later, en anderen nooit. En wat nog erger was, er waren zelfs een paar kinderen dood teruggevonden. Met afgrijzen staarde ik naar het gezichtje van een baby die in de goot was achtergelaten. De tranen sprongen in mijn ogen, ik huilde om dat korte leventje en voelde de totale wanhoop weer bonzen in mijn borstkas, dus toen de internetverbinding er ineens mee ophield, kwam dat misschien wel goed uit. Even had ik de neiging om schreeuwend de straat op te rennen en overal op deuren te gaan bonzen, maar ik wist dat ik daar weinig mee zou opschieten.

Ik liet me voor de tv op de bank zakken en luisterde met een half oor naar een zelfingenomen deskundige die vertelde over de psychische nadelen van kleuterdagverblijven, en ik bleef maar kindergezichtjes voor me zien. Ik pakte een van Maxines roddelbladen van de salontafel en begon het door te bladeren om de beelden uit mijn hoofd te krijgen. Er stond een foto in van een buitenlands supermodel tijdens een of andere prijsuitreiking, amper achtenveertig uur na de bevalling van haar tweede kind, waarop ze er monter en uitgerust uitzag. Ze deed me aan iemand denken. Lusteloos bladerde ik door, maar even later ging ik weer terug naar het model. Heidi-nog-wat. Met een schok van opwinding besefte ik op wie ze leek.

Ik sprong op en keek om me heen of ik de telefoon zag. Hoe had ik zo dom kunnen zijn? De onbekende vrouw die me in het museum de stuipen op het lijf had gejaagd. Dat rare mens in Tate Gallery. Lang, blond en een buitenlands accent, net zoals de vrouw in de auto. De vrouw met het kind.

Toen ik de gang in rende om te zien of de draadloze telefoon daar lag, trok er opeens een sterke tochtvlaag door het huis en hoorde ik boven een deur dichtslaan. De klap werd gevolgd door glasgerinkel; een ingelijste prent die door de tocht van de muur was gevallen, vermoedde ik. 'Heel fijn,' mopperde ik. Maar ik liet me er niet door afleiden en bleef naar de telefoon zoeken.

Toen hoorde ik boven voetstappen, gevolgd door gedempt gevloek. Ik bleef als versteend staan, alleen mijn maag bewoog nog van angst.

'Maxine?' riep ik met trillende stem. Maar ik wist zeker dat ze vanavond naar de universiteit was, en ik kreeg ook geen antwoord. Op dat moment zag ik de telefoon op het tafeltje liggen, en toen ik het toestel oppakte, viel er een zweetdruppel van mijn voorhoofd, die in slow motion mijn trillende hand schampte en vervolgens op de vloer viel. Ik drukte op de knop voor de kiestoon... en hoorde de stem.

Eerst dacht ik aan een technische storing, een gesprek van iemand anders, maar toen ik goed luisterde besefte ik dat het een van de telefoons in huis moest zijn. Iemand belde met een van onze telefoons, in mijn eigen huis, in een taal die ik niet verstond. Onmiddellijk golfde de adrenaline door mijn lichaam. Ik liep in een paar grote passen naar de voordeur, en met mijn hand trillend op de grendel riep ik in het toestel: 'Wie is dit, verdomme?' Het werd meteen stil en een klik gaf aan dat een van de twee had opgehangen. De ander schraapte zijn keel en zei in gebroken Engels: 'Neem me niet kwalijk, mevrouw. Ik ben het, Gorek Patuk.'

'Wie?'

'Maxines vriend.'

'Maxines vriend?' herhaalde ik verbijsterd. 'En waar ben je precies, Gorek?'

'Boven,' zei hij alsof dat heel normaal was. 'Ik ben boven.'

'Ah, ik begrijp het,' zei ik, hoewel ik er helemaal niets van begreep. 'Nou, dan zou ik graag willen dat je mijn telefoon uitzet en naar beneden komt. Nu meteen.'

'Meteen...?' begon hij, maar ik beëindigde het gesprek voordat hij meer kon zeggen, ik ging onder aan de trap staan en sloeg zachtjes met het toestel in mijn hand. Een plotselinge boosheid had mijn angst verdreven, hoewel het de vraag was of dat wel zo verstandig was. Maar op dat moment voelde ik me alleen maar boos.

Even later slofte hij de trap af, met zijn autosleutels rinkelend in zijn hand, onschuldig als een pasgeboren baby, hoewel gelukkig met meer kleren aan.

'Hoi,' zei hij opgewekt, waardoor ik even niet wist wat ik moest zeggen. 'Ik zat gewoon op Maxine te wachten, oké?'

'Hoe ben je binnengekomen?' vroeg ik, en ik hield mijn hand op om mijn telefoon in ontvangst te nemen.

Hij stond nu heel dicht bij me en zijn ogen waren zo zwart als de nacht. 'Maxine had me haar sleutel gegeven, oké?'

'Nou, nee, dat is helemaal niet oké.' Om de een of andere reden begonnen mijn knieën te knikken. Ik stak mijn hand uit naar de trapleuning, maar hij was me te snel af. Hij pakte mijn pols vast om me te ondersteunen en het viel me op hoe warm zijn hand was.

'Voelt u zich wel goed?' Hij keek me recht aan en ik merkte dat ik geen woord kon uitbrengen. Ik was compleet van slag.

'Ik wacht wel in de auto op Maxine. En ik zal de sleutel aan haar teruggeven. Bedankt dat ik even mocht bellen.' Hij pakte mijn andere hand en legde het warme, bezwete toestel erin. Ik snoof zijn lichaamsgeur op, een aparte muskusgeur. Toen liep hij de voordeur uit.

Het was pas later, toen ik weer een beetje tot mezelf was gekomen, toen Shirl thuiskwam en het briefje van Maxine vond, dat me eraan moest herinneren dat ze met haar groep Engels een paar dagen naar Cambridge was, dat ik besefte dat de jongen, toen we met elkaar in gesprek waren, de headset van een mobiele telefoon op zijn hoofd had gehad. Waarom was het dan nodig dat hij mijn telefoon gebruikte?

14

De volgende ochtend was ik vroeg op. Ik wachtte op Deb om haar over Gorek te vertellen, om haar te vragen wat ik moest doen. Deb was laat, wat ik niet van haar gewend was, dus ijsbeerde ik door het huis, verschoof voorwerpen en schoof ze vervolgens weer terug, totdat Shirl half aangekleed en gapend beneden kwam. Ze was nerveus vanwege haar afspraak met haar nieuwe vlam in de grote, nieuwe sportschool in de stad.

'Ik moet er goed uitzien, maar je kent me, meisje. Er goed uitzien en ik gaan niet echt samen.' Over haar onderarm hing een witte blouse die er ronduit pathetisch uitzag, als een oude theedoek vol kreukels.

'Geef maar hier, dan zal ik hem voor je strijken.' Blij dat ik iets te doen had pakte ik de strijkplank en het ijzer en streek ik de blouse terwijl Shirl in kleermakerszit op de grond zat en de flesjes massageolie in haar beautycase controleerde. Ik zag ons allebei in Mickeys reusachtige spiegel en de aanblik van mezelf achter de strijkplank bracht bijna een wrange glimlach om mijn mond.

'Wat is er?' Shirl keek op van haar flesjes.

'Niks. Ik moest alleen aan iets denken... dat dit niet het beeld was wat ik voor ogen had toen we zeventien waren.'

'Wat... jij in een groot, chic huis, of dat je mijn blouse staat te strijken?'

'Mezelf in een groot, chic huis misschien nog wel...' Ik dacht er even over na. 'Nee, geen van beide eigenlijk.'

'Of ik die nog werkt en jij die thuisblijft als fulltime –' Ze zweeg abrupt, maar te laat.

'Moeder,' maakte ik haar zin voor haar af.

Ze haalde haar schouders op. 'Ik denk dat ik je altijd heb gezien als degene die haar eigen weg zou gaan.'

Beelden van vroeger drongen zich opeens op: Shirl en ik achter in het tekenlokaal, allebei in rokjes die nauwelijks onze billen bedekten. Shirl die rookte en ik met mijn walkman die ik van mijn oma had gekregen toen mijn vader was overleden, allebei met één oordopje terwijl we naar Shirls bandjes van Marvin Gaye luisterden of stiekem *Viz* of andere jongerentijdschriften lazen. Beelden van ons samen, liggend in het dorre gras van het veldje bij de kantine, in het jaar dat we eindexamen moesten doen, toen ik een schets van Shirl achter in mijn wiskundeboek had gemaakt omdat ik nooit geld had om een echt schetsboek te kopen; Shirls lange benen die haar de bewonderende blikken van alle passerende jongens opleverde. Zelfs de blikken van Robbies bende, tijdens de zeldzame keren dat Robbie op school was. Naar mij keek niemand, niet echt, niet dat me ooit was opgevallen. Shirl die Robbie vertelde dat hij een domkop was omdat hij met die gasten omging. De reisgidsen die ik bij Thomas Cook in de buurt haalde en tijdens de middagpauze doornam, dromend van exotische oorden, zo ver mogelijk van huis. Leigh in de zesde klas, keurig in haar uniform, met haar perfect gekapte blonde haar en lichtroze lipstick, en de meisjes van mijn jaar die zo veel bewondering voor mijn oudere zus hadden. Leigh die van huis ging om een secretaresseopleiding in Oxford Street te gaan doen, zo volwassen op haar naaldhakken, en die zich op haar negentiende verjaardag met Gary verloofde. Ik die vastbesloten was haar niet in haar voetsporen te volgen. Maar die wel mijn ontsnapping plande. Die voortdurend aan het plannen was. Ik wilde naar de kunstacademie en onze docent tekenen en schilderen gaf me 's avonds extra les omdat ze vond dat ik talent had. Ik zag mezelf al voor me in een lange trui, met een zwarte baret op mijn hoofd, goedkope rode wijn en absint drinkend tot vier uur 's ochtends, met knappe, welbespraakte mannelijke kunstenaars en meisjes die sigaretten in pijpjes rookten, praatten als Audrey Hepburn en elkaar voortdurend 'darling' noemden. Hoe ik een zooitje maakte van mijn eindexamen omdat ik een vriendje had die me al snel liet barsten toen hij merkte dat hij als een soort plaatsvervanger van mijn vader moest fungeren. Dat ik op zoek was naar iets of iemand die de holle leegte in mijn hart moest vullen. Het verwerken van de nachtmerrie die plaatsvond toen ik zeventien was en de politie ineens weer voor de deur stond, ook al was mijn vader allang dood. Dat ik vanwege mijn moeder niet naar de kunstacademie kon. Omdat zij het leven niet meer aankon nadat de politie het hele verleden weer had opgerakeld. Omdat ik moest gaan werken, geld moest verdienen om te voorkomen dat zij eraan onderdoor ging, omdat Leigh en Robbie al weg waren. Dat ik uiteindelijk terechtkwam achter de balie van de Thomas Cook in de buurt, de plek waar ik ooit van plan was geweest mijn verre reizen te boeken, in plaats van andere mensen folders over cruises, caravanreizen en twee weken Benidorm uit te reiken. Gekleed in een afschuwelijk nylon uniform in plaats van een lange, artistieke trui en een zwarte baret. Niet echt zoals ik het had gepland. Helemáál niet zoals ik het had gepland.

'Verdorie.'

Een van Shirls flesjes was omgevallen en er lag een plasje olie op de vloer. Algauw zweefde er een sinaasappelgeur door de kamer, die me aan Kerstmis deed denken. Ik keek naar Louis' foto aan de muur en bedacht dat wij nog niet eens de kans hadden gehad om samen Kerstmis te vieren. Voor de zoveelste keer die ochtend keek ik naar de klok. Waar blijf je nou, Deb? Zorgvuldig draaide ik Shirls blouse om.

'Ik had nooit gedacht dat ik nu al een kind zou hebben. Niet voor mijn dertigste in ieder geval. Of misschien wel helemaal niet. Niet na wat ik met mijn pa en ma heb meegemaakt.' Ik wijdde niet uit over het feit dat het geen deel van mijn planning had uitgemaakt, of over de woede die ik had gevoeld omdat ik door mijn eigen onvoorzichtigheid in de val was gelopen.

'O, nee? Nou, ik had ook nooit gedacht dat je zou weten wat een strijkijzer was, maar ik zat er blijkbaar naast. God, deze olie kan ik wel op mijn buik schrijven, denk ik.'

In stilte was ik haar dankbaar dat ze me niet herinnerde aan mijn aanvankelijk falen als moeder, aan het jankende hoopje ellende dat ik de eerste tijd was geweest. 'Dat wist ik ook niet, totdat ik Mickey ontmoette.'

'Zie je wel?'

'Maar tegenwoordig doet Jean het meeste strijkwerk.' Onmiddellijk besefte ik wat ik zei.

Shirl blijkbaar ook, want ze glimlachte. 'Moet je haar horen, de dame des huizes.'

Ik begon te blozen. 'Ik klink als een echte tut, hè?'

'Je klinkt als jezelf, meisje. Niet als een tut.' Ze borg haar flesjes weer op in de beautycase. 'Maar soms klink je een beetje zoals...'

Zonder op te kijken maakte ik de tweede mouw af. 'Zoals?'

'Zoals hij.'

'Nou, dat lijkt me normaal, toch?'

'Ja?'

'Ik bedoel, hij heeft een sterke persoonlijkheid.'

'Dat kun je wel zeggen.'

De punt van het strijkijzer raakte de binnenkant van mijn pols en ik brandde me. 'Au, verdomme, dat is heet. Mijn god, waar blijft Deb?' Ik reikte Shirl de gestreken blouse aan. 'Weet je wat me nog het meest dwarszit, afgezien van het deprimerende gevoel wanneer ik denk aan alle keren dat ik de stad in had gewild voor een avondje uit in plaats van elke avond thuis te zitten vanwege Louis?'

'Ik denk dat alle jonge moeders dat hebben.'

'O ja?'

'Natuurlijk. Ze zouden liegen als ze zeiden dat het niet zo was. En sommige moeders doen het ook, die gaan uit en blijven helemaal niet bij hun kinderen.' Ze zei het niet, maar ik wist dat Shirl hierbij aan mijn moeder dacht.

'Wat me het meest dwarszit, is het eindeloze wachten. Het voortdurende gevoel dat ik compleet machteloos ben. Dat ik niks kan doen.' Ik bukte me om de stekker uit het stopcontact te trekken en voelde mijn frustratie toenemen. 'Dat ik de straat op moet gaan en zelf moet gaan zoeken naar Louis. Dat hij misschien wel hier ergens in de buurt is en dat degene die hem heeft meegenomen hem per ongeluk aan iemand laat zien, of van gedachten is veranderd, en dat ik er dan niet bij ben om in te grijpen.'

Shirl hing de blouse over de rugleuning van de fauteuil, kwam naar me toe en omhelsde me. 'Je doet je uiterste best, meisje. Maak het jezelf niet moeilijker dan nodig is.'

'Dat probeer ik, Shirl, maar het is zo verdomde moeilijk. Ik blijf maar denken aan wat ik had kunnen doen om dit te voorkomen.'

'Het is jouw schuld niet, Jess. Deze hele toestand is jouw schuld niet. Dat weet je zelf ook, meisje. Oké?' Ze gaf me een zoen op mijn voorhoofd en haar blik viel op de klok aan de muur. 'Shit, is het al zo laat? Ik moet me maar eens gaan aankleden.'

Toen Shirl tien minuten later vertrok en de voordeur achter zich dichtsloeg, kreeg de wind vat op de kopieën van Louis' foto, die ik op het tafeltje in de hal had gelegd. De bovenste zeilde langzaam naar de vloer en ik zette mijn blote voet erop. Ik keek naar Louis' gezichtje, pakte de telefoon en belde Deb weer, maar ze nam niet op. Ik schreef een briefje voor haar, dat ik gauw weer terug zou zijn, haalde een rol plakband en een schaar uit de keukenlade en pakte mijn tas.

Sloffend door de benauwende warmte plakte ik een kopie op alle lantaarnpalen, billboards en transformatorhuisjes die ik tegenkwam, me verzettend tegen het gevoel dat ik mijn tijd verspilde en zonder acht te slaan op de nieuwsgierige blikken van voorbijgangers. Een man in een auto minderde vaart, draaide zijn raampje open en gluurde naar mijn nog altijd gezwollen borsten. Ik wilde hem toeschreeuwen dat hij voor zich moest kijken maar in plaats daarvan wierp ik hem een dodelijke blik toe, totdat hij in een wolk van uitlaatgassen doorreed. Bij elk huis dat ik passeerde vroeg ik me af of Louis daar misschien binnen zou zijn. Ik ging door met plakken, heuvelafwaarts tot in Greenwich, eindigend bij de bibliotheek en het taleninstituut op High Road. De laatste fotokopie plakte ik op de busabri voor het gebouw. Ze zagen er ronduit amateuristisch uit, mijn posters: de randen krulden al om door de warmte, Louis' gezichtje was vaag en grijs en de tekst – NU BIJNA ZES DAGEN VERMIST – stond er in slordige hoofdletters onder gekrabbeld. Geloofde ik nu echt dat iemand hierop zou reageren?

Ik had het inmiddels zo warm dat mijn haar vochtig was van het zweet en ik de druk op mijn borst voelde. Ik was mijn inhaler weer vergeten en kon het niet opbrengen om in deze hitte helemaal terug te lopen, dus liet ik me op een van de plastic stoeltjes van de abri zakken om te zitten wachten op een bus die me naar huis kon brengen. Niet ver bij me vandaan stond een groepje buitenlandse studenten vrolijk te praten, ze dronken limonade uit groene blikjes en duwden elkaar de weg op, wat gezien het drukke verkeer niet ongevaarlijk was. Achter dit groepje stond een jonge vrouw met een hoofddoekje en diverse lagen kleding, wat bij deze temperatuur moordend moest zijn. Ze had een kindje in haar armen, dat ze een beetje onhandig vasthield, zodat mijn maag weer samentrok zoals elke keer wanneer ik een kindje zag en dacht dat het misschien het mijne kon zijn. Ik rekte me uit om beter te kunnen kijken, maar de baby was een meisje met een grote moedervlek op haar wang en gouden knopjes in haar oortjes. Een eindje voorbij de bushalte stopte een rode auto met open raampjes, waar stampende muziek uit klonk. De vrouw met het kind stak haar hand op naar de bestuurder. Die stapte uit en liep de stoep op. Hij was gekleed in een of ander uniform en met een schok van verbazing zag ik dat het Gorek was. Natuurlijk, besefte ik, Maxine zat hier op school. Ik schoof weer achteruit de abri in, want ik wilde niet dat hij me zag.

Een paar jongens van het groepje staken halfslachtig hun hand naar hem op, eerder beleefd dan vriendschappelijk, viel me op. Maar hij sloeg geen acht op hen, liep recht op de vrouw af, nam het kind van haar over op een manier die autoriteit uitstraalde, en kietelde het totdat het begon te kraaien van plezier op die aanstekelijke manier waarop alleen kleine kinderen dat kunnen. Hij tilde het kind hoog op en ik zag dat de moeder dat niet leuk vond. Ze strekte haar armen naar haar dochtertje uit, zei iets tegen Gorek wat ik niet kon verstaan en er verscheen een grimmige trek om haar mond. Maar het enige resultaat was dat hij het kind nog hoger optilde, ver buiten haar bereik, alsof hij haar expres plaagde. Ik stond op en ging weer zitten, boven op mijn handen, ik weerstond de verleiding me ermee te bemoeien.

Uiteindelijk gaf Gorek het kind terug aan de vrouw en kneep in beide wangetjes, te hard, waarop het kind de lippen pruilde en bijna begon te huilen. Hij zei iets tegen de vrouw, snel pratend in zijn eigen taal, net zoals hij de vorige avond had gedaan, waarop de vrouw met tegenzin knikte. Toen haalde hij een stapeltje bankbiljetten uit zijn portefeuille, gaf die aan de vrouw en kneep háár in de wang, zo hard dat er twee rode vlekken op achterbleven. En op het moment dat Gorek de trap naar de school onder de bibliotheek af rende, kwam mijn bus aanrijden.

Gedurende de hele rit naar huis voelde ik me ongemakkelijk. Was het Goreks kind geweest dat ik had gezien? Wist Maxine van het bestaan van die vrouw? Maar toen ik thuiskwam, had ik geen tijd meer om aan Gorek te denken, want Deb was er en mijn moeder was aan de telefoon.

Mijn moeder kwam niet. Blijkbaar had ze zich genoeg moed ingedronken om me te vertellen dat ze niet kwam. Ik kon niet zeggen dat het nieuws me verbaasde, maar wat me wel verbaasde was hoe bedroefd ik me voelde. Mijn moeder klonk opeens zo oud en ik probeerde haar zelfs gerust te stellen, terwijl een stem diep binnen in me schreeuwde: hoe kun je me op een moment als dit laten barsten?

'Je begrijpt het wel, hè, Jessie, ja toch, schat?' vroeg ze, waarop ik mijn neus ophaalde, mijn kin vooruitstak zoals ik had gedaan toen ik tien jaar was en antwoordde dat ik het natuurlijk begreep. Ze had weer last van haar hart, zei ze, en haar arts had haar sterk afgeraden een vliegreis te ondernemen. Even was ik in de verleiding om tegen haar te zeggen dat iedereen wist dat er weinig mis was met haar hart, maar dat zou zeker het einde van het gesprek betekenen, dus hield ik me in en probeerde vriendelijk te blijven.

'Misschien kunnen jullie, als Louis terug is,' zei ze met een lichte trilling in haar stem, 'een keer met hem hiernaartoe komen?'

'Natuurlijk, ma.' Zo was het altijd geweest. Waarom zou het nu anders zijn? Arme, ziekelijke ma, bezweken onder de last van mijn niet-deugende vader, ten onder gegaan aan de man die ze zo had liefgehad. Overeind gehouden door haar kinderen, die niet konden aanzien dat het hele gezin uiteen zou vallen en die hadden geprobeerd ten minste de schijn van een normaal gezinsleven op te houden. Mijn kind werd vermist, was hoogstwaarschijnlijk ontvoerd, en mijn moeder plande een vakantie in de zon voor hem.

Er viel een stilte. Ik voelde dat ze nog iets wilde zeggen. Ik hoorde zacht gerinkel op de achtergrond en zag voor me hoe ze haar hand vol gouden armbanden omhoogbracht en nog een slok van haar gin-tonic nam om zich te sterken.

'Robbie heeft gebeld,' zei ze. Er viel weer een stilte, gevolgd door een snik die ze blijkbaar niet kon inhouden. 'Mijn kleine jongen. Godzijdank, zei ik tegen George. Juist wanneer je er niet meer op rekent. Na al die tijd, en dan ineens, wanneer je denkt dat... nou ja, dat je hem echt nooit meer terugziet...' Misschien voelde ze bij hoge uitzondering aan dat dit nogal ongevoelig klonk, want ze zweeg weer even voordat ze sneller pratend haar verhaal vervolgde. 'Volgens mij heeft hij geld nodig, Jess. Ik wil jou daar niet mee belasten, zeker niet nu je je kind zoekt.' Ze zei het alsof ik hem achteloos ergens had neergezet en was vergeten waar. 'Maar Robbie zegt dat hij op dit moment geen bankrekening heeft. Dat zal wel komen omdat hij zo lang in het buitenland is geweest, denk je ook niet?' Ze nam weer een slok en ratelde door. 'Georgie zei dat we hem wel wat konden lenen. Ik moet zeggen dat ik me heel opgelucht voelde toen hij akkoord ging.'

Geld lenen? Aan Robbie? Mijn geduld begon op te raken. Ik zag hem weer voor me in die flat in Elephant, zonder een greintje zelfrespect.

'Géven, mam, bedoel je,' zei ik met een zucht.

'Wat?'

'Hem geld géven. Niet lenen. Je weet net zo goed als ik dat je het nooit terugkrijgt.'

'O, Jessica, doe toch niet zo naar. Hij is... hij is je kleine broertje.'

'Ja, mam, en ik zou alles voor hem doen, dat weet jij ook. Ik stel alleen een feit vast. Trouwens, mam, wat ik me afvraag...' Ik zweeg.

'Wat, schat?'

'Nou, vind je het niet een beetje raar dat hij nú ineens voor de deur staat? Zomaar, uit het niets? Juist nu alles zo slecht gaat?' Ik had uitgesproken wat me al een tijdje dwarszat. Wat ik niet tegen Leigh had durven uitspreken, omdat ik wist dat zij er onmiddellijk het slechtste van zou denken.

'Hij zei dat hij je op tv had gezien, Jessie. Dat je er zo verdrietig uitzag en dat hij daarom naar je toe is gegaan. Je weet hoe gevoelig hij diep in zijn hart is.'

Ik was er bijna in getrapt; ik had het graag geloofd. Maar de jaloezie van de voorbije jaren stak de kop weer op. Want hoeveel ik ook van Robbie hield, ik kon nog altijd moeilijk accepteren dat mijn moeder het allermeest van hem hield. Meer dan van mij in ieder geval.

'Nou, ik ben al jaren verdrietig omdat ik hem zo miste, en daar is hij ook nooit voor teruggekomen. We zijn allemaal verdrietig geweest, waar of niet, mam?'

'Ja,' gaf ze toe, 'ik heb het altijd zó erg gevonden. Maar,' voegde ze er opgewekt aan toe, 'nu is hij terug en gaat hij je helpen je kind terug te vinden.'

'Heeft hij dat tegen je gezegd?'

Het bleef lange tijd stil aan de andere kant.

'Ma?'

'Ja, zoiets zei hij.'

'Ma, wat heeft hij precies gezegd? Heeft hij nog iets anders over Louis gezegd?'

Ik hoorde haar een sigaret opsteken en wachtte. Ze was toch gestopt?

'Ma!'

'Wat is er?'

Nu hoorde ik ijsblokjes rinkelen; ze nam een slok en liet me wachten.

'Ma, je bent niet eerlijk tegen me, ik hóór het. Je moet me vertellen wat Robbie heeft gezegd. Je kunt hem niet in bescherming blíjven nemen.'

'Doe niet zo gek. Natuurlijk doe ik dat niet. Het enige wat je broer tegen me heeft gezegd is dat hij wil dat je Louis terugkrijgt.'

'Maar waarom wil hij dat ineens zo graag? Hij heeft Louis nog nooit gezien!'

'Hoe kun je dat nu vragen, Jessica? Louis heeft toch ook een bloedband met hém?'

Soms dacht ik wel eens dat mijn moeder was blijven steken in het Londen van de jaren zestig, met gangsterbendes als de Krays, met haar bloedbanden, alsof dat het echte leven was.

'Hij houdt ook van dat kind, net als jij. Het bloed kruipt waar het niet gaan kan, dat weet jij ook.'

Ik weerstond de aandrang om tegen haar te gaan gillen en haar eraan te herinneren dat haar zoon serieus aan lager wal was geraakt, maar ze ging gewoon door.

'Hoe dan ook,' zei ze, en ik zette me schrap voor wat ik nu weer te horen zou krijgen, 'ik was van plan om Robbie meteen wat geld te sturen, je weet wel, om hem uit de brand te helpen totdat hij een baan heeft gevonden. Terwijl hij jou helpt.'

Ik sloeg mijn ogen ten hemel. 'Ma, je hebt me toen niet eens verteld dat je wist dat het goed met Robbie ging.'

'Wat? Wanneer?'

'Hij zei dat hij je ergens vorig jaar had gesproken. Hij wist dat ik getrouwd was.'

'O ja? Dat kan ik me niet herinneren.' Ze loog en dat wisten we allebei. 'Maar hoor eens, ik geef je door aan Georgie. Dan kunnen jullie samen die geldzaak regelen.' Zoals altijd schoof ze alle verantwoordelijkheid door naar een ander.

'Ma...'

'Probeer je niet te veel zorgen te maken, schat. Alles komt op zijn pootjes terecht, daar ben ik van overtuigd. Hou nog even vol, oké?'

De opluchting in haar stem was goed te horen nu ze de hoorn aan George kon doorgeven. Om de een of andere reden wilde ze niet toegeven dat ze vorig jaar met Robbie had gesproken.

'Jessica!' baste George' opgewekte stem in mijn oor. Ik was dol op George. Hij leek op een grote, lieve beer uit zo'n kinderprogramma

en was precies wat mijn arme, gekwetste moeder nodig had na alle ellende die ze met mijn vader had meegemaakt. En George zorgde goed
voor haar, wat voor Leigh en mij inhield dat wij niet voortdurend op
haar hoefden te letten. Maar mijn vader was hij nog altijd niet.

Toen ik klaar was met bellen, stond Deb al te wachten om me naar
het politiebureau te brengen. Ze zag er gejaagd en verhit uit, en ik
had haar willen vragen waar ze vanochtend was geweest, maar ik had
het gevoel dat dit niet het juiste moment was. Totdat Louis was teruggevonden moest ik elke dag aanwezig zijn bij de persconferentie
van de politie, om het publiek scherp te houden, zoals Silver zei. Vandaag wachtte hij me op voordat de persconferentie zou beginnen, om
over de vrouw in Tate Gallery te praten. Ik had Silver niet meer gezien sinds we samen wat hadden gedronken en voelde me opeens wat
verlegen in zijn nabijheid. Hij had een politietekenaar meegebracht
en was nogal kortaf tegen me.
    'Waarom heb je daar niet eerder aan gedacht, Jessica?'
    'Het leek me niet belangrijk.'
    'Alles is belangrijk; dat zeg ik steeds tegen je.'
    'Ik ben het gewoon vergeten.' Ik keek naar de grond, voelde dat ik
begon te blozen en had het idee dat ik op school in het kantoor van
de hoofdmeester was ontboden.
    Silver keek me vragend aan. 'Hoe bedoel je, vergeten?'
    'Nou, in feite stelde het niet zo veel voor. Ik bedoel, ze bezorgde
me de rillingen, die vrouw, maar verder leek ze... tja, redelijk normaal.
Tenminste, die indruk had ik.' Maar ik moest meteen weer denken
aan de nieuwsberichten die ik de afgelopen avond op het net had gezien. Over 'normale' vrouwen die zo wanhopig waren dat ze tot gekke dingen in staat waren.
    'Ga door.' Hij was ongeduldig maar probeerde het niet te laten blij-
ken. 'Kun je dat nader omschrijven, "de rillingen"?'
    'Ze was gewoon nogal opdringerig. En ze zei dat Louis "een scheet-
je" was.'
    'Dat is hij toch ook?' zei Silver.
    'Ja, maar ik dacht... op de een of andere manier kwam ze me be-
kend voor, maar ze zei dat ze me niet kende. Ze kwam gewoon een
beetje... te dichtbij naar mijn zin, dat was alles. Je kent dat wel, mensen die zo pal voor je komen staan.'

'Kwam ze je bekend voor, zei je?' drong Silver aan.

'Nou, ja, maar ik heb geen idee waarvan. Ik geloof niet dat ik haar ken. Ze had gewoon zo'n bekend gezicht.'

'Kun je haar nog beschrijven?'

'Ik zal mijn best doen.'

'Goed zo,' zei Silver. 'Ga met Mitchell mee en doe dat dan. We kunnen maar beter het zekere voor het onzekere nemen, denk ik. Jammer dat je er nu pas mee komt, meisje.'

Het verbaasde me dat zijn reprimande me zo van streek maakte. Silver liep weg voordat ik over Gorek kon beginnen en gezien de situatie besloot ik het er maar bij te laten. Ik schudde het merkwaardige gevoel van me af dat ik blijkbaar steeds meer waarde begon te hechten aan Silvers goedkeuring, en liep met Deb en de politietekenaar mee naar een andere kamer. Ik had Maxines tijdschrift meegebracht om hem de foto te laten zien, waarop hij onmiddellijk reageerde met een ongepaste grap over supermodellen die geen baby's hoefden te stelen omdat ze geld genoeg hadden om er een te kopen, en Deb hardop kuchte en hem met een boze blik aankeek.

Mitchell bond in en ging aan de slag. Hij tekende snel en tikte nerveus met het uiteinde van het potlood op tafel wanneer ik moeite had met de precieze omschrijving van de gelaatstrekken van de vrouw. Ik bleef die maar verwarren met die van Heidi in dat verdraaide tijdschrift en toen de tekening klaar was, vond ik die niet echt overtuigend. Maar het was in ieder geval een begin.

Deb nam me mee naar de perszaal, waar ik het podium op klom en naast Silver plaatsnam. Het was duidelijk dat hij vandaag niet mijn handje zou vasthouden. Hij zat onbeweeglijk en doodkalm aan tafel terwijl ik weer werd belaagd door flitsers en vragen totdat mijn hoofd ervan tolde. Ten slotte stond er een jonge verslaggever met een pokdalig gezicht op.

'Chris Thomas, S.E. News Agency. Fijn om te horen dat uw man aan de beterende hand is. Wat ik me afvroeg is het volgende: houdt de politie rekening met de mogelijkheid van kindersmokkel? Ik heb onlangs een stuk geschreven over een Bulgaarse bende die in deze omgeving actief schijnt te zijn. Er gaan diverse geruchten dat er kinderen worden ontvoerd om aan rijke, kinderloze echtparen te verkopen...'

Mijn bovenlip trilde en kwam langzaam omhoog, als van een roofdier dat zijn tanden liet zien, maar voordat ik iets kon zeggen, greep Silver in en ontkrachtte hij de woorden van de jongeman behendig.

'Dat is zeker iets wat we meenemen in ons onderzoek. Maar we volgen op dit moment een aantal aanwijzingen die een ander karakter hebben. We hebben de sterke indruk dat we meer in de huiselijke sfeer moeten zoeken dan in uw scenario. Zijn er nog meer vragen?'

Maar ik was geschokt tot in het diepst van mijn ziel. Kindersmokkelaars? Daar had ik geen moment aan gedacht. Silver gaf een voorlopig signalement van de vrouw die in Sussex was gezien en vroeg of mensen die haar hadden gezien zich bij de politie wilden melden. Vervolgens drukte hij de mensen op het hart vooral alert te zijn op zowel vrouwen als mannen met kleine kinderen, die zich op welke manier dan ook verdacht gedroegen, en dit aan de politie te melden. Daarna rondde hij de persconferentie af.

'Morgen, zelfde tijd, zelfde plek, dames en heren, tenzij we belangrijk nieuws te melden hebben, uiteraard. Dank u.'

Silver zei tegen me dat hij me naar huis zou brengen en dat we Deb daar zouden zien. Beelden van zeeroverstypes met grimmige gezichten, gouden tanden en zware accenten, die Louis uit zijn wandelwagentje gristen, met hem naar de haven renden en dikke pakken geld in de achterzak van hun versleten spijkerbroeken staken, tolden door mijn hoofd.

'Denk je dat er waarheid kan zitten in wat die verslaggever zei?' vroeg ik toen Silver wegreed. Ik pakte mijn inhaler en zoog er een paar keer hard aan. De hemel werd bedekt door zware, loodgrijze regenwolken, maar het was nog steeds snikheet en de lucht was om te snijden. Mijn god, ik wou dat het eens flink ging regenen, want er leek nog nauwelijks lucht om in te ademen te zijn.

Silver aarzelde, hij leek minder overtuigd dan hij in de perszaal was geweest.

'We houden zeker rekening met de bendes waar hij het over had, maar het scenario lijkt niet echt bij jouw zaak te passen. Waarom zouden ze jullie in Tate Gallery overvallen, bijvoorbeeld? De bendes werken gewoonlijk dichter bij huis. En er is meestal sprake van een of ander verband met de ouders.'

Een gruwelijke gedachte had zich in mijn hoofd genesteld sinds de pokdalige verslaggever was gaan staan en het woord had genomen.

'Maxines nieuwe vriendje,' zei ik. 'Hij was gisteravond in ons huis, alleen, en gebruikte mijn telefoon om naar het buitenland te bellen.'

Silver draaide zijn hoofd met een ruk mijn kant op.

'Hij zei dat Maxine hem haar sleutel had gegeven, maar ze is er niet, dus ik heb het haar nog niet kunnen vragen. Maar het beviel me in ieder geval niet. Ik vond het best eng.'

'Waarom heb je dat tegen niemand gezegd?'

'Ik was van plan het tegen Deb te zeggen, maar ze was er vanochtend niet.'

'Het is niet eerlijk om Deb de schuld te geven, Jessica.'

'Dat doe ik ook niet.' Ik voelde dat mijn gezicht begon te gloeien. 'Zo bedoel ik het niet. Het is alleen zo dat ik diezelfde jongen vanochtend met een kind zag. Ik dacht eerst... het zou zijn dochter kunnen zijn, maar zeker weet ik dat niet. En toen hij er de vorige keer was, hing er een vlag uit het achterraampje van zijn auto, van een land dat ik niet herkende. Hij zou voor mijn part uit Bulgarije kunnen komen. Ik weet niks van dat land,' voegde ik er zacht aan toe, en ik staarde naar de trillende lucht boven het wegdek.

'Maxine heeft me niks over een Bulgaars vriendje verteld. Wel over iemand anders... een Franse jongen, geloof ik.'

'Leo? Ja, maar ze is op dat punt nogal... wispelturig. Ik weet zeker dat ik dat al heb verteld. Dit vriendje zag ik voor het eerst op de dag dat Louis verdwenen was, toen hij haar 's avonds in een sportwagen kwam ophalen.'

Silver gaf een ruk aan het stuur en er werd geclaxonneerd toen we te ver uit onze baan raakten.

'Jezus, Jessica! Waarom heb je dat verdomme niet eerder gezegd?'

'Jíj hebt haar ondervraagd.' Ik begon in paniek te raken. 'Jíj hebt gezegd dat ik me nergens zorgen over hoefde te maken. Ik heb je verteld over die foto's die ik op haar kamer had gevonden...'

'Het gaat niet om die verdomde foto's. Je had ons moeten inlichten over onbekenden in of om het huis. Eerst die vrouw in Tate Gallery en nu dit...?'

Hij duwde me over de rand waarop ik zo moeizaam mijn evenwicht probeerde te bewaren. 'Wacht eens even! Waarom blijf je mij dingen verwijten die je zelf over het hoofd ziet?' Ik gaf een klap op het dashboard. 'Jíj bent de politieman, of niet soms? Jíj bent degene die mensen ondervraagt. Ik doe mijn uiterste best om alles aan je door te geven, maar het is... het is allemaal zo veel tegelijk, en nu Mickey ook nog in het ziekenhuis ligt is het... nou, ik heb er erg veel moeite mee om helder na te denken. Dus doe me een lol en maak het me alsjeblieft niet moeilijker dan ik het al heb.'

Ik zag dat hij moeite deed om zijn zelfbeheersing terug te vinden. Ik had hem nog nooit zo verhit meegemaakt.

'Goed dan, je hebt me inderdaad over die vrouw verteld. Maar pas later.'

Ik stond op het punt om opnieuw tegen hem uit te vallen, toen hij verontschuldigend zijn hand opstak. 'Maar je hebt helemaal gelijk, Jessica. Ik ben de politieman. Het spijt me.'

Mijn hoofd bonsde. 'En het spijt mij dat ik sommige dingen ben vergeten te vertellen, maar ik heb er gewoon niet aan gedacht. Ik heb die Gorek maar twee keer gezien, en gisteravond heeft hij me echt de stuipen op het lijf gejaagd.'

'Het is al goed, meisje. Het is alleen nogal frustrerend om te merken dat ik niet van alle feiten op de hoogte ben.'

'Ze heeft zo veel vriendjes dat het amper bij te houden is...' Ik kon bijna niet meer uit mijn woorden komen. 'Mijn god, Silver, alleen al het idéé dat ik iets zou achterhouden wat de situatie voor Louis erger zou kunnen maken.' Ik bevond me op de grens van hysterie en moest mijn uiterste best doen om me te beheersen.

'Het is al goed, meisje. Rustig aan, oké?'

'En noem me alsjeblieft niet "meisje". Dat vind ik vreselijk. Dat klinkt zo... kleinerend. Stel dat die jongen Louis heeft, Silver, wat dan? Wiens schuld is dat dan?' Ik pakte de deurhendel vast. 'Laat me eruit, alsjeblieft.'

'Doe niet zo gek.' Hij schakelde de centrale portiervergrendeling in.

'Ik moet even alleen zijn.'

'Dat lijkt me geen goed idee. Je begint weer in paniek te raken.'

Ik kon niet meer uit mijn woorden komen, wist amper nog wat ik zei. 'Laat me eruit... alsjeblieft, laat me eruit of ik...'

'Of je wat?' Silver stuurde de smalle zijstraat tegenover het park in en zette de auto stil. Ik rukte weer aan de deurhendel totdat hij zich over me heen boog en mijn arm vastpakte. Ik kon hem nu ruiken, zweet ondanks zijn eeuwige aftershave, ik zag de donkere wallen onder zijn vermoeide ogen, de gele vlekjes in zijn bruine irissen, de zilveren haartjes in zijn korte, donkere haar, zijn vier vingers op mijn arm. We waren zo dicht bij elkaar dat de adrenaline door mijn aderen schoot en ik een merkwaardig hol gevoel in mijn maag kreeg. Ik keek hem aan en het was alsof de tijd stilstond, maar toen maakte ik mijn blik los van de zijne. Ik keerde me weer naar het portier en mompelde: 'Laat me eruit, alsjeblieft', en ten slotte deed hij wat ik vroeg. Zodra hij de vergrendeling had uitgeschakeld, wierp ik het portier open, rukte me los uit zijn greep en liet me naar buiten vallen. Ik krabbelde overeind en half struikelend over mijn eigen voeten rende ik het park in, viel bijna en richtte me weer op. Ik rende verder, over het pas gemaaide gras, richting de hoge platanen, druipend van de honingdauw, in de verte.

Tranen van frustratie rolden over mijn wangen toen ik hem één keer mijn naam hoorde roepen. Bijna had ik omgekeken, maar ik kon het niet opbrengen, wilde niet zien hoe geschokt hij was omdat ik zo volledig op hem vertrouwde. Ik begreep best dat hij ook maar een mens was, maar ik wilde dat nu niet weten, want ik was zo afhankelijk van zijn goedbedoelde standvastigheid. Tegelijkertijd had ik het gevoel dat ik Mickey bedroog, en meer nog mijn Louis, en dat het ongewenste gevoel dat ik hem nodig had wel het meest bespottelijke van alles was. Toen ik door het park rende, ging mijn ademhaling algauw over in een schor gehijg en terwijl de warme tranen over mijn wangen rolden, bleef ik maar herhalen: 'Het spijt me, Louis, het spijt me zo, mijn kleintje.'

Silver kwam me niet achterna.

Toen mijn huis uiteindelijk in zicht kwam, zag ik Maxine net naar buiten komen, gevolgd door een man. Ik rende snel door en zag dat het rechercheur Kelly was, die mijn au pair naar zijn auto begeleidde. Silver nam deze aanwijzing blijkbaar serieus. Ik liep net de stoep op toen de grote dienstauto achteruit de oprit af reed en Maxine me vanaf de achterbank aankeek. Ze zag er niet buitengewoon ontredderd uit, maar dat was typisch Maxine; die liet zich niet zo gauw van de wijs brengen.

In de keuken werd ik opgewacht door Deb. 'Alles oké met je?' vroeg ze toen ze me zag.

Ik was zo bezweet dat mijn jurk als een tweede huid aan mijn lijf kleefde, en zo moe dat het leek alsof ik door talloze tentakels omlaag werd getrokken. Ik deed de koelkast open en antwoordde: 'Ja, prima, Deb. Echt.'

'Adjudant Silver heeft net gebeld en me een boodschap voor je doorgegeven.' Ze schoof een blaadje papier naar me toe.

Ik pakte een fles met koud water en dronk die in een paar flinke teugen halfleeg. Met een bijna triomfantelijk gevoel pakte ik het blaadje van tafel, want ik wist dat Silver me zijn excuses zou aanbieden. Maar toen ik las wat Deb had opgeschreven, begreep ik niet wat er stond.

'Wat bedoelt hij hiermee?' vroeg ik, en ik schoof het blaadje terug naar Deb.

'Misschien kun je hem beter bellen en het hem zelf vragen.' Ze gaf me de telefoon aan.

Silver antwoordde meteen. 'De avond voordat Louis is verdwenen, weet je waar Mickey toen was?' vroeg hij op vlakke toon. Hij was duidelijk niet van plan me zijn excuses aan te bieden. Vol verlangen dacht ik terug aan de tijd voordat alles fout was gegaan, toen ik nog gewoon Louis' moeder was en geen misdaadstatistiek.

'Hij had eigenlijk moeten werken, maar we zijn die avond naar de opera geweest.' Het klonk bespottelijk in de context van hoe de zaken er nu voor stonden. Was het echt nog maar een paar dagen geleden dat mijn enige zorg was dat ik een beetje te dik was? En waarom was ik verdomme niet thuisgebleven, bij Louis, in plaats van uit te gaan, hoewel ik dat zelden deed. In plaats van – mijn schuldgevoel speelde weer op – de deur uit te rennen en dolblij te zijn met de paar uur die ik voor mezelf had. Snel schudde ik mijn hoofd om me van de herinneringen te bevrijden.

'Eh... Mickey was een paar dagen weg geweest om foto's te maken voor een brochure van *Romantic Retreats*. Hij zou die avond eigenlijk heel laat thuiskomen, maar hij belde me 's middags op om met me in de stad af te spreken. We gingen naar *Madame Butterfly*.' Ik was sneller gaan praten. 'Ik hou eigenlijk niet zo van opera, maar het was voor zijn werk, een speciale galavoorstelling, met een paar klanten van hem, pas op het allerlaatste moment geregeld. En ik ga tegenwoordig vrijwel nooit ergens naartoe.'

'En wie is Agnes?' vroeg Silver.

Mijn hart sloeg een slag over.

'Wat?' Ik had hem zeker verkeerd verstaan.

'Agnes. Wie is dat? We hebben Mickeys privéagenda van zijn computer ontvangen van ene...' – ik hoorde hem een bladzijde omslaan – 'ene Pauline. Daar staat in dat hij op de dag voordat Louis is verdwenen, in de vooravond, een afspraak had met iemand die Agnes heet.'

'Weet je dat zeker?' vroeg ik fluisterend. Ik herinnerde me dat Mickey in de loge was opgedoken toen de voorstelling al begonnen was. Hij kwam rechtstreeks van het station, was licht bezweet geweest vanwege de zwoele avond en had zich gejaagder gedragen dan ik hem kende. Deb zat me met een bezorgde blik aan te kijken.

'Ik heb het hier zwart-op-wit staan, Jessica. Kun jij er enig licht op werpen? Ik wil er zo snel mogelijk duidelijkheid over hebben, en ik kan die Pauline nu niet bereiken.'

'Ja, dat kan ik, helaas.' Mijn bovenlip was opeens vochtig van het zweet, merkte ik. 'Agnes is...' Mijn stem brak en ik schraapte mijn keel. 'Agnes is Mickeys ex-vrouw. Ik dacht dat ze in het buitenland woonde. Ik heb haar zelf nooit ontmoet.'

'Oké, meis-' Hij corrigeerde zich voordat hij het zei. 'Oké, goed dan. Wist je daar iets van, van die afspraak? Aan je stem te horen is het antwoord nee, hè?'

'Knap werk, rechercheur.' Ik beet op de nagelriem van mijn duim en ontweek Debs bezorgde blik. 'Voor zover ik weet had Mickey Agnes niet meer gezien sinds wij elkaar hadden ontmoet. Het moet een vergissing zijn, dat weet ik vrij zeker. Misschien kan Pauline je helpen als ze terug is?'

'We zullen zien,' zei Silver, en hij hing op.

Twee dingen zaten me dwars. Het eerste was dat Pauline geen contact met míj had opgenomen. Het tweede was veel erger. Waarom had Mickey verdomme achter mijn rug een ontmoeting met zijn ex-vrouw gehad? Trillend van onzekerheid belde ik Mickeys kantoor, maar ik kreeg te horen dat Pauline er de volgende dag pas zou zijn.

'Ik moet even weg,' zei ik op zo achteloos mogelijke toon tegen Deb.

Ze haalde haar hand door haar dikke haar. 'Is dat wel verstandig?'

Ik keek haar smekend aan. 'Ik wil alleen even met iemand gaan praten.'

Deb trok haar wenkbrauwen op en bleef me aankijken. Ik wilde er liever niet meer over zeggen maar ik wist dat ze geen genoegen zou nemen met zwijgen.

'Met Pauline. Mickeys secretaresse. Ze is ook een soort vriendin van ons. Blijkbaar is ze terug van vakantie. Er zijn een paar dingen die ik haar wil vragen. Niet over Louis.'

'Nou, ik ga toch maar met je mee. Dan heb je een beetje gezelschap.'

Ten slotte gaf ik toe. Ik belde Pauline met een smoes dat ik in de buurt was en of ik even langs mocht komen, waarna Deb me naar Kings Cross reed. Toen we er echter waren, leek het me beter dat ik alleen naar binnen ging.

Ik keek haar recht in haar vriendelijke gezicht en zei: 'Hoor eens, Deb, ik wil dit liever even alleen doen. Het is nogal persoonlijk. Dat begrijp je wel, hè? Alsjeblieft?'

Ze glimlachte, kneep zacht in mijn hand en ik ging alleen naar binnen.

Pauline woonde in een modieus appartementencomplex aan de oever van het oude kanaal. Ik was er één keer eerder geweest, toen ze de afgelopen winter veertig werd, kort voordat Louis was geboren. Ik mocht haar heel graag; ze was klein van stuk, stevig gebouwd, ze zag er jonger uit dan ze was, had grote blauwe ogen, was intelligent, welbespraakt, recht door zee en absoluut onmisbaar voor Mickey op kantoor. Toen ik daar net werkte, had ik mijn twijfels over haar gehad en me zelfs een beetje door haar bedreigd gevoeld, maar toen ik Mickey beter had leren kennen, had ik zelf kunnen constateren hoe afhankelijk hij van haar was en dat hun relatie puur zakelijk was, vooral ook omdat Pauline hartstikke lesbisch was. Tegenwoordig deelde ze haar penthouse met haar chic geklede maar wat jongensachtige vriendin Freddie en hun kwijlende mastiff Slobodan.

Pauline wachtte me op toen de liftdeuren opengingen, zongebruind en fris ogend na haar vakantie. Ze omhelsde me en ik vroeg me af of ik het me verbeeldde dat de blik in haar grote poppenogen merkwaardig neutraal was. 'Ik vind het zo erg voor je, kind.'

Slobodan kwam de gang op om me te begroeten, maar Pauline stuurde hem weer naar binnen. 'Smeer hem, Slob. In je mand.' Ze ging me voor naar de ruime woonkamer met de open keuken, met de grote hond in haar kielzog. 'Duw hem maar weg als hij te opdringerig wordt,' zei ze. 'Hij heeft ons zo gemist, het arme beest. We zijn vanochtend pas teruggekomen.'

De slaapkamerdeur stond open en ik zag onuitgepakte koffers en tasjes van de taxfreeshop op het bed liggen. En ik hoorde het zachte geruis van de douche.

'Ik was van plan je te bellen, Jessica, maar je bent me net voor. Je verliest alle contact met het echte leven op zo'n cruiseschip. Je bent zo afgesloten van de wereld. Geef mij Ibiza maar. Freddie mag zich dan thuis voelen op schepen, maar ik en varen... nou, nee.' Ze deed de terrasdeur open. 'God, het is hier nog warmer dan in Griekenland.'

Ik ging op een chromen barkruk zitten terwijl Pauline koffie zette en ik de moed verzamelde om de beerput te openen die ik zo lang gesloten had weten te houden. Aan de muur hing een ingelijste fotocollage met onder andere een foto van Mickey, met een papieren feestmuts op zijn hoofd.

'Hij was toen flink dronken,' zei Pauline toen ze me zag kijken.

'Ik zie het.'

'En, hoe red je je, kind?' Ze zette een dampende kop koffie voor me neer.

'Best,' antwoordde ik automatisch.

Er kwam een rimpel in Pauline's voorhoofd. 'Echt?'

'Goed dan, nee, natuurlijk niet. Ik voel me vreselijk. Louis is nu...' Ik slikte. '...bijna zes dagen weg. Mickey ligt nog steeds in het ziekenhuis en het gaat nog niet goed met hem. Ik ben kapot.'

'Arme stakker.' Ze kwam naar me toe.

Ik kon me niet langer inhouden. 'Pauline, ik moet je iets vragen. En volgens mij zit jou ook iets dwars, klopt dat?'

De kleine smaragd in haar neusvleugel schitterde toen de zon erop viel. 'Ja,' zei Pauline, en ze zette haar koffiekop neer. 'Ja, er zit me iets dwars. En ik neem aan dat jij ook niet zomaar even langskomt, hè?'

'Hallo.'

Ik schrok toen Freddie ineens achter me stond, met een donkerrood badlaken om zich heen geknoopt en haar korte, kastanjebruine haar in vochtige pieken op haar hoofd.

'Hoe gaat het met je?' vroeg Freddie. Ze boog haar brede bovenlijf naar me toe en keek me recht aan, maar haar gezicht stond vriendelijk. 'Het... ik vind het heel erg van je kind.'

Voor een lesbienne had Freddie opvallend veel interesse in kinderen. Ik herinnerde me dat we op Paulines feest samen onder de kerstboom hadden gezeten, zij flink aangeschoten en met haar hand op mijn dikke buik, een wat vreemd gebaar voor een relatief onbekende, maar om de een of andere reden had ik het niet erg gevonden. 'Wij gaan er binnenkort ook zo een nemen,' had ze tegen me gezegd terwijl ze me zacht op mijn buik klopte. 'Een kind. Ik moet alleen haar daar nog zien te overtuigen.'

Ik vertrouwde mijn stem niet genoeg om iets tegen haar te zeggen, dus knikte ik alleen.

Freddie schonk een kop koffie voor zichzelf in, pakte haar shag en vloeitjes van het aanrecht, gaf Pauline een zoen op haar hoofd en zei: 'Ik zal jullie alleen laten.'

Met een onaangenaam gevoel dacht ik terug aan de laatste keer dat ik Freddie en Pauline samen had gezien, bij mij thuis, een paar maanden nadat Louis was geboren. In een verre van gelukkige situatie, hoewel het eigenlijk wel zo had moeten zijn. Het prachtige boeket bloemen dat ze hadden meegebracht, de beker van Tiffany met Louis' naam erin gegraveerd, en de mooi ingepakte babykleertjes van Baby Gap. De verbijsterde uitdrukking op Freddies gezicht toen ze de kinderkamer binnenkwam en Louis en mij jankend, in totale wanhoop, op de vloer aantrof. Ik duwde de herinnering weg, duwde heel hard, en keek Freddie na toen ze de slaapkamer weer in liep. Pauline zuchtte nauwelijks hoorbaar en keek haar vriendin na met een blik die je verlangend zou kunnen noemen.

'Die aardige politieman met dat noordelijke accent heeft net nog gebeld om me meer vragen te stellen,' zei Pauline toen ze me ten slotte weer aankeek. 'Jij hebt hem vanochtend ook gesproken, toch?'

Ik knikte en Pauline vervolgde haar verhaal.

'Ze wilden kopieën van Mickeys persoonlijke papieren... alles waar alleen ik toegang toe heb. Ik heb het van hieruit met de computer bij elkaar gezocht en het naar ze toe gemaild. Dus je hebt gezien dat...' Ze begon licht te blozen.

Mijn god, ik was er niet aan gewend dat Pauline zich door iets van streek liet maken. Ik schrok ervan.

'Ik heb gehoord dat hij een afspraak met Agnes had,' zei ik ronduit.

'Ja, nou, ik weet niet of hij haar ook werkelijk heeft gezien, want

ik zat toen al ver op de Middellandse Zee, op dat verdomde schip.'
Er klonk hoop door in haar stem toen ze vervolgde: 'We hadden er
al woorden over gehad toen het... Nou ja, ik vond het een heel slecht
idee en dat heb ik tegen hem gezegd.'

'Wanneer was dat?' vroeg ik.

'Toen... toen Agnes hem op kantoor kwam opzoeken, kind. Ik heb
tegen hem gezegd dat hij... je weet wel, dat hij niet goed bij zijn hoofd
was.'

Ik zette met een klap mijn koffie neer, stond op, liep naar de terrasdeur en duwde die zo ver mogelijk open. Ik ademde diep in, hoewel er niet veel frisse lucht was om in te ademen.

'Dus de situatie is als volgt,' zei ik langzaam, met mijn blik op het
bruine water in het kanaal. Op de kade liepen een paar meisjes in
zwarte gothic kleding, die bier uit een blikje dronken. 'Mijn kind
wordt niet alleen vermist, is hoogstwaarschijnlijk gekidnapt, maar nu
heeft ook mijn man weer omgang met zijn ex-vrouw? De vrouw die
hij zo intens haat dat hij amper haar naam kan uitspreken?'

Ik draaide me om. Pauline zat opgelaten aan het steentje in haar
neusvleugel te frunniken.

'Luister, kind, je moet proberen het te begrijpen. Ze hadden een
heel intense relatie. Heel... hoe zeg je dat? Explosief. Een beetje zoals Claudia en ik, voordat ik met Freddie was. Dat wist je toch, van
Mickey en Agnes?'

Mijn waardigheid werd weer flink op de proef gesteld. 'Om je de
waarheid te zeggen, Pauline, nee, dat wist ik niet. Ik wist bijna niets
over Agnes. Behalve dat ze een keiharde zakenvrouw was en uit een
of ander koud land kwam.'

'Noorwegen.'

'Oké, Noorwegen.'

Ik deed mijn best om de nieuwe feiten tot me te laten doordringen en uit te vinden wat ik voelde. Nee, ik wist al wat ik voelde. Woede. Of nee, erger nog, algehele verslagenheid.

'Wat ik bedoel,' vervolgde ik, want het was nu te laat om me terug te trekken, 'is dat Mickey niet over haar praatte. Nooit, eigenlijk.
Alsof het nog altijd te pijnlijk was. En ik heb nooit echt aangedrongen. Als hij niet over haar wilde praten, vond ik dat best.'

'Nou, Mickey is niet iemand die met zijn gevoelens te koop loopt,'
beaamde Pauline.

'Dat kun je wel zeggen. Maar toch...' Mijn hersenen werkten op volle toeren. 'Waarom? Ik begrijp gewoon niet waarom ze nu, na al die tijd, weer contact met elkaar moesten zoeken.'

'Daar is vast een simpele verklaring voor. Ik bedoel, er bestaat geen twijfel over dat ze ooit veel van elkaar hebben gehouden, maar...' Ze zag mijn woedende blik en stak haar hand op. 'Alsjeblieft, Jessica, laat me even uitpraten. Het is beter dat je het begrijpt. Ze hielden van elkaar, maar tegelijkertijd sloopten ze elkaar, emotioneel. Een absolute ramp, hun relatie. Het enige wat ze deden was ruziemaken. Scheiden was gewoon het beste wat ze konden doen. Ik weet zeker dat Mickey met haar had afgesproken om nog een paar laatste details af te werken. Hoewel hij er met mij niet over wilde praten. Wat ik' – ze haalde haar schouders op en beet op haar nagel – 'wel begreep. Ik bedoel, de scheiding was nog niet zo lang geleden afgerond, toch?'

Nee, ik wist precies hoe lang geleden het was. Ik was zeven maanden zwanger en dik als een walvis, en ik wachtte totdat Mickey vrij zou zijn om met me te trouwen. Ik bad tot hij eindelijk vrij zou zijn. Ik was volledig ten prooi gevallen aan mijn hormonen en op goede dagen, wanneer ik me niet bedreigd voelde door het nieuwe, zo andere leven dat me te wachten stond, voelde ik me uitgelaten van verliefdheid en seksueel verlangen, en was ik apetrots op mijn eigen vruchtbaarheid.

'Ze zaten nog aan elkaar vast door allerlei leningen en investeringen, weet je wel.' Pauline zweeg en nam een slokje koffie om tijd te winnen. 'Ik bedoel, Agnes was een zakenvrouw pur sang. Buitengewoon slim, een van de besten in haar vak, en ze had Mickey bij allerlei deals betrokken. Ik weet bijna zeker dat er nog heel wat afgehandeld moest worden, bergen papierwerk, zelfs nu nog.'

Maar het wilde er bij mij niet in. Mickey haatte Agnes. Ze had hem laten barsten, hem emotioneel uitgekleed en was naar het buitenland vertrokken, zodat, toen Mickey en ik elkaar maanden later ontmoetten, hij nog slechts een schaduw van zichzelf was, hoewel hij het goed had weten te verbergen. Kwetsbaar als een lege eierschaal die ik, hoewel ik dat op dat moment niet besefte, met een enkele trap van mijn voet had kunnen vermorzelen. Het verdriet dat ik in zijn ogen had gezien werd vooral veroorzaakt door het feit dat hij Agnes was kwijtgeraakt. En de zeldzame keren dat hij het over haar had gehad, zei hij alleen hoe erg hij haar haatte.

Ik draaide me om. Het was tijd om de feiten onder ogen te zien.

'Pauline, we weten allebei dat Agnes Mickeys grote liefde was.' Het had geen zin om het te ontkennen. 'Laten we eerlijk zijn. Als ze had gezegd dat hij uit het raam moest springen, zou hij het hebben gedaan, waar of niet?'

Ze schudde haar hoofd. De hond geeuwde, legde zijn kop op haar voet en kwijlde erop.

'Nee, Jessica, dat denk ik niet. Ik geloof niet dat hij zo destructief was. Hun relatie was voorbij en Mickey is een intelligent mens...'

Ik trok een gezicht. 'Ja, dat weet ik. Een van de slimste mensen die ik ooit heb ontmoet, helaas. Maar sinds wanneer staat slimheid garant voor het vermogen om iemand lief te hebben? Mijn god, ik denk dat het eerder andersom is.'

Maar Pauline gaf het nog niet op. 'Hij houdt van je, kind. Ik weet dat hij van je houdt.'

'O ja, weet je dat? Houdt hij echt van me? Of houdt hij alleen van Louis en van het feit dat ik hem ter wereld heb gebracht?'

Pauline leek ineens minder zeker van haar zaak, boog zich voo. over en klopte de grote hond op zijn buik. Ik voelde een pijnsteek in mijn hart. Dat was waar ik me zorgen om maakte, elke avond voordat ik in slaap viel, wat dagelijks mijn geluk had bedreigd. Ik was zo verliefd geweest op Mickey, en tegelijkertijd had ik het gevoel dat ik hem nooit écht kon bereiken.

Toen ik zo snel in verwachting was geraakt en me zorgen maakte over hoe we nu verder moesten, hadden Mickey en ik een knallende ruzie gehad. Het was een van de weinige keren geweest dat hij het over zijn ex-vrouw had gehad en de eerste keer dat hij zijn stem tegen me had verheven. Ziek en misselijk als ik me voelde, was ik vooral in verwarring gebracht. Midden in een of ander trendy restaurant in Soho was hij tegen me uitgevallen – tot groot ongenoegen van de andere gasten – en had hij tegen me geschreeuwd dat hij werd omringd door harteloze vrouwen, dat ik net zo erg was als die verdomde Agnes, die hem ook een normaal gezin had onthouden.

En het was die vergelijking geweest, meer dan wat ook, die me had doen besluiten mijn kind ter wereld te brengen. Misschien wel tegen beter weten in. Aanvankelijk had ik het willen houden omdat ik zo veel van Mickey hield dat ik álles voor hem zou hebben gedaan. Ik werd verblind door mijn verlangen naar hem en mijn grenzeloze adoratie hield me maandenlang op de been, ongeacht het feit dat ik nog lang niet toe was aan een kind en in werkelijkheid doodsbang was. Ik was pas zevenentwintig en kinderen waren op dat moment wel het laatste waar ik aan dacht. Het maakte geen verschil dat ik de aanstaande vader nauwelijks kende, hoezeer ik daar ook mijn best voor deed, of dat Mickey totaal onbereikbaar voor me was, zelfs als hij vlak voor me stond. Mijn verlangen naar hem hield me op de been totdat ik merkte dat mijn liefde zich steeds meer op mijn groeiende buik en wat daarin zat ging richten.

De pijn en het genot van die dagen waren sterker dan ik ze ooit had ervaren. Het was alsof ik een grote puist in mijn nek had, waar ik niet van af kon blijven, of een wondkorst op je knie, die je eraf pulkt totdat je de nieuwe roze huid eronder ziet. Hoe onbereikbaarder Mickey werd, hoe meer mijn vastbeslotenheid toenam. Hoewel hij beweerde dat hij me graag in zijn buurt had, geloofde ik hem niet echt. En tegen de tijd dat Louis zes maanden was en ik zielsveel van hem hield, begon ik te vermoeden dat ik een grote fout had gemaakt. Dat ik was getrouwd met een man die nooit zo veel van mij zou houden als ik van hem hield.

Soms voelde ik dat Mickey me observeerde en als ik dan opkeek, glimlachte hij naar me en was ik weer even gerustgesteld. Maar diep in mijn hart voelde ik me een oplichter, alsof ik een leven leed dat niet bij me paste. Een leven dat niet echt van mij was.

En dan was Agnes er nog, als een schaduw in de gang, een fluistering in de kamers waarin ze ooit had geleefd en die ze zelf had ingericht. De vrouw over wie Mickey nooit iets zei, die hij rigoureus uit zijn leven had geschrapt. Die misschien ook niet bestond, behalve op de donkere herfstavonden wanneer ik naar beneden ging en Mickey op de treden bij de achterdeur aantrof, met een glas whisky in de hand, met een holle blik, starend in de verte. Als ik dan mijn arm om hem heen sloeg, zei hij niets maar nam hij me na een tijdje mee naar boven, waar hij de liefde met me bedreef alsof zijn leven ervan afhing. Dan hoopte ik uit alle macht dat hij zich herinnerde dat ik het was die in het donker onder hem lag, en niet zíj. Hij zag nooit de tranen die ik in de vroege ochtend huilde, eerst alleen en later met Louis in mijn armen, omdat mijn man niet van me hield op de manier waaraan ik behoefte had. Maar toen had ik ten minste mijn kind nog en kon ik troost putten uit de allesovertreffende liefde die, toen die eenmaal begon en ik me eraan overgaf, alsmaar groter werd, totdat ze me dreigde te verstikken.

En nu ik Pauline zo aangeslagen aan de eetbar zag zitten, vroeg ik me af wat er van dit alles verdomme was overgebleven. Ze zag er zo beschaamd uit dat ik haar bijna had omhelsd om haar te troosten.

'Ik had het je moeten vertellen,' zei ze. 'Over Agnes, bedoel ik.'

Maar we wisten allebei dat ze dat nooit zou doen. Haar loyaliteit jegens Mickey was totaal. Ze hield van hem alsof hij van haar was, en ik had dat altijd gerespecteerd.

'Kom, Pauline, het is jouw schuld niet. Je weet net zo goed als ik dat Mickey zijn eigen regels maakt.' Ik probeerde positief te blijven. 'En misschien heb je wel gelijk en stelt het inderdaad niks voor. Gewoon een paar zakelijke dingen die ze nog moesten afhandelen. Waarschijnlijk heeft hij er niks over gezegd omdat hij me niet van streek wilde maken.' Maar we wisten allebei dat ik loog.

Op dat moment dacht ik dat ik Freddie weer achter me hoorde, maar toen ik me omdraaide, enigszins opgelaten vanwege Paulines bekentenissen, zag ik haar niet. Ik had het me zeker verbeeld. En toen ik opstond om te vertrekken en Pauline me naar de lift zou brengen, kwam Freddie me niet gedag zeggen maar meende ik wel vanuit mijn ooghoek te zien dat de slaapkamerdeur voorzichtig werd dichtgedaan. Ik nam aan dat Freddie me liever niet wilde zien. Vreemd, dacht ik toen ik bij Deb in de auto stapte. Er klopte iets niet, maar ik had geen idee wat dat was.

15

Ik was dronken. Niet straalbezopen, maar het begon in de buurt te komen. In ieder geval flink aangeschoten. Niets scheen meer op de juiste plek te staan en alle rechte hoeken waren afgerond. Ik voelde me alsof ik van rubber was, boog mee als een wilg in de harde wind. Dat was het enige wat ik wilde, meebuigen, met alles.

Tegelijkertijd bevond ik me op de grens van de hysterie. Shirl was minder dronken dan ik, geloofde ik, hoewel mijn inschattingsvermogen niet meer was wat het gewoonlijk was. Ik stond op van de bank, struikelde over de rand van het vloerkleed, viel bijna om en kon nog net de rand van de salontafel vastpakken. Om de een of andere reden vond ik dat buitengewoon grappig. Ik barstte in lachen uit en stopte pas toen ik zag dat Shirl niet meelachte.

Nadat ik bij Pauline was weggegaan, had ik geweten dat ik bij Mickey op bezoek moest, maar ik kon het op dat moment echt niet opbrengen. Ik wilde hem niet horen zeggen dat hij nog steeds van Agnes hield, zou dat niet kunnen verdragen. Ik belde het ziekenhuis vanuit de auto en toen de dienstdoende verpleegster me vertelde dat Mickey sliep, voelde ik me opgelucht. Toen ik thuiskwam had ik een fles wijn opengetrokken, om ervoor te zorgen dat ik straks, als Mickey wakker werd, te dronken zou zijn om nog naar het ziekenhuis te gaan. Ik had Mickeys webdesigner gebeld om hem door te zagen over mijn 'Zoeken naar Louis'-website, want het idee dat mensen mijn kind zouden hebben gezien zonder te weten dat het was gekidnapt, was ronduit onverdraaglijk. Ik moest er meer ruchtbaarheid aan geven, de mensen ertoe aanzetten naar hem op zoek te gaan. De verhalen op het internet over verdwenen kinderen bezorgden me nog steeds de rillingen, maar toch ging ik keer op keer het internet op om ze te lezen.

Shirl kwam thuis en hielp me de fles wijn soldaat te maken, en Deb deed haar best om haar afkeuring niet te veel te laten blijken. Ze zette zelfs koffie voor me, maar die liet ik koud worden terwijl ik gewoon wijn bleef drinken. Ik zette de computer uit na een gruwelijk verhaal over een tweejarig kind dat tien jaar geleden vermist was geraakt. De moeder was nog steeds op zoek, zette nu nog haar smeekbedes op haar website. Je kon het toch niet opgeven? Je was veroordeeld om je de rest van je leven af te vragen of dat jongetje dat daar aan het voetballen was, die tiener op zijn fiets in de straat, of het hulpje in de supermarkt niet ooit jouw kind was geweest.

Maxine kwam thuis, liep stampend de trap op en sloeg de deur van haar kamer achter zich dicht. Ik vroeg me nog steeds af of haar vriendje een Bulgaar was. Ik had min of meer gehoopt dat Silver haar zou thuisbrengen, maar de auto die wegreed zag er niet uit als de zijne, zelfs niet voor mijn benevelde geest.

'Luidruchtig type,' mopperde Shirl, die de kassabonnetjes uit haar portemonnee bekeek. 'Ik snap niet dat jullie het met haar uithouden.'

'Ach, ze valt best mee,' zei ik mild. 'Ze heeft ook haar goede kanten, welke dat ook zijn. Ze is dol op Louis. En Mickey schijnt haar ook wel te mogen.'

'O ja?' Shirl trok haar wenkbrauw op. 'Reden te meer om haar te ontslaan, zou ik zeggen.'

'Niet op die manier, malle meid. Ik bedoel dat Mickey denkt dat ik niet zonder haar kan.' Ik forceerde een lach, want ik wilde niet laten blijken aan Shirl hoe dicht ze bij de waarheid was. Dat ik mezelf voortdurend vergeleek met de ranke Maxine terwijl ik mijn oude vorm probeerde terug te vinden, en hoe bezorgd ik was dat mijn man zou vallen voor de vrijheid die ze vertegenwoordigde.

Shirl snoof. 'Mickey kan zich beter geen dingen in zijn hoofd halen, zou ik zeggen.'

Er viel een stilte die bleef voortduren totdat ik me enigszins opgelaten begon te voelen. Ik liep wankelend naar de stereo, zette een cd op en was onmiddellijk bang dat ik Louis wakker zou maken. Maar met een hol gevoel in mijn maag besefte ik dat Louis er helemaal niet was. Ik schonk nog een glas wijn in, goot de helft ernaast en keek schuldig om me heen, totdat ik besefte dat ik in mijn eigen huis was. Min of meer. Dus wreef ik de gemorste wijn met mijn blote voet in het vloerkleed.

'Zullen we naar buiten gaan, Louis gaan zoeken?' vroeg ik hoopvol, en het kostte me moeite om verstaanbaar te praten.

'Wat, in deze toestand? Ik denk dat we beter thuis kunnen blijven.' Shirl snoof weer. 'Jezus, Jess, je muzieksmaak is er niet op vooruitgegaan, hoor ik,' zei ze toen Nirvana uit Mickeys superspeakers knalde.

Ik zette de muziek nog wat harder en zei: 'We kunnen niet allemaal Bob Marley-fans zijn, of wel soms, Shirl?'

'Dat is pure generalisatie, beste vrouw, én een racistisch vooroordeel.'

'Maar je houdt wel van een stukje Bob,' zei ik.

'Dat kan wel zo zijn, maar het blijft een vooroordeel,' zei ze quasi-beledigd, en ze nam nog een slokje wijn. 'Over vooroordelen gesproken, denk je dat die aardige politievrouw het zal merken als ik een joint opsteek?'

'Dat moet je zelf weten,' zei ik, want ik hield er niet van. Ik werd er altijd misselijk van. Daarentegen gleed mijn wijn wel heel soepel naar binnen. Ik keek in mijn glas en liet me even meevoeren door de stem van Kurt Cobain. Toen vroeg ik: 'Waarom mag je Mickey niet?'

Eindelijk had ik de vraag gesteld waarop ik het antwoord zo vreesde. Maar de woorden waren mijn mond uit gerold voordat ik er erg in had. Ik hoorde ze alsof ze van grote afstand kwamen, alsof ze door iemand anders werden uitgesproken. Het pleitte voor Shirl dat ze nauwelijks verbaasd leek, of misschien dacht ik dat alleen maar omdat ik het niet meer zo scherp zag. Ik kneep mijn ene oog dicht en keek haar aan. 'Nou?' vroeg ik.

'Moeten we daar echt over beginnen, Jess? Is dat wel verstandig?' Ze schonk haar wijnglas vol om me niet aan te hoeven kijken. 'Ik bedoel, het is je mán. Er zijn dingen die beter onuitgesproken kunnen blijven, zelfs tussen goeie vriendinnen. Begrijp je wat ik bedoel?'

Ik lachte smalend. 'Maar het is overduidelijk dat je hem niet mag.'

Shirl haalde haar schouders op. 'Goed, maar de arme man ligt in bed, in het ziekenhuis, om preciezer te zijn. Dan is het net zoiets als kwaadspreken over de doden, vind je ook niet?'

'Ach, kom op, Shirl, zeg het gewoon. Hoe lang kennen we elkaar nou?' Al eeuwen, vanaf de eerste klas van de basisschool. Je windt nooit ergens doekjes om. Dat heb je in ieder geval nooit eerder gedaan.'

'Nee, maar...'

'Maar wat?'

'Met deze man ben je getrouwd. Dat maakt het anders. Dat weet je net zo goed als ik.'

Shirls gebaren werden heftiger naarmate ze zich meer onder druk gezet voelde. Maar ik was nog niet van plan het op te geven, voelde me als de hond met het bot dat hij weigerde af te staan. 'Is het omdat hij soms humeurig kan zijn?' probeerde ik.

Shirl had haar kassabonnetjes keurig gesorteerd. Zo zag het er tenminste uit, want in mijn toestand was het moeilijk met zekerheid te zeggen.

'Of omdat hij rijk is?'

Er kwam boosheid op haar gezicht. 'Doe me een lol, zeg. Je mag zijn geld houden.' Maar ik had haar nu op de kast, want ze vervolgde: 'Sterker nog, dat zou je juist blij moeten maken, of niet soms?'

'Wat bedoel je daarmee?'

'Het komt je toch niet zo slecht uit dat hij rijk is?'

'Wat insinueer je, Shirl?' vroeg ik woedend.

'Ik insinueer niks.'

'Het had me namelijk niet uitgemaakt als Mickey arm was geweest. Sterker nog, ik zou dat zelfs prettiger hebben gevonden.'

'Ach, maak dat de kat wijs.'

Maar het was waar. Mickeys geld had me altijd een opgelaten gevoel gegeven. Ik was er het grootste deel van mijn leven aan gewend geweest weinig niets te hebben en mijn eigen brood te verdienen. Ik veranderde van onderwerp voordat onze woordenwisseling uit de hand zou lopen.

'Of is het omdat hij zo slim is?'

'Nee, Jessica. Als je het per se wilt weten, het is omdat hij niet op de goede manier van je houdt. Heb je nou je zin? Is dat wat je wilde horen?'

'O.' Ik liep leeg als een lekke ballon. 'Dat is niet erg aardig van je, om het zo te zeggen, hè?' Ik dronk mijn glas leeg. 'Wat houdt dat in, de goede manier?' Ik had het gevoel dat ik begon om te vallen. Maar volgens de spiegel aan de muur stond ik nog steeds rechtop. Nog net.

'Gewoon, de goede manier. Jij hebt behoefte aan een man die van je houdt om wat je bent, niet om wat hij wíl dat je bent. Wat je volgens hem zou moeten zijn. Je verandert, mens, als Mickey in je buurt is. Dan ben je jezelf niet. En laten we er nu alsjeblieft over ophouden, Jess, voordat we ruzie krijgen.'

'Maar hoe bedoel je, dat ik "verander"?'

'Gewoon, dat je jezelf niet bent. Dat je nerveus bent en je te veel aanpast. Je bent een aantrekkelijke vrouw, je bent hartstikke mooi, maar dat schijn je zelf niet te weten. Iedere man van zijn kaliber schijnt jou van de wijs te brengen, weet je dat?'

'O,' zei ik weer. Er zaten nu een stuk of tien Shirls op de bank, die allemaal heen en weer deinden.

'En ja, daarom zou ik je graag zien met een man die van je houdt om de geweldige vrouw die je bent. Niet al die... mislukkelingen die je tot nu toe hebt gehad. Al die rare oudere mannen.' Ze stond op en klopte haar rok af. 'Je hebt een vadercomplex, weet je dat?'

God mag weten waarom, dacht ik. Ik kneep mijn ene oog weer dicht in een poging beter te zien, maar het werkte niet.

'En wat die knappe smeris betreft kun je je ook maar beter niks in je hoofd halen.'

'Wat?' Ik kon mijn oren niet geloven. Ik kon me helemaal niet meer concentreren. 'Wat een onzin! Hoe durf je?' Ik deed mijn best om boos te klinken, maar zelfs dat lukte niet.

'Ik heb je wel gezien, dame. Ik heb gezien hoe je naar hem kijkt. Brand je er niet aan, Jess. Dat is wel het laatste wat je nu kunt gebruiken.' Ze liep naar de deur. 'Ik ga naar bed, schat. Dat kun jij beter ook doen. Je hebt meer dan genoeg gehad. Morgenochtend heb je er spijt van.' Bij de deur draaide ze zich om. 'En morgen is het weer een nieuwe dag. Zet de mannen uit je hoofd. Morgen gaan ze Louis terugvinden, oké? Ik heb er een goed gevoel over.'

Ik knikte, mompelde iets en liet me op de bank zakken. Ik kwam terecht in een bizarre soort halfslaap waarin Mickey en een Agnes zonder gezicht door de gang walsten terwijl Kurt Cobain zingend, op blote voeten en met Louis in zijn armen de trap af kwam. Er knaagde iets aan me, zelfs in deze dronken toestand, maar ik kon het niet plaatsen. Toen kwam Deb binnen en wekte me per ongeluk.

'O, sorry,' zei ze zacht. 'Ik wilde alleen even zeggen dat ik naar huis ga.'

Ik hield mijn hoofd met beide handen vast, want het tolde zo erg dat ik het gevoel had dat het er ieder moment af kon vallen. Ik begon een beetje te beseffen hoe dronken ik was. 'Deb,' vroeg ik beleefd toen de kamer weer enigszins tot stilstand kwam, 'kun je mij naar het ziekenhuis brengen?'

'Jazeker. Morgenochtend vroeg?'

'Nee, nu.'

'Nu?' herhaalde Deb. Ze probeerde haar ergernis te verbergen maar slaagde er niet in.

'Ach, laat maar,' zei ik opgewekt, 'ik rij zelf wel.'

Ik reed zelden auto. Alleen al het idee om in Mickeys peperdure Audi te stappen maakte me bloednerveus. Ik dacht aan wat Shirl had gezegd over de touwtjes uit handen geven aan mannen, en nam me heilig voor vaker auto te rijden. Opeens kreeg ik een geweldig idee.

'Of nee, weet je wat? Ik ga op de fiets naar het ziekenhuis. Ik heb vroeger wedstrijden gewonnen, wist je dat? Op mijn racefiets. Het is een mooie avond om een eindje te fietsen.'

Het was zo; ik had in mijn tienertijd aan wielrennen gedaan. Maar vanavond, in deze toestand, zou ik het eind van de straat waarschijnlijk niet halen. Dus bracht Deb, die vriendelijke, hulpvaardige Deb, me naar het ziekenhuis.

In de gang bij de intensive care zag ik een jonge vrouw met een kaalgeschoren hoofd, die een wandelwagentje voor zich uit duwde en met meer dan gemiddelde snelheid op me afkwam. Het wagentje was een Maclaren, net als het mijne. Misschien lag Louis er wel in. Toen ze dichterbij kwam, zag ik dat de vrouw snikte. En het kind was natuurlijk het mijne niet; het had een mager hoofd met blond haar, niet dik en donker zoals mijn mooie Louis. Arme vrouw, wat zag ze er ellendig uit. Ik schudde meelevend mijn dronken hoofd en wankelde.

Mickey lag te slapen toen ik zijn kamer binnenkwam. Hij sliep maar en sliep maar, terwijl ik gek van bezorgdheid was. Ik schudde hem wakker, te ruw, waarbij ik hem per ongeluk pijn deed.

'Sorry, schat,' zei ik, nog steeds half lallend. 'Goh, je bent compleet van de wereld, hè?'

Hij nam even de tijd om bij zijn positieven te komen, wreef de slaap uit zijn goede oog en nam me op. 'Volgens mij ben ik niet de enige.'

'Wat?'

'Dat ik niet de enige ben die compleet van de wereld is.'

'O, dat...' Ik begon te lachen, hoewel ik niet precies wist wat er zo grappig was. Hij wilde reageren maar ik onderbrak hem, want als ik het nu niet vroeg, zou ik het straks niet meer durven. 'Mickey,' vroeg ik, 'waarom had jij met je ex-vrouw afgesproken?'

Verbaasd keek hij naar me op. Zijn ogen gloeiden als kooltjes.

'Niet tegen me liegen, alsjeblieft,' zei ik. 'Ik dacht dat je de pest aan Agnes had.'

'Dat is ook zo,' zei hij.

Maar ik geloofde hem niet en begon te huilen, met diepe uithalen te snikken. Ik had nog nooit in zijn bijzijn gehuild.

'O schat,' zei Mickey, waarna hij mijn arm vastpakte en me naar zich toe trok. Hij noemde me nooit 'schat'. 'Ik kan haar niet meer uitstaan,' zei hij, 'en dat is de waarheid.' Toen kuste hij me zacht op mijn mond en voelde ik de bekende gloed binnen in me, dat bijzondere Mickey-gevoel waar ik nooit aan kon ontsnappen. Ik kuste hem terug. Het liefst was ik op het bed geklommen en dicht tegen hem aan gekropen. Ik had behoefte aan intimiteit, welke vorm van intimiteit ook, nu ik Louis niet dicht bij me had. De pure, menselijke warmte die ik voelde wanneer ik mijn kind in mijn armen hield... die ik nu moest ontberen. Ik drukte me tegen Mickey aan en hij kreunde, meer van de pijn dan van verlangen, vermoedde ik.

'Ik hou van je, Mickey,' zei ik terwijl ik hem met onvaste blik aankeek. Ik deed mijn ene oog weer dicht om hem beter te kunnen zien. 'Het spijt me als ik me raar heb gedragen.'

'Je bent dronken.'

'Nou en? Mag ik het dan nooit tegen je zeggen? Vind je het zo beangstigend? Je bent de vader van mijn kind.'

Gekwetst richtte ik me op, maar hij sloot zijn koele, slanke vingers om mijn pols, trok me naar zich toe en kuste me opnieuw. Ik werd helemaal week vanbinnen. Zijn ogen fonkelden als spiegelbollen in een disco, en ik was er niet zeker van of hij er helemaal bij was, maar dat kon me niet schelen. Ik wilde me gewoon bevrijden van de pijn die ik voelde.

'Denk je dat het wel eens eerder op de intensive care is gedaan?' fluisterde ik.

'Geen idee, Jessica,' zei hij met een vage glimlach. 'Wat denk jij?'

Ik klom op het bed, trok mijn rok omhoog en ging schrijlings op hem zitten. Ik durfde me niet te wild te bewegen, uit angst dat ik een van de apparaten in werking zou zetten, en begon voorzichtig op hem te rijden. En ik dacht, voor zover ik kon denken, dat dít was wat me altijd aan Mickey had gebonden, dit gulzige, dwingende verlangen dat Shirl en de anderen nooit zagen. Hoewel ik sinds Louis' geboorte, door alle veranderingen die hadden plaatsgevonden, bang was geworden om me te vaak aan Mickey op te dringen.

Opeens zag ik mezelf vanuit de lucht, alsof ik als een vleermuis aan het plafond hing, en keek ik op mezelf en mijn zwaargewonde echtgenoot neer. Waar was ik in godsnaam mee bezig? Als een dronkenlap gaf ik me over aan mijn primitieve lusten terwijl ergens buiten, op deze zwoele zomeravond, iemand míjn kind in zijn armen had en ik hem was vergeten. Het was niet van belang dat ik smachtte naar de intimiteit die alleen Mickey me nu kon bieden; ik moest me op mijn kind concentreren, op mijn kind en verder niks. Abrupt stopte ik met bewegen, walgend van mezelf, van het egoïsme van mijn actie, en ik schaamde me dieper dan ooit. Veel sneller dan ik erop was geklommen klauterde ik van het bed af, trok mijn kleren recht, fatsoeneerde mijn haar en bad dat niemand ons had gezien. Dat Louis, waar hij ook was, niet op de een of andere manier had aangevoeld dat ik mezelf even kwijt was geraakt.

Mickey fluisterde iets, heel zacht, en door het zoemen en zachte piepen van de apparaten kon ik het niet verstaan. Ik boog me over hem heen en vroeg of hij het nog eens wilde zeggen.

'Ik zei,' zei Mickey, licht hijgend en spookachtig bleek onder zijn blauwe plekken, 'ik zei dat ik je nooit heb willen kwetsen, schat.' Hij streek mijn haar uit mijn gezicht en kuste me weer op mijn mond, maar deze keer deinsde ik achteruit, want deze kus voelde op de een of andere manier niet goed. Wat ik wel besefte, was de enorme moeite die alles hem kostte. Ik pakte zijn hand vast en wenste dat hij beter was, dat hij uit bed kon komen, met mij het ziekenhuis uit kon lopen en me kon helpen met zoeken. Dat we samen op zoek konden gaan naar ons kind, dat ons zo nodig had.

Op dat moment drong het met een schok van angst tot me door dat wat Mickey zonet tegen me had gezegd, een soort afscheid was. Over zijn hele lichaam, dat kil en klam aanvoelde, lag een waas van zweetdruppeltjes. Ik had hem bijna het hiernamaals in geneukt, dacht ik, en ik had het bijna tegen hem gezegd zodat we er samen om konden lachen, maar toen zag ik dat hij bijna geen adem kreeg. Een van de apparaten begon scherp te piepen, Mickey lag te schudden op het bed, had een of andere toeval, leek wel en toen zuster Kwame binnenkwam, voelde ik me zo afschuwelijk om wat ik had gedaan. Ik bleef zijn hand vasthouden alsof die het leven zelf was, totdat zijn oogleden trillend dichtgingen en Mickey opnieuw buiten kennis raakte. 'Er is toch niks ernstigs aan de hand?' vroeg ik wanhopig. 'Het komt toch weer goed met hem? Ik heb hem toch niet vermoord?'

Maar zuster Kwame zei niets, keek me alleen aan met een blik die me niet beviel.

Kort daarna brak er een hevige bui los, en brak ik ook bijna. Ik zat bij het bed met Mickeys hand in de mijne terwijl de arts met de kleine oren werd opgepiept. Het duurde niet lang voordat hij binnenkwam, met zijn haar in de war en de slaap nog in zijn ogen, alsof ze hem zo uit zijn bed hadden getrokken. Er werd gepraat zoals ze dat in *ER* doen, hoewel minder snel en zonder glamour, maar ik hoorde een paar keer het woord 'operatiekamer' vallen dus ik begreep dat er een of andere spoedingreep moest plaatsvinden. Vervolgens werd Mickey de kamer uit gereden en bleef ik alleen achter, vol berouw, met het gevoel dat het allemaal mijn schuld was en dat ik mijn man als een vampier van zijn levenssappen had beroofd.

Na een tijdje werd me verteld dat het wel even kon duren, dus ging ik naar buiten, ik ging voor de ingang van het ziekenhuis op de stoep zitten, onder het kille neonlicht, tussen de sigarettenpeuken en de daklozen die er rondhingen en ik keek naar de regen.

Gedachten schoten als een intercity door mijn hoofd, tezamen met allerlei bizarre beelden van Mickeys arts die een orkest van verpleegsters dirigeerde, met een scalpel als dirigeerstokje. Ik vroeg me ernstig af of het allemaal wel echt was, of fantasie, theater, of dat ik nog steeds dronken was omdat ik al deze rare dingen dacht, totdat een oude vrouw met bloed op haar handen en een vieze leren hoed – Crocodile Dundee-stijl, maar zonder kurken – op haar hoofd me haar in bruin papier gewikkelde methadon aanbood en ik niet wist of ik moest zwichten of moest gaan huilen. Uiteindelijk bedankte ik haar en schudde ik mijn hoofd.

Ik besefte dat Mickey niet echt antwoord op mijn vraag had gegeven en dat ik wat Agnes betreft niets wijzer was geworden, maar dat het feit dat we bijna de liefde hadden bedreven mijn twijfels zou moeten wegnemen... toch? Onmiddellijk daarna kon ik mezelf wel voor mijn hoofd slaan, want dit was zoals meisjes van achttien dachten, geen verantwoordelijke, getrouwde vrouwen met kinderen – vermist of niet – en toen ik dacht dat ik ieder moment kon gaan janken, ging ik naar binnen, op zoek naar het damestoilet. Ik waste mijn handen en mijn gezicht, hoewel ik al doornat was van de regen.

Het tl-licht zoemde en knipperde toen ik mezelf in de spiegel bekeek, als een dolende ziel, bleek als een geest. Ik besefte dat ik niet wist waar ik naartoe moest. Moest ik hier blijven en wachten totdat Mickey uit de operatiekamer kwam, of moest ik naar huis gaan, Agnes' huis, om te wachten op nieuws over Louis? Ik haalde de nieuwe mobiele telefoon tevoorschijn die Deb voor me had geregeld, bedacht wie ik zou kunnen bellen, maar ik wist het niet. Ik liep de centrale hal weer in en zag een groot bord waarop vermeld stond waar alle afdelingen te vinden waren. Mijn blik viel op het woord KRAAMAFDELING, die op de derde verdieping bleek te zijn. Ik stapte in de lift en drukte op het knopje voor de derde, bewoog me als een marionet, gestuurd door een hogere macht, door onzichtbare draadjes geleid naar de plek waar de baby's waren.

Bij de verloskamer ijsbeerde een nerveuze aanstaande vader met heel rood haar en een mobiele telefoon tegen zijn oor over het versleten linoleum waarop elke week tientallen vaders heen en weer liepen. Natuurlijk wist ik dat dit deel van het ziekenhuis goed beveiligd was, met zoemers en intercoms, balies achter glas en baby's die zich veilig achter gesloten deuren bevonden. Maar er was blijkbaar een crisissituatie gaande, want op dat moment gingen de deuren open en kwam een arts met grote passen de gang op, en net voordat de deuren weer dichtvielen lukte het me om naar binnen te glippen.

De sterke geur van ontsmettingsmiddel trof mij toen ik bij de ruit ging staan en mijn neus ertegenaan drukte als een kind bij een snoepwinkel. Ik staarde naar de kleine lijfjes in hun steriele bedjes, naar alle snoeren en slangetjes, en mijn maag werd weer samengeknepen toen ik dacht aan wat me was afgenomen. Dacht aan de strijd om het leven die deze kinderen moesten voeren, de pure kwetsbaarheid die me zo had beangstigd toen Louis net was geboren en ook hij de eerste vierentwintig uur in een couveuse moest doorbrengen, de totale afhankelijkheid die me zo had verbaasd. Het feit dat ze aan anderen waren overgeleverd voor hun eerste ademhaling, voor elk slokje vocht en voeding, voor elk flintertje veiligheid. En ik betrapte mezelf erop dat ik me afvroeg waar de zaal met de gezonde baby's was, degenen die geen constante medische zorg nodig hadden.

Er kwam een vrouw naast me staan.

'Wat zijn ze klein, hè?' zei ik, min of meer tegen mezelf. 'En zo hulpeloos.'

'Het zou je verbazen. Het zijn knokkers, baby's. Taaie rakkertjes.'

Maar ik hoorde de wanhoop in haar stem en keek haar aan. Haar ogen waren roodomrand van vermoeidheid, haar gezicht heel bleek, ondanks de hitte droeg ze een dik wollen vest en haar beide magere handen plukten nerveus aan een zakdoek.

'Dat daar is mijn John-John.' Ze wees naar het nietige wezentje in de couveuse in de hoek, met een grote blauwe lamp erboven en op de rand een speelgoedbeertje dat de wacht over hem hield.

'Hoe is hij eraan toe?'

'We...' Ze slikte. 'Dat weten we nog niet. We kunnen alleen maar hopen dat hij het redt. Hij is veel te vroeg geboren. Zesentwintig weken. Maar, zoals ik al zei...' Ze probeerde te glimlachen en mijn hart brak weer. 'Hij is een knokker, een kleine vechtersbaas.' Ze klemde zich zo aan haar hoop vast dat ik het kon voelen.

Ontroostbaar, dat was het woord waaraan ik moest denken. Ik voelde dat ze me aankeek. Ze zou ontroostbaar zijn als haar kind iets overkwam, dat was duidelijk. Als iemand haar haar kind afnam. Een of andere god, of een gestoorde vrouw. Een of andere gestoorde vrouw... iemand zoals ik.

'Is jouw kind hier ook?' vroeg ze vriendelijk.

Ik bleef haar even aankijken. 'Was het maar waar,' zei ik ten slotte. 'Ik zou willen dat hij in zulke goede handen was.'

De vrouw stak haar hand naar me uit, maar op dat moment kwam er een verpleegster de gang in lopen en wist ik dat ik moest gaan. Snel pakte ik de hand en gaf er een kneepje in. 'Sterkte,' fluisterde ik. 'Ik zal aan je denken.' En toen ging ik ervandoor, voordat ik iets doms zou doen. Voordat ik... maar diep in mijn hart wist ik dat ik het niet zou doen, niet nu ik de pijn in de ogen van die arme vrouw had gezien. Hoe kon ik zelfs maar overwegen om het kind van een ander te stelen?

Ten slotte keerde ik terug naar Mickeys kamer, nam plaats in de stoel met de ruwe bruine bekleding, die me deed denken aan de comfortabele stoel in mijn oude schoolbibliotheek, trok mijn benen onder me op en viel ondanks alles in slaap, want ik was doodmoe, helemaal op.

Toen de dag aanbrak, werd Louis zes dagen vermist. Ik werd wakker, nog steeds in de stoel, met stijve, pijnlijke spieren, en er werd me verteld dat het met Mickey weer goed zou komen, dat er geen sprake was van een bloedpropje in zijn hersenen, waarvoor ze bang waren geweest. Aangezien ze niet wisten wat de aanval dan wel had veroorzaakt, hielden ze hem voorlopig onder verdoving. Dus zat ik machteloos naast mijn man, zag ik hem slapen en dacht ik na over de waanzin van de afgelopen nacht, toen ik werkelijk had overwogen het kind van een ander te stelen. En het was dit besef dat me een beeld schetste van de wanhoop die iemand er misschien toe had gebracht mijn Louis te stelen, te doen alsof hij van hem was. Op de een of andere manier zorgde die wetenschap ervoor dat ik me nog mismoediger voelde.

Na een tijdje kwam Leigh me halen om me naar het politiebureau te brengen voor de dagelijkse persconferentie. Alleen was het deze keer rechercheur Kelly die naast me zat en stond er gelukkig niemand op om over kindersmokkel te beginnen. Noch zei er iemand iets over wanhopige vrouwen die baby's stalen om ze zelf te houden, waar ik na mijn bizarre inzinking van de afgelopen nacht blij om was.

Het was minder druk in de perszaal dan ik gewend was en de verslaggevers maakten een wat afwezige, gehaaste indruk, waardoor ik me zorgen maakte dat de mensen het misschien vergeten zouden zijn. Maar er was een gruwelijke bomaanslag in de Londense ondergrondse gepleegd, vertelde Kelly me, dus we mochten blij zijn dat er nog iemand was. Ik probeerde mezelf voor te houden dat er nog een andere buitenwereld bestond, hoewel het me moeite kostte aangezien mijn verlies me per dag wanhopiger, bezorgder en gekker maakte. Ik deed ook mijn best om niet naar Silver te zoeken en niet te hard op mijn lip te bijten, maar ten slotte kon ik me niet langer beheersen en vroeg ik waar hij was. Toen Kelly me vertelde dat Silver vandaag aan handen en voeten gebonden was, zag ik hem ook zo voor me, letterlijk aan handen en voeten gebonden, en toen ik hem meteen daarna aan mij vastgebonden zag, dacht ik dat ik echt gek werd.

Ik was blij toen Deb binnenkwam, hoewel ze me bezorgd opnam en vroeg of het niet verstandig zou zijn als ik nog eens met de psychologe ging praten. Ik dacht er deze keer serieus over na, want ik begon het gevoel te krijgen dat ik de situatie helemaal niet zo goed aankon. Ik bleef maar denken dat Mickey het niet zou overleven en verweet hem al lang niet meer wat er met Louis was gebeurd. Ik wilde ze gewoon allebei terug, dat was alles.

Leigh had thee voor me gehaald en er veel suiker in gedaan. We stonden op het punt om te vertrekken toen Deb op haar mobiele telefoon werd gebeld en ik uit de manier waarop ze antwoordde opmaakte dat het Silver was. Dat klopte. Ze nam me mee naar zijn kantoor en daar was hij. Hij zag eruit alsof hij al dagen niet had geslapen, enigszins verlopen zelfs, en ik weerstond de neiging er een opmerking over te maken. Vanaf nu wilde ik ons contact strikt zakelijk houden, zeker nu ik Mickey weer had gesproken. Zeker nu ik mijn man bijna had vermoord. Leigh was met ons meegelopen en toen ik haar naar Silver zag kijken, moest ik weer denken aan hoe ze vroeger haar mannen had ingepalmd. Maar het maakte niet uit, want Silver zei dat hij me onder vier ogen wilde spreken.

'Hoe gaat het, eh... mevrouw Finnegan?'

'Wat klink je formeel,' zei ik, en opeens werd ik me ervan bewust dat ik me al een paar dagen niet had gedoucht, dat ik in deze kleren had geslapen en waarschijnlijk naar zweet, waanzin en Mickey rook.

'Goed dan, Jessica. Hoe voel je je? Ik heb het gehoord van de beroerte van meneer Finnegan. Vreselijk.'

In een zoveelste vlaag van hysterie overwoog ik hem te vertellen dat ik Mickey bijna het hiernamaals in had gewipt, maar besloot het toch maar niet te doen. In plaats daarvan nam ik een slokje thee en deed alsof ik mezelf onder controle had.

'Ik denk dat hij er wel bovenop komt,' zei ik. 'Dat zeiden ze tenminste. Maar het is allemaal nogal...' Ik kon het juiste woord niet vinden. 'Stressvol,' besloot ik ontevreden.

Er stond een foto op Silvers bureau, half zichtbaar, maar toen ik me opzij boog, zag ik dat er drie kinderen op stonden, over elkaar heen tuimelend om zo dicht mogelijk bij de camera te komen, de een nog breder lachend dan de ander.

'Jouw kinderen?' vroeg ik overdreven opgewekt.

'Ja,' zei hij, maar hij ging er niet op door. Hij scheen zich nooit erg op zijn gemak te voelen wanneer dat onderwerp werd aangesneden.

'Ben je...' Ik vond het gênant om erover te beginnen, dus bleef ik naar de foto kijken. 'Ga je Agnes verhoren? Mickeys ex-vrouw?'

Silver haalde zijn schouders op. 'We proberen haar te traceren, maar ik heb begrepen dat ze ergens in het buitenland woont. Heb je hem gevraagd of die afspraak met haar is doorgegaan?'

'Ik... ik heb nog geen kans gehad om behoorlijk met hem te praten.' Opeens zag ik mezelf weer op dat bed, boven op hem zitten, en ik begon te blozen. 'Maar ik neem aan dat het niks met Louis te maken heeft.'

'Nou, ik wil je stress niet groter maken, maar ik heb informatie binnengekregen die ik enigszins verontrustend vind.'

Ik rukte mijn blik los van de foto en stond meteen overeind. 'Over Louis?'

'Nee, nee, over Louis nog geen nieuws, helaas. Ik denk dat we moeten uitgaan van het idee dat Louis, waar hij ook is, ongedeerd is. Dat het niet hun bedoeling is om hem kwaad te doen, maar dat iemand hem gewoon wilde hebben.'

'Maar ik wil hem zélf hebben.' Ik ging weer zitten.

'Uiteraard. Maar dit gaat over Mickey en zijn verwondingen. Er heeft zich een getuige gemeld, de eigenaar van een pub in Bermondsey, niet zo ver van de plek waar Mickey is gevonden. Hij had meneer Finnegan herkend van de foto in de krant.' Silver stond bij het raam en speelde met de jaloezieën, deed ze open en weer dicht. Toen draaide hij zich om en vervolgde: 'Het is zelfs zo dat mijn mannen al eerder bij hem zijn geweest om te informeren, maar dat hij zich toen niets leek te herinneren.'

Ik wou dat Silver gewoon ging zitten.

'Toen hij echter op tv zag dat jullie kind was ontvoerd, heeft hij zich alsnog gemeld.'

'Hij heeft er wel de tijd voor genomen, zou ik zeggen.' Ik speelde met het piepschuim theebekertje.

'Wat ik me afvraag...' Silver maakte een gespannen indruk.

'Nou?' vroeg ik. Als ik een pond zou krijgen van iedereen die de laatste tijd gespannen mijn reactie afwachtte, was ik nu miljonair geweest, bedacht ik.

'Is het gebruikelijk voor Mickey om betrokken te zijn bij vechtpartijen?' vroeg hij ten slotte.

'Vechtpartijen? Nee, dat geloof ik niet. Mickey is een kunstenaar en een zakenman. Waarom zou hij zich tot vechtpartijen verlagen?'

'Het overkomt iedereen wel eens, Jessica. Het leven steekt soms raar in elkaar.'

Ik ging niet in op zijn filosofische beschouwing. 'Wat bedoel je trouwens met "vechtpartijen"? Het was toch duidelijk dat Mickey is overvallen?'

'Nou, daar zijn we in eerste instantie van uitgegaan... dat Mickey is overvallen door degenen die Louis hebben ontvoerd. Maar wat de eigenaar van de Mason's Arms ons heeft verteld, werpt een heel ander licht op de zaak.'

'Wat heeft hij dan gezegd?'

'Dat Mickey op de dag dat Louis is verdwenen 's avonds om een uur of zeven de pub was binnengekomen. En dat hij ernstig van streek leek.'

Silver deed de jaloezieën weer open en dicht en ik beet op mijn lip van ergernis.

'Nou, dat is niet zo vreemd, is het wel?' Dit schoot niet erg op.

'Nee, goed beschouwd niet. Hoe dan ook, hij vroeg of hij mocht bellen, maar blijkbaar deed de munttelefoon het niet en toen meneer Finnegan dat merkte, begon hij met de hoorn tegen de muur te slaan en bleef dat doen totdat iemand aan de bar zei dat hij daarmee moest ophouden.' Silver kwam naar zijn bureau, pakte zijn presse-papier en begon die van de ene hand naar de andere over te gooien. 'De eigenaar was op dat moment in de keuken, maar toen hij het lawaai hoorde, kwam hij kijken om te zien wat er aan de hand was. Tegen de tijd dat hij binnenkwam, was de eerste klap al uitgedeeld, blijkbaar door meneer Finnegan.' Hij wachtte om de informatie te laten doordringen.

'Maar... ik begrijp het niet.' Ik dacht koortsachtig na. 'Ik kan me voorstellen dat Mickey zo van streek was dat hij een beetje is doorgedraaid. Dat hij niet meer wist wat hij deed. Ik bedoel, kom op, dat is in zulke omstandigheden toch een normale reactie?'

Silver haalde zijn schouders op en ik beet weer op mijn lip. Als ik hiermee doorging, zou ik straks geen onderlip meer hebben.

'Misschien wel. Maar volgens alle getuigen was Mickey flink afgeladen toen hij binnenkwam.'

'Bedoel je dronken?'

'Ja, ik bedoel dronken. Niet dat hij in die pub iets heeft gedronken, voor zover iemand weet. Hij kwam binnen, zei iets over zijn zoon en dat hij moest bellen, dat hij zijn mobiele telefoon was kwijtgeraakt, of zoiets. Toen het vechten was begonnen, heeft de eigenaar beide mannen de deur uit gezet, maar ze zijn buiten blijkbaar doorgegaan. En meneer Finnegan heeft een flink pak slaag gekregen.'

'Dat heb ik gezien,' zei ik zacht, en ik huiverde.

'Ja. Nou, vervolgens is hij verdwenen, is de andere man hem ook gesmeerd en is de eigenaar het voorval vergeten. Totdat hij Mickeys foto in de krant zag.' Silver legde de presse-papier terug op zijn bureau. 'Wat ik probeer te begrijpen, is waarom jouw man die vechtpartij is begonnen.'

Ik kon niets met deze informatie. Waarom zou Mickey zich in hemelsnaam in een vechtpartij storten terwijl Louis zoek was? En waarom was hij dronken? Ik geloofde er niets van.

'Volgens mij kletsen ze maar wat,' zei ik, loyaal aan mijn echtgenoot. 'Volgens mij heeft die pubeigenaar iets te verbergen en zegt hij dit... ik weet het niet... om een soort afleidingsmanoeuvre te creëren. Misschien heeft hij Mickey zelf wel in elkaar geslagen.'

'Maak je geen zorgen, daar wordt aan gewerkt. We gaan hem en de klanten van de pub na. Ooggetuigen die kunnen bevestigen of het waar is wat de eigenaar ons heeft verteld. Waarbij we natuurlijk vooral geïnteresseerd zijn in de man met wie Mickey op de vuist is gegaan. Wat ik alleen van jou wilde weten, is of jij het mogelijk acht dat het zo is gegaan.'

Ik schudde mijn hoofd. 'Nee, zeker niet. Mickey is geen agressief type. Goed, hij kan nors en humeurig zijn, maar de waarheid is...' – ik aarzelde even – '...de waarheid is dat Mickey vechten beneden zijn waardigheid vindt.'

Silver keek me aan en trok een wenkbrauw op. 'Juist. Dus afgezien van dat hij van streek was door wat er met Louis was gebeurd, moet er een goede reden zijn, een heel goede reden, dat Mickey die vechtpartij is begonnen.'

'Van streek zijn omdat je je kind bent kwijtgeraakt lijkt me reden genoeg,' mompelde ik. 'Als die man tenminste de waarheid spreekt.'

'Precies, als hij de waarheid spreekt,' beaamde Silver.

Ik keek weer naar de foto op zijn bureau. Drie kinderen, maar geen vrouw. Drie blije, lachende gezichten. 'En hoe zit het met Maxines nieuwe vriend?' vroeg ik.

Silver bloosde lichtjes onder zijn gebruinde gezichtshuid. 'Geen Bulgaar. Een Turkse jongen. Mogelijk met iets op zijn kerfstok, zeker geen lieverdje, maar geen aantoonbare banden met een of andere soort bende.'

'Geen aantoonbare banden? Dat klinkt niet echt overtuigend.' Ik dronk mijn laatste restje thee op.

'Maak je geen zorgen. Ook hem gaan we grondig na.' Silver stond op en rekte zich uit. Zijn witte overhemd kwam los uit zijn broek en gaf een stukje gebruinde huid bloot. Opgelaten staarde ik naar de piepschuim beker in mijn hand, plotseling gefascineerd door de tand-afdrukken die ik in de rand zag staan.

'We laten hem naar het bureau komen om hem te ondervragen,' vervolgde Silver. 'Maxine zegt trouwens dat het alweer uit is. Het schijnt dat ze ruzie hebben gehad. Wel een beetje een flirt, hè, die Maxine, vind je niet? Een aardig meisje, maar wel een mannenver-slindster, volgens mij.' Hij stopte zijn overhemd weer in zijn broek, liep naar de spiegel en schoof zijn das recht. 'Is er iemand om je naar huis te brengen?' vroeg hij over zijn schouder.

Ik kon gaan. Ik probeerde de beker in de prullenbak te mikken, maar ik miste. 'Moet je zien,' zei ik overdreven beleefd. 'Ik ben net zo slecht in mikken als jij in karakters inschatten.' Ik opende de deur. 'Een mannenverslindster, hè?' Toen liep ik het kantoor uit en trok de deur achter me dicht, harder dan nodig was.

Deb en Leigh wachtten op de gang, stonden te praten over een of andere realityshow die gisteravond was begonnen. Ik liep meteen door, de gang in, maar bleef toen abrupt staan. Deb kwam me ach-terna. Leigh treuzelde, hoopte blijkbaar dat Silver zijn kantoor uit zou komen.

'Deb,' zei ik, 'ik wil nog een keer met iemand gaan praten.'

'Met adjudant Silver?' vroeg ze, knikkend naar zijn deur.

'Nee, met hem zeker niet.'

Deb hield haar hoofd schuin en keek me onbegrijpend aan.

'Met die aardige vrouw in het ziekenhuis,' fluisterde ik. 'Die Duit-se.'

'Ah, nu begrijp ik het,' zei ze enthousiast. 'De therapeute. Ja, dat lijkt me een heel goed idee.'

'O ja?' Ik hoopte dat niemand haar had gehoord. Zo achteloos als ik kon opbrengen vervolgde ik: 'Maar ik geloof dat ik haar visite-kaartje per ongeluk heb weggegooid. Ben jij in staat om achter haar nummer te komen?'

16

Maxines blote achterwerk was het eerste wat ik zag toen we thuiskwamen. Buiten was de lucht zwaarbewolkt en het begon al donker te worden, dus toen ik de woonkamer in kwam en die blote billen op en neer zag gaan, moest ik twee keer kijken. Het drong niet tot me door wat ik zag, en even dacht ik dat er iets aan mijn ogen mankeerde.

Maxine lag paardje te rijden op Gorek, het zogenaamde ex-vriendje over wie ze tegen Silver had gezegd dat ze hem maar een engerd vond, op mijn peperdure bank. Agnes' bankstel van tweeduizend pond. Zonder geluid te maken lagen ze te neuken onder de foto van Louis, die ik, sinds hij werd vermist, als een soort afgodsbeeld was gaan beschouwen. Ik was zo boos dat ik geen woord kon uitbrengen en slaakte een kreet toen Leigh, die achter me binnenkwam met de boodschappen, een van de zakken liet vallen en ik iets hoorde breken.

'Wat krijgen we nou?' riep Leigh, waarop Maxine weinig elegant van haar minnaar afkroop en hij, nog steeds met een erectie, vloekend in een taal waarvan ik aannam dat het Turks was, zijn broek van de vloer griste. Leigh begon te lachen. Mijn preutse zus scheen de situatie wel grappig te vinden. Ik helaas niet.

'Dit is de druppel, Maxine. Ga verdomme van mijn bank af en trek je kleren aan!' riep ik terwijl ik over haar donkerrode stringetje heen stapte en vlak voor haar ging staan. 'En sodemieter op, mijn huis uit. Als je zonodig met hem moet neuken, doe je dat maar ergens anders, oké? Niet in mijn woonkamer.' Er kwamen spatjes speeksel uit mijn mond, zo boos was ik, en mijn neus zou de hare hebben geraakt als ze niet een halve kop groter dan ik was geweest. God, wat baalde ik ervan om zo klein te zijn.

'*Mais... pourqoui?*' vroeg ze op arrogante toon, en ze haalde haar blote schouders op. Ze deed me denken aan een tere vlinder die zijn vleugels had afgeschud, zodat alleen het ranke lijfje overbleef. Ik huiverde. Toen pakte ze haar minirokje van de vloer en trok het aan. 'Ik doe toch niks verkeerds? Er is op dit moment niks anders voor me te doen, *non?*'

Ik was sprakeloos. Ik had haar wel op haar gezicht kunnen slaan, boven op haar ranke neusje. 'Dat kan me niet schelen,' zei ik toen ik weer tot spreken in staat was. 'Ik wil dat je nu weggaat, nu meteen.'

Deb kwam naast me staan en pakte mijn arm vast. 'Rustig aan, Jess,' zei ze. 'We kunnen erover praten.'

'Kun je me mijn slipje aangeven, alsjeblieft, Jessica?' vroeg Maxine, en toen grijnsde ze naar me. Dus deed ik wat ze me vroeg, pakte het slipje van de vloer en sloeg haar ermee in haar gezicht. Ik weet niet wie er verbaasder was, zij of ik. Haar hand ging naar haar wang en ze bleef me aanstaren totdat er eindelijk iets tot haar leek door te dringen. Met een onaangenaam gevoel dacht ik terug aan Maxines eerste week hier in huis, en ik keerde me snel van haar af.

Natuurlijk koos mijn broer dit ongelukkige moment om uit de keuken tevoorschijn te komen.

'Jezus,' mompelde hij, gapend naar Maxines blote borsten. 'Wat een lekker stel!' En hij had gelijk. Ze waren beeldschoon: groot, stevig, met trotse roze tepels.

'Ga jij alsjeblieft weg, Robbie,' zei ik vermoeid, want zoals altijd scheen hij alleen oog te hebben voor de meer primitieve dingen in het leven. 'Hoe ben je trouwens binnengekomen?'

Nu was het Leighs beurt om uit haar dak te gaan. 'Wat kom je hier doen?' vroeg ze, en ze zette haar wijsvinger op zijn borstbeen. Daarna keek ze mij beschuldigend aan. 'Heb jij hem gevraagd om te komen?'

Robbie stond nog steeds naar Maxines borsten te gapen en Maxine scheen dat wel leuk te vinden, want ze deed er tergend lang over om haar beha aan te trekken. Gorek keek boos naar de starende Robbie.

Deb stuurde ons met zachte hand de gang op en deed de deur van de woonkamer dicht. 'Als jullie nu even naar de keuken gaan en alvast water opzetten, ga ik met die twee praten.'

'Ik wil die jongen hier niet, Deb,' zei ik. 'Ik word hier echt niet goed van. Kun je hem vragen of hij wil weggaan, alsjeblieft?'

In de keuken zette ik met trillende handen een ketel water op. Op het aanrecht stond een halfvol glas whisky en daarnaast lagen de *Sun*, opengeslagen bij het nieuws over de paardenrennen, en een half opgegeten sandwich met kaas en mayonaise. Zo te zien had iemand mijn koelkast geplunderd.

'Die whisky is van Mickey,' zei ik, wijzend naar het glas.

'Ja, nou, ik kon hem niet vragen of ik er een mocht, of wel soms?' zei Robbie grijnzend. Hij had in ieder geval zijn afgebroken voortand laten herstellen, zag ik.

Leigh was nog niet met hem klaar. 'Jezus, en jij begrijpt niet waarom ik problemen met jou heb, Robert.'

'Nee, dat begrijp ik inderdaad niet. Het bloed kruipt waar het niet gaan kan, of zoiets, toch?'

Ik huiverde toen ik hem bijna letterlijk de woorden van mijn moeder hoorde herhalen. Leigh begon de boodschappen uit te pakken en alles in de verkeerde kasten op te bergen. Ze ontplofte bijna van boosheid, wist ik.

Robbie keek me aan en vroeg: 'En, hoe gaat het? Nog nieuws?'

Ik haalde een keer diep adem. 'Mickey heeft een beroerte gehad en niemand heeft mijn kind gezien.'

'Nou ja, geen nieuws is goed nieuws, nietwaar?' zei hij opgewekt.

Leigh schopte het deurtje van de aanrechtkast dicht alsof het Robbies hoofd was. 'Is dat alles wat je te zeggen hebt?' snauwde ze. 'Kun je nu echt alleen maar onzin uitkramen?'

In de gang hoorde ik de voordeur dichtslaan.

Achteloos haalde hij zijn schouders op. 'Ik probeer jullie te helpen.'

'Jezelf te helpen, bedoel je.'

'O ja? Hoe dan? Hoe help ik mezelf door hiernaartoe te komen?'

Leigh snoof minachtend en knikte naar de half opgegeten sandwich. 'Wacht, laat me even nadenken. Ik heb me serieus afgevraagd waarom je terug bent gekomen, maar het antwoord ligt voor de hand, is het niet, broertje? Omdat je een verdomde klaploper bent, Robert, daarom!' Leigh vloekte nooit. 'Ik walg van je. Zeg hem dat hij weggaat, Jess.'

'Ach, hou toch je kop, stom wijf,' snauwde Robbie naar haar. Toen pakte hij het glas en sloeg de whisky in één teug achterover. 'Ik ga wanneer ík daar zin in heb, of wanneer Jess het me vraagt.'

Machteloos stond ik tussen mijn broer en zus terwijl hun haatgevoelens over en weer door de lucht knetterden als statische elektriciteit. Ik verbaasde me over Leighs felheid, én over Robbies ongeïnteresseerdheid. Ik had mijn hele leven al tussen die twee in gestaan. Er was nog niets veranderd, blijkbaar.

'Maar waar kwam je voor, Robbie?' vroeg ik vriendelijk.

Het bleef enige tijd stil. Leigh trommelde met haar vingertoppen op het aanrechtblad terwijl we op antwoord wachtten.

'Waarom zou ik ergens voor komen?' vroeg hij gekwetst. 'Ik wilde gewoon weten of alles in orde met je was. Ik... ik maakte me zorgen.'

'Ik denk dat je beter kunt gaan. Op dit moment, bedoel ik.'

Een bliksemschicht sneed de hemel in tweeën. Schuldgevoel borrelde in me op, maar ik drong het terug. Daar begon ik steeds beter in te worden. Niemand zei iets. Uiteindelijk slaakte Robbie een zucht en trok zijn leren jack over zijn gescheurde T-shirt aan. Hij had een matte, bijna levenloze blik in zijn ogen. Zijn gezichtshuid was grauw als papier.

'Goed, dan ga ik maar.'

Buiten rommelde de donder. Robbie treuzelde, wachtte om te zien hoe harteloos zijn twee zussen waren. Wilden we hem echt dit noodweer in sturen? Ja, dat wilden we. Hij pakte zijn krant, vouwde hem op om hem boven zijn hoofd te houden, ging door de achterdeur naar buiten en sloeg de deur zo hard achter zich dicht dat ik dacht dat de ruitjes zouden breken.

'Godzijdank,' zei Leigh. 'Laten we hopen dat we die voorlopig niet meer zien.'

Maar toen ik me wilde omdraaien, zag ik iets bewegen achter het keukenraam. Robbie was weer terug. Hij deed alsof hij aanklopte, gooide de deur open, pakte de halve sandwich van het aanrecht en propte die in de zak van zijn jack. De tatoeage op zijn hand viel me weer op, alleen las ik deze keer 'Jimmy'. En heel even zag ik iets van vrolijk gekleurd plastic uit zijn zak bungelen, totdat hij het er tezamen met de boterhammen weer in propte.

'Eerste levensbehoeften, toch, meisjes?' zei hij met een opgewekte grijns. 'Weet je, Jess, ik had een idee. Een idee over hoe ik je zou kunnen helpen. Maar als je het niet wilt weten, nou ja, dan is dat jouw beslissing.' En toen was hij weg.

Pas een uur nadat Robbie was weggegaan besefte ik vol afgrijzen wat ik uit zijn zak had zien bungelen. Een felgekleurde plastic fopspeen aan een lintje.

Robbies mobiele telefoon stond uit, bleek toen ik hem probeerde te bellen. Ik ijsbeerde door het huis met het draadloze toestel in mijn hand. Ik moest hem aangeven bij de politie, wist ik, maar ik wilde hem een laatste kans geven om het uit te leggen. Toen Deb binnenkwam, schrok ik op uit mijn gedachten, maar ze wilde over Maxine praten, niet over Robbie. Ik vond dat Maxine moest vertrekken, definitief, want ik had haar nu niet meer nodig, toch? Sinds Louis' verdwijning had ik haar aangehouden als een soort laatste link met mijn kind, besefte ik. Als ik haar liet gaan... zou het zijn alsof ik mijn verlies erkende. Maar ik had er nu echt schoon genoeg van. Deb overtuigde me er echter van dat het beter was dat ze bleef zolang er geen duidelijkheid over Louis' lot bestond, en haalde me over om met haar te gaan praten.

'Ga een eindje met haar lopen, een frisse neus halen,' stelde Deb voor. Dus wandelden Maxine en ik naar de pub aan de overkant van de vijver, waar ik voor ons allebei een wodka bestelde. Het was opgehouden met regenen, het was eindelijk wat koeler en de geur van pas gemaaid gras was zo sterk dat ik er een licht gevoel van in mijn hoofd kreeg. Of het kwam door de drank, dat kan ook. Maxine zei weinig, maar uiteindelijk bood ze haar excuses aan. Ik kreeg de indruk dat ik iets had gedaan wat ze me kwalijk nam.

'Waarom heb je tegen de politie gezegd dat mijn vriendje een crimineel is?' bekende ze uiteindelijk, nadat ik haar voor de derde keer had gevraagd wat haar dwarszat.

'Ah, nu begrijp ik het.' Ik liet de ijsblokjes ronddraaien in mijn glas. 'Lag je daarom op de bank met hem te vrijen? Als een soort vergeldingsactie?'

Ze keek me vragend aan en trok haar neus op. 'Vergeldingsactie?'

'Je weet wel, om wraak op me te nemen.'

'Nee,' zei ze hoofdschuddend, maar ik kon zien dat ze de waarheid niet sprak. 'Het was... hoe zeg je dat? Verlangen? We konden ons gewoon niet langer inhouden.'

Bijna was ik in lachen uitgebarsten, maar ik was mijn gevoel voor humor kwijtgeraakt. 'Ja, ja, dat zal best.'

Toch had ik de indruk dat Maxine echt niet begreep waarom hun vrijpartij me zo van streek had gemaakt, en bovendien had ik de energie niet meer om nog langer boos op haar te blijven. Misschien wás ik wel jaloers op het seksuele 'verlangen' dat ik had gezien.

'Ik heb niet gezegd dat hij een crimineel was, Maxine.'

'O nee? Waarom heeft de politie hem dan meegenomen?' Ze keek me niet aan terwijl ze het zei, maar zat te pulken aan een korstje op haar knie. Haar rokje was zo kort dat ik voor de tweede keer die dag haar slipje zag. Ik voelde me opeens doodmoe.

'Omdat de politie iedereen wil spreken die in huis wordt aangetroffen, Maxine. Dat begrijp je toch wel? En ik heb in deze situatie geen behoefte aan onbekenden in huis, oké? Zeker niet wanneer ze zichzelf binnenlaten met míjn sleutels, ze míjn telefoon gebruiken, en helemaal niet wanneer ze in míjn woonkamer op míjn bank een potje gaan liggen vrijen. Dat kan echt niet.'

Ze haalde haar schouders op. 'Oké.'

'Totdat Louis terug is heb ik behoefte aan rust en vrede in huis, begrijp je dat? Ik heb niks tegen... Hoe heet hij ook alweer...?'

'Gorek'.

'Gorek. Ik heb alleen tegen adjudant Silver gezegd dat ik hem in huis was tegengekomen en toen heeft adjudant Silver, en niet ik, besloten hem mee te nemen naar het bureau om met hem te praten.' Ik moest opeens denken aan iets wat Silver had gezegd. 'Trouwens, ik dacht dat jij had gezegd dat je hem niet meer zo zag zitten?'

Ze haalde haar schouders weer op, als een echte Française.

'Ik voel me tot hem aangetrokken. En hij heeft een goeie baan, *oui*, bij Harrods. Hij verdient goed.'

Wat altijd een pre was wanneer het om de keuze van haar vriendjes ging. Ik wist dat Maxine uit een straatarm gezin kwam. Ze had vijf zusjes, die allemaal wel eens naar Londen waren gekomen en dan een slaapplaats nodig hadden, gratis, als het even kon. Dus waren ze meestal naar ons huis gekomen en had ik ze met versleten koffers of plastic boodschappentassen de trap op zien gaan, met korte rokjes en blote benen, of het nu goed of slecht weer was. Ik wist dat ze waren opgegroeid in een huisje met twee kamers in Calais, waar hun vader in de haven werkte en hun moeder 's avonds kantoren schoonmaakte. Dus het was volkomen begrijpelijk dat Maxine op zoek was naar een kans om iets meer van haar leven te maken.

'Hij staat bij de deur en draagt een uniform. Hij... hoe zeg je dat... *je ne sais pas*... windt me op?'

Ik begon te blozen. God, wanneer was ik zo kortzichtig geworden?

'Ik kan er niets aan doen,' vervolgde ze. 'Hoewel hij... *un peu...*'

'Wat?'

'Hoe zeg je dat? Zoals het weer?'

'Onvoorspelbaar?'

'*Oui*, onvoorspelbaar. Misschien zelfs gevaarlijk, af en toe.' Ze dronk haar glas leeg en richtte haar aandacht weer op het korstje op haar knie.

Met een glimlach dacht ik aan de stapel Franse kasteelromannetjes naast haar bed, en de serie *Angelique*-romans op de boekenplank, en ik begreep wat zij onder passie en romantiek verstond.

'Maar je moet me niet meer slaan,' zei ze.

'Ik weet het. Het spijt me. Ik liet me gaan.'

'En het is niet de eerste keer, *non*?'

'Ik heb je nooit eerder geslagen,' protesteerde ik fel. 'Ik heb nog nooit iemand geslagen.'

Ik begon een beetje dronken te worden. Aan de tafel naast ons zat een echtpaar met een kindje. Het kindje begon te huilen en ik had het in mijn armen willen nemen om het te troosten. Maxine zat me aan te kijken en trok met een ruk het korstje van haar knie. Een onaangename rilling kroop langs mijn ruggengraat omhoog.

'Je hebt het toch niet over de keer dat Louis was gevallen, hè?'

Toen Maxine net in Londen was aangekomen, had ik als jonge moeder in mijn slechtste periode gezeten. Ik deed mijn uiterste best om me aan mijn kind aan te passen en was doodsbang dat ik fouten zou maken, dus het laatste waar ik behoefte aan had, was een onbekende in huis, in Mickeys huis, die zou zien wat voor een zooitje ik ervan maakte. Maar Mickey had erop gestaan dat ik hulp kreeg. Een kinderjuf uit het noorden misschien, dat zou nog hebben gekund, maar een seksbeluste Franse tiener met eindeloos lange benen en kapsones was wel het laatste wat ik daarbij in gedachten had. En toen, in Maxines eerste week bij ons, op de dag dat Pauline en Freddie op bezoek kwamen, was ik met Louis in mijn armen in slaap gevallen op de bank in de kinderkamer. In mijn slaap had ik hem losgelaten. Hij was van de bank op de vloer gerold en had daarbij zijn armpje bezeerd. Gesloopt door het voortdurende gebrek aan slaap, met geen greintje energie meer in mijn lijf, reageerde ik op vrijwel alles irrationeel en emotioneel. Dat ik Louis had laten vallen was de druppel voor me geweest. Het schuldgevoel was immens en de angst dat er veel ergere dingen hadden kunnen gebeuren sloeg de laatste fundamenten weg onder mijn toch al wankele wereld. Achteraf zou blijken dat het incident ook een andere kant had, een goede kant, want het dwong me de onmetelijke omvang van de liefde die ik voor mijn kind voelde te accepteren en leerde me beseffen hoe ver ik vanaf dat moment zou gaan om hem te beschermen. Ik moest mezelf tot de orde roepen voordat het te laat was, en was daar in feite al mee begonnen. Maar toch, hoewel Maxine het nooit hardop had gezegd, had ik achteraf aangevoeld dat ze enige argwaan jegens me koesterde. Ook Freddie had bedenkelijk gekeken toen ze de kinderkamer in kwam stormen en mij snikkend bij mijn krijsende kind had aangetroffen, het kind dat trouwens eerder was opgehouden met huilen dan ik en stralend had opgekeken naar zijn nieuwe bewonderaars terwijl ik me dieper dan ooit schaamde en me bleef uitputten in verontschuldigingen.

'Ik heb hem niet geslagen, Maxine. Ik wil dat je dat weet. Ik zou mijn kind nooit slaan. Nooit. Ik sterf nog liever. Het was een ongelukje, gewoon een ongelukje.'

'Oké, als jij het zegt.'

In een ongemakkelijk stilzwijgen liepen we terug naar huis.

De rest van de middag probeerde ik Robbie te bereiken maar ik slaagde daar niet in, en reed op en neer naar het ziekenhuis, om te horen dat Mickey nog steeds buiten kennis was. Deb had een afspraak voor me gemaakt bij Annalise, de therapeute met het rode haar. Ik ging meteen langs en huilde bij haar uit, gebruikte haar hele doos tissues en vond het deze keer goed dat ze mijn hand vasthield.

'Ik probeer sterk te blijven voor Louis, maar het is zo moeilijk,' zei ik sniffend toen ik weer kon praten. 'Het is zo vreselijk moeilijk. Alleen al het idee dat... dat iemand hem kwaad zou doen.' Ik had het wel willen uitschreeuwen van onmacht en frustratie. 'Stel dat... dat hem iets overkomen is.'

'Je mag niet toegeven aan je verbeelding,' zei ze, en ze klopte zachtjes op mijn onderarm.

Ik balde mijn handen tot vuisten om de beangstigende gedachten af te weren. 'Ik kan de gedachte niet verdragen dat ik dit had moeten voorkomen,' fluisterde ik. 'Dat ik hem aan zijn lot heb overgelaten. En er is nu nog iets anders waar ik bang voor ben.'

'Wat dan?' Ze keek me aan over haar brilletje.

'Het is... het gaat om mijn broer. Het is moeilijk om hem te vertrouwen. Stel dat hij hier op de een of andere manier bij betrokken is.'

Ze fronste haar wenkbrauwen. 'Acht je dat mogelijk?'

'Daar moet ik achter zien te komen.'

'Zou je dat niet liever aan de politie overlaten?'

'Ik denk dat ik in zijn geval sneller tot een resultaat kan komen dan de politie. Hij is soms heel... ongrijpbaar. Ik wil niet dat hij ervandoor gaat en ergens onderduikt. Dat zou een ramp zijn.'

Ik zei geen woord over mijn geheime verlangen naar de kalmerende pillen. Ik wilde er niet aan toegeven, zou er niet nog eens intrappen. Ik wilde niet de weg inslaan die ik mijn moeder ooit had zien kiezen.

Die avond, in bed, lag ik uren naar het plafond te staren zonder ook maar een seconde het idee te hebben dat ik zou kunnen slapen. Mijn besluiteloosheid over Robbie liet me niet met rust. Als ik hem morgenochtend niet kon traceren, zou ik Silver over mijn argwaan moeten vertellen. Ik moest de waarheid onder ogen zien.

Uiteindelijk begonnen mijn gedachten af te dwalen. Ik zag Mickey en mij in dit bed, Mickey met de krant, of de *New Yorker*, en ik met een of ander kunstboek dat hij ongetwijfeld met een opgetrokken wenkbrauw van verbazing zou bezien. Ik dacht terug aan de ochtend dat Louis was geboren, toen ik heel vroeg wakker werd omdat de weeën waren begonnen, naar adem moest happen van schrik en pijn, de grote angst dat dit veel te vroeg gebeurde, en tegelijkertijd de opwinding dat ik op het punt stond mijn kind voor het eerst te zien. Daarna zag ik Louis, drie maanden oud, tussen ons in liggen, toen ik zelf eindelijk gelukkiger dan ooit was, hoewel nog te bang om het toe te geven voor het geval iemand van plan was dat geluk te verstoren. Want men zei dat je het ware geluk pas inzag als het er niet meer was, en ik was zo dolgelukkig dat ik bad dat het zou blijven voortduren...

Ik zakte steeds verder weg... zakte weg in...

Opeens was ik weer klaarwakker. Ondanks de warmte voelde ik een kille tocht langs me heen trekken en had ik het onaangename gevoel dat er iemand naar me keek. Langzaam stond ik op en slofte naar het raam. Ik trok het gordijn een stukje opzij, keek naar de weg en het park erachter. Niets te zien, geen verdachte figuren. Alleen een oude, gebogen man met een platte pet, die een dik hondje tegen een brievenbus liet plassen. De jonge struiken dansten in de windvlagen die na de onweersbui waren achtergebleven. Ondanks mijn angsten en de dreiging van nieuwe regenbuien deed ik het raam wijd open en trok ik de gordijnen opzij. Want diep in mijn hart voelde ik dat Louis in de buurt was. Met het raam open zou ik hem in ieder geval kunnen horen als hij huilde.

17

Midden in de nacht werd ik wakker. Het was aardedonker en ik wist zeker dat ik de geur van sigarettenrook had opgesnoven. Toen ik mijn hoofd een stukje van het kussen tilde, meende ik een stem te horen. De gordijnen bewogen aan weerszijden van het open raam. Even verroerde ik me niet, maar toen dwong ik mezelf op te staan. Ik verzette me tegen mijn angst. Shirl was immers hiernaast? Tenminste, dat hoopte ik. Slaapdronken slofte ik naar de deur, hield me vast aan de kast die ernaast stond.

Ik sloop de overloop op. Shirls deur was dicht. Was ze eigenlijk wel thuisgekomen? Ik spitste mijn oren en luisterde, maar alles was nu doodstil. Buiten jankte een vos, een paar keer achter elkaar. Ik keek over de trapleuning maar zag niets; alles was donker beneden. Toen ging opeens de deur van de keuken open, kwam er een golf licht naar buiten en viel een langgerekte schaduw de gang in.

'Wie is daar?' vroeg ik met schorre stem vanaf veilige hoogte. Stilte. Toen kwam Maxine de keuken uit en keek ze langs de trap omhoog. Mijn maag trok samen van opluchting. Ze had de draadloze telefoon in haar hand.

'Pardon, Jessica,' zei ze. 'Ik had je niet wakker willen maken.'

'Nee,' zei ik nors, 'dat zal best.' Ik kon het wit van haar ogen zien toen ze naar me opkeek.

'Ik had *mon père* aan de telefoon. Hij is net thuisgekomen van zijn late dienst.'

'Ga maar gauw terug naar bed,' zei ik, en ik ging weer terug naar het mijne, gaf me over aan de slaap en was blij dat ik aan de realiteit kon ontsnappen. Slapen was het beste wat ik kon doen. Slapen was tenminste veilig.

De volgende ochtend werd ik heel vroeg gewekt door het licht dat door het open raam naar binnen kwam. De zware regenwolken waren overgewaaid en er schoven alleen nog wat kleine plukjes bewolking voor de opgaande zon langs. Het was zeven hele dagen geleden dat ik mijn kind voor het laatst had gezien. Een hele week. De melk in mijn borsten was opgedroogd en elke seconde dat ik wakker was leefde ik in pure, nimmer aflatende angst, op de rand van een ravijn zo diep dat ik er nooit meer uit zou komen als ik erin viel. De grimmige waarheid was dat ik dat ook niet zou willen. Ik was al zo veel kilo's kwijtgeraakt dat mijn kleren om mijn lijf hingen. Maar wat zou ik ervoor over hebben gehad om weer dik te zijn, en doodmoe van alle aandacht die Louis van me eiste, zielsgelukkig als hij er gewoon weer zou zijn. Het refrein van het oude liedje *What a difference a day makes* bleef maar in mijn hoofd zitten.

Ik lag op mijn rug en dacht na, dacht terug aan mijn dronken droom van pasgeleden, van de Agnes zonder gezicht. Ik begreep opeens waarom ze geen gezicht had gehad. Omdat ik haar nog nooit had gezien. Ik had geen idee hoe Agnes eruitzag, had alleen een soort beeld van haar in mijn hoofd. Ik stond op en liep in mijn T-shirt en op blote voeten naar Mickeys werkkamer. Het was er koel en schemerig, en even voelde ik me weer een indringer, maar het kon me nu niets schelen. Ik doorzocht de kamer van onder tot boven, zocht naar sporen van Agnes. Weggestopt in een la vond ik het dure horloge dat ik Mickey voor zijn verjaardag had gegeven, in een vruchteloze poging ervoor te zorgen dat hij niet altijd en eeuwig te laat kwam.

Toen, eindelijk, net toen ik het wilde opgeven, vond ik achter in zijn bureaula een oude foto, met omgekrulde hoeken en niet helemaal scherp. De vrouw van wie ik meende dat het Agnes moest zijn stond van de camera afgekeerd, half verscholen achter Mickey, en ze had zijn hand vast. Zo te zien waren ze op een feestje en lachte ze naar iemand die buiten beeld stond. Ze zag er lang en heel slank uit, maar haar gezicht was niet goed te onderscheiden. Ze had blond haar dat opvallend steil was, alsof ze het door de kapper had laten doen. Ze deed me aan iemand denken. Mickey glimlachte breed en hief zijn glas op naar de camera. Hij zag er aardig aangeschoten uit en zijn ogen glansden zoals ze dat hadden gedaan op de avond dat hij weer buiten kennis was geraakt. Hij zag er gelukkig uit. Ik vroeg me af waarom ik nooit eerder een foto van de ex van mijn man had gezien. Was dat niet vreemd?

Ik ging achter Mickeys bureau zitten en belde Pauline. Freddie nam slaapdronken op; ik had haar wakker gebeld en mompelde een excuus.

'Wat is er aan de hand?' vroeg Pauline geschrokken, toen ik haar aan de lijn kreeg. 'Is het Louis? Is er iets met Mickey?'

'Nee, ik ben het, Pauline,' zei ik. 'Ik wil contact opnemen met Agnes. Heb je haar telefoonnummer voor me?'

'Dat weet ik niet zeker,' zei ze verbaasd, met een nog schorre stem van de slaap. 'Lijkt je dat wel verstandig, kind?'

'Die beslissing is aan mij, denk je ook niet, Pauline?' antwoordde ik zo vriendelijk mogelijk. 'Wil je voor me kijken of je haar nummer kunt vinden, zo gauw mogelijk?'

'Ik zal mijn best doen,' zei ze, 'hoewel ik betwijfel dat ze in het land is.'

'Waar woont ze?' Om de een of andere reden vermoedde ik dat ze in New York woonde, tussen de wolkenkrabbers; dat leek me wel iets voor iemand zo elegant en werelds als zij.

'Ergens in Europa, geloof ik, of in de Verenigde Staten. Dat weet ik echt niet, kind. We houden geen contact met elkaar, dat weet je toch, hè?'

Vandaag besloot ik Pauline te geloven.

'Maar ik dacht dat de politie haar zou opsporen,' vervolgde ze.

Ik hing op, maar meteen daarna schoot me nog iets te binnen, dus ik belde weer terug. Pauline deed haar uiterste best om haar irritatie niet te laten blijken, maar op de achtergrond hoorde ik Freddie mopperen.

'Pauline,' zei ik, 'sorry, ik had het je eerder willen vragen. Waarom had Mickey zijn paspoort bij zich op de dag dat ons... dat Louis is verdwenen?'

'Was dat zo?' vroeg ze.

'Ja.'

Er viel een stilte toen ze erover nadacht.

'Dat was toch de dag na de fotosessie voor *Romantic Retreats*? Hij heeft altijd zijn paspoort bij zich als hij ergens heen moet, of dat nou in het land of erbuiten is. Je weet hoe precies hij is, kind. Om een auto te huren, vermoed ik.'

Ik hing weer op en voelde me enigszins gerustgesteld. Toen liep ik naar de keuken, schonk een kop zwarte koffie in en ging aan de tafel zitten, genietend van het feit dat er niemand was en dat ik het huis even voor mezelf had. Ik probeerde aan normale dingen te denken, zoals vroeg opstaan met mijn kind, hem bezig zien in de box, of wiegend in zijn schommelstoeltje, om zich heen trappend met zijn dikke beentjes en zuigend op zijn knuistje. Het stoeltje stond nu leeg in de hoek. Ik wendde mijn blik ervan af, had het gevoel dat ik iets moest doen, dat ik zelf het initiatief moest nemen. Het was te vroeg om Justin, de webdesigner, te bellen, die me had beloofd dat hij Louis' website zou updaten, maar uiteindelijk belde ik hem toch. Justin was heel vriendelijk en zei dat hij later op de dag zou langskomen om de veranderingen met me door te nemen. Maar als ik hier moest blijven zitten zonder iets te doen, wist ik, zou ik gillend gek worden.

Dus deed ik om een uur of acht iets wat ik nog niet eerder had gedurfd. Ik haalde diep adem en belde Silver op zijn mobiele telefoon. Hij had diverse keren gezegd dat ik hem altijd mocht bellen, dus verbaasde het me dat ik me voelde alsof ik een afspraakje met hem wilde maken. Hij nam snel op en ik hoorde zijn kinderen op de achtergrond, maar hij klonk heel aardig, hoewel wat afwezig. Ik vroeg hem naar Agnes. Had hij haar al gevonden? Had hij al met haar gesproken? Silver zei dat ze dachten dat ze in Nederland was, waar ze tegenwoordig woonde, en dat ze de Nederlandse politie hadden ingeschakeld om met haar te gaan praten. Hij zou vandaag teruggebeld worden, hadden ze hem beloofd.

Een van de kinderen begon te huilen, zo dicht bij de telefoon dat ik hem kon horen snikken. Er werd iets gezegd over Andy, die de jam had gepikt, en Silver vroeg me of ik even kon wachten. Ik merkte dat ik jaloers op hem was omdat hij bij zijn kinderen was en alles daar zo normaal leek. Ik begon licht te transpireren en toen Silver weer aan de lijn kwam, vertelde ik hem over Robbie.

'Ik zal hem naar het bureau laten komen om met hem te praten,' zei hij. 'Ik zie je straks voor de persconferentie.'

Hij had vast een mooie vrouw, stelde ik me voor, een knappe, welgevormde vrouw die nu zijn ontbijt voor hem klaarmaakte. Eieren met spek, daar leek hij me het type man voor, het type man dat zich graag liet verzorgen.

Terug in mijn slaapkamer ging ik achter de kaptafel zitten en deed wat mascara op in een poging er minder afgetobd uit te zien. Toen schoot er dwars door mijn pijnlijke hersens een idee naar voren. De vrouw in Tate Gallery en Agnes. Konden ze een en dezelfde persoon zijn? Ik wilde net opstaan om Silver weer te bellen toen de slaapkamerdeur ineens openging. Mijn mascararoller schoot uit en trok een zwarte streep over mijn ooglid. In de deuropening verscheen een dampende mok, gevolgd door mijn broer.

'Jezus, Robbie!' riep ik. 'Heb je wel eens van kloppen gehoord?' Ik likte aan mijn vinger om de zwarte streep weg te vegen. 'En hoe ben je verdorie binnengekomen? Ik heb geen bel gehoord.'

'Ik kom je alleen een kop thee brengen,' zei hij, vaag als altijd. Hij keek angstig om zich heen en vroeg: 'Leigh is er toch niet, hè?'

'Ze heeft zich onder het bed verstopt, nou goed? Maar het is goed dat je er bent, want ik heb geprobeerd je te bereiken. Heb je mijn berichten niet ontvangen? Waarom neem je die verdomde telefoon van je nooit aan?' Ik keek naar hem op. 'En waarom hing er gisteren een fopspeen uit je zak?'

Robbie zette de mok op de kaptafel neer en morste daarbij natuurlijk op de leren bekleding. Ik nam hem aandachtig op, maar zijn gezicht stond volkomen uitdrukkingsloos.

'Wat voor fopspeen?' Algehele achteloosheid. Hij was altijd zo overtuigend, dat was het grote probleem.

'Die plastic fopspeen die gisteren, nadat je Mickeys whisky had opgezopen, uit de zak van je jack hing. Nou ja, ik besefte achteraf pas wat het was.'

'Ik weet niet waar je het over hebt.'

'Robbie!'

'Echt niet. Waarom zou ik een fopspeen in mijn zak hebben?'

'Precies. Dat is waar ik me zorgen om maak. Vertel me de waarheid, Robbie.'

'Wil je zeggen dat je denkt dat ik Louis heb? Doe niet zo idioot.' Hij nam een slokje thee alsof er niets aan de hand was. 'Misschien heb ik het opgeraapt toen ik hier was, en het per ongeluk in mijn zak gestoken.'

'Louis heeft geen fopspeen, heeft er ook nooit een gehad. Want ik heb hem er nooit een gegeven.' Een detail waar ik best trots op was, een kleine overwinning in mijn onbeholpen moederschap. Leigh als grote deskundige en ook Maxine hadden het me wel eens aangeraden, omdat het goed zou zijn voor zijn tandjes, maar ik had ze zo lelijk gevonden dat ik het niet had gedaan.

'Mijn god, ik weet niet waar hij is. Ik zweer het, Jess, ik zweer je dat ik niet weet waar hij is. Je moet me geloven.'

'Robbie...' Ik nam zijn gezicht in mijn beide handen en dwong hem me aan te kijken. 'Ik zweer jou dat ik je vermoord als blijkt dat je hier iets mee te maken hebt gehad. Dat weet je, hè? Als ik denk dat het zo is, zeg ik het tegen de politie.'

Robbie legde zijn handen op de mijne. 'Echt, Jess, ik zweer het, op mijn leven. Ik ben net zo bezorgd als jij.'

Maar hoeveel was zijn leven nog waard? Toch begon ik hem te geloven. Hoe diep hij ook was gezonken, het wilde er bij mij gewoon niet in dat hij me bewust zo veel pijn zou doen. Ik pakte de mascararoller en begon aan mijn andere oog.

'Hoe ben je deze keer binnengekomen, Rob? En nu we het daar toch over hebben, hoe ben je gisteren binnengekomen?'

Achteloos haalde hij zijn schouders op. 'Via de achterdeur. Die is open. Ik zou maar wat voorzichtiger zijn als ik jou was. Je weet nooit wie er allemaal binnen kan komen.' Hij wipte een paar keer op en neer op de matras. 'Lekker bed. Stevig.' Hij liet zijn vuile hand over de satijnen sprei gaan. Aan de binnenkant van zijn pols was een nummer getatoeëerd, zag ik, maar ik durfde niet te denken aan wat het te betekenen zou kunnen hebben.

'Bedankt voor de waarschuwing,' zei ik terwijl ik de mascararoller terugstak in de houder.

'Jessie, ik denk echt dat ik je kan helpen,' zei hij, sneller pratend. 'Dat wilde ik vorige keer ook al zeggen. Ik was onlangs in West-Londen en heb daar een knaap ontmoet die zegt dat hij Louis kan terugvinden, en ik...'

'Ho, wacht even.' Ik stak mijn hand op voordat hij verder kon gaan. 'Hoe bedoel je, "Louis terugvinden"? Als het halve politiekorps van Londen hem nog niet heeft kunnen vinden, waarom zou die vriend van jou dat dan wel kunnen?'

Robbie grijnsde. 'Sinds wanneer heb jij vertrouwen in oom Agent?'

Ik begon te blozen.

'Kom op, Jess, laten we eerlijk zijn, ze schieten niet erg op, hè? Jezus, na alles wat we vroeger hebben meegemaakt wéét je toch dat je ze niet kunt vertrouwen? Zeker niet na die schoft van een brigadier Jones. Het enige waar die griet beneden goed voor is, is thee zetten, voor zover ik heb gezien.'

'En ik maar denken dat je zelf de moeite had genomen om een ketel water op te zetten,' zei ik geraakt. 'En praat niet zo naar over Deb. Zij ís er tenminste voor me.'

Robbie schudde geërgerd zijn hoofd en liet zich niet afleiden. 'We dwalen af,' zei hij.

'Waarvan af?'

'Van het feit dat ik bepaalde mensen ken.'

Ik dacht aan het deerniswekkende stel met wie ik hem onlangs in die flat had gezien. 'Mijn god, Robbie, heb je enig idee hoe belachelijk je klinkt?'

'Wat kan het je schelen hoe ik klink? Wil je dat ik je help of niet?'

'Dat hangt ervan af.' Ik ging op zoek naar een schone broek. Ik moest echt weer eens een was doen.

'Van wat?'

'Of het echt helpen is of niet.' Er werd op de deur geklopt en Maxine stak haar hoofd naar binnen.

'Had je me geroepen, Jessica?' vroeg ze. Toen zag ze Robbie en ik durfde te zweren dat ze licht begon te blozen.

'Nee, Maxine,' zei ik. 'Ik weet nergens van.'

Met een korte hoofdbeweging wierp Maxine haar geblondeerde haar naar achteren. 'O, sorry, ik dacht dat ik mijn naam hoorde roepen.' Ze bleef nog even aarzelen voordat ze de deur dichtdeed.

'Je hebt haar goed onder de duim, hè?' zei Robbie met een grijns.

'Nee, dat zou ik niet zeggen.'

'Hoe dan ook, ik ken een knaap die... nou ja, laten we zeggen dat hij enkele nogal duistere connecties heeft.'

'Wat een verrassing.'

'Luister nou even, wil je? De man over wie ik het heb, is zelf wel oké, maar hij zit in de gokhandel in Soho. Hij heeft ook een kledingwinkel. Leuke spullen. Om een lang verhaal kort te maken, ik kwam hem laatst tegen en toen zei hij dat hij iets had gehoord over bendes die...'

Ik slaakte een diepe zucht. 'Robbie, Silver heeft zich al met de mogelijkheid van bendes beziggehouden.'

'Wie is Silver? Toch niet die mooie smeris met zijn blitse pak?'

Ik begon dieper te blozen. 'Moet je echt iedereen afkraken die me probeert te helpen?' vroeg ik nijdig.

'Ah, ik heb je!' Robbie trok zijn wenkbrauwen op. 'Je valt op hem, hè, Jess?'

Ik bloosde nog dieper. 'Doe normaal, Rob.'

Hij begon hardop te lachen. 'In de roos! Je vindt hem leuk.'

'Dat is niet waar.'

'Wel. Ik zie het aan je.'

'Hou op. Ik val niet op hem. Ik ben een getrouwde vrouw, weet je nog?' En een leugenaar, dacht ik erachteraan.

'Je vergeet hoe goed ik je ken.'

En even vergat ik mezelf en begon ik met hem mee te lachen. Ik voelde me alsof ik weer zestien was en mijn broertje me in onze piepkleine slaapkamer plaagde met mijn vriendjes.

'Hij doet me denken aan die Merlin,' vervolgde Robbie.

'Wie?'

'Merlin, van de Frog en Forget-me-not. Je weet wel. Zijn echte naam was Keith, geloof ik.'

'Doe normaal! Keith had scheve tanden en een ooglap.'

'Ja, nou, daar trok jij je anders weinig van aan. Ma heeft je betrapt toen jullie een keer achter de garage stonden te vozen, weet je nog?'

'Dat is niet waar!'

'Ach kom, geef het nou maar toe.'

'Goed dan. Ik had te veel bier gedronken, oké?'

We barstten allebei in lachen uit. Robbie liet zich achterover op het bed vallen en trappelde met zijn benen in de lucht. Mijn god, wat hield ik toch van hem. Maar toen verpestte hij het weer.

'Maar even serieus, Jess, die knaap over wie ik het had. Hij zegt dat hij ons kan helpen. Dat hij, je weet wel, bepaalde mensen kent. Dus als jij, als kleine compensatie...'

'Er moest wel een addertje onder het gras zitten, hè?'

'Hoe bedoel je?' vroeg hij, een en al onschuld. Hij haalde zijn pakje shag uit de zak van zijn jack en begon een sigaret te rollen. Zijn nagels waren gebroken en hadden zwarte randen en twee vingers waren geelbruin van de nicotine.

'Ach, kom op, Robbie! Kleine compensatie?' Nijdig draaide ik me om naar de kledingkast, haalde er een schoon vestje uit en trok een afgeknipte spijkerbroek aan, zo snel dat ik bijna omviel. Ik zette mijn hand op zijn knie om mezelf in evenwicht te houden. 'Wat mag dat dan wel inhouden, die "kleine compensatie"? Bedoel je dat ik jou geld moet geven en dat jij het dan uitgeeft aan... aan dingen die je beter niet kunt kopen... dat je dan tegen mij zegt dat je het aan die rare snuiter hebt gegeven en ik het nooit meer terugzie? En jou ook niet, hoogstwaarschijnlijk?'

'Je hebt niet veel vertrouwen in me, hè?' zei Robbie beledigd.

Hij had die dunne, kwetsbare huid die gemakkelijk vlekte en kleurde, en zijn hele hoofd was opeens knalrood. Hij bleef voorovergebogen zitten, concentreerde zich op het rollen van zijn sjekkie om tijd te winnen. Ik wist dat hij niet kon besluiten of hij nu boos moest worden of zich hevig gekwetst moest voelen door mijn gebrek aan vertrouwen in hem. Precies zoals hij dat vroeger had gedaan, toen hij ook altijd had gekozen voor de oplossing die hem het beste uitkwam.

'Ik weet niet wat ik moet denken, Robbie.' Misschien was ik wel hypocriet, misschien deden we dat allemaal wel. Ik had het alweer flink warm en voelde dat mijn mascara begon uit te lopen. Met een nijdig gebaar wreef ik het weg. 'Als dit alles was wat je te zeggen had, kun je misschien beter gaan.'

'Maar ik meen het. Ik geloof echt dat deze knaap ons kan helpen. En ik gebruik geen stuff meer. Ik zweer het. Dat doe ik al... al jaren niet meer.'

'Ah, juist.'

'Het is waar!'

Ik keek hem aan. 'Wat deed je onlangs dan in die flat bij Elephant and Castle? Een kopje thee drinken?'

We hadden nooit echt gepraat over zijn drugsgebruik. De rest van het gezin had altijd gedaan alsof het probleem niet bestond; dat was gemakkelijker... in ieder geval voor mijn moeder. Zelf was ik er een paar keer over begonnen nadat ik hem in schemerige toestand had aangetroffen, maar hij had het altijd hardnekkig ontkend. Maar ik had toen – na de grote schande die op ons gezin was neergedaald – al geweten dat hij voor alles in was: peppillen, hasjiesj, marihuana... want we sliepen samen op een kamer. Op een keer had ik zijn voorraad gevonden van wat hij die week weer te pakken had gekregen, en ik had die door de wc gespoeld, tot zijn grote ongenoegen.

'Ik had daar een afspraak, dat was alles.' Even leek het erop dat hij zou gaan huilen. Zijn stem had de hoge klank van het doodongelukkige kind dat ervan overtuigd was dat de hele wereld tegen hem was. Ik dwong mezelf duidelijker te zijn dan mijn intuïtie me ingaf.

'Luister, Rob, als je echt denkt dat je kunt helpen, zou ik je heel dankbaar zijn. Maar ik ga je geen geld geven zodat jij het aan een of ander onderwereldfiguur in Soho kan geven. Als je me echt wilt helpen, dan geef jíj hem het geld maar en wacht je af wat dat oplevert. En als het iets oplevert, betaal ik je terug, natuurlijk.'

'Maar...' Zijn stem klonk heel zacht, hoewel de wanhoop duidelijk hoorbaar was.

'Maar wat?'

'Ik héb geen geld. Ik ben hartstikke blut.'

'En het geld dat ma je heeft gestuurd?'

'Dat is er nog niet. Er is een probleempje met mijn bankrekening.'

'Waar heb je die tand dan van betaald?'

Met een niet-begrijpende blik keek hij me aan.

'Je nieuwe tand.' Ik wees naar de jacket in zijn mond. 'Je bent naar de tandarts geweest.'

'O, daar had ik nog net genoeg voor. Ik kan niet als een tandeloze zwerver blijven rondlopen, of wel soms, Jess? Wat zouden de meisjes dan van me denken?'

Ik geloofde er geen barst van, maar ik kon het niet laten. Het bloed kruipt... en dat soort onzin. Ik trok de la van mijn kaptafel open en plukte een biljet van twintig, een van tien en een paar munten van een pond tussen mijn sieradendoosjes vandaan.

'Hier,' zei ik. 'Voor jou, niet voor die "knaap".' Ik liet het geld op het bed vallen, kon het niet opbrengen hem aan te kijken. Mijn eens zo knappe broertje... verwaarloosd, wanhopig en onder de tatoeages. Waar was het in godsnaam misgegaan? Hij pakte het geld van de sprei en durfde mij evenmin aan te kijken.

'Robbie,' zei ik, en deze keer was ik het die fluisterde, 'maatje van me, doe iets aan jezelf, wil je? Alsjeblieft. Voordat het echt te laat is.'

Geruisloos als een kat sloop hij de kamer uit. Hij keek niet om.

Toen ik de trap af kwam ging de telefoon. Deb kwam de keuken uit en liep door de hal naar het toestel. Ik was de laatste tijd doodsbang van de telefoon, schrok me rot elke keer als het ding overging, maar nu haastte ik me ernaartoe. Te laat; Deb had het toestel al in haar hand. Ik nam het van haar over toen ze het naar haar oor bracht.

'Het is goed, Deb, ik neem hem wel.' Ik draaide me om, maar haar boze blik was me niet ontgaan. Toen haalde ze haar schouders op en liep terug naar de woonkamer, waar de tv stond te schetteren. Ze probeerde onopvallend het geluid zachter te zetten, hoorde ik.

Zoals ik had gehoopt was het Pauline, met het mobiele nummer van Agnes. Terwijl Deb weer in de deuropening verscheen en probeerde mee te luisteren, schreef ik het nummer op, bedankte Pauline en beëindigde het gesprek.

'Wie was dat?' vroeg Deb.

Ik haalde mijn schouders op en stak het briefje in mijn achterzak. 'Niks belangrijks. Gewoon, een oude vriendin.'

Ze bleef me aankijken.

'Wat nou?' zei ik schijnheilig, en ik schoot langs haar heen de keuken in voordat ze meer kon vragen.

Ik mocht Deb heel graag, maar mijn god, ik had het opeens Spaans benauwd. Mijn hele borstkas deed zeer en ik voelde me als een kurk op wilde zee, die heftig op en neer deinde en zijn uiterste best moest doen om niet ten onder te gaan.

Later, in de auto, probeerde Deb het telefoontje opnieuw ter sprake te brengen. Ik deed alsof ik haar niet had gehoord en zette de autoradio aan. Een livereportage over de terroristische aanslag, van een hysterische vrouwelijke verslaggever. Een of andere arme stumper was per ongeluk doodgeschoten door gewapende politiemensen.

'Dat geeft je niet veel vertrouwen in oom Agent, hè?' zei ik, en ik moest weer denken aan wat Robbie had gezegd, over de politie, toen we jong waren. Over die schoft van een brigadier Jones. Ik wilde er niet aan denken, aan die laatste grove beschuldigingen, lang nadat mijn vader was overleden. Nu niet en nooit meer. Ik zette een zender met dansmuziek op. Ik voelde me moe en oud, veel te oud om te dansen in ieder geval, maar desondanks zette ik het volume harder. Deb gaf het op.

Na de gebruikelijke persconferentie werd ik naar Silvers kantoor gebracht. Hij maakte een scherpe indruk, probeerde het te verbergen maar zijn opwinding was aanstekelijk. Hij zat te telefoneren, wachtte totdat hij met iemand zou worden doorverbonden. Ik durfde mezelf niet te veel te laten meeslepen.

Rechercheur Kelly kwam binnen en gaf hem een dossier. Silver keek erin en hing op. 'Ian zal het uitleggen,' zei hij, al lezende gebarend naar Kelly, die er zoals altijd vermoeid en onverzorgd uitzag. Misschien moest hij het hele onderzoek in zijn eentje doen. Hij streek zijn das glad maar het maakte weinig verschil, want hij zag er nog net zo verfomfaaid uit als daarvoor.

'Hebt u speciale banden met Soho?' vroeg Kelly. Hij had een kalme, zachte stem en door het zoemen van de airconditioning kon ik hem amper verstaan. Zijn vettige haar was strak achterovergekamd en zijn schedelhuid was heel roze. Hij herhaalde de vraag, volmaakt beleefd als hij altijd was.

Ik fronste mijn wenkbrauwen en deed alsof ik diep nadacht. 'Nee. Nou, ik ging daar vaak iets drinken toen ik...' Jong was, had ik willen zeggen, maar in werkelijkheid was het pas een jaar geleden. Toen ik Mickey pas kende en veel te snel in verwachting was geraakt. 'Niet echt. Afgezien van het feit dat Mickey daar zijn kantoor heeft, natuurlijk. Hoezo?'

Kelly keek Silver aan, die zijn pen op en neer liet gaan tussen zijn volmaakte tanden. 'Alles op zijn tijd, meisje. Denk nog eens goed na.'

Ik pijnigde mijn hersens in de hoop iets te vinden, maar dat gebeurde niet. Teleurgesteld schudde ik mijn hoofd.

Silver glimlachte naar me en zei: 'Het geeft niet. We volgen een aanwijzing, iets wat de technische jongens op de videotape hebben gevonden en waarvan we aanvankelijk aannamen dat het een fout in de opname was. Maar het schijnt iets te maken te hebben, blijkt nu, met waar de video is opgenomen.'

Zijn raadselachtige uitspraak bracht me nog meer in verwarring. 'Leg uit wat je bedoelt, alsjeblieft.' Ik boog me naar Silver, die een mysterieuze glimlach om zijn mond had.

'Zodra we meer weten,' zei hij. 'Ik wil je geen valse hoop geven.' Hij legde de pen weer op zijn bureau. 'Dat was het voor nu, Jessica,' zei hij formeel. 'Deb brengt je naar huis.'

Kelly was al opgestaan en het kantoor uit gelopen. Silver bracht me naar de deur en bleef me even aankijken alsof ik een verdacht pakketje was.

'Maak je het haar moeilijk?' vroeg hij zachtjes.

Ik keek hem verbaasd aan. 'Wie?'

'Deb.'

Door de glazen deur zag ik Deb op de gang staan, waar ze een onzichtbare vlek uit haar rok probeerde te poetsen. Ze moest gevoeld hebben dat ik naar haar keek, want ze keek op en zwaaide naar me.

'Ze wil je alleen maar helpen, dat weet je toch, hè?'

Ik voelde een tinteling van schuldgevoel. 'Hoezo? Heeft ze geklaagd?'

'Nee, nee, dat niet. Ze mag je heel graag. Het is me alleen opgevallen dat je soms de indruk wekt dat ze je irriteert.'

Zijn opmerking maakte me meer van streek dan ik had gewild. 'O ja? Mijn god, dat is nooit de bedoeling geweest. Ik bedoel, het is wel raar om voortdurend iemand in huis te hebben die je doen en laten volgt. Maar ik ben jullie heel dankbaar, echt waar, voor alles wat jullie doen.'

'Daar zijn we voor.'

'Het is alleen... Ik ben zo wanhopig en wil Louis zo graag terug, en alles gaat zo vreselijk langzaam, dat ik het gevoel heb dat ik...' Ik zocht naar de juiste woorden. 'Dat ik langs de rand van een afgrond loop.' In normale omstandigheden zou ik best trots zijn geweest op deze vergelijking. 'En het kost me heel veel moeite om mijn evenwicht te bewaren, dat is alles.'

'We doen onze uiterste best, Jessica, dat garandeer ik je. Ik bel je nog wel.'

'Er is al een week verstreken. Het is ruim zeven dagen geleden dat ik mijn kind voor het laatst heb gezien.'

'Ja, ik weet het.'

'Statistisch gezien is dat geen goed teken, toch?'

De blik in zijn ogen was vriendelijk. 'Ik denk dat elke zaak anders is, Jess. Er bestaan geen harde cijfers over wanneer ontvoerde kinderen worden teruggevonden.'

Ik wilde nog niet weg. 'Weet je, soms...' De woorden kwamen als vanzelf mijn mond uit. 'Soms heb ik het gevoel dat ik hartstikke gek word. Dat ik letterlijk mijn verstand verlies. Ik weet niet wat ik met mezelf aan moet. Dan vind ik dat ik de straat op moet gaan en net zo lang moet zoeken tot ik hem vind. Tegelijkertijd vind ik dat ik thuis moet blijven en daar op hem moet wachten. Ik heb geen moment rust, kan me niet ontspannen, kan niks eten en kan niet slapen. O, mijn god...'

Silver klopte me op de rug alsof ik een klein kind was. 'Je moet nog even volhouden, Jess. Laat het zoeken aan ons over. Meer kun je op dit moment niet doen. Je doet het geweldig, meisje.' Daarna werkte hij me met zachte hand zijn kantoor uit en wilde net de deur achter me dichtdoen toen ik mijn voet ertussen zette.

'Ik had het trouwens mis over Robbie. Ik heb hem gesproken en hem naar de fopspeen gevraagd. Het was een misverstand, zei hij.

Maar wat ik graag wil weten... hebben ze Mickeys ex-vrouw al gevonden? Agnes?'

Silver kneep zijn ogen tot spleetjes. 'Waarom zit die vrouw je zo dwars?' vroeg hij, en hij bleef me recht aankijken. 'Begint ze een obsessie voor je te worden?'

'Nee, geen obsessie,' zei ik verontwaardigd, maar ik kromp ineen onder zijn strakke blik. 'Het is alleen...'

'Wat?'

'Nou, ik heb het merkwaardige gevoel dat ik haar die dag misschien in Tate Gallery heb gezien.'

Silver verslikte zich bijna in zijn kauwgom. 'Wat heb je? Het "merkwaardige gevoel"?'

Deze keer was ik klaar om me te verdedigen. 'Nou, ik heb haar nooit echt gezien. Maar ik heb vanochtend een foto van haar gevonden... Tenminste, ze zou het kunnen zijn. En ze lijkt op die vrouw die ik in Tate Gallery heb gezien. Die enge vrouw die me zo aan het schrikken had gemaakt, weet je nog? Van wie we die compositietekening hebben gemaakt.'

'Ja, ik weet wie je bedoelt. Jezus, Jessica, nu doe je het weer! Je moet hier echt mee ophouden, hoor je me? Heb je die foto bij je?'

'Nee, niet bij me,' gaf ik beschaamd toe. 'Die ligt thuis. Sorry, ik heb er niet aan gedacht hem mee te brengen.'

'Wacht even.' Hij liep naar zijn bureau, pakte de telefoon en drukte een knop in. 'Hebben jullie al met Mickey Finnegans ex-vrouw Agnes gesproken?' vroeg hij. Toen begon hij te lachen. 'Oké, bedankt, maat. Nee, dat is alles voor nu.' Met een klap kwam de hoorn weer op het toestel terecht. 'Jess, ik moet je zeggen dat ik geen redenen zie om te denken dat Agnes iets met de verdwijning van Louis te maken heeft. Kelly heeft haar gisteren op haar mobiel gebeld en ze is in het buitenland geweest, in de Verenigde Staten, geloof ik. Ik kan het pas met zekerheid zeggen wanneer we haar echt hebben gesproken, maar we hebben al wel de passagierslijsten van de Britse luchthavens gecontroleerd. Er is in de afgelopen zeven of acht dagen geen Agnes Finnegan het land in- of uitgegaan. Het schijnt dat ze nu onderweg is naar Londen, voor zaken. Maar ik heb geen enkele reden om aan te nemen dat de vrouw die jij in Tate Gallery hebt gezien en zij dezelfde persoon zijn.'

Ik liet mijn schouders hangen. Met zachte hand werd ik opnieuw de gang op gewerkt.

'Maak je geen zorgen,' zei Silver. 'We gaan zo gauw mogelijk met haar praten. En zoals ik net al zei, laat haar geen obsessie voor je worden. Ik weet dat ze de ex-vrouw van je man is, maar...'

'Wie heeft het hier over obsessie?' zei ik geraakt. 'Ik controleer alleen of jullie je werk wel doen, dat is alles.' Maar op de een of andere manier kon ik me er nog steeds niet toe zetten om weg te gaan. Silver trok zijn wenkbrauwen op toen ik aarzelend bij de deur bleef staan. 'Mag ik met je mee?' flapte ik eruit.

'Waar naartoe?'

'Waar je naartoe gaat om die videotape te bekijken. Ik zal me gedragen, ik zal niet...' Ik beet weer op de nagel van mijn duim. 'Ik zal niet, je weet wel, lastig zijn. Ik zweer het. Als Louis daar ergens in de buurt is, zal ik dat voelen. Dat weet ik zeker.'

Maar hij schudde zijn hoofd. 'Dat kan ik niet doen, Jessica. Dat lijkt me niet verstandig. Voor jou niet en voor mij evenmin.' Heel voorzichtig haalde hij mijn hand van de deurknop. 'Ik neem contact met je op, dat beloof ik, zodra er nieuws is. En nu moet ik echt weer aan het werk.'

Toen deed hij voorzichtig de deur dicht. Ik wilde weer naar binnen gaan toen mijn mobiele telefoon overging. Het was het ziekenhuis en ik kreeg een bezorgde zuster Kwame aan de lijn.

'Mevrouw Finnegan, u moet echt tegen uw familie zeggen dat ze uw man niet komen lastigvallen.'

'Pardon?' Ik was verbijsterd. 'Welke familie?'

'Hij kan op dit moment echt niet zo veel bezoek verdragen. Alleen u. Het is nog te veel voor hem. Zelfs nu hij onder verdoving wordt gehouden.'

'Ik weet van geen familie die hem opgezocht zou hebben.'

'Ik dacht dat u daar toestemming voor had gegeven. Dat zeiden ze tenminste, allebei.'

'Wie?' vroeg ik ongeduldig. 'Welke allebei? Over wie heb je het?'

'De man die gisteravond kwam. Hij zei dat hij een neef van hem was. En de vrouw die vandaag is gekomen. Ik heb haar naam niet goed verstaan. Ze is er nog, geloof ik.'

'Wacht!' Ik rende naar de uitgang, naar Deb, terwijl de angst door mijn lichaam golfde. 'Zeg tegen haar dat ze wacht. Ik kom eraan.'

18

Ik zat bij Mickeys bed en luisterde naar zijn geijl. Zijn hoofd draaide van de ene kant naar de andere en weer terug, alsof hij hoge koorts had. Ze hadden hem vol gespoten met antibiotica maar wisten nog steeds niet waarom zijn toestand niet wilde verbeteren. Dat zeiden ze niet, maar ik voelde dat het zo was.

'Sorry,' mompelde Mickey keer op keer, gevolgd door wartaal waar ik echt niets van kon maken. En 'Louis' zei hij. 'Sorry' en 'Louis', dat waren de enige woorden die ik kon verstaan.

Toen ik in het ziekenhuis aankwam, was Mickeys mysterieuze bezoeker in rook opgegaan. De verpleegster had de vrouw zelf niet gezien, maar de mannelijke bezoeker van de vorige avond wel. Ze beschreef hem als donker, met een bezweet gezicht, en ik kon wel door de grond zakken toen ik dat hoorde. En natuurlijk had de verpleegster die de vrouw had binnengelaten nu geen dienst en konden ze haar niet bereiken, hoezeer ik er ook op aandrong om haar te spreken te krijgen. Bijtend op mijn lip van frustratie ijsbeerde ik door Mickeys kamer, totdat ik de spanning echt niet langer kon verdragen. Ik ging naar buiten voor een beetje frisse lucht. Het was weer erg benauwd en ik voelde in mijn zakken of ik mijn inhaler bij me had, maar in plaats daarvan vond ik het briefje met Agnes' telefoonnummer, dat ik er die ochtend in had gestopt. Ik staarde er enige tijd naar, haalde mijn nieuwe mobiele telefoon tevoorschijn en toetste het nummer in. Ik hoorde een aantal klikjes, alsof ik naar het buitenland belde, maar opgenomen werd er niet. Ik sprak een boodschap in. Ik zei dat ik Mickeys vrouw was, dat ik niet wist of ze het had gehoord maar dat Mickey ernstig ziek was en dat ons kind werd vermist, en of ze me alsjeblieft wilde terugbellen. Toen besefte ik dat ik niet wist wat mijn nieuwe nummer was, dus moest ik nog een keer bellen om het door te geven. Daarna ging ik weer naar binnen, zat nog een tijdje naast Mickeys bed, luisterde naar zijn gebrabbel en streelde zijn ijskoude hand.

Het was laat in de middag toen ik uit het ziekenhuis wegging, en nog warmer dan daarvoor, voor zover dat mogelijk was. Toen ik mijn telefoon weer aanzette, knipperde het lampje op de display. Ik had twee berichten; het ene was van Robbie, die zei dat ik hem zo gauw mogelijk moest terugbellen, het andere van een koele, buitenlandse stem die ik niet eerder had gehoord. Agnes. Ze klonk precies zoals ik het me had voorgesteld: werelds, zelfbewust en bekakt. Ze was net op Heathrow geland, zei ze, en onderweg naar het Sanderson Hotel in het centrum van Londen, voor een zakelijke afspraak. Als ik haar wilde spreken, kon ik haar terugbellen op haar mobiel.

Deb stond op het parkeerterrein te rommelen met het parkeerkaartje. Zonder na te denken rende ik naar de straat, hield een taxi aan en dook achterin voordat Deb me had gezien.

Afgezien van mijn uitje naar de opera van een week geleden, toen mijn zoon nog in veiligheid was, was ik al maanden niet in het centrum geweest. Ik verbaasde me over de herrie, de enorme hoeveelheid mensen en de eeuwige, met roodwit lint afgezette wegwerkzaamheden. Al die sirenes, alsof je je midden in New York bevond. Ik zat achter een taxichauffeur met een kogelrond hoofd dat een matte tint had, alsof hij het had gepoederd. Hij wilde over de terroristische aanslagen praten, maar ik knikte beleefd en dacht ondertussen aan Agnes. Wat moest ik in godsnaam tegen haar zeggen? Rotzooi jij met mijn man? Dat leek me geen goed begin.

Toen ik uitstapte bij het Sanderson, dat eruitzag als een hypermodern kantoorgebouw, zei de taxichauffeur: 'Ik hoef geen fooi, schat. Niet in deze tijden van crisis.'

Welke crisis, had ik bijna gevraagd, waarna ik hem desondanks fooi gaf voordat ik op mijn slippers het hotel in slofte. De halfronde receptiebalie bestond uit een soort aquarium met allerlei rare vissen erin. Aan het keurig geklede meisje erachter vroeg ik naar Agnes Finnegan. Die stond niet ingeschreven, kreeg ik te horen, en de naam van het bedrijf waarvoor ze werkte wist ik ook niet. Ondanks mijn beleefde glimlach keek de receptioniste me aan alsof ik iets was wat door de kat het hotel binnen was gesleept. Ze wist dat ik hier niet thuishoorde. De lobby werd bevolkt door mensen die graag gezien wilden worden en hun best deden om te doen alsof dat niet zo was. Te midden van hen was ik een buitenstaander, wat ik uitstraalde alsof het in neonletters op mijn voorhoofd stond.

Ik wilde Agnes net nog een keer bellen toen ik haar binnen zag komen. De vrouw op Mickeys foto, met een licht jasje om haar gebronsde schouders gedrapeerd en een serie Louis Vuitton-koffers en een zwetende piccolo in haar kielzog. Ze had haar haar achterovergekamd en haar krachtige onderkaak stak recht vooruit. Ze was heel aantrekkelijk... mooi zelfs. Onmiddellijk zonk de moed me in de schoenen. Natuurlijk had Silver gelijk gehad. Ze was de vrouw van Tate Gallery niet; ze leek er niet eens op. Ze was ook niet blond meer, had haar haar in een donkerrode tint geverfd. Ik keek omlaag naar mijn rafelige afgeknipte spijkerbroek en vroeg me opgelaten af wanneer ik mijn eigen verwarde lokken voor het laatst had gewassen. Desondanks dwong ik mezelf een stap naar voren te doen en haar te onderscheppen voordat ze de balie bereikte.

'Agnes?' Mijn stem haperde. Ik rekte me uit tot mijn volle lengte. Ze was zelf ook niet zo groot, zag ik nu, maar op haar hoge hakken was ze duidelijk in het voordeel. Rundleren sandalen met banden die kruislings over haar onderbeen liepen, zo duur dat ik bijna kon horen hoe de koeien zich loeiend het slachthuis in hadden gehaast om in alle nederigheid voor Agnes te sterven. Ze keek me aan, bleef staan en hield haar hoofd schuin, als een papegaai.

'Jij bent zeker Jessica,' zei ze nadat ze me enige tijd had opgenomen. Ze schoof haar zonnebril in haar haar en vervolgde: 'Ik moet zeggen dat ik je hier niet had verwacht.' Koel als een decemberdag, als de sneeuwvlakten waar ze vandaankwam, met een licht vleugje irritatie. Zo elegant als ik kon bood ik haar mijn hand aan, maar inwendig trilde ik als een puddinkje. Mijn rivaal, dacht ik toen ze heel beheerst mijn hand vastpakte. Haar huid voelde koel en droog aan, in tegenstelling tot de mijne, die warm en bezweet moest zijn. De piccolo haastte zich struikelend weg met haar koffers toen ze me voorstelde iets te gaan drinken in de bar.

We namen plaats op de belachelijk hoge krukken. Koel maar welgemanierd bestelde ze een Manhattan. Zelf koos ik voor water, bedacht me op het laatste moment en bestelde een wodka. Mijn gedachten gingen door mijn hoofd als spinnen in een badkuip. Ik zag haar voor me, in bed met Mickey terwijl hij haar zijden lingerie van haar lijf rukte en hun slanke lichamen zich met elkaar verenigden. Paulines woorden troffen me als een klap in het gezicht: ...Ze hielden heel veel van elkaar, maar ze maakten elkaar kapot...

Agnes stak een sigaret op zonder mij er een aan te bieden. 'Nou, wat is er met Mickey aan de hand? Ik hoorde dat hij een ongeluk heeft gehad, klopt dat? Maakt hij het verder goed?' Ze inhaleerde diep.

'Hij is mishandeld. En ons kind is...' Ik had moeite met praten maar was vastbesloten dat ik niet zou hoesten van de sigarettenrook die ik moest inademen. 'Gekidnapt,' wist ik ten slotte uit te brengen. Het was de eerste keer dat ik dit woord gebruikte. Ik klemde mijn handen tussen mijn knieën.

'Mijn god!' zei Agnes, en ze verbleekte. Ze zag er in ieder geval oprecht geschokt uit. Met een zorgvuldige beweging tikte ze de as van haar sigaret in de asbak. Ik nam een slok wodka, die meteen naar mijn hoofd steeg.

'Wat afschuwelijk,' vervolgde ze. 'Ik had dat niet uit je bericht begrepen. Ik ben een paar dagen geleden ook al door de politie gebeld. Door ene adjudant Silver? Hij komt hiernaartoe om met me te praten.' Ze nam weer een trek van haar sigaret en inhaleerde. In mijn wodkaroes zag ik haar nu met Silver in bed liggen. Agnes zag eruit alsof ze dat wel leuk vond. Ik schudde mijn hoofd om de waandenkbeelden eruit te krijgen.

'Red je je wel? Is...' Voor het eerst aarzelde ze. Haar manier van praten was een beetje eigenaardig, zo afgemeten. 'Is Mickey in orde?' Ze nam me aandachtig op. De irissen van haar ogen waren grijs en ovaal, als van een kat. Ik had de pest aan katten; ze maakten me aan het niezen.

'Ja, ik red me wel, dank je. Ik maak me vooral zorgen om mijn kind. En om mijn man, natuurlijk.' Met de nadruk op *mijn*.

Ze haalde haar welgevormde schouders op. 'Mickey is een knokker, hè? Hij komt er wel bovenop, denk ik. God, ik hoop het wel.'

Dat zal best, dacht ik.

Ze nam een slokje uit haar glas en ik zag dat ze op de klok keek. Zo koel als ijs, Agnes, en bijna net zo breekbaar. Haar nagels waren prachtig gemanicuurd, maar ik zag dat er hier en daar stukjes van de lak waren gebeten. Het was nu of nooit.

'Waarom heb je Mickey opgezocht?' vroeg ik op uiterst beschaafde toon.

Ze verslikte zich bijna in haar Manhattan en begon te hoesten, een schorre rokershoest. Toen ze zich weer enigszins had hersteld, keek ze me aan en deed ze geen moeite meer om haar ergernis te verbergen.

'Pardon?' Haar volmaakt geëpileerde wenkbrauw krulde zich elegant.

'Je hebt me wel verstaan,' zei ik ongegeneerd. 'Waarom heb je weer contact met hem opgenomen?'

Ze wilde protesteren, maar ik was haar voor. 'Ik weet dat je dat hebt gedaan, dus het heeft geen zin om het te ontkennen. Pauline heeft het me verteld.'

Agnes grijnsde en ging met haar vinger langs haar zorgvuldig geverfde lippen. Ze nam een trek van haar sigaret, inhaleerde en blies rook uit, als een draak. 'Ah, Pauline. Onze struise lesbienne.' Ze nam weer een trek en vroeg: 'Wil je het echt weten?'

'Ja, dat wil ik.'

'Nou, misschien kun je het beter aan je man vragen.'

'Nee, dat kan ik niet. Die ligt knock-out in het ziekenhuis. Daarom vraag ik het aan jou.'

Ze verbleekte weer. 'Knock-out?'

'Buiten bewustzijn.' Ze kneep haar ogen tot spleetjes, dus ik bond iets in. 'Hij overleeft het wel.'

Ze bleef me even aankijken. 'Weet je, het is... het is heel moeilijk geweest, Jessica. Mag ik je Jessica noemen?' Het was alsof ze naar de juiste woorden zocht, alsof ze de prikker in haar glas ronddraaide om tijd te winnen. 'Als je hebt kennisgemaakt met de liefde zoals die tussen Mickey en mij was, is het heel moeilijk om die – hoe zal ik het zeggen? – om die op te geven, denk ik.'

'Op te geven?' Opeens zag ik Mickey voor me, in onze tuin, die achter een lachende Agnes aan rende. Ik schoof mijn glas wodka weg.

'Ja, voor hem, blijkbaar. Hij kan me niet met rust laten.'

De woorden troffen me als een stomp in mijn maag. Toen keek ik haar aan en omdat ze iets van mij wegboog vroeg ik me af of ze de waarheid wel sprak.

'Je liegt,' daagde ik haar uit.

'O ja? Denk je dat?' Ze liet zich van haar barkruk zakken. 'Ik heb nu geen zin meer om met je te praten. Ik vind het heel erg voor je, echt, maar waarom ben je hiernaartoe gekomen? Om het me in te wrijven?'

'Je wat in te wrijven?'

'Jij hebt nu toch alles, Jessica? Mijn man, mijn huis. Laat het daarbij, oké?'

'Agnes, alsjeblieft,' zei ik geschrokken. 'Ik wilde je niet van streek maken. Maar ik moet de waarheid weten. Over jou en Mickey. Ik moet een beetje orde brengen in de chaos die mijn leven is geworden. Dat begrijp je toch? Alsjeblieft, drink eerst je drankje op.'

Met tegenzin ging ze weer zitten en nam een afgemeten slokje van haar luxe cocktail. Ik had de indruk dat ze een beslissing nam. 'Goed dan. Ik vertel je de waarheid en dan laat je me met rust, oké?'

'Oké,' zei ik, maar ik was opeens minder zeker van mijn zaak.

'Ik heb geprobeerd hem met rust te laten, mezelf voorgehouden dat ik moest doorgaan met mijn eigen leven, en dat is me ook een tijdje gelukt. Maar toen kon ik me niet langer beheersen; ik móést met hem praten. Dus belde ik hem op. Ik zei: "Hoor eens, ik heb gehoord dat je weer getrouwd bent. Wat is dat voor iemand, je nieuwe vrouw? Is de liefde net zo intens als die tussen ons was?"'

Ik huiverde maar verzette me ertegen. Ik schoof mijn glas wodka weer naar me toe, dacht: ach, wat kan het me schelen, nam een flinke slok en kneep zo hard in het glas dat mijn oude wond weer pijn ging doen. De ijskoude drank brandde in mijn keel.

'Ik heb onlangs mijn telefoonnummer laten veranderen, weet je, zodat hij, als hij me wilde bellen, dat niet meer kon. Dus het is niet zo dat ik al de hele tijd naast de telefoon heb zitten wachten.'

Dus daarom had Silver haar eerst niet kunnen bereiken. Ze speelde met een duur uitziende aansteker. Er stond iets in de zijkant gegraveerd, maar ik kon niet lezen wat. Mijn maag speelde op van de wodka. Ik slikte en vroeg: 'Waarom heb je hem ontmoet?'

'Wanneer?'

Ik rekende terug. 'Vorige week. Zondag. Pauline zei dat jullie een afspraak hadden.'

Ze lachte schor, maar haar ogen deden niet mee. Die stonden kil en leeg. 'Uiteindelijk heb ik hem niet gezien. Ik ben in New York gebleven. Hij had me een paar dagen daarvoor gebeld om te zeggen dat hij op reis was voor zaken. Volgens mij had hij dat alleen zo geregeld om...'

'Wat?'

'Het valt niet mee om eerlijk tegen je te zijn, Jessica.' Ze sprak mijn naam uit alsof ze er onpasselijk van werd. 'Het gaat hier over mijn gevoelens, en die zijn nogal... persoonlijk.'

'Probeer het,' stelde ik voor.

Ze haalde haar schouders op. Uit haar houding sprak nog steeds absolute zelfbeheersing, maar toch had ik het gevoel dat diep daaronder een zekere angst schuilging. Ze wendde haar blik af, keek naar een tafel met lachende kantoorjongens. Een van hen knipoogde gekscherend naar haar en ze incasseerde het als iemand die gewend is aan aandacht, die zich warmde aan hun verlangende blikken. Ze keek me weer aan. Heel even dacht ik tranen in haar grijze kattenogen te zien fonkelen, maar ze knipperde ze snel weg. Ik betrapte me erop dat ik bijna bemoedigend naar haar glimlachte.

'Nou, Mickey had voor jou gekozen, nietwaar? Maar hij wist... vóélde op de een of andere manier mijn verdriet aan, daarom nodigde hij me uit voor dat etentje toen ik de laatste keer bij hem op kantoor was. Maar toen veranderde hij opeens van gedachten. Hij hoorde thuis te zijn, zei hij, bij zijn vrouw en kind. Hij had medelijden met je.'

Als ik nog enig medelijden voor haar had gevoeld, was daar nu in ieder geval een eind aan gekomen. Mijn glimlach verdween en mijn maag kneep samen.

'En daarom heeft hij het afgebeld.'

'Had hij medelijden met me?' vroeg ik.

'Nou, jij had een – hoe noemen ze dat? – postnatale depressie, toch?'

'Nee, niet echt.'

Maar ze wist dat ik loog en was opnieuw de hooghartigheid zelve. 'Ik weet daar natuurlijk niks van. Ik heb geen kinderen.'

Ik bekeek haar minutieus verzorgde uiterlijk en dacht aan de tijd die haar perfectie zou vergen. 'Je meent het,' zei ik.

'Niks voor mij,' zei ze spinnend, en ze bekeek me met een licht afkerige blik.

Ik klemde mijn kiezen op elkaar. Wat weet jij van opoffering, had ik haar willen vragen, met je Prada-kleren en *platinum* creditcards? Maar ik hield me in.

'Wanneer was dat, die afspraak voor dat etentje?' drong ik aan. Ik wilde alleen de feiten, en dan hier zo gauw mogelijk weg.

'Dat zou ik echt niet meer weten, Jessica. Toen ik voor het laatst voor mijn werk in Londen was.'

'En waarom ging je hem aanvankelijk op zijn kantoor opzoeken?'

'Om papieren te tekenen voor de verkoop van een financieel belang waarvan we samen eigenaar waren.'

Ik bleef haar aankijken en zij keek onaangedaan terug. 'Oké, goed dan, als je het echt wilt weten. Om tegen hem te zeggen dat wij bij elkaar horen. Dat we het nog eens moeten proberen. Maar hij – dat denk ik – wilde niet weer een huwelijk om zeep helpen, niet nog een keer.'

Tjonge, wat edelmoedig van hem. Ik durfde niet meteen te reageren, vertrouwde mijn stem er niet genoeg voor. Ze streek haar haar naar achteren en keek op haar met diamantjes afgezette horloge. Opgelaten haalde ik mijn hand door mijn eigen haar, vroeg me ineens af wanneer ik mijn oksels voor het laatst had geschoren en klemde mijn armen tegen mijn zijden. Ik begreep het niet helemaal, maar ze was zo anders dan ik dat het me weinig zinvol leek om ons met elkaar te vergelijken. Ik keek nog eens naar haar aansteker en was er vrij zeker van dat er LIEFS, MICKEY, VOOR ALTIJD in stond gegraveerd, maar hij lag andersom dus het was moeilijk te lezen.

'Nou,' zei ze, 'als dit alles is... Ik ben heel moe en ik heb niet veel tijd. En het is best pijnlijk om jou te ontmoeten, dat begrijp je toch wel?'

Voor het eerst glimlachte ze naar me, en ik zag nu waarom mannen haar aanbaden. Ze boog zich naar me toe en legde even haar hand op de mijne. Als de omstandigheden anders waren geweest, zou ik me misschien gewonnen hebben gegeven.

'Ik vind het echt heel erg voor je, van je kind. Het is afschuwelijk, maar... Ik bedoel, hij zal toch wel ongedeerd zijn? Ik hoop dat hij gauw weer bij je is. De Britse politie is heel goed, heb ik me laten vertellen.' Met een weids gebaar keek ze weer op haar horloge. 'Nou, ik ben hier maar voor één dag. Ik heb een hoop te doen, besprekingen en zo.' Ze zuchtte en drukte haar sigaret uit. 'En die Silver wil me ook nog spreken.'

'Oké,' zei ik stijfjes. Wat viel er verder nog te zeggen? 'Nou, bedankt voor je tijd.' Ik klonk als een schoolmeisje en kromp ineen van schaamte toen ik om de rekening vroeg en in mijn tas naar mijn portemonnee zocht.

Maar Agnes maakte een wuivend handgebaar. 'Dat regel ik wel,' zei ze.

'Bedankt.'

Ik dronk mijn glas leeg toen haar mobiele telefoon overging. Ze bracht het toestel naar haar oor en sloeg een minuscuul stofje van de schouder van haar jasje. Ik voelde dat ze licht geïrriteerd raakte, hoewel ze het goed wist te verbergen.

'Ah, adjudant Silver. Ja, ik ben in de bar van de lobby. Met een bekende van u.'

Als Silver me hier aantrof, zou hij me vermoorden. Ik had geen idee hoe ik het zou moeten uitleggen. En om de een of andere reden wilde ik niet dat hij me in het gezelschap van de beeldschone Agnes zag. Ik stond op. 'Nogmaals bedankt,' mompelde ik, waarna ik mijn glas neerzette en op weg ging naar de uitgang.

'Sterkte,' riep ze me na, dacht ik, en ik forceerde een glimlach toen ik een laatste keer naar haar omkeek. Ze was zo volmaakt beheerst geweest, zo'n koele kikker. Zo kil dat ik het er zelf koud van had gekregen.

Ik stond op een taxi te wachten toen ik Silvers auto zag stoppen, nog geen vijf meter van de plek waar ik stond. Hij bekeek zichzelf in de achteruitkijkspiegel en trok zijn das recht voordat hij zijn legitimatie aan de portier liet zien. Ik verschool me achter de pilaar en hoopte dat de taxi een beetje zou opschieten. Silver zwaaide zijn benen uit zijn auto. Kom nou, kom nou, bad ik in gedachten, want Silver kwam mijn kant op en het was praktisch uitgesloten dat hij me niét zou zien. Op dat moment kwam er een taxi aanrijden. Zonder te weten waar ik naartoe zou gaan, rukte ik het portier open en dook achterin.

'Ik hoop dat je mans genoeg bent om haar te kunnen weerstaan, adjudant,' mompelde ik.

Ik zat nog in de taxi toen Robbie me weer belde, en deze keer luisterde ik naar wat hij me voorstelde. Ik zou erover nadenken, zei ik. De taxi zette me af aan de rand van Soho, bij het eerste het beste café waarvan de naam me te binnen schoot. Ik nam plaats op het terras en bestelde sterke zwarte koffie en een croissant. Ik moest ontnuchteren, want de ontmoeting met Agnes had me meer uit het lood geslagen dan ik wilde toegeven. De vrouw zonder gezicht had vorm gekregen, en een veel te mooie vorm naar mijn zin.

Ik voelde me alsof ik mijn hoofd in de wasmachine had gestoken en die op de snelste centrifugestand had gezet. Misschien had ik Robbie toch te hard aangepakt. Hij was nog altijd mijn jongere broer. Misschien was hij echt met me begaan. Leigh weigerde af te wijken van haar mening dat Robbie volkomen onbetrouwbaar was. Zij en Robbie waren nooit erg close met elkaar geweest en toen hij de laatste keer van de aardbodem was verdwenen, had hij echt al zijn kansen bij haar verspeeld. Ze had hem nooit vergeven dat hij haar chequeboek, ma's verlovingsring en oma's gouden halsketting had gepikt om vervolgens uit ons leven te verdwijnen zonder een spoor achter te laten. Leigh had gezien hoeveel verdriet het ma had gedaan en wij waren weer degenen geweest die met de brokken waren blijven zitten. En in de jaren dat hij onvindbaar was geweest, was haar woede alleen maar groter geworden.

Ondertussen begonnen het nietsdoen en afwachten me steeds moeilijker te vallen. Ik vloog zowat tegen de muren op en mijn vertrouwen in Silvers team nam met de minuut verder af. Het was dagen geleden dat die videotape was bezorgd en Louis was nog geen centimeter dichterbij gekomen. De tijd begon te dringen, zowel voor mij als voor Louis. Als ik hem niet snel terugvond, zou hij me misschien vergeten zijn. Of erger nog. Stel dat zijn ontvoerders op hem uitgekeken raakten? Of dat hij te vaak huilde? Of te vaak lachte? Dat ze hem nooit meer kwijt wilden?

De avond begon te vallen. Het theaterpubliek was op straat verschenen, vol verwachting en in hun beste kleren. Aan de overkant sloten jongens in strakke T-shirts en glimlachende moeders in vrolijk gekleurde zomerjurken aan achter de Australische toeristen in de rij voor de musical *Abba*. Jonge meisjes paradeerden over straat, met hun mobiele telefoons voortdurend aan het oor, in korte topjes en heuprokjes die hun bruine buiken vrij lieten. Ik besmeerde de croissant met zwartebessenjam, werkte hem naar binnen en probeerde niet jaloers te zijn op de twee knappe jongens aan het tafeltje naast me, die martini's bestelden en elkaar glimlachend in de ogen keken.

Met een doffe dreun besefte ik hoe eenzaam ik was en ik dwong mezelf een besluit te nemen. Ik belde Robbie terug en bestelde nog een koffie. Mijn oog trilde en leek als een Mexicaanse boon op en neer te springen in mijn oogkas. Ondanks mijn vermoeidheid voelde ik me energiek en hyperactief door de cafeïne. Ik haalde mijn spiegeltje uit mijn tas en bekeek mijn vermoeide gezicht. Opeens schoof er een schaduw door het spiegelbeeld en plofte Robbie op de stoel naast me.

'Jezus, Robbie, ik schrik me een ongeluk! Doe dat alsjeblieft niet.'

'Sorry.'

'Ik ben al gespannen genoeg.'

'Sorry, zei ik.' Hij stak zijn sjekkie opnieuw aan en deed een paar scheppen suiker in de espresso die ik voor hem had besteld. 'Hij wil duizend pond.'

Ik keek hem aan. Hij maakte een nerveuze indruk, was veel minder opgewekt dan hij eerder op de dag was geweest.

'Ook leuk om jou weer te zien,' zei ik. 'Duizend pond? Voor wat, precies?'

'Dat kost het gewoon.'

'Wat? Alleen een beetje informatie?'

Robbie haalde zijn schouders op. Zijn hand trilde toen hij in zijn koffie roerde. 'Ik bepaal de prijs niet, Jess.'

Ik keek hem weer aan, maar hij keek over mijn schouder, naar iets wat zich achter me bevond. Toen dronk hij in één slok zijn espresso-kopje leeg.

'O nee? Weet je dat zeker?' Een akelige herinnering kwam als een slak mijn geheugen binnenkruipen. 'Robbie, ben jij gisteravond in het ziekenhuis geweest?'

'Welk ziekenhuis?' Zijn stomme sjekkie was weer uitgegaan.

'Ben je bij Mickey langs geweest?'

Hij streek een lucifer af net op het moment dat ik zijn hand vastpakte, en ik brandde mijn vingers. 'Robbie, kijk me verdomme aan! Dit is toch geen poging tot afpersing, hè? Een of andere manier om snel geld te verdienen? Weet jij waar Louis is?'

Zijn hele gezicht was weer met klam zweet bedekt. Onder de lichtjes van de luifel had het een groenige tint gekregen. Zijn donkere krullende haar was vet, de kleren die hij al dagen aanhad waren vies en de zilveren ringetjes in zijn ene oor waren mat en groen uitgeslagen. Toen hij me ten slotte aankeek, hadden zijn ogen een melkachtige glans. Maar antwoord gaf hij niet.

'Robbie!' Een gevoel van hoop fladderde rond in mijn borstkas als een vogeltje dat voor het eerst zijn nest verlaat. 'Geef antwoord, in godsnaam! Weet je waar mijn kind is?' Ik pakte zijn hand weer vast. 'Luister, ik zal niet boos op je zijn, dat beloof ik. Als je me maar de waarheid vertelt.'

Hij trok zijn hand los. 'Natuurlijk weet ik niet waar dat verdraaide kind is, Jess. Jezus christus!' Toen zag hij mijn gezicht en kwam er een schuldige trek op het zijne. 'Sorry, sorry. Maar je weet best wat ik bedoel. Natuurlijk heb ik Louis niet gezien.' Hij gluurde weer nerveus over mijn schouder. 'Ik dacht dat ik dat inmiddels wel duidelijk had gemaakt. Ik ben je broer, Jess. Zelfs ik trek mijn grenzen.'

Hij bedoelde het als grapje, maar hij gedroeg zich zo merkwaardig dat ik er zelf ook nerveus van werd. Ik keek om en liet mijn blik door de straat gaan. 'Wat is er aan de hand?' vroeg ik.

'Niks.'

'Waar zit je dan steeds naar te kijken?'

'Het is niks, oké? Ik dacht dat ik een bekende zag, dat is alles. Laat het nou maar, oké?'

Ik slaakte een diepe zucht. Het vogeltje in mijn borstkas stortte neer en sloeg te pletter.

'Ik vind dat we het moeten doorzetten,' zei Robbie, die al was opgestaan en zijn zware leren jack aantrok over zijn vieze T-shirt.

'Nou, daar ben ik niet zo zeker meer van,' zei ik mat. Ik was moe, vies en bezweet. Ik wilde naar huis, me wassen en een andere manier bedenken om mijn zoon terug te vinden. Robbies manier van doen gaf me niet bepaald het vertrouwen om het plan door te zetten. Ik vertrouwde hem gewoon niet meer en speelde opnieuw met het idee om Silver te bellen en mijn eigen broer bij hem aan te geven.

'Jess...' Er kwam een gejaagde uitdrukking op zijn gezicht en ondanks het weinige licht kon ik zien dat het rood werd. 'Speel geen spelletjes met me, oké? Ik heb mijn nek voor je uitgestoken en we moeten nu naar die gast toe.'

Ik bleef hem aankijken. Hij voelde mijn aarzeling blijkbaar aan, want zijn stem werd vriendelijker. 'Luister, misschien kan hij al je problemen wel oplossen, Jess. Het is toch een poging waard, of niet soms?' De toon was inmiddels van vriendelijk naar smekend overgegaan. Ik zuchtte. Dit was voor hem altijd de manier geweest om zijn zin door te drijven.

'Ik neem aan dat ik niks te verliezen heb.' Ik haalde mijn laatste tientje uit mijn tas. 'De koffie is zeker voor mijn rekening?'

Robbies opluchting was merkbaar toen hij me door de mensenmassa voor het café loodste. Toch bleef hij tijdens het lopen telkens achteromkijken. En toen ik in het licht van een straatlantaarn zijn gezicht zag, viel het me op dat hij er bang uitzag. Meer dan bang zelfs. Hij zag eruit alsof de dood hem op de hielen zat.

De winkel, die dicht was, was op de hoek van Berwick Street en een donker steegje, het soort steegje waar mannen tegen de muur plassen als ze te veel ophebben, of omdat ze gewoon van dat soort types waren. De geur van rotte vis en overrijp fruit sloeg ons tegemoet toen Robbie me voorging over de platgetrapte aardbeien en slappe koolbladeren die tussen mijn slippers bleven zitten. Voor de deur van de winkel had iemand een kratje overrijpe avocado's gedumpt, die niet alleen stonken maar ook talloze vliegjes aantrokken.

De man die ons binnenliet zag eruit alsof hij altijd en overal tegen muren plaste. Er kwam een valse glimlach om zijn bloedeloze lippen toen hij mijn broer zag, en met zijn broodmagere hand sloeg hij zijn dunne paardenstaartje van zijn schouder. Toen hij de rottende avocado's op de stoep zag, liep hij boos naar buiten en schopte ze de weg op. Het groene vruchtvlees spatte uiteen tegen de stoeprand en besmeurde zijn laars.

Robbie was angstig stil, bedeesd zelfs, toen deze figuur ons voorging langs rekken met mannenkleding die duidelijk van de zwarte markt afkomstig was. Door het plafond kwam een zware basdreun en ik huiverde toen we de trap op liepen, wenste uit de grond van mijn hart dat ik ergens anders was.

In de kamer waarin we terechtkwamen was het vrijwel donker, afgezien van het flikkerende licht van een tv. Het licht van de knipperende neonreclames van de striptenten in de straat viel door de halfopen jaloezieën naar binnen en scheen op de rommel die overal rondslingerde. Het rook vies in de kamer, benauwd, en ik had het gevoel alsof ik door duizend onzichtbare ogen werd bekeken. Mijn eigen ogen moesten nog wennen aan het duister toen een schim zich oprichtte op de brede leren bank en achter zich tastte. We werden verblind door een fel licht en mijn broer klemde mijn hand in zijn eigen bezwete handen. 'Alles oké, generaal?' vroeg hij, terwijl hij nerveus kuchte. De man die ons had binnengelaten was nergens meer te zien.

Tergend langzaam draaide de man op de bank de lamp opzij en bleef me onbeschaamd aankijken. Zijn dikke bruine haar zag eruit als touw en het licht wierp een merkwaardig halo rondom zijn hoofd. Zijn gezicht zag er heel vreemd uit, gebeeldhouwd en bleek, als een lelijke, grijnzende engel met een cherubijnenmondje. Zijn voeten lagen op een salontafel vol overvolle asbakken en lege flessen. Naast hem, bezitterig tegen hem aangevlijd, zat een donker meisje met een wulps lichaam en Charlie's Angels-haar een joint te roken, met een asbak balancerend op een stapel pornoblaadjes. Ze keek verveeld naar me op en wendde vervolgens haar blik af. Ik wachtte op wat komen ging, maar Robbie bleef besluiteloos in de deuropening staan en iets in zijn manier van doen gaf me de kriebels.

'Haal iets te drinken voor onze gasten, wil je, Tanya?' zei de man die 'generaal' werd genoemd, en hij plooide zijn rare lippen in een grijns waarvan hij waarschijnlijk dacht dat die welwillend was. Het meisje wilde protesteren, maar toen liet hij zijn hand in haar krappe vestje glijden en kneep hard in haar tepel. Opgelaten keek ik de andere kant op, maar het scheen haar weinig te deren, want ze nam nog een lange haal van haar joint, stond op, slofte naar de deur en trok het kruis van haar minuscule korte broek uit de naad van haar omvangrijke billen.

De generaal richtte zijn aandacht weer op het voetbal op tv en Robbie stond nog steeds te dralen, als een vlieg die maar niet kan besluiten op welk stuk afval hij zal neerdalen, totdat hij me opeens, volkomen onverwacht, naar voren duwde. Mijn slipper bleef achter een van de kale vloerplanken haken en ik kwam bijna op de schoot van de generaal terecht. Een geschenk van de goden, flitste het vreemd genoeg door mijn hoofd.

'Je laat er geen gras over groeien, schat!' Hij had een krassende stem, net zo lelijk als de rest van zijn voorkomen. Hij gebaarde dat ik naast hem op de bank moest gaan zitten. Ik keek vragend naar Robbie, maar die stond tegen de deurpost geleund, rillend in de subtropische hitte, moeizaam een sjekkie rollend. Half van de wereld als altijd. Langzaam ging ik zitten en wachtte af.

'Dit is mijn grote zus, generaal,' mompelde mijn broer ten slotte. 'Jessica.'

De generaal bekeek me van top tot teen. Onder de blik van zijn lichte ogen, van het soort die je tot op het bot kunnen verkillen, voelde ik me opeens naakt. Ik klemde mijn tas tegen mijn buik alsof het een kind was achter wie ik me kon verstoppen. Alsof het mijn Louis was.

'Zo groot ben je anders niet, schat,' zei de generaal met een uitgestreken gezicht.

Ik deed mijn uiterste best om te glimlachen, maar de atmosfeer leek met de seconde drukkender te worden. De spanning was bijna tastbaar, alsof je die met beide handen van de vloer kon scheppen en tegen de muur kon gooien. Ik wilde net iets zeggen toen het meisje binnenkwam met een paar beslagen bierflesjes. Ze was bijna bij de bank toen de generaal zijn been optilde en zijn gelaarsde voet in haar buik zette.

'Ik ben van gedachten veranderd, Tan. We willen bubbels, oké? Bijzondere gasten, weet je wel?'

'Jezus, Gen,' mopperde ze.

De generaal liet opeens zijn voet zakken, waardoor ze tegen hem aan viel; hij sloeg zijn arm om haar nek en nam haar kin tussen zijn behaarde vingers. 'Is er wat, schat?'

Ze kromp ineen en worstelde zich los. 'Ik zal de Bolly gaan halen,' mompelde ze.

De generaal nam een lange teug van zijn bier. Hij glimlachte nog steeds en draaide de brede gouden ring aan zijn pink rond. Ik had met een gestoorde te maken, concludeerde ik.

'Maar goed...' zei hij met zijn krassende stem, met zijn blik op de tv gericht. 'Robert zegt dat je een kind kwijt bent. O, stomme klootzak! Waarom doe je dat nou?' Hij spuugde een mondvol bier naar de tv. 'Verdomde Ferdinand.'

Een kind kwijt bent.

Ik knikte. Ik voelde de zweetdruppels over mijn borst en rug lopen.

'En je kunt wel wat hulp gebruiken?'

'Denk je dat je kúnt helpen?' Mijn stem klonk raar, viel me op.

'Of ik kán helpen? Dat zou ik wel zeggen, schat. Ik kan de meeste mensen helpen, als ik daar zin in zou hebben.'

'O ja?' zei ik beleefd. Mijn huid prikte.

'Ja, echt.' Hij boog zich over me heen, kwam veel te dicht bij me en pakte Tanya's joint uit de asbak. Ik kon zijn zure adem en onaangename lichaamsgeur ruiken. Hij was de soort blanke die dacht dat hij cool, door de wol geverfd en zwart was. Al mijn intuïtie schreeuwde: tuig! En nog harder schreeuwde het: wegwezen!

'Maar alleen als ze er geld voor overhebben, oké?' Hij blies een slordige rookkring in mijn gezicht. 'Duizend vooruit, daar hebben we het over. Klopt dat, Robert?'

Robbie knikte. Hij keek me niet aan toen Tanya terugkwam met een aantrekkelijke zwarte jongen die een ijsemmer in zijn hand had. Voor het eerst sinds we waren binnengekomen keek Robbie aandachtig op. Ik zag dat de jongen ondeugend naar Robbie glimlachte toen hij hem voorbijliep, en ik besefte dat het dezelfde jongen was die ik een paar dagen geleden had gezien, bij de flat bij Elephant and Castle. Misschien zag ik het niet goed door het slechte licht in de kamer, maar ik meende dat de vingers van de jongen even het kruis van mijn broer beroerden. Tanya nam de ijsemmer van hem over, schoof wat rommel opzij, waarvan een deel op de grond viel, en zette de emmer op tafel.

'Ik dacht wel dat je het leuk zou vinden om je vriend weer te zien,' zei de generaal grijnzend tegen Robbie. Met lome bewegingen trok hij de fles open. Robbie liep achter de jongen aan de kamer uit.

'Robbie,' begon ik, en toen stikte ik bijna, want de generaal had zijn vinger in de champagne gedoopt en die in mijn mond gestoken.

'Lekker, hè?' Hij schoof dichter tegen me aan. 'Je wou toch niet zeggen dat je niet van champagne houdt, hè, Jane?'

'Het is Jessica,' mompelde ik. Het liefst had ik mijn mond afgeveegd, maar ik durfde het niet.

'Jessica... Dat is een mooie naam, vind je niet, Tan? Heel mooi.'

'Zal wel,' zei ze schouderophalend.

'Hè, toe nou, Tan. Je bent de glazen vergeten, stoute meid.'

Nee, ga niet weg, Tanya, smeekte ik in gedachten, maar met een boos gezicht liep ze de kamer uit. De generaal en ik waren weer alleen. Hij bleef me even aankijken, dronk een paar slokken uit de champagnefles en zette die toen tussen mijn blote benen. Het glas was zo koud dat ik naar adem hapte.

'Weet je, Jessica, je ziet er best goed uit, meisje,' zei hij loom. 'Met een beetje make-up, een paar leuke accessoires, een beetje glitter en glamour... Ik kan het zo voor je regelen. Begrijp je wat ik bedoel?'

Ik nam een slok uit de fles om geen antwoord te hoeven geven en verslikte me prompt in het koolzuur. Champagne droop mijn T-shirt in. 'Sorry,' stamelde ik, en ik dacht: o god, raak me niet aan. 'Beetje onhandig.'

Zijn koele ogen namen me op.

'Waar het om gaat, generaal... mag ik je zo noemen?'

Hij schoof zijn stinkende pitbulllijf weer dichter tegen me aan.

'Waar het om gaat is dat ik niet veel tijd heb. Alles is nogal... nogal hectisch op dit moment. Ik weet zeker dat je dat begrijpt. Het is meer dan een week geleden dat...'

'Waar het míj om gaat, Jessica,' zei hij terwijl hij de joint in de asbak uitdrukte, 'waar het mij om gaat is dat ik zo veel tijd neem als ik nodig heb. En ik heb inmiddels al heel lang moeten wachten, oké?'

Tanya kwam binnen, zette met nijdige tikken de glazen op tafel, ging aan de andere kant van haar vriend op de bank zitten en stak haar hand in zijn broekzak. Ik merkte dat ik me steeds moeilijker kon concentreren. De hitte was ondraaglijk en de drank steeg onmiddellijk naar mijn toch al zo vermoeide hoofd. 'Sorry, hoe bedoel je? Tijd om Louis terug te vinden?'

'Wie is Louis?' De generaal schonk de glazen vol. Tanya haalde een gouden doosje uit zijn zak en opende het voorzichtig.

'Louis is mijn zoon. Mijn vermiste kind. De reden dat ik hier ben.' Dit sloeg helemaal nergens op. Ik stond op, te snel, en voelde me meteen misselijk. 'Hoor eens, er is blijkbaar sprake van een misverstand. Ik dacht dat Robbie had gezegd dat je me kon helpen, dat jij, je weet wel, mensen kent die misschien in staat zijn om...'

Zijn hand schoot uit en greep mijn pols vast, sloot zich er muurvast omheen, en trok me terug. Tanya legde dikke lijnen coke op de cover van *GQ*, keurig langs het decolleté van Angelina Jolie. Ik liet me met een plof op de bank vallen en ze keek verstoord op toen een deel van de coke in witte wolkjes van het tijdschrift opsteeg.

'Nee, er is geen misverstand, schat.' Zijn woorden klonken zowel hoffelijk als kwaadaardig. Ik nam een flinke slok champagne, toen nog een, en voelde mijn hoofd tollen. Tanya snoof lang en diep, kneep haar neus dicht, sloot dankbaar de ogen en boog zich zo ver achterover dat haar mooie bruine borsten uit haar topje kwamen.

'Maar je... je weet niet eens wie Louis is,' mompelde ik wanhopig.

'Wil jij ook?' De generaal wees naar de coke.

Ik schudde mijn hoofd. Ik wou dat hij die stomme grijns eens van zijn gezicht haalde, alsof alles wat hij zei een of ander grapje tijdens een theeparty was.

'Louis-en-wat-dan-nog? Ik ben gewoon niet goed in namen, oké? Maar ik moet eerst geld zien, schat... daarna kunnen we het over namen hebben.' Hij boog zich voorover, snoof en richtte zich weer op, met een wit randje om zijn neusgat.

Opnieuw stond ik op en deed een stap bij de tafel vandaan. 'Nou, bedankt voor de champagne. Ik heb nu toch geen geld bij me, dus dat ga ik eerst regelen en dan kom ik wel terug, oké?'

Met een golf van opluchting zag ik dat hij op het punt stond akkoord te gaan. 'Weet je, Jessica?' zei hij, starend naar zijn handen. Mijn naam klonk als een vloek uit zijn mond. Hij bracht zijn hand naar zijn mond en beet een stukje van zijn vuile duimnagel. 'Ik zou graag zeggen dat het oké was, schat, maar het punt is dat het helemaal niet oké is.' Hij keek naar mijn voeten terwijl hij het zei. 'Waar het om gaat is dat die lapzwans van een broer van je heeft gezegd dat je over de brug zou komen.'

'O ja? Ben jij niet degene die eerst over de brug moet komen?'

Tanya's ogen werden groot van verbazing toen ze mijn boze, harde stem hoorde. Haar neus liep. De generaal stond op en ik deed snel een stap achteruit.

'Jessica,' verzuchtte hij. 'Jessica, Jessica, Jessica.' Zijn domme grijns was nu ronduit kwaadaardig geworden. 'Ik begin er echt genoeg van te krijgen, weet je dat?'

Ik hield mijn handen achter mijn rug, zodat hij niet kon zien hoe erg ze trilden.

'Zeg,' zei ik om tijd te winnen, 'mag ik even gebruikmaken van je wc? Ik plof bijna. Daarna... daarna kunnen we dit afhandelen.' Ik hoopte oprecht dat mijn stem zekerder klonk dan ik me voelde. De telefoon naast het raam begon te rinkelen. Hij bleef me even aankijken en haalde zijn schouders op. 'Van mij wel. Tanya, wijs mevrouw de wc even, wil je?' Hij liep naar het raam en griste de hoorn van het toestel. 'Wat is er?' riep hij.

Ik liep achter de nukkige Tanya aan de kamer uit, de gang op, en mijn hart bonsde mee met de housemuziek die nog steeds door het pand dreunde. Bij elke open deur die we passeerden keek ik of ik Robbie zag, maar hij was nergens te zien. Het enige waaraan ik kon denken, was dat ik Silver moest zien te bereiken. Misschien was hij nog in de stad, maar op dat moment bedacht ik dat ik niet eens wist of ik zijn nummer wel had opgeslagen.

'Ik wacht hier, voor het geval je verdwaalt,' zei Tanya, en ze hield de deur van de gore badkamer voor me open. De bruine verf bladderde van de muren en in de badkuip zat een brede rand van god-weet-wat. Ze leunde tegen de muur naast de deur en begon met haar voet, met de rood gelakte teennagels, de beat van de muziek mee te tikken op de vloer.

'Bedankt,' zei ik. Het slot van de wc-deur was kapot, dus leunde ik met mijn rug tegen de deur, viste mijn mobiele telefoon uit mijn tas en zocht tussen de nummers die ik de afgelopen dagen had gebeld. Ik moest niet vergeten om adem te halen. Mijn handen transpireerden zo erg dat het toestel uit mijn vingers gleed, op mijn voet stuiterde en op de vloer kletterde. Ik bleef als versteend staan en wachtte met ingehouden adem af totdat Tanya op de deur zou kloppen, maar blijkbaar was de housemuziek mijn redding. Uiteindelijk vond ik een nummer waarvan ik bij god hoopte dat het van Silver was, maar toen ik het belde, bleek dat ik hier nauwelijks signaal had. Bij de derde poging ging het toestel over, maar het balkje op de display bleef knipperen. Ik wilde het net opgeven toen Silver antwoordde. Mijn stem klonk als een schor gefluister en Silver verstond me niet.

'Hallo, hallo?' bleef hij maar zeggen. Hij leek wel een papegaai.

'Ik ben het.' Ik moest mijn best doen om het niet uit te schreeuwen van wanhoop. 'Ik ben het, Jessica.'

'Hallo, hallo? Jessica, ben jij het?'

'Ja, natuurlijk ben ik het.' Ik was harder gaan praten, want de dreunende muziek kwam dwars door de deur.

'Jessica, ik kan je niet verstaan. Bel me terug als je een beter signaal hebt.' En toen hing hij op.

Ik begon bijna te huilen van frustratie. Stomme klootzak die je bent, Silver, nu vraag ik je een keer om hulp... Ik probeerde hem nog een keer te bellen, maar deze keer kreeg ik helemaal geen verbinding. Ik sms'te het adres naar hem toe, voor zover ik dat wist, maar het bericht wilde niet verzenden.

'Hé, ben je overleden of zo?'

Ik schrok en stootte mijn hoofd tegen het kastje boven de gore wc-pot. Tanya verveelde zich blijkbaar en stond nu aan de andere kant van de deur. Kom op, alsjeblieft, bad ik in gedachten, verzend dat verdomde bericht nou. Ik strekte me zo ver ik kon en hield het toestel in de lucht, wankelend op mijn tenen, terwijl ik met mijn andere hand de deur dichthield, in de hoop dat ik voldoende signaal zou krijgen. Tanya begon op de deur te bonzen. 'Hé, schiet een beetje op. Ik heb geen zin om hier de hele avond te wachten.'

'Ja, ja, ik ben zo klaar,' riep ik terug. 'Laat me even mijn broek aantrekken, zeg.' Ik likte het zweet van mijn bovenlip, stak de telefoon terug in mijn tas zonder gezien te hebben of het bericht was verzonden, en deed de deur open.

'Sorry, ik voel me niet helemaal goed,' loog ik. 'Te veel gedronken. Met deze hitte.'

Ze haalde haar schouders op, liep naar de spiegel vol vliegenpoepjes en begon haar donkere lipstick bij te werken. 'Neem dan een lijntje. Word je nuchter van.'

Ik schudde mijn hoofd en leunde achteloos tegen de muur. Ik beefde over mijn hele lichaam en zag dat Tanya me via de spiegel bleef observeren.

'Weet je, ik zal je één goeie raad geven,' zei ze. 'Maak de generaal niet kwaad, oké? Hij kan knap onaangenaam worden als je dat doet.'

'Je meent het,' zei ik. 'Bedankt. Ik hoopte alleen... Nou ja, mijn broer zei dat hij misschien iets over mijn kind wist, dat is alles.'

'Ah, je broer.' Ze kneep haar lippen op elkaar. 'Een heel ondeugende jongen, jouw broer. Wil jij ook?' Ze hield me haar lipstick voor en ik besloot op het aanbod in te gaan. Het was beter om haar aan mijn kant te houden. Mijn hand trilde toen ik de *Black Narcissus* op mijn lippen aanbracht. 'Mooie kleur,' loog ik. De lipstick maakte mijn gezicht zo bleek dat ik wel dood leek.

Toen we terugliepen naar de kamer was Robbie nog steeds nergens te bekennen. De generaal zat nog naar het voetbal te kijken. 'En, heb je tijd gehad om na te denken?' vroeg hij zonder op te kijken.

'Ja, ik denk het. Waar het om gaat is...' Ik glimlachte naar hem en dacht koortsachtig na over wat ik moest zeggen. 'Zou ik eerst nog een glaasje champagne mogen? Die smaakt echt heerlijk.'

Hij pakte de fles en schonk mijn glas vol.

'Dank je, heel aardig van je,' zei ik flirtend terwijl ik naast hem ging zitten. Ik nam een slokje en keek naar de lipstick die op de rand van het glas achterbleef. 'Hoe heb je mijn broer ontmoet?'

Hij grinnikte en er kwam een argwanende blik in Tanya's ogen.

'Ik denk niet dat je dat wilt weten, schat.'

'O.' Ik nam nog een slokje. Kom op, Jess, dacht ik, denk aan Louis. 'Waar het om gaat is dat ik niet precies weet wat je me aan te bieden hebt.' Ik klopte hem zachtjes op zijn knie en voelde me zo sexy als een dode vis. Tanya's neus begon te lopen en ze deed het gouden doosje weer open.

De generaal haalde zijn schouders op. 'Als je hulp nodig hebt, kan ik die geven. Tegen een prijs, snap je?'

'Ja, maar wat voor soort hulp is dat dan? Ik bedoel, de politie helpt me al. Weet je echt dingen waar zij niet achter kunnen komen?'

Hij lachte zonder gêne. 'Wat denk je zelf, schat?'

Tanya zat nu rechtstreeks uit het gouden doosje te snuiven. De generaal vloekte en mompelde iets tegen haar wat ik niet kon verstaan, maar ze negeerde hem en ging gewoon door. Opeens verscheen Robbie in de deuropening. Hij liep wankelend de kamer in. Hij liet zich naast me op de bank vallen.

'Alles oké, Jess? Heeft de generaal uitgelegd wat de deal is?' Hij kon niet meer duidelijk praten en met groeiende moedeloosheid besefte ik dat mijn broer totaal van de wereld was. Hij begon wezenloos naar voren en naar achteren te wiegen. De generaal zag mijn wanhoop en begon te grinniken.

'Wat had je dan verwacht? Ze zijn allemaal even erg.' Hij knikte naar zijn vriendin, die verwilderd om zich heen keek en op haar onderlip beet. 'Maar wij niet, jij en ik. Wij zijn anders, hè, schatje? Dus als je mij het geld geeft, zal ik hem helpen, oké?' Hij wierp een laatdunkende blik op Robbie.

'Hoe bedoel je, "hem helpen"? Ik dacht dat we het over mij en mijn kind hadden?' Eindelijk, éíndelijk had ik er schoon genoeg van. Eerst Agnes en nu dit. Waarom dacht iedereen dat ik gek was? Mijn geduld was definitief op.

'Luister, heb je eigenlijk wel een idee waar Louis kan zijn, of zit je maar wat uit je nek te kletsen?' Ik duwde hem bij me vandaan en stond weer op.

'Dit kind bedoel je?' De generaal bracht zijn hand naar zijn achterzak en haalde er iets uit wat ik eerst niet goed kon zien. Ik keek nog eens goed. Het was een foto, van een kind. Een foto van Louis. 'Dit kleine schatje? Hij lijkt op zijn moeder, vind je niet?'

Ik dook boven op hem. Mijn nagel haalde zijn wang open toen ik de foto te pakken probeerde te krijgen.

'Hoe kom je verdomme aan die foto?' Ik probeerde zijn arm vast te grijpen, maar hij ontweek me en hield Louis' foto net buiten mijn bereik. Toen sloeg hij me met volle kracht in mijn gezicht. Zijn ring haalde de hoek van mijn donkerrode mond open. Ik vloog achteruit, de foto dwarrelde door de lucht en kwam ondersteboven op de vieze vloer terecht. Ik probeerde hem te pakken, maar de generaal greep me bij mijn haar, trok me overeind en gooide me tegen de muur.

Hij was niet echt groot maar toch een kop groter dan ik, en zwaargebouwd, als een vechthond. Het kwaad hing als een halo om hem heen en toen het neonlicht van buiten door de jaloezieën op zijn gezicht viel, zag ik geen enkele uitdrukking in zijn ogen. Hij drukte zich tegen me aan, ik voelde de warmte van zijn lichaam stralen en zijn borsthaar kriebelde op mijn kin. Ik voelde me weer misselijk worden.

'Robbie,' riep ik hijgend, maar mijn broer was onbereikbaar. Ik dacht terug aan tien jaar geleden, aan een situatie ongeveer zoals deze, toen mijn broertje zich in de strijd had gestort om mij te verdedigen. Nu zat hij te wiebelen op de bank, met zijn ogen dicht te trippen. Ook Tanya was in haar eigen wereld en zat haar rode nagels te vijlen. Ze zat gewoon te wachten totdat haar vent klaar was met wat hij van plan was. De generaal keek haar aan, waarna ze opstond en de kamer uit liep.

'Niet doen, alsjeblieft,' riep ik, maar de enige reactie was dat hij zijn knie tussen mijn benen perste en ze van elkaar duwde. Zijn hand ging over mijn arm en greep toen mijn borst vast, terwijl zijn andere hand om mijn pols geklemd bleef. Hij begon me nu echt pijn te doen, maar ik zou liever dood neervallen dan dat ik het aan hem liet blijken.

Hij bracht zijn mond vlak bij mijn oor en fluisterde: 'Er zijn andere manieren om me zo ver te krijgen dat ik je help, kleine slet, en we weten allebei wat die zijn, of niet soms?'

Ik zag de seksuele lust in zijn blik. Zijn warme adem rook zuur toen hij zijn hand van mijn borst haalde en die als een slang over mijn lichaam bewoog totdat die tussen mijn benen schoof. Jezus, was hij van plan me te verkrachten, in het bijzijn van mijn trippende broer en terwijl zijn vriendin gehoorzaam op de gang wachtte?

Ik probeerde me los te worstelen, hijgde al gauw van inspanning, maar door al mijn bewegingen werd zijn erectie alleen maar groter en voelde ik die harder tegen mijn onderbuik drukken. Hoe meer ik terugvocht, hoe opgewondener hij raakte. Dus gaf ik mijn verzet op en bleef doodstil staan. Ik voelde de druk op mijn borstkas toenemen en deed mijn best om niet in paniek te raken. Ik keek hem recht aan, haalde mijn tong langs mijn lippen en besefte dat *Black Narcissus* heel smerig smaakte. Ik kon mijn eigen gehijg duidelijk horen.

Hij meende blijkbaar dat dit het moment was om toe te slaan. Toen hij zijn hand naar mijn mond bracht, probeerde ik niet ineen te krimpen. Hij veegde het bloed uit mijn mondhoek en likte het als een minnaar van zijn vinger. Mijn maag keerde zich om, maar blijkbaar vatte hij mijn apathie op als een teken van overgave en boog zich over mij heen. Ik verzamelde alle haat die ik in me had, elk flintertje, voor iedereen die mij en mijn zoon kwaad wilde doen, en gaf de smerige klootzak een knietje op de plek waar het hem het meest pijn zou doen. Hij slaakte een kreet en liet me los.

Bevrijd van zijn gewicht zakte ik voorover op mijn knieën. Mijn tas viel op de grond en de inhoud werd verspreid over de vloer. Het enige wat ik wilde was die foto van Louis. Ik kroop ernaartoe, met mijn blote handen door de gemorste champagne en sigarettenpeuken, maar de generaal begon overeind te krabbelen en kwam grommend van woede op me af, dus vergat ik de foto en liet Louis daar liggen, kwam overeind en zette het op een rennen. Ik meende beneden rumoer te horen en rende eropaf, happend naar adem, hopend dat ik kon blijven ademhalen en geen astma-aanval zou krijgen. De man met het dunne paardenstaartje kwam de trap op en riep: 'Hé, Gen, de smerissen staan voor de deur!'

Silver... een beetje te laat voor mij. Met twee treden tegelijk rende ik de trap af. Robbie had tijdens het hele gebeuren zijn ogen niet eens opengedaan. Ik weerstond de neiging om weer naar boven te rennen, hem door elkaar te schudden en hem in zijn gezicht te schreeuwen. Maar in plaats daarvan rende ik door, snikkend, tussen de rekken met kleding die een oase van rust vormden in vergelijking met de waanzin die boven gaande was. Ik wierp een rek met broeken opzij, viel op de grond en schaafde allebei mijn knieën. Maar ik krabbelde overeind en stormde naar de voordeur. Die zat op slot, maar ik rukte de grendels opzij, draaide de sleutel om die de man met het paardenstaartje in het slot had laten zitten en stoof, letterlijk alsof de duivel me op de hielen zat, het stinkende steegje in.

Silver en rechercheur Kelly stonden voor het pand, met een paar agenten in uniform. Silver riep zijn orders naar de anderen en probeerde me tegen te houden, maar ik schoot langs hem heen, want ik wilde even door niemand aangeraakt worden, ook door hem niet. Ik meende dat ik Deb in een burgerwagen die langs de stoeprand stond zag zitten, maar in verwarring rende ik de andere kant op. Ik passeerde een stel dat in de deuropening stond te vrijen, hij met zijn broek op de enkels en zijn billen bleek in het maanlicht, en ik was halverwege het gore steegje toen Silver me inhaalde. God alleen wist waar ik naartoe wilde.

'Jess, wacht!' riep hij toen ik zijn hand op mijn schouder voelde.

'Laat me los, alsjeblieft,' fluisterde ik, en ik glipte weg. Ik was weer zeventien, zat in de val in onze vroegere woonkamer met die zwetende politieman die iets van me wilde. Ik had dringend behoefte aan mijn inhaler.

'Jessica, wacht nou even. Wat is er gebeurd? Ben je ongedeerd?'

'Ja, niks aan de hand,' zei ik op vlakke toon. Ik vond mijn inhaler en zoog eraan totdat ik de opluchting voelde.

'Ik moet je zeggen dat die lipstick je niet staat, meisje,' zei Silver toen hij me weer had ingehaald. Hij bekeek mijn gezicht in het schemerlicht en vroeg: 'Is dat bloed?'

Met de rug van mijn hand veegde ik de lipstick van mijn mond, nog steeds duizelig van angst. 'Die idioot in die winkel...' Ik kokhalsde. 'Die gek heeft me bijna verkracht en jij staat hier grapjes te maken?'

Silvers gezicht betrok. 'Wat is er gebeurd?'

'Hij had een foto van mijn kind,' snikte ik, maar zonder echt te huilen, 'en hij probeerde me aan te randen. Hij wilde geld van me, de vuile schoft. Om hém moet je je zorgen maken, niet om mij. Ik red me wel.'

'Dat betwijfel ik, en je bent gewond.' Van zijn gezicht was niets af te lezen, maar zijn handen hielden mijn schouders stevig vast. 'Kom, dan laten we er iemand naar kijken.'

'Maak je niet druk om mij, Silver. Alsjeblieft, je moet die man pakken. Hij... Ik denk dat hij weet waar Louis is.'

'Jess, hij wordt nu gearresteerd. Die gaat nergens meer naartoe. Alsjeblieft, kom met me mee, toe.'

Ik wrong me weer los, boog me voorover en probeerde op adem te komen. 'Ik heb je gebeld en jij hing op. Ik had je nodig, Silver. Je had gezegd dat ik je altijd kon bellen en dat je er voor me zou zijn... maar je kwam niet.' Ik wilde weer wegrennen, verder het steegje in, maar struikelde over mijn slippers, die half van mijn pijnlijke voeten schoten. Silver probeerde me overeind te helpen maar ik was hem te snel af. Ik dook opzij en liep weer van hem weg, en hij kwam me opnieuw achterna.

'Ik kon je niet verstaan, Jess. De verbinding was te slecht. Doe niet zo raar.'

'O, sorry, ik was vergeten dat je het druk had.' Boosheid laaide in me op als een kolkende vulkaan, totdat ik gek werd van verdriet, woede en angst. 'Voelde je je ook aangetrokken door de mooie Agnes? Dat zal het wel zijn. Mijn man valt ook nog steeds op haar, heb ik gemerkt. Ze is wel mooi, hè?'

En opeens ging mijn woede over in ijzige kou, een kilte die mijn hele lichaam in bezit nam en doordrong tot in mijn botten. In mijn hele leven had ik me nog nooit zo verdrietig en zo alleen gevoeld. Ik keek naar de mensen op straat, de feestgangers en de jongeren op zoek naar goedkoop vertier, de yuppies die coke scoorden zoals Tanya, de ouders die zich na een zeldzame avond uit naar huis haastten om de oppas af te lossen... en ik? Ik was helemaal alleen, ten prooi aan een onvoorstelbaar verdriet dat me niet meer wilde laten gaan. Het enige wat echt van mij was geweest, was er niet meer, was me afgenomen. Mijn reden om 's morgens op te staan en te willen leven was buiten mijn bereik. Zonder het te beseffen had ik mijn hele leven op Louis gewacht, en toen hij was geboren, was ik ontwaakt uit een jarenlange slaap. Nu had iemand anders hem. Met elke dag die verstreek werd het moeilijker om nog te geloven in zijn zachte appelwangen en zijn schaterende lach.

Toen kwamen eindelijk de tranen. Ik boog me voorover en huilde de ogen uit mijn hoofd, happend naar lucht alsof het mijn allerlaatste adem was. Ik liet me op mijn knieën vallen, net als op de eerste avond nadat Louis was verdwenen, en langzaam maar doelbewust begon ik mijn voorhoofd tegen de stoeptegels te slaan.

'Jess, alsjeblieft, hou daarmee op. Je doet jezelf pijn.' Silver hurkte naast me neer, sloeg zijn armen om me heen, trok me voorzichtig overeind en wiegde me alsof ik een klein kind was. Ik verzette me nog even, totdat ik echt niet meer kon. Toen liet ik mijn bebloede hoofd tegen zijn borstkas rusten, besmeurde ik zijn hagelwitte overhemd met mijn tranen, mijn bloed en Tanya's lipstick, huilend en huilend en puffend aan mijn inhaler, happend naar lucht voordat ik voor altijd onder de pijn zou bezwijken. Ik klemde mijn armen om hem heen zoals ik dat nog nooit had gedaan sinds mijn vader was overleden. Na een tijdje begon het snikken eindelijk af te nemen, droogde de tranenstroom langzaam op, en depte hij mijn ogen met zijn hagelwitte zakdoek, die iemand voor hem had gestreken, tilde me op en bracht me, met zijn arm om mijn schouders, naar de wachtende politiewagen. Hij deed dat allemaal zo vriendelijk en zachtaardig, dat ik hem bijna vergaf dat hij er niet was geweest toen ik hem nodig had. Bijna, maar niet helemaal.

19

Ik stond onder de douche. Het water was zo koud dat ik bijna geen adem kreeg. Ik voelde de kou tot in mijn tanden. Ik had overal pijn en was bont en blauw; mijn voorhoofd omdat ik het op de stoep had gebeukt en mijn knieën omdat ik er in de winkel op was gevallen. Ik voelde me vies, ronduit smerig door die man die me overal had aangeraakt. Toch viel de lichamelijke pijn in het niet bij mijn verlangen naar mijn kind. Ik wilde zo dolgraag iets doen, maar ik wist niet wat.

Mijn hele wereld stortte rondom me in. Ik nam weer een kalmeringspil – het kon me echt niet meer schelen, desnoods zou ik een hele hand nemen – en kroop naast Shirl in bed. Ik kon nu niet alleen zijn, misschien wel nooit meer, dus hield ze mijn hand vast en beloofde me dat alles goed zou komen, maar ik geloofde haar niet meer.

Deb kwam op haar tenen binnen en boog zich over me heen om te zeggen dat ze de generaal en mijn broer in hechtenis hadden genomen, waardoor ik opnieuw in tranen had willen uitbarsten, maar ik had gewoon de energie niet meer om te huilen en viel in slaap voordat het daarvan kwam.

De volgende ochtend stond ik vroeg op en sloop de kamer uit terwijl Shirl onmiddellijk mijn warme plek opzocht en zacht snurkend doorsliep. Ik deed de achterdeur open, hoorde de vogels fluiten en besefte ineens hoe leeg hun gezang eigenlijk klonk. Ik zette koffie, extra sterk, deed er flink veel suiker in toen die klaar was, ging in de woonkamer voor de tv zitten en bekeek onze videofilms van Louis, van toen hij pas geboren was. Ik volgde de contouren van zijn gezichtje op het scherm en huilde totdat mijn ogen zo opgezet waren dat ik bijna niks meer kon zien.

Ik dacht weer aan de terugval die ik meteen na zijn geboorte had beleefd, toen ik het gevoel had dat ik toneelspeelde, speelde dat ik een volwassene was. Aan hoe ik, na het afschuwelijke visioen in het ziekenhuis toen ik zo bang was mijn kind, mijn nieuwe liefde, te zullen kwijtraken, Mickey had geobserveerd, terwijl hij zwijgend naar zijn zoon zat te staren. 'Het enige wat ik wil is hem beschermen,' had hij gezegd. Maar ik was in paniek geraakt en had mijn blik afgewend omdat ik niet durfde te kijken. Ik dacht nu ook aan mijn ouders, aan wie ik nooit veel gehad had en hoe bang ik was geweest dat ik net zo zou worden als zij. Ik dacht terug aan de dag dat Mickey naar zijn werk was en ik alleen was met mijn kind, de dag dat Louis naar me had opgekeken en toen had gelachen. Dat ik achterom had gekeken omdat ik dacht dat er iemand achter me stond. Het was de dag geweest dat mijn hart begon te ontdooien. De herinnering bracht een glimlach op mijn gezicht.

Ten slotte zette ik de tv uit en liep naar de keuken om nog een kop koffie in te schenken. Deb kwam geeuwend binnen. Ze zag mijn rode ogen maar zei er niets over. We gingen aan de keukentafel zitten en aten in een kameraadschappelijk stilzwijgen ons ontbijt. Mijn mondhoek deed nog zeer van de ring van de generaal. Ik vroeg me af wat ik nu moest doen. Toen ging Debs mobiele telefoon over. Het was Silver en hij wilde me spreken. Hij zei dat ze Robbie hadden laten gaan omdat hij geen vergrijp had gepleegd dat ze hem ten laste konden leggen, en diep in mijn hart was ik opgelucht. Ik wist dat mijn broer geen echt gevaar vormde, dat hij alleen maar de weg kwijt was. Maar het luchtte me vooral op dat ze die schoft van een generaal wel in hechtenis hielden.

Toen zei Silver dat hij vandaag naar Sussex ging.

'Ik wil met je mee,' zei ik.

'Nee, dat gaat niet.'

'Sorry, Silver, maar ik neem geen genoegen met nee. Als ik niet met jou mee mag, dan ga ik op eigen gelegenheid en rij ik achter je aan.' En dat zou ik ook doen. Maar ten slotte ging hij akkoord. Ik gaf de telefoon terug aan Deb.

'Ja, meneer. Goed, dan zie ik u daar.' Ze beëindigde het gesprek. 'Adjudant Silver wil dat ik je naar hem toe breng, nu meteen. Ze hebben een of andere nieuwe aanwijzing gevonden.'

Gevoelens van hoop laaiden weer in me op en onmiddellijk begonnen mijn handen te trillen. Ik hield mezelf voor dat het van de cafeïne kwam. Hoewel ik niets zei, ontging mijn opleving Deb niet.

'Als je maar niet...'

Ik was al opgesprongen om de keuken uit te rennen toen ze mijn arm vastpakte. 'Wees niet te vroeg blij, oké? Dit soort dingen kost tijd.'

Maar hoeveel tijd verlangden ze nog van me? Het was acht dagen geleden dat ik mijn kind voor het laatst had gezien.

'Nee, dat zal ik niet doen,' zei ik. Maar ik loog. Dit was het; daar was ik van overtuigd. 'Maar ik heb er een goed gevoel over, Deb. Het is zeker die generaal. Hij heeft hun iets verteld, hè? Ik bedoel, waarom zou hij de foto van Louis bij zich hebben als hij er niks mee te maken heeft? God, wat een enge vent was dat.' Ik huiverde en liep naar de deur. 'Weet je, mijn oom Jack zei altijd dat ik helderziende gaven had. En ik voel... echt... ik voel dat er iets goeds te gebeuren staat. Eindelijk.'

Deb glimlachte. 'Nou, laten we het hopen, Jess. Je hebt het in ieder geval verdiend, vind je ook niet? Ik zal voor je duimen.'

Deb reed me door de buitenwijken ten zuiden van Blackheath naar de rand van de stad, langs de Chinese afhaalrestaurants en superstores waar je goedkope badkamers kon kopen. Jonge meisjes met blozende wangen liepen achter kinderwagens die ze op de pof hadden gekocht. We reden naar Sidcup, waar het graafschap Kent begint. De 'tuin van Engeland' kon je het nauwelijks nog noemen. Silver wachtte ons op bij een benzinestation. Hij kwam net het winkeltje uit met een blikje cola light en zonder zijn jasje, wat me weer een opgelaten gevoel gaf. Alsof je je lievelingsdocent in z'n blootje zag. Ik gooide mijn spullen op de achterbank van zijn auto terwijl hij een paar woorden met Deb wisselde. Toen hield hij het portier aan de passagierskant voor me open.

'Het ziet ernaar uit dat je me gezelschap houdt,' zei hij, toen ik Deb gedag zwaaide. 'Maar we gaan vandaag niet kotsen, afgesproken?'

'Ik kan je niks beloven,' zei ik terwijl ik me langs hem heen wrong. 'Ik heb gauw last van wagenziekte, dat weet je.' Ik liet me op de autostoel vallen. 'En vind je cola light niet een beetje verwijfd, voor zo'n stoere politieman?' Ik moest lachen om zijn gezichtsuitdrukking.

Silver bleef onder het rijden op de kaart kijken. Ten slotte, toen hij voor de zoveelste keer een verkeerde afslag had genomen, op de rem ging staan en ik weer vooruit werd geworpen in mijn autogordel, had ik er genoeg van.

'Als je mij nou gewoon vertelt waar we naartoe gaan, kan ik de kaart voor je lezen.' Het wegenboek lag op het dashboard, waar hij het met zijn ene hand openhield, en ik trok het eronder vandaan.

'Eastbourne,' zei hij. 'South Downs. Bij Beachy Head.'

'Beachy Head?' In mijn hoofd rinkelden meteen alarmbellen. 'De beruchtste zelfmoordplek van heel Engeland? Geweldig.'

Silver gaf geen antwoord, trok nog een blikje frisdrank open en morste de halve auto onder.

'Maar waarom daar? Waarom zou iemand Louis daar naartoe brengen?'

'Luister, Jessica, ik heb niet gezegd dat hij daar is. Bereid jezelf daar vast op voor. Maar er zijn een paar aanwijzingen die het nagaan zeker waard zijn. Bovendien...' hij bleef recht voor zich uit kijken, zodat ik zijn blik niet kon zien – 'kan een korte verandering van omgeving voor jou geen kwaad.'

De wereld om me heen schrompelde ineen terwijl hij het zei, alsof iemand een bankschroef op mijn hoofd had gezet.

'Kelly is daar, met een paar jongens van de politie van Sussex.' Hij stak een plakje kauwgom in zijn mond en stuurde om een platgereden das heen die blijkbaar niet snel genoeg was overgestoken.

De omgeving was veel te mooi voor de reden dat we hier waren. We passeerden smalle, groene lanen, met bomen die elkaar boven de weg raakten, rode bakstenen boerderijen langs de bredere wegen, met gekrulde daken die er als narrenkappen bovenop stonden, en bossen vol jonge bomen, fier rechtop als borstels. Het kwam me op de een of andere manier allemaal akelig bekend voor.

Silvers mobiele telefoon ging over. Hij nam het gesprek aan terwijl hij doorreed. Politiemensen mochten blijkbaar dingen die andere mensen niet mochten.

'Niet huilen, meisje,' hoorde ik hem zeggen. 'Alsjeblieft, niet huilen.'

Ik keek door het zijraampje naar buiten en deed mijn best om niet mee te luisteren, me niet jaloers te voelen terwijl hij een andere vrouw geruststelde.

'Ik ben er het volgende weekend, dat beloof ik. En als ik je niet kan ophalen, vraag ik mama of ze je brengt, oké? Ja, dat doet ze wel. Echt, Molly, als ik het vraag, doet ze dat wel. Nee, dat zullen we niet meer doen, meisje. Ik beloof het, geen geruzie meer. Wat? Waarom?' Zijn gezicht betrok. Hij had zijn dochtertje aan de lijn en ik schaamde me voor de jaloezie die ik zonet had gevoeld.

'Hij heeft toch geen akelige dingen gezegd, hè? Gelukkig maar. Hoor eens, ik weet dat je hem niet aardig vindt, maar misschien moet je nog even aan hem wennen.' Hij haalde diep adem en in zijn wang trilde een spiertje. Ik keek naar mijn handen. 'Jawel, dat gaat je lukken. Zo'n nare man is hij toch niet, Moll? Hij heeft toch dat boek over dat danseresje voor je gekocht?'

Silver nam de telefoon in zijn andere hand en de auto slingerde even. 'Ik hou ook van jou, kaboutertje. Natuurlijk mag je blijven. Ik heb al marshmallows gekocht. O, en Moll? Vergeet niet die tekening mee te brengen, die van... ja, die. Ik heb er al een lijstje voor. Op een ereplek, natuurlijk. Boven de tv. Ja, en een dikke zoen voor jou, lieve schat. Goed dan, tien dikke zoenen. Dag.'

Ik voelde de tranen achter mijn vermoeide ogen prikken. Hij liet de telefoon tussen zijn benen vallen en wierp me een korte blik toe.

'Mijn jongste dochter,' zei hij zacht. 'Ze heeft wat moeite met de nieuwe vriend van haar moeder.'

'Ah, juist.' Ik had ineens zo met hem te doen dat ik koortsachtig zocht naar een paar vriendelijke woorden om hem te troosten. 'Het moet... je weet wel... heel moeilijk voor je zijn...'

'Ja, dat is het.' Nijdig spuugde hij zijn kauwgom uit het zijraampje en zette de autostereo aan. Ik hield mijn mond.

'Silver?' vroeg ik na een poosje bedeesd, toen hij weer een beetje tot zichzelf was gekomen. Met een huivering dacht ik aan mijn hysterie van de afgelopen avond.

'Ja?' antwoordde hij, met zijn ene hand op het stuur en zijn andere arm nonchalant uit het open raampje. Voor het eerst zag ik dat hij een klein litteken onder zijn linkeroog had.

'Zeg eens eerlijk, wat vond je van Agnes? Vond je...' Ik schraapte mijn keel. 'Vind je haar niet erg mooi?'

'Een koude kikker,' zei hij. 'En haar ogen staan te dicht bij elkaar.' Hij boog zich opzij om de stereo harder te zetten, en even raakte zijn onderarm mijn blote huid. 'Geen partij voor je,' meende ik hem te horen mompelen, maar misschien verbeeldde ik het me. Ik dacht aan Mickey en hoe hij uit zijn vel zou springen als ik hem die vraag zou stellen.

De rest van de rit zeiden we niet veel.

Bij een krantenkiosk in de buurt van Eastbourne Pier stond rechercheur Kelly tegen zijn wagen geleund terwijl hij een worstenbroodje at en de krant las. Achter hem, in een Fiat Panda van de politie, zat een agent in uniform die ik niet kende in zijn mobilofoon te praten. Kelly's buikje had inmiddels zijn oorspronkelijke formaat weer terug en diende zo te zien als een afdakje voor de broodkruimels die hij morste.

'Alles oké, baas? Mevrouw Finnegan.' Hij zwaaide naar ons met zijn broodje. Als hij al verbaasd was dat hij me zag, liet hij het niet merken. Silver keek bijna angstig naar het vette broodje en haalde zijn das uit zijn zak. 'Is het wat?' vroeg hij.

'Het kan ermee door, baas. Bedankt.'

'Niet je broodje, idioot. De getuige.'

'O, sorry, meneer. Nou, nee, niet echt.' Kelly wierp me een vluchtige blik toe. 'Hetzelfde als de anderen... lang haar, metallic grijze auto, een huilend kind. De eigenaar van de winkel vond het nogal vreemd dat ze niet scheen te weten welke soort babymelk ze moest kopen. Ze begon te blozen, schijnt het. Hij had de persconferentie op tv gezien en dat heeft hem aan het denken gezet.' Kelly wees naar de krant, die op de motorkap lag te flapperen in de zachte wind van zee.

'Het enige probleem is dat deze griet...' Weer een vluchtige blik naar mij. 'Sorry, dat deze vróúw donker haar had. De andere twee hadden het over blond haar. Er is een agent onderweg met de politietekenaar.'

Silver zuchtte. 'Ik kan beter even met hem gaan praten. Blijf jij hier, Jessica?'

De twee politiemannen gingen de winkel aan de overkant binnen. Vol verwachting nam ik Kelly's plek bij de auto in en keek naar de krant die hij had laten liggen. Mijn verhaal stond op de voorpagina, met een signalement van de vrouw en een andere foto van Louis. Ik stelde me Louis' glimlach voor op duizend gezichtjes die achter elkaar door de drukpers schoten, de foto van mijn kind, talloze keren herhaald. Het was zo vreemd dat mijn leven in de handen van onbekenden lag, mensen van wie ik niets wist maar die probeerden te helpen. Of, een grimmiger waarheid misschien, van mensen die niet wisten hoe ze hun werk moesten doen.

Toen ze weer naar buiten kwamen, wilde Silver de eerste twee getuigen, van een paar dagen geleden, ook spreken. Er moest onmiddellijk een compositietekening worden gemaakt. Waarom was dat nog niet gebeurd? Met z'n drieën reden we Eastbourne door, harder dan was toegestaan, hoog boven de azuurblauwe zee, langs de bloemperken die te opzichtig waren om de kustplaats enig cachet te geven, achter oude dametjes met lila haar die in hun bejaarde Metro's nooit harder dan veertig reden, langs de witte, afbladderende voorgevels van *bed & breakfasts*, allemaal met bordjes met KAMER VRIJ voor het raam.

Elke keer als Silver weer in de auto stapte, leek zijn irritatie te zijn toegenomen. Uiteindelijk, in het plaatsje Meads met zijn elegante herenhuizen met lichte stokrozen tegen de voorgevels, kon hij zich niet meer inhouden. De getuige, een student, was blijkbaar stoned geweest en had onzin uitgekraamd. 'Ik had hem bijna op de bon geslingerd,' mopperde hij tegen Kelly, die zijn baas daarop milder probeerde te stemmen door enkele geruststellende woorden te mompelen, wat overigens geen succes had.

'Het stonk als de hel in die kamer. Klotestudenten.'

Toen waren we blijkbaar klaar en zetten we Kelly af bij zijn auto. 'Honger?' vroeg Silver me kortaf.

Ik was te teleurgesteld om aan eten te denken. 'Een beetje.'

'Er zal hier vast wel ergens een *fish and chips*-zaak zijn.'

Ik nam niet eens de moeite om hem te vragen of de gesprekken iets hadden opgeleverd; het was duidelijk aan hem te zien dat dat niet zo was. Hij maakte een vermoeide indruk, had een wat grauw gezicht ondanks zijn gebruinde huid, alsof hij zich schuldig voelde tegenover mij, omdat de jacht zo weinig had opgeleverd. Zijn frustratie was bijna net zo groot als de mijne, had ik het gevoel.

We reden Eastbourne uit over de kustweg die opliep naar Meads. Terwijl we door het licht golvende landschap reden, langs de ijskarretjes en de bruidstaartwitte kliffen van Beachy Head, zeiden we nauwelijks iets. Een paar dunne wolkjes schoven langs de kobaltblauwe hemel toen de zon naar de horizon begon te zakken maar het nog altijd even warm was. Verslagen staarde ik naar de wandelaars, de mensen die hun picknickspullen inpakten en met kinderen en hond op huis aan gingen. Hoe kon je zien of iemand gewoon van het uitzicht genoot of op het punt stond om van het klif te springen? En waarom deden ze dat altijd hier? Ik nam aan dat als je per se wilde sterven, je dat maar inderdaad het beste kon doen op zo'n plek, die letterlijk adembenemend was.

De zonsondergang was indrukwekkend toen we stopten bij een klein strand dat Birling Gap werd genoemd. Silver ging friet halen in een oerlelijke jarenzeventigtent die zichzelf strandcafé noemde en ik wandelde naar de rij verbleekte huisjes bij het strand. Ik kreeg hetzelfde merkwaardige gevoel dat ik tijdens de rit hiernaartoe had gehad. Ik liet mijn ellebogen rusten op een oud muurtje en staarde naar de huisjes totdat Silver achter me verscheen. 'Alles oké?'

'Weet je,' zei ik in gedachten terwijl ik de zak friet van hem aanpakte, 'deze plek... volgens mij ben ik hier eerder geweest.'

'O ja? Onlangs?'

'Nee. Volgens mij ben ik hier met mijn vader geweest. In de vakantie. Lang geleden.'

'Wanneer was dat?'

Ik dacht erover na. Het was een vage herinnering, vaag omdat ik die zelf had willen vergeten. 'Ik weet het niet precies. Kort voordat mijn vader de laatste keer werd gepakt.' Als bestuurder van de vluchtwagen, een aftandse Ford Fiesta die ze bij het station hadden gestolen voor een bankroof met een stel stomme amateurs. Ze waren nog geen straat van de bank verwijderd toen ze al door de politie werden klemgereden. Een paar van de groep waren ontsnapt, maar mijn vader natuurlijk niet. Zelfs dát kon hij niet. 'Ik denk dat ik... ik weet het niet precies... een jaar of negen was.'

Ik zag hem rekenen. 'Wie waren erbij, Jess?' vroeg Silver, die opeens weer gealarmeerd klonk. 'Waren jullie met het hele gezin?'

'Ja, het hele gezin.'

'Je broer ook?'

'Robbie? Ja.' Ik zweeg even en vroeg toen: 'Hoezo?'

Silver duwde me zijn mobiele telefoon in de hand. 'Kun je je zus bellen om het na te vragen? Misschien weet zij het nog.'

Het duurde een eeuwigheid voordat Leigh opnam. Ze was eten aan het maken voor de meisjes; kon ze me later terugbellen? Ik zei dat het dringend was en vroeg wat ik wilde weten. Ze bevestigde het meteen. Ja, Birling Gap, natuurlijk. Wist ik dat zelf dan niet meer? De plaats waar het nooit ophield met regenen, en waar mijn moeder nooit ophield met huilen. Een van de zeldzame keren dat we met het hele gezin op vakantie waren geweest. Ze wilde nog meer zeggen, maar toen ik Silvers ongeduldige gezicht zag, zei ik dat ik haar later zou terugbellen.

Silver liep weg om een paar telefoontjes te plegen. Ik stond met mijn zak friet in de hand en keek weer naar de huisjes. Het waren er

vier. Ik wist zeker dat we het huisje het dichtst bij de zee hadden gehad en herinnerde me vaag dat het een wat aparte bonte kleur had gehad, oranjegeel misschien. Nu, na al die jaren wind, zee en zout, was
de kleur vervaagd tot een grauwe, beige tint. Ik liep over het plankier
langs de huisjes en kwam toen pas tot de ontdekking dat het onze, dat
we lang geleden hadden gehuurd, er helemaal niet meer stond. De
rotskust was aan het afbrokkelen en werd door stutten overeind gehouden. Onze vakantiehel was stilletjes in zee verdwenen. Ik staarde
naar de kleine gestreepte vuurtoren verderop, op het eilandje in zee.

'Terug in de tijd?' vroeg Silver, die zijn telefoon in zijn zak stak en
van een afstand de portieren van de auto ontgrendelde.

'Dat kun je wel zeggen.' Ik keerde de vakantiehuisjes de rug toe en
dacht aan de leugens van mijn vader en de eeuwige tranen van mijn
moeder. 'De tijd van ons leven hebben we hier gehad.' Met mijn zak
friet in de hand begon ik terug te lopen naar de auto. 'Weet je wat ik
me het meest herinner?' Afgezien van alle ruzies.

Silver schudde zijn hoofd.

'Die vuurtoren.' Ik wees ernaar met een frietje en stak het toen in
mijn mond. Er kwam azijn in de snee in mijn handpalm en ik kromp
ineen. 'Als we 's avonds onze thee dronken, ging het licht van de vuurtoren aan. Dat vonden we reuze opwindend. Alsof we in *The Great
Escape* zaten.'

Silver keek me verbaasd aan. 'Ik kan je even niet volgen,' zei hij.
'*The Great Escape?*'

'Je weet wel, de zoeklichten van de nazi's. Het licht dat door de
kamer bewoog alsof ze op zoek waren naar ontsnapte gevangenen.'
Het was augustus en het regende aanhoudend, zodat Robbie en ik
oorlogje speelden en ons onder de tafel verstopten terwijl Leigh met
haar walkman op de bank zat, Jackie Collins las en ons verder negeerde. Waar we ons in werkelijkheid voor verstopten, waren de ruzies van onze ouders. Het voortdurende bekvechten in de keuken.
Maar dat deel liet ik buiten mijn verhaal.

'Is dat ding dan nog in gebruik?' Hij dacht na en maakte opeens
een meer alerte indruk.

'Ik weet niet of het nu nog zo is, maar toen in ieder geval wel. Robbie heeft zelfs nog een tijdje vuurtorenwachter willen worden.' God,
had hij dat maar gedaan, dacht ik.

'Blijf hier even wachten.' Hij liep over het parkeerterrein naar de informatiepost. Die was gesloten. Hij draaide zich om en liep door naar het kantoor van de kustwacht. Ook die deur was op slot. Vloekend haalde hij zijn telefoon uit zijn zak. In het licht van de ondergaande zon zat ik op de motorkap, at mijn laatste frieten op en zag hem praten, maar ik kon niet zien wat hij zei. Ik had gewoon de puf niet meer om me opnieuw enthousiast te laten maken. Dat was vandaag al te vaak gebeurd. Uiteindelijk gebaarde hij dat ik moest instappen.

'Wat zou je ervan zeggen als we hier vannacht bleven?' vroeg hij toen hij de contactsleutel omdraaide.

Ik had het sterke vermoeden dat ik niet veel keus had.

Silver nam me mee naar een klein hotel aan de boulevard, niet zo chic als het Grand een eindje verderop, maar best mooi, op een zakelijke manier. Ik zat op een bank in de verlaten, in zachte tinten uitgevoerde bar en zag hem door de glazen deur van het kantoor in zijn telefoon praten. Ik bestelde een wodka met tonic, belde naar huis en sprak met Shirl. Daarna belde ik het ziekenhuis en sprak met zuster Kwame. Mickey was weer bij kennis, maar hij sliep nu. Ze waren tevreden over zijn vooruitgang. Toen ik het gesprek had beëindigd, vroeg ik me af waarom ik het gevoel had dat mijn man heel ver van me vandaan was. Zo ver weg, op alle mogelijke manieren.

Op de tv in de hoek kabbelde een of andere politieserie voort. Hij werd gevolgd door een bespottelijk showprogramma waarin tweederangs beroemdheden over rubberen trappen moesten rennen voordat ze elkaar kameraadschappelijk op de schouder sloegen en probeerden grappig te zijn. Ik bladerde de brochure van de plaatselijke dierentuin door en stelde me met pijn in mijn hart voor hoe Louis' gezichtje zou glunderen wanneer hij die grappige lama's zag. We hadden eigenlijk nog nooit dagtochtjes gemaakt; het uitje naar Tate Gallery was het eerste geweest en... Ik liet nog een wodka brengen en sloeg die achterover.

Na een tijdje kwam een aantrekkelijke politieagente me een tasje met toiletspullen brengen.

'Ik heb er ook schoon ondergoed in gedaan,' fluisterde ze. 'Hopelijk is de maat goed.' Ze hield me het tasje voor, maar ze keek eigenlijk door de deuropening naar Silver. Hij keek op en stak zijn hand naar haar op, waarop zij licht begon te blozen en ik me onmiddellijk geïrriteerd voelde. Maar dat was onredelijk, sprak ik mezelf op strenge toon toe.

'Heel attent van jullie. Heeft Silver daarom gevraagd?' vroeg ik op droge toon terwijl ik een grote, degelijke witte onderbroek uit het tasje haalde.

Ze keek me enigszins gegeneerd aan. 'Ik weet niet precies van wie de opdracht kwam. Is er nog iets anders waar u behoefte aan hebt?'

'Een uitleg van wat er aan de hand is zou fijn zijn,' zei ik, heel voorzichtig formulerend. 'Kun je me die geven?' Ik gloeide inmiddels van de wodka, voelde me zoals ik me lang niet had gevoeld. Een merkwaardige combinatie van uitgelatenheid en nervositeit.

'Nee, ik ben bang dat ik dat niet kan. Maar ik weet zeker dat ze u straks zullen inlichten.' Ze wist blijkbaar weinig meer dan ik.

Opeens zwaaide de deur open en kwam Silver binnen. Snel stopte ik het slipje terug in het tasje.

'Bedankt daarvoor, agent...?' zei Silver.

Ze begon weer te blozen. 'Martin.'

'Agent Martin. Heb je enig idee waar die baas van je uithangt? Ik zit nog steeds op zijn telefoontje te wachten.'

'Hij is bezig met de Doherty-moord, in Peacehaven,' zei ze verlegen. 'Een groots opgezet onderzoek, dus ik denk dat hij wel tot de vroege ochtend bezig zal zijn.' Er viel een stilte en ten slotte vroeg ze, bijna met tegenzin: 'Nou, als dat alles is voor dit moment...?'

Silver wierp haar een brede glimlach toe en zei: 'Ja. Bedankt, meisje. We zien je morgen.' Daarna draaide hij zich om en liep naar de bar. Even leek ze teleurgesteld en had ik met haar te doen.

'Hartelijk bedankt voor de spullen,' riep ik haar na toen ze wegliep.

Silver kwam terug met een donker drankje in een glas en nog een wodka voor mij. 'Zullen we buiten gaan zitten?' vroeg hij. 'Het is hier snikheet.'

Ik liep achter hem aan naar de tuin die muren aan weerszijden had en aan de voorkant afliep naar zee. 'Leuke parasols.' We namen plaats aan een van de tafels van het verder verlaten terras. 'Wat is dat?' vroeg ik, wijzend naar zijn glas.

'Cola,' zei Silver, en hij nam een slokje. 'Hoezo?'

Ik haalde mijn schouders op. 'Ik vroeg het me gewoon af.' Ik keek enige tijd naar de zee. In de verte waren piepkleine bewegende lichtjes te zien. Van vissersboten? 'Waarom drink je cola?'

'Ik drink geen alcohol.'

'O. Sorry.' Mijn gedachten gingen terug. 'Waarom niet?'

'Omdat ik dat vroeger wel heb gedaan. Veel gedronken. Veel te veel. Totdat...' Hij speelde met de wikkel van het plakje kauwgom dat hij net had uitgepakt. 'Totdat ik alles ben kwijtgeraakt wat belangrijk was in mijn leven.'

'Bedoel je je vrouw?'

'Ik bedoel mijn kinderen.' Hij legde de wikkel op tafel. 'Dus daarom drink ik niet meer.' In het donker zag hij er een beetje troosteloos uit. 'En ik ben aardiger als ik niet drink. Een stuk aardiger.' Daarna riep hij zichzelf tot de orde. 'Dus je kunt me maar beter niet boos maken, afgesproken, meisje?'

Zittend onder de kleurige, vergeten slinger van een of ander tuinfeest was ik ineens blij met het duister. De vlaggetjes bewogen in de zwoele avondbries en ik veranderde van onderwerp. 'En? Ga je me nog vertellen wat er aan de hand is?' De tonic bruiste zachtjes in mijn glas.

'Sorry,' zei Silver, en hij trok zijn das los. 'God, wat een opluchting dat ik dat ding eindelijk af kan doen. Zeker met deze hitte.' Hij gooide hem op de stoel naast de zijne. 'Het gaat om die vuurtoren. Ik had er vanavond nog naartoe gewild, maar het tij is gekeerd en de kustwacht vindt het niet goed. We zullen tot morgen moeten wachten.'

'Wat is er met die vuurtoren? Waarom zou je daar naartoe willen?'

'Iets wat je op het strand zei heeft me aan het denken gezet. Over *The Great Escape* en het bewegende licht. Herinner je je dat vreemde licht aan het eind van die videotape nog?'

Ik dacht terug aan het griezelige, verschuivende licht en knikte.

'Het was iets waar we niet helemaal uit kwamen. De technische recherche heeft ernaar gekeken en we vermoedden dat het ging om neonverlichting van een of andere club, je weet wel, dat door het raam naar binnen schijnt. Net zoals in het huis van de generaal. Maar de kleuren klopten niet. Toen hebben ze het op de videoband opnieuw getimed en kwamen ze uit op een interval van drie seconden, en dat is blijkbaar dezelfde als die van vuurtorens.' Hij keek me met een triomfantelijke blik aan en hief zijn glas. 'En de dichtstbijzijnde nog werkende vuurtoren is, zoals jij terecht hebt opgemerkt, die bij Beachy Head.'

'Bedoel je...' Ik staarde in mijn glas alsof het een kristallen bol was, zocht naar iets wat me meer duidelijkheid zou geven. Het ijs was in de zwoele avondwarmte allang gesmolten. 'Bedoel je... Denk je dat Louis in die vuurtoren kan zijn?'

'Jess, zoals ik net al zei is het onmogelijk om er met zekerheid iets over te zeggen. Ik heb waarschijnlijk al te veel gezegd. Het is niet mijn bedoeling je te veel hoop te geven. Maar het is inderdaad een mogelijkheid, meisje.'

Ik schoof mijn glas van me af en stond op. 'Wat zitten we hier verdomme dan onze tijd te verdoen? Waarom gaan we daar niet kijken?'

'Dat heb ik je net verteld. Er is nu een gevaarlijk springtij en we kunnen er alleen in een klein bootje naartoe. Veel te gevaarlijk, zeggen ze.' Hij stak zijn hand naar me uit. 'Ga zitten, alsjeblieft. Ik ben net zo ongeduldig als jij, geloof me.'

'Dat betwijfel ik, Silver,' zei ik op scherpe toon. 'Jezus christus, als het inhoudt dat mijn kind daar misschien is, zwém ik er desnoods naartoe. Springtij of geen springtij. Kom op, laten we gaan.'

Silver stond op en kwam naar me toe. Achter hem was de donkere hemel boven de glanzend zwarte zee bezaaid sterren. De nacht leek eeuwig te duren.

'We gaan morgen, echt, ik beloof het. Morgenochtend vroeg. Het is allemaal al geregeld. Je hoeft niet lang meer te wachten. Probeer nog heel even geduld te hebben, Jessica.'

'Hoe? Waar moet ik dat geduld volgens jou dan vandaan halen?' Ik pakte mijn glas, nam een slok wodka en liep het gazon op. Het gras voelde fris en stevig aan tussen mijn blote tenen. 'Ik ben het wachten beu, Silver. Ik doe al meer dan een week niks anders dan wachten. Ik voel me zo... zo verdomde nutteloos. Zo'n volslagen mislukkeling. Ik ben een moeder die haar kind had moeten beschermen, maar dat heb ik niet gedaan. In plaats daarvan heb ik goed gevonden dat iemand hem meenam, en nu... moet je me zien, zit ik hier wodka te zuipen met een of andere halfbakken machopolitieman.'

'Je wordt bedankt.' Hij leek zich niet beledigd te voelen. 'Wees niet zo hard voor jezelf.'

'Nou, hoe moet ik volgens jou dan wel zijn? Ik bedoel, hoe zou jij je voelen? Kun je je dat voorstellen, hoe jij je zou voelen als ze een van jouw kinderen hadden ontvoerd?' daagde ik hem uit. 'Jij zou ook niet gaan zitten wachten, of wel soms?'

Langzaam schudde hij zijn hoofd. 'Nee, dat denk ik niet. Het enige wat ik kan bedenken, is dat het echt een hel moet zijn. Ik mis mijn

kinderen nu al heel erg, maar ik weet tenminste waar ze zijn.' Hij legde zijn handen licht op mijn schouders. Ik kon in het donker zijn gezicht nauwelijks zien, maar ik voelde dat er medeleven uit zijn ogen
straalde. 'Luister, je doet het fantastisch, meisje. Ik weet dat het afschuwelijk en vreselijk frustrerend is. Ik begrijp hoe moeilijk het is,
maar binnenkort komt er een eind aan, echt, ik zweer het je. We zullen Louis terugvinden.'

'Ik begin zo langzamerhand te denken...' Mijn stem brak en ik
moest diep ademhalen om mijn zelfbeheersing te bewaren. 'Ik begin
te denken dat ik hem misschien nooit meer zal zien.'

'Echt, je zult hem weer zien, daar ben ik van overtuigd. Daar moet
je in blijven geloven.'

'Ik voel me al die tijd al zo... vreemd. Alsof ik het niet ben die dit
overkomt, alsof het een nachtmerrie is waaruit ik zal ontwaken, en
dat Louis dan weer naast me ligt en iemand tegen me zegt dat ik het
alleen maar heb gedroomd.' Ik probeerde mijn ademhaling onder controle te krijgen. 'En niets bereidt je hierop voor... ik bedoel, niemand
vertelt je wat je moet doen. Wat wordt er dan van me verwacht?'

Hij streek mijn haar uit mijn ogen en haalde zijn hand niet weg.
Ik wilde ook niet dat hij dat zou doen. Toen boog hij zijn duim en
streek er zacht mee over mijn wang. Ik durfde hem niet aan te kijken, durfde amper adem te halen. Ik keek naar mijn blote voeten, die
tussen zijn gelaarsde voeten stonden, en wachtte. Alsof ik op de rand
van een afgrond stond, hield ik mijn adem in tot het bijna zeer deed,
en kroop ik op mijn tenen dichter naar de rand.

'Je bent niet alleen,' zei hij zacht. 'Ik ben er ook nog, of niet soms?
En ik laat je niet barsten.'

Toen wilde hij dat ik hem aankeek, maar dat wilde ik niet... dat
kon ik niet. Dat moest ik ook niet doen. Je moet dit niet laten gebeuren, zei een stemmetje in mijn hoofd, wat dat 'dit' ook was. Je zou
het niet eens moeten willen. Maar Silver had iets waardoor ik me zo
veilig voelde, iets wat me ertoe aanzette om me in zijn armen te werpen en daar voor altijd te blijven. Ik wist dat als iémand Louis kon
vinden, hij het was. En hij zorgde ervoor dat ik me heel rustig voelde, nu in ieder geval wel. Niet dat voortdurende gekibbel zoals Mickey en ik het gewend waren, al die emotionele aanvaringen en de bijna gewelddadige lust die erop volgde. Dit was heel anders. Gedurende
één heerlijk moment kon ik mezelf helemaal vergeten, me voorstel-

len dat ik opging in Silver, en aan niets anders hoefde te denken dan aan het nu. In deze donkere tuin met de sterren aan de hemel bestonden alleen wij. Ik ademde hem in, zo dichtbij was hij, en op de een of andere manier rook hij precies goed.

Ik dacht dat ik zijn ademhaling iets hoorde versnellen en voelde dat ik me begon over te geven aan mijn verlangen. Mijn glas gleed uit mijn vingers en viel in het gras. En toen...

Toen kwam ik weer tot mezelf. Net op tijd kon ik mezelf tot de orde roepen. Waar was ik in godsnaam mee bezig?

'Nee, nog niet,' zei ik met onvaste stem, en ik duwde hem van me af.

'Wat?' vroeg hij, en opeens was zijn accent duidelijker hoorbaar dan daarvoor.

'Nu laat je me nog niet barsten, maar er komt een moment dat je dat wel zult doen. En dan zal ik het weer alleen moeten doen. Zoals altijd.' Ik voelde me zo onzeker dat ik me bukte om het glas op te rapen, zodat ik hem niet hoefde aan te kijken. Ik zette het terug op tafel en liep van hem weg, naar de deur van het hotel. Ik voelde de abrupte ontnuchtering, de plotselinge leegheid van hete, onvervulde lust. 'En trouwens, het gaat om Louis. Ik moet me op hem concentreren. Dat moeten we allebei doen.'

'Jessica...' begon Silver, maar ik liep door. Liep weg van hem en van mezelf, naar binnen. 'Wek me morgenochtend op tijd, alsjeblieft,' zei ik over mijn schouder, en voordat hij me kon inhalen stapte ik de lift in en hoopte dat de deuren zich op tijd zouden sluiten. Ik bekeek mezelf in de spiegel in het gele licht in de lift, mijn verwarde haar en mijn lip nog dik van de klap die de generaal me had gegeven. Ik zag dat ik eindelijk wat kleur op mijn wangen had gekregen. Ik staarde mezelf enige tijd aan en draaide me toen om. Boven, op mijn kamer, ging ik meteen naar bed, maar ik lag angstig en transpirerend onder het laken en wist dat ik voorlopig niet zou kunnen slapen.

Even later werd er zachtjes op mijn deur geklopt en hoorde ik Silver mijn naam zeggen, maar ik trok het kussen over mijn hoofd en drukte de zijkanten tegen mijn oren, zoals een kind dat zou doen. Uiteindelijk ging hij weg.

20

Ik droomde van Louis, mijn kleine Louis. Silver, zonder overhemd, tilt hem hoog in de lucht, zet hem weer neer en ik kom aanrennen om hem in mijn armen te nemen. Maar elke keer is Silver me te snel af en tilt hij hem weer in de lucht, zodat ik steeds misgrijp. Dan staan mijn vader en moeder in de deuropening van het bouwvallige zomerhuisje dat er nu niet meer is, gearmd en stompzinnig grijnzend als het houten echtpaar van een koekoeksklok, dat naar buiten komt en weer naar binnen gaat, en is het die regenachtige zomer van mijn kindertijd.

Badend in het zweet werd ik wakker, met het laken strak om me heen gedraaid. Ik gooide het van me af, zocht naar mijn inhaler en probeerde de herinnering aan die vreselijke vakantie uit mijn hoofd te krijgen. De vakantie die abrupt eindigde toen mijn moeder ontdekte dat mijn vader de volgende dag naar het gerechtshof moest om de uitspraak van zijn straf aan te horen. Dat ze hem alleen op vakantie hadden laten gaan omdat hij aan ongeneeslijke kanker leed. Wat het begin van het einde was geweest.

Toen pas merkte ik dat er op de deur werd geklopt. Met slaperige ogen keek ik naar het klokje op het nachtkastje. Het was 5.32 uur. De ochtend van de tiende dag. De dag dat we mijn zoon zouden vinden...

'Jessica, we moeten gaan.' Het was Silver, en onmiddellijk greep de angst me bij de keel, had ik het gevoel dat hij aan de verkeerde kant van de deur stond, maar tegelijkertijd aan de goede kant. Hoezeer ik me er ook tegen verzette en besefte dat het niet goed was, wilde ik nog steeds dat hij dicht in mijn buurt was. Ik liet mijn hoofd weer op het kussen vallen.

'Ik kom er zo aan!' riep ik even later, maar antwoord kreeg ik niet.

Ik stond op en kleedde me aan, trok het degelijke witte slipje aan dat de agente voor me had meegebracht, poetste mijn tanden, plensde een paar handen koud water in mijn gezicht en bedacht dat als de wallen onder mijn ogen nog donkerder zouden worden, ik eruit zou zien alsof ik ernstig ziek was. Door de schaafwonden op mijn voorhoofd leek het alsof mijn gezicht vuil was en vroeg ik me ernstig af of er ooit nog een man zou zijn die me zou willen kussen.

Silver wachtte op me in de foyer, liep daar onrustig heen en weer voor de gapende receptioniste en tikte met zijn mobiele telefoon tegen zijn dijbeen. Hij had geen das om en zijn overhemd hing uit zijn broek. Voor het eerst sinds we elkaar hadden ontmoet was hij ongeschoren en maakte hij een onverzorgde indruk. Ik werd er bijna verlegen van.

'Ontbijt?' vroeg de receptioniste beleefd, en ze onderdrukte een geeuw. 'We kunnen wel even snel iets regelen, denk ik.' Ze gebaarde naar de eetzaal, maar Silver schudde zijn hoofd; daar hadden we geen tijd voor. Hij duwde me een papieren bekertje met koffie en een pakje biscuitjes in de handen en leidde me zonder me aan te raken de deur uit, het parkeerterrein op. Zijn manier van doen had bijna iets vijandigs. Ik glimlachte naar hem, maar hij bleef grimmig voor zich uit kijken.

'Even voor de duidelijkheid, Jessica,' zei hij, zonder me aan te kijken en terwijl hij het portier van de auto voor me openhield, 'ik heb nooit iets geprobeerd met iemand met wie ik vanwege mijn werk te maken heb. Nooit.' Hij smeet het portier dicht voordat ik iets terug kon zeggen. Toen hij aan de andere kant was ingestapt, keek hij me enige tijd aan, met een wat droevige blik. Toen zei hij: 'Het enige wat ik wil, is het beste voor jou. Het best mogelijke resultaat.'

Ik probeerde mijn gedachten te ordenen, verder te denken dan mijn zoon, dan de opmerking dat wij – mijn kind en ik – een resultaat zouden zijn. Maar toen ik na een tijdje begon te praten, wilde hij het niet horen.

'Vergeet het maar, oké?' zei hij kortaf. Hij zette de radio aan en draaide het raampje helemaal open, zodat ik zat te rillen in mijn dunne kleding en steeds het haar uit mijn ogen moest vegen. Het was trouwens beter als ik mijn mond hield. Ik wilde liever niets zeggen over de gevoelens waaraan ik de afgelopen avond ten prooi was gevallen.

De zon kwam op boven zee en terwijl ik naar een piepklein wit bootje aan de horizon staarde, dacht ik: Dit zou het kunnen zijn... misschien zie ik Louis straks, alstublieft, God, en ik werd overspoeld door een nieuwe golf van verlangen, die doordrong tot in mijn botten.

De rood met witte vuurtoren stond op een schiereilandje dat een paar uur per dag door het tij van het vasteland werd gescheiden. Als een plaatje in een avonturenroman stak hij fier en uitdagend uit zee omhoog toen wij het hellende keienstrandje afliepen. De zon stond nog laag, er schoven een paar wolkjes langs de horizon en afgezien van een man die zijn hond uitliet was er niemand te zien op het strandje.

De mannen die we zochten stonden in een groepje bij de waterlijn, zo opvallend als ezels bij de paardenrennen, met hun pakken en kaplaarzen in de ochtendwarmte. De oudste van het stel, een man met een bril en een grimmig gezicht, kwam ons tegemoet, waarbij zijn glanzend gepoetste schoenen vol zand en schelpjes kwamen te zitten. Ondanks mijn hoopvolle glimlach knikte hij alleen naar me en richtte zich vervolgens tot Silver.

'De boot kan ieder moment komen, Joe.' Alsof het zo afgesproken was kwam er op dat moment een kleine politieboot naar het strand varen. 'Mevrouw blijft hier, neem ik aan? Williams kan bij haar blijven.'

'Ik wil graag mee, als het kan,' zei ik zo kalm mogelijk.

De man met de bril keek Silver aan en trok een wenkbrauw op. Vrouwen... zei zijn meelevende blik. Wat hij in werkelijkheid zei was: 'Dat is niet volgens de regels, mevrouw.'

'De regels kunnen me geen barst schelen,' zei ik op afgemeten toon. 'Het enige wat ik wil is mijn zoon terugvinden. Als we allemaal een beetje inschikken, is er heus wel plaats voor me op die boot.' Ik wachtte niet af of de twee mannen opnieuw een betekenisvolle blik zouden uitwisselen.

Uiteindelijk gingen we te voet, want het tij was gekeerd en de zee had zich ver genoeg teruggetrokken. Op mijn oude sandalen glibberde en gleed ik over de met zeewier bedekte rotsen, geërgerd over de tijd die de tocht ons kostte, en koppig de hulpvaardige handen weigerend die naar me werden uitgestoken. Vooral Silvers gebruinde hand.

'Mijn vader zei altijd dat zeewier het haar van zeemeerminnen was,' zei ik tegen niemand in het bijzonder. En ik zag hem weer voor me, mijn vader met zijn kromme benen, in de branding met zijn garnalennetje, mij wenkend om het water in te komen. Keek hij nu uit naar zijn kleinzoon, ergens hier in de buurt, ondeugend grijnzend zoals hij dat altijd naar zijn kleine meisje had gedaan?

'Hij klinkt een beetje als een dromer, je vader,' zei Silver, en eindelijk glimlachte hij naar me.

Ik glimlachte terug, zwakjes, want het beeld van mijn vader zat nog steeds in mijn hoofd. 'Dat kun je wel zeggen.' De rest van de tocht zwegen we en we gingen sneller lopen naarmate we ons doel dichter naderden, ieder met onze eigen verwachtingen, nam ik aan.

Onder in de vuurtoren keek ik op naar de honderden treden, probeerde me niet te laten ontmoedigen, haalde een keer diep adem en begon na Silver de wenteltrap te beklimmen. Silver klom snel en nam grote passen, en algauw klopte mijn hart in mijn keel. Ik dacht dat ik een baby hoorde huilen en bijna had ik het uitgeschreeuwd van vreugde. Toen besefte ik dat het een krijsende meeuw was en beet hard op mijn onderlip. Ik hoopte zo dat dit het eind van mijn beproeving zou zijn, dat ik mijn Louis boven zou aantreffen, ongedeerd en kraaiend van plezier, met grote ogen van verwondering, dat ik sneller begon te klimmen. Tegen de tijd dat we boven waren, was ik buiten adem en had ik dringend behoefte aan mijn inhaler. Ik kon niet ontkennen dat het boven me akelig stil was, maar desondanks stormde ik met een laatste opleving van hoop het ronde vertrek binnen.

Onmiddellijk werd pijnlijk duidelijk dat er niemand was. De vuurtoren was verlaten. Mijn verslagenheid was zo groot dat ik Silver bijna had uitgescholden omdat hij me weer valse hoop had gegeven, maar ik klemde mijn kiezen op elkaar en ging snel zitten voordat ik ter plaatse in elkaar zou zakken. Ik moest mijn uiterste best doen om niet in te storten en durfde niemand aan te kijken. Silver gaf een klap op het raam van frustratie.

'Jongeren uit de buurt, zo te zien,' zei de man met de bril, die niet eens zweette. Hij schopte tegen een hoop rommel in de hoek en stak een sigaar op. Zelfs voor een ongetraind oog was duidelijk dat er hier drugs waren gebruikt. Op de oude houten tafel, die al wankelde als er iemand langsliep, lagen de bekende attributen uitgestald: aluminiumfolie, lucifers en een omgebogen lepel. Uit de hoop rommel in de hoek was een injectiespuit gerold en tussen de vele sigarettenpeuken lag een leeg pakje Golden Virginia-shag. Er was een tegelvloer die me deed denken aan die op de video, en in het raamkozijn lag een kleine piramide van brokjes kalksteen. Maar nergens een spoor dat erop wees dat er hier ooit een kind was geweest. Geen spoor van mijn kleine jongen.

De technische rechercheurs – de soco's noemde de man met de bril ze – kwamen boven in hun knisperende papieren overalls en ik liep achter Silver aan de trap af, over het strand, dat glom als een glasplaat in de ochtendzon, over de gladde rotsen en het keienstrandje, en ten slotte de houten trap op. Toen ik naast Silver in de auto stapte, voelde ik een verslagenheid die zijn weerga niet kende.

Op de terugweg over de bochtige wegen begon het zachtjes te regenen. Met weemoed dacht ik terug aan de sprookjesgrotten waarover mijn vader had verteld toen we met z'n allen in onze oude Cortina door de nacht reden voor die laatste zomervakantie. Voordat ons gezin was ontspoord en definitief uit elkaar was gevallen.

Silver zette muziek op die bij onze sombere stemming paste, een melancholieke blues, en afgezien van een gemompeld 'het spijt me' zei hij nauwelijks iets. Een paar keer probeerde ik hem aan de praat te krijgen, maar ten slotte gaf ik het op. Terwijl Silver doorreed, zakte ik weg in een ondiepe slaap en een droom waarin beelden van reusachtige injectiespuiten werden afgewisseld door die van mijn broer, die opeens sprekend op mijn zoon leek. Toen ik weer wakker schrok, waren we bijna thuis en merkte ik dat er speeksel op mijn kin zat. Ik keek opzij om te zien of Silver het had gemerkt, maar hij hield zijn blik op de drukke weg gericht. Ik kon Robbie echter niet uit mijn hoofd zetten, bleef mijn jongere broer maar voor me zien, met zijn glazige, lege blik en pupillen als speldenknoppen, zoals hij toen in het huis van de generaal voor zich uit had gestaard.

En er was nog iets anders wat me dwarszat. Ik moest steeds weer denken aan dat lege Golden Virginia-pakje dat ik vanochtend in de vuurtoren had gezien. Ik had zo'n pakje shag eerder gezien, nog niet zo lang geleden, en niet alleen in Robbies hand. Ik kon het niet uitstaan dat ik me niet kon herinneren waar het dan wel was geweest.

21

Toen we mijn huis naderden, was er iets veranderd aan de voorkant, maar ik kon niet direct zien wat dat was. Het duurde even voordat ik besefte dat mijn auto er niet stond. Voor het eerst sinds Louis' vermissing stond die er niet, en had iemand er een andere auto voor in de plaats gezet. Even dacht ik dat Mickey weer thuis was. Toen dacht ik dat Louis misschien teruggebracht zou zijn door die onbekende auto, dus stapte ik snel uit en rende het tuinpad op.

Op dat moment kwamen Kelly en Deb naar buiten, als een merkwaardig soort ontvangstcomité. Er was iets aan de hand, dat was duidelijk.

'Is Louis er?' riep ik hoopvol, maar Kelly schudde bedroefd het hoofd.

'Nee, sorry,' zei hij. Het was een van de weinige keren dat ik hem niet zag eten.

'Had je Maxine vrij gegeven?' vroeg Deb bezorgd.

Ik schudde mijn hoofd. 'Nee. Hoezo?'

'Ze is ervandoor, en we denken... We hebben het ernstige vermoeden dat ze in gezelschap van iemand anders is.'

Silver stak een nieuw plakje kauwgom in zijn mond. 'In gezelschap van wie?' vroeg hij kortaf.

Deb begon licht te blozen en zei: 'We denken dat ze er met Robbie vandoor is.' Ze durfde me niet aan te kijken.

Silver vloekte binnensmonds. 'Had ik gisteravond niet tegen je gezegd dat we hem weer moesten oppakken?' Hij keek Kelly boos aan.

Maar Kelly bleef kalm als altijd en reageerde nauwelijks op de boosheid van zijn meerdere. 'Dat waren we ook van plan, baas, en dat zullen we ook doen... als we hem hebben gevonden.'

Mijn hoofd zat vol watten en ik kon niet goed nadenken. Ik wendde me tot Deb. 'Ik begrijp het niet,' zei ik. 'Maxine en Robbie? Samen? Waarom?'

Ze haalde haar schouders op en wierp een nerveuze blik in de richting van haar baas. 'Dat weet ik ook niet precies, Jessica.'

Silver keek me aan en draaide zich met een ruk om naar Kelly. 'We moeten verder,' zei hij, waarop hij zonder nog iets te zeggen in zijn auto stapte en geërgerd met zijn vingers op het stuur begon te trommelen. Ik keek naar hem – hij kon mij niet zien zoals hij daar zat – en dacht: nu ben ik dubbel bedroefd, nog bedroefder dan toen we hier gisteren weggingen. Als een hond die uit de regen komt schudde ik de gedachte van me af.

'Ik moet naar Mickey toe, Deb,' zei ik snel, want dat leek een verstandige reactie, iets wat een getrouwde vrouw hoorde te zeggen. Het camoufleerde mijn twijfels, dichtte de barsten in mijn gezonde verstand. Snel haalde ik mijn spullen van de achterbank van Silvers auto en zonder om te kijken liep ik terug naar het huis. Achter me hoorde ik hem uitvaren tegen Kelly.

'Waarom ben ik daar verdomme niet over ingelicht?' waren de laatste boze woorden die ik kon verstaan. Eindelijk begonnen er barstjes in Silvers koele zelfbeheersing te komen.

Wat nu?

Er waren twee dingen gebeurd, kreeg ik te horen. Leigh had Maxine en Robbie de afgelopen avond in mijn slaapkamer aangetroffen en had in paniek Deb opgebeld. Deb wilde nu dat ik mijn zus belde omdat ze dacht dat die het beter aan me kon uitleggen.

Amper twintig minuten later stapte Leigh uit haar auto in een afschuwelijk zuurstokroze trainingspak, een keuze die vermoedelijk aansloot bij haar slechte humeur. Ze was aan de grote schoonmaak begonnen, wat het bewijs was dat ze echt heel erg van streek moest zijn. Ze had haar haar in een paardenstaart en trilde over haar hele lichaam van de zenuwen.

Deb zette thee voor ons – eeuwige theetante als ze was, het arme mens – terwijl Leigh bij de open achterdeur de ene sigaret na de andere rookte. Ze was echt diep geschokt. Ze was de vorige avond onaangekondigd langsgekomen om te zien of alles in orde met me was, en had licht in mijn slaapkamer zien branden. Toen er niet werd opengedaan, had ze zichzelf binnengelaten met de sleutel die ik haar had gegeven en was naar boven gegaan in de veronderstelling dat ik met het licht aan in slaap was gevallen. Maar in plaats van mij had ze Robbie in mijn slaapkamer aangetroffen, in mijn bed, waar hij een poging deed mijn au pair te neuken, zonder veel succes, overigens.

Tot Leighs verbijstering lag Maxine op haar buik op het bed en waren haar armen aan de poten vastgebonden met riemen en dassen van Mickey, en had Robbie iets van haar bovenrug gesnoven terwijl hij haar van achteren nam. Ze waren allebei compleet van de wereld geweest, van de whisky en nog veel meer, er had bloed op de zijden sprei gezeten, er lagen sigarettenpeuken op de grond en in de wijnglazen, zilverpapier en gebruikte lucifers in de wastafel van de badkamer, en een pot pillen – mijn pillen – was op de vloer uitgestrooid.

'Kortom, een beestenbende,' klaagde Leigh alsof dat haar het meest van streek had gemaakt. 'Ik had de sprei vandaag naar de stomerij willen brengen,' zei ze bijna verontschuldigend terwijl ze haar bijna opgerookte sigaret gebruikte om een nieuwe aan te steken en de peuk netjes naast de andere in het raamkozijn neerlegde, 'maar Deb zei tegen me dat ik alles moest laten zoals het was.'

Leigh had tegen het duo geschreeuwd en was de kamer uitgerend om eerst Gary en daarna Deb te bellen. Maar tegen de tijd dat de twee arriveerden, was Robbie er al vandoor en lag Maxine bewusteloos op mijn bed. Ze hadden gecontroleerd of ze nog ademhaalde, maar ze had zich blijkbaar alleen bewusteloos gezopen, dus hadden ze haar losgemaakt, haar naar haar kamer gedragen om haar roes uit te slapen en besloten dat Deb zou blijven, voor het geval dat.

Maar toen Deb vanochtend wakker was geworden, was Maxine nergens meer te bekennen. Bij nadere inspectie bleek dat het merendeel van Maxines kleren ook was verdwenen, net als de stereo, mijn auto en – zoals later zou blijken – mijn sieradenkistje en Mickeys Rolex. En aangezien Maxine nooit autorijden had geleerd, vermoedden ze dat ze er samen met iemand anders in mijn auto vandoor was. Hoogstwaarschijnlijk met Robbie.

'Het ergste...' zei Leigh zacht terwijl ze naar buiten staarde alsof ze in de tuin troost zou vinden. 'Het ergste van alles was dat hij me niet eens herkende, Jess.' Ze draaide zich om en ik zag dat ze haar handen tot vuisten had gebald. 'Robbie wist niet eens wie ik was toen ik gisteravond die kamer binnenkwam. Hij was zo stoned, zo compleet van de wereld dat hij dwars door me heen keek, alsof... zo raar... alsof hij me nooit eerder had gezien.'

Ik schrok toen ik de tranen in haar ogen zag springen. Leigh huilde nooit.

'Ik vind het zo erg, Jess. Wat is er verdorie mis met die jongen?

Hij was ooit zo'n lieve knul.' Ze snoof en veegde haar neus af met de rug van haar hand, waarvan het zonnebankbruin al aardig begon te verbleken. 'Ik bedoel, wij zijn toch heel aardig terechtgekomen, of niet soms?' Ze keek me aan alsof ze naar bevestiging zocht.

Het probleem was dat zij nooit de ware Robbie had gekend, niet echt, niet sinds hij tiener was geworden. Hij had het toen zo moeilijk gehad, maar zij had hem altijd buitengesloten, had nooit enig vertrouwen in hem gehad en had hem namens mijn moeder op de huid gezeten, ook als die dat zelf niet nodig vond. Leigh had hem namelijk altijd op de huid gezeten, ze had de ware Robbie nooit geaccepteerd zoals ik dat wel had gedaan. En zelfs toen wij drieën met de laatste crisis werden geconfronteerd, de crisis waar nooit over werd gesproken, toen we met z'n drieën getuige waren van de aftakeling van onze vader, die tot zijn dood zou leiden, toen we het moesten opnemen tegen de politie, het voor de buren verborgen moesten houden en moesten voorkomen dat onze moeder niet instortte... zelfs toen waren mijn broer en zus geen centimeter nader tot elkaar gekomen.

Uiteindelijk was het voor ons allemaal onmogelijk geworden om nog langer onze ogen te sluiten voor hoe Robbie in werkelijkheid was, iets wat zelfs ik nu pas inzag. Ik kon zien hoeveel pijn het Leigh deed nu zij met die waarheid geconfronteerd werd.

Ik stond op en sloeg mijn armen om haar kleine, stevige lichaam. 'Ja, Leigh, ik zou zeggen dat wij het best aardig hebben gedaan. En je weet nooit, misschien komt het met Robbie ook nog wel eens goed.'

We keken naar het weelderige groen in de tuin, de laatste witte rozen aan de struiken. Zwijgend luisterden we naar de gedempte huiselijke geluidjes die de warme namiddaglucht met zich mee voerde. Een van de buren zat naar cricket te kijken en enthousiast mee te klappen. De geur van gebraden worstjes hing in de lucht en ergens lachte een kind dat waarschijnlijk klaar was om aan tafel te gaan. Een vrolijk rumoer dat in mijn ziel sneed zoals je je aan de scherpe rand van een blaadje papier kunt snijden: vrijwel onzichtbaar maar pijnlijk diep. Ik probeerde troost te putten uit die vertrouwde omgevingsgeluiden, die honderd verschillende verhalen vertelden. Ik stond daar met mijn zus, bij de achterdeur van mijn doodstille huis, het huis dat allang geen thuis meer was. En we wisten allebei dat mijn hoop over Robbies toekomst hoogstwaarschijnlijk vergeefs was.

Ik had het weer benauwd gekregen en mijn slaapkamer was nog steeds een puinhoop toen ik naar een inhaler op zoek ging. Ik begon door mijn voorraad heen te raken en moest onthouden dat ik binnenkort een nieuw recept vroeg. Ik trok me minder aan van de rommel dan Leigh; na wat ik in de flat bij Elephant en in het huis van de generaal had gezien verbaasde ik me, als het om Robbie ging, nergens meer over. Toch was ik verbaasd. Robbie en Maxine samen; dat kon ik me moeilijk voorstellen. Ik dacht terug aan de tatoeage op Robbies hand, JIMMY, volgens mij, en ik dacht aan de knappe zwarte jongen die hem vol verlangen had aangekeken.

Werd Robbie soms door iemand anders gestuurd? Ik zag de valse grijns van de generaal weer voor me. Die zat gelukkig nog veilig achter slot en grendel, voor zover ik wist, tenminste. Silver had gezegd dat als ik een aanklacht tegen hem indiende, ze hopelijk konden voorkomen dat hij meer schade aanrichtte, voorlopig althans.

Ik wilde me net omkleden toen ik beneden de telefoon hoorde gaan. Zoals altijd werd mijn korte opleving van hoop onmiddellijk gevolgd door een angst die mijn maag samenkneep. Met een badlaken om me heen geknoopt boog ik me het trapgat in. Ik zag alleen de bovenkant van Debs hoofd. Schiet een beetje op, dacht ik zwijgend, en toen keek ze naar me op. Met een glimlach die breed genoeg was om me duidelijk te maken dat het goed nieuws was, maar niet breed genoeg om me te vertellen dat het om Louis ging.

'Het ziekenhuis,' zei ze, met haar hand op de hoorn. 'Hier, neem maar over.' En ik hoorde zuster Kwames vriendelijke stem, die me het nieuws vertelde waarvan zij dacht dat ik er zo naar had uitgezien, dat mijn man eindelijk aan de beterende hand was en binnenkort naar huis zou mogen. Met een vermoeid soort opluchting liet ik me in de stoel bij de telefoon vallen.

Ik voelde me opeens heel vreemd, rilde ondanks de hitte en gloeide van paniek, welk laatste gevoel ik resoluut de kop indrukte. Mijn gedachten aan Silver duwde ik ook naar de achtergrond. Ik glimlachte naar Deb, ik probeerde het, echt waar. Ik bedoel, ik wás blij dat er een eind zou komen aan mijn eenzaamheid, en dat Mickey en ik nu samen op zoek konden gaan naar Louis. Ik was heel erg opgelucht dat mijn man weer bijna beter was.

Nu konden we doorgaan met dat waarmee we begonnen waren. Ik durfde niet te denken aan het beklemmende gevoel in mijn buik bij het vooruitzicht dat hij binnenkort weer thuis zou zijn. Toen dacht ik – en ik voelde me een verrader omdat ik het dacht – dat als ik zou moeten kiezen wíé er thuis zou komen, Mickey of Louis, ik geen seconde zou twijfelen. De crisis had ons op geen enkele manier dichter bij elkaar gebracht; sterker nog, die had me van hem weggedreven. We zouden bruggen moeten slaan wanneer Mickey weer thuis was. Daar zouden we meteen mee moeten beginnen.

22

De volgende dag raakte alles in een stroomversnelling, totdat ik het gevoel had dat ik in een achtbaan van hoop en afgrijzen zat. Het feit dat Robbie en Maxine ervandoor waren kon worden gezien als een schuldbekentenis, dus werd er een opsporingsbevel uitgevaardigd, met hun signalementen en het kenteken van mijn auto. Leigh had zich weer verhard en was er meer dan ooit van overtuigd dat onze broer betrokken was bij de ontvoering van Louis. Mijn moeder belde vanuit Spanje, huilde tranen van zelfmedelijden en wachtte totdat ze getroost zou worden. Ik moest diep graven voordat ik een paar woorden van troost had gevonden. Zelf wist ik niet goed wat ik van mijn broer moest denken. Hoe graag ik ook wilde dat het raadsel werd opgelost, het leek mij echt onwaarschijnlijk dat Robbie mijn kind had ontvoerd. Er was nog steeds geen losgeld geëist en als geld zijn motief niet was, wat was het dan wel? Vreemd genoeg was het Maxine door wie ik me het meest verraden voelde. Ik had haar in huis genomen, was altijd aardig voor haar geweest, soms tegen beter weten in, en had dit ervoor teruggekregen.

Mickey was bij bewustzijn en herstelde snel, maar het frustrerende was dat hij zich nog steeds weinig herinnerde van de dag dat Louis was verdwenen. Ik wilde met Annalise gaan praten over mijn twijfels en mijn angst dat de druk op mijn huwelijk groter was dan ik aankon, maar ik durfde het niet toe te geven, het niet hardop uit te spreken, dus nam ik in plaats daarvan een kalmeringspil. Om het mezelf vervolgens te verwijten. Ik tuurde naar mijn foto's van Louis, maar elke keer als ik langs de deur van zijn kamer kwam, moest ik mijn blik afwenden. De deur, met de vrolijk gekleurde houten letters in de vorm van dieren, sinaasappels en zonnetjes, die zijn naam spelden, was dicht geweest sinds de dag dat hij was verdwenen. Silver liet zich niet zien. Die had andere dingen te doen, nam ik aan.

Ik ijsbeerde door het huis, piekerend, voortdurend denkend aan wat ik kon doen. Wat ik zou móéten doen. Uiteindelijk haalde ik mijn fiets tevoorschijn. Ik was vroeger kampioen wielrennen geweest, maar mijn fiets stond al zo lang ongebruikt in de garage dat de spinnenwebben eraan hingen. Het duurde enige tijd voordat ik hem had uitgegraven, want hij stond verscholen achter een ouderwetse, zware grasmaaier en een paar dure tuinstoelen waar we nog nooit in hadden gezeten. De voorband was een beetje zacht, dus pompte ik die op en reed even later het park in. Ik fietste en fietste tot ik buiten adem was, wenste dat ik kon vliegen en voelde de wind in mijn haar, zoals al die keren voordat ik Mickey had ontmoet. Even overwoog ik de heuvel over te fietsen, naar Silver op het politiebureau, om hem te vragen wat hij van plan was te doen om mijn zoon terug te vinden. Maar ik durfde niet te ver van huis te gaan. Je wist immers nooit, misschien zou iemand Louis wel terugbrengen.

Toen belde Robbie me, op mijn mobiele telefoon, met onvaste stem, en hij klonk heel vreemd, heel ver weg.

'Ik weet wat je denkt, Jess,' begon hij.

Ik was afgestapt, zat op de bagagedrager, slaakte een diepe zucht en schudde mijn hoofd. 'O ja, Rob? Weet je dat?'

'Ja, en ik heb het niet gedaan. Ik zweer je dat ik Louis niet heb.'

'Weet je wat?' zei ik ten slotte. 'Ik denk dat ik je geloof, Robbie. Diep in mijn hart geloof ik je. Maar de politie denkt daar waarschijnlijk heel anders over, begrijp je wat ik bedoel? Er zomaar vandoor gaan. Dat ziet er niet goed uit, vriend. En ze zullen je vinden, Robbie, zelfs als je me niet vertelt waar je bent.'

Hij lachte onzeker. 'Ja, nou, dat kan ik me voorstellen. Maar ik zou nooit... Je moet me geloven, ik zou nooit je kind ontvoeren.'

Als een detective spitste ik mijn oren en luisterde naar achtergrondgeluiden voor een aanwijzing, maar ik hoorde niets wat ik kon thuisbrengen. 'Waar ben je, Robbie? Ben je met... met dat meisje?' Ik kon haar naam niet meer uit mijn mond krijgen.

Hij lachte weer, maar zonder enige vrolijkheid. 'Ja, dat klopt, en dat is de reden dat we ervandoor zijn gegaan. Vanwege haar ouweheer.'

'Wat, haar vader? Ik dacht dat die in Frankrijk woonde.'

'Haar vriend. Die Gorek. Een heel gevaarlijk mannetje.'

Nu was het mijn beurt om te lachen. 'Ach, kom nou! Je komt dagelijks over de vloer bij dat tuig in Soho en nu ben je bang voor haar vriendje? Maak dat een ander wijs.'

Ik dacht dat ik op de achtergrond een kat zacht hoorde miauwen.

'Wat is dat voor geluid, Robbie?' vroeg ik. 'Heb je een jong poesje voor Maxine gekocht?'

Hij ging er niet op in. 'Het is waar, Jess. Hij is het die de smerissen onder handen zouden moeten nemen. Een heel gewelddadig type. Je zou haar blauwe plekken moeten zien.'

'Uit wat ik heb gehoord, Robbie, en de puinhoop die je hebt gemaakt, was jij het die haar –'

'Jess,' onderbrak hij me, 'het spijt me, oké? Ik...'

'Wat?'

'Ik... het spijt me, echt.' Er viel een stilte en even dacht ik dat hij had opgehangen. 'En hoor eens, Jess, als ik iets hoor, zal ik het je zeker laten weten, oké? Echt waar.'

'Robbie...'

Het duurde even totdat ik besefte dat hij nu wel had opgehangen. In verwarring fietste ik terug naar huis. Toen ik de hoek bij de pub om reed, zag ik Silvers auto voor mijn huis staan. Mijn hart begon sneller te kloppen en er rommelde iets in mijn maag.

Silver zag er verfrist uit. Hij had zich hersteld, had zich geschoren en rook weer lekker als altijd. Hij glimlachte zelfs, hoewel ik me afvroeg of die ondoorgrondelijke ogen van hem wel meelachten. Ik vertelde hem wat Robbie had gezegd, waarop Silver een wenkbrauw optrok en tegen het aanrecht leunde.

'Het kan zijn dat hij de waarheid spreekt. Die Gorek kwam niet op me over als een bijzonder aardige jongen. Maar we hebben geen redenen om hem te verdenken, geen enkel concreet bewijs. We zullen nagaan waar Robbie vandaan heeft gebeld.'

Ik stond naast Silver en strekte me om een glas uit het keukenkastje te pakken. Het leek wel of ik me brandde toen mijn huid de zijne raakte. 'Heeft Deb je al iets te drinken aangeboden?' vroeg ik beleefd, alsof we op een feestje waren.

'Ik hoef niks.' Hij pakte me bij mijn schouders en draaide me om. 'Kijk hier liever even naar.' Hij schoof me een bruine envelop toe.

Een polaroidfoto van Louis' glimlachende gezichtje, en nog een van hem in een soort babystoeltje, met zijn dubbele kin prachtig geplooid terwijl hij aandachtig keek naar iets wat hij in zijn handjes had, en een draadje speeksel dat aan zijn onderlip hing en voor eeuwig was vastgelegd.

'O, mijn god.' Ik begon licht te wankelen toen ik de foto's in mijn handen had. Ik voelde me als Alice in Wonderland, alsof ik met mijn hoofd naar voren door de tunnel was geschoten, met Silver als het witte konijn dat me voor de waanzin moest behoeden maar dat me tegelijkertijd van de ene gekte naar de andere bracht. De schok was te groot voor me, de tranen sprongen in mijn ogen en ik huilde zonder geluid te maken. Maar ik was er nu zeker van dat Louis nog in leven was. Degene die de foto's had gemaakt had dingen voor hem gekocht. Louis had kleertjes aan die ik nooit eerder had gezien, speelde met speelgoed dat ik niet voor hem had uitgekozen. Degene die de foto's had gemaakt hield van mijn zoon. Heel voorzichtig hadden ze zijn zijdeachtige haar gekamd en gewacht tot hij glimlachte voordat ze de foto hadden gemaakt.

Silver deed een stap naar me toe en ik deed er een achteruit.

'Waar...' Ik haalde mijn neus op. 'Waar heb je deze vandaan?'

'Weer van die verdraaide koerier. Vanochtend vroeg gevonden op de drempel van een winkel in Knightsbridge. Achtergelaten door de ene koeriersdienst, bij ons bezorgd door de andere.' Hij keek me aan en er kwam een scheve grijns om zijn mond. 'We komen dichterbij, Jess, echt. Het kan nu niet lang meer duren.' Hij liet zijn sleutels rinkelen in zijn broekzak, haalde zijn mobiele telefoon tevoorschijn en toetste een nummer in.

'Het is ons gelukt om David Ross – de generaal, zoals jij hem kent – wat langer vast te houden, opnieuw in het licht van Robbies verdwijning. Hoewel ik je moet zeggen...' – hij wachtte even toen iemand zijn telefoontje beantwoordde, zei iets, legde zijn hand op het toestel en wendde zich weer tot mij – 'dat ik de indruk heb dat die schoft niets met deze zaak te maken heeft.'

In zijn telefoon zei hij: 'Kelly, ik wil Gorek Patuk nog een keer spreken. Ga hem oppakken.'

Met een moedeloos gevoel besefte ik dat de politie niet meer deed dan in kringetjes ronddraaien, zoals ik net rondjes in het park had gefietst. Dit schoot niet op. Ik had er genoeg van. Ik zou mijn zoon zelf moeten terugvinden.

De volgende ochtend werd ik heel vroeg wakker, maar het was al zo warm in mijn kamer dat ik niet meer kon slapen. Ten slotte stond ik op en ging naar beneden. Ik zette de computer aan, bekeek Louis' website en paste de datum aan: DAG TWAALF, wat er in zwart-op-wit heel grimmig uitzag. Geen nieuwe reacties afgezien van die van een paar grapjassen en van een vrouw die elke dag reageerde, wier man haar kinderen had meegenomen naar Pakistan en die maar bleef doorgaan over ontvoeringen van kinderen door de ouders. Geen dingen waar ik iets mee opschoot in ieder geval. Ik draaide de achterdeur van het slot, deed hem open en haalde een paar keer diep adem in de bijna tastbare stilte van de vroege ochtend. Niets in de tuin bewoog, geen zuchtje wind, geen blaadje werd beroerd. De druk op mijn keel nam toe door het gebrek aan zuurstof, door mijn verlangen en door het eeuwige wachten. Ik leunde tegen de deurpost en deed mijn ogen dicht. Ik voelde dat Louis dichterbij was gekomen, voelde dat mijn kind in de buurt was.

Later die ochtend was ik in het ziekenhuis en zat ik bij Mickeys bed. Hij wilde weten hoe ik mijn blauwe plekken had opgelopen en ik mompelde iets vaags, want ik wilde hem niet onnodig van streek maken. Ik leidde zijn zorgelijke gedachten af met de kopieën van de foto's van Louis. Mickey glimlachte en slaakte een diepe zucht van opluchting toen hij ze zag.

'Ik mis hem heel erg,' zei hij zacht, met zijn vingertop op Louis' gezichtje.

Op dat moment hield ik van hem, omdat hij begreep wat ik voelde. En ik voelde onze band sterker worden, onzichtbaar, maar het gebeurde wel. Ik vertelde hem over Maxine en Robbie, die Mickey nog nooit had ontmoet. Ik zei dat ik niet kon geloven dat mijn broer iets met Louis' verdwijning te maken kon hebben.

Mickey kneep in mijn hand en zei: 'Misschien zul je het moeten accepteren, Jess, hoeveel je ook van hem houdt.' Met forse tegenzin besefte ik dat hij daar wel eens gelijk in kon hebben. Toen verontschuldigde hij zich opnieuw voor het feit dat hij zich niet meer kon herinneren. 'Ze zeggen dat mijn geheugen zal terugkomen, ze weten alleen niet wanneer.' Hij klonk gedeprimeerd.

'Verheug je je erop om weer thuis te zijn?' vroeg ik met een opgewektheid die ik niet echt voelde, en ik dacht dat ik hem even met zijn nog halfdichte oog zag knipperen. Hij draaide zijn hoofd weg.

'Het is alleen... nu Louis er niet is,' mompelde hij, en ik was even bang dat hij zou gaan huilen. Koortsachtig zocht ik naar iets wat ik kon zeggen.

'Het komt allemaal goed,' zei ik quasihoopvol. 'Binnenkort is hij weer thuis.' Ik wou dat ik het zelf kon geloven. 'Net als jij. Nou, ik zal je nu maar laten rusten, vind je ook niet? Ik moet trouwens toch gaan. Je weet wel, politierapporten en zo bekijken.' Nerveus verschikte ik de bloemen in de vaas op het nachtkastje. Ik vond het nog steeds moeilijk om hem emotioneel te zien. Een onaangename gedachte begon te kloppen in mijn vermoeide hoofd: als de seks er niet was en mijn zoon er niet was, wat bleef er dan eigenlijk nog over tussen Mickey en mij?

Hij greep mijn hand vast en kneep erin totdat het pijn begon te doen. Ik trok mijn hand los, fronste mijn wenkbrauwen en masseerde mijn pijnlijke vingers.

'Au! Je doet me pijn, Mickey.'

'Ik moet je nog iets vertellen,' mompelde hij. 'Over Agnes. Ik denk dat ze in de stad is.' Hij schraapte zijn keel. 'Ik denk dat ze langs is geweest toen ik weg was.'

'Weg?'

'Buiten kennis.' Er klonk irritatie door in zijn stem en een ijskoude klauw kneep mijn maag samen. Ik stak een dahlia achter een takje siergroen.

'Ik heb haar gezien,' zei ik.

'Wat?' Er kwam een harde, wrede trek om zijn mond, alsof ik iets doms had gezegd in het bijzijn van anderen.

'Ik heb haar ontmoet.' Ik zette door; ik moest wel. 'Ze is heel mooi, vond ik. Ik wilde weten waarom ze je op kantoor was komen opzoeken. Ik heb je ernaar gevraagd, een paar dagen geleden.' Het was eruit voordat ik er erg in had. Voordat ik je bijna in een coma heb geneukt omdat ik woest was, dacht ik, maar ik zei het niet. In plaats daarvan staarde ik als een ondeugend kind naar mijn voeten.

'O ja? Dat kan ik me niet herinneren. Ik kan me trouwens ook niet herinneren dat ik haar heb gezien.' Hij keek me doordringend aan; zijn ogen waren heel donker en fonkelden alsof hij nog steeds koorts had. 'En toen?'

'Ze zei dat jullie van elkaar hadden gehouden op een manier die ongeëvenaard was. Zoiets. Dat soort onzin. Ik mocht haar niet, Mickey.' Ik bleef hem recht aankijken.

'Tja, nou...' Hij was de eerste die zijn blik afwendde. 'Waarom zou je?' Hij slaakte een zucht die klonk alsof hij erg met zichzelf te doen had.

Een grote verpleegster met een dik, glimmend gezicht kwam de kamer binnen, gevolgd door de arts met de kleine oren en een bezwete verpleger met een rolstoel.

'Het spijt me, mevrouw Finnegan,' zei de arts opgewekt, en ik wist zeker dat ik zijn ene oor zag bewegen, 'maar we hebben uw man nog even nodig. We moeten een laatste MRI-scan doen voordat we hem aan uw liefhebbende armen kunnen overdragen.' Mickey werd uit zijn bed geholpen en in de rolstoel gezet.

'Eén ding, Jessica,' zei Mickey toen hij langs me heen werd gereden. 'Vertrouw mijn ex-vrouw niet.'

'Hoe bedoel je?' riep ik hem na, maar hij was de kamer al uit.

De arts draaide zich om bij de deur, glimlachte vriendelijk naar me en zei: 'Hoe eerder we de laatste details afwerken, hoe sneller u hem thuis hebt.' En toen was ook hij verdwenen.

Ik bleef alleen achter in de ziekenhuiskamer. Op het nachtkastje lagen een paar tasjes van Harrods' Food Halls, die Pauline vermoedelijk bij haar laatste bezoek had meegebracht, en toen ik mijn jasje van de stoel trok, bleef het achter de groen met gouden tasjes haken, zodat ze naar de vloer zeilden. Ik staarde ernaar.

'Knightsbridge,' zei ik hardop, en ik gaf mezelf een klap op mijn voorhoofd. 'Verdorie, Knightsbridge.' De foto's van Louis die voor de deur van een winkel waren neergelegd. Hoe had ik zo dom kunnen zijn? Ik had er niet bij stilgestaan: Maxine en haar voorliefde voor uniformen... het uniform van een portier van Harrods' in dit geval. Ik rende het ziekenhuis uit alsof ik aan een olympische hardloopwedstrijd deelnam.

23

In Greenwich, bij het taleninstituut, werden Deb en ik opgewacht door rechercheur Kelly. We wisten natuurlijk niet zeker of Gorek daar zou zijn. Ze hadden de afgelopen avond geprobeerd hem op te pakken, maar in het huis in New Cross, dat hij met zijn twee broers deelde, was hij niet geweest.

Silver kwam de school uit en rende fanatiek kauwend de trap op. 'Kun jij binnen wachten, Kelly? Zijn maten zeggen dat ze hem verwachten, maar ik heb zo mijn twijfels.' Hij kneedde het zilverpapier van zijn kauwgom tot een propje en keek op zijn horloge. 'Kom, dan gaan wij hiernaast even een kop koffie drinken.'

'Meneer?' Deb kwam naast hem staan en fluisterde iets in zijn oor.

Silver grijnsde. 'Natuurlijk. Dan zie ik je...' – hij keek weer op zijn horloge – 'over een halfuurtje?'

Ik liep achter hem aan de groezelige koffieshop in. Een politiewagen en drie agenten in uniform stonden voor de school op wacht. Toen ik mijn koffie kreeg en een slokje nam, was die zo heet dat ik mijn tong brandde.

'Ik moet je dit zeggen, Jess,' zei Silver, die thee had genomen en er suiker in deed, 'dat je een echte volhouder bent.'

'Dat zou elke moeder zijn, toch?'

'Mensen reageren heel verschillend in crisissituaties.'

Ik dacht terug aan de afgelopen twaalf dagen en huiverde bij het beeld van mezelf in het ziekenhuis nadat ik al die pillen had geslikt. Nu schaamde ik me dat ik zo zwak was geweest.

'Je moet niet te hard voor jezelf zijn,' zei Silver.

Ik keek hem aan. 'Kun je ook al gedachten lezen?'

Hij glimlachte. 'Nee, maar schuldgevoel is de eerste emotie waaraan ouders ten prooi vallen, alle ouders, zelfs als alles prima gaat. En aangezien vrouwen er meer last van hebben dan mannen, leek het me een gerechtvaardigde gok.'

Zijn mobiele telefoon ging.

'Ja?' Hij knipoogde naar me terwijl hij luisterde, en even later legde hij het toestel op tafel. 'Ze hebben Gorek bijna te pakken. Hij is vanochtend bij zijn vrouw en dochter in Bow geweest...'

'Enig spoor van...'

Silver legde zijn hand over de mijne, die ik om mijn koffiekop had gevouwen. Even vergat ik hoe heet het porselein was. 'Nee, helaas,' zei hij. 'En het schijnt dat hij een paar dagen geleden bij Harrods is ontslagen. Dus ligt het minder voor de hand dat hij in Knightsbridge is geweest.'

Ik slikte en probeerde me over mijn teleurstelling heen te zetten. 'Vrouw en dochter? Tjonge, ik vraag me af of Maxine daarvan wist.'

'Zou het haar iets uitgemaakt hebben?'

Ik haalde mijn schouders op. 'Nee, waarschijnlijk niet.'

Hij haalde zijn hand van de mijne en pakte zijn telefoon van tafel. Mijn hand voelde ineens naakt zonder de zijne. 'Ik moet weer aan de slag, Jess.'

'Oké.'

Deb verscheen voor het raam van de koffieshop en zwaaide naar ons met een tasje van de drogist. Ze bracht me naar huis.

De avond was zwoel en eindelijk minder benauwd. We zaten in de tuin, Shirl, Leigh en ik, en we hadden een van Mickeys dure flessen witte wijn opengetrokken. Shirl had haar voeten op tafel gelegd en zat een grote joint te roken, en Leigh, die naar de zonnebank was geweest, zat heel zorgvuldig haar nagels te lakken in een schelpenroze tint, waarbij ze om de zoveel tijd haar hand opstak om ze te bewonderen. Ik speelde met mijn natte, net gewassen haar, tilde het op en liet het weer vallen. Ik zat moed te verzamelen om over Mickeys ex, de volmaakte Agnes, te beginnen, in de hoop een beetje vrouwelijke steun en solidariteit te krijgen, toen het nieuws binnenkwam.

Deb liep de verandatreden af en toen ik het adertje naast haar oog zag kloppen, als een soort alarmsignaal, wist ik onmiddellijk dat er iets mis was. Kelly kwam vrijwel meteen na haar naar buiten. Ze deden alsof ze Shirls joint niet zagen, maar desondanks gooide Shirl die met een achteloos gebaar, nog brandend, tussen mijn verdorde petunia's.

Een onverwachte wending in de gebeurtenissen, noemde Deb het. Ze hadden een postzending onderschept, deze keer aan mij geadresseerd. Een getypt briefje vol schrijffouten. 'Een losgeldeis,' zei Kelly.

Ze, wie 'ze' ook waren, wilden blijkbaar geld. Ik kon mijn kind terugkrijgen als ik vijftigduizend pond ophoestte.

'Is dat alles?' riep ik ongelovig, en ik begon luidkeels te lachen, een lach die vanaf grote diepte naar boven leek te komen. De anderen keken me verbaasd aan terwijl ik opeens zin had om een dansje van vreugde te maken. De laatste zonnestralen van de avond braken op het oppervlak van de gouden wijn in mijn glas, zag ik tot mijn blijdschap, waardoor die bijna op honing leek.

'Dit is goed nieuws, begrijpen jullie dat dan niet?' Ik keek de anderen breed glimlachend aan. 'Fantastisch nieuws. Vijftigduizend... dat is toch een schijntje, of niet soms? Tegenwoordig stelt dat niks voor. Niet voor wat ik ervoor terugkrijg. Maar ik zou elk bedrag voor hem betalen; natuurlijk zou ik dat doen.'

Maar Deb bleef bezorgd kijken en het adertje naast haar oog klopte nog steeds.

'Ik denk...' begon Leigh voorzichtig.

'Dit betekent dat ik mijn kind terugkrijg. Als ik doe wat ze willen, heb ik Louis binnenkort terug!' Opgewonden stak ik mijn glas op om met iedereen te proosten.

'Maar waarom...' begon Shirl, en ze had het niet tegen mij maar keek naar de twee politiemensen, '...waarom hebben ze meer dan een week gewacht voordat ze om losgeld vroegen?'

'Jezus, Shirl!' riep ik geërgerd, en ik nam nog een slok wijn. Ik was niet van plan mijn optimisme te laten bederven, door niemand niet, niet nu ik er zo verrekt lang op had moeten wachten. 'Misschien hebben ze nu pas beseft hoeveel werk je aan een kind hebt,' zei ik gekscherend, maar niemand zag er de grap van in. Gefrustreerd duwde ik mijn stoel achteruit. 'Ik kan niet geloven dat jullie zo negatief zijn.' Ik begon boos te worden. 'Dit is goed nieuws... daar ben ik van overtuigd. Dat móét het zijn.' Ik keek Kelly aan, maar zijn gezicht stond ondoorgrondelijk als altijd. 'Zo is het toch? Wat zegt Silver ervan?'

Kelly haalde zijn schouders op. 'Silver is op dit moment bij de baas. Hij zal later nog wel contact met u opnemen.'

De baas. Vreemd. Ik had steeds gedacht dat Silver de baas was. 'Nou,' zei ik, al aardig aangeschoten van de wijn, 'dan bel ik hem op en vraag ik het hem zelf.'

Ik liep naar binnen en deed het. 'Kun je hiernaartoe komen? Ik moet je dringend spreken.' De alcohol had me brutaal gemaakt.

Maar tot mijn grote teleurstelling weigerde hij op mijn verzoek in te gaan. 'Ik moet hier blijven, Jessica. De logistiek van het onderzoek regelen. Wacht nog even af.'

'Maar...' zei ik, in verwarring nu, van mijn wolk van hoop gevallen, 'wat moet ik dan doen?'

'Wacht nog even af, meisje,' zei hij weer, en mijn hoop vervloog. 'We denken... Nou, we moeten in dit stadium heel terughoudend zijn met wat we geloven of niet. Je moet er rekening mee houden dat die brief nep kan zijn, Jess.'

Er viel een stilte, een absolute, doodse stilte. Toen vervolgde hij: 'Ik zie geen reden waarom iemand nu ineens een losgeldeis zou indienen. Maar het kan geen kwaad om alvast met je man over het geld te praten, of het mogelijk is dat jullie dat bedrag vrijmaken. Het is altijd verstandig om goed voorbereid te zijn, in het ergste geval.'

Met mijn man. In het ergste geval.

'Oké,' zei ik stijfjes terwijl ik mijn bijna lege inhaler pakte en er een paar keer hard aan zoog. Daarna dronk ik mijn wijnglas leeg. 'Bedankt. Dat zal ik doen. Ik zal er met mijn man over praten.' Nogal hard legde ik de telefoon neer. Ik stond in de woonkamer en keek naar de foto van mijn Louis aan de muur. 'Ik zal je terugkrijgen, en gauw ook,' beloofde ik hem. 'Al moet ik mijn leven voor je riskeren. Al is het het laatste wat ik ooit zal doen.'

Er moest ergens een aanwijzing te vinden zijn, iets wat we over het hoofd hadden gezien. De politie was al met man en macht op zoek naar Robbie en Maxine, en Gorek waren ze ook op het spoor, maar toch kon ik geen rust vinden. Ik moest weer denken aan wat Mickey eerder vandaag tegen me had gezegd. Vertrouw Agnes niet, had hij gezegd, maar waaróm had hij dat gezegd?

Ik ging naar boven en zocht Agnes' nummer op. Haar telefoon schakelde meteen door naar haar voicemail, dus vroeg ik of ze me wilde bellen. Daarna sloop ik Mickeys werkkamer weer binnen. Ik haalde een keer diep adem en begon alles opnieuw te doorzoeken. Ik zocht naar sporen van Agnes, een of andere aanwijzing over haar verleden met mijn man. Maar ik vond niets. Mickey had me een keer verteld dat hij alles had weggegooid, en blijkbaar had hij de waarheid gesproken. Die foto was het enige geweest.

Opeens ging de deur open en viel er een lange schaduw over me heen. Ik schrok me een ongeluk. Maar het was Deb maar, die in de deuropening bleef staan en op me neerkeek terwijl ik omringd door dossiermappen, papieren en oude agenda's op de grond zat. Ik voelde me als een kind dat werd betrapt met zijn hand in de snoeptrommel.

'Alles oké met je?' vroeg ze, en ik besefte hoe wanhopig ik eruit moest zien, verhit en bezweet van het sjouwen met dozen en mappen en het doornemen van Mickeys privépapieren, in de hoop een aanwijzing te vinden.

'Ja, dank je,' zei ik, en ik deed mijn best om niet al te schuldig te klinken. 'Ik zoek alleen iets, dat is alles.' Ik streek het vochtige haar van mijn voorhoofd.

'Goed, dan ga ik maar. Ik zie je morgen, oké?' Ze aarzelde, alsof ze nog iets wilde zeggen. 'Probeer erin te blijven geloven, Jessica.'

Ik snoof, als een paard. 'Geloven? Je gaat toch niet religieus worden, is het wel, Deb?'

'Zo bedoelde ik het niet,' zei ze blozend. 'Geloven in óns, bedoel ik. Ik weet dat het al veel te lang heeft geduurd, maar we doen echt ons verdomde best.'

'Dat zou je niet moeten doen,' zei ik.

'Wat zou ik niet moeten doen?' Ze keek me vragend aan.

'Vloeken.'

'Ik...'

'Ach, let maar niet op mij. Het komt door de wijn. Ik heb een opstandige bui.'

Ze glimlachte begrijpend en deed een stap achteruit.

'Deb?' zei ik snel, voordat ze zich kon omdraaien, 'Ik... ik waardeer het heel erg wat je allemaal voor me doet, Deb. Ik zou niet weten hoe ik het zonder jou had moeten redden, echt niet.'

We bleven elkaar even breed glimlachend aankijken. 'Graag gedaan, Jess,' zei ze toen.

'Deb?' begon ik weer.

'Ja?'

'Silver... hij is goed, hè? Als politieman, bedoel ik. Denk je dat... dat hij Louis...'

Deb glimlachte weer. 'Silver is de beste. Daar geloof ik heilig in, Jess. Hij is er echt mee begaan. Ik weet zeker dat hij Louis voor je zal terugvinden, daar ben ik van overtuigd.'

'Ah,' zei ik. 'Dat is hetzelfde als wat ik dacht.' Daar lieten we het bij.

Ik lag in bed, weer klaarwakker, maar pillen slikte ik niet meer, nooit meer. Elke keer wanneer ik mijn ogen dichtdeed, zag ik Louis in de armen van een andere vrouw. En toen ik het laken over mijn hoofd trok, zag ik, hoezeer ik me er ook tegen verzette, de scène met Silver in de tuin van het hotel weer voor me, elke keer weer. Ik dacht aan het veilige gevoel dat hij me gaf. Het gevoel dat je, wanneer je doodmoe bent, eindelijk kunt gaan liggen op een plek waar je je thuisvoelt en je kunt ontspannen, en de enorme opluchting die dat vooruitzicht van rust met zich meebrengt. Dat was het gevoel geweest toen ik me door hem had laten omarmen. Eindelijk, na al die tijd, het vooruitzicht van rust.

Ik draaide me om, zocht een koel plekje op mijn kussen, zette Silver uit mijn hoofd en richtte mijn verlangen weer op Louis. Opeens kreeg ik een idee. Er was nog één plek waar ik niet had gekeken. Meteen zat ik rechtop in bed. Ik stapte eruit en liep de overloop op.

'Shirl?' Ik klopte zachtjes op haar deur. Geen reactie. Ik klopte wat harder.

Een kreun. 'Waddizzer?'

'Shirl, luister eens, meid...' Ik deed de deur een stukje open en stak mijn hoofd het duister in. 'Sorry, maar kun je me even met iets helpen?'

Uiteindelijk kwam ze haar kamer uit, het licht in. Haar afrokapsel zag er verwilderd uit, als een paardenbloempluis die elk moment weggeblazen kon worden.

'Wil je me even helpen de ladder naar beneden te trekken? Ik moet op zolder zijn.'

'Jessica, het is...' Ze keek op haar horloge. 'Het is één uur 's nachts. Kan het niet tot morgenochtend wachten?'

'Nee, dat kan echt niet.' Ik stond al van de ene voet op de andere te wippen.

'Goed dan.' Ze geeuwde en ik kon haar gouden vullingen zien. 'Als je maar niet denkt dat ik je boven gezelschap kom houden. Als je eenmaal op zolder bent, mag je het verder zelf uitzoeken, hoor je me?' Mopperend klom ze op de stoel die ik voor haar vasthield, ze rekte zich uit, ging op haar tenen staan en trok de ladder omlaag.

'Ik ga niet midden in de nacht op een zolder zitten, voor niemand. Dus kom niet klagen over spoken of andere onzin. Je zoekt het maar uit.'

'Dat zal ik niet doen, dat beloof ik.'

Maar natuurlijk liet ze me niet alleen. Ze ging op de zoldervloer liggen, met haar hoofd op een opgerold kleed, trok haar lange benen op en binnen een paar minuten lag ze zacht te snurken terwijl ik Mickeys spullen doorzocht. Eerlijk gezegd was ik blij met haar gezelschap, want ik was nooit eerder op de zolder geweest. Mickey had ook dingen van Louis op zolder opgeborgen, een paar dozen en zakken met kleertjes waar hij uit was gegroeid. Voor ons volgende kind, had ik vanaf de overloop gezegd, herinnerde ik me, en Mickey had alleen geglimlacht.

Na een halfuur zoeken waren een paar vuile handen en spinnenwebben in mijn haar het enige resultaat. Ik wilde het net opgeven, bedacht dat het überhaupt een stom plan was geweest, toen ik in een hoek Mickeys door motten aangevreten universiteitstoga zag liggen en voelde dat die om iets heen was gewikkeld. Uiteindelijk wist ik de toga los te trekken en viel ik met een plof op mijn achterwerk. Met het hart in de keel wikkelde ik de zwarte stof eraf. Het was een schrijfmap, een leren schrijfmap, met de letters A.F. in goud op de voorkant. Agnes Finnegan. Een dure, chique map. Mijn hart ging als een razende tekeer toen ik hem opensloeg. Maar even snel sloeg de teleurstelling toe toen ik de saaie inhoud zag. Maandrekeningen van winkels als Harvey Nichols en Selfridges. Papieren van een pensioenfonds en een afgekochte levensverzekering. En ten slotte, achterin, een medisch dossier. Moeilijk te lezen en onbegrijpelijke aantekeningen van een arts in Harley Street. Een brochure over hoe je na een operatie het best kon herstellen. In een of ander duur kuuroord, zo te zien. Ik stopte alles weer terug in de plastic binnenmap. Daarna schudde ik Shirl wakker, klom achter haar wilde wolk haar de ladder af en ging terug naar bed.

De volgende ochtend was ik weer vroeg wakker, nog steeds gewend aan Louis' tijd. In de keuken zette ik een ketel water op, ik wachtte tot het kookte en staarde wezenloos naar een dode bromvlieg die op zijn rug naast de koektrommel lag. Hij zag eruit alsof hij daar midden in zijn vlucht was neergestort.

Nog slaperig maakte ik wat ruimte vrij op de keukentafel, en ik maakte een stapeltje van de brieven, rekeningen en tijdschriften die erop verspreid lagen. De map van Mickeys laatste fotosessie viel open en ik wierp een vluchtige blik op de vellen met contactafdrukken. Zomerhuisjes op het rotsklif, een oude vuurtoren, een lachend stel dat hand in hand op het smalle voetpad liep. Mijn blik ging naar het meisje, dat lang en slank was, met blond haar dat achter haar aan golfde. Hét meisje. Mijn koffiemok kwam met een klap op tafel terecht en ik brandde mijn hand aan de spetters die eruit vlogen. Ik knipperde met mijn ogen en keek nog eens goed.

'Krijg nou wat.' Ik bleef naar de foto staren. Ze was het echt. Het meisje met het blonde haar. De vrouw van Tate Gallery.

Met trillende handen belde ik de intensive care. Ze zeiden dat Mickey sliep en weigerden hem wakker te maken, hoe ik ook aandrong. Tot negen uur mocht hij niet gestoord worden, dat wist ik inmiddels toch wel? Ik zocht het nummer van Pauline op en belde haar, maar het toestel bleef overgaan zonder dat er werd opgenomen. Ik wachtte vijf minuten en probeerde het nog eens. Uiteindelijk nam Freddie op, mopperend omdat ik haar wakker had gebeld.

'Ik weet niet waar ze is. Ze heeft haar mobiele telefoon gisteravond hier laten liggen. Probeer dat stomme kantoor van haar maar. Misschien is ze daar.'

Maar toen ik Mickeys kantoor belde, kreeg ik een bandje met de mededeling dat ze op het ogenblik niet bereikbaar waren. Ik keek op de klok en zag dat het pas zeven uur was. Dus rende ik naar boven, kleedde me snel aan, pikte de sleutels van Shirls oude rammelbak, schreef een briefje voor haar, stak de contactafdrukken in mijn tas en reed de stad in.

Het was nog vroeg, maar niet vroeg genoeg om niet voor te hard rijden te worden aangehouden. 'Naar het geld kun je fluiten,' mopperde ik toen ik weer mocht doorrijden. 'Dit is een politiezaak. Alleen weten ze het nog niet.'

Soho werd nog maar net wakker, traag als de meisjes met de bleke benen, die later de spaarzaam verlichte clubs zouden binnengaan. Ik zette de auto op een vrije parkeerplek en liep de laatste meters naar Mickeys kantoor in Wardour Street. Toen ik langs de striptent op de hoek kwam, die nog niet open was, besefte ik hoe gevaarlijk dicht ik bij de winkel van de generaal was. Ik zag zijn glimmende dikke gezicht weer voor me en mijn maag draaide zich om van walging. Vastberaden zette ik hem uit mijn hoofd en drukte op de intercombel van Mickeys kantoor. Geen reactie. Niemand gaf antwoord. Het was natuurlijk nog veel te vroeg, dacht ik, en ik vervloekte mijn onnadenkendheid. Toen ik me omdraaide, werd ik nat gespetterd door een straatreinigingswagen die als een olifant langs de stoeprand kroop.

'Verdorie!' mopperde ik en ik veegde mijn gezicht af.

'Hallo?' vroeg een stem met een noordelijk accent uit het niets. Pauline.

'Ik ben het, Jess. Kan ik je even spreken?'

Toen ze opendeed, had ze een kop koffie in haar hand. Ze zag er verlopen uit en had wallen onder haar ogen, alsof ze de hele nacht op stap was geweest. Ze was gekleed in een nogal bizar cowgirlpakje, met het haar in dunne vlechtjes en haar ogen nog dik van de slaap. Ik was er zeker van dat ze naar drank rook.

'Kan ik iets voor je inschenken, kind?' vroeg ze, waarna ze een geeuw onderdrukte en me voorging naar de grote kantoorruimte. Ik kwam langs het bureau waar ik als leerling-ontwerper aan had gezeten en besefte met een schok hoe dingen in korte tijd konden veranderen. Op de bank tegen de zijmuur lag een deken en in het leer van de kussens waren plooien in de vorm van een mensenlichaam herkenbaar. Ik bekeek Pauline nog eens goed. Had ze hier geslapen? Was Freddie daarom zo kortaf geweest?

Pauline hield de groene glazen deur van Mickeys privékantoor voor me open terwijl ik in mijn tas naar de contactafdrukken zocht, en toen viel mijn mond open. Tegen Mickeys bureau, op reuzenformaat, opgeplakt op platen karton, lief glimlachend vanuit de deuropening van een of ander vakantiehuisje, stond dezelfde vrouw die ik op de contactafdrukken had gezien.

'Pauline, wie is dat mens in hemelsnaam?'

'Sorry, wie?' Ze schoof met haar voet de houten wig onder de deur, morste koffie op de vloer en draaide zich om. Toen ze zag wie ik bedoelde, kreeg ze een vuurrood hoofd.

'O, dat is Claudia. Ze zijn goed geworden, hè, vind je ook niet? Maar we zitten nog steeds op Mickeys goedkeuring te wachten.'

'Oké, maar wie ís ze, Pauline?'

'Ken je haar dan niet meer?' vroeg ze verbaasd.

Ik schudde mijn hoofd. 'Nee, ik ken haar niet. Maar ze was die dag in Tate Gallery.'

'Dit is Claudia Bertorelli. Sorry, welke dag, kind? Ik kan je even niet volgen.'

'De dag dat Louis is verdwenen.'

'O.' Pauline keek me aan alsof ze er niets van begreep.

Mijn hart zat in mijn keel. 'Pauline, heeft Mickey... hebben Mickey en deze vrouw...' Ik kon het niet uit mijn mond krijgen. Het begon alsmaar erger te worden.

'Hebben ze wat?'

'Je weet wel, hebben ze...' De woorden bleven in mijn dichtgeknepen keel zitten. 'Weet je of Mickey en zij...'

Pauline begon te lachen, echt, hardop te lachen.

'Alsjeblieft, Pauline, niet doen.' Het hengsel van mijn tas zat om mijn vinger gedraaid en ik trok er zo hard aan dat de bloedtoevoer werd afgesneden. 'Dit is een bloedserieuze zaak.'

Meteen hield ze op met lachen en stak haar beide handen op alsof ze bang was dat ik haar zou aanvallen. 'Oké, rustig maar, kind. Het is alleen zo dat... Nee, ze hebben niks met elkaar, als je dat bedoelt.'

'Hoe weet je dat? Hoe kun je daar zo zeker van zijn?'

'Ja, ik weet het zeker, Jessica.' Er kwam opeens een bedroefde uitdrukking op haar gezicht. 'Omdat Claudia niet op mannen valt.'

'Ze valt niet...' Mijn hersenen moesten dit even verwerken.

'Claudia is mijn ex. Herinner je je haar echt niet meer?'

Vaag, héél vaag begon zich in mijn verwarde brein een beeld te vormen.

'Je hebt Claudia ontmoet, dat weet ik zeker. Ik ging met haar om toen jij hier kwam werken. Voordat ik met Freddie was. Voordat jij je relatie met Mickey begon.'

'O.'

Maar wat deed ze die dag verdomme in Tate Gallery?

'Mickey gebruikt haar wel vaker voor brochures. Ze heeft niet dat typische modellenuiterlijk, ziet er wat echter uit, vind je ook niet? Wel heel fotogeniek.'

'O, juist.' Ik voelde de adrenalinestroom tot stilstand komen en ging op de hoek van Mickeys bureau zitten. 'Sorry, Pauline. Het is namelijk zo... Ik had vanochtend deze foto's gevonden en toen ben ik in paniek geraakt.' Ik hield haar de contactafdrukken voor en ze pakte ze aan. 'Want deze vrouw... Nou, ze was in Tate Gallery op de dag dat Louis is verdwenen. Om de een of andere reden bezorgde ze me de rillingen. Maar ik wist toen niet wie ze was. Ik begin het nu te begrijpen. Mickey zei dat hij iemand van zijn werk was tegengekomen en ze zei tegen mij dat ik haar bekend voorkwam. Ik ben al die tijd bezig geweest om erachter te komen wie ze was.' Ik keek Pauline aan. 'Want ze wordt van Louis' ontvoering verdacht, begrijp je?'

Pauline begon weer te lachen, maar echt vrolijk zag ze er niet uit. 'Wat, Claudia? Waarom in godsnaam?'

Ik haalde mijn schouders op. 'Omdat ze zich zo aan Louis opdrong... en toen was hij ineens weg. Omdat ze nogal vreemd op me overkwam.' Maar was dat echt zo geweest? Hád ze zich vreemd gedragen, of had ik dat verkeerd gezien, door mijn vermoeidheid van dat moment?

'Nou, waarschijnlijk vond ze hem gewoon onweerstaanbaar.'

Er ging weer een pijnsteek door mijn hart. 'Ja, dat bedoel ik...'

'Claudia is gek op kinderen. Ze heeft sinds kort zelf een dochtertje. Sinds een maand of zes. Emily heet ze, geloof ik.'

'Wat?' Ik kon het niet meer volgen. 'Heeft ze zelf een kind?'

Pauline zuchtte. 'Jessica, meisje, dat je graag met vrouwen in bed kruipt betekent nog niet dat je niet van kinderen houdt. Dat je geen moeder zou willen zijn.'

Ik dacht aan Freddie. 'Nee, dat is waar, natuurlijk.' Ik begon me echt opgelaten te voelen.

'Sterker nog, dat was het probleem tussen haar en mij,' zei Pauline, knikkend naar het glimlachende model. 'Dat was de reden dat ik met haar de boot heb afgehouden.'

Ik begreep er niets van.

'Dat we uit elkaar zijn gegaan, bedoel ik. Ze wilde zich laten bevruchten door een vriend van haar, ene Josh. Ik wilde onszelf eerst een kans geven voordat we aan kinderen begonnen, begrijp je? Maar zij wilde niet wachten. Ze kón niet wachten, zei ze.' Pauline liep naar de deur. 'Zie je, daarom betwijfel ik ten zeerste dat Claudia eropuit zou gaan om baby's te stelen, aangezien ze thuis haar eigen kleine prinsesje heeft.'

'Ja,' zei ik schaapachtig. 'Ja, dat is waar.' Ik dacht aan Silver en huiverde bij het vooruitzicht dat ik hem moest vertellen dat ik me zo had vergist. 'Ik denk... O mijn god, ik moet de politie laten weten wie ze is. Heb jij haar gegevens hier... adres, telefoonnummer?'

'We zien elkaar nooit meer. We zijn niet op een leuke manier uit elkaar gegaan.'

Ik had blijkbaar een smekende uitdrukking op mijn gezicht, want Pauline zei: 'Goed dan. Het zal wel op het contract van de fotosessie staan. Wacht hier maar even.'

Mickeys personeel begon binnen te druppelen. In de grote kantoorruimte werden iPods en ochtendbladen op de bureaus neergelegd en er werd vrolijk gepraat. Algauw kwam de geur van verse koffie me tegemoet en zette iemand de radio aan. Ik wuifde beleefd naar de paar gezichten die ik nog kende, keerde de nieuwsgierige blikken de rug toe en keek Claudia weer in haar vriendelijk glimlachende gezicht. Pauline kwam terug met een telefoonnummer op een geel Post-it-velletje.

'Dank je,' mompelde ik. 'Het spijt me als ik... Je zult wel denken dat ik gek ben.'

'Nee hoor, helemaal niet. Ik weet dat je het erg zwaar hebt, kind.' Ze pakte mijn hand en kneep er zachtjes in. 'Iedereen is verdacht, neem ik aan, totdat jij je ervan hebt overtuigd dat het niet zo is.'

Ze bracht me naar de deur en zei dat Mickeys herstel, toen ze de laatste keer bij hem op bezoek was geweest, haar zo had opgelucht... dat ze zo bezorgd was geweest. Ze kuste me op mijn wang, rook nog steeds naar drank toen ze dat deed, en zei dat ik goed op mezelf moest passen. Ik voelde me iets hersteld van mijn eerdere wanhoop.

'En jij, Pauline. Hoe gaat het met jou?'

'O, prima, dank je, kind. Met mij gaat het prima.'

Maar ze zag eruit alsof ze ieder moment in tranen kon uitbarsten en de lijntjes naast haar ogen waren dieper dan ik me herinnerde. Ze wierp haar vlechtjes achterover en frunnikte aan haar sheriffster.

'Het is alleen zo dat Freddie en ik... we... Nou ja, je weet wel. We zitten in een moeilijke periode. Die cruisevakantie was bedoeld als een nieuw begin, maar als je dan thuiskomt, blijkt alles nog precies hetzelfde te zijn. Al die zeeziekte voor niks, en al dat oeverloze gezeur over kinderen...' Geschrokken keek ze me aan en sloeg haar hand voor haar mond.

'Mijn god, sorry, kind. Tussen haar en mij, bedoel ik natuurlijk. Haar klok tikt door, zegt ze.' Ze deed de buitendeur open en er waaiden straatgeluiden naar binnen. 'Het probleem is dat mijn klok minder snel tikt. Maar dat is altijd zo geweest, heb ik gemerkt.'

'Het spijt me dat te horen. Ik hoop dat jullie eruit komen.'

Maar zodra ik in de auto zat, had ik weer het idee dat er iets niet klopte. En Mickey was de enige persoon die me kon vertellen wat dat was.

Ik reed meteen door naar het ziekenhuis, parkeerde nogal slordig op een plek voor invaliden en rende St. Thomas' in alsof mijn leven ervan afhing. Door de geel verlichte gangen, naar boven met de lift die naar ontsmettingsmiddel rook, de gang naar de intensive care in. Hijgend drukte ik op de bel en zuster Kwame deed open.

'Mevrouw Finnegan...' begon ze, maar ik was al langs haar heen gelopen. Mickeys kamer was verlaten, het bed was afgehaald.

'Waar is hij?' vroeg ik, bijna schreeuwend.

'Rustig maar, mevrouw Finnegan.' Haar bruine ogen keken recht in de mijne in een poging me te kalmeren. 'Hij ligt nu op zaal, beneden. Voorgoed van de intensive care af. Dat is goed nieuws, toch?'

'Waar is dat, zuster? Die zaal. Ik moet hem dringend spreken.'

'Is alles in orde met u?' Ze had haar wenkbrauwen gefronst en keek me bezorgd aan. 'Is er soms nieuws over uw kind?'

Geërgerd schudde ik mijn hoofd. 'Nee, er is geen nieuws over mijn kind. Er is verdomme nooit nieuws over mijn kind. Ik moet hem spreken, Mickey, nu meteen, alsjeblieft.'

'Kom, ik breng u naar hem toe,' zei zuster Kwame vriendelijk, en ze legde haar arm om mijn schouders. 'Dit is een heel stressvolle tijd voor u, ja? Arme mevrouw Finnegan.'

Zonder iets te zeggen leunde ik even tegen haar aan.

We liepen terug zoals ik was gekomen, met de lift naar beneden, naar de vierde verdieping. De zaal waar we naartoe moesten was aan het eind van de gang en ik moest me beheersen om er niet naartoe te rennen. We kwamen bij de deuren van de zaal en moesten weer op een zoemer drukken. Ik voelde me alsof ik op een soort visitetour door Londen was, met al die bellen en verschillende mensen, en vroeg me af of ik geen visitekaartjes had moeten meenemen.

De deur werd opengedaan door de verpleegster met het bolle gezicht, die ik al eerder had gezien. Ze was groot en dik en had een glimmende, strakke gezichtshuid, alsof er een vetlaag onder zat die er druk op uitoefende. Zuster Kwame gebaarde naar mij. 'Deidre, mevrouw Finnegan hier is op zoek naar haar man. Ik heb haar verteld dat je goed voor hem zorgt.'

De dikke verpleegster fronste haar wenkbrauwen, wat moeite kostte met die strakke gezichtshuid. 'Finnegan? Van de intensive care? We zullen zeker goed voor hem zorgen. Als hij hier eenmaal is.'

Nu was het zuster Kwame die haar wenkbrauwen fronste. 'Maar we hebben hem vanochtend vroeg ontslagen. Hij is door een verpleger hiernaartoe gebracht.'

'O ja?' zei de verpleegster. Als een sumoworstelaar beende ze naar de balie, pakte een lijst en bekeek de namen. 'Mijn dienst is net begonnen. Er zal wel een vergissing zijn gemaakt in... ah, wacht even.' Haar blik ging omlaag. 'Finnegan, zei je? Ja, er is een bed voor hem gereserveerd. Ik zal het even navragen.'

Er kwam een jonge Aziatische verpleegster aanlopen, met een dikke vlecht die op haar rug heen en weer deinde, en een rol verband in haar hand.

'Sunita, heb jij vanochtend meneer Finnegan van de intensive care ontvangen?'

Het meisje dacht even na en schudde haar hoofd, waardoor haar vlecht als een slang over haar slanke rug kronkelde. 'Zegt me niks. Heb je het al aan Sally gevraagd?'

'O, in godsnaam!' Het protest was mijn mond uit voordat ik er erg in had. De drie verpleegsters keken me aan, draaiden hun hoofd weer om en sloegen geen acht op me.

'Sorry,' mompelde ik opgelaten, 'maar ik moet hem echt dringend spreken.'

Maar hij was er niet, was nergens te bekennen. Uiteindelijk werd er gebeld met degene die Mickey naar beneden had gebracht. De verpleegster met het glimmende gezicht knikte, zei 'hmm' en 'ah' alsof ze heel belangrijk was en nam afscheid met een flirtend: 'Kom straks even langs, als je een minuutje hebt.' In mijn zakken balde ik mijn handen tot vuisten.

'Eddie heeft hem beneden gebracht,' zei ze, alsof ze ons een groot geheim openbaarde, 'maar toen ze uit de lift kwamen, zei meneer Finnegan dat hij de rest wel zou lopen. Hij wilde even de benen strekken. Hij zou zichzelf wel bij de zaal melden, zei hij. Eddie was laat voor een patiënt voor de O.K., dus hij heeft hem laten gaan.' Ze keek ons aan alsof ze applaus verwachtte. 'Tja, meneer Finnegan is een volwassen man, nietwaar? Dus we kunnen het Eddie eigenlijk niet kwalijk nemen, denk ik zo.' Ze keek op haar horloge, dat prachtig verzonken lag tussen twee rolletjes. 'Nog geen veertig minuten geleden, zei Eddie. Misschien is hij even een blokje om, blij dat hij weer eens op zijn benen kan staan. Ze krijgen soms last van claustrofobie, onze jongens.'

Nog even en ze zou in een slechte uitvoering van *We'll Meet Again* losbarsten.

'Bedankt.' Ik liep terug naar de deur. 'Als je... als je hem alleen wilt vragen of hij me direct wil bellen als hij boven water is.'

Ik stond bij de lift, beleefde een akelige déjà vu en hoorde een oude hit van The Clash door mijn hoofd schallen: *Should I Stay or Should I Go?* Moest ik het hele ziekenhuis gaan afzoeken naar Mickey? Of moest ik mijn teleurstelling van me afzetten en weggaan in het vertrouwen dat hij ergens een kop koffie zat te drinken, de krant las en genoot van vijf minuten normaal leven? En zelf weer op zoek gaan naar Louis?

Uiteindelijk won Louis het, natuurlijk. Dat zou hij altijd doen.

24

Shirls auto was weg.
'Wel verdorie!' riep ik, naar niemand in het bijzonder, naar de
bleke, licht bewolkte lucht, naar al het asfalt om me heen.
Waarom zou iemand zo'n oud barrel stelen? De parkeerwachter, een
kleine man met een spits gezicht, kwam naar me toe om me zijn deel-
neming te betuigen. 'Die sleeptrucks van de politie...' begon hij. Met
een boze grijns ging ik ervandoor.

Ik voelde me als het tegengehouden water in een geknakte tuin-
slang die ineens recht werd getrokken. Door een onzichtbare kracht
werd ik vooruit geschoten, rende door de straten, gestuurd door een
hand van boven, gedreven door woede en verlangen. Ik overwoog
Leigh te bellen, om me op te halen en me gezelschap te houden, maar
dat zou allemaal veel te lang duren, dus hield ik een taxi aan, stapte
in en besefte dat ik niet wist waar ik naartoe moest gaan. Mijn eerste impuls was terug te gaan naar Sussex, ik wist niet precies waarom, maar er was iets wat me die kant opdreef. Maar ik kon beter naar
huis gaan, Leighs auto lenen en ernaartoe rijden om Louis te vinden,
besloot ik. Ik zat in mezelf te mompelen en de taxichauffeur, die me
via de achteruitkijkspiegel observeerde, wendde snel zijn blik af. De
man moest denken dat ik gek was, besefte ik opeens, en bijna was ik
in een hysterisch gelach uitgebarsten. Misschien was ik dat ook wel.

Mijn telefoon ging over en bracht me terug tot de werkelijkheid.
Het was Shirl.

'Hoor eens, Shirl,' begon ik, 'het spijt me heel erg, meisje. Ik zal
ervoor zorgen dat je je auto terugkrijgt. Ik had geen tijd om...'

'Het is Mickey,' onderbrak ze me.

'Wat?' Mijn hart sprong op en maakte een salto. Mickey was dood,
ik wist het zeker. Dat moest het zijn. Ik hapte naar adem. 'Wat is er
gebeurd?' vroeg ik.

'Hij is hier.'

'Wat? Waar?'

'Hier. Thuis.'

Ik zei niets en liet het tot me doordringen.

'In jouw huis, domkop,' zei ze ongeduldig.

Ik begreep er niets van. 'Weet je het zeker?'

'Natuurlijk weet ik het zeker. Jezus, Jess, ik heb nog niks gerookt vandaag. Kom naar huis en schiet een beetje op. Hij ziet er niet goed uit, Jess. Helemaal niet goed.'

'Geef hem zelf even,' zei ik.

Er viel weer een stilte, ik hoorde Shirl zijn naam roepen en er werd met deuren geslagen. Toen kwam ze weer aan de lijn. 'Dat zou ik wel willen, maar ik kan hem niet te pakken krijgen. Hij rent het hele huis door en loopt maar over Louis te mompelen. Kom naar huis, Jess. Ik moet naar mijn werk en ik ben al laat. Maar hij doet echt heel... vreemd.'

'Shirl,' zei ik vastberaden, 'zeg tegen hem dat hij me belt. Ik kom zo snel mogelijk.' Ik tikte op de tussenruit van de taxi. 'Kun je wat meer gas geven, alsjeblieft?' vroeg ik.

'We zitten niet in *The French Connection*, schat,' mompelde de taxichauffeur.

'Nee, dat weet ik ook wel, maar het is wel een zaak van leven of dood,' protesteerde ik voordat ik me weer op de bank liet zakken.

Toen ik thuiskwam, stond Shirl al druk te zwaaien voor de open voordeur. Ik pakte mijn wisselgeld aan, stapte uit en riep: 'Waar is...'

'Weg, verdorie! Hij zei dat hij had geprobeerd je te bellen maar dat hij geen contact kreeg.'

Ik vloekte en rende het huis binnen alsof mijn voeten in brand stonden, maar ze had natuurlijk gelijk. Hij was er niet meer.

'Wat kwam hij doen?' vroeg ik gejaagd. 'Waar is hij naartoe?'

'Hij heeft zich omgekleed. Kwam geld halen of zoiets. Hij moest op zoek naar Louis, zei hij. Ik denk... ik geloof dat hij... je weet wel, helemaal doorgedraaid is. Hij zag eruit alsof hij koorts had. Ik heb geprobeerd hem zover te krijgen dat hij ging zitten om iets te drinken en op jou te wachten, maar hij bleef maar rondrennen.' Ze plukte nerveus aan haar jasje. 'Eerlijk gezegd, Jess, was ik een beetje bang van hem. Hij zag eruit alsof hij waanzinnig was geworden.' Ze deed wat lipgloss op haar volle lippen en keek me aan via de spiegel. 'Hoor eens, het spijt me, maar ik moet nu echt gaan. Ik ben al te laat en ik heb vanmiddag mijn eerste cliënt.' Haar hand, met de lipgloss, kwam tot stilstand voor haar volle lippen. 'Waarom was je eigenlijk met een taxi?' vroeg ze ten slotte. 'Waar is mijn auto?'

Ik begon schuldbewust te blozen.

'Ah, je auto,' zei ik om tijd te winnen. 'Eh... dat probeerde ik je zonet te vertellen, toen ik je aan de telefoon had, maar toen kwam er iets tussen. Je auto is... eh... weggesleept bij het ziekenhuis. Ik had hem niet helemaal goed geparkeerd.'

'Jess! Stomme idioot!' Ze smeet haar lipgloss in haar grote schoudertas.

'Het spijt me heel erg,' zei ik beschaamd. 'Ik zal ervoor zorgen dat je hem terugkrijgt. Hoor eens, neem een taxi en ik betaal je terug, oké?'

Maar ik had het al tegen haar rug, want ze had haar tas over haar schouder gezwaaid en liep de deur uit.

'Ik pak je fiets wel,' zei ze. 'Dat van die auto lossen we later wel op.' Bij de garagedeur draaide ze zich om. 'Zorg dat je Mickey vindt, Jess, en snel. Hij is echt niet in orde.'

Ik liep naar binnen, ging op de onderste traptrede zitten en probeerde na te denken. Gedachten tolden door mijn hoofd als hamsters in een tredmolen. Ik moest de politie bellen over Shirls auto, en moest ik het ziekenhuis ook laten weten dat Mickey hier was geweest? Ik zat me af te vragen wat ik moest doen toen de huistelefoon ging. Ik vloog overeind, haastte me ernaartoe en nam op. Goddank, het was Mickey.

'Jessica, sorry dat ik niet op je kon wachten,' zei hij met een zwaar Iers accent, alsof hij lid van de IRA was geworden, maar wat inhield dat hij stijf stond van de stress. 'Ik kon gewoon niet langer wachten. Ik moest op zoek naar ons kind.'

Hij klonk alsof hij langs een snelweg stond, maar dat kon toch niet? Hij was nog maar net het huis uit gelopen.

'Waar ben je, Mickey?' vroeg ik. 'Shirl zei dat je er niet goed uitziet. Kom nou maar terug, dan gaan we samen zoeken, oké?' Ik had het gevoel dat ik iemand uit een slechte trip probeerde te praten.

'Jess, ik ga achter...' Toen werd de verbinding ineens slecht, viel zijn stem weg en kwam weer even terug. 'Ik ben niet...' En weg was hij weer.

'Wat, Mickey?' vroeg ik op dwingende toon. 'Je hebt jezelf niet in de hand. Achter wie ga je aan? Vertel me nou maar waar je bent.'

'Ik ben onderweg naar...'

Op dat moment hoorde ik het zachte knarsen van de achterdeur. Onmiddellijk stonden mijn nekhaartjes overeind. Ik keek achterom en riep: 'Shirl?'

Geen reactie, maar een lichte tocht kwam de hal in en streek langs mijn trillende benen.

'Mickey,' zei ik weer, 'vertel me alleen waar je bent, oké? Dan kan ik naar je toe komen...'

Een voetstap, in de keuken. Ik verstrakte.

'Wie is daar?' vroeg ik met schorre stem, en met kippenvel op mijn armen. Mickey zei weer iets, over dat hij ervan overtuigd was dat met Louis alles in orde zou zijn, maar ik luisterde niet meer, ik was veel te gespannen en kon me alleen nog concentreren op de geluiden in de keuken. Er was daar iemand.

'Wacht even, Mickey, ik geloof dat er iemand in huis is,' fluisterde ik, en ik wilde me net omdraaien toen er een schaduw over de mijne viel. Meteen daarna kwam de klap, de harde klap op mijn hoofd. Ik slaakte een kreet, mijn kin zakte op mijn borst, ik werd duizelig en sloeg tegen de grond.

Toen ik bijkwam wist ik niet waar ik was. Mijn gezicht zat aan iets vastgeplakt en toen ik het bewoog, klonk het alsof je een plakje bacon uit de verpakking lostrekt. Ik lag zeker te kwijlen, want mijn wang lag in iets wat warm en kleverig was. Waarom was het zo donker? Ik probeerde mijn hoofd op te tillen, maar het begon zo te bonzen dat ik het weer gauw liet zakken.

Na een tijdje probeerde ik het nog eens en kwam tot de conclusie dat ik op de grond lag, op het parket in de hal, en dat het duister werd veroorzaakt door de jassen die boven op me waren gevallen. Blijkbaar had ik in mijn val de staande kapstok meegenomen. Ik voelde aan mijn wang, keek naar mijn hand en probeerde vast te stellen wat het warme vocht was dat ik voelde. Een deel ervan was donker. Er zat bloed op mijn hand.

Ergens in de verte hoorde ik een telefoon overgaan, en daarna het antwoordapparaat aanspringen, gevolgd door mijn eigen stem, mijn zogenaamd opgewekte stem met Louis' zachte gebrabbel op de achtergrond. En toen hoorde ik Deb, van ver weg, die me vroeg of ik haar wilde terugbellen, en waarom ze vandaag nog niets van me had

gehoord. Ze maakte zich zorgen. Er waren nieuwe ontwikkelingen...
ik moest haar zo gauw mogelijk bellen.

Er zat een dof geklop in mijn oren, totdat ik besefte dat er iemand op de voordeur klopte. Ik probeerde overeind te komen, maar de pijn in mijn hoofd was zo erg dat ik er bijna misselijk van werd. Ten slotte wist ik me op te richten tot in zithouding en riep: 'Wacht even, ik kom eraan!' Half hinkend, half kruipend bewoog ik me naar de voordeur, wat een eeuwigheid duurde, greep de deurknop vast en trok me eraan op, maar toen ik uiteindelijk opendeed, zag ik niemand.

Kreunend liet ik mezelf weer op de vloer zakken. Ik wist dat ik moest proberen om bij de telefoon te komen om iemand te vertellen wat er was gebeurd, maar ik zag te zeer op tegen de bonzende pijn in mijn hoofd elke keer als ik me bewoog.

Op dat moment hoorde ik de achterdeur weer opengaan en sloeg de paniek opnieuw toe. Ik bad tot God – die ik niet zo aardig meer vond – dat ik me voortaan zou gedragen als Hij me nu zou beschermen. Zo snel als ik kon kroop ik naar het telefoontafeltje, overwoog heel even de schemerlamp op te pakken, me te bewapenen en terug te slaan, maar de deur naar de keuken ging al open voordat ik er was en opnieuw viel er een schaduw de hal in.

Toen, eindelijk, was de deur ver genoeg open om te zien wie er binnen was, wie er uittorende boven de plek waar ik op de grond lag. Het was Agnes.

Agnes wilde de politie bellen maar dat verbood ik haar. Ik had eerst zelf een paar vragen.

'Hoe ben je binnengekomen?' vroeg ik duizelig terwijl ze me overeind hielp.

'Toen je niet opendeed, heb ik door de brievenbus gekeken en zag ik je op de grond liggen. Ik ben om het huis heen gelopen en goddank was de achterdeur open.' Ze wankelde op haar naaldhakken door mijn lichaamsgewicht toen ze me in de stoel in de hal hielp. 'Ik heb hier gewoond, weet je nog?'

Hoe zou ik dat ooit kunnen vergeten?

'Wat is er gebeurd? Ben je gevallen?' Toen zag ze mijn hand en riep: 'Mijn god, je bloedt!' Ze was zo dicht bij me dat ik een paar minuscule korreltjes mascara onder haar oog kon zien zitten.

'Ik weet het niet.' Mijn hoofd tolde nog steeds en ik barstte van de pijn. 'Iemand... iemand heeft me neergeslagen, denk ik.'

Ze keek me aan alsof ze me niet geloofde, en ik begon nu zelf ook te twijfelen. Ik deed mijn uiterste best om mijn gedachten op een rijtje te krijgen, maar dat viel waarachtig niet mee. Agnes zei dat ze water ging opzetten, dus belde ik Deb, hoewel het een eeuwigheid duurde voordat ik haar nummer had gevonden, te bedenken waar Deb op dat moment zou zijn en of ik haar of Silver moest bellen. Toen ik haar uiteindelijk belde, zat ze in een bespreking en liet ik een boodschap achter.

In de badkamer beneden stond ik lange tijd over de wastafel gebogen totdat ik de misselijkheid iets voelde afnemen. Daarna waste ik het bloed van mijn gezicht en hals, vond een potje pijnstillers in het medicijnkastje en slikte er een paar. Toen was het tijd voor de confrontatie met mijn aartsrivaal.

Agnes was thee voor me aan het zetten in mijn eigen keuken, de keuken die ooit de hare was geweest. Zoals ze zich erdoorheen bewoog – als een balletdanseres, op de ballen van haar hooggehakte voeten – zou je denken dat ze hier nog steeds woonde. Wat me het meest irriteerde, was dat ze precies wist waar alles stond: de theezakjes, de kopjes, de suiker... Ik nam me heilig voor alles zo gauw mogelijk een andere plek te geven.

Misschien kwam het door mijn aangeslagen toestand, maar ze leek er iets minder perfect uit te zien dan de vorige keer dat we elkaar hadden ontmoet; vermoeid en wat grauw onder haar zorgvuldig aangebrachte make-up en zongebruinde huid. Ik ging aan de keukentafel zitten en vroeg om drie scheppen suiker in mijn thee. Ik trilde nog steeds over mijn hele lichaam. Ik voelde dat ze op het punt stond om iets te zeggen maar toen van gedachten veranderde. Uiteindelijk kwam het eruit.

'Ik moet Mickey spreken,' zei ze, met haar rug naar me toe. 'Vind je dat erg?'

'Hij is hier niet,' zei ik mat. Mijn gedachten gingen niet veel verder dan de stekende, misselijkmakende pijn in mijn hoofd.

'Nee, dat weet ik. Hij is in het ziekenhuis. Maar ik moet hem dringend spreken, Jessica.' Met een weinig gracieus gebaar zette ze een mok thee voor me neer. 'En ik kan je niet vertellen waarover.'

'Nou, daar vroeg ik ook niet naar,' antwoordde ik, en ik roerde in het donkere vocht, vroeg me vaag af of ik er melk in zou doen. 'Maar je hebt hem toch al in het ziekenhuis opgezocht?'

Ze hield een theelepeltje onder de kraan en waste het af. Er kwam een roze blos op haar wangen. 'Ja, goed, dat is waar. Maar toen sliep hij. We hebben niet gepraat.'

'O,' zei ik. 'Nou, ik weet niet waar hij is.'

Voor het eerst kwam er een vage glimlach om haar mond. 'Heeft hij... Zijn jullie uit elkaar?'

'Nee, we zijn niet uit elkaar, verdomme,' snauwde ik. 'Hij is op zoek naar ons kind. Ik weet niet waar, maar ik weet wel dat hij helemaal niet in orde is, en...' Er ging weer een pijnsteek door mijn hoofd en ik hapte naar adem. Ze keek me bezorgd aan, deed een stap naar me toe, maar ik stak mijn hand op. Ik wilde haar, met haar gladde, smetteloze huid, niet te dicht in mijn buurt hebben.

'Ik overleef het wel,' zei ik. 'Echt.' Maar mijn ogen traanden en we wisten allebei dat ik loog. 'Waarom vraag je me trouwens om toestemming?' vroeg ik tussen twee pijnscheuten door. 'Je hebt je hiervoor weinig van me aangetrokken.'

'Omdat ik je nu heb ontmoet. Omdat ik... omdat ik je respecteer, Jessica. Als vrouw, als Mickeys nieuwe vrouw. Ik zie je nu als een persoon, terwijl je hiervoor alleen als een schaduw over mijn leven viel.'

Tjonge, zeker te lang in therapie geweest, gokte ik. Op een morbide manier gefascineerd keek ik naar haar rug terwijl ze de tuin in staarde.

'Die rozen zijn prachtig, vind je ook niet? Die witte. Ik heb ze geplant toen we hier pas woonden. Toen ik nog vertrouwen in de toekomst had.'

Ik had echt geen interesse in verhalen over de liefdesbloemen van Mickey en zijn ex, over hun vertrouwen in de toekomst. Een ekster hupte over het gazon – dat er niet uitzag – en de kraaloogjes in zijn blauwzwarte kop zochten naar alles wat glom. Ik wou dat Agnes wegging.

'Je mist je kind zeker heel erg, hè?' vroeg ze zonder me aan te kijken.

'Natuurlijk. Ik kan niet...' Ik kan niet functioneren zonder hem, dacht ik. 'Ik kan aan niets anders denken. Totdat ik hem terug heb.'

'Ik wou dat ik je kon helpen.' Ze stond nog steeds naar de rozen te kijken, maar toen draaide ze zich om en glimlachte naar me. Ze was echt een beeldschone vrouw. Alleen een beetje... leeg, op de een of andere manier.

'Dank je.' Ik probeerde ook te glimlachen. 'Hoor eens, ik zal tegen Mickey zeggen dat je hem wilt spreken, oké? Eerlijk gezegd, Agnes' – ik besefte dat het waar was – 'eerlijk gezegd maakt het me niet uit of je wel of niet met hem praat. Dus doe wat je wilt. Het enige wat mij bezighoudt...' Ik bracht mijn hand naar mijn bonzende hoofd. 'Wat me echt iets kan schelen, is dat ik Louis terugvind. Dus...' Met een uiterste krachtsinspanning stond ik op. 'Als je het niet erg vindt, ga ik daar nu weer mee verder. Bedankt voor de thee,' voegde ik er nogal stompzinnig aan toe.

De telefoon in de hal begon te rinkelen, maar tegen de tijd dat ik er was, had de beller al opgehangen.

Terug in de keuken zei Agnes: 'Ja, ik kan beter gaan.'

Ik knikte, opgelucht, moest bijna kokhalzen van de zoveelste pijnsteek in mijn hoofd, en concentreerde me op een minuscuul krasje onder haar linkeroog.

'Veel succes, met alles,' zei ze formeel, enigszins opgelaten. Ze pakte haar tas, haalde haar autosleutels eruit en maakte een elegant wuivend handgebaar naar mijn hoofd, waardoor het er even op leek dat ze een pirouette inzette. 'Ik zou ernaar laten kijken,' zei ze. 'Het zal wel veel pijn doen, niet?'

'Ja, dat doet het zeker. Erg veel pijn. Ik zal ernaar laten kijken.'

En toen was ze weg.

Deb schrok zich wezenloos toen ze de jaap in mijn hoofd zag, en reed me rechtstreeks naar Spoedeisende Hulp in Lewisham, waar een röntgenfoto werd gemaakt en de snee werd gehecht. 'Een lichte hersenschudding,' zeiden ze tegen Deb, alsof ik een klein kind was. 'Verlies haar niet te lang uit het oog.' Ik kreeg een paar pijnstillers die zo sterk waren dat ik onmiddellijk begon te zweven.

Weer thuis kreeg ik gezelschap van Leigh en de meisjes, die met hun *Harry Potter*-dvd en hun Happy Meals in de woonkamer werden geparkeerd. Mijn zus begon zich te verwaarlozen, constateerde ik, met haar trainingspak, het junkfood en haar weer verblekende zonnebanktint, allemaal tekenen van diepgewortelde, onverwerkte stress.

'We blijven vannacht hier,' zei ze, waarna ze haar lippen op elkaar kneep totdat ze niet meer te zien waren. Inwendig was ik blij met de mededeling. Als ik keek naar de meisjes, die om hun Franse frietjes zaten te ruziën, gaf dat me een soort troost.

Ik ging naar boven om me om te kleden en drukte in het voorbijgaan de knop van het antwoordapparaat in. Eerst hoorde ik Debs oude bericht, maar toen ik halverwege de trap was, hoorde ik een nieuw bericht, een gejaagde, fluisterende stem. Ik bleef staan, draaide me om en liep snel weer naar beneden. Ik spoelde het bandje terug en beluisterde het bericht opnieuw. Het miauwen dat ik eerder had gehoord... het werd me opeens duidelijk wat dat was geweest. Meeuwen, natuurlijk. En die angstige fluisterstem... mijn broertje Robbie.

'Jess, waar ben je?' zei hij. 'Neem de telefoon op. Ik weet waar hij is. Hoor je me, Jessica? Ik weet waar Louis is.'

25

Ik liep door de hal te ijsberen toen Silvers auto met piepende banden voor de deur stopte. Het begon nu echt een beetje op een politieserie van de tv te lijken. Ik rukte de voordeur open en zonder iets te zeggen keken we elkaar aan. Ik bedwong de neiging om me in zijn armen te werpen omdat ik zo lang op dit moment had gehoopt, en het nu eindelijk zo ver was. Hij had geprobeerd me te beschermen en ondanks een paar probleempjes had hij erg zijn best gedaan. Maar het enige wat ik zei was: 'Kom op, laten we gaan,' waarop ik mijn tas pakte en naar de auto liep.

Kelly zat in de tweede auto en toen ik naar hem zwaaide – we waren immers oude bekenden? – zwaaide hij terug en glimlachte. Ik stapte alvast in Silvers auto. Deb kwam naar buiten en ik hoopte eigenlijk dat ze bij Kelly in de auto zou stappen, maar dat deed ze niet; ze stapte achter in Silvers auto en in gedachten, zonder het te willen, kreunde ik.

Mijn zus stond voor de deur, met haar jongste dochter tegen haar been geklemd, op haar lip te bijten. 'Veel succes,' riep ze. 'Wij blijven hier. Bel me zodra je iets weet, oké?' Ten slotte kwam Silver naar buiten, klopte Leigh geruststellend op de arm toen hij haar passeerde, en toen konden we eindelijk gaan.

Het begon te schemeren toen we naar de rand van de stad reden. De wolken boven de snelweg gaven aan dat het mooie weer ten einde liep. Het rommelde in mijn buik alsof er twee jonge hondjes aan het ravotten waren. Ik had het weer benauwd en hield mijn hand om de inhaler in mijn zak geklemd, maar toen dacht ik aan Louis en glimlachte. Silver begon te praten, wekte me uit mijn dagdroom en wilde van me weten wat ik dacht van wat Robbie had gezegd.

'Maar je hebt net zelf het bericht afgeluisterd,' zei ik, geërgerd door zijn interruptie.

Hij knikte. 'Ja, maar ik probeer erachter te komen of Maxine bij hem is.'

Ik haalde mijn schouders op. 'Ik vermoed van wel.'

'We hebben Gorek vanochtend verhoord,' zei Silver.

'Geweldig!'

'Nee, het was niet geweldig. We moesten hem weer laten gaan, want eerlijk gezegd...' Hij passeerde een oude Nissan die in het midden van twee rijbanen reed. 'Dat ze zo'n roestbak niet van de weg halen,' mopperde Silver, de eeuwige politieman.

'Eerlijk gezegd wat?' vroeg ik ongeduldig.

'Eerlijk gezegd hebben we niets kunnen vinden wat hem in verband met de ontvoering brengt, afgezien van Maxine.'

'Er moet iets zijn.'

'Nee, er is niks.'

'Maar als Gorek er niet bij betrokken is, wie dan wel?'

Het werd onheilspellend stil in de auto. Mijn hoofd bonsde nog steeds.

'Je denkt toch niet... Je wilt toch niet zeggen dat...' Ik kon het niet uit mijn mond krijgen.

'Jess, je zult misschien moeten accepteren dat je broer erbij betrokken is.'

'Nee, dat moet ik niet, want dat is niet waar.'

'Doe niet zo naïef. Het kan toch bijna niet anders? Dat hij je vandaag heeft gebeld, toont aan dat hij erbij betrokken is.'

'Hij heeft me gebeld om me te helpen,' protesteerde ik.

'Dat kan wel zo zijn, maar het verandert niks aan de feiten. Ik bedoel, wie kan er anders op die locatie zijn gekomen... in de buurt van jullie vroegere vakantiehuisje? Dat zou toch wel héél toevallig zijn.' Hij deed de autolichten aan en keek me aan. Ik bleef koppig recht vooruit kijken.

'Luister nou,' zei hij, 'ik weet dat het moeilijk is, en pijnlijk, maar we kunnen er niet omheen.'

Ik wist echt niet wat ik moest zeggen. Deb legde haar hand op mijn schouder en zei zachtjes: 'Jessica, het komt allemaal goed. Laten we proberen ons hoofd erbij te houden, oké?' Met andere woorden: ík moest mijn hoofd erbij houden. 'Straks zien we Robbie en heb je misschien de kans om met hem te praten.'

Maar mijn keel bleef dichtgeknepen aanvoelen, ook toen ik een paar keer slikte, en hoewel ik mijn kiezen op elkaar klemde, voelde ik een warme traan over mijn wang lopen, gevolgd door een tweede. Robbie opgeven voor Louis, daar kwam het op neer, blijkbaar. Silver zei niets, maar hij moest hebben gezien dat mijn tranen op mijn spijkerbroek drupten. Hij legde zijn hand licht op de mijne, maar zelfs die warmte kon me niet troosten. Ik keek wezenloos voor me uit, totdat Deb ging verzitten op de achterbank en Silver zijn hand weghaalde.

De auto reed het grindpad op en stopte op exact dezelfde plek waar we hadden gestaan toen we hier een paar dagen geleden een zak friet hadden gegeten. Ik besefte tot mijn grote afschuw hoe dicht ik toen bij Louis was geweest. En ik had het niet eens gevoeld. Moest dat nu het moederinstinct voorstellen? Het schuldgevoel dat me nu overviel was immens.

Er stonden minder auto's op het parkeerterrein dan de vorige keer. De avond viel en de temperatuur was in de afgelopen paar dagen aanzienlijk gedaald. De vakanties liepen ten einde.

Langs het muurtje bij de zomerhuisjes stonden een paar politiewagens en ik zag agenten in uniform met norse, gespannen gezichten rondlopen. De omgeving was al afgezet met geel politielint, dat wapperde in de frisse wind van zee, en daarachter stond een groepje belangstellenden die als gieren de komende gebeurtenissen afwachtten. Toen ik uit de auto stapte, ging Silvers mobiele telefoon en bleef hij staan om het gesprek aan te nemen. Ik had hem willen vragen waarom ze hier niet eerder hadden gezocht, maar Deb nam me al mee naar het afgezette gedeelte.

In een van de voortuintjes, op enige afstand van de agenten in uniform, stond de oudere inspecteur met de bril een sigaartje te roken. Hij zag Silver eerst en stak zijn hand naar hem op, en toen herkende hij mij. Ik kon niet inschatten wat de uitdrukking op zijn getaande gezicht te betekenen had, maar hij gooide zijn sigaartje op de grond, trapte het uit en blafte een order naar een agente die in het groepje stond. Met kwieke pas liep ze het zomerhuisje binnen. Ging ze mijn kind halen? Ik stormde naar voren, maar toen ik onder het afzetlint door wilde kruipen, werd ik tegengehouden door een streng kijkende jonge agent. Ik wilde me langs hem heen wringen, maar op dat moment kwam Silver aanlopen, die de agent zijn penning liet zien en me meenam naar het voortuintje.

Op dat moment kwam de agente weer naar buiten, met lege handen, en ze fluisterde iets in het oor van de inspecteur, waarop hij naar ons toe kwam en Silver en mij de hand schudde. Ik kon mijn ongeduld nauwelijks bedwingen, maar mijn hart zat in mijn keel, want er was iets mis, dat was duidelijk. Ik probeerde iets te zeggen, maar er kwam geen geluid uit mijn mond, en toen ik ten slotte mijn stem had teruggevonden, klonk die heel schor.

'Louis?' vroeg ik. 'Is Louis hier?' En toen ik de inspecteur zag aarzelen, sloeg de paniek pas echt toe en werd ik een menselijke tijdbom van angst. Ik begon te beven en mijn knieën werden van rubber, want ze gingen me slecht nieuws vertellen, dat kon ik zien, dus fluisterde ik: 'Wat is er?'

Silver staarde de inspecteur aan en Deb sloeg haar arm om mijn schouders. Toen zei Silver: 'Het is Louis niet, Jess. Louis is hier niet.'

Ik wist niet of ik moest lachen of huilen, want ze hadden in ieder geval niet gezegd wat ik had verwacht, dat Louis dood was en zijn lijfje verstijfd in het huisje was aangetroffen, met zijn armpjes gestrekt om zichzelf ergens tegen te beschermen. Hij moest dus nog steeds in veiligheid zijn, ergens. Maar Silvers mond bewoog nog steeds toen hij recht voor me kwam staan en mijn beide handen vastpakte terwijl de inspecteur zich in slow motion omdraaide en zijn schouders liet hangen.

Toen zei Silver: 'Het is Robbie, Jess. Het spijt me dat ik het moet zeggen, maar Robbie is dood.'

Ik begon te lachen, want dat kon hij natuurlijk niet menen, en ik zei: 'Doe niet zo gek. Natuurlijk is hij niet dood. Hij heeft me net nog gebeld, of niet soms?' Deb klemde haar arm vaster om mijn schouders, maar ik wrong me los, keek Silver aan en zei: 'Lieg niet tegen me!' Totdat ik besefte dat hij dat niet deed. Ik viel op de grond alsof hij me een stomp in mijn maag had gegeven. Ik kreeg geen adem meer, hapte naar lucht en voelde dat ik moest overgeven. Hijgend probeerde ik het terug te dringen, maar tegelijkertijd kon het me niet schelen als iemand het zou zien. Mijn handen steunden op mijn knieën en het duurde even voordat ik de kracht had verzameld om me op te richten, maar uiteindelijk lukte het.

Daarna bewoog ik me alsof ik in een droom zat, want het was ook een droom. Ik keerde me naar het zomerhuisje en zei: 'Waar is hij? Ik wil hem zien.' Ergens achter me antwoordde Silver: 'Dat lijkt me geen goed idee, Jess.' Ik draaide me om en schreeuwde: 'Laat me mijn broer zien! Alsjeblieft, ik wil hem zien.' Ik liep naar de deur van het huisje en ze kwamen me achterna.

Ik hoorde rumoer en stemmen binnen, en er lachte zelfs iemand, totdat ze mij in de deuropening zagen verschijnen. Hoe kon iemand dat in godsnaam doen... de doden waren amper koud en ze lachten erom?

En daar, op de grond, op de vuile plankenvloer, lag Robbie, en het zag eruit alsof hij sliep. Mijn kleine broertje lag op de grond te slapen zoals we dat zo vaak hadden gedaan toen we kinderen waren, Robbie en ik, gewoon ergens gaan liggen om een dutje te doen. Ik stond doodstil in de deuropening en keek naar hem, te midden van de politiefotografen en de mannen in de witte pakken, die vingeraf-drukken aan het nemen waren, maar die een voor een langs me heen naar buiten liepen toen ze me zagen, totdat ik alleen met Robbie ach-terbleef. Hij lag daar met opgetrokken benen, met zijn knieën bijna tegen zijn borst, en met zijn ene arm gestrekt. Hij zag eruit als een kind van vijf.

Langzaam liep ik naar hem toe, ik knielde naast hem neer, nam zijn hoofd in mijn handen en legde het op mijn knie. Ik kon de ge-dachte niet verdragen dat hij alleen was geweest toen hij stierf, want hij had zich nooit prettig gevoeld in het donker, mijn grote, sterke kleine broertje. Ik boog me voorover, kuste hem zacht op zijn lippen en voelde hoe koud die al waren. Ik wiegde zijn hoofd in mijn armen en fluisterde: 'Wakker worden, Rob, ik ben het.' Maar hij werd na-tuurlijk niet wakker, hij verroerde zich helemaal niet. Hij lag onbe-weeglijk en verkild in mijn armen.

'Wakker worden, Robbie,' zei ik weer. 'Alsjeblieft, word nou wak-ker.' Maar ik wist dat het niet zou gebeuren. Mijn ogen bleven droog toen ik zijn donkere krullende haar van zijn voorhoofd streek. Het was op dat moment dat ik de injectiespuit naast hem op de grond zag liggen, en zag dat er om zijn arm, vol gaatjes en bloeduitstortin-gen, een rubberen band zat. Toch lag hij er vredig bij, vond ik. Pas toen ik mijn hoofd naast het zijne legde, voelde ik mijn tranen ko-men. Ik huilde om mijn jeugdmaatje, dat me nu in de steek had ge-laten, huilde om het kleine broertje dat ik de fles had gegeven en op wie ik zo apetrots was geweest toen ik met hem door het park liep, in een kinderwagen die twee keer zo groot was als ikzelf. Mijn klei-ne broertje die 's nachts in bed lag te snikken als onze ouders weer eens ruzie hadden, hoewel hij nooit heeft geweten dat ik hem hoor-de, en met wie ik dubbel had gelegen van het lachen, niet eens zo ver van de plek waar we nu waren. Mijn broertje met wie ik 's avonds Mr Whippies had gegeten als onze moeder weer eens te uitgevloerd was om voor ons te koken, met wie ik me op zondagmiddagen achter de bank verstopte als Tom Baker de strijd aanbond met de Cybermen, terwijl we angstig elkaars handen vasthielden totdat Leigh ons betrapte en ons uitlachte. Ik hield hem nu vast alsof ik hem nooit meer wilde loslaten, voelde een verdriet dat mijn hart letterlijk brak, om al zijn dromen die niet waren uitgekomen, om de enorme puinhoop die het leven van mijn Robbie was geweest.

Na een tijdje hurkte Silver naast me neer en zei zacht: 'Ga je mee, Jess? Dan kunnen deze mensen doorgaan met hun werk.'

Maar ik wilde mijn broer hier niet achterlaten, niet op deze kille, troosteloze plek terwijl buiten de wind om het huisje gierde.

'Alsjeblieft,' zei ik tegen Silver. 'Ik kan het niet verdragen dat ik hem hier moet achterlaten.'

'Ik weet het, maar ze moeten hun werk doen, en dan kunnen ze hem daarna naar een betere plek brengen.'

'Ergens waar het licht is?' vroeg ik verslagen.

We wisten allebei dat Robbie nooit meer licht zou zien, maar desondanks knikte Silver en zei: 'Ja, dat beloof ik je.' Dus trok ik mijn trui uit, vouwde hem op, legde hem op de grond en liet heel voorzichtig Robbies hoofd erop zakken.

Nadat ik hem nog een kus had gegeven, een allerlaatste kus, liet ik me door Silver overeind helpen en liepen we het donkere huisje uit, terug naar de auto. Deb gaf me een beker hete, zoete thee, legde een deken om mijn schouders en omhelsde me, om me warm te houden, terwijl ik onverstaanbare woordjes mompelde.

'Ik moet Leigh bellen,' zei ik toen Silver terugkwam.

'Dat wordt geregeld, meisje,' zei hij.

De agente kwam naar ons toe met een plastic zak, die ze aan Silver gaf, waarna ze mij zo medelevend aankeek dat ik er bijna van schrok.

'Waarom hebben jullie hem niet eerder gevonden?' vroeg ik verdoofd. 'Toen we in de vuurtoren gingen kijken. Ik had je verteld dat we hier vroeger waren geweest.'

'Ze waren toen niet in dit huisje, Jess, echt niet. Het is van onder tot boven onderzocht, alle huisjes zijn onderzocht. We denken dat ze in een pension aan de andere kant van de weg zaten.' Silver wees naar een groepje huizen verderop. 'We zijn al op zoek naar de eigenaar.

'Hoor eens, Jessica,' vervolgde hij, 'ik weet dat dit een grote schok voor je is, maar je moet toch proberen om sterk te zijn, oké? Ik heb je hulp nog wat langer nodig. Kun je dat opbrengen?'

Ik knikte halfslachtig, want Louis was nog steeds niet terug en ik moest hem zien te vinden.

Silver keek in de plastic zak die hij in zijn hand had en haalde er iets uit: een pruik van lang blond haar. En daarna nog iets: het wollen vestje dat in de tas met Louis' verschoningen had gezeten op de dag dat hij was verdwenen.

'Dat is van Louis,' zei ik, en ik bevochtigde mijn kurkdroge lippen.

'Dat vermoedden we al,' zei Silver, maar toen ik mijn hand naar het vestje uitstak, deed hij het weer terug in de zak en vervolgde: 'Sorry, Jess, maar het moet naar het lab.'

Opeens kreeg ik geen adem meer. Ik deed mijn uiterste best om mijn kalmte te bewaren, echt waar, en hapte naar adem, maar het was alsof er iemand op mijn borstkas zat. Ik morste thee op mijn spijkerbroek, zocht koortsachtig naar mijn inhaler, maar ook die bracht deze keer geen verlichting. Ik stond te puffen als een stoomtrein en Deb probeerde me te helpen, maar ik kreeg gewoon geen lucht, de druk op mijn borstkas was te groot en alle lucht werd eruit geperst, totdat alles ten slotte zwart werd.

Voor de tweede keer die dag had ik geen idee waar ik was en toen ik me probeerde op te richten, werd ik tegengehouden door het zuurstofmasker op mijn gezicht. Een ambulancebroeder met een vriendelijk, onschuldig gezicht boog zich over me heen, glimlachte en zei: 'Geen paniek, juffie. Je bent in een ambulance en er wordt voor je gezorgd.' Hij haalde het masker van mijn gezicht en vervolgde: 'Fijn dat je er weer bent, meisje. Hoe voel je je?'

En plotseling was Deb er ook, en ze pakte mijn hand. En toen, alsof ik weer een dreun op mijn hoofd kreeg, herinnerde ik me dat Robbie dood was.

In het ziekenhuis werd ik onderzocht. Een arts vertelde me dat er verder weinig aan de hand was en dat Deb me straks naar huis mocht brengen. Maar ik wilde niet naar mijn lege huis, niet zolang Louis nog steeds werd vermist en hij tegelijkertijd misschien zo dichtbij was. Niet nu... Ik durfde er niet eens aan te denken. Niet nu Robbie alleen in een koelcel van een of ander mortuarium lag. Dus ging Deb even weg en kwam ze terug met de mededeling dat we naar het hotel zouden gaan waar ik een paar dagen geleden was geweest. Ze zei dat Leigh op de hoogte was gebracht van Robbies overlijden, dat ze een collega naar haar toe hadden gestuurd, dat Deb haar later had gebeld, en dat Leigh had gezegd dat zij onze arme moeder zou inlichten. Mijn moeder. Het was bijna niet voor te stellen hoe groot haar verdriet zou zijn.

Aangekomen in het hotel liet Deb het bad voor me vollopen. Ik probeerde stiekem een biertje uit de minibar in de kamer te pakken terwijl Deb telefonisch iets te eten bestelde, maar ze vond niet goed dat ik het opdronk; ik zou er ziek van kunnen worden door de zware pijnstillers die ik had geslikt. Dus lag ik roerloos in bad, in water zo heet dat ik half verbrandde, alsof ik me op die manier kon ontdoen van een huid van zorgen en verdriet, en het enige waaraan ik kon denken was Robbie. Mijn ogen brandden, zagen vrijwel niets door de stoom en wat ik voelde was schuld. Een loodzware last van schuld en berouw.

Toen ik uiteindelijk uit bad stapte, was ik zo rood als een kreeft, misselijk van schuldgevoel en te bang om naar bed te gaan. Hoe zou ik ooit nog kunnen slapen? Ik zou elke nacht Robbie in dat donkere huisje op de grond zien liggen, of Louis opgesloten in een of andere kast. Dus bleef Deb bij me, zaten we samen op het tweepersoonsbed, dronken thee en keken naar onzinseries op tv. Ten slotte belde ik Leigh. Ik had het uitgesteld omdat ik het niet kon opbrengen om die afschuwelijke woorden te zeggen, en om ze hardop uit te spreken. Leigh lag ook wakker, de ene sigaret na de andere te roken, half verdoofd van de schrik, zoals ik wel had verwacht. Ze had mijn moeder gesproken.

'Ze komt met George naar Engeland. Ze is... Nou ja, het heeft weinig zin om haar nu te bellen, Jess. Bovendien heb jij al genoeg aan je hoofd. Ze ligt in de kreukels. Hij heeft nu tenminste...' Leighs stem brak en ik wist dat ze haar best moest doen om niet in tranen uit te barsten.

'Tenminste wat?'

'Een soort rust,' zei ze. Ik hoorde haar aansteker knippen en haar een trek van haar sigaret nemen. 'Jezus, Jess, ik kan nauwelijks geloven wat een puinhoop hij ervan heeft gemaakt.'

'Zeg dat niet, Leigh. Niet nu, wil je?'

'Maar...'

'Maar wat?'

'Ik voel me zo vreselijk schuldig, Jess,' zei ze, en ik hoorde haar stem weer breken.

'Ik weet wat je bedoelt,' zei ik.

Er viel een stilte. Ze schraapte haar keel en vroeg: 'En Louis?'

Ik nam een slokje thee om me te sterken. 'Ik weet het niet. Silver is daar nog en ze zijn allemaal aan het zoeken. Heeft Deb je verteld dat ze zijn vestje hebben gevonden?'

'Ja, godzijdank. Dus hij moet daar in ieder geval in de buurt zijn.'

'Of...' Mijn keel werd dichtgeknepen.

'Wat, Jess?'

'Of hij is daar gewéést. Maxine is compleet van de aardbodem verdwenen.'

'Het loeder,' zei Leigh, en toen, met een bedeesd stemmetje: 'Weet je, ik had je iets willen vertellen. Ik had er onlangs over willen beginnen. Het is zo... dat ik degene was die daar met Maxine is geweest.'

Ik begreep er niets van. 'Wat? Waar?'

'Bij Birling Gap. Een paar weken geleden, weet je nog, toen jij naar de stad moest en je haar ging laten doen. Toen ik met de meisjes, Maxine en Louis een dagje naar het strand ben geweest.'

Ik dacht terug aan al het zand dat ik in Tate Gallery uit de babytas had moeten schudden. 'Ah, nu weet ik het weer. Mijn god, Leigh, denk je dat ze het toen allemaal heeft gepland?'

'Dat weet ik niet, schat. Maar jezus, ik voel me er wel schuldig om.'

'Doe niet zo gek. Als het hier niet was geweest, hadden ze het wel ergens anders gedaan.'

'Ja, ik neem aan van wel. Maar ik heb het toch maar aan adjudant Silver doorgegeven.'

Er viel weer een stilte. Om de een of andere reden wilde ik nog niet ophangen. 'God, Leigh, ik blijf maar aan Robbie denken. Ik denk niet dat ik dat beeld ooit nog uit mijn hoofd zal krijgen.'

'Ik weet het, schat. Maar je moet nog even sterk zijn, in Louis' belang. Het zal nu niet lang meer duren, dat weet ik zeker. Hou dat maar in gedachten.'

Er viel een stilte, maar het was een aangenaam soort stilte. Uiteindelijk namen we afscheid van elkaar en was ik weer alleen met mijn demonen.

'Als ik Louis binnenkort terugkrijg,' zei ik tegen Deb, 'zal ik mijn nachtrust weer hard nodig hebben.'

Ze glimlachte naar me, maar ik zag de bezorgdheid achter die façade van vriendelijkheid. Ze sloeg even haar armen om me heen. 'Ga dan maar vast oefenen, in het slapen.'

Ik grimaste.

'Probeer het. Ik zie je morgenochtend. Als er iets is, roep je me maar.'

'Bedankt.'

Dus lag ik ten slotte in mijn bed, in het donker, met alleen mijn hoofdpijn als metgezel. Door de open gordijnen keek ik naar de minuscule lichtjes op zee, flikkerend en op en neer deinend. Het leek wel of er storm op komst was. Ik dacht aan Robbie en mijn maag werd samengeknepen, dacht aan hoe koud hij was geweest en voelde een afschuwelijke pijn in mijn hart. Ik had het moeten zien, had het moeten weten. Ik had mijn broer kunnen redden. Ik had me zo op Louis geconcentreerd dat ik Robbie had laten barsten. Berouw gonsde in mijn oren en ik wilde het net op een schreeuwen zetten om dat geluid te overstemmen, toen er zacht op de deur werd geklopt.

Het was Silver, in silhouet in de deuropening.

'Ik kom alleen even kijken of alles in orde met je is.' Zijn haar zat in de war en hij geeuwde. 'Mag ik binnenkomen?' vroeg hij, maar hij was al binnen. Ik ging weer liggen, zei niets, want ik wist niet wat ik moest zeggen. Hij bleef bij het voeteneind staan. 'We komen dichterbij, Jess, echt waar,' zei hij.

Ik draaide me om, zodat hij mijn gezicht niet kon zien. Toen kwam hij op de rand van het bed zitten, trok zijn schoenen uit en kwam zonder iets te zeggen naast me liggen. Heel voorzichtig, met al zijn kleren aan. Zo lagen we zij aan zij en staarde ik met warme, droge ogen naar het donkere plafond, met al mijn spieren gespannen, in afwachting van de aanraking waarvan ik wist dat die zou komen, de aanraking waar ik in werkelijkheid heel erg naar verlangde. En toen, eindelijk, draaide hij zich naar me toe en nam me in zijn armen. Ik was zo stijf als een plank, overwoog even me van hem weg te draaien maar deed het ten slotte niet. Ik kon het niet. Kon me niet van hem afkeren. Pleegde ik verraad aan mijn dierbaren... aan Louis, Robbie en Mickey? Ik wist het niet en het kon me ook niet schelen. Het enige wat ik wist, was dat het op een merkwaardige manier heel goed voelde om hier met Silver te liggen.

De regen kletterde tegen de ramen en heel geleidelijk gaf ik me eraan over, de ene spier na de andere, en hield hij me alleen maar vast totdat ik me een beetje begon te ontspannen. Ik drukte mijn gezicht tegen zijn overhemd, dat vaag naar citroen rook, en sloot mijn ogen om de geesten die om mijn hoofd cirkelden buiten te sluiten.

'Ik had hem moeten helpen, Silver,' zei ik toen de tranen kwamen. 'Ik had hem kunnen helpen. Ik kan niet geloven dat hij er niet meer is.'

'Stil maar,' fluisterde hij in mijn haar, en hij bleef me vasthouden totdat ik mezelf in slaap had gehuild.

26

Mijn mobiele telefoon ging over. Mijn ogen waren dicht en ik kreeg ze niet open, en toen ik mijn telefoon wilde pakken, sloeg ik hem van het nachtkastje. Toen ik hem uiteindelijk had opgeraapt en 'hallo' zei, was het Mickeys stem die antwoordde. Ik ging rechtop zitten, wat me een pijnsteek in mijn hoofd opleverde, voelde me onmiddellijk schuldig, maar toen ik naast me keek, was Silver er niet meer.

'Waar ben je?' vroeg ik, nog duizelig van de slaap. Ik vroeg me af hoe laat het was. Door het open raam scheen een zwak zonnetje naar binnen dat weerkaatste op het digitale klokje, zodat ik de display niet kon lezen. Het was dus in ieder geval na zonsopgang.

'Thuis,' antwoordde Mickey. 'Waar ben jij? Is alles oké met je? Ze hebben me verteld... Ik heb het gehoord van je broer. Ik vind het heel erg voor je, Jessica.'

Het was alsof er iemand op mijn buik ging staan, zoals ik opnieuw moest ontdekken dat hij dood was. In de afgelopen twee weken had ik me elke keer wanneer ik 's ochtends wakker werd aan een nieuwe realiteit moeten aanpassen. En nu was Robbie er ook niet meer.

'Dank je,' zei ik wezenloos. 'Hoe laat is het?'

'Een uur of acht, denk ik.'

'Waar heb je uitgehangen, Mickey? Je zou nog in het ziekenhuis moeten liggen. Ik heb me echt zorgen om je gemaakt.'

'Het spijt me, Jessica. Ik weet niet precies wat er gebeurd is. Ik ben even de kluts kwijtgeraakt, denk ik. In paniek geraakt.'

'Dat kun je wel zeggen. Hoor eens, ze hebben Louis' vestje hier gevonden. Op de plek waar... waar ze Robbie hebben gevonden.'

'Ja, dat weet ik. Ik heb jouw man daar – adjudant Silver – vanochtend gesproken.'

Mijn gezicht in de spiegel tegenover me was het bekijken waard. 'O ja?' zei ik. 'Is dat zo? Hoe laat?' Ik was de onschuld zelve. Jouw man daar. Maar ik was toch onschuldig?

'Zonet. Een halfuur geleden. Hij zei dat ze dichter in de buurt kwamen. Ik kom naar jullie toe.'

Waarom gaven die laatste woorden me zo'n vreemd gevoel?

'Zou je dat wel doen?' vroeg ik. 'Ben je al uit het ziekenhuis ontslagen? Ik bedoel, je bent nog lang niet honderd procent, toch?'

'Jij toch ook niet, schatje? Echt...' Hij wachtte even en ik hoorde dat er iets in een glas werd geschonken. 'We zijn wel een stel kneuzen, vind je niet?'

Nee, niet echt een stel, dacht ik. Niet nu.

Maar ik zei: 'Ja, zeg dat wel.' Toen dacht ik aan Louis en begon mijn hoop weer op te borrelen. 'O, Mickey,' zei ik terwijl ik uit bed stapte. Ik moest mijn huwelijksproblemen maar even van me afzetten. Ik kon zelfs Robbie tijdelijk uit mijn hoofd zetten. 'Ik heb zó het gevoel dat dit het is. Dat we vandaag onze Louis terugkrijgen, ik weet het zeker!'

'Ik hoop dat je gelijk hebt.' Zijn stem klonk krachtig, hartstochtelijk zelfs. 'Ik weet... ik weet hoeveel pijn dit je heeft gedaan, Jessica. Weet je zeker dat alles in orde met je is? Het spijt me dat je... nou, dat je er zo lang alleen voor hebt gestaan. Maar ik kom zo gauw mogelijk naar je toe.'

'Ja, ik red me wel, denk ik,' zei ik. 'Bel me als je eraan komt, oké?' Toen moest ik opeens aan iets denken en zei: 'Mickey?'

'Wat is er?'

'Het spijt me dat...'

'Wat?'

'Als het Robbie is geweest die hem heeft meegenomen, spijt me dat heel erg. Ik wilde het eerst niet geloven, maar... Nou ja, je weet wel wat ik bedoel.'

'Ja, ik weet het.'

'Het geeft me het gevoel dat... dat ik op de een of andere manier ook verantwoordelijk ben.'

Hij liet een droge lach horen. 'Wil je dat onmiddellijk uit je hoofd zetten?'

'Oké, goed dan,' zei ik. We beëindigden het gesprek en ik belde Silver om te vragen wat er vandaag te doen stond. Ik kwam nogal moeilijk uit mijn woorden.

'Jess,' zei Silver gejaagd, 'ik heb nu geen tijd om te praten. We hebben een melding gehad dat hij is gezien. Ik stuur een auto om je op te halen.' En weg was hij.

Ik keek naar buiten, zag dat de golven van de zee dikke schuimkoppen hadden, en dat de donkere wolken slecht weer beloofden. Misselijk van opwinding en angst kleedde ik me aan. Ik hield mijn borsten vast en vroeg me af of de melkstroom ooit nog op gang zou komen, en als reactie voelde ik een lichte tinteling.

Ik haalde Louis' foto uit mijn tas, keek ernaar, volgde de contouren van zijn gezichtje en fluisterde: 'Louis, ik kom eraan, schat. Straks is mama bij je.'

Deb en ik zaten achter in een burgerwagen die veel te hard reed, zelfs naar mijn wanhopige normen. We reden door het golvende laagland van de South Downs, dat er na de lange, hete zomer dor en bruin uitzag, draaiden toen de smalle kustweg op en kwamen terecht in een file van late toeristen en dagjesmensen, toen onze chauffeur zijn zwaailicht op het dak zette en als een bezetene langs de uitwijkende auto's stoof totdat we arriveerden in een gat dat Newhaven heette. We sloegen af richting de veerboothaven, met zo'n scherpe bocht dat Deb en ik onze hoofden tegen elkaar stootten en omvielen op de achterbank.

'We zouden daar graag in één stuk aankomen,' zei Deb tegen de chauffeur, toen ze overeind was gekrabbeld en haar waardigheid had teruggevonden.

Maar de chauffeur lachte en trapte het gaspedaal weer in. 'Twee stukken, bedoel je zeker? Sorry, meisjes.' Hij zei het niet alsof hij spijt had. 'Orders van de baas, om jullie daar zo snel mogelijk af te leveren.'

'Maar niet om ons om het leven te brengen, toch, die orders?' zei Deb, maar de man grinnikte alleen.

Halverwege een smalle straat die naar zee leidde moesten we stoppen voor een wegafzetting en slaakte ik een zucht van verlichting. De agente die me een paar dagen geleden schoon ondergoed had gebracht kwam naar de auto en boog zich naar het open raampje. 'Je zult hier ergens moeten parkeren, Frank,' zei ze. 'Auto's kunnen niet verder.'

Achter de terrassen van een rij verwaarloosde huisjes stond een groepje politiemensen in burger bijeen, onrustig, en met ernstige gezichten stonden ze in walkietalkies te praten. In de verte dobberden vrolijk gekleurde, maar aftandse vissersbootjes op zee en de kades van de haven lagen bezaaid met houten tonnen en oude visnetten. Roestende ankers kleurden het beton bruin en daarboven cirkelden talloze krijsende meeuwen rond. Ik moest weer aan Robbie denken, en door de stank van zeewier en rotte vis begon mijn maag weer op te spelen.

Ik zag Silver achter het groepje mannen staan, zoals altijd kauwgom kauwend, en in gesprek met een breedgeschouderde man met grijs haar, die een lange donkerblauwe jas aanhad. Hij had een wat gedrongen postuur, deze man, als een buldog, en door zijn manier van doen vermoedde ik dat hij Silvers baas was. Zelfs vanaf de plek waar ik stond, op geruime afstand, was de spanning van hun gezichten te lezen. Ik wilde mijn hand opsteken om naar Silver te zwaaien, maar verstrakte toen we werden gepasseerd door een team met gewapende scherpschutters van de politie. Ze namen hun posities in achter een stel olievaten, met hun geweren achteloos tegen de schouder en hun handwapens in de holsters, lachend en grapjes makend alsof ze de hele dag niets anders deden.

Deb zag de geschrokken blik in mijn ogen en pakte mijn arm vast. 'Ik denk dat we hier beter kunnen wachten,' zei ze, maar ik was opeens doodsbang, banger dan ik de afgelopen veertien dagen was geweest.

'Wat zijn ze in hemelsnaam van plan, Deb?' vroeg ik, en zonder op antwoord te wachten liep ik langs de scherpschutters naar Silver toe.

'Jess,' zei Silver, maar hij glimlachte niet. Hij maakte een bezorgde, gespannen indruk.

'Wat is er aan de hand, Silver? Waar zijn al die geweren voor nodig?'

'Voorzorg, kindje,' zei de andere man. 'Alleen voorzorg in dit stadium van het onderzoek.' Hij stak zijn hand naar me uit en ik zag dat er op al zijn vingerkootjes witte haartjes zaten.

'Jessica Finnegan, hoofdinspecteur Malloy,' stelde Silver ons aan elkaar voor.

'Hallo,' zei ik beleefd.

'Ik heb het gehoord van je broer, kindje,' zei Malloy somber. 'Heel erg voor je.' We bleven elkaar even aankijken. Hij had heel heldere lichtblauwe ogen die dwars door me heen keken, en ik had de indruk dat hij oprecht meende wat hij zei.

Silver kneep zijn frisdrankblikje fijn, schraapte onzeker zijn keel en zei: 'Er is iets wat je moet weten, Jess. De resultaten van de toxicologische tests van Robbie zijn net binnengekomen. De uitslag is nogal... opvallend.'

'Opvallend?' herhaalde ik.

Malloy keek Silver aan. 'Ja, opvallend. Hij had genoeg heroïne in zijn bloed om een olifant plat te krijgen. Robbie was toch een regelmatige gebruiker?'

Ik haalde mijn schouders op. 'Dat weet ik niet echt. Hij is...' Ik haalde diep adem. 'Hij was de laatste tijd niet bepaald openhartig tegen me.'

'Ik begrijp het, en sorry dat ik het moet vragen. Maar de hoeveelheid die hij in zijn bloed had, wijst óf op een serieuze poging om een eind aan zijn leven te maken, óf...'

'Of wat?'

Ik zag hoe een van de scherpschutters, een jonge knaap met grote oren die in een grappige hoek onder zijn pet vandaan staken, een sjekkie stond te rollen. Hij had een groen pakje Rizlavloeitjes tussen zijn tanden en lachte om iets wat een van zijn maten zei. Het deed me aan Robbie denken. Het deed me denken aan...

Opeens kwamen de walkietalkies krakend tot leven en hadden de beide politiemannen geen aandacht meer voor me. De scherpschutters trapten hun sigaretten uit, zetten hun petten op en namen hun posities achter de olievaten in.

Angstig herhaalde ik de vraag die ik eerder had gesteld. 'Wat is er hier gaande, Silver?'

'Er is ons door diverse buurtbewoners gemeld dat hier in de vroege ochtend een vrouw met een kind aan boord van een boot zou zijn gegaan. Er verblijven zelden mensen op deze boten, behalve wanneer ze uitvaren om te gaan vissen. De regels van de havenvergunning zijn heel strikt op dit punt. We hebben nog niemand van boord zien gaan, en uitgevaren zijn ze zeker niet, want daar is het weer te slecht voor. Er geldt inmiddels een stormwaarschuwing.'

'Maxine?' vroeg ik aan Silver. De adrenaline raasde door mijn aderen.

Hij haalde zijn schouders op. 'Dat weten we nog niet, maar het zou kunnen. Blond, schijnt het, en lang.'

Op dat moment werd ik overvallen door paniek. Een gevoel van naderend onheil, misschien.

'Silver, die wapens...'

'Alleen voorzorg, Jess, zoals we net al zeiden.'

'Maar ik wil die wapens niet in de buurt van mijn kind. Dit is *Miami Vice* niet!' Zonder het te willen zag ik een beeld voor me: een kogel die Louis' hartje uiteenreet, waarna hij roerloos en slap in mijn armen hing, koud zoals Robbie gisteren was geweest, en ik een schreeuw slaakte waar nooit meer een eind aan kwam. Ik sloeg mijn hand voor mijn mond. Silver keek me aan en kwam een stapje dichterbij.

'Probeer nog even rustig te blijven, dan komt het allemaal goed.'

Maar ik geloofde hem niet en dat wist hij.

'Ik ga zo meteen proberen aan boord van die boot te komen. Ik zal niet toestaan dat hem iets wordt aangedaan, echt, geloof me.' Hij pakte mijn hand vast en kneep erin, vrij hard zelfs, totdat ik de botjes pijnlijk voelde kraken. De inspecteur met de bril liep onze kant op, gevolgd door iemand in een of ander marine-uniform.

'Ik durf te wedden dat ze al flink zeeziek zijn,' zei de inspecteur opgewekt, en hij haalde zijn doosje sigaartjes tevoorschijn. 'Volgens mij is die kloteboot niet eens zeewaardig.' Toen zag hij mij staan. Als hij spijt had van zijn opmerking, liet hij dat niet merken. 'O, hallo,' zei hij.

Ik deed zelfs geen poging om naar hem te glimlachen. Op de achtergrond werd een dof geronk hoorbaar, een geronk dat harder werd, en toen verscheen er voorbij de huizen, achter het havenhoofd, een speedboot in beeld, een beest van een ding dat er duur uitzag, met een cabine vol glanzend chroomwerk. Hoofdinspecteur Malloy volgde de speedboot met zijn verrekijker, toen die langzaam richting de haven voer.

De havenmeester fronste zijn wenkbrauwen en zei: 'Geen idee wie dat zou kunnen zijn. Je kunt hier niet zomaar aanmeren; daar moet je een vergunning voor hebben.'

Malloy keek Silver aan en knikte. 'Je kunt beter gaan, Joe. De tijd begint te dringen.'

En zo bleven we allemaal min of meer hulpeloos achter toen Silver zich losmaakte van de groep en de kade op liep. Het was me niet eerder opgevallen dat hij een wat onregelmatige manier van lopen had. Veel succes, had ik hem willen naroepen, maar het was alsof mijn mond vol veren zat, of vol zaagsel, en bovendien wist ik dat ik me stil moest houden. Voor de allereerste keer in mijn leven verlangde ik naar een sigaret, alleen om iets in mijn hand te hebben, iets te doen te hebben. In plaats daarvan pakte ik mijn inhaler en zoog eraan, en ik voelde dat Deb me bezorgd observeerde. Ze pakte mijn arm vast, beschermend, bezitterig bijna, zoals je beste vriendin op school zou doen.

We deden allemaal onze uiterste best om iets te zien vanaf onze schuilplaats. De speedboot, nog steeds op zee, voor de haven, had de motor afgezet en liet het anker zakken. En toen werden alle blikken gericht op een gedaante, een vrouw, die op een bleekgroene boot die de *Miranda Jane* heette het dek op kwam struikelen. Met zichtbaar enthousiasme zwaaide de vrouw naar de speedboot. Onder de politiemensen werd gemompeld en Malloy richtte zijn verrekijker op de vrouw. Ze had een sweatshirt aan, met de capuchon ervan op haar hoofd vanwege de wind. Vanaf de plek waar ik stond kon ik haar gezicht niet onderscheiden, maar ik kon wel zien dat ze iets in haar armen droeg, iets wat ze beschermend tegen zich aan klemde. Mijn hart maakte een reuzensprong tot aan de loodgrijze hemel. Louis! Maar toen draaide ze zich half om en zag ik dat het Louis helemaal niet was, dat het een tas was die ze tegen zich aan drukte.

Op dat moment had Silver de *Miranda Jane* bereikt en riep hij iets naar de vrouw waardoor ze schrok en de tas liet vallen. Zelf viel ze ook, tegen de reling van de boot, en toen ze overeind krabbelde, gleed haar capuchon af en zag ik dat het Maxine was. Automatisch deed ik een stap naar voren, maar Deb reageerde snel en trok me weer terug.

'Maxine Dufrais, meneer,' zei Deb tegen haar baas, die kortaf naar haar knikte. Silver praatte met haar maar het enige wat we hoorden was het gekrijs van de meeuwen en golven die tegen de boten en de kademuren sloegen. We zagen wel dat Maxine steeds meer in paniek begon te raken en blijkbaar niet meer wist waar ze naartoe moest. Nergens naartoe, was het antwoord; ze kon geen kant meer op, maar ik zag ook niet hoe Silver aan boord kon komen als zij niet meewerkte. We konden zien dat hij op haar inpraatte, haar probeerde te overtuigen. Het gesprek verliep met veel gebaren van beide kanten. Maxine keek af en toe om naar de loopplank die op het dek lag.

'Waar is Louis?' vroeg ik hardop. 'God, alsjeblieft, laat ze Louis van boord halen.'

Deb pakte mijn hand vast en kneep erin terwijl Maxine over het dek ijsbeerde en nerveus over zee tuurde. Op het dek van de speedboot stond iemand naar haar te zwaaien, vrolijk bijna, wie hij ook was.

Silver liep van de boot weg, bleef staan, draaide zich om en zei nog iets tegen Maxine. We konden zien dat ze begon te huilen, smekende gebaren maakte en de grens van de hysterie naderde nu ze geen uitweg meer zag. Ze liep heen en weer over het smalle dek terwijl de wind steeds verder toenam en de boot wilder op de golven deinde, totdat ze struikelde en een lelijke val maakte.

De man op de speedboot, maar net zichtbaar vanaf de plek waar wij stonden, sprong in de lucht en zwaaide heftiger met zijn armen om zich heen.

'Wat is die mafkees aan het doen?' gromde Malloy terwijl hij zijn verrekijker op de man richtte. 'Hij schijnt er geen benul van te hebben dat hij diep in de problemen zit als dat blondje het kind heeft.'

Toen gebeurde er ineens van alles tegelijk. Maxine keerde Silver de rug toe, nam een aanloop en dook over de reling de zee in. Vrijwel op hetzelfde moment rende Silver de andere kant op, pakte tussen een paar kreeftenfuiken een plank van de grond, sleepte die naar de vissersboot en liet het uiteinde op het gangboord vallen. Niemand weet hoe, maar door een of ander godswonder slaagde hij erin om over de gladde smalle plank naar de boot te lopen en op het dek te springen. Maxine konden we niet meer zien, die was aan de andere kant overboord gegaan en werd door de boot aan het zicht onttrokken. God, dit is het, dacht ik, dit is het moment, en ik zette het op een lopen, sprintte de zware Malloy, de inspecteur met de bril en Deb eruit, struikelde een keer over mijn eigen voeten en viel languit op de betonnen kade, maar krabbelde weer overeind. Mijn hand bloedde maar dat kon me niet schelen, want straks zou ik Louis terugzien...

Op dat moment kwam Silver achteruit de stuurhut uit lopen. Er moest nóg iemand op de boot zijn, in de deuropening van de stuurhut, zodat ik hem niet goed kon zien. En toen deed Silver zijn handen omhoog, alsof hij zich overgaf, en besefte ik met mijn hart zo hoog in mijn keel dat het bijna uit mijn mond sprong, dat het een pistool moest zijn dat op Silvers borst werd gericht.

'Blijf daar, Jess,' riep Silver.

Slippend kwam ik tot stilstand aan het begin van de loopplank en de gedaante, die een windjack met een grote capuchon droeg, lachte vals naar me. En opeens werd het me duidelijk: de shag, de opmerkingen over zeeziekte, al die kleine signalen die me zo hadden dwarsgezeten, kwamen op dat moment tezamen. Nu wist ik het eindelijk; ik wist wie mijn kind had gestolen. Ze had zo wanhopig naar een kind verlangd dat ze er alles voor zou doen, zelfs met hem de zee op varen. Ik zag haar gezicht voor me toen ze de deur van de kamer opendeed en mij jankend op de vloer met mijn krijsende kind aantrof, en ik herinnerde me de angst die even haar ruwe gelaatstrekken had geroerd. Onmiddellijk gevolgd door een andere gezichtsuitdrukking, zo vluchtig dat ik er verder geen aandacht aan had besteed, maar die er wel degelijk was geweest. Boosheid. Nee, zelfs dat niet. Jaloezie.

'Freddie,' fluisterde ik, maar niemand hoorde me.

De gedaante zwaaide met het pistool naar Silver en zei: 'Nee, zeg tegen haar dat ze aan boord komt. En zeg tegen de anderen dat ze blijven waar ze zijn.'

Ik voelde hoe de groep achter me vaart minderde en bleef staan, en ondertussen dacht ik: ik ken die stem. Maar toen kwam ze het dek op lopen en besefte ik dat ik het mis had gehad. Deze vrouw bewoog zich elegant en was veel slanker van lichaamsbouw. Ze was ook niet groot genoeg. Het was Freddie helemaal niet...

'Is Louis hier?' riep ik met overslaande stem. 'Heb je mijn kind hier?' Hoe had ik er zo naast kunnen zitten? Het was mijn aartsrivaal die Louis had meegenomen, natuurlijk was zij het. Mijn rivaal in het geluk en de liefde... de onverzettelijke Agnes.

'Misschien wel,' zei ze snerend, en zonder me aan te kijken. Haar ogen bleven op Silver gericht, en de zijne op het pistool. Op dat moment hoorden we een heftig gespartel in het water en zag ik Silver en Agnes allebei over de reling kijken. De man in de speedboot stond te schreeuwen; ik stond te ver van hem af om te verstaan wat hij zei, maar hij stond wild naar het water naast de boot te gebaren.

'Laat me haar alleen de reddingsboei toegooien, oké, Agnes,' zei Silver heel kalm.

'Als ze zo stom is om in het water te springen,' zei Agnes met een laatdunkende trek om haar mond, 'moet ze daar zelf maar de rekening voor betalen, dacht ik zo.'

Silver probeerde haar op andere gedachten te brengen, maar ze ging er niet op in. Hij keek me aan – ik zou zweren dat hij naar me knipoogde, één keer, heel snel – draaide zich opeens om en dook over de reling het water in.

'O verdorie, Silver,' riep ik, maar het was al te laat. Hij was al uit het zicht verdwenen, en Agnes hield het pistool nu op mij gericht. 'Als je je kind nog wilt zien,' zei ze op ijskoude toon, 'moet je aan boord komen.'

Dus gehoorzaamde ik haar, keek nog een laatste keer om naar de politiemensen op de weg achter me, naar Deb, die eruitzag alsof ze ieder moment in tranen kon uitbarsten, draaide me om en liep over de loopplank mijn lot tegemoet.

Het kon me niet schelen als ze me doodschoot; het interesseerde me allemaal geen barst meer. Het enige wat ik nog wilde, was zien of Louis ongedeerd was. De boot kraakte en deinde in de golven toen ik mijn voeten op het dek zette en mijn evenwicht zocht. Boven ons krijsten de meeuwen zo luidruchtig dat ze alle andere geluiden overstemden, maar ik spitste mijn oren in de hoop dat ik hem zou horen.

'Heb je hem hier?' vroeg ik toen ik tegenover haar op het dek stond. Ze zag er vreselijk uit, met haar dat in pieken onder de capuchon vandaan stak en haar gezicht zwart van de smeerolie. Wat me meer verontrustte was de ongecontroleerde zenuwtic in haar ene wang. Het pistool in haar hand was groot en had een heel dikke loop; geen gewoon pistool, zo te zien, eerder zo'n ding waarmee ze in noodgevallen vuurpijlen afschoten.

'Heb jij mijn zoon hier?' vroeg ik nog een keer, een beetje harder nu, waarop ze bijna achteloos haar schouders ophaalde, hoewel haar ogen fonkelden van woede.

'Misschien wel, misschien niet.'

'Jezus christus, Agnes, hou op met die stomme spelletjes. Er is geen weg meer terug, en dat weet jij ook.'

Misschien had ik banger moeten zijn, zou het verstandiger zijn als ik dat was, ik weet het eigenlijk wel zeker; ze hield tenslotte een pistool op mijn borst gericht alsof ze Clint Eastwood was. Maar er was opeens een verbazingwekkende kalmte op me neergedaald, het besef dat ik met alle liefde bereid was voor mijn kind te sterven, dat ik voor hem elke mogelijke afstraffing zou ondergaan, als het nodig was. Tegelijkertijd klopte mijn hart zo snel dat het bijna pijn deed, want ik voelde dat Louis in de buurt was, ik wist het absoluut zeker. Elk flintertje moederinstinct dat ik in me had deed een belletje rinkelen, steeds harder, totdat het oorverdovend was.

Agnes hield het pistool nog steeds op me gericht, maar ik zag aan haar trillende handen dat het gewicht van het zware wapen haar te veel begon te worden. Haar gezicht en lichaamshouding straalden dodelijke vermoeidheid en verslagenheid uit. Het was weer gaan regenen en ik voelde de koele druppels op mijn gezicht, genoot er bijna van.

'Waarom heb je het gedaan, Agnes?' vroeg ik zachtjes, en ik deed een stap naar haar toe.

'Waarom niet?'

'Dat antwoord slaat nergens op, dat weet jij ook wel.'

'Omdat ik het wilde, nou goed? Waarom zou ik dat aan jou uitleggen?' Ze klonk weer scherp en venijnig, trok de capuchon af en liet de regendruppels op haar gezicht kletteren. Ze keek me recht in de ogen maar ik voelde dat er in haar hoofd een strijd gaande was. 'Omdat jij alles had, en ik niks meer, oké? Omdat ik Mickeys kind wilde en niet... omdat ik het niet kon.'

'Waarom niet?' vroeg ik uitdagend. 'Omdat je je luxeleventje niet wilde opgeven?'

Ze keek me aan alsof ik gek was geworden en rechtte haar schouders. 'Waar heb je het over? Ik zou er alles voor over hebben gehad om een kind van hem te krijgen.'

'Nou, waarom hebben jullie dat dan niet gedaan?'

'Omdat ik het niet kón.' Ze pruilde haar lippen. 'Dat heeft hij je toch wel verteld?'

Ik dacht terug, dwong mijn geest over de hindernisbaan van de gebeurtenissen van de afgelopen weken. 'Nee. Hij zei dat jij het niet wilde.'

Ze zag eruit alsof ze ieder moment in tranen kon uitbarsten. Ze richtte het pistool weer op mijn borst. 'Dat heeft hij niet gezegd, vuile leugenaarster. Dat zou hij nooit gezegd hebben.'

De aanblik van de loop van het pistool, die niet meer trilde, beviel me helemaal niet, net zomin als de licht waanzinnige trek die op haar gezicht was gekomen. 'Nee, je hebt gelijk, zó heeft hij het niet gezegd,' beaamde ik snel.

'Ik wilde het juist zo graag, meer dan wat ook in mijn leven, maar ik kon het niet. Ik was... ongeschikt.'

'Ongeschikt?' vroeg ik hoofdschuddend.

'We hebben het jarenlang geprobeerd. Maar het lukte niet. Uiteindelijk moest ik...' Ze keek me recht aan. 'Ben ik geopereerd.'

Ik dacht aan de brochure die ik op zolder had gevonden. De arts in Harley Street. Adviezen voor een spoedig herstel na een zware operatie. Eindelijk viel het muntje.

'Ze hebben mijn baarmoeder weggenomen. Dus dat hoofdstuk was afgesloten. Begrijp je? Ik zou zelf nooit een kind kunnen krijgen. Geen schijn van kans.'

'Maar...' Ik probeerde mijn gedachten te ordenen. 'Maar Mickey vertelde me dat jij hem geen kinderen wílde geven.'

Ik dacht terug aan die akelige scène in dat restaurant in Soho en voelde me moedeloos worden. Ik besefte dat ik Mickeys woorden verkeerd had begrepen. Ik zag zijn boze gezicht weer voor me, blozend van woede, wat zelden gebeurde, die fonkeling van pijn in zijn donkere ogen en zijn lange vingers die een stukje stokbrood tot kruimels vermaalden.

'En jij hebt me zelf verteld...' drong ik aan, maar ik besefte hoe naïef ik was geweest, 'dat kinderen niet jouw ding waren. Dat heb je gezegd toen we elkaar in dat hotel spraken.'

'Waarom zou ik jou de waarheid vertellen? Ik haatte je als de pest. Waarom zou ik mijn vijand vertellen waar ik het meest naar verlangde?' Met de rug van haar hand veegde ze de regendruppels uit haar ogen, of misschien waren het wel tranen, dat kon ik niet zien, en opeens, heel onverwacht, had ik met haar te doen. De arme, volmaakte Agnes, die alles had wat er met geld te koop was, en meer nog dan dat, behalve dat ene waar ze het meest naar verlangde. Mijn woede begon wat af te nemen.

'Maar dit is niet de juiste manier om een kind te krijgen,' zei ik, en ik hoopte heel erg dat het niet provocerend klonk. 'Dit is waanzin, Agnes. En dit was toch niet de enige mogelijkheid? Ik bedoel, deze domme wanhoopsdaad was toch niet nodig?'

'Maar ik wilde niet één kind, niet zomaar een kind, ik wilde Mickeys kind, daar ging het om.'

'Oké, ik begrijp dat het heel erg moeilijk voor je is geweest.'

'Je begrijpt er helemaal niks van. Jij raakte in verwachting zonder er ook maar enige moeite voor te doen, schijnt het.' Haar bedroefde ogen vulden zich weer met tranen.

'Goed, dat is inderdaad wrang voor je.' Automatisch stak ik mijn hand naar haar uit om haar te troosten. 'Ik leef met je mee.'

'Ik wil jouw medeleven niet. Weet je, ik had zo mijn best gedaan om alles perfect te krijgen, maar het was niet perfect. Want uiteindelijk... nou ja, ik kende Mickey. God, je hebt geen idee hoe goed ik die man ken.' Ze streek een lok haar uit haar gezicht en ik zag dat ze al haar nagels had afgebeten. De hand met het pistool trilde weer, vermoeid en onzeker. 'Mickey zou nooit het kind van een ander in huis nemen. Zo is hij niet, dat moet jij ook weten. Daar is hij veel te trots voor.'

Ik fronste mijn wenkbrauwen. 'Ik weet het eigenlijk niet. Het zou kunnen.'

'Nou, ik weet het wel. Door in verwachting te raken gaf jij hem waar hij naar verlangde. En waar ik naar verlangde, maar waar ik niet aan kon voldoen. Over adoptie wilde hij het niet eens hebben, wist je dat?'

'En jij was zijn grote liefde,' zei ik zacht, en ik wist dat het waar was. Mickey had nooit van mij gehouden zoals hij van haar had gehouden. Ik had het aangevoeld, had het vanaf het begin geweten. Vanaf het allereerste begin had ik de waarheid geweten, maar ik had ervoor gekozen die te negeren. Hij zou nooit zo veel van me houden als hij van deze vrouw had gehouden, deze vreemde, waanzinnige vrouw.

'Maar ik wist dat het niet zo zou blijven,' zei Agnes, en ze huilde nu echt. 'Ik kon het niet alleen, zijn liefde vasthouden. Het brak ons op. Ik móést hem meer geven. Hij moest zijn eigen gezin krijgen. Hij zocht nog altijd naar een mogelijkheid om de leegte van zijn omgekomen jongere broer op te vullen.'

Ik dacht aan mijn eigen jongere broer. Had zij...

'Op het laatst maakte het ons kapot,' vervolgde Agnes. 'De leegte. Het was zo leeg en stil in huis.'

'Dus toen dacht je: dan neem ik gewoon háár gezin en pik haar kind in.'

Ze snikte, haar schouders schokten en haar haar hing in vochtige pieken voor haar gezicht. Langzaam bracht ik mijn hand naar mijn gewonde hoofd.

'Heb jij me neergeslagen, Agnes? Was jij dat?'

'Het spijt me. Ik had Louis' paspoort nodig. Maxine had er al naar gezocht, maar ze kon het niet vinden. Het moest volgens mij ergens in huis zijn. Daarna was ik bang dat ik je te hard had geraakt. Het was niet de bedoeling dat ik je zo hard zou slaan, maar ik raakte in paniek toen ik je hoorde.'

'En toen ben je teruggekomen.'

'Ja, daarom ben ik teruggekomen. Weet je, totdat ik jouw Louis had, heb ik nooit geweten wat echte liefde was.' Ze zei het zo zacht dat ik me dichter naar haar toe moest buigen om haar boven de wind en het gekrijs van de meeuwen uit te kunnen horen. De boot deinde wild op en neer, maakte me misselijk en bracht ons steeds dichter bij elkaar. 'Ik kon alleen maar proberen het me voor te stellen,' vervolgde ze terwijl ze me over de zwaaiende loop van het pistool aankeek. 'Als ik had geweten hoeveel iemand van een kind kan houden, zou ik het niet hebben gedaan, denk ik. Ik wist niet dat het je zo veel pijn zou doen, Jessica, als ik je je kind afnam.'

Op dat moment drong het tot me door dat ze werkelijk van Louis hield, en om de een of andere onbegrijpelijke reden was ik blij dat ze daartoe de gelegenheid had gekregen. Toen hoorde ik een kreetje en bleef ik als versteend staan. Even dacht ik dat ik het me had verbeeld, of dat het weer de klaagzang van een meeuw was geweest. Maar toen hoorde ik het nog een keer en voelde ik mijn hart letterlijk groeien van vreugde. Dat móést mijn kind zijn. Elk haartje op mijn hele lichaam stond onmiddellijk recht overeind.

'Dus...' zei ik terwijl ik nog een half stapje naar haar toe deed; dichterbij kon niet zonder de loop van het pistool in mijn mond te krijgen, 'mag ik hem dan nu terug, alsjeblieft? Mag ik mijn kind terug?'

Ik zag haar gezicht ineenschrompelen, tot er niets meer van over was. Een totale wanhoop die ik nog nooit had gezien en ook nooit meer hoopte te zien. Haar mooie gelaatstrekken werden vervormd door een groot, puur verdriet en er kwam een neutrale blik in haar ogen, alsof ineens al het leven eruit verdween. Het was alsof er een wolk voor de zon schoof die haar grauw en levenloos maakte. Haar ziel verdween uit haar lichaam terwijl ik erbij stond. Een eeuwigheid, zo voelde het, stonden we tegenover elkaar op dat krakende scheepsdek en zag ik haar koortsachtig nadenken. Ik zag al haar hoop in rook opgaan, zag haar voor mijn ogen oud worden, veranderen in een in-eengeschrompelde schaduw van wie ze was geweest.

Ik stond net af te wegen of ik moest proberen het pistool te pakken, was al moed aan het verzamelen om het te doen, toen ze opeens ergens diep binnen in zich op een nieuwe krachtbron leek te stuiten en zich herstelde. Ze richtte het pistool op mijn hoofd en haar handen, zag ik, trilden niet meer.

'Nou, laten we eens kijken,' zei ze ijzig kalm, waarna ze een stapje naar me toe deed en mijn hart bijna uit mijn borstkas sprong van angst, 'wie gaat het worden? Jij of ik?'

Schiet me niet dood voordat ik nog één keer mijn kind heb gezien, dacht ik, dat is alles wat ik van je vraag. Ik wilde het tegen haar zeggen, maar ik was zo vreselijk bang dat ik geen woord kon uitbrengen. Ik deed mijn uiterste best om iets geruststellends – het maakte niet uit wat – te bedenken om tegen haar te zeggen, maar mijn hersens werkten niet mee... en daarna was het te laat.

'Nou, wie krijgt het kind, Jessica? Wie zou hem moeten krijgen?' Ze streek het haar weer uit haar ogen met de ene hand terwijl de andere, met het pistool, op mij gericht bleef. 'Hij heeft jou nodig, dat zie ik nu in,' zei ze. 'Veel meer dan hij mij nodig heeft. Zelfs meer dan ik hem nodig heb.'

En toen, heel snel en elegant, richtte ze het pistool op zichzelf en voordat ik begreep wat ze van plan was, duwde ze de loop in haar mond. 'Agnes!' riep ik, maar voordat ik iets kon doen, voordat ik zelfs maar mijn blik kon afwenden, haalde ze de trekker over en knalde haar getergde hersens uit haar mooie hoofd.

27

Louis lag te slapen toen ik me over hem heen boog. Er was buiten een flinke commotie, maar hij lag gewoon te slapen, als een baby, zoals ze dat zeggen.

Malloy en zijn mensen waren binnen een paar seconden aan boord maar voor Agnes was het te laat geweest; voor haar kon niemand nog iets doen. Ik was voorzichtig om haar heen gestapt, concentreerde me op wat komen ging, liep de stuurhut binnen en daar lag hij, mijn kind, te slapen in een kampeerbedje, onder een kasjmieren dekentje.

Ik wilde hem natuurlijk meteen uit zijn bedje tillen maar deed dat nog niet, bleef eerst naar hem kijken, genieten van hoe mooi en volmaakt hij was. Een van zijn dikke handjes lag naast zijn hoofd, en in zijn slaap maakte hij zachte smakgeluidjes met dat prachtige mondje van hem. Ik wilde de lijn van zijn lippen volgen, waar het roze overgaat in het roomblanke van zijn huid, wilde hem in mijn armen nemen en hem zo stevig tegen me aan drukken dat hij weer een deel van me werd, maar deed het niet. Ik keek naar hem en bleef kijken, omdat ik maar niet kon geloven dat hij mijn kind was.

Toen de boot maar bleef deinen, ik de golven tegen de romp hoorde slaan en de wind maar niet afnam, wist ik dat het tijd was om hem hier weg te halen en veilig thuis te brengen. Voorzichtig tilde ik hem op, waarop hij een paar geluidjes maakte en toen eindelijk wakker werd. Zijn gouden onderwimpers raakten zijn dikke wangen toen hij zijn ogen opendeed en naar me glimlachte, en ik ervan overtuigd was dat hij onmiddellijk wist dat ik zijn moeder was. Hij was warm en zwaar en hij rook naar melk. Zijn hoofdje, met zijn pluishaartjes, lag op mijn schouder en hij was nog half in slaap. Ik drukte mijn gezicht in de bocht van zijn zachte nek en probeerde hem in te ademen, hem via mijn poriën in me op te nemen. Ik had mijn kind terug, dat was het enige wat ertoe deed.

Tegen de tijd dat ik weer aan dek kwam, hadden ze iets over Agnes heen gelegd. Deb stond op de kade, lachte naar me en kwam aanlopen om me over de loopplank te helpen. Ze kietelde Louis onder zijn kin alsof ze zijn tante was en ik glimlachte naar haar, naar hem, hield hem in mijn armen alsof hij een tere, porseleinen pop was en keek om me heen, zocht naar Silver, want ik wilde Louis aan mijn nieuwe vriend Silver laten zien.

Maar ik zag hem nergens, waar ik ook keek, en na een tijdje begon ik in paniek te raken. Ik drukte Louis steviger tegen me aan toen ik Maxine nat, rillend en met een deken om zich heen in de deuropening van een ambulance zag zitten. Als in een droom keek ik toe toen Kelly haar de handboeien omdeed terwijl de man van de speedboot snel en in rap Frans op hem in praatte. De welgemanierde politieman keek de man met een milde glimlach aan terwijl ik Maxine steeds 'papa' hoorde zeggen, en ik me afvroeg of de arme man begreep waar zijn dochter hem in had betrokken. Ik merkte dat ik haar niet kon aankijken. Haar verraad had me hard geraakt, dus wendde ik mijn blik af en ging weer op zoek naar Silver. Mijn god, hij zou toch niet verdronken zijn?

Een auto kwam met hoge snelheid de haven in rijden toen ik het donkere haar van Silver herkende. Hij was drijfnat, droogde zijn gezicht met een belachelijk klein handdoekje, en zijn mooie pak, waar een paar slierten zeewier aan kleefden, leek reddeloos verloren. Zijn schoenen en sokken had hij al uitgetrokken en ik dacht: mooie voeten heeft hij, mooie, slanke voeten. De opluchting die ik voelde was zo groot dat mijn knieën ervan knikten, en met een brede glimlach liep ik op hem af. Hij keek op, glimlachte terug, maakte de knoopjes van zijn overhemd los en zei: 'Dus dit is de beroemde Louis, hè? Staat je goed, Jess, een kind in je armen.'

Ik klemde mijn zoon steviger tegen me aan en zei: 'Nog bedankt dat je me op die boot aan mijn lot hebt overgelaten.' Ik was zowel boos als verlegen, en zo blij dat ik niet kon ophouden met glimlachen.

Silver trok een sliert zeewier van zijn mouw en zei: 'Je werd gedekt door tien scherpschutters, meisje. Alle wapens waren op Agnes gericht. Bovendien was ik er zeker van dat je haar wel aankon.'

Ik wist niet of ik hem moest aanvliegen omdat hij zo luchthartig met mijn leven was omgesprongen, of hem moest zoenen omdat hij nog leefde, maar voordat ik kon kiezen kwam de auto met piepende banden tot stilstand, stapte Mickey eruit en kwam hij naar ons toe rennen om Louis en mij in zijn armen te sluiten.

Ik wist dat ik blij moest zijn dat mijn gezin weer compleet was, maar ik bleef langs Mickeys schouder naar Silver kijken. Silver keek terug en we bleven elkaar enige tijd aanstaren, totdat hij zich half wegdraaide en zijn pakje kauwgom uit zijn broekzak haalde. Maar dat was natuurlijk ook drijfnat en toen hij het op de grond gooide, was ik er zeker van dat hij naar me knipoogde. Daarna draaide hij zich om en deed ik mijn ogen dicht om me aan Mickeys omhelzing over te geven. Ik verzette me tegen het gevoel dat ik iemand was kwijtgeraakt en dankte God voor de terugkeer van mijn Louis.

Ik was degene die Mickey vertelde dat Agnes dood was. Ik weet niet precies wat ik voor reactie had verwacht, maar hij nam het vrij stoïcijns op. Eerst zei hij telkens: 'Ik heb nooit beseft dat ze zo wanhopig was,' maar algauw zei hij geen woord meer over zijn ex-vrouw.

Er was wel een aantal vragen onbeantwoord gebleven, nu Agnes er niet meer was. Maxine was in hechtenis genomen en daarna compleet hysterisch geworden, zodat ze de politie weinig zinnigs kon vertellen. Ik bracht de daaropvolgende dagen door in een roes van grenzeloze liefde voor mijn kind, afgewisseld met verdriet om het verlies van mijn broer en, vreemd genoeg, ook dat van Agnes. Ik had haar niet gemogen, dat was waar, ook niet toen ik nog niet wist wat ze had gedaan, maar toch had ik met haar te doen, vanwege haar wanhoop en waar die haar toe had gedreven. Ik merkte dat ik in staat was haar te vergeven, dat ik mild kon zijn, nu ik mijn Louis terug had.

Leigh had Louis' kamer gelucht, alle jaloezieën opgetrokken, de ramen opengedaan en overal bloemen neergezet. Dus trok ik me terug in de oude schommelstoel die daar stond, om met Louis in mijn armen mijn wonden te likken, zowel de lichamelijke als de geestelijke. Al moet gezegd worden dat Louis algauw genoeg kreeg van al die aandacht en handtastelijkheden, en luidkeels melding maakte van zijn onvrede. Hij probeerde zich los te wringen, wilde neergezet worden zodat hij op eigen kracht zijn bekende wereldje in kon kruipen.

Nadat ik zijn plompe lijfje minutieus had onderzocht op krasjes en blauwe plekken, bestond er geen twijfel meer over dat er goed voor hem was gezorgd. Dat had de zorgvuldige Agnes gedaan, heel goed voor hem gezorgd. Louis had dure kleertjes aan toen ik hem terugkreeg, en op het gestreepte kasjmieren dekentje waaronder hij lag te slapen toen ik hem vond, waren in goud zijn initialen geborduurd, zag ik voordat ik het in de vuilnisbak gooide. Hij was ook wat dikker geworden sinds ik hem voor het laatst had gezien, hij had een bolle buik gekregen die als een minibierbuikje over zijn luier hing. Ik zag Agnes voor me terwijl ze heel precies kleding en andere dingen op het internet bestelde, alsof hij haar eigen kind was. Ik zag haar voor me terwijl ze hem voedde en met een hartverscheurende liefde op hem neerkeek als ze hem in hun schuilplaats de fles gaf. Ze kon niet met hem pronken, moest hem voor iedereen verborgen houden, net als de liefde die ze voor hem voelde. Op een avond lag ik in bad en barstte ik in tranen uit toen ik aan de arme, wanhopige Agnes dacht.

De pers bleef ons nog enige tijd lastigvallen, zocht naar een nieuwe draai die ze aan het verhaal konden geven, maar ten slotte kregen ze genoeg van ons en trokken verder naar de volgende ramp. Mijn moeder en George waren in Londen aangekomen een dag nadat ik Louis had teruggevonden, maar ze logeerden bij Leigh. Robbies begrafenis zou plaatsvinden zodra de politie het stoffelijk overschot had vrijgegeven. Ik belde met mijn moeder en beloofde dat ik gauw zou langskomen. Haar gebrek aan steun had me dieper geraakt dan ik had gedacht, en het gaf me een heel leeg gevoel dat ze, zelfs nu ze in Londen was, het nog niet nodig had gevonden om me te komen opzoeken. Ik moest me voorbereiden op haar verdriet, een pijn zo groot dat die voor mij onvoorstelbaar was. Het vervelende was dat het te kort geleden was, dat ik zelf nog aan het bijkomen was van de afgelopen twee weken.

Op een koele septemberavond stond Silver ineens voor de deur, onaangekondigd. Ik was boven, bezig Louis in bed te stoppen, en Mickey had hem binnengelaten. Toen ik nietsvermoedend beneden kwam, zaten de twee mannen zo ver mogelijk van elkaar vandaan en had Silver de door mijn man aangeboden whisky natuurlijk afgeslagen. Zelf had Mickey een flink glas in zijn hand.

'Dus, op welk moment is het meisje erbij betrokken geraakt?' vroeg Mickey terwijl hij zich met tegenzin omdraaide om de muziek – een opera van Puccini – wat zachter te zetten. Silvers onverwachte komst gaf me een opgelaten gevoel, en ik durfde hem amper aan te kijken toen ik hem gedag zei. Zo achteloos als ik kon liep ik de woonkamer door. De witte rozen die Mickey een paar dagen daarvoor voor me had meegebracht begonnen hun blaadjes te verliezen, zag ik, dus ik liep ernaartoe en met mijn rug naar de mannen gekeerd veegde ik ze bij elkaar.

'Ga zitten, Jess, wil je?' zei Mickey, waarop ik automatisch gehoorzaamde en niet ver van hem vandaan op de bank plaatsnam.

'Eerlijk gezegd weten we dat niet precies, meneer Finnegan,' zei Silver. 'Het valt niet mee om een duidelijk antwoord uit haar te krijgen, zeker niet omdat ze sinds haar arrestatie geen woord Engels meer schijnt te spreken.' Hij pakte zijn glas sinaasappelsap en nam een slokje. 'Eén ding is ons echter wel duidelijk. Haar arme vader had geen flauw idee waar hij zich voor liet gebruiken. Het schijnt dat Agnes hem een groot geldbedrag had geboden om die speedboot te huren en ermee naar Newhaven te varen. Een veel moeilijker punt...' Hij zette zijn lege glas op de salontafel, schoof het achteruit en liet er een brede vochtstreep op achter. Ik moest een glimlach onderdrukken toen ik Mickey ineen zag krimpen. 'Ja, een veel lastiger punt,' vervolgde Silver, geheel onaangedaan, 'is wat er met Robbie is gebeurd, vrees ik, Jess.'

Zag ik Mickeys hoofd bewegen toen Silver me 'Jess' noemde? Silver haalde zijn pakje kauwgom uit zijn zak en bood ons een stukje aan. Mickey bedankte, was maar net in staat afkeuring te verbergen.

'Ja, graag,' zei ik, met een plotseling gevoel van loyaliteit jegens de voorspelbare Silver. Ik merkte ook dat ik nogal hard praatte. 'Hoe bedoel je, wat er met Robbie is gebeurd?'

Hij pakte het pakje van me aan en zijn vingers raakten mijn hand. Ik ging snel weer op de bank zitten.

'Het is voor de lijkschouwer moeilijk vast te stellen of Robbie zich de heroïne zelf heeft ingespoten. Waar geen twijfel over bestaat, zoals we al eerder zeiden, is dat de dosis extreem hoog was. Het is mogelijk dat hij zichzelf heeft geïnjecteerd, maar...' – hij haalde licht de schouders op – 'zoals hij op de grond lag toen hij werd gevonden, is zeker merkwaardig te noemen. Onnatuurlijk, alsof hij er zo was neergelegd. En die extreem hoge dosis blijft natuurlijk vreemd... tenzij hij suïcidaal was. Denk jij dat hij dat was, Jessica?'

Silver keek me recht aan en ik zag de gele spikkeltjes in zijn lichtbruine irissen. 'Dat weet ik niet, Silver. Moeilijk te zeggen.' Ik dacht terug aan Robbies gedrag van de laatste weken. 'Het was duidelijk dat hij zich flink in de nesten had gewerkt, maar suïcidaal... ik weet het niet.' Ik kreeg buikpijn van de gedachte. 'Ik... ik denk dat ik het geweten zou hebben als het zo was.'

'Hij is altijd al een loser geweest, die broer van je, waar of niet?' mengde Mickey zich erin. 'Eens een junk, altijd een junk, zeggen ze dat niet?' Hij nam een flinke slok uit zijn whiskyglas.

'Pardon?' riep ik verbijsterd. 'Dat is niet fair! Je hebt hem nooit ontmoet.'

'Godzijdank niet,' mompelde hij in zijn glas.

'Wat zei je?'

'Niks. Laat maar zitten. Hij was vast een fantastische kerel. Maar hij heeft wel ons kind ontvoerd, die mooie broer van je.'

'Mickey,' zei ik, en met gebalde vuisten stond ik op, 'als je op zoek bent naar een zondebok: het was wel jóúw ex-vrouw die ons kind heeft meegenomen! Ik heb geen seconde geloofd dat Robbie er bij betrokken is geweest.'

Silver schoof ongemakkelijk heen en weer.

'Jij toch ook niet?' vroeg ik hem.

'Het lijkt me onwaarschijnlijk, meis- Jessica,' corrigeerde hij zichzelf. 'We hebben Robbie uitvoerig ondervraagd, meneer Finnegan, voordat hij er met Maxine vandoor ging. We achten het onwaarschijnlijk dat hij bij Louis' verdwijning betrokken is geweest, tótdat hij haar ontmoette, en ik denk dat er zelfs toen sprake van een ongelukkig toeval was. We hebben Robbies onfortuinlijke vriend, generaal David Ross, heel stevig aan de tand gevoeld, maar daar is niks uit gekomen. Nou, niks wat met Louis te maken had in ieder geval.'

Ik huiverde.

Silver keek me even aan en vervolgde: 'Twee dingen waarover we op dit moment duidelijkheid willen hebben...' Afwezig haalde hij zijn kauwgom uit zijn mond en rolde er een balletje van. 'Eén: op welk moment is Maxine op Agnes' loonlijst terechtgekomen, en twee: of Robbies dood vuil spel was.' Hij mikte het balletje in Mickeys lederen prullenmand, waarin het met een vochtige *tik* terechtkwam. Mickey kromp weer ineen, maar Silver bleef stoïcijns en vervolgde zijn verhaal. 'Het volgende zou je aan het schrikken kunnen maken, Jessica...'

Ik zette me schrap.

'Het schijnt dat Agnes Maxine heeft bewerkt door haar te vertellen dat jij... geen goede moeder was. Dat er een kans bestond dat je Louis... mishandelde.'

'Dat ik wát?' Ik kon mijn oren niet geloven. Toen dacht ik terug aan die rampzalige eerste week, toen Maxine bij ons in huis was gekomen, en aan alle nachtmerries door het schuldgevoel toen ik Louis had laten vallen. Desondanks kon ik niet geloven dat Maxine in Agnes' leugens was getrapt.

'Bovendien was Maxine woedend op je omdat je haar vriendje Gorek had beschuldigd. Dus daarmee meende ze voldoende redenen te hebben om haar daden te rechtvaardigen.'

'Van de loyaliteit van je personeel moet je het maar hebben,' grapte Mickey.

Ik staarde hem aan.

'Sorry, schat,' zei hij zacht, en hij pakte mijn hand vast. 'Ik plaag je alleen maar.'

'Ik weet dat het niet leuk is om te horen,' zei Silver, en hij keek me aan, 'maar Agnes was een heel wanhopige vrouw. Wat natuurlijk niet rechtvaardigt dat ze het kind van een ander pikt, dat is klinkklare onzin. Waar ik me meer zorgen om maak, is hoe die twee elkaar hebben ontmoet. Kunnen ze elkaar hebben ontmoet vóórdat Louis verdween en zo ja, hoe dan?'

'Mickey?' Ik keek hem beschuldigend aan. Het was vreemd, maar het leek wel alsof ik hem voor het allereerst zag. Zichtbaar geïrriteerd streek hij met zijn lange vingers zijn haar van zijn voorhoofd.

'Ik ben nauwelijks in contact met mijn ex-vrouw geweest voordat dit allemaal gebeurde,' zei hij kortaf, en toen zag hij dat ik hem aankeek. 'Ik wou dat ik meer wist, echt,' vervolgde hij, 'maar dat is niet zo.' Hij pakte mijn hand en gaf er een kneepje in. Ik verzette me tegen de neiging om van hem weg te schuiven, dichter naar Silver toe, in die schemerige kamer die door de laatste zonnestralen in tweeën werd gedeeld.

'Ik bedoel, dat is de enige keer geweest dat ik Agnes heb gezien, toen ze naar kantoor kwam om papieren te tekenen.' Opeens bracht Mickey zijn hand naar zijn hoofd. 'Jezus, wat doet mijn hoofd zeer! Ik heb nog steeds last van hoofdpijn, en niet zo zuinig ook. Ik hoop dat jullie me excuseren... ik word er nogal prikkelbaar van,' legde hij aan Silver uit. 'Ik moet morgen weer naar het ziekenhuis, voor controle.'

Silver knikte. 'Het moet erg moeilijk voor u geweest zijn, om zo'n groot stuk van uw geheugen kwijt te zijn.' Hij stond op en schudde

zijn broekspijpen los. De vouwen waren messcherp als altijd. De ijdel-
heid van een man, dacht ik met genegenheid. 'Ik kan het me moeilijk voorstellen. Hoe dan ook, ik zal u op de hoogte houden als er
nieuwe feiten aan het licht komen.'

Ga niet weg, riep ik in gedachten, maar wat ik zei was: 'Ik zal je
uitlaten.'

'Bedankt,' zei Mickey, en hij stak zijn glas naar Silver op. 'Bedankt
voor alles wat je hebt gedaan, vriend. Voor het terugvinden van Louis.
Je hebt er een te goed van ons.' Daarna liep hij naar de stereo en zette de muziek, die de hele tijd zacht op de achtergrond had gespeeld,
een stuk harder.

'O,' zei Silver vanuit de deuropening, met iets verheven stem om
boven Maria Callas uit te komen. 'Ik dacht dat u wel zou willen weten dat we de man hebben getraceerd die u in Bermondsey heeft mishandeld op de avond dat Louis was verdwenen. Kelly rekent hem in
terwijl wij hier in gesprek zijn.'

Mickey bleef Silver enige tijd aankijken, en Silver keek terug. Ten
slotte begon Mickey te glimlachen. 'Dat is geweldig,' zei hij. 'Knap
werk. Wring hem maar flink uit, die smeerlap. En misschien levert
het antwoorden op een paar vragen die nog openstaan.'

'Misschien wel,' zei Silver. 'Je weet nooit. Tot ziens.'

Mickey stak aarzelend zijn hand naar hem op en ik volgde Silver
naar de hal, die dankzij Jean weer glom als altijd.

'Nou, bedankt,' zei ik schaapachtig terwijl ik achter hem aan liep.
'Bedankt voor alles. Ik zou me geen raad geweten hebben als jullie...
nou ja, je weet wel.'

'Ja, ik weet het. En niets te danken. Ik wist dat we hem terug zouden vinden. Het spijt me alleen dat het zo lang heeft geduurd.' Hij
draaide zich om en pakte de deurknop vast. Ik voelde dat er een eind
kwam aan iets wat ik nog helemaal niet beëindigd wilde zien.

'O, ik heb nog iets voor je,' zei Silver, die zich weer omdraaide en
me een paar dubbelgevouwen, gevlekte blaadjes papier gaf. Het was
ruitjespapier, dat ik herkende uit een van Maxines Franse werkboe-
ken.

'Wat is dit?'

'Een brief aan jou, van Robbie.'

Een pijnsteek in mijn hart. 'O, mijn god.'

'We hebben hem tussen Agnes' spullen gevonden.'

'Heb je hem gelezen?'

'Ja, ik moest wel, meisje. Sorry.'

'Nee, het geeft niet.'

'Helaas werpt het geen ander licht op de manier waarop hij is overleden. Maar misschien staat er iets in waar je je beter door gaat voelen. Of in ieder geval een beetje beter.'

'Bedankt,' mompelde ik, en ik staarde naar de opgevouwen blaadjes. 'Misschien moet ik de politie nu zelfs aardig gaan vinden?'

'Ja, nou... daar wilde ik ook nog iets over zeggen.' Zijn hand lag inmiddels op de deurknop.

'Waarover?'

'Ik heb wat graafwerk gedaan, naar je vader.'

Ik voelde het bloed naar mijn hoofd stijgen.

'Ik wilde weten wat het was geweest wat wij – de politie – hadden gedaan dat jou zo diep had gekwetst. Ik geloofde niet meer dat jij het me zou vertellen, dus ben ik zelf maar op zoek gegaan. En het enige wat ik erover kan zeggen, nu ik het weet... is dat ik het heel erg voor je vind. Het moet heel moeilijk geweest zijn.'

Hij wist nog niet de helft. Ik forceerde een glimlach. 'Ja, dat was het zeker. Maar het is nu voorbij. Het was lang geleden. Ik moet verder met mijn leven, dat besef ik al enige tijd.' Ik weigerde te huilen en staarde naar mijn voeten, toen ik opeens zijn hand onder mijn kin voelde. Mijn maag maakte een salto in slow motion. Voorzichtig draaide hij mijn gezicht omhoog totdat hij me kon aankijken.

'En ik wil ook dat je weet dat je de afgelopen paar weken fantastisch hebt standgehouden.'

O god, bad ik in stilte, ga niet weg, maar aan de buitenkant bloosde ik alleen. 'Ik heb in jaren niet zo veel gehuild als de afgelopen paar weken. Als een... weet ik veel... een echte huilebalk!'

'Je had een goede reden om te huilen. En je bent een taaie, heb ik gemerkt, op de goede manier.'

'Ja, nou, je hebt me niet bepaald in mijn beste periode leren kennen. Het spijt me als ik af en toe wat... wat lastig was.' Ik wreef met mijn blote voet over de deurmat en zag dat ik mijn teennagels moest lakken.

'Af en toe?'

Ik keek snel op, zag dat hij me plaagde. Min of meer.

'Ik zou willen...' Ik stopte en keek achterom over mijn schouder.

De deur van de woonkamer was nog steeds dicht. Silver volgde mijn blik en keek me toen in de ogen alsof hij naar iets zocht.

'Wat zou je willen?' vroeg hij zacht.

'Ik zou willen dat... Nou, misschien weet je wel wat,' fluisterde ik, en mijn gezicht stond in brand.

'Ja, Jess,' zei hij, en hij liet zijn duim heel zacht over mijn wang gaan, 'ik weet het. Ik weet het echt.'

Silver boog zich naar voren en kuste me zacht op de lippen. Daarna deed hij de deur open en liep zacht fluitend – een of ander operadeuntje, maar een stuk vrolijker dan die verdraaide *Tosca* – het tuinpad af. Aan het eind, bij het hekje, keek hij nog een laatste keer om. En toen was hij weg en bleef ik met Mickey en Louis achter in Agnes' oude huis.

Als een eekhoorn die zijn gevonden nootjes naar zijn bergplaats brengt, sloop ik met de brief naar Louis' kamer en ging op de bank zitten om hem te lezen. Zo te zien was Robbies pen leeg geraakt tijdens het schrijven, want het laatste deel was met potlood geschreven en zo slecht leesbaar dat ik de brief bij Louis' nachtlampje moest houden. Robbies stem van jaren geleden klonk op uit de woorden, het slordige Engels, en ik stelde me voor dat hij naast me zat, met zijn leren jack, zijn vuile sportschoenen, terwijl hij aan zijn oorringetjes draaide of sjekkies rolde terwijl ik de brief las.

Jessie,

Ik weet eigenlijk niet goed wat ik moet schrijven. Je kent me, ik ben nooit goed met woorden geweest. Wat ik echt wil zeggen, denk ik, is hoe erg het me spijt. Wat een puinhoop heb ik ervan gemaakt. Je zult het waarschijnlijk niet geloven, maar ik zweer je dat ik geen idee had dat Maxine bij dit gedoe betrokken was. Toen we er samen vandoor gingen, wist ik niet beter dan dat we dat deden vanwege dat enge vriendje van haar, en omdat we uit Londen weg wilden. Je begrijpt waarschijnlijk dat ik een aantal mensen geld schuldig ben. Het spijt me oprecht van dat gedoe met de generaal. Ik moet echt met mezelf aan de slag. Hoe dan ook, Maxine en ik kunnen het goed met elkaar vinden. Ik zweer je dat ik niet wist dat Louis hier was... toen ze een paar uur geleden ineens met hem kwam aanzetten, schrok ik me wezenloos. Meteen daarna heb ik jou gebeld, een paar keer zelfs, echt waar. Volgens mij weet Maxine niet goed waar ze mee bezig is, hoewel dat voor jou een schrale troost zal zijn. Ik denk dat ze in opdracht van iemand anders werkt, maar ik ben er nog niet achter wie dat is, en zij wil het niet zeggen. Ik heb haar verteld dat ik jou heb gebeld en dat vond ze helemaal niet leuk, maar dat kan me niet schelen. Ik heb de indruk dat iemand haar heel akelige leugens over jou heeft verteld. Dat spijt me, Jess. Dat vind ik echt heel erg.

Maxine is weg om luiers en andere dingen te kopen voordat we in de auto stappen en naar jou toe komen. Ik heb haar zo ver gekregen dat ze Louis bij mij heeft gelaten. Dat wilde ze eerst niet, maar ik heb tegen haar gezegd dat hij nergens meer naartoe gaat zonder zijn oom. Louis is te gek... een schatje. Hij lijkt op jou. En een beetje op pa, arm kind! Ik geloof dat hij mij ook wel mag. Hij zit maar tegen me te lachen, alhoewel, hij heeft zijn melk over mijn jack gekotst. Ik zal je de rekening van de stomerij sturen, ha ha! Ik wil hem nog even bij me houden voordat ik hem straks met dit briefje voor je deur neerleg. Ik heb geen trek in een confrontatie met de politie. Niet na wat er is gebeurd. Sorry.

Sorry ook dat ik je auto even moest lenen. Prima bak, Jess, snelle zus! Ik heb altijd gezegd dat je goed terecht zou komen, waar of niet? Ik heb het altijd geweten. En het doet me plezier. Je hebt het verdiend.

God wat heb ik een slaap...

Hier had hij een kleine karikatuur van zichzelf getekend, in bed, met zijn mond open en 'zzzzzzzz' ernaast. Ik lachte door mijn tranen heen. Mijn jonge broertje had in zoveel dingen goed kunnen worden als hij er iets mee had gedaan.

Ik moet eerlijker zijn, vind je niet? Dat wordt mijn nieuwe motto. Goed dan... Ik ben verslaafd. Nog een laatste shot en ik kap ermee. Dan ga ik opnieuw beginnen, ik zweer het.

O, god. Ik droogde mijn ogen met mijn mouw.

Het is vreemd om hier te zijn. Wij zijn hier vroeger toch met pa en ma geweest? Maxine zei dat ze hier met Leigh was geweest, maar dat kon ik bijna niet geloven. Weet je nog dat jij met je Mr Whippie-ijsje het hoofd van die vent onder aan de trap naar het strand raakte? Die kale kerel? Wat een meesterlijke worp was dat! Ik heb nog nooit van mijn leven zo

gelachen. Ik heb daarna helemaal niet veel meer gelachen, als ik erover na-
denk. Triest is dat eigenlijk, vind je niet? Maar wíj hebben wel gelachen,
jij en ik, of niet soms? Dat heb ik Maxine ook verteld. Klets ik uit mijn
nek? Nou is mijn pen verdomme ook nog leeg...

Ik heb een potlood gevonden. Het is alleen niet erg scherp. Als je dit leest,
ben ik al ver, ver weg, en heb jij Louis terug. Geloof me alsjeblieft als ik
zeg dat het me spijt dat ik je weer heb laten zakken. Ik weet dat je altijd
in me hebt geloofd. Maar ik heb er een zooitje van gemaakt. En niet zo
weinig ook, zou pa gezegd hebben.

Zeg alsjeblieft tegen ma en Leigh ook dat het me spijt. Geef Louis een
dikke zoen van me en zeg tegen hem dat hij niet moet worden als zijn oom
Robbie, want dan kom ik terug en krijgt hij billenkoek van me!

Heel veel liefs, Robbie XXX

Ik zat roerloos in het duister, met de brief tegen mijn borst gedrukt
en een acht jaar oude Robbie naast me in de schaduw, mijn kleine
broertje met zijn Game Boy, met de capuchon van zijn parka op en
de bontrand als een halo om zijn gezicht, en naast hem mijn vader,
die paarden aankruiste in de krant, sabbelend op een stompje potlood, zachtjes *Wild Thing* fluitend en met zijn voeten op de salontafel. En daar, rustig adem halend, was mijn kind van vlees en bloed.
Eindelijk in veiligheid.

28

De politie had mijn auto teruggebracht, dus reed ik naar Leigh om mijn moeder te zien en nam ik Louis mee om haar op te vrolijken. Ik nam Louis overal mee naartoe; we waren onafscheidelijk. Zelfs onderweg bleef ik achteromkijken om te zien of hij er nog wel was en om naar hem te zwaaien. Maar dan begon de auto te slingeren en raakten we uit onze baan, dus daar moest ik echt mee ophouden voordat er ongelukken gebeurden.

Eén blik op mijn moeders getekende gezicht, op de overvolle asbak en het grote glas gin op de salontafel was voldoende om te beseffen dat dit een strijd was die ik nooit zou winnen. De hele kamer was blauw van de rook en haar verdriet was zo tastbaar dat het bijna van de muren droop. Ze had nauwelijks oog voor de lachende Louis. Nee, er mocht niets tussen haar en haar verdriet komen. Ik liet haar Robbies brief lezen, maar die zorgde alleen voor een trillende onderlip en meer tranen, waarna ze haar zoveelste sigaret opstak.

'Mama.' Ik pakte haar hand vast. Met een schok moest ik vaststellen dat die er oud, slap en gerimpeld uitzag. 'Ik vind het zo erg voor je, mama. Ik kan natuurlijk niet precies weten hoe je je voelt...' Zelf voelde ik nog steeds een doffe, bonzende pijn onder mijn ribben. 'Maar een voorstelling kan ik me er wel van maken.' Mijn broer kwijtraken was al erg genoeg. Het idee dat ik ook mijn kind zou kwijtraken, was onvoorstelbaar.

'Wat heb ik fout gedaan, Jessie?' Ze keek me aan en ik zag de tranen in haar ogen. 'Ik heb jullie allemaal teleurgesteld, weet ik nu. Ik ben nooit een goede moeder geweest.' Ze nam een lange haal van haar sigaret en zoog haar rimpelige wangen hol. 'Ik heb het altijd al geweten. Ik heb er een rommeltje van gemaakt.'

'Dat is niet waar, mama. Je hebt je best gedaan.' Waarschijnlijk was dat ook zo, ooit.

'O ja?' Met een dankbare blik keek ze me aan. 'Ja, mijn best gedaan. Misschien heb je wel gelijk. Het was alleen... je vader, hè? Het was best moeilijk... om daarmee om te gaan.'

En ik wist dat het waar was; hoeveel ik ook van hem had gehouden, het moest heel moeilijk geweest zijn om met hem getrouwd te zijn.

'Ik had hem veel eerder de laan uit moeten sturen, hem orde op zaken moeten laten stellen. Alleen...' Er kwam een vage glimlach om haar mond, en een bijna dromerige blik in haar ogen. 'Je vader had iets, weet je? Roger had iets bijzonders, iets onweerstaanbaars.'

Ik dacht aan Mickey en mij, aan hoe ik me had verzet tegen zijn aantrekkingskracht en die strijd had verloren. Ik gaf een kneepje in haar hand, in de oud geworden hand van mijn moeder.

'God, wat hield ik van je vader. Dat moet jij begrijpen, Jess. Jij was altijd zijn lieveling. Jij met je wilde krullen.' Ik zocht op haar gezicht naar de bekende sporen van jaloezie, maar vond die vandaag niet. Ze zei het alsof ze een feit vaststelde. Ze pakte haar glas, draaide de gin erin rond en staarde in de verte. 'Ik zie jullie weer voor me, jullie drieën. Jullie waren zulke knappe kinderen, echt beeldschoon. Ik was zo trots op jullie.'

Ik was verbaasd. 'O ja? Dat heb je nooit laten merken.' Aan mij in ieder geval niet, dacht ik.

'Nee, en dat had ik wel moeten doen. Ik had het te druk met je vader. God, die man was een nagel aan mijn doodskist.' Ze trok aan haar sigaret alsof die haar laatste reddingsboei was. 'Ik ben te streng voor je geweest, Jess. Dat besef ik nu. Misschien omdat je me aan mezelf herinnerde.'

Mijn god, ik hoopte oprecht van niet.

'Weet je, nu ik jou met Louis zie en Leigh met de meisjes, lijkt het zo kort geleden dat jullie zelf nog kinderen waren, dat ik denk: god, waar is de tijd gebleven?' Haar gezicht was getekend alsof het van bruin pakpapier was. 'En o, mijn god, mijn kleine jongen. God, o god.' En daar kwamen de tranen, die sporen trokken over haar door de zon gelooide wangen. 'Ik kan niet...' Er trok een huivering van wanhoop door haar tengere lichaam. 'Ik kan niet geloven dat hij er niet meer is. Dat ik hem nooit meer zal zien. Mijn kleine jongen.'

Ik kneep harder in haar hand. 'Ik weet het,' zei ik zacht. 'Ik ook niet.'

We zwegen enige tijd. Ik keek naar de askegel van haar sigaret, die steeds langer werd en doorboog, totdat Louis, op Leighs schapenvacht op de vloer, een kreetje slaakte en zijn speelgoedmuis schudde, waardoor het belletje in de buik rinkelde. Hij kraaide het uit van trots en schudde de muis nog een keer voordat hij hem aan ons aanbood.

'Da,' zei hij veelbetekenend. Mijn moeder keek hem aan. Ze haalde haar neus op en hield op met huilen.

'Kom eens hier, schatje,' zei ze, en ze stak haar armen naar hem uit. Louis staarde haar even met een ernstige, geconcentreerde blik aan, liet zich toen voorovervallen en begon naar zijn grootmoeder toe te tijgeren.

'Weet je, mama, als Robbie er niet was geweest, zouden we Louis misschien nooit hebben teruggevonden. Uiteindelijk is hij het geweest die ons op het goede spoor heeft gezet.'

Ik zag hoe mijn zoon zich reusachtig inspande om naar ons toe te kruipen, de ernstige vastberadenheid op zijn bolle gezichtje, en het wit van zijn allereerste tandje onder in zijn mondje. Ik moest mijn tranen bedwingen. Ik had geweten dat mijn broer uiteindelijk mijn kant zou kiezen.

'Dat is waar, is het niet, engeltje? Je oom Robbie heeft je gered.' Mijn moeder bukte zich, nam Louis in haar armen, zette hem op haar knie en liet hem op en neer wippen totdat hij begon te kraaien van de pret en in zijn handjes klapte. Ik moest me beheersen om de overvolle, stinkende asbak niet uit zijn buurt weg te halen. Ik liet de twee even alleen... mijn kind als wondermedicijn voor mijn door verdriet verteerde moeder.

Leigh was aan het afwassen in haar smetteloos witte keuken. Capital Radio speelde op de achtergrond. Haar roze schoonmaakhandschoenen schoten als spelende zeehondjes door het sop in de spoelbak.

'Alles oké daar?' vroeg Leigh.

'Ja, het ergste is achter de rug.' Ik pikte een koekje van het dienblad met de theekopjes.

Leigh veegde met haar onderarm het haar van haar voorhoofd. 'Het moet een hele belevenis voor je zijn om Louis weer terug te hebben.'

'Dat is het zeker. Ik kan het nog steeds niet geloven. Mij zul je niet meer horen klagen als hij 's nachts wakker wordt. Maar weet je...' Ik stak de rest van het koekje in mijn mond, gaf mezelf de tijd om mijn zelfbeheersing te bewaren. 'Ik kan Robbie maar niet uit mijn hoofd zetten.'

'Ik ook niet. Blijkbaar heeft hij zichzelf op het allerlaatste moment teruggevonden. Afschuwelijk, zoals het is gegaan. Ik voel me vreselijk schuldig. Ik had meer vertrouwen in hem moeten hebben.' Ze zag er zo bedroefd uit. Het was alleen wat laat voor berouw.

'O, Leigh.' Ik slaakte een diepe zucht. 'We zullen het toch moeten loslaten, begrijp je wat ik bedoel?' Ik likte aan mijn vinger en depte de laatste kruimeltjes van het koekschaaltje. 'Anders vinden we nooit rust.'

Ze gaf me een tik op mijn hand met de vaatdoek. 'Dat zijn harde woorden, uit jouw mond.'

'Nou, we kunnen onszelf maar tot op zekere hoogte verwijten maken, of niet soms? Hij had zelf voor die manier van leven gekozen, dus ik neem aan dat hij ook zelf de consequenties daarvan moest dragen.' Met een achteloos gebaar reikte ik haar het koekschaaltje aan. 'Weet je, Silver heeft het uitgezocht van pa.'

Leigh trok de stop uit de spoelbak alsof het een levend ding was. 'O ja?'

'Ja.' Ik verlangde er al dagen naar om zijn naam te kunnen zeggen. Silver. Ik beschouwde het als een verlies dat hij uit mijn leven was verdwenen. 'Het werd wel een keer tijd dat ik ermee afrekende.'

'Dat zeg ik al jaren.'

'Dat weet ik. Maar het overkomt je niet elke dag dat ze het lijk van je vader opgraven, toch?'

'Nee,' beaamde Leigh terwijl ze met een nijdige *flop* haar rubberhandschoenen uittrok. 'En ze hadden ons moeten inlichten voordat ze het deden. Maar ja...' Ze zette nog een ketel water op. 'Ze deden hun plicht, ook al was de manier waarop een regelrechte schande.'

'Ja,' zei ik.

Maar Leigh was er zelf niet bij geweest. Ze was het huis al uit, getrouwd, en woonde op veilige afstand van ons. Ik dacht terug aan de totale verslagenheid toen ik thuiskwam met mijn eerste negen voor een proefwerk, en ik mijn moeder aantrof als een hoopje ellende, zwaar onder de kalmerende middelen. De buren stonden op de galerij met elkaar te fluisteren over de kop van de plaatselijke krant van die ochtend: FAMILIE VEROORDEELDE OPNIEUW VERDACHT. De politieman met de kogelronde kop, die rondliep in onze nieuwe flat, waar we zogenaamd ons nieuwe leven zouden mogen beginnen, schreeuwend over onrechtmatig verkregen geld, woedend omdat de opgegraven doodskist van mijn vader alleen botten bevatte, keer op keer onze woning doorzoekend en woedend omdat er steeds niets werd gevonden. Mijn oom Jack, de vuile verrader, die de deur bij ons platliep om zichzelf vrij te praten voordat hij uiteindelijk naar Florida vertrok. Om de politie zover te krijgen dat die hem met rust liet, had hij gezegd dat mijn vader de buit van de laatste klus had verstopt, en dat die, toen hij overleed, tezamen met hem was begraven, totdat de storm geluwd was en de begrafenisondernemer, die inmiddels zelf was overleden, de buit had opgegraven en met ons had gedeeld. Wat natuurlijk een grote hoop onzin was. We hebben er nooit een cent van gezien, terwijl Jack, aan de andere kant... Nou, zijn schoenen glansden je net zo tegemoet als zijn nieuwe auto.

Robbie, die toen veertien was en vol hormonen en ongestuurde woede zat, zinde op wraak voor het verraad van zijn grote voorbeeld, onze vader. Hij was achter onze zogenaamde vriend aan gegaan maar was te laat geweest. Toen hij uiteindelijk thuiskwam, was hij voor het eerst van zijn leven dronken geweest, maar helaas niet voor het laatst. Mijn moeder had ontroostbaar gesnikt toen de priester het stoffelijk overschot van mijn vader opnieuw had gezegend voordat hij eindelijk weer begraven mocht worden. Ik denk dat ze er stiekem op had gehoopt dat Jack haar uit de ellende zou halen en haar zou meenemen naar Florida, maar toen was Jack allang vertrokken.

Toch had niets van dit alles me zo diep gekwetst als wat er daarna was gebeurd. Met een rilling van afkeer dacht ik terug aan brigadier Jones. Ik had geprobeerd hem uit mijn geheugen te wissen, maar hij was er nog altijd, als een schaduw op de achtergrond. De vriendelijke, oudere politieman die me had wijsgemaakt dat hij iets om mijn welzijn gaf, dat hij het beste voorhad met ons beschadigde gezin. Hij nam me mee naar het bureau om me te verhoren, alleen, zat te dicht naast me op de achterbank van de Panda, stinkend naar goedkope aftershave, stond achter me op het politiebureau, met zijn hand bezitterig op mijn schouder. En ik was zo naïef dat ik me beschermd had gevoeld, prentte mezelf in dat ik het me had verbeeld dat zijn graaiende vingers mijn tienerborst hadden beroerd. Brigadier Jones, met zijn rode, achterovergekamde haar, in model gehouden door een soort vet dat een misselijkmakende geur verspreidde. Het was pas toen hij me had voorgesteld dat ik hem zou 'helpen' met het onderzoek – als je mij helpt, help ik jou ook, jongedame – begeleid met een vette knipoog, dat ik had ingezien wat een oerdomme fout ik had gemaakt.

'Probeer maar niet het onschuldige meisje uit te hangen, kleine slet,' siste hij tegen me, toen mijn gezicht nat was van zijn speeksel en mijn polsen bont en blauw, zo hard had hij erin geknepen, voordat de agente terugkwam met een beker thee en ze tegen hem zei dat hij een beetje moest inbinden. Maar net ontsnapt, dacht ik, toen ik naar huis ging.

En toen, op een avond, kwam brigadier Jones naar onze flat, om zijn excuses aan te bieden, zei hij. Mijn moeder was naar de pub, maar uiteindelijk liet ik hem binnen omdat hij zei dat hij was gekomen om de naam van mijn vader te zuiveren. En ik trapte erin. Ik zette thee voor hem, schonk hem een glaasje van mijn moeders gin in en hij maakte er een grapje over... mijn moeder het drankorgel, zei hij, wat ik voor altijd zou onthouden en waardoor ik zelf nooit een druppel gin zou drinken. En god, wat was ik dom, nog steeds te goed van vertrouwen, ook toen hij op de oude bank steeds dichter naar me toe schoof en ik weer van hem vandaan, totdat ik niet verder kon. Ik was bang dat ik zijn gevoelens zou kwetsen en ik wilde zo graag geloven dat hij mijn vader kon vrijpleiten. Hij voelde zich schuldig om wat hij had gedaan, zei hij... en ik leek op zijn dochter, en zo liet ik mezelf door hem inpalmen totdat ik hem weer vertrouwde en hij zich ineens boven op me wierp, ik met al mijn kracht probeerde me onder zijn zware lijf vandaan te worstelen totdat ik niet meer kon... en Robbie schreeuwend de kamer was binnengekomen en Jones een dreun op zijn hoofd had gegeven met de glazen olifant van mijn moeder, haar lievelingsbeeld, dat op zijn hoofd in stukken brak, wat we hadden moeten verantwoorden toen ze later thuiskwam.

Brigadier Jones was toen al weg en mijn moeder heeft nooit geweten dat hij langs was geweest. Hij had ons gedreigd een aanklacht wegens mishandeling tegen Robbie in te dienen, maar goddank had hij binnen het korps al een slechte reputatie gehad. Later hoorde ik dat hij was verhuisd naar een uithoek van Surrey en met vervroegd pensioen was gegaan om daar te golfen met zijn maten. Maar bij ons, jong als we nog waren, was de schade al aangericht. Zouden we ooit nog iemand van de politie vertrouwen?

En toen had ik Silver ontmoet, kennisgemaakt met zijn vriendelijkheid en zijn toewijding aan de zaak. Ik had kennisgemaakt met zijn warmte en betrouwbaarheid, waardoor ik mij voor het eerst in mijn leven afhankelijk had opgesteld tegenover een man die me niet had teleurgesteld. Ik had op hem gesteund en uiteindelijk had het gevoeld alsof ik het juiste had gedaan. Ik dacht aan Silver en vond het heel erg dat hij uit mijn leven was verdwenen. Ik maakte mezelf wijs dat ik me zo voelde omdat hij als een soort vader voor me was geweest, de vader die mijn eigen vader nooit was geweest. Maar ik wist heel goed dat ik mezelf voor de gek hield.

Alsof het zo afgesproken was, begon Louis in de woonkamer te huilen. 'Ik kom,' riep ik naar mijn moeder en mijn kind. 'Ik kom eraan.'

Mijn moeder huilde weer, klemde de verbaasde Louis tegen haar platte borst en morste haar tranen op zijn bolletje. Louis zag mij en begon te lachen. O, wat was de pure onschuld toch mooi.

'Ze komt er wel overheen,' fluisterde Leigh toen ik wegging, met Louis op mijn heup, waar hij thuishoorde. Ik omhelsde haar stevig, met één arm, bedankte haar en zwaaide naar George, die in de serre zat en aarzelend zijn duim naar me opstak. Ik hoopte dat Leigh gelijk had.

29

Mickey stelde voor dat we na Robbies begrafenis een paar weken zouden weggaan. Ik wilde niet vliegen, want ik was allang blij dat ik weer met beide benen op de grond stond, dus boekte Mickey een zomerhuisje in het Lake District voor ons. Om de een of andere reden trok het noorden me wel aan, en voor één keer gaf mijn man me mijn zin. Er zat iets in me wat naar de vrije natuur verlangde, de anonieme schoonheid van een plek waar ik niet eerder was geweest.

In de week van de begrafenis bleef Mickey thuis. Pauline en Freddie hadden een eind aan hun relatie gemaakt en de diepbedroefde Pauline was maar al te graag bereid zich als afleiding op haar werk te storten, dus trok Mickey bij uitzondering een extra weekje voor zijn gezin uit. We maakten plannen voor het opknappen en opnieuw inrichten van het huis. Mickey kocht een hele stapel woontijdschriften voor me en zei dat ik de kleuren mocht uitkiezen. We reden met z'n drieën naar de stad en gingen naar Harvey Nichols om kleren voor me te kopen. Hij gaf een fortuin aan me uit en zat met een ongedurige Louis op zijn knie terwijl ik de ene jurk na de andere paste, kleding die ik eigenlijk niet wilde. Maar ik wist dat ik er niet tegen in moest gaan. Dit was Mickeys manier om me te zeggen dat hij van me hield.

Agnes kwam maar één keer ter sprake. Haar stoffelijk overschot werd teruggevlogen naar Noorwegen. Op een middag zei Mickey tegen me dat hij haar ouders wilde bellen en vroeg of ik dat erg vond. Ik besloot boven te blijven met Louis terwijl Mickey beneden aan de telefoon zat, want ik wilde het liever niet horen. Naderhand kwam hij naar de kinderkamer, waar ik voor Louis torentjes bouwde, die hij trots lachend omver mepte zodra ze klaar waren.

'Is het gelukt?' vroeg ik, toen ik Mickeys grauwe gezicht zag.

'Ze zijn er kapot van, dat kun je je wel voorstellen.'

God, er kwam maar geen einde aan het verdriet. De wanhoopsdaad die zo veel pijn had veroorzaakt, maar die voor mij toch nog goed was afgelopen.

'Mickey?' begon ik behoedzaam.

Hij stond bij het raam, met zijn handen in de zakken van zijn spijkerbroek, naar buiten te kijken. 'Ja?'

'Waarom heb je Agnes weer ontmoet?'

Verbaasd keek hij om. 'Wanneer?'

'Dat weet ik niet. Toen jullie elkaar hebben gezien.'

'Ik heb je al verteld dat dat maar één keer is gebeurd, Jessica, toen ze naar kantoor kwam om papieren te tekenen.'

Voorzichtig stapelde ik de gekleurde blokjes op elkaar. 'Echt waar?'

'Ja, dat is echt waar.'

'Waarom heb je er toen dan niks over gezegd?'

'Omdat...' Hij zuchtte en haalde zijn hand door zijn haar. 'Omdat ik wist dat je het niet leuk zou vinden.'

'Hóé wist je dat?'

Hij haalde zijn schouders op. 'Goed dan, dat vermoedde ik.'

'Ik zou het toch prettiger hebben gevonden als ik ervan had geweten. Als je het niet voor me had verzwegen.'

Hij bukte zich en gaf me een zoen op mijn voorhoofd. 'Oké, het spijt me. Dan weet ik dat nu.'

Daar lieten we het bij.

Robbies uitvaart was een paar dagen later. Het was, afgezien van de weken zonder Louis, de droevigste gebeurtenis die ik tot dan toe had meegemaakt, nog erger zelfs dan de begrafenis van mijn vader, toen mijn moeder zo aangeslagen was dat ze nauwelijks op haar benen kon staan, en zo gevaarlijk dicht bij het open graf stond dat we haar weg moesten trekken voordat ze erin zou vallen. In het crematorium zat ik met Louis op schoot te snikken toen Robbies kist tussen de rode gordijnen door schoof. Ik stelde me voor dat hij nu vrij was, rondrende en me achternazat in de speeltuin in het park, totdat we allebei niet meer konden van het lachen. Ik stelde me voor dat we op onze buik in het gras lagen en probeerden deuntjes te fluiten op de brede grassprieten, ons van de heuvel lieten rollen, duizelig met de ogen knipperden naar de felle zon en de hele dag met ons kostbare flesje Seven-Up probeerden te doen. En daarna dacht ik aan Agnes, aan haar verminkte lichaam dat ze vele honderden kilometers ver weg in de koude grond lieten zakken, totdat ik Louis stevig tegen me aan klemde en tranen met tuiten huilde.

De dag voordat we met vakantie gingen, een zondag, bereidde ik een lunch voor de hele familie. De crematie was zo ingrijpend geweest dat ik, toen ik er uiteindelijk in was geslaagd mijn verdriet enigszins onder controle te krijgen, had besloten dat er actie moest worden ondernomen. Er moest iets positiefs gebeuren om deze volgende fase in ons leven – de terugkeer van Louis en de hereniging van het gezin – te markeren.

Terwijl ik in de keuken de kip aan het braden was, geholpen door Shirl, die een kater had, deed Mickey in de woonkamer zijn uiterste best om mijn moeder te entertainen, en daar was ik hem dankbaar voor. Hij zette de opera af en Roy Orbison op, maar *Pretty Woman* met haar meezingen – mijn moeder was een groot fan van Julia Roberts – ging hem net een stap te ver. Later zat hij naast haar aan tafel, zorgde ervoor dat haar glas gevuld bleef, sneed het mooiste stukje kip voor haar af – 'Het beste stukje voor de beste schoonmoeder, nietwaar, Carol?' – en brak zelfs samen met haar het vorkbeentje, waarbij hij haar liet winnen en zij de wens mocht doen. Zijn zorgzaamheid was oprecht. Ik wist dat hij dacht aan zijn eigen moeder, toen zijn broer Ruari was verdronken, en dat zijn medeleven met mijn moeders verdriet net zo oprecht was. Zijn charmante gedrag ging hem gemakkelijk af, toen hij haar complimenteerde met haar groene blouse, die zo goed bij haar ogen kleurde, ook al waren die knalrood van al dat huilen en de sigarettenrook, zag ik toen ik mijn wijnglas sneller leegdronk dan ik van plan was geweest. Ik keek naar Mickey en wist weer waarom ik toen als een blok voor hem was gevallen. En ik dacht: we zijn nu voor eeuwig aan elkaar gebonden door wat we hebben meegemaakt, omdat we allebei onze broer hebben verloren. Aan de andere kant van de tafel hadden George en Gary het over snooker en deden ze allebei alsof ze er verstand van hadden, terwijl Leigh mijn moeder vertelde over de geweldige nieuwe kapper die ze had ontdekt. Ik zag hoe de meisjes Louis zijn wortelhapje voerden en lachten wanneer hij een vies gezicht trok en het weer uitspuugde. Ik liet mijn blik langs al mijn dierbaren gaan, bedacht dat ik dit vroeger toch niet had kunnen voorzien en merkte dat Mickey me met half gesloten ogen zat op te nemen. Toen hij zijn wijnglas naar me opstak om met me te proosten, zag ik dat Shirl naar hem zat te kijken.

Ik ging naar de keuken om het dessert te maken. Na twee minuten kwam Shirl, licht wankelend op haar plateauzolen, de keuken in met een stapel vuile borden.

'Het is goed om de hele club weer bij elkaar te hebben, vind je ook niet, schat?' vroeg ze terwijl ze een overgebleven aardappeltje uit de schaal pikte. 'Mickey is de vriendelijkheid zelve.'

Ik begon te blozen. 'God, is dat zo?'

'Misschien was dit wat hij nodig had, een flinke shock.'

'Shirl!'

'Ik bedoel niet Louis, gekke meid. Ik bedoel...' Ze stak nog een aardappeltje in haar mond.

'Nou?'

'Ach, laat maar.'

'Waar heb je het over?' Ik stond bij het fornuis in de pan met custard te roeren, maar die wilde maar niet dik worden. 'Waarom blijft dat spul zo dun? God, altijd hetzelfde gedonder met custardpudding.' Ik pakte de bijna lege wijnfles, schonk het laatste restje in mijn glas en sloeg het achterover. 'Iemand voor een kopje puddingsoep à la Jessica bij de appeltaart?'

'Nou, een echte keukenprinses zul je nooit worden, vrees ik.' Shirl keek mee over mijn schouder. 'Dus je gaat er nog een keer voor? Ga eens opzij.' Ze nam me de lepel uit handen en begon in de pan te roeren.

'Hoe bedoel je?'

'Met Mickey. Gaan jullie weer door met elkaar?'

'Waarom zouden we dat niet doen?' vroeg ik behoedzaam.

'Ach, weet ik veel.'

'Jezus, Shirl, zeg wat je op je hart hebt.'

Ze draaide haar hoofd om en wierp een theatrale blik over haar schouder. 'Nou, ik moest alleen aan die aardige politieman denken. Ik dacht dat je het misschien jammer zou vinden wanneer je hem nooit meer zou zien.'

Ik trok de klep van de vaatwasser open en begon snel de vuile borden erin te zetten. Het kwam me wel goed uit dat mijn haar daarbij voor mijn gezicht viel.

'Ik dacht dat je misschien... je weet wel... iets meer zou willen met hem?'

Soms was de opmerkzaamheid van mijn beste vriendin ronduit irritant.

'Shirl,' zei ik terwijl ik overeind kwam, 'Silver is de eerste man in mijn leven die werkelijk heeft gedaan wat hij me heeft beloofd. Waarom zou ik dat alsnog willen verpesten? Bovendien, zelfs als ik hem leuk vond, wat niet zo is, en hij mij leuk vond, wat ik ten zeerste betwijfel... nou, Mickey en ik... het gaat weer goed samen.'

'Ik ben blij dat te horen.'

'Daar geloof ik niks van,' zei ik, en met mijn heup duwde ik de klep van de vaatwasser dicht.

'Jawel, Jess, echt waar. Ik zie dat Mickey nu meer respect voor je heeft. Ik heb het gemerkt aan hoe hij naar je kijkt. Het is alleen... Ik zou zo graag willen dat je...' Net op tijd haalde ze de pan van het vuur. 'Oeps. Bijna overgekookt.'

'Dat ik wat?'

'Dat je een beetje rust en geborgenheid in je leven zou vinden. Dat verdien je. Maar misschien vind je die dingen nu wel bij hem. Misschien zie ik het wel verkeerd.'

'Ja, dat denk ik wel.'

'Als jij het zegt. Nou, waar is de puddingschaal? Dit ziet er volgens mij goed uit.'

'Staan jullie hier wortel te schieten?'

Mijn god, ik schrok me dood. Mickey legde zijn arm om me heen en kneep in mijn schouder.

'Ik heb leuk met je moeder zitten praten.' Hij glimlachte naar me en keek Shirl toen aan. 'Jij zou een prima peettante zijn, denk je ook niet?'

'Absoluut. De beste.' Voorzichtig goot ze de pudding in de schaal.

'Ik kan je niet volgen,' zei ik terwijl ik de appeltaart uit de oven haalde. De achterste rand was een beetje aangebrand. Ik keek er bedroefd naar. 'Verdorie.'

'Je moeder vindt dat we Louis moeten laten dopen.'

'Wat? Ik dacht dat jij zo'n hekel aan de kerk had. Je wilde niet eens in de kerk trouwen.' Ik sneed de donkere randjes van de appeltaart.

'Dat was wat anders.' Voor het eerst deze dag leek hij weer op de Mickey van vroeger. Afstandelijk. Lichtgeraakt. 'Dat kon toen niet. Ik was eerder getrouwd geweest.' Opeens een katholiek in hart en nieren, dacht ik. 'Maar in de nieuwe situatie, na alles wat we hebben doorgemaakt, zou het misschien best leuk zijn, denk je ook niet? Een goed excuus voor een feestje.' Hij kuste me op mijn voorhoofd. 'Misschien kunnen we...' Leek hij nu een beetje verlegen? 'Misschien kunnen we onze gelofte van trouw opnieuw doen, deze keer met je moeder erbij.'

'Als God het goedvindt...'

Kwamen er barstjes in mijn vertrouwen? Mickey trok zijn wenkbrauw op.

'Dat is een geweldig idee,' mengde Shirl zich erin. Nu keek ik haar met opgetrokken wenkbrauw aan, maar ze ging er niet op in. 'Nou,' zei ze, 'de pudding wordt koud. Zullen we naar binnen gaan?'

Toen iedereen vertrokken was en Louis in bed lag, trof ik Mickey in de bijna donkere woonkamer, waar hij met een glas whisky in de hand zat te staren naar de prent van Emin, die hij voor me had gekocht toen we elkaar net kenden.

'Je ziet er een beetje bedroefd uit,' zei ik toen ik me naast hem over de rugleuning van de bank boog, waarop Mickey zijn hand opstak en mijn haar aanraakte.

'Weet je wat de echte reden is waarom die prent me bevalt, wat ik ook van de kunstenares denk? Hij doet me aan jou denken. Mijn kleine, bedroefde Jess.' Toen liet hij zijn hand zakken en duwde zich overeind. 'Kom, laten we naar bed gaan.'

Hij pakte mijn hand vast, nam me mee de trap op, de slaapkamer in, en kleedde me zonder iets te zeggen uit, bijna alsof hij me verafgoodde. Mijn laatste gedachte voordat ik in slaap viel was: misschien komt het allemaal toch nog goed.

Midden in de nacht werd ik wakker, met Mickey naast me, en het duurde even voordat ik besefte wat er fout zat. We zouden uit dit huis weg moeten, voorgoed, onszelf voor altijd bevrijden van de geesten die ons achtervolgden. Dat was de enige oplossing, zag ik nu in, de enige manier om een nieuwe start te maken. Ik stond op, slofte langs de koffers die al waren gepakt voor de volgende ochtend, liep Louis' kamer in en hield mijn adem in toen ik in zijn bedje keek, voor het geval hij er weer niet zou zijn, voor het geval hij...

Maar hij was er wel, natuurlijk, lag daar lekker te slapen, met zijn beentjes hoog opgetrokken, als een kikker, en regelmatig ademhalend, in, uit, in... Ik stak mijn hand naar hem uit en streelde zijn wang, heel zacht, want ik wilde hem niet wakker maken, en dacht terug aan hoe ik soms doodsbang mijn adem had ingehouden en mijn vingers voor zijn neusje had gehouden om zijn warme adem te voelen, toen hij pas geboren was en ik zo bang was dat hij op een zeker moment zou ophouden met ademen. Mijn melkproductie was niet meer op gang gekomen, maar Leigh zei dat het niet uitmaakte, dat ik blij mocht zijn dat ik van de borstvoeding verlost was, dat dat voorbij was, en ik hield van mijn zus omdat ze de dingen van een wat zonniger kant was gaan zien. De hele situatie had Leigh en mij dichter bij elkaar gebracht, en dat was een van de weinige goede dingen die deze veertien dagen in de hel ons hadden opgeleverd.

Ik lag op de bank in Louis' kamer, keek naar de maan die door het raam naar binnen scheen en zag opeens alle stukjes in elkaar vallen. Even overwoog ik om Mickey wakker te maken en hem te vertellen wat ik had bedacht. En meteen daarna bedacht ik dat ik niet graag over dit soort dingen praatte, en terwijl ik daaraan dacht, viel ik weer in slaap.

De volgende ochtend werd ik heel vroeg wakker, voor Louis zelfs, wat tegenwoordig een bijzonderheid was. Ik had het merkwaardige gevoel dat er iemand naar me had staan kijken, maar besloot er niet aan toe te geven. Stijf van het liggen op de bank nam ik een warme douche, in de badkamer beneden, om Mickey niet wakker te maken. Ik zette de radio aan, die stond afgestemd op zo'n zender met oude hits, en algauw neuriede ik mee met een liedje dat me aan mijn vader deed denken. *Nice legs, shame about the face,* wat hij uit het raampje van zijn oude Cortina riep als we meisjes met korte rokjes passeerden, als mijn moeder er niet bij was en Leigh, Robbie en ik het uitgierden van het lachen en snel uit het zicht doken als de meisjes omkeken.

Toen ik de douche uit kwam voelde ik me verfrist. Het was tijd om met een schone lei te beginnen en optimistisch over de toekomst te zijn, dacht ik toen ik met een wit badlaken om me heen de trap opliep om bij Louis te gaan kijken. Alleen lag hij niet in zijn bedje. Dus liep ik, nog nat, door naar de slaapkamer om te zien of Mickey hem bij zich in bed had genomen. Maar daar waren ze ook niet, geen van beiden.

Dus riep ik naar beneden, maar er gebeurde niets, ik kreeg geen antwoord. Op het moment dat ik de trap afrende, ging de voordeur open en kwam Jean binnen. Ik zei haar gedag, stormde de keuken in en zag de achterdeur openstaan. Ik liep de tuin in en riep: 'Mickey,

waar hang je verdomme uit?' Maar er was niemand in de tuin, afgezien van Agnes' vervloekte rozen die hun laatste blaadjes lieten vallen. Rillend stond ik in de herfstwind terwijl tot me doordrong dat
Mickey was weggegaan en dat hij Louis had meegenomen. En ik
werd boos, heel erg boos, want waar ze ook naartoe waren, Mickey
wist dat ik dit niet aankon, niet nu, na alles wat er was gebeurd. Ik
voelde een snijdende, lichamelijke pijn alsof Louis net uit mijn buik
was gerukt, en moest mijn uiterste best doen om rustig te blijven.

Nog steeds in mijn badlaken rende ik het hele huis door, totdat ik
zag dat Mickeys auto niet op de oprit stond. Met het hart in de keel
riep ik naar Jean: 'Heb jij Mickey zien weggaan?' Maar Jean schudde haar hoofd en keek me geschrokken aan, net als de vorige keer.
Net als de vorige keer...

Binnen een paar seconden had ik mijn kleren aangetrokken en greep
ik de telefoon om Mickeys mobiel te bellen. Totdat ik zijn toestel op
mijn kaptafel zag liggen.

'Doe me dit niet aan, Mickey, alsjeblieft, doe me dit niet aan,' pre-
velde ik terwijl ik met drie treden tegelijk de trap af stormde. Maar
ik had een gevoel, een heel sterk gevoel van waar ze zouden zijn.

Ik sprong in mijn auto, trapte het gaspedaal tot de bodem in en
even later reed ik langs de prachtige smeedijzeren hekken Greenwich
Park in. Ik parkeerde bij het Royal Observatory, waar we – hadden
we vaak voor de grap gezegd – ooit zouden gaan wonen. Ik rende
over het gazon, ooit de speeltuin van Henry VIII, onder de kastanje-
bomen door, over de dikke laag bladeren, die knisperden onder mijn
voeten.

Ik kon het standbeeld van Henry Moore, uit zijn beginperiode en
volgens Mickey het mooiste van heel Londen, dat op de top van de
steile heuvel stond, nog niet zien. Ten slotte, toen ik door het lange-
re gras de heuvel op was gelopen, kwam het in beeld, maar het bankje waar Mickey altijd ging zitten, werd nog aan het oog onttrokken
door een ouder echtpaar dat onder de waterige zon tai chi aan het
doen was.

Toen zag ik in de verte een rijzige gestalte en begon mijn hart te
bonzen. Het was Mickey, dat wist ik zeker, hij móést het wel zijn, en
in zijn armen... goddank, in zijn armen, had hij Louis. Roerloos stonden ze bij het standbeeld en keken ze over de boomtoppen neer op

de stad, richting St. Paul's... en richting Tate Gallery, besefte ik met een morbide ironie. Ik begon harder te rennen, zo hard als ik kon, en toen ik bijna boven was aangekomen, was ik compleet buiten adem.

'Mickey?' Ik stond een paar meter achter hem, hijgend en happend naar adem. Hij stond met zijn rug naar me toe en draaide zich niet om. 'Wat doe je hier?'

Louis keek me aan over de schouder van zijn vader en glimlachte naar me, gelukkig en ongedeerd, met zijn ene tandje schitterend in het zonlicht, maar Mickey had nog steeds niets gezegd.

'We zouden vandaag met vakantie gaan, weet je nog?' zei ik, nog steeds happend naar adem. 'Het was jouw idee. We hoeven niet te gaan. Het maakt mij niet uit. We kunnen ook thuisblijven.'

Toen draaide hij zich om, hij keek me aan, en ik zag zijn opgetrokken bovenlip, als van een wolf. De uitdrukking op zijn gezicht, de loden last, als de slinger van een klok die nooit meer in beweging zou komen, gaf me een hol gevoel in mijn maag. Een angstig besef nam langzaam bezit van me en kroop als ijs door mijn aderen.

'Waarom kijk je me zo aan?' vroeg ik op fluistertoon, en op dat moment, eindelijk, begonnen alle stukjes op hun plaats te vallen. 'Wat is er?' vroeg ik, maar ik dacht dat ik het al wist. Ik keek hem aan alsof ik hem voor het eerst zag. Ik was zo dom geweest, zo ten prooi aan bezorgdheid dat ik de waarheid niet had ingezien.

Mickey liep van me weg, mét mijn zoon. Hij leek zo kalm dat het onwerkelijk was.

'Geef me mijn zoon, Mickey,' zei ik zacht, en ik stak mijn armen uit naar Louis. Maar Mickey liep door, traag als een gekooid roofdier, en hield Louis buiten mijn bereik. Ik ging hem achterna en zei: 'En, hoe lang weet je het al?' Ik probeerde hem aan te kijken. 'Wanneer wist je het zeker, Mickey?'

Het was nu van het allergrootste belang dat ik mijn hoofd erbij hield. Ik liep hem achterna en verloor Louis geen moment uit het oog. Mickey liep naar zijn bankje en ging zitten, op het randje, alsof hij er ieder moment vandoor kon gaan. Louis begon zich te verroeren en geluidjes te maken, maar zijn vader stak zijn hand in zijn zak en haalde er een half biscuitje uit. Louis greep het met beide knuistjes vast en was voorlopig weer afgeleid.

'Je zult me toch een keer de waarheid moeten vertellen, Mickey,' zei ik zacht.

Het was doodstil terwijl ik op antwoord wachtte. Ergens in de verte blafte een hond, en ik hoorde het doffe klapwieken van een helikopter.

'Ja,' zei hij ten slotte met een zucht, 'ik neem aan van wel.' Hij haalde zijn hand door Louis' pluizige haar. 'Weet je, ik dacht dat het wel goed zou komen, dat het wel zou lukken met jou en mij, toen Agnes voorgoed weg was. Maar toen...' Hij keek me beschuldigend aan. 'Toen zag ik een paar dagen geleden hoe je naar die Silver keek.'

'Wat?' Langzaam, stapje voor stapje, heel voorzichtig, kwam ik dichterbij. 'Ga je míj nu dingen verwijten? Dit gaat over jou en Agnes, hè?' Heel behoedzaam liet ik me op het andere uiteinde van de bank zakken. Ik durfde geen onverwachte bewegingen te maken.

'Gíng. Ja, het ging over Agnes en mij.' Er viel een stilte. Toen hij weer begon te praten klonk zijn stem heel kalm. 'Weet je, ik schrok toen ik merkte hoe erg je van streek was.'

'Wanneer?'

'Toen Louis was verdwenen.'

Ik begon ongelovig te lachen. 'Wat? Iemand had mijn kind ontvoerd en jij dacht dat het me niks zou doen?'

'Ach, kom nou, Jessica,' zei hij laatdunkend, en hij keek neer op Louis' pluizige bolletje. Louis was bijna in slaap gedommeld. 'Als moeder stelde je niet veel voor, of wel soms?'

Ik wilde protesteren maar het was natuurlijk waar; ik was ernstig tekortgeschoten. Ik had heel diep moeten graven om uiteindelijk mijn moederinstinct te vinden, zo bang en onzeker was ik geweest. Mickey, daarentegen, had zich vanaf het eerste begin als een ervaren vader gedragen.

'In het begin misschien niet,' gaf ik toe. 'Maar het is nu heel anders, dat weet je.'

'Ja,' zei hij bedroefd. 'Ja, dat weet ik. Nu... te laat.'

Ik keek langs de heuvel omlaag. In de verte jogde een meisje in een strakke legging. 'Maar wanneer kwam je erachter dat het Agnes was?' vroeg ik. 'En waarom heb je toen niet meteen ingegrepen?'

'Dat heb ik gedaan. Maar dat was niet gemakkelijk vanuit dat verrekte ziekenhuisbed.'

Er werd een mes in mijn buik gestoken en rondgedraaid. 'Ik hield van je, Mickey. Ik geloofde in je.'

'O ja?' Hij draaide zijn hoofd om en keek me aan. 'Ik geloof niet dat je dat echt hebt gedaan.' Zijn gezichtsuitdrukking was moeilijk te doorgronden. 'Ik denk dat als je eerlijk tegen jezelf bent, je wíst dat het tussen ons niet zou werken.'

Ik deed wanhopig mijn best om alles in elkaar te passen. 'Je hebt Agnes niet maar één keer gezien, hè?' Ik kon het nauwelijks uit mijn mond krijgen. 'Ben je... ging je weer met haar naar bed?'

Uit zijn gezichtsuitdrukking viel nog steeds niets op te maken.

'Mijn god, de hele tijd dat wíj bij elkaar waren?'

Hij wendde zijn blik af.

'Vertel op, Mickey!'

'Nee,' zei hij eindelijk. 'Echt niet, ik zweer het je. Alleen toen je... toen je hoogzwanger was en je me afwees, ja, toen wel.'

'Je afwees?' Mijn gezicht vertrok van verbazing. 'Ik heb je nooit afgewezen. Ik voelde me alleen... vreemd. Opgelaten. En...' Ik dacht terug aan die tijd, aan mijn dikke buik, het gewicht, de druk van mijn ongeboren kind... het gevoel dat ik ieder moment als een overrijpe watermeloen open kon barsten. Ik begon te blozen. 'Ik voelde me ongemakkelijk, wat in die situatie vrij normaal is, denk ik zo. Dat je niet altijd aangeraakt wilt worden wanneer je hoogzwanger bent.'

'Maar goed beschouwd was seks het enige wat we hadden, Jess, dat weet jij ook,' zei hij zacht. 'Het was de lijm die ons bijeenhield.'

'O ja? Was dat zo?' antwoordde ik boos, maar diep in mijn hart wist ik dat hij gelijk had.

'Ja, dat denk ik wel.'

Ik dacht erover na. 'En dus werd Agnes...' spoorde ik hem aan.

Hij begon geïrriteerd te raken. 'We waren ergens iets gaan drinken om een zakelijke kwestie te bespreken. Een tijd geleden, toen jij in verwachting was. Ik wilde haar helemaal niet ontmoeten, maar ik had haar handtekening nodig, en... Nou ja, van het een kwam het ander.'

Wat Pauline had gezegd echode weer door mijn hoofd.

'Het was niet gepland, Jessica. Het is gewoon gebeurd.' Hij wilde echt dat ik hem geloofde, merkte ik. 'We konden er niks aan doen. We hebben het geprobeerd, ík heb het geprobeerd. We hebben er weer een eind aan gemaakt... Toen Louis pas was geboren, heb ik haar een tijdje niet gezien.'

'Wat edelmoedig van je.'

Maar hij praatte nu in zichzelf. 'En toen kwam de waarheid aan het licht... dat ik gewoon niet bij haar kon wegblijven.'

Het mes drong dieper in mijn buik. 'Ik dacht...' Mijn stem brak. 'Ik dacht dat je de pest aan haar had.'

'Ik hield te veel van haar om de pest aan haar te hebben, vermoed ik. Ik kon niet...' Hij keek me aan en ik zag een harde, matte blik in zijn ogen. 'Ik kon niet zonder haar, hoe ik ook mijn best deed.'

Een zoveelste messteek in mijn onderbuik. 'Dus je wist dat zij Louis zou stelen...'

'Doe niet zo idioot,' snauwde hij. 'Ik mag misschien een klootzak zijn, maar zo gestoord, zo harteloos ben ik ook weer niet. Ze heeft het allemaal zelf gepland.' Hij was tot het uiterste gespannen, zag ik aan de witte knokkels van de handen waarmee hij Louis vasthield. 'Zij was het, echt waar.'

'Nou, dat is een hele opluchting.' Ik keek naar het joggende meisje dat nu in de andere richting liep.

Mickey haalde zijn schouders op. 'Het was een soort... een grapje dat we wel eens tegen elkaar maakten. Dat we... je weet wel... ervandoor zouden gaan met het kind, wij samen. Ik had nooit verwacht dat ze het zo serieus zou nemen. Ik dacht dat ze inmiddels had geaccepteerd dat ze nooit moeder zou worden.'

'Een grapje?' Ik kon mijn oren niet geloven. 'Een grápje, Mickey? Maakten jullie verdomme grapjes over het stelen van mijn kind?' Woedend stond ik op en strekte mijn armen naar hem uit. 'Geef me Louis, Mickey. Geef hem aan mij. Het kan me niet schelen wat jij verder doet. Ik wil gewoon mijn kind terug.'

Maar Mickey verroerde zich niet, keek apathisch voor zich uit en hield ons slapende kind in zijn armen geklemd. 'Niet een grapje om te lachen,' zei hij. 'Meer een fantasie... Je weet wel, een soort dagdroom.'

'Mickey,' zei ik, en ik steunde met mijn ene hand op de rugleuning van de bank, 'je maakt het allemaal alleen maar erger.'

'Maar...' Hij keek me recht aan, en eindelijk zag ik de ware Mickey, ontdaan van zijn gebruikelijke arrogantie, de naakte mens onder het fineer van hooghartigheid. 'Maar ik wil het graag uitleggen, Jessica. Ik voel... ik vind het heel erg wat ik heb gedaan. Ik ben schuldig, ja, dat ben ik en dat besef ik.'

'Je meent het. Mijn god, Mickey.'

'Wat ik bedoel, wat ik probeer te zeggen is... dat ik jouw liefde voor Louis belachelijk heb gemaakt om ervoor te zorgen dat Agnes zich beter voelde, denk ik. Ik besefte alleen niet dat zij het allemaal zo serieus zou nemen.'

'Mickey, doe me een lol. Ik ben hier niet om met jou over jullie slaapkamerverhalen te praten, oké?'

'Maar zo was het ook niet, echt niet. Het was...' Hij keek me aan, had een maniakale blik in zijn ogen en heel bleke lippen. Het leek wel alsof hij op medeleven uit was. 'Voordat het gebeurde was ze al aan het instorten. Ze had geen enkele hoop meer en ik... ik was bang dat ze domme dingen zou doen.'

Ik keek hem aan. 'Zoals een kind stelen?'

'Zoals een eind aan haar leven maken. Ik probeerde haar alleen maar een beetje op te fleuren.' De lading van zijn woorden schokte ons allebei, denk ik. God, wat zag hij er bedroefd uit. Ik dacht weer aan Agnes en het pistool, aan de soepele schoonheid van haar allerlaatste bewegingen. Aan de verlossing die ze hem schonk, haar gift aan Mickey. Ze kon hem geen kind schenken, dus gaf ze hem uiteindelijk zijn vrijheid terug, haar stilte, haar eeuwige afwezigheid. Het kostte me moeite om de afschuwelijke beelden van haar laatste momenten uit mijn hoofd te zetten.

'En toen?' vroeg ik.

'Die dag in Tate Gallery stond ze ineens voor mijn neus.'

Ik dacht terug aan die dag, aan hoe ik zijn laatste stukje taart had opgegeten toen hij maar niet terugkwam. Wat zou er gebeurd zijn, had ik me talloze keren afgevraagd, als ik minder fanatiek was geweest en bij hem was gebleven in plaats van de kunstminnaar en de onafhankelijke vrouw uit te hangen.

'Ik moest haar beloven dat we elkaar ergens zouden ontmoeten, anders zou ze jou alles vertellen. Ze was al hysterisch toen ik haar daar tegenkwam. Daarom ben ik met Louis weggegaan. Ik dacht dat jij uren zoet zou zijn met het bekijken van al die schilderijen. En dat je daarna... Je weet wel, een kop koffie zou nemen en gewoon zou wachten totdat ik terug was.'

Verbijsterd schudde ik mijn hoofd.

'Ik kon niet normaal nadenken, dat besef ik nu. Ik wilde haar weglokken van de plek waar jij was, voordat ze een scène zou maken. Dus sprak ik met haar af bij de rivier. We gingen naar een of andere ongure pub, waar ze me dronken heeft gevoerd. Ik geloof zelfs dat ze iets in mijn whisky heeft gedaan. Ik weet het niet zeker, maar ik voelde me heel vreemd. Ze bleef er maar op aandringen dat we samen weg moesten gaan. Uiteindelijk ben ik naar buiten gegaan om jou te bellen, om te zeggen dat ik eraan kwam, maar je nam niet op.'

'Omdat jij verdorie mijn telefoon bij je had, daarom.' Of zij, dacht ik.

'Hoe dan ook, toen ik terugging om Louis te halen, waren ze allebei verdwenen. Ik kreeg zowat een hartaanval.'

'Waarom heb je dan niet de politie gebeld?'

'Omdat ik dacht dat ik haar zelf wel zou kunnen vinden. Ik heb overal gezocht.'

Ik zag mezelf weer rondrennen in Tate Gallery terwijl Mickey buiten op straat hetzelfde deed. Louis' bezorgde ouders.

'Ik had nooit verwacht dat ze hem echt zou meenemen, dat ze van het ene op het andere moment van de aardbodem zou verdwijnen.'

'Jezus, Mickey.'

'Ja, ik weet dat het nu stompzinnig klinkt, Jessica,' zei hij zacht, 'maar toen ik bij Agnes was, was ik bereid om alles voor haar te doen. Ze had het zo vreselijk moeilijk. Ze kon gewoon niet accepteren hoe haar toekomst eruit zou zien.' Louis mompelde iets en bewoog zich in zijn vaders armen. 'Het spijt me heel erg, maar dat moet je geloven.'

'Waarom zou ik? Je hebt een of andere gestoorde er met mijn kind vandoor laten gaan.'

'Dat was niet de bedoeling. Toen ik in dat stompzinnige kroeggevecht terechtkwam, was het gebeurd met me. Ik was zo opgefokt van al die whisky's die ik met haar had gedronken, en toen ze weg waren was de batterij van mijn mobiele telefoon ook nog leeg, dus ben ik uiteindelijk een pub binnengegaan om te vragen of ik daar kon bellen. Want ik wilde Agnes bellen en toen ik haar niet kon bereiken, wás ik van plan de politie te bellen. Maar ten slotte kwam ik bij in het ziekenhuis en heeft het dagen geduurd voordat ik wist wat er was gebeurd.'

'Dus je was echt je geheugen kwijt?'

Hij had het fatsoen om me beschaamd aan te kijken.

'Nee, dus.'

'Eerst wel, echt waar,' zei hij, 'maar het begon al vrij snel weer terug te komen. Ik probeerde... je weet wel... tijd te rekken. Ik wilde proberen Agnes te bereiken en haar zover te krijgen dat ze Louis weer bij jou terugbracht. Het leek me veiliger als ik het zo deed. Maar toen ze hem eenmaal had, was ze meteen zo gek met hem dat ze hem niet meer kwijt wilde, wat ik ook zei. Ik merkte dat ze meer van het kind hield dan van mij.'

'Wat tragisch voor je,' zei ik verbitterd.

'Ja, nou, je kunt niet alles hebben, blijkbaar.'

'Je had open kaart moeten spelen.'

'Dat kon niet. Ze...'

'Wat?' vroeg ik.

Ik kon zien dat hij het moeilijk vond om te zeggen. 'Ze... ze dreigde Louis iets aan te doen als ik haar aangaf. Ik geloofde niet echt dat ze daartoe in staat was, maar ik kon het risico niet nemen, begrijp je?'

'Jezus christus.' Alleen al het idee was genoeg om me fysiek onwel te maken. 'Ze was echt knettergek, hè?'

'Niet gek maar wanhopig. Daarom leek het me beter dat ik hem zelf terug ging halen. Ik heb je voor haar gewaarschuwd.'

'Maar wel een beetje laat, Mickey. En ik begrijp iets niet. De politie zei steeds dat ze in het buitenland was.'

'Ze had twee paspoorten, een Noors en een Brits paspoort, op twee verschillende namen. Ik denk dat ze reisde op de naam Hohlt, terwijl de politie uitkeek naar Agnes Finnegan.'

Er dwarrelde een blaadje van de boom, dat naast mijn voeten viel. Ik moest aan iets anders denken. 'En Maxine? Ik bedoel... met haar was je ineens ook nogal dik, of niet soms?'

Opnieuw had hij het fatsoen om me beschaamd aan te kijken. 'Ze...'

'Wat?'

'Maxine had Agnes en mij betrapt...' Hij zweeg.

'Waarbij? Mijn god, Mickey, je hoeft me nu niet meer te ontzien, verdomme. Daar is het een beetje laat voor, denk je ook niet?'

'Ik ben er niet trots op, integendeel. Maxine had Agnes en mij in ons huis betrapt, in bed...'

Als verdoofd staarde ik voor me uit.

'Ze dreigde dat ze het aan jou zou vertellen, hing opeens de moraalridder uit, dus heeft Agnes haar omgekocht. Ik wist niet dat Maxine iets van Agnes' plannen afwist. Volgens mij dacht ze dat Agnes Louis maar een paar dagen bij zich zou houden. En het geldbedrag dat Agnes haar aanbood... Ik bedoel, je weet zelf ook hoe Maxine op geld en een beter leven gebrand was. Die zou zo'n aanbod nooit afslaan.'

Ze had me vanaf het eerste begin gechanteerd. 'Zeker niet toen jij mijn ongeschiktheid als moeder in de strijd wierp, hè, Mickey?'

'Dat spijt me heel erg.'

Maar de blik in zijn ogen was die van een waanzinnige, niet van iemand die spijt had.

'Ik had het per ongeluk een keer tegen Agnes gezegd, en die heeft het als wapen gebruikt.'

Ik huiverde en liet me achterover zakken op het bankje. Zonder iets te zeggen zaten we enige tijd naast elkaar en Mickey stond toe dat ik mijn hand uitstak en even Louis' pluizige bolletje streelde. De kerkklok op de heuvel verderop sloeg negen uur. Een man met een rood gezicht, die een labrador uitliet, nam zijn pet voor me af. Louis bewoog zich even. Mickey staarde wezenloos voor zich uit. Ik was hem definitief kwijt, wist ik nu. Eigenlijk had ik het diep in mijn hart al heel lang geweten.

'Het spijt me echt, Jessica,' zei hij na een tijdje, en ik schrok op toen hij de stilte verbrak. 'Ik... god, ik weet dat het als een cliché klinkt, maar ik heb je nooit willen kwetsen, echt niet. Ik kon gewoon niet goed nadenken wanneer ik met Agnes was. Jij leek altijd zo... zo sterk. En Agnes was zo kwetsbaar.'

Ik dacht aan Agnes' perfectie, de uiterlijke schoonheid, en de radeloosheid die er blijkbaar onder schuilging.

'Toen het tot me doordrong wat ze had gedaan, toen ze me in het ziekenhuis belde en me probeerde over te halen om naar haar toe te komen, was ik nog half knock-out van de medicijnen. Ik heb toen tegen haar gezegd dat als ze Louis niet onmiddellijk zou teruggeven, ik haar zou vermoorden... en dat was het moment waarop ze haar dreigementen uitte. Maar ze heeft toen in ieder geval die video en foto's naar de politie gestuurd.' De blik in zijn ogen was bijna smekend. 'Zodat jij zou weten dat hij nog in leven was.'

'Heel nobel van haar.' Maar ik zat nog na te denken over wat hij daarvoor had gezegd. 'Sterk? Waarom noemt iedereen me steeds sterk?'

'Omdat je een knokker bent, daarom. Dat wist ik al toen ik je net had ontmoet. Je zei nooit... Je had het nooit over hoe je je voelde. Je hebt nooit tegen me gezegd dat je van me hield. Agnes... nou ja, die zei altijd alles wat haar voor de mond kwam.'

'Ik hield van je, Mickey. Mijn god, wat hield ik veel van je. Ik zei het alleen nooit omdat... omdat wij gewoon niet zo waren. Omdat ik het niet durfde, denk ik. Omdat ik... er bang voor was.' In de verte schitterden de lichtjes in de kantoortorens van Canary Wharf. De zon stond inmiddels boven de roodbruine bomen op de helling. Mijn uitspraak leek Mickey te verbazen. Ik dacht aan Silver en bedacht dat we geen van allen misschien zo onschuldig zijn als we anderen willen doen geloven.

'Dat wist ik niet,' zei hij zacht.

'Je hebt ervoor gekozen het niet te weten.'

'Dat is niet waar. Jij bent altijd een gesloten boek voor me geweest.'

'Zo gesloten was ik nou ook weer niet. Maar je hebt dus nooit' – ik slikte moeizaam – 'je weet wel, gedaan alsof?'

'God, nee!' Hij keek me weer aan. 'Jessica, toen ik jou ontmoette, ging het helemaal niet goed met me. Maar ik kon mijn handen niet van je afhouden. Van jou en je petticoat.' Hij probeerde naar me te glimlachen.

'Niet doen, Mickey. Alsjeblieft, zeg dat niet.' Mijn hart brak als ik eraan terugdacht.

'Maar je weet dat het waar is.'

Ik zei niets; kon geen woord uitbrengen.

'Of niet soms?' drong hij aan, bijna boos nu. 'Het is alleen... dat ik je te kort na Agnes heb ontmoet.'

'Ja, nou...' zei ik, en de pijn die al aan me knaagde, begon feller te worden, 'dat is me inmiddels duidelijk.'

'Wat ik alleen bedoel is dat als de situatie anders was geweest, als we elkaar later hadden ontmoet en als jij niet zo snel in verwachting was geraakt... dat het gewerkt zou kunnen hebben.'

Dat was de druppel. 'Je hoeft me niet te ontzien, zei ik net al.' Ik had er genoeg van, maar opeens kwam er een gruwelijke gedachte in me op. 'En hoe zit het met Robbie, Mickey?' Ik stond op. 'Is hij er niet meer omdat hij de anderen in de weg liep?'

Louis' hoofdje, zwaar van de slaap, kantelde achterover. Zijn vader legde zijn hand erachter en stond op. 'Je moet me geloven,' zei hij op bijna smekende toon, 'als ik zeg dat ik jouw broer met geen vinger heb aangeraakt. Ik heb hem zelfs nog nooit ontmoet. Hij en Maxine... Tja, god weet wat ze allemaal hebben uitgevreten, maar dat was tussen hen beiden. Daar heb ik niets mee te maken gehad... Agnes ook niet.'

'O, dat weet jij, van Agnes? Jezus, Mickey, jij was degene die me heeft verteld dat ik haar niet moest vertrouwen. Waarom zou jij haar dan wel kunnen vertrouwen?'

'Ik weet alleen dat ze nooit in staat zou zijn om iemand te vermoorden. Het ging haar alleen om Louis, verder niks.'

'Ah, juist. En toen ze mij de hersens probeerde in te slaan, hoe verklaar je dat dan?'

'Dat weet ik niet, Jessica, maar ik ben ervan overtuigd dat ze je niet wilde vermoorden. Ze wilde je alleen tegenhouden. Ze was toen al compleet doorgedraaid. Ze was op zoek naar Louis' paspoort, denk ik. Ze hoorde zeker dat ik je belde en wist dat ik je de waarheid zou vertellen. Ik denk dat ze wilde voorkomen dat je die hoorde.'

Ik deed een paar stappen weg van het bankje. Ik voelde me nog steeds Alice in Wonderland, want mijn wereld werd groter en schrompelde weer ineen, elke keer weer.

'En die vrouw in Tate Gallery? Dat fotomodel, Claudia? Was dat ook toeval?'

Mickey haalde zijn schouders op. 'Ja, dat was het. We hadden het tijdens de fotosessie over Hopper gehad en Claudia was geïnteresseerd geraakt. Ik had je verteld dat ik iemand van mijn werk was tegengekomen, ik weet zeker dat ik dat tegen je heb gezegd.' Hij keek naar Louis en de liefde straalde uit zijn ogen. 'Hoor eens, denk je dat we... Ik hoopte eigenlijk dat er nog een kans was dat we...' Hij, Mickey die nooit nederig was, smeekte om een laatste kans.

Razendsnel sneed ik hem de weg af. 'Wat, een kans voor ons? Doe niet zo idioot. Geef me Louis nu maar, Mickey.' Ik streek mijn van angstzweet vochtige haar uit mijn gezicht. 'Het is afgelopen met ons. Dat weet je net zo goed als ik. Ik wil mijn kind terug. Nu meteen.'

Mickey was snel opgestaan, maar ik ging hem achterna. Ik zou me dood vechten voor mijn kind. Desnoods zou ik hem vermoorden, deze waanzinnige, die ik niet kende. Hij liep naar de rand van de heuvel en keek de diepte in. Ik zette me schrap. Toen keek hij naar Louis, die wakker werd in zijn armen en zich begon te verroeren. Wat zouden andere mensen nu zien? Een mooi plaatje van een gelukkig gezin dat van de laatste septemberzon genoot?

'Haal het niet in je hoofd, Mickey.'

Hij aarzelde. Mijn gevoel zei me dat hij te veel van Louis hield om te doen wat hij zou kúnnen doen, maar zijn positie was zo uitzichtloos, op de top van die met gras begroeide heuvel, aan de rand van de afgrond. Hij was wanhopig en als hij Louis opgaf, had hij niemand meer. Adrenaline en angst golfden door mijn vermoeide lichaam, op korte afstand gevolgd door algehele paniek. Ik stak mijn armen naar hem uit en probeerde ze stil te houden.

'Je bent het me verschuldigd, Mickey,' zei ik zacht, en toen hij me aankeek, zag ik dat de tranen in zijn donkere ogen stonden.

'Wat ga je nu doen?' vroeg hij.

'Dat weet ik nog niet. Ik zal erover nadenken. Ik heb tijd nodig om het te laten bezinken.'

'Het spijt me zo, Jessica. Ik zou hem voor je hebben teruggehaald, echt waar, ik zweer het. Ik zou nooit hebben toegestaan dat hij bij haar bleef.'

Ik strekte mijn armen verder naar hem uit, zag dat Louis zich uit Mickeys greep probeerde te bevrijden en zich naar me omdraaide. Hij stond op het punt te gaan huilen, ik zag het aankomen, want zijn onderlipje trilde al. En toen, heel langzaam, met de ultieme treurigheid in zijn magere gezicht gegroefd stond Mickey zijn onbetaalbare last af aan mijn trillende armen. Onze handen raakten elkaar toen ik Louis van hem aanpakte, en de pijn die dat bij hem veroorzaakte, was bijna tastbaar... maar ik wilde niet meer aan Mickey denken. Het was tijd voor mezelf, voor mij en mijn Louis.

Ik sloot mijn armen om zijn compacte lijfje en drukte het tegen me aan. Voor Mickey had ik geen oog meer; ik kon hem niet meer zien. Ik had alleen nog oog voor mijn kind, voor zijn roze wangetjes en zijn bolle toet, en ik snoof zijn melkachtige babygeur op. En terwijl een zacht herfstbriesje mijn haar in de war blies, stopte ik Louis onder mijn jas en liep ik langzaam weg, liep ik samen met mijn zoon mijn vrijheid tegemoet.